월든

월든

W   a   l   d   e   n

헨리 데이비드 소로 지음 | 전행선 옮김

더클래식

| 일러두기 |

1. 각주에서 '원주'로 표기된 문장 외에는 모두 옮긴이 주입니다.

2. 국내에 번역되지 않았거나 필요하다고 판단된 경우에만 본문에 원서명을 함께 표기했습니다.

3. 이 책의 인명, 지명, 학명 등은 국립국어원 외래어표기법을 기준으로 번역·편집했습니다.

4. 이 책의 각주는 빌 맥키븐(Bill McKibben)의 해설을 번역한 후 참고하여 인용했음을 밝힙니다.

5. 본문 중 기울기로 처리된 인용문은 헨리 데이비드 소로의 자작시입니다.

차례

생활의 경제학   7

나는 어디서, 무엇을 위해 살았는가   139

독서   170

소리   190

고독   220

방문객   238

콩밭   264

마을   286

호수   297

베이커 농장   342

더 높은 법칙   358

동물 이웃들   380

난방   405

이전 거주민과 겨울 방문객   434

겨울 동물   460

겨울 호수   480

봄   507

맺는말   540

작품 해설   566

작가 연보   574

생활의 경제학

이 글을 쓰던 무렵, 아니 정확히 말해 이 책의 상당 부분을 집필하던 당시, 나는 매사추세츠 주 콩코드의 월든 호숫가 숲속에서 홀로 살았다. 가장 가까운 마을과 무려 1.6킬로미터나 떨어진 곳이었다. 집도 내 손으로 짓고, 생계도 노동을 통해 얻은 것으로 꾸려 나갔다. 나는 그곳에서 2년 2개월을 보냈고, 지금은 다시 문명 세계로 돌아와 잠시 머물고 있다.

마을 사람들이 내 생활 방식에 관심을 보이며 일부러 물어오지만 않았다면, 나도 굳이 사사로운 내 삶을 독자에게 알리려 애쓰지 않았을 터다. 어떤 사람은 사생활에 관해 질문하는 것을 예의 없는 행위로 여기기도 하지만, 나는 전혀 그렇게 생각하지 않았다. 뿐만 아니라, 여러 상황을 고려해 보면 오히려 그런 관심이 자연스럽고 적절한 듯하다. 어떤 이는 내가 뭘 먹고살았는지 궁금해한다. 외롭지는 않았는지, 두렵지는 않았는지 묻는 이도 있다. 또 누군가는 내가 수입의 어느 정도를 어려운 이웃을 돕는 데 사용했는지에 관심을 보이기도 한다. 부양가족이 많은 사람은 내가 가난한 아이들을 얼마나 많이 돌봐주었는지 궁금해한다. 이 책에서 나는 위와 같은 질문에 답하려 애쓸 것이다. 그러니 내게 별다른 관심이 없는 독자들에게는 미리 심심한 양해를 구하고자 한다.

대부분의 책은 일인칭 대명사 '나'를 생략하지만, 이 책은 그렇지 않다. 자기중심적이라는 측면에서 여타의 책과는 다르기 때문이다. 우리는 말하는 사람이 결국 일인칭이라는 사실을 자주 잊어버린다. 자기 자신만큼이나 다른 사람에 대해서도 잘 안다면, 굳이 자기 이야기만 하려 드는 사람이 얼마나 되겠는가. 하지만 안타깝게도 나는 경험이 일천한 탓에 '나'라는 주제에 얽매일 수밖에 없다. 모름지기 작가란 다른 사람의 삶에 관해서만 미주알고주알 적어 내려갈 것이 아니라, 자기 자신의 삶에 관해서도 소박하고 진심 어린 글을 써야 한다고 나는 믿는다. 머나먼 타향에서 제 피붙이에게 써 보낼 법한 그런 글 말이다. 성실한 삶을 살아가는 사람만이 먼 타향에서 그런 글을 적어 보내지 않겠는가.

이 책은 누구보다도 가난한 학생들에게 도움이 되리라 본다.

그 외의 독자들은 자신에게 필요한 부분만 취해 가면 될 터다. 외투가 몸에 맞지 않는다고 솔기를 잡아 늘이면서까지 억지로 입어서야 쓰겠는가. 옷도 맞는 사람이 입어야 제구실을 하는 법이다.

이제부터 내가 하고자 하는 이야기는 중국인이나 하와이섬 주민에 관한 것이 아니라, 지금 이 글을 읽는 당신, 즉 뉴잉글랜드 주민에 관한 것으로, 당신이 처해 있는 상황, 특히 이 세상과 이 마을에서 당신이 어떤 처지, 어떤 상황에 놓여 있으며, 또 그 상황이 이렇게까지 나빠야만 하는 것인지, 개선의 여지가 있기는 한지, 혹은 일부러 개선하지 않는 것은 아닐지 등에 관한 내용이다.

나는 콩코드 지역을 두루 여행하며 돌아다니는 동안, 상점이든 사무실이든 들판이든, 가는 곳마다 주민들이 참으로 다양한 방식으로 고행을 치러 낸다는 인상을 받았다. 브라만 계급* 승려들은 사방에 불을 피워 놓고 그 한가운데 앉아 뜨거운 태양을 올려다보거나, 불길 위에 거꾸로 매달려 있기도 하고, 고개를 뒤로 돌려 하늘을 바라보는 자세를 너무 오랫동안 취해 결국에는 목이 정상적인 위치로 돌아오지 않아 유동식(流動食) 말고는 아무것도 삼킬 수 없는 지경에 이르기도 한다는 말을

---

* 뉴잉글랜드의 상류층을 일컫는 표현으로도 쓰이지만, 여기서는 인도의 귀족, 즉 승려 계급을 일컫는 표현이다.

언젠가 들은 적이 있다. 그들은 또한 나무 밑동에 사슬로 묶인 채 평생을 살아가기도 하고, 애벌레처럼 기어 다니며 자신의 몸으로 광활한 제국의 크기를 재기도 하며, 기둥 위에 올라가 한쪽 다리를 들고 서 있기도 한다.

하지만 그러한 의식적인 고행도 내가 매일 목격하는 마을 주민의 힘겨운 삶의 모습에 비한다면 그리 비현실적이거나 놀랍다는 생각은 들지 않는다. 헤라클레스의 열두 가지 노동도 내 이웃이 치르는 고생에 비하면 사소하기 이를 데 없다. 헤라클레스야 열두 가지 고역만 치러 내면 되었지만, 내 이웃은 괴물을 사로잡거나 그 목을 베어 버릴 수도 없는 노릇이니, 노동을 끝낼 방도가 없기 때문이다. 그들은 뜨겁게 달군 인두로 히드라*의 머리를 지져 줄 친구도 없기에, 머리 하나를 잘라 버리는 순간 두 개가 다시 솟아 나오는 광경을 지켜봐야 한다.

나는 농장과 집, 헛간, 가축, 거기에 농기구까지 집안 대대로 물려받은 탓에 오히려 불행한 삶을 살아가는 마을 젊은이들을 많이 본다. 유산이란 얻기는 쉬워도 처치해 버리기란 여간 힘든 것이 아니지 않은가. 그들이 차라리 너른 초원에서 태어나 늑대의 젖을 빨며 자랐다면, 자신의 노동을 통해 일구어 가야 할 대지에 관해 좀 더 확실히 배울 수 있었을 터다.

---

* 머리가 아홉 달린 뱀을 말한다.

누가 그들을 땅의 노예로 만들었을까? 왜 인간은 한 줌 먹을거리만으로도 충분히 삶을 연명해 갈 수 있거늘, 굳이 60에이커*나 되는 땅을 부리려 하는가? 뭐하자고 태어나자마자 무덤을 파기 시작하는가? 그들은 앞에 놓인 이 모든 짐을 한평생 밀고 나가야 할 뿐 아니라, 힘닿는 한 훌륭히 살려 애쓰기까지 해야 한다. 지금껏 나는 그 무게에 짓눌려 숨을 헐떡이며 가로 23미터 세로 12미터나 되는 헛간을 채우고, 더러운 아우게이아스 왕의 외양간**을 청소하며, 100에이커의 대지와 경작지, 목초지, 초원, 거기에 숲까지 건사해 가면서 삶의 여정을 어렵사리 기어 내려가는 가엾은 영혼을 수도 없이 만나 왔다. 물려받은 유산이 없어 불필요한 짐 때문에 고생할 필요가 없는 가난한 사람은 자그마한 육신 하나 다스리고 가르치는 일만으로도 버거워 어쩔줄 모르는 마당에 말이다.

인간의 고생은 다 잘못된 생각 탓이다. 육신은 때가 되면 땅에 묻혀 퇴비로 변한다. 우리는 흔히 '불가피함'이라 불리는 그럴듯한 운명에 현혹되어, 어느 고서에 적혀 있듯 좀먹고 녹슬어 못 쓰게 되고 도둑이 들어 훔쳐 가면 그만인 재물을 모으느라 평생을 허비한다. 그러나 죽기 전이 아니라면, 죽을 때가 되

---

* 60에이커는 약 25만 제곱미터이다.
** 그리스 신화에 나오는 30년 동안이나 청소하지 않은 거대한 외양간으로, 그곳을 청소하는 일이 헤라클레스의 다섯 번째 고역이었다.

어 자연히 알게 될 테지만, 그것은 어리석은 삶이 아닐 수 없다. 그리스 신화에 따르면 데우칼리온과 피라는 등 뒤로 돌을 던져 인간을 만들었다고 한다.

Inde genus durum sumus, experiensque laborum,
Et documenta damus qua simus origine nati.*

롤리는 이 구절을 다음과 같이 격조 높은 문체로 번역해 놓았다.

그날 이후 인류는 고통과 근심을 견뎌 내는 단단한 심장을 얻게 되었으니,
이는 인간의 육신이 돌과 그 본성을 같이한다는 사실을 보여 준다.

머리 뒤로 돌을 던지고 그 돌이 어디로 떨어졌는지 돌아보지도 않는, 어설픈 신탁에 맹목적으로 복종하는 짓은 이제 그만두기로 하자.
비교적 자유로운 이 나라에서조차 대부분의 사람이 순전히

---

* 오비드(Ovid), 《변신 이야기(Metamorphoses)》 중에서.(원주)

무지와 오해 탓에, 부질없는 근심과 쓸데없이 과도한 노동에 시달리며 삶이 주는 달콤한 열매를 맛보지도 못한 채 살아간다. 고된 노동 탓에 투박해진, 심하게 떨리는 손가락으로는 그런 섬세한 열매를 딸 수가 없기 때문이다. 사실 노동에 찌든 사람은 인간의 참다운 고결함을 유지해 나갈 여유가 없다. 시장에서 자신의 노동 가치가 현격히 하락할까 두려워하느라 다른 사람과 인간다운 관계를 이어 갈 여력이 없기 때문이다. 그러니 그는 일만 하는 기계와 마찬가지인 것이다.

사람이란 모름지기 자신이 무지하다는 사실을 알아야만 성장할 수 있다. 그런데 아는 것만 계속해 사용하면서 어찌 자신의 무지를 기억할 수 있겠는가? 따라서 그런 사람을 비난하기 전에, 우리는 우선 무상으로 먹을 것과 입을 것을 제공하고, 강장제로 원기도 북돋아 주어야 한다. 인간 본성의 최고 자질은 과일 껍질에 배어 나온 당분과 마찬가지라 매우 조심스럽게 다루어야 그대로 보존된다. 하지만 우리는 자기 자신은 고사하고 다른 사람을 대할 때도 상냥하게 처신하지 않는다.

모두 알다시피, 어떤 이는 너무도 가난하여 생계를 이어 가는 것조차도 힘에 부쳐 숨을 헐떡인다. 나는 이 책을 읽는 독자 가운데도 실제로 자신이 먹은 저녁 식대조차 제대로 치르지 못할 만큼 궁색하고, 빠르게 닳고 있거나 이미 다 헤진 외투와 구두를 장만할 돈도 없으며, 지금 이 책도 빚쟁이에게 한 시간을 빌리거나 훔쳐 그나마 여기까지 읽어 왔으리라는 사실을 믿어 의심치 않는다. 경험으로 명민해진 내 눈에는 그들 중 많은 이가 얼마나 초라하고 비루한 삶을 살아가는지 실로 명백히 보인다. 어떻게든 일을 시작해 빚에서 헤어나려 애쓰고는 있지만 빚은 늘 한계점에 도달해 있다. 라틴어로 아에스 알리에눔(aes alienum), 즉 '타인의 놋쇠'라 불리는 빚은 고대로부터 한 번 빠져들면 절대 헤어날 수 없는 늪이나 다름없었다.

오늘날에도 여전히 많은 사람이 다른 사람의 놋쇠 더미에 파묻혀 허우적대느라 죽은 목숨이나 매한가지의 상태로 삶을 연명해 간다. 또한 "내일 갚겠다, 내일은 꼭 갚겠다"라고 약속만 하다가, 결국 파산한 채로 죽어 간다. 다른 사람에게 아첨해 비위를 맞추고, 교도소에 갈 만한 죄만 아니면 무슨 짓이든 서슴지 않고 저지르며 손님을 끌어모으려 발버둥 치기도 한다. 이웃을 설득해 신발이나 모자, 외투, 또는 마차를 만드는 일감을 얻어 내고자, 또는 그들의 식자재 수입하는 일감을 맡아 할 요량으로 거짓말하고 아첨하고 선거에 투표를 한다. 또한 자신이 무슨 공손함의 표본이라도 되는 양 행세하며 얄팍하고 덧없는 관대함을 마구 베풀어 댄다. 그러다 보면 병이 드는 것은 당연할 테니, 사람들은 몸져누울 때를 대비해 돈을 모아 두려 한다. 낡은 궤 속 깊숙한 곳이나 회벽 뒤의 양말 속 또는 좀 더 안전한 방법을 택하고자 벽돌로 지은 든든한 은행에 숨겨 두기도 한다. 그러나 돈을 모아 두는 장소나 방법, 그 액수의 많고 적음은 문제가 되지 않는다.

나는 우리가 흑인 노예제도라고 하는, 역겨우면서도 다소 외래적인 형태의 인간 예속 제도에 몰두해 있을 만큼 경박하기가 이를 데 없다는 사실에 때로 놀라움을 금치 못한다. 남북 양쪽에는 인간을 노예로 만들려고 눈을 번뜩이며 기회만 노리는 자가 수도 없이 많다. 남부의 노예 감독 밑에서 일하기가 힘들다고 하지만, 북부의 감독 밑에서 일하는 것도 그에 못지않다. 하지만 그보다 더 힘든 것은 자기 자신이 스스로의 노예 감독관 노릇을 하는 것이다.

말이 나온 김에 인간 내면의 신성에 관해 이야기해 보자. 밤낮으로 장터를 오가느라 도로를 달리는 짐마차꾼을 보라. 그의 내면에 신성이 조금이라도 꿈틀대고 있겠는가? 그에게 가장 큰 의무란 말에게 건초와 물을 먹이는 것이다. 그러니 받아야 할 운송료와 비교해 봤을 때, 운명이란 것이 그에게 얼마만큼의 가치가 있겠는가? 그저 '소란을 일으키는 나리'를 위해 마차를 몰고 있을 뿐이리라. 그가 얼마나 신을 닮았으며, 또 얼마나 불멸의 존재이겠는가? 불멸의 신성한 존재이기는커녕 자신의 평판에 대한 스스로의 평가, 즉 스스로의 행동 탓에 얻은 평가의 노예이자 죄수가 되어 비굴하고 천박하게 굽실거리며 온종일 막연한 두려움에 떠는 그의 모습을 보라.

세상의 평가는 우리 자신의 사사로운 견해에 비하면 그저 약해 빠진 폭군과 같다. 인간의 운명은 자기 자신을 어떻게 생각하는가에 따라 결정 혹은 암시된다. 심지어 환상과 상상의 영토 서인도제도에도 자아의 해방을 가져다준 윌버포스* 같은 인물이 우리에게도 나타나 줄까? 자신의 운명에 너무 큰 기대를 드러내지 않고자 생의 마지막 날까지 화장대용 방석이나 짜며 소일하는 이 땅의 아낙네들을 생각해 보라. 마치 영원을 해치지 않고도 시간을 흘려보낼 수 있다는 태도 아닌가.

참으로 많은 사람이 절망의 인생을 묵묵히 살아간다.** 소위 체념이란 굳어진 절망에 지나지 않는다. 그들은 절망한 채 도시에서 시골로 찾아 들어가 밍크와 사향쥐의 용기***에서 겨우 위안을 찾는다. 소위 놀이와 오락거리라 부르는 행위 저변에도 우리가 전혀 의식하지 못하는 매우 전형적인 절망이 숨어 있다. 노동 후에나 할 수 있으니 전혀 즐길 만한 여력도 기운도 없

---

* 영국령의 서인도제도에서 노예해방을 위해 싸웠던 영국의 운동가인 윌리엄 윌버포스를 말한다.(원주)

** 이것이 당시 사회에 대한 소로의 핵심 주장이다. 여론 조사라는 개념이 아직 생겨나기 이전 시기였기에, 우리는 단지 그의 주장을 받아들일 수밖에 없다. 하지만 오늘날 조사에 따르면, 미국 노동자의 거의 절반에 해당하는 인구가 '극심한 무기력감'으로 고통받고 있으며, 충격적인 수치라 할 만한 71퍼센트의 노동자가 하루가 끝나는 시점이면 '완전히 녹초가 된' 느낌을 받는다고 한다.(원주)

*** 사향쥐는 덫에 걸리면 다리를 잘라 내고라도 도망친다고 한다.

지 않은가. 절망적인 행위를 하지 않는 것이 바로 지혜의 특징 중 하나인 것이다.

인간의 주된 존재 목적은 무엇이고, 삶을 영위하는 데 진정으로 필요한 물품과 수단은 무엇인지에 관해 교리문답식으로 생각해 보면, 인간이 오늘날의 통상적인 생활 방식을 의도적으로 택한 듯이 보인다. 그 까닭은 여타의 방식보다 유독 그런 생활 방식을 선호했기 때문인 듯하다. 그럼에도 사람들은 선택의 여지가 전혀 없었을 뿐이라고 변명한다. 하지만 천성적으로 기민하고 건전한 사고방식을 품은 인간이라면 매일 아침 새로운 태양이 어김없이 떠오른다는 사실을 절대로 잊지 않을 것이다. 아직 늦지 않았으니, 이제라도 편견을 벗어 버리자.

아무리 고대로부터 이어 온 사고나 행동 방식이라 할지라도 충분히 입증되지 않은 것을 믿어서는 안 된다. 오늘 모두가 한목소리로 진실이라 말하거나, 그저 암묵적으로 그리 인정하는 것일지라도 내일 거짓임이 드러날 수도 있지 않은가. 비를 뿌려 농토를 비옥하게 적셔 줄 구름이라 믿었던 것이 그저 몇몇 사람의 허황된 의견에 지나지 않기도 하듯이 말이다. 노인들이 불가능하다 믿고 엄두조차 내지 않았던 일일지라도 일단 덤벼들어 시도해 보아야 한다. 옛사람이 옛날 방식을 따랐다면, 새사람에게는 새로운 방식이 있는 법이다. 한때 옛사람들은 불길을 유지하기 위해서는 계속 새로운 연료를 집어넣어야 한다는 사실을 알지 못했다. 그러나 새로운 시대의 사람들은 가마 밑에 마른 장작을 조금씩 태워서,* 말 그대로 노인들을 치어 죽일 기세로 새처럼 빠르게 지구를 돈다.

단지 나이만 많다고 해서 노인이 젊은이보다 더 나은 스승이 되지는 않는다. 아니, 오히려 더 못하다고도 할 수 있는 것이, 나이를 먹어 감에 따라 인간은 얻는 것보다 잃는 것이 더 많다. 혹자는 그래도 현명한 사람이라면 나이를 먹는 과정에서 삶의 절대적 가치라 할 만한 것을 깨닫지 않겠느냐고 생각할지 모르겠다. 하지만 실제로는 노인이 젊은이에게 긴히 전해 줄 조언이란 거의 없다. 사실 그들의 경험도 불완전하기 이를 데 없고, 인생마저도 처참한 실패로 끝나기 때문이다. 그들은 이러한 실패가 개인적인 사유 때문이었다고 철썩같이 믿지만, 그것은 어쩌면 명색뿐인 경험에서 남은 약간의 신념 때문일 수 있다. 그들은 이제 젊지 않다. 나는 세상에 태어나 30여 년의 세월을 살아왔으나, 아직까지 노인에게서 가치 있거나 진심에서 우러난 충고 같은 것을 단 한마디도 들어본 적이 없다. 그들은 내게 아무런 말도 해 주지 않았다. 어쩌면 그런 목적으로는 해 주고 싶어도 해 줄 말이 없는지도 모른다.

여기 삶이라고 하는, 아직은 내가 거의 시도조차 해 보지 않

---

* 증기기관차는 물을 끓여 만든 증기를 이용해 운행됐다.

은 하나의 실험이 있다. 연장자들이 이미 시도해 봤다는 사실이 내게 조금이라도 도움이 되지는 않는다. 앞으로 가치 있는 어떤 경험을 하게 되더라도, 나는 인생 선배들이 그에 대해서 내게 아무런 도움도 주지 않았다는 사실을 떠올리게 될 것이다.

한 농부가 내게 "채소만으로 삶을 연명해 갈 수는 없어요. 뼈를 만들 만한 영양분이 안 들어 있거든요"라고 말한다. 그는 뼈를 튼튼하게 할 영양분을 몸에 공급하고자 하루의 일부를 헌신적으로 바치는 사람이다. 그런 말을 하는 동안에도 농부는 소의 뒤를 따라 걷는데, 소는 온갖 장애를 헤치고 육중한 자신의 몸과 쟁기를 힘차게 끌고 간다. 그런데 그 소의 뼈야말로 풀만 먹여 만들어 낸 결과물이 아니던가. 남의 도움 없이는 움직일 수 없는 사람에게는 반드시 필요한 생필품이라고 해도 어떤 사람에게는 사치품에 지나지 않을 수 있으며 아예 그런 물건이 존재하는지도 모른 채 살아가는 사람도 있을 수 있다.

산꼭대기든 계곡이든 간에 인간 세상의 모든 영토를 이미 선조들이 다 훑어 지났을 뿐 아니라, 그들이 세상사 모두를 두루 섭렵했다고 생각하는 사람도 있을지도 모르겠다. 영국의 저술가 이블린*에 따르면, "현명한 솔로몬은 나무를 심는 간격까지도 법령으로 정해 놓았고, 로마의 집정관들은 남의 땅에 들어

* 존 이블린(John Evelyn), 《식물지 혹은 삼림수와 목재의 증식에 관한 논문 (Sylva; or, A Discourse of Forest Trees)》중에서.(원주)

가 도토리를 주워도 사유재산 침해 죄로 걸리지 않으려면 그 횟수가 몇 번까지 허용되어야 하는지, 주인의 몫은 어느 정도가 되어야 하는지까지 정해 두었다"라고 한다. 심지어 히포크라테스는 손톱 자르는 데 적용할 지침까지 남겼다. 그에 지침에 따르면, 모름지기 손톱이란 손가락 끝에 맞추어 더 길거나 짧지 않게 잘라야 한다는 것이다.

삶의 다양성과 즐거움을 고갈시키는 권태와 따분함은 의심의 여지없이 아담의 시대만큼이나 오래되었다. 그러나 인간 능력의 한계는 아직 제대로 측정된 바 없으니, 과거의 전례만으로 그 능력을 판단해서는 안 될 일이다. 사실 지금까지 인간은 시도라 할 만한 것을 거의 해 오지도 않았다. 과거 어떠한 실패를 경험했든 간에 "괴로워하지 말거라, 나의 아들아. 네가 해내지 못한 일로 누가 너를 탓하겠느냐?"*

인간은 수없이 많은 간단한 방식으로 인생을 시험해 볼 수 있다. 밭에 심은 콩을 여물게 하는 태양이 지구뿐 아니라 여러 다른 행성도 동시에 비추고 있다는 사실을 한번 생각해 보자. 내가 이 사실만 기억하고 있었더라도, 최소한 몇 가지 실수는 저지르지 않을 것이다. 행성을 비추는 햇빛은 내가 콩밭을 호

---

* H. 윌슨(H. Wilson) 번역, 《비슈누 푸라나(The Vishnu Purana)》 중에서. 소로는 동양철학과 종교문학 분야에 관해 방대한 서적을 읽었으며, 그의 '초월주의적' 성향도 그러한 독서에서 상당 부분 영향받았다.(원주)

미질할 때 비추는 빛과는 다르다. 별들은 얼마나 근사한 삼각형의 정점을 이루고 있는가! 우주 속의 다양한 저택에서 살아가는, 서로 동떨어진 상이한 존재들이 동시에 같은 것을 바라보고 있다니 이 얼마나 놀라운 일인가!

자연과 인간의 삶은 우리의 기질만큼이나 가지각색이다. 인생이 우리에게 무엇을 가져다줄지 어느 누가 미리 예측할 수 있겠는가. 인간이 서로의 눈을 잠시 들여다보는 것보다 세상에 더 큰 기적이 있을까? 인간은 짧은 시간 안에 세상 모든 시대, 아니 모든 시대의 온갖 삶을 살아야 한다. 역사와 시와 신화를 보라! 다른 이의 경험을 적어 놓은, 이보다 더 놀랍고 유익한 글이 세상에 또 있겠는가.

나는 마음 깊은 곳에서부터 대부분의 이웃이 선이라 부르는 것을 악이라 믿는다. 따라서 살아오는 동안 했던 일 중에 조금이라도 후회하는 것이 있다면, 그것은 다름 아닌 내 자신이 선행을 했던 일일 것이다. 도대체 무슨 귀신에 씌어서 그토록 선하게 행동했던 것일까? '노인 양반, 당신은 칠십 평생을 살아오며 그럭저럭 명예도 얻었으니, 나름대로 가장 현명하다 생각되는 말을 하고 있는지 모르겠습니다. 하지만 내 귀에는 부디 그 말을 멀리하라고 속삭이는, 거역할 수 없는 마음의 목소리가 들려온답니다. 한 세대는 그 전 세대가 벌여 놓은 일들을 마치 좌초된 선박을 버리고 가듯 포기해야 하는 법 아니겠습니까.'

나는 우리가 지금보다 좀 더 큰 믿음을 품어도 좋으리라 생각한다. 자신에 대한 근심은 일단 접어 두고 다른 곳으로 그 관심을 돌려 보도록 하자. 자연은 인간의 강점뿐 아니라 약점에도 잘 조율돼 있다. 개중에는 쉬지도 않고 걱정을 해 대는, 소위 사서 걱정을 하는 사람도 적지 않다. 우리는 우리가 하는 일의 중요성을 너무 과장하는 경향이 있다. 하지만 우리가 해내지 못하는 일은 또 얼마나 많은가! 그러다가 병이라도 들면 어쩌겠는가. 게다가 우리는 가능한 한 믿음을 품지 않으려고 무던히도 주변을 경계하며 살아간다. 온종일 기민하게 깨어 있다가 밤이 되면 어쩔 수 없이 기도문을 외우고 스스로를 불확실성의 한가운데로 내던져 버린다.

　이렇듯 우리는 현재의 삶에만 지극히 성실하게 경의를 표하고 변화의 가능성은 철저히 부인하며 살아간다. 원의 중심에서 반경이 다른 원을 무수히 그릴 수 있음에도, 지금 걸어가는 길이 유일한 길이라고 되뇐다. 중요한 사실은 변화란 모두가 고려해 볼 만한 기적이며 그 기적은 시시각각 일어나고 있다는 점이다. 공자는 "아는 것을 안다 하고, 모르는 것을 모른다 하는 것이, 곧 참되게 아는 것이다"라고 했다. 한 사람 한 사람이 상상 속의 사실을 자신이 납득할 만한 사실로 환원해 낼 수 있게 된다면, 차츰 모든 인간이 그 토대 위에서 삶을 일구어 나갈 수 있으리라고 나는 믿어 의심치 않는다.

이제는 앞서 내가 언급했던 여러 불안과 근심에 관해 잠시 생각해 보자. 그런 걱정이 정말 필요하며 또 주의를 기울일 만한 가치가 있기는 한 것일까? 오늘날 우리는 문명의 한가운데서 살아간다. 하지만 인간의 삶에 절대적으로 필요한 것이 무엇이고 어떻게 하면 그것을 얻을 수 있을지 알고자 한다면, 원시적인 변경 지역의 생활 방식을 따라 해 보는 것도 많은 도움이 될 것이라 생각한다. 아니면 상인들의 거래 장부를 살펴보면서 가게에서 손님이 가장 많이 사간 물건은 무엇이고, 가게에 가장 많이 들여 놓은 상품은 무엇인지, 다시 말해 가장 잘 팔리는 식료품은 무엇인지 알아보기만 해도 좋을 것이다. 제아무리 세상이 발전한다 해도 기본적인 인간 생존 법칙은 많이 변하지 않기 때문이다. 그것은 우리의 골격이 선조들의 것과 크게 다르지 않다는 사실과 마찬가지다.

내가 말하는 '삶에 절대적으로 필요한 것'이란, 인간이 노력을 통해 얻는 것 중에서 처음부터 또는 매우 오랫동안 사용해 온 탓에 삶에서 큰 비중을 차지하게 돼 버린 것을 의미한다. 즉, 야만성, 가난, 철학 등의 이유를 불문하고 어느 누구도 그것 없이는 살아갈 엄두조차 내지 않는 그런 것 말이다. 그런 측면에서 보자면 이 세상을 살아가는 많은 피조물의 삶에 절대적으로 필요한 것이란 '먹을 것' 단 한 가지밖에 없다. 평원의 들소에게는 입에 맞는 약간의 풀과 마실 물만 있으면 충분하다. 물론 숲이나 산그늘에 들어가 몸을 누일 장소를 찾지 않는다는 전제하에 말이다. 동물은 먹이와 잠자리 외에 더는 아무것도 바라지 않는다.

사실 이곳과 같은 기후에서 인간이 살아가는 데 반드시 필요한 것은 식량, 주거, 의복, 연료 등 크게 네 가지 항목으로 나눌 수 있다. 이것이 확보된 후에야 우리는 자유와 성공에 대한 기대를 품고 인생의 진정한 문제를 해결해 나갈 준비가 된다. 인간은 집과 의복뿐 아니라, 음식을 조리하는 방법까지 고안해 냈다. 또한 불의 따뜻함을 우연히 발견해 내고는 그것을 계속 사용하기 시작했다. 그리하여 처음에는 불 옆에 앉는 것이 사치에 지나지 않았을지 모르겠으나, 오늘날에는 그것이 너무나도 당연시된다. 심지어는 인간과 함께 사는 개와 고양이도 이와 같은 제2의 천성을 자연스레 습득해 가는 모습을 본 적이 있을 것이다. 적절한 주거지를 마련하고 옷을 입는 방식을 통해 우리는 체내의 열을 합리적으로 지켜 나간다. 그러나 집이나 옷 또는 연료를 지나치게 이용하면, 다시 말해 외부의 열이 체온보다 높아진다면, 아예 우리의 몸이 요리되는 사태가 발생하지는 않을까?

자연주의자 다윈은 티에라델푸에고섬을 방문했을 때 그의 일행은 옷을 두툼히 챙겨 입고 불가에 앉아 있을 때에 별로 따뜻한 줄 몰랐지만, 그곳의 벌거벗은 원주민은 불가에서 멀리 떨어져 있었음에도 더워 어쩔 줄 모르며 땀을 비 오듯이 흘리는 모습을 보고는 놀라움을 금할 수 없었다고 이야기했다. 호주의 원주민은 발가벗고도 아무렇지 않은데, 유럽인은 옷을 입고도 추위에 벌벌 떤다고 하지 않는가.

그렇다면 추위에 강한 야만인의 특징과 문명인의 지적 능력을 겸비하는 일은 불가능할까? 독일의 화학자 리비히에 따르면, 인간의 몸은 난로이며 음식은 폐 속의 내부 연소를 유지시켜 주는 연료와 같다. 날씨가 추우면 우리는 음식을 더 먹고, 더 우면 덜 먹는다. 동물의 열은 체내에서 서서히 연소가 일어나는 결과로, 그 연소의 속도가 너무 빠르면 질병이나 죽음을 맞이하게 된다. 연료가 부족하거나, 통풍 기능에 결함이 생기면 불은 꺼지고 만다. 물론 생명을 유지시키는 체온과 불을 같은 것으로 이해해서는 안 될 테니, 비교는 이쯤 해 두기로 하자.

앞서의 내용을 살펴보면, '동물의 생명'이라는 표현은 어찌 보면 '동물의 열'이라는 표현과 거의 동의어가 아닌가 싶다. 사실 음식은 몸의 열기가 꺼지지 않도록 유지시키는 연료라 할 수 있는데, 실제적인 연료는 음식을 익히거나 외부로부터 열을 가해 우리의 몸을 따뜻하게 데워 주는 역할을 한다. 이에 반해 가옥과 의복은 그렇게 발생되어 몸에 흡수된 열을 유지시키는 데에만 도움을 준다. 그러니 몸을 따뜻하게 하여 생사 여부가 달린 체열을 지키는 것은 인간이 반드시 해야만 하는 일이라 할 수 있다. 그러기 위해 우리는 온갖 수고를 마다 않고 음식과 의복과 가옥, 밤에 입는 잠옷과도 같은 침대를 확보하려 애쓴다. 우리는 가옥 안의 또 다른 가옥인 침대를 만들고자 새의 둥지와 깃털까지 훔친다. 이는 두더지가 굴속 깊은 곳에 풀과 나뭇잎으로 잠자리를 마련하는 것과 조금도 다를 바 없다.

가난한 이들은 세상이 냉혹하기 이를 데 없다고 늘 불평해 댄다. 실제로 인간이 느끼는 고통의 대부분은 사회적 냉대 못지않게 육체적 추위에서 비롯되기도 한다. 어떤 기후대에서는 여름이면 거의 낙원과도 같은 삶을 살아갈 수 있다. 음식을 조리할 때 말고는 연료를 사용할 필요도 없다. 태양이 난로로써 역할을 다해서, 그곳에서는 과일이 실하게 익어 가며 먹거리의 가짓수도 훨씬 많고 얻기도 쉽다. 의복과 가옥은 전혀, 또는 거의 필요치 않다. 내가 직접 경험한 바에 따르면 오늘날 이 나라에서 생필품 다음으로 필요한 것은 칼, 도끼, 삽, 손수레 정도다. 학구적인 사람에게는 램프, 문구, 몇 권의 책 정도가 더 필요한데, 이러한 것들은 모두 적은 비용으로 마련할 수 있다.

그럼에도 몇몇 어리석은 이들은 지구 반대편의 야만적이고 비위생적인 지역을 찾아가 10년이고 20년이고 죽어라 일만 한다. 그것이 언젠가는 이곳 뉴잉글랜드에 돌아와 편안하고 따뜻하게 살다가 생을 마치기 위함이라는 것이다. 돈 많은 부자들은 단지 편안할 정도의 따뜻함이 아닌 부자연스러울 정도의 뜨거운 환경을 유지하며 살아간다. 앞서도 언급했듯이, 그들은 말 그대로 푹푹 삶아질 정도로 뜨겁게 산다는 것인데, 필요해서가 아니라 단지 유행을 좇느라 그리한다.

대부분의 사치품과 삶을 편안하게 해 준다는 여러 물품은 우리의 일상에 그다지 필요치도 않을 뿐 아니라, 인간의 발전에도 방해가 된다. 사치품과 편의품에 관해 말이 나왔으니 한마디 하자면, 예로부터 지혜로운 사람은 가난한 사람보다 훨씬 소박하고 빈곤한 삶을 살았다. 고대 중국, 인도, 페르시아, 그리스의 철학자들은 외적으로는 비교할 상대가 없을 정도로 가난했으나 내면은 그 누구보다도 풍족했다. 우리는 그들에 대해 거의 아는 바가 없지만, 어쩌면 이만큼이라도 알고 있다는 사실이 놀라울지도 모르겠다. 그들보다 좀 더 후대를 살았던 개혁가나 후원자 등에 대해서도 마찬가지다. '우리'의 입장에서 보자면 그들이 위치한 소위 '자발적 빈곤'이라는 유리한 고지에 오르지 않고서는 어느 누구도 인간의 삶을 공정하고 현명한 눈으로 관찰할 수 없다. 농업이든 상업이든, 문학이나 예술 어느 분야에서든, 사치스러운 삶을 통해 이루어 낸 결실은 그 또한 사치에 지나지 않는다.

오늘날에는 철학을 가르치는 사람은 있을지언정 철학자는 없다. 그러나 과거 철학자의 삶이 탄복을 자아냈듯이, 이제는 철학을 가르치는 일도 칭송할 만한 것이 되었다. 단지 심오한 사상을 품고 있다거나 나름의 학파를 세운다고 해서 절로 철학자가 되지는 않는다. 지혜를 사랑하고 그것이 가르치는 대로 소박하고 독립적이며 관대하고 진실한 삶을 살아갈 수 있어야 한다. 또한 이론상으로뿐 아니라 실질적으로도 삶의 이런저런 문제를 해결해 나가야 한다. 위대한 학자와 사상가의 성공은 왕이나 대장부 같은 성공이 아니라, 왕을 보필하는 아첨꾼의 성공이라 말할 수 있다. 선조들이 그랬듯이, 그들도 적당히 순응하며 그럭저럭 삶을 살아 나가기에 결코 고귀한 인류의 선구적 존재가 될 수는 없다. 그렇다면 인간은 왜 점점 퇴보해 가는 것일까? 왜 가문은 하루하루 쇠락해 갈까? 국가를 무력화시키고 파괴하는 사치의 본질은 무엇인가? 우리 자신의 삶은 전혀 사치스럽지 않다고 단언할 수 있을까?

철학자는 삶의 외적인 측면에서도 시대를 앞서 간다. 그는 동시대 사람들처럼 먹고 자고 입고 몸을 데우지 않는다. 그렇다면 어떻게 하면 우리는 어떻게 철학자가 되어 다른 사람보다 더 나은 방식을 이용해 생명 유지에 필수적인 체온을 지켜나갈 수 있을까? 내가 앞서 언급한 여러 방법으로 몸을 따뜻하게 유지할 수 있다면, 그다음에 우리는 무엇을 바라게 될까? 아마도 같은 정도의 온기를 더 많이 바라지는 않을 터다. 대신 더 풍성하고 값진 음식, 더 크고 화려한 집, 더 고급스럽고 다채로운 옷, 여기저기서 끊임없이 타오르는 더 뜨거운 불길 등을 바라게 되리라. 하지만 이러한 생필품을 마련한 후에도 계속해서 여분의 것을 장만하기보다는 한 가지 다른 대안으로 눈길을 돌려 봄이 좋지 않을까. 그것은 바로 비천한 노동에서 잠시 멀어져 삶을 탐험하는 모험을 떠나는 것이다.

씨앗이 알맞은 토양을 만나 잔뿌리를 내리면, 곧 그 줄기가 자신 있게 위로 뻗어 올라간다. 마찬가지로 사람도 대지에 단단히 뿌리내리는 것은, 그만큼 하늘로 높이 솟아오르고자 함이 아니겠는가. 귀한 식물은 땅에서 높이 자라나 대기와 햇살 속에서 맺는 열매 덕분에 하찮은 채소와는 달리 소중히 대접받는다. 비록 이년생식물이라 해도 채소는 대부분 뿌리를 완전히 내릴 때까지만 길러지고, 종종 그 목적을 빨리 달성하고자 윗부분을 다 잘라 버리는 탓에, 대부분의 사람이 그 식물의 꽃피는 시기를 잘 모른다.

나는 천국에 있든 지옥에 있든 자기 일은 스스로 알아서 처리하고 부자보다도 더 웅장한 저택을 지어 살며, 더 풍성하게 돈을 써도 결코 궁핍해지지 않는 강하고 용감한 천성의 사람들에게 어떤 규칙을 가르치고자 이런 말을 하는 것이 아니다(물론 그들이 어떻게 그리 살아갈 수 있는지, 그리고 실제로 그런 사람이 존재하기는 할지, 혹은 꿈에서나 존재하는 사람들인지는 나도 잘 모르겠다). 또한 정확히 현재 처해 있는 상황에서 격려와 영감을 얻으며 연인들 간에나 느낄 법한 애정과 열정으로 현재를 소중히 여기는 사람에게 설교하려 함도 아닌데, 사실 나 역시도 어느 정도는 그런 부류에 해당되기 때문이다. 그리고 어떤 환경에서든 하는 일에 만족하고 자신이 그 일에 적합한 사람인지 잘 아는 이들에게 충고하려 함도 아니다.

내가 목표로 하는 주요 대상은 현재에 만족하지 못하고 자신의 운명이나 타고난 시대만을 탓하며 적극적으로 상황을 개선하려 노력하지도 않으면서 게으르게 불평만 일삼는 사람이다. 그런 이들은 나름의 의무를 다하고 있다고 소리 높여 주장하며 고집스럽게 불만을 터뜨려 대는데, 겉으로 보기에만 부유할 뿐 그들은 지독히도 가난한 사람들, 즉 쓰레기만 잔뜩 축적해 놓은 채 그것을 어떻게 써야 할지, 또 어떻게 처분해야 할지 몰라 쩔쩔매는 부류들이다. 그들에게 황금과 은은 스스로의 발을 옭아매는 족쇄나 다름없다.

내가 과거에 어떤 삶을 살아가길 소망했는지 이야기한다면, 어느 정도 내 삶의 이력을 알고 있는 독자마저도 의아함을 느끼지 않을 수 없을 것이다. 그러니 나에 대해 전혀 모르는 독자라면 더욱 놀라움을 금치 못할 것이다. 그래서 내가 마음에 품었던 계획의 일부만을 넌지시 털어놓아 볼까 한다.

날씨에 상관없이, 또는 밤낮 어느 시간이든 개의치 않고, 나는 주어진 시점을 최대한 이용하려 애썼고, 지팡이에 그것을 새겨 두기*까지 했다. 또한 과거와 미래라는 두 영원이 만나는 지점인 현재에 정확히 발붙이고 서 있으려 노력했다. 내가 하는 일이라는 게 대다수의 사람이 하는 일보다 은밀한 구석이 많다. 따라서 설명이 다소 애매모호하더라도 용서해 주기를 바란다. 그러나 의도적으로 비밀을 만든다기보다 일의 특성상 어쩔 수 없는 측면이 강하기에, 기꺼이 내가 아는 바를 모두 말하려 애쓸 테고, 절대로 '입장 불가'라는 팻말을 마음의 문 앞에 내걸지 않으리라는 사실 또한 약속한다.

오래전에 나는 사냥개 한 마리와 밤색 말 한 필과 비둘기 한 마리**를 잃어버렸고, 지금도 여전히 그들의 행방을 찾는 중이다. 그동안 나그네를 만날 때마다, 나는 녀석들이 잘 가던 곳과 어떻게 부르면 제 이름을 잘 알아듣는지 설명하며 그들을 잃은 근심을 털어놓곤 했다. 그러면 어떤 이는 내 사냥개가 짖는 소리와 말발굽 소리를 들었으며, 심지어는 내 비둘기가 조각구름 뒤로 사라지는 모습을 보았노라 말했다. 마치 자신들이 기르던 동물을 잃어버리기라도 한 듯 그들을 찾고 싶어 조바심을 보이기도 했다.

우리가 단지 해돋이와 새벽뿐 아니라, 가능하다면 자연 그 자

---

* 로빈스 크루소가 날짜를 잊지 않으려고 해가 질 때마다 막대에 금을 그어 표시했던 상황을 차용한 표현이다.
** 세 동물이 상징하는 바에 대해서는 여러 해석이 분분할 뿐 명확히 결론 난 바는 없다고 한다.

체를 기대하며 살아간다면 얼마나 좋겠는가! 그동안 나는 얼마나 많은 여름과 겨울 아침에, 아직 아무도 자리에서 일어나 일을 시작하지 않은 이른 시간에, 잠자리를 털고 일어나 내 할 일을 시작했던가! 당연히 많은 마을 사람이 이미 일을 마치고 돌아오는 나와 마주치곤 했는데, 그중에는 어스름한 황혼녘에 보스턴으로 출발하는 농부나 그제야 일터로 나가는 벌목꾼도 있었다. 내가 해 뜨는 것을 도울 수야 없지만, 해가 뜰 때 그들의 모습을 지켜봤다는 사실만큼 중요한 것이 있겠는가.

아, 나는 얼마나 많은 가을과 겨울날을 마을 밖에서 보내며 바람이 실어 오는 소리에 귀 기울이고 전해 들은 그 소식을 빠르게 전달하려 애썼던가! 그 소리를 듣고자 나는 가진 돈 전부를 털어 넣었고, 바람을 정면으로 맞으며 숨을 헐떡이곤 했다. 한데 만약 그것이 정치권의 양대 정당에 관한 내용이었다면, 단언컨대 속보로 신문에 실리고도 남았을 터다. 때로 나는 새로운 소식이 있으면 전보를 치고자 절벽이나 나무 위 전망대에 올라가 망을 보기도 했다. 저녁 무렵에는 언덕 꼭대기에 올라가 하늘을 바라보며 앉아 있곤 했다. 행여 하늘에서 뭔가 떨어지지는 않을까 기대했기 때문이었지만, 사실 한 번도 하늘에서 떨어지는 뭔가를 잡아 본 적은 없었으니, 잡았다 한들 아침이면 햇살 속에 다시 녹아 버리지 않았을까 싶다.

오랫동안 나는 발행 부수가 그다지 많지 않은 어느 잡지사의 통신원으로 지냈다. 하지만 그곳의 편집자는 내가 기고한 글이 대부분 기사로 내보내기에는 적절치 않다고 보았다. 따라서 작가들이 흔히 그러듯, 나도 고생만 하고 결실은 얻지 못했다. 하지만 내 경우에는 고생 그 자체가 보상이었다.

여러 해 동안 나는 자칭 눈보라와 폭풍우의 관찰자로 지내며 맡은 임무를 충실히 수행했다. 또한 측량 기사로서 큰길은 아니더라도 숲에 난 길과 모든 지름길을 찾아내어 사람들의 통행이 계속해서 가능하도록 조치했다. 또한 사람의 발길이 잦아 그 쓸모가 입증된 골짜기도 서로 잘 연결되어 사시사철 통행이 가능하도록 신경 썼다.

걸핏하면 울타리를 뛰어넘어 마을의 충직한 목동을 애먹이는 길들지 않은 가축을 보살피는 일과 사람의 손길이 제대로 닿지 않는 농장 구석구석을 살피는 일도 내 몫이었다. 비록 요나와 솔로몬이 밭에 나와 일을 했는지의 여부까지 늘 꼼꼼히 챙길 수야 없었지만, 사실 그것은 내가 상관할 바도 아니었다. 대신 나는 붉은 월귤나무, 벚나무, 팽나무, 적송, 검정물푸레나무, 포도나무, 그리고 노란 제비꽃에 물을 주어 가문 계절에도 시들지 않도록 신경 썼다.

자화자찬하자는 것은 아니지만, 간단히 말해 나는 이 일을 참으로 오랫동안 충실히 해 나갔다. 그러나 이웃 사람들이 나를 마을의 관리직에 앉혀 줄 리도 없었고, 내가 하는 일을 적당한 보수가 있는 한직(閑職)으로 만들어 줄 의향도 전혀 없음은 갈수록 명백해졌다. 내가 충실히 적었다고 맹세라도 할 만큼 열심히 기록했던 장부는 한 번도 감사히 여겨지거나 인정받은 적이 없고, 지불 정산된 일도 없었다. 하지만 나는 그런 일에는 전혀 마음 상해하지 않았다.

얼마 전에 한 원주민 행상이 우리 마을의 유명한 변호사 집에 바구니를 팔러 간 일이 있었다. 그가 "바구니 좀 팔아 주세요"라고 이야기하자, 변호사는 "아니요, 우리 집에는 필요 없어요"라고 대답했다. 그러자 원주민은 "내 참! 우릴 굶겨 죽일 참입니까?"라고 소리 지르며 문밖으로 나갔다. 원주민은 주변의 근면한 백인, 특히 백인 변호사가 변론을 엮어 내기만 하면 마법처럼 부와 명성이 따르는 것을 보면서 속으로 '나도 사업을 해야겠어. 바구니를 짜야지. 그게 내가 할 수 있는 일이니까'라고 생각했던 것이다. 그러고는 마치 바구니를 만들어 놓기만 하면, 백인들이 무조건 팔아 주기라도 할 것처럼 생각했다. 그러나 정작 돈을 내고 살 만한 값어치가 있는 바구니를 만들거나, 아니면 적어도 바구니가 가치 있는 물건이라 느끼게끔 하거나, 이도 저도 아니면 살 만한 가치가 있는 다른 물건을 만들 생각은 전혀 하지 못했던 것이다. 나 역시도 결이 섬세한 바구니 종류를 하나 엮어 두기는 했지만, 다른 사람이 살 만한 물건으로 만들어 내지는 못했다. 그러나 내 경우에는 바구니 엮는 일이 보람되다고 생각했기에, 남들이 살 가치가 있을 만한 물건으로 만드는 일을 고민하는 대신 어떻게 하면 바구니 파는 상황을 피할 수 있을지에 대해 연구했다. 세상 사람들이 성공적이라 간주하며 칭송하는 삶은 오직 한 가지뿐이다. 왜 우리는 다른 여러 종류의 삶을 희생하면서까지 오직 한 종류의 삶만을 과대평가하는 것일까?

이웃 사람들이 내게 군청의 관리직이나 부목사 혹은 그 밖에 먹고살 만한 일거리 등을 제공할 가능성이 거의 없다는 사실을 깨닫고 난 후 스스로 살아갈 방도를 마련해야 했으므로, 나는 그 어느 때보다도 더 열심히 숲으로 관심을 돌렸다. 숲은 내가 가장 많이 돌아다녀 잘 아는 곳이었다. 평소대로 자본이 모이기를 기다리는 대신, 나는 이미 가지고 있던 얼마 되지 않는 자본만 가지고 곧바로 마음먹은 바를 행동에 옮겼다. 내가 월든 호숫가로 간 목적은 돈을 들이지 않고 살려는 것도, 대단한 희생을 치르며 살려는 것도 아니었다. 그저 방해받지 않는 곳에서 사적인 삶을 살아가자는 생각에서였다. 상식과 사업적 재능이 부족하다고 해서 이 일을 하지 못한다면 그건 슬프다기보다는 어리석어 보일 테니 말이다.

나는 늘 엄격한 사업 습관을 익히려 노력해 왔다. 이는 모두에게 필요한 자질이다. 만약 내가 중국과 거래를 하고자 세일럼 항구 같은 해안에 작은 회계 사무소를 마련한다면, 만반의 준비가 됐다고 할 수 있을 것이다. 그리고 이 나라에서 구할 수 있는 순수 국산품, 즉 많은 얼음과 소나무 목재, 약간의 화강암 등을 국적 화물선에 실어 수출하면 된다. 이는 매우 전망 좋은 사업이다. 세부사항을 내가 직접 관리하고, 조타수와 선장 역할 뿐 아니라, 선주와 보험업자의 역할까지 직접 맡아 하면 된다. 매매는 물론이고 회계까지 관리하고, 수신되는 모든 편지를 직접 읽고, 보낼 편지를 쓰고 읽는 역할도 하며, 밤낮으로 수입품의 하역 작업도 손수 해치운다.

가장 값진 화물의 하역은 저지 해안에서 이루어지는 일이 잦다. 그래서 해안 이곳저곳을 동에 번쩍 서에 번쩍 움직여 다녀야 한다. 스스로의 전령이 되어 끈기 있게 수평선을 살펴보고 해안으로 들어오는 모든 선박과 통신도 해야 한다. 또한 멀리 떨어진 비싼 시장에도 물품을 공급하기 위해 지속적으로 상품을 발송하기도 하고 전쟁과 평화의 가능성까지 고려해 세계 여러 지역의 시장 상황을 지속적으로 살피고, 무역과 문명의 경향도 예측할 수 있어야 한다. 또한 모든 탐험대가 보고하는 결과를 이용하고, 새로운 항로와 개선된 항해술도 활용한다. 해도(海圖)를 연구하고 암초와 새로운 등대, 부표의 위치도 확인한다. 그리고 무엇보다 중요한 것은 늘 부단하게 대수표(對數表)를 점검 수정해야 한다는 점이다. 정든 항구에 도착해야만 할 선박이 계산원의 실수로 암초에 부딪혀 좌초되는 일이 없도록 해야 하지 않겠는가. 끝내 생사 여부도 알려지지 않은 라페루즈*의 운명을 떠올려 보라. 따라서 하노**와 페니키아인의 시대부터 오늘날에 이르기까지 모든 위대한 탐험가와 항해사, 뛰어난 모험가와 상인의 삶을 연구하는 동시에 보편과학과도 보조를 맞추어야 한다. 때때로 재고 조사를 통해 현황도 파악해 나가야 한다. 손익과 이자를 계산하고, 선적 용기의 중량을 산정(tare and tret)***하며, 온갖 측량을 하는 문제는 여러 수완과 방대한 지식을 요하는 일은 힘든 노동이다.

나는 월든 호숫가가 사업하기에 좋은 장소라고 생각해 왔다. 단지 철도가 놓여 있거나 얼음 교역이 이루어지기 때문만은 아니다. 그 외에도 여러 이점이 있는데, 만천하에 그 이점을 알리는 것은 그다지 현명한 일이 아닐 듯하니 이쯤 해 두기로 하자. 어쨌든 월든 호수는 좋은 항구이자 기반 시설이다. 물론 집을 지으려면 어디서나 손수 땅에 말뚝을 박아 넣어야 하는 번거로움이 있다. 하지만 네바강 늪지****처럼 바닥을 메울 필요는 없다. 흔히 서풍이 불어 네바 강이 얼어붙는 만조 때가 되면 상트페

---

* 프랑스의 해양탐험가로 조난 사고 후 실종되었다.
** 기원전 500년경 활약한 카르타고의 탐험가이다.
*** 소매로 판매할 상품의 순수한 중량을 계산할 때 적용하는 두 가지 일반적인 공제(控除)다. '테어(tare)'는 컨테이너(포장 용기)의 무게를, '트레트(tret)'는 운송 중 줄어드는 무게를 고려한 초과 적재량을 의미한다.(원주)
**** 구소련 유럽 서북부를 흐르는 네바강의 삼각주다.

테르부르크*는 지구상에서 휩쓸려 사라질지도 모른다고 하지 않는가.

　나는 변변한 자본 없이 이 일을 시작했다. 따라서 운영에 반드시 필요한 여러 수단을 어디서 마련했을지 추측하는 일은 결코 쉽지 않을 터다. 옷을 구입할 때를 예로 들어 보자. 우리는 옷의 진정한 용도보다는 새것에 대한 선호도와 다른 사람이 어떻게 생각할까를 더 고려하는 경향이 있다. 하지만 일하는 사람이 옷을 입는 목적은 체온을 유지하면서 알몸을 가리며 사회 속에서 살아야 하기 때문이다. 이런 사실만 기억하고 있으면 누구든 새 옷을 구입하지 않고 지금 가진 옷만으로도 얼마든지 필수적이고 중요한 일을 해낼 수 있음을 깨닫게 될 것이다.

　왕과 왕비는 재단사나 양재사가 왕실을 위해 특별히 만드는 옷을 입는다. 하지만 한 가지 옷을 단 한 번밖에 입지 않으므로 몸에 잘 맞는 옷을 입는 편안함이 어떤 것인지 잘 알지 못한다. 그러니 깨끗한 옷을 걸어 두는 목마보다 나을 게 없지 않은가. 사실 의복은 입는 사람의 개성이 각인되어 하루하루 우리의 몸과 동화되어 간다. 인간은 생의 마지막 날 자신의 육신을 떠날 때처럼 마지못한 심정으로, 혹은 의료 기구를 사용하거나, 어떤

---

* 1703년 네바강 하구에 세워진 도시로 늘 강이 범람하는 탓에 홍수로 몸살을 앓았던 지역이다.

의식을 치르기 위해 반드시 그래야 할 때를 제외하고는 옷 벗기를 주저한다.

나는 누군가가 기운 옷을 입었다고 해서 그를 얕잡아 본 일이 없다. 하지만 흔히 사람들은 건전한 양심을 품기보다는 유행을 앞서 가는 옷, 깁지 않은 깨끗한 옷을 입고자 조바심을 내며 살아간다. 설사 구멍 난 옷을 수선하지 않고 입는다 한들, 드러나는 최악의 부덕이라 해 봐야 부주의함 정도에 불과할 텐데 말이다.

나는 때로 "당신은 무릎이 헤져 천을 덧대거나 헤진 곳을 박음질한 옷을 입을 수 있겠습니까?"라는 질문을 던져 지인들의 사람됨을 시험해 본다. 대부분은 만약 그런 옷을 입을 정도가 되면 자신의 앞날은 이미 끝장나 버린 것이나 마찬가지라고 믿는 듯했다. 그런 사람은 기운 바지를 입고 다니느니 차라리 부러진 다리로 절뚝거리며 걸어 다니는 게 훨씬 낫다고 여긴다. 대게 사람들은 다리를 다치게 되면 서둘러 치료를 받으려 하겠지만, 바지가 찢어지는 것은 별로 대수롭게 여기지 않는다. 무엇이 진실로 존중할 만한가를 따지기보다는, 무엇이 세상 사람의 눈에 존중할 만한 것으로 보일까에 더 신경 쓰기 때문이다. 그러다 보니 사람보다 외투나 바지에 대해 더 많이 아는 것이 우리네의 현실이다.

지금 입은 옷을 벗어 허수아비에게 입혀 놓고 당신은 그 옆에 벌거벗고 서 있어 보라. 그러면 누구라도 허수아비를 보자마자 인사를 할 것이다. 며칠 전 옥수수밭을 지나쳐 가다가, 나는 모자와 외투를 입혀 놓은 말뚝을 보고 대번에 그 밭의 주인이 누구인지 알아보았다. 허수아비는 지난번에 보았을 때보다 더 풍우에 시달린 듯했다.

일전에 나는 어느 개에 관한 이야기를 들은 일이 있다. 그 개는 주인의 집 근처에 접근하는 낯선 사람에게는 무조건 짖어댔는데, 어느 날 발가벗고 침입한 도둑에게는 무척 얌전히 굴었다고 한다. 만약 우리가 입은 옷을 다 벗어던져 버리고 각자가 상대적인 사회적 계급을 그대로 유지해 갈 수 있을지 생각해 보는 것은 상당히 흥미로운 일이다. 이런 경우 당신은 누가 가장 존중받는 계급에 속하는 사람인지 구분해 낼 수 있겠는가?

동서양을 막론하고 전 세계로 모험적인 여행을 다닌 페이퍼 부인*은 자신의 고향에서 멀지 않은 아시아 쪽 러시아**에 가까워지자, 관리들을 만나러 갈 때는 여행복이 아닌 다른 옷으로 갈아입어야겠다는 말을 했다고 한다. 이유인즉, '사람들이 옷으로 사람을 판단하는 문명국에 도착했기 때문'이라는 것이었다.

---

* 이다 페이퍼(Ida Pfeiffer), 《어느 숙녀의 세계 일주(A Lady's Voyage Round the World)》 중에서.(원주)
이다 페이퍼는 오스트리아 출신으로 19세기 초반 세계를 여행한 최초의 여성 중 한명이자 여행 서적 작가이다.
** 시베리아를 일컫는다.

심지어 민주적인 지방인 이곳 뉴잉글랜드에서조차 옷이나 마차 등으로 자신의 부를 과시하는 사람은 설령 그가 우연히 벼락부자가 되었다 할지라도 백이면 백 모두에게 존경을 받는다. 하지만 그런 식의 존경을 표하는 사람은 아무리 그 수가 많다 한들 이교도나 다름없으니, 선교사를 보내 개화시켜야만 한다. 게다가 옷 때문에 인간은 바느질을 하게 됐는데, 바느질이라는 것이 말 그대로 해도 해도 끝이 없는 일이 되어 버렸다. 여성의 옷은 아무리 만들어 대도 부족하기만 하지 않은가.

마침내 무언가 할 일을 찾아낸 사람이라도 그 일을 하기 위해 새 옷을 장만할 필요는 없다. 오랫동안 다락 속에서 먼지를 뒤집어쓴 채 놓여 있던 낡은 옷만 입어도 충분할 터다. 헌 신발 또한 영웅의 시종보다 영웅이 신었을 때 더 오랫동안 그 소용을 다한다. 물론 영웅에게 시종이 있다면 그렇다는 말이다. 어쨌거나 인간이 맨발로 다니던 세월이 신발을 신기 시작한 세월보다 더 오래되었으니, 충분히 맨발로도 다닐 수 있지 않겠는가. 하지만 저녁 만찬에 참석하거나 의사당에 드나드는 사람이라면 새로운 외투가 반드시 필요할 것이다. 외투를 갈아입으면 사람이 달라 보이기 때문이다. 그러나 내 외투와 바지, 모자와 신발이 신을 경배하는 데에 적당하다면, 나는 그것만으로도 충분하다. 충분치 않을 이유는 또 무엇이 있겠는가?

자신의 옷이, 혹은 외투가 너무나도 닳고 달아서 거의 누더기 천의 형태로 돌아가는 모습을 지켜본 사람이 있기는 할까? 그리하여 가난한 아이에게 그 외투를 기부한다 한들 전혀 자선의 행위가 되지 않는 상황을 겪어 본 사람이 있을까? 어쩌면 그 가엾은 아이는 자기보다 더 가난한 사람(아니, 가진 것이 적어도 얼마든지 살아갈 수 있으니 오히려 더 부자라 할 만한 사람)에게 그 옷을 주려 했을지도 모르지만, 그렇다 한들 전혀 자비로운 행위가 되지는 못했을 터다.

나는 새로운 사람보다 새 옷을 더 필요로 하는 사업을 조심하라고 말해 주고 싶다. 옷을 입을 사람도 없이 어찌 새 옷을 몸에 맞게 만들 수 있겠는가? 지금 뭔가 새로운 일을 시작하려 한다면 입던 옷 그대로 걸치고 시작해 보자. 우리에게 필요한 것은 '할 일'이나 '되어야 할 사람'이지, 일을 하는 데 필요한 도구가 아니다. 그러니 아무리 입은 옷이 남루하고 더럽다 해도 새 옷을 구하지 않음이 좋을 듯하다. 어떤 특별한 방식으로 행동하고 일하고 먼 길을 향해 나감으로써 스스로 새로운 사람이 된 듯이 느낄 때, 그리하여 헌 옷을 입는 것이 마치 낡은 병에 새 포도주를 담아 두는 듯한 느낌이 들 때, 그때 새 옷을 장만해도 늦지 않다.

날짐승이 털갈이를 할 때와 마찬가지로, 인간도 살아가며 위기의 국면을 맞이했을 때 허물을 벗고 변신해야 한다. 아비는 털갈이 기간이면 한적한 호수를 찾아가 머문다. 뱀은 내부 활동과 확장을 통해 허물을 벗으며 유충 또한 자신의 껍질을 벗어던진다. 인간에게 옷이란 일종의 표피이자 몸을 감싸고 있는 껍질에 지나지 않는다. 새 옷으로 겉만 치장해 봐야 다른 나라 국기를 달고 항해하는 선박이나 다를 바 없으니, 그는 언젠가 인류뿐 아니라 자기 자신의 의견에 따라 필연적으로 추방당할 수밖에 없다.

우리는 마치 외생 식물이 바깥으로 껍질을 겹쳐 가며 자라나듯이 의복 위에 의복을 껴입어 외모를 부풀린다. 겉에 걸쳐 입는, 종종 얇고 화려한 천으로 만드는 옷은 표피이자 가짜 피부여서 생명과는 아무 관련이 없다. 그래서 여기저기 찢어진다 해도 치명적인 부상을 입지는 않는다. 우리가 항상 입고 있는 두꺼운 옷은 세포질 외피, 즉 표피다. 그러나 속옷에 해당하는 얇은 셔츠는 식물로 치면 체관부, 즉 진짜 피부에 해당하므로 살점을 도려내지 않고는 벗겨 낼 수 없다. 나는 지구상의 모든 인종이 특정 계절에는 우리의 속옷에 해당하는 옷을 몸에 걸친다고 믿는다. 사람이 간소하게 옷을 입어 어둠 속에서도 자신의 몸을 더듬어 신체 각 부위를 알아볼 수 있다면, 모든 면에서 검소하고 준비성 있게 살아갈 수 있다면, 그보다 더 바람직한 일은 없을 터다. 그리만 할 수 있다면 우리는 적이 마을을 점령하더라도, 고대 철학자들처럼 아무런 걱정 없이 맨손으로 성문을 나설 수 있게 될 것이다.

두꺼운 옷 한 벌은 모든 면에서 얇은 옷 세 벌의 몫을 한다. 그리고 값싼 옷은 누구라도 손쉽게 구입할 수 있다. 5달러만 주면 몇 년이고 입을 수 있는 두꺼운 외투를 장만할 수 있고, 두꺼운 바지는 2달러면 충분하며, 소가죽 부츠 한 켤레에 1달러 50센트, 여름 모자는 25센트, 겨울 모자는 62.5센트만 주면 살 수 있다. 게다가 집에서는 더 적은 비용만으로도 훨씬 좋은 것을 만들 수 있다. 이처럼 손수 벌어 장만한 옷을 입고도 경의를 표해 오는 사람이 하나도 없을 만큼 당신이 가난하다는 말인가?

내가 단골 재봉사를 찾아가 특별히 어떤 식으로 옷을 만들어 달라고 부탁하면, 그네는 "요즘 사람들은 그런 옷 안 입어요"라고 매우 진지하게 말한다. 마치 운명의 세 여신처럼 인간이 아닌 어떤 초월적 존재의 권위를 대신하기라도 하듯 '사람들'이라는 단어를 전혀 강조하지 않는다. 재봉사가 내 말을 진심이라 믿지도 않거니와, 내가 그토록 경솔할 리 없다고 생각하는 탓에 난 그를 설득해 원하는 옷을 만들어 입을 수 없다는 사실을 깨닫는다. 이처럼 무슨 신탁이라도 되는 듯한 말을 듣게 되면, 나는 잠시 생각에 잠겨 방금 들은 말을 한 단어씩 또박또박 되뇌어 본다. 그 말의 의미를 제대로 파악하고, '사람들'과 '나'는 어느 정도나 깊은 관계가 있으며, 또 내게 그처럼 큰 영향을 주는 일에 그들이 어느 만큼의 권위를 갖는지 파악해 보고자 함이다. 그러다 마침내는 나도 재봉사처럼 애매한 태도로 '사람들'이라는 단어를 전혀 강조하지 않으면서 다음과 같이 대답하고 싶은 충동을 느낀다.

"맞아요, 얼마 전까지만 해도 사람들이 그런 옷을 맞춰 입지 않았어요. 그렇지만 요즘은 맞춰 입죠."

그런데 재봉사가 내 인품은 전혀 개의치 않고, 마치 내가 외투를 걸어놓을 옷걸이 처지밖에 안 된다는 듯이 양 어깨넓이만 잰다면 그게 무슨 소용이 있었는가? 우리는 '미의 세 여신'이나 '운명의 세 여신'이 아닌 '유행의 여신'을 숭배한다. 이 유행의 여신은 실을 잣고 옷감을 짜고 재단까지 하는 전권을 휘두른다. 파리의 두목 원숭이가 어떤 여행용 모자를 쓰면 미국의 원숭이도 모두 그와 똑같은 모자를 쓰게 된다는 말이다.

때로 나는 세상을 살아가며 다른 인간의 도움을 받아서는 옷 만드는 일은 고사하고 아주 간단하고 정직한 일조차 제대로 해낼 수 없을지 모른다는 생각에 절망하곤 한다. 그럴 때면 사람들을 강력한 압착기에 넣어 돌려서 머릿속의 낡은 사고를 모조리 짜내 버려 그런 생각이 다시는 제 발로 일어서지도 못하게 하고 싶은 생각마저 든다. 하지만 헛된 생각이란 본디 불로 태워도 없어지지 않는다. 무리 중 한 명의 머릿속에는 어느새 파리가 슬어 놓은 구더기가 부화해 있을지도 모르는 일이니 결국 무엇을 하든 헛수고만 한 셈이 된다. 그럼에도 우리는 이집트의 밀알이 미라에 의해 후손에게 전해졌다는 사실까지 잊어서는 안 되리라.

나는 우리나라뿐 아니라 세계 어느 나라에서든지 의상을 예술의 경지에 올라섰다고 주장하기에는 다소 무리가 있다고 본다. 오늘날 사람들은 손에 넣을 수만 있다면 아무 옷이나 가리지 않고 닥치는 대로 입는다. 그것은 마치 난파선의 선원들이 해안에 도착해서 아무 옷이나 눈에 띄는 대로 걸쳐 입는 것과 다르지 않다. 하지만 시공간상으로 약간의 거리만 생겨도 그들은 서로의 우스꽝스러운 모습을 한껏 비웃는다.

어느 세대든 간에 인간은 구시대의 유행을 비웃고 새로운 유행은 거의 종교적인 열정으로 뒤쫓는다. 우리는 헨리 8세나 엘리자베스 여왕 시대의 의상을 보면서 그것이 마치 식인종이 사는 섬나라의 왕이나 왕비의 옷이라도 되는 양 재미있어 어쩔 줄 몰라 한다. 사람의 몸에서 벗겨진 옷은 그것이 무엇이든 모두 보잘것없고 한심하게 느껴지기 때문이다. 다시 말해 옷을 비웃음거리가 아닌 신성한 대상으로 만들어 주는 것은, 바로 그 옷을 입은 사람의 날카롭게 꿰뚫어 보는 진지한 눈빛과 그 눈빛을 통해 전달되는 참된 생명력이다. 어릿광대가 복통으로 이리저리 뒹군다면 그의 의상도 그 분위기를 살리는 데 한몫을 할 테고 병사가 포탄에 맞아 쓰러지면 넝마 같은 군복도 자주색 왕실 의상만큼이나 그에게 잘 어울려 보일 터다.

새로운 유행을 쫓는 세상 남녀의 유치하고 야만스러운 취향

덕분에 오늘날 많은 사람이 현세대가 원하는 독특한 스타일을 찾아낼 욕심으로 끊임없이 만화경을 흔들어 대며 그 안을 들여다본다. 의류 제조업자들은 이러한 취향이 단지 변덕에 지나지 않음을 잘 안다. 예컨대 특정한 색깔의 실 몇 가닥이 달리 쓰였을 뿐 문양에 차이점이라고는 거의 없는 두 종류의 천이 있는데, 하나는 날개 돋친 듯 팔려 나가고 다른 하나는 선반 위에서 먼지만 쌓여 간다. 그러다가 계절이 바뀌면 안 팔리던 옷감이 언제 그랬냐는 듯 가장 유행하는 옷감이 되곤 하는데, 이런 경우는 일상에서 비일비재하다. 이와 비교해 보면, 문신은 흔히들 생각하는 것처럼 그렇게 흉측한 관습이 아니다. 피부에 깊숙이 박혀 변경할 수 없다는 이유만으로 야만적이라 할 수는 없지 않겠는가.

나는 우리의 공장 제도가 옷을 구할 수 있는 최고의 방식이라 생각하지 않는다. 공장 근로자들의 근무 환경은 갈수록 영국을 닮아 간다. 그리고 그 사실을 안다고 해도 그리 놀랄 일은 아니다. 내가 듣거나 목격한 바에 따르면 공장의 주된 운영 목적은 인류가 잘, 그리고 올바르게 입도록 돕는 것이 아니라, 의심의 여지없이 기업이 돈을 많이 벌도록 하는 것이기 때문이다. 장기적으로 보았을 때 인간은 결국 목적하는 바를 이루고야 만다. 따라서 지금 당장은 별 돈벌이가 되지 않더라도, 일단 목표는 높게 잡아 둬야 하지 않겠는가.

주거에 관해 이야기해 보자. 오늘날 집이 삶의 필수품이 되었다는 사실을 부정하지는 않겠다. 그러나 이보다 더 추운 나라에서도 인간이 오랜 기간 집 없이도 잘 살아온 많은 사례가 있다. 영국의 저술가 사무엘 랭*은 다음과 같이 말했다.

유럽 최북단의 라플란드 사람들은 가죽옷을 입고 가죽 자루를 머리에서 어깨까지 뒤집어쓴 채 밤마다 눈 위에서 잔다. 그런데 그곳은 제아무리 두툼한 모직 옷을 입고 있어도 생명에 위협을 느낄 만큼 추운 곳이다.

그들이 자는 모습을 직접 목격한 랭은 "그렇다고 그들이 다른 사람들보다 훨씬 강인한가 하면 전혀 그렇지도 않다"라고 덧붙인다. 사실 인간은 지구상에 존재한 지 얼마 되지 않았을 때 이미 집 안에 있을 때의 편리함, 즉 가정의 안락함을 발견해 냈던 것 같다. 한데 가정의 안락함이란 본디 가족보다는 집이 주는 만족감을 더 크게 의미해 왔는지도 모르겠다. 그러나 집 하면 주로 겨울이나 우기를 연상하게 되고, 1년 중 3분의 2는 파라솔 하나만 있으면 얼마든지 견딜 수 있는 지역에서 가정의 안락함으로 상징되는 집이 주는 편의란 극히 제한적이고 일시

---

* 사무엘 랭(Samuel Laing), 《노르웨이 체류 일지(Journal of a Residence in Norway)》중에서.(원주)

적이었을 터다. 예전에는 내가 사는 이곳에서도 여름철이면 집은 그저 밤의 덮개에 지나지 않았다. 원주민이 남겨 놓은 그림문자로 그려진 천막집은 하루 동안의 이동을 상징했다. 나무껍질에 연달아 새기거나 색칠해 놓은 천막집의 개수는 그들이 그곳에서 며칠이나 야영했는지를 알려 준다.

인간은 팔다리가 길거나 강인하게 창조되지 않은 탓에, 스스로의 세계를 좁혀서 자신에게 꼭 맞는 공간에 담을 쌓아 올려야 한다. 태초의 인간은 벌거벗은 채 들판에서 생활했다. 그런 삶도 평온하고 따뜻한 날씨에 햇살이 내리비칠 때면 충분히 쾌적했을 것이다. 하지만 건조한 뙤약볕 아래서나 우기, 또는 한파가 몰아닥칠 때 집이라는 피난처를 만들어 서둘러 은신하지 않았다면 인류는 그 봉우리를 꽃피워 보지 못하고 멸종해 버렸을 것이다. 전하는 이야기에 따르면, 아담과 이브는 옷이라는 것을 입기 전에 나뭇잎으로 몸을 가렸다. 인간은 온기와 위안의 장소가 되어 줄 집을 원했다. 우선 육신의 온기를 찾고 나서야, 비로소 사랑이 주는 위안을 바랐으리라.

인류의 초창기에 진취적인 선조 하나가 은신처를 찾아 바위굴로 기어 들어가는 상황을 상상해 보자. 어떤 면에서 보면, 아이들 하나하나가 인류사를 처음부터 새로 시작한다고 할 수도 있다. 비가 오든 날씨가 춥든 상관없이 밖에서 뛰노는 걸 그들은 좋아하지 않는가. 아이들은 소꿉장난을 하고 목마를 탄다.

그렇게 하도록 본능이 이끌어 가기 때문이다. 어릴 때 평평한 바위나 동굴의 입구를 보고 호기심을 느끼지 않았던 사람이 있기는 할까? 그것은 인류의 가장 원시적 조상이 품고 있던 본능의 일부가 여전히 우리 안에 살아 있어 느끼는 자연스러운 동경의 감정이다.

동굴 생활을 시작으로 인간은 종려나무 잎사귀로 지붕을 만들어 덮기에 이르렀고 차츰 나무껍질과 나뭇가지를 엮은 지붕, 아마포를 짜서 펼친 지붕, 풀과 짚을 엮은 지붕, 판자와 널을 댄 지붕, 돌과 타일을 붙인 지붕으로까지 발전해 나갔다. 그러다 마침내는 들판에서 살아가는 삶이란 어떤 것인지 완전히 잊어버리게 되었으며, 삶은 생각보다 꽤 다양한 면에서 가정적이 되었다. 그리하여 이제 집 안의 화롯가에서 들판까지는 참으로 먼 길이 되었다. 인간이 자신의 몸과 천체(天體) 사이에 아무런 장애물을 두지 않고 더 많은 낮과 밤을 보내게 된다면 얼마나 좋을까. 시인이 지붕 아래서만 시를 읊조리지 않고, 성자가 집 안에만 머물지 않는다면 또 얼마나 좋겠는가. 새들은 굴속에서 노래하지 않으며 새장 속에서 순수함을 유지할 수 없는 법이다.

그러나 누구라도 자신이 살아갈 집을 지으려 계획 중이라면, 부디 미국인다운 현명함을 발휘하려 애써야 한다. 지은 집이 구빈원이나 한번 들어가면 돌아 나오지도 못할 만큼 복잡한 미로, 박물관, 교도소, 호화로운 능묘처럼 돼 버려서야 안 되지 않겠는가. 그러기 위해 가장 먼저 고려할 점은 '어떻게 하면 가장 소박한 집을 지을까'이다. 나는 얇은 무명 천막을 치고 사는 퍼나브스코트족 인디언을 이 마을에서 본 적이 있다. 그들의 천막 주위에는 눈이 한 자 깊이나 쌓여 있었는데, 나는 아예 눈이 더 높이 쌓여 바람을 막아 주면 그들이 더 좋아하겠다는 생각이 들었다.

안타깝게도 지금은 많이 무감각해졌지만, 예전만 하더라도 나는 정직하게 삶을 살아가는 동시에 진정으로 바라는 바를 자유롭게 추구할 수 있는 방법이 없을까 많이 고민했었다. 당시 나는 철로 변에 놓인 가로 1.8미터, 세로 0.9미터 크기의 커다란 상자를 늘 바라보곤 했는데, 그것은 선로 작업을 하는 인부들이 밤에 연장을 넣고 누에시렁을 두는 용도로 사용하는 것이었다. 그것을 보며 나는 생계가 곤란한 사람은 그런 상자를 1달러쯤 주고 구입해 공기가 통할 수 있도록 송곳으로 구멍을 몇 개 뚫은 뒤 비가 오는 날이나 한밤중에 그 속에 들어가 뚜껑을 내리면 사랑과 영혼의 자유를 누릴 수 있지 않을까 생각했다. 내게는 그런 방법이 전혀 비참하거나 천박하게 느껴지지 않았다. 그렇게 산다면 원하는 대로 밤늦게까지 깨어 있을 수도 있고, 관리인이나 집주인에게 밀린 집세 때문에 시달리는 일 없이 아무 때고 원하는 시간에 일어나 집을 나설 수도 있을 테니 말이다. 그런 상자 속에만 살아도 얼어 죽을 일은 없을 터인데, 많은 이가 그보다 더 크고 사치스러운 상자에 살며 집세를 내느라 죽을 고생을 한다. 내 말은 결코 농담이 아니다. 경제란 흔히 너무 쉽게 다루어지는 경향이 있지만, 실은 그리 간단히 얘기할 수 있는 주제가 아니다.

　과거 뉴잉글랜드에서 주로 야외 생활을 했던, 미개하지만 강인한 어느 부족은 자연 속에서 손쉽게 구할 수 있는 재료만으로도 안락한 집을 지어 살았다. 매사추세츠 식민청의 원주민 문제 담당관이었던 구킨*은 1674년에 쓴 글에서 다음과 같이 적었다.

　원주민이 지은 가장 훌륭한 집은 나무껍질이 매우 촘촘하고 단단하게 덮여 있어 참으로 따뜻하다. 재료로 사용하는 나무껍질은 수액이 올라오는 계절에 벗겨 내어 아직 푸른 기운이 남아 있을 때 무거운 목재로 단단히 눌러 압착한 후 크고 얇은 조각으로 자른 것이다. ……이보다 수준이 좀 떨어지는 집은 골풀을 엮어 만든 돗자리로 역시 단단하게 덮여 있어 따뜻하기는 매한가지이나 전자만큼 훌륭하지는 않다. ……크기로 치자면 어떤 집은 길이가 20에서 30미터나 되고 높이도 10미터쯤 되었다. ……나는 가끔 그들의 천막에 머물기도 하는데,

---

* 대니얼 구킨(Daniel Gookin), 《뉴잉글랜드 원주민의 역사적 유물(Historical Collections of Indians in New England)》 중에서.(원주)

그 안락함이란 최고의 영국식 저택에 비길 만하다.

구킨은 또한 원주민의 천막집 바닥에는 대개 양탄자가 깔려 있고, 안쪽 벽면에는 정교하게 수놓은 매트가 덧대어져 있으며, 집 안에는 다양한 살림살이도 구비돼 있었다고 덧붙인다. 원주민은 지붕에 구멍을 뚫고 그곳에 돗자리를 매단 후 끈으로 열고 닫을 수 있도록 해서 통풍을 조절할 만큼 진보적이었다. 게다가 이런 집은 하루나 이틀이면 다 지을 수 있고, 해체했다가 다시 세우는 데도 몇 시간이면 충분했다. 그러니 각 가구마다 이런 집이 한 채씩 있거나, 천막집 안에 그런 방을 하나씩 마련해 두고 있었다.

아무리 미개한 부족이라 할지라도 각 가정에는 최고의 주택에 못지않은 집이 하나씩 있다. 그리고 대개 그것은 가족의 소박하고 단순한 욕구를 채워 주기에 모자람이 없다. 심지어 하늘을 나는 새에게도 둥지가 있고, 여우에게는 굴이 있으며 원주민에게는 오두막이 있는 것이다. 그럼에도 문명사회를 살아간다는 우리는 전체 인구의 절반도 제집을 가지고 있지 않다고 해도 과언이 아니다. 특히 문명이 위세를 떨치는 대도시나 큰 마을에서는 집을 가진 사람의 수가 기하급수적으로 적어진다. 하지만 이제 집은 몸에 걸치는 겉옷이나 다름없을 정도로 여름이나 겨울철에는 거의 필수 불가결한 대상이 되어 버렸다. 때문에 집이 없는 사람은 매년 원주민 마을 하나를 통째로 살 수 있을 만큼의 거금을 집세로 지불하면서 남의 집에 세 들어 산다. 그러니 죽는 날까지 가난 속에 허덕일 수밖에 없다.

지금 나는 임대가 소유보다 훨씬 불리하다고 주장하는 것이 아니다. 하지만 원주민은 적은 비용 덕분에 모두가 제집을 갖고 사는데, 소위 문명인이라는 우리는 그 비용을 감당할 여유가 없어 남의 집에 세 들어 살고 있지 않은가. 게다가 그런 형편이 세월이 지난다고 해서 딱히 나아지지도 않는다. 그렇지만 아무리 가난한 문명인이라도 그저 집세만 내면 원주민의 오두막과는 비교도 안 될 만큼 궁궐 같은 집을 얻어 살 수 있지 않느냐고 반박하는 사람도 있을지 모르겠다.

사실 전국적인 통계치로 보았을 때, 연간 25달러에서 100달러 정도의 임대료를 지불하면 우리는 수 세기 동안 개선돼 온 여러 문명의 혜택을 누릴 수 있다. 널찍한 방, 깨끗한 칠과 도배, 럼퍼드식 벽난로,* 회반죽을 칠한 뒷벽, 베니션 블라인드,** 구리 펌프, 용수철 자물쇠, 널찍한 지하실, 그 밖에도 여러 편의 시설이 이에 해당한다.

---

* 18세기 과학자 벤자민 톰슨과 럼퍼드 백작이 발명한 것으로, 복사열 이용을 최대한으로 높이고 연기가 방 안으로 역류하는 현상을 개선한 벽난로이다. 이것은 오늘날까지도 이용되고 있다.
** 납작한 가로대를 엮어 만든 블라인드를 말한다.

하지만 이 모든 것을 누리는 사람은 대부분 '가난한' 문명인인 데 반해, 이런 것을 누리지는 못해도 원주민은 대부분 '풍요로운' 원주민인 이유가 대체 무엇일까? 만약 문명이라는 말이 개선된 상태의 인간 삶을 칭하는 것이라면(나는 그 말이 맞다고 보지만, 오직 현명한 사람만이 문명의 이점을 이용할 수 있다), 문명은 비용을 더 들이지 않고도 인간에게 더욱 나은 주거 여건을 제공할 수 있어야 한다. 여기서 말하는 비용이란, 내가 삶이라 칭하는 것과 같은 개념이다. 다시 말해, 우리는 무언가를 얻는 대가로 지금 당장이든 장기적으로든 그에 해당하는 만큼의 삶을 지불해야 한다.

이 지역의 대략적인 평균 집값은 800달러 정도다. 그리고 이만 한 돈을 마련하자면 먹여 살릴 가족이 없는 노동자라도 족히 10년에서 15년이 걸린다. 이는 사람마다 많이 벌고 적게 버는 약간의 차이야 있겠지만, 노동자 한 사람의 하루 수입을 평균 1달러로 산정했을 때 나오는 결과다. 그러므로 노동자가 '자기' 집 한 채를 가지려면, 그는 평생의 절반을 바쳐야 한다는 계산이 나온다. 그렇다고 집을 사느니 차라리 임대해 살기로 한다면 그것은 더욱 안 좋은 선택이 된다. 원주민이 이러한 조건을 다 감수하면서까지 자신의 오두막을 궁전과 맞바꾸기로 한다면 그것이 과연 현명한 선택이라 할 수 있을까?

나는 집이라고 하는 이 불필요한 재산을 미래를 대비하는 자금으로 보유하고 있어 봐야 얻게 되는 이득이란, 개인의 관점에서 봤을 때, 기껏해야 자신의 장례 비용 정도 치르는 용도밖에는 되지 않는다고 생각한다. 하지만 생각해 보면 인간은 자신의 장례를 자기가 직접 치를 필요가 없다. 그럼에도 미래를 대비하는 성향은 바로 문명화된 인간과 원주민 사이의 중요한 차이점이라 할 수 있다. 게다가 우리가 문명화된 삶을 제도화해서 개개인의 삶 또한 대부분 그 제도에 흡수시킨 이유는 의심의 여지없이 인류의 삶을 보존하고 완성시켜 모두에게 이득이 되도록 하고자 함이었다.

그러나 나는 현재 그 이익이 얼마나 큰 희생을 치르면서 얻어지고 있는가를 밝히려 한다. 그리고 동시에 우리가 어떠한 불이익으로 고통받는 일 없이도 그 모든 이득을 얻으며 살아갈 방법이 있다는 사실도 알려 주려 한다. "가난한 자는 늘 너희와 함께 있다"*라는 말이나, "아버지가 신 포도를 먹으니 아들의 이가 시다"**라는 말은 대체 무슨 뜻일까?

나 주 하느님이 말하느니라. 내가 나의 삶을 두고 맹세하노니 너희 중에 어느 누구도 다시는 이스라엘에서 이 속담을 입에

---

* 마태복음 26장 11절의 내용이다.
** 에스겔서 18장 2절과 예레미야전서 31장 29절의 내용이다.

담지 못하리라.*

모든 영혼이 다 내 것이다. 아버지의 영혼이 내게 속하듯이 아들의 영혼도 내게 속하였으니, 죄짓는 영혼은 죽게 되리라.**

　내 이웃인 콩코드 농부들은 적어도 다른 계층의 사람들만큼은 유복하게 살아가는데, 그들 대부분은 20년에서 40년 정도를 고생하며 힘들게 살아왔다. 보통은 담보로 잡힌 채 물려받거나 빚을 내서 구입한 농장의 진짜 주인이 되어 보겠다고 평생 노동의 3분의 1 정도를 빚 갚는 데 쏟아붓고 있지만 아직도 그 빚을 다 갚지 못한 상태다. 때로는 채무액이 농장 가격을 훨씬 웃돌기에 농장을 가지고 있다는 사실 자체가 엄청난 골칫거리가 되기도 한다. 그럼에도 농부들은 자신이 그나마 농장에 관해 잘 알고 있다는 이유로 그 땅을 상속 받는다.
　어느 날 내가 자산평가인에게 우리 마을에서 빚 없이 농장을 소유한 사람이 몇이나 되는지 물어보자, 열두 명도 채 되지 않는다고 대답하여 나를 놀라게 만들었다. 만약 독자 중에 이들 농장의 내력을 알아보고자 하는 사람이 있다면, 그 농장이 저

* 에스겔서 18장 3절의 내용이다.
** 에스겔서 18장 4절의 내용이다.

당 잡혀 있는 은행에 문의해 보면 된다. 사실 자기 자신이 열심히 노력하여 제 돈으로 농장 빚을 갚은 사람은 아주 드물다. 따라서 마을 사람 아무에게나 물어도 그가 누구인지 알려 줄 정도인데, 솔직히 나는 그런 농부가 콩코드에 단 세 명이라도 있을지 의심이 간다.

상인의 경우를 봐도, 백 명 중 아흔일곱에 이르는 대다수가 사업에 실패를 한다고 하니 농부의 경우나 다를 바 없다고 하겠다. 하지만 상업에 종사하는 어떤 이가 말하길, 자신들이 실패하는 주된 이유는 단지 금전적인 여유가 없어서라기보다는, 그저 이런저런 사정이 있어 계약을 충실히 이행하지 못했기 때문이라는 것이다. 이 말은, 그들이 금전적으로뿐 아니라 도덕적으로도 파산했음을 의미한다. 그리고 그것이 사실이라면 상인들의 실상은 겉으로 보기보다 더 고약할 터다. 그러니 백 명 중 성공한 세 사람 역시 모르기는 해도 자신들의 영혼은 구제하지 못하고, 오히려 정직하게 실패한 사람보다 더욱 안 좋은 의미에서 파산했을 가능성이 크다.

그런데 지불 거절과 파산은 우리 문명에서 거의 도약의 발판이나 다름없다. 우리는 그것을 딛고 더욱 높이 뛰어 오르는 재주를 부린다. 그러는 동안 미개인들은 굶주림이라는 아무런 탄성도 없는 나무판자만을 딛고 서 있는 실정이다. 그럼에도 이곳에서는 마치 농기계의 모든 접합부가 부드럽게 맞물려 돌아가기라도 하듯, 매년 아무 탈 없다는 듯이 미들섹스 가축 품평회가 '성황리'에 치러진다.

농부는 생계 문제를 문제 그 자체보다 훨씬 더 복잡한 공식을 적용해 해결하려 애쓴다. 예를 들어, 구두끈 하나를 사겠다고 투기하듯 가축에 투자를 하는 식이다. 안락과 독립을 잡겠다고 더할 나위 없이 뛰어난 기술을 써서 올무로 덫을 놓고 돌아서자마자 자기 발이 덫에 걸려 버리는 상황과 다를 바 없다. 이것이 바로 농부가 가난한 이유다. 마찬가지로 우리도 호화로운 환경에 둘러싸여 있기는 하지만, 수많은 원시적 안락함은 결코 누리지 못한다는 점에 있어 역시 가난하다 할 수 있다. 시인 채프먼*은 다음과 같이 노래했다.

거짓된 인간 사회여―
―세속적인 위대함을 쫓느라
천상의 모든 안락이 하늘로 흩어지게 하는구나.

집을 마련하고 나면 농부는 그 집 때문에 더 부자가 되는 것이 아니라, 오히려 더 가난해질지도 모른다. 그리하여 실제로는 집이 그를 소유하는 상황이 벌어질 수도 있다. 들은 바에 따르면

---

* 조지 채프먼(George Chapman), 《시저와 팜피의 비극(The Tragedy of Caesar and Pompey)》 중에서. (원주)

모무스는 미네르바 여신*이 만든 집을 두고 "집을 움직일 수 있게 만들지 않아 나쁜 이웃을 피할 수 없을 것이다"라고 매우 이치에 닿는 비난을 했다고 한다. 게다가 우리의 집은 관리가 힘든 재산이라 가끔은 인간이 집에서 살아간다기보다 감금돼 있다고 표현하는 것이 타당해 보일 때가 있고, 또 피해야 할 나쁜 이웃이 바로 우리 자신의 비열한 자아일 때도 적지 않다. 내가 알기로는 이 마을에서 적어도 한두 가정은 거의 한 세대에 이르는 기간 동안 마을 외곽에 있는 집을 팔고 마을 안으로 들어오길 바랐으나 뜻한 바를 이룰 수 없었다. 내 생각에는 오직 죽음만이 집의 속박에서 그들을 자유롭게 해 줄 듯하다.

'대다수'의 사람이 마침내는 모든 편의를 제공하는 현대식 주택을 소유하거나 빌릴 능력을 갖추게 되었다고 해 보자. 문명의 발달과 함께 주택도 개선되었지만, 그곳에 거주하는 인간의 수준까지 똑같은 정도로 향상되지는 않았다. 문명은 궁전과도 같은 집을 만들어 냈으나, 그 안에서 살아갈 고귀하고 고결한 인품의 인간을 탄생시키기란 그리 쉬운 일이 아니었다. 그리고 만약 문명인이 추구하는 바가 야만인이 추구하는 바보다 훨씬 가치 있지 않다면, 문명인이 단지 하찮은 생필품과 육체적 안락을 얻는 데 생의 대부분을 바친다면, 그가 굳이 야만인

---

* 모무스(Momus)는 비난의 신이고, 미네르바(Minerva)는 지혜의 여신이다.(원주)

보다 더 좋은 집에서 살아야 할 이유가 있을까?

그렇다면 나머지 가난한 '소수'는 어떻게 살아갈까? 아마도 몇몇은 외적인 환경 면에서는 원주민보다 나은 처지에서 살아갈지 모르지만, 나머지는 그보다 훨씬 못한 처지에서 살아가고 있을 터다. 한 계급의 호화로운 생활은 다른 계급이 궁핍하게 생활해야만 균형이 맞춰지는 것 아니던가. 한쪽에 화려한 궁전이 있으면, 다른 편에는 구빈원과 "침묵하는 빈자"*가 있을 수밖에 없다.

파라오의 무덤이 될 피라미드를 쌓아 올렸던 수많은 이집트 백성은 억지로 마늘을 먹도록 강요당했다. 죽어서도 무덤은커녕 조촐한 장례조차 치르지 못했을 것이 분명하다. 오늘날에도 궁전의 처마 돌림띠를 마무리하는 석공은 밤이면 원주민의 천막집보다 전혀 나을 게 없는 오두막으로 돌아간다. 어떤 나라에 문명국이라는 증거가 흔하게 널려 있다고 해서, 그 나라 국민의 대다수가 미개인보다 훨씬 나은 삶을 살아간다고 가정하는 것은 실수다.

나는 망해 버린 부자가 아니라, 처참히 살아가는 가난한 사람들에 대해 이야기하는 중이다. 그들의 형편을 알아보기 위해

---

* 월터 하딩(Walter Harding)은 18세기 콩코드 지방에서 구빈원에 들어가지 않으려고 자신의 재산을 공개하지 않던 사람들을 위해 설립했던 기금 모금 재단에 관해 언급하며 그들을 "침묵하는 빈자"라고 정의했다.(원주)

서는 멀리까지 둘러 볼 필요도 없다. 이른바 문명의 최신 발명품이라 할 만한 철로 변에 죽 늘어선 판잣집만 봐도 그 실상을 알 수 있다. 매일 산책길에 철로 변을 지날 때마다 나는 돼지우리나 다름없는 곳에서 살아가는 사람들의 모습을 보는데, 그들은 한겨울에도 빛이 들어오라고 문을 열어 놓고 지낸다. 하지만 아무리 집 주위를 둘러봐도 쌓아 올린 장작단이라고는 눈에 들어오지 않는다. 아마 불을 때는 일은 상상조차도 할 수 없어 그럴 것이다. 당연히 애나 어른이나 추위와 비참한 생활에 주눅이 들어 늘 몸을 움츠리고 있으니 발육도 부진하고 지능도 성장이 거의 멈추어 버렸을 것이다. 하지만 우리는 이 계층에 속한 사람들의 노동력 덕분에 이 세대가 오늘날의 발전을 이루었다고 보아야 마땅하다.

정도의 차이야 있겠지만, 세상에서 가장 큰 노역장이라 일컬어지는 영국의 모든 노동 계층의 실태도 이와 크게 다르지 않다. 혹은 지도상에 흰색이나 개화된 지역이라 표시된 국가 중 하나인 아일랜드의 예를 살펴봐도 좋을 것이다. 우선 아일랜드인의 물리적인 삶의 조건이나 상태를 문명인과 접촉함으로써 몰락해 버린 북미 원주민이나 남태평양 원주민, 또는 여타의 다른 미개인의 과거 풍요롭던 삶의 조건과 한번 비교해 보라. 나는 아일랜드의 통치자들이 다른 문명국의 통치자들만큼이나 지혜롭지 못할 이유가 없다고 생각한다. 하지만 현재 아일랜드의 상황은 비참할 정도의 가난이 문명과 공존할 수 있음을 증명할 뿐이다. 그러니 미국의 주요 수출품을 생산해 내는 남부 노동자에 관해서는 굳이 언급할 필요도 없다. 솔직히 말해 노동자야말로 남부의 주요 생산품이 아니고 무엇이겠는가. 그러나 이쯤에서 나는 소위 '적절한' 환경에서 살아가는 사람들로 내 이야기의 주제를 한정할까 한다.

대부분의 사람은 집이란 무엇인지에 대해 전혀 생각해 보지도 않고, 그저 이웃 사람이 소유하고 있으니 나도 하나 가져야 하지 않겠는가라는 생각으로 집을 장만하겠다고 평생 쓸데없는 가난에 허덕이며 살아간다. 그것은 마치 재단사가 만들어 주는 옷이라면 종류 불문하고 무조건 받아 입은 후, 평소에 쓰던 종려나무 잎이나 우드척 가죽으로 만든 모자는 던져 버리고 왕관을 살 형편이 안 된다고 신세 한탄을 하는 것이나 다를 바 없지 않은가!

지금 살고 있는 집보다 훨씬 편리하고 호화로운 집을 짓는 일은 얼마든지 가능하다. 하지만 지금 내게 그럴 여력이 없다는 사실은 인정해야 한다. 우리는 왜 늘 더 많은 것을 얻으려고만 애쓸 뿐, 적은 것에 만족하는 법은 배우려 하지 않을까? 또한 왜 죽음을 앞둔 존경받는 시민이 젊은 세대를 앉혀 놓고는 엄숙한 어조로, 집 안에 늘 여분의 장화와 우산과 텅 빈방을 오지도 않을 손님을 위해 마련해 두어야 한다고, 자신도 평생을 그리했다고 가르쳐야 한다는 말인가? 왜 우리의 가구는 아랍인이나 원주민의 가구처럼 소박해서는 안 되는가?

이른바 하늘의 전령이자 신이 인간에게 내리는 선물을 전해 주는 대상으로 신격화된 인류의 위인들을 떠올려 봐도, 나는 그들이 수행원을 잔뜩 이끌고 다니거나 최신 유행의 기구를 잔뜩 실은 수레를 끌고 다니는 모습은 전혀 상상할 수가 없다. 혹은 백 보 양보해서, 우리가 도덕적으로나 지적으로 아랍인보다 뛰어난 만큼만 가구도 그들의 것보다 화려하게 만들어도 좋다고 허락한다면 어떨까?

오늘날 우리가 사는 집들은 가구로 넘쳐 난다. 살림 잘하는 주부라면 그 속에서 오도 가도 못한 채 미적거리느니, 웬만한 가구는 다 쓰레기통에 처넣고 바지런히 아침 일을 마쳐야 한다. 아침 일이라! 오로라*가 홍조 띤 얼굴을 내밀고, 멤논**이 음악을 연주하는 시간에 인간이 이 세상에서 해야 할 '아침 일'이란 무엇일까?

한때 내 책상 위에는 석회석 덩어리 세 개가 놓여 있었다. 그러던 어느 날 나는 그것의 먼지를 매일 털어 주어야 한다는 사실을 깨닫고는 기겁하고 말았다. 마음속 가구의 먼지도 채 털

* 여명의 여신을 말한다.
** 새벽의 여명이 비추면 음악을 연주한다는 에티오피아의 석상을 말한다.

어 내지 못하고 있었으니 겁이 날 만도 했다. 그리하여 나는 먼지를 뒤집어쓴 돌덩어리를 창문 밖으로 던져 버렸다. 이런 내가 어찌 가구로 가득 찬 집에 살 수 있겠는가? 그러느니 차라리 나는 들판에 나가 살겠다. 인간이 땅을 파헤치지 않는 한 들풀 위에 먼지가 쌓일 일은 없을 테니 말이다.

유행이라는 것을 만들어 내 군중이 부지런히 쫓아다니도록 만드는 사람은 사치와 방탕에 빠져 사는 이들이다. 소위 말하는 최고급 숙소에 머물러 본 적이 있는 사람이라면 그 말이 무슨 뜻인지 이해할 수 있을 터다. 숙소 주인이라는 자가 손님을 마치 사르다나팔루스왕*이라도 된다는 듯 대하기 때문에, 만약 그들의 극진한 호의를 곧이곧대로 다 받아들이다가는 결국 나 자신이 무력감을 느끼는 지경에까지 이르게 될 것이다.

열차의 객차만 하더라도 우리는 안전과 편의보다는 겉치장에 더 신경을 쓰는 듯 보인다. 마치 객차 안에 긴 의자와 오토만식 소파, 차양, 그리고 수많은 동양식 물건을 구비해 두지 않으면 근사한 현대식 응접실과는 비교도 할 수 없을 만큼 형편없는 장소가 돼 버리리라 협박이라도 하는 듯하다. 그런데 우리가 서양으로 들여온 그 동양식 물건이라는 것이 실은 중국의 규방 여인이나 여성스러운 중국 토박이를 위해 만들어진 것이

---

* 부패와 나약함으로 몰락했던, 아시리아 마지막 왕의 그리스식 이름을 말한다.

어서, 평범한 미국 사람은 그 이름만 들어도 얼굴을 붉힐 만한 것이다. 나는 여러 사람 틈바구니에 끼어 호화로운 우단 방석에 앉아 있느니 차라리 호박 하나를 독차지해 그 위에 앉아 있겠다. 화려한 유람 열차 객실에 앉아 내내 말라리아 병균을 들이마시다 황천길로 가느니, 소달구지를 타고 신선한 공기를 마시면서 흙바닥을 돌아다니겠다.

원시 시대 인간은 발가벗은 채 소박한 삶을 살았다. 그것은 인간이 자연에 잠시 머물렀다 가는 체류자에 불과한 존재임을 알려 준다. 음식과 잠으로 원기를 회복하고 나면, 인간은 또다시 여행을 떠날 채비를 했다. 그리고 세상이라는 천막 속에 머물고, 계곡을 누비거나 평원을 가로지르고 산을 올랐다. 하지만 보라! 이제 인간은 사용하던 도구의 도구가 되어 버렸다. 배가 고프면 마음껏 과일을 따먹던 인간은 이제 농부가 되었고, 은신처를 찾아 나무 밑으로 들어가던 인간은 집의 소유자가 되었다. 이제 더는 밤에 야영을 하지도 않는다. 땅 위에 정착하고 하늘은 까맣게 잊어버렸다.

우리는 기독교라는 종교를 '땅을 경작(agri-culture)'*하는 개선된 방식으로만 받아들였다. 그리하여 이승에서는 가족이 살 집을 마련하고, 내세를 위해서는 가족의 묘를 마련했다. 뛰어난

---

* 뒤에 나오는 'human-culture(인간-경작)'라는 풍자적 표현을 강조하고자 사용한 수사적 표현이다.

예술 작품이란 바로 이러한 삶의 제약에서 스스로를 해방시키려는 인간의 분투를 표현하는 것이지만, 오늘날 우리가 예술이라 부르는 것은 단지 지금의 비루한 처지를 안락하게 만들고, 좀 더 고차원적인 경지는 잊게 만드는 효과가 있을 뿐이다. 사실 우리 마을에는 '예술 작품'이 설 자리가 없다. 설령 그런 작품이 우리에게 전해진다 하더라도 우리의 삶, 집, 거리, 그 어디에도 그것을 세워 둘 적당한 받침돌을 놓을 곳이 없기 때문이다. 그림을 걸어 놓을 못 하나 박을 곳이 없고, 영웅이나 성자의 흉상을 얹을 선반 하나 걸 자리가 없다.

가끔 나는 누군가의 집이 어떻게 지어지고, 또 그 대금은 어떻게 지불되는지, 혹은 어떻게 지불되지 않는지, 그리고 그 집안 경제는 어떻게 관리되고 유지되는지에 관해 가만히 생각해 본다. 그러다 그 집에 손님이 찾아와 벽난로 위에 얹어 놓은 싸구려 장식품을 감상하는 중에 갑자기 마룻바닥이 꺼져 손님이 지하실의 단단하고 정직한 흙바닥으로 곤두박질쳐 떨어지는 사태가 발생하지는 않을까 심히 걱정하기도 한다.

나는 소위 부유하고 세련됐다 말하는 집주인의 삶이 그저 얼떨결에 펄쩍 뛰어올라 손에 잡아 챈 행운에 지나지 않음을 잘 안다. 그러기에 그는 집 안을 장식하고 있는 '예술 작품'을 감상하는 즐거움을 누릴 심적인 여유가 없다. 내 관심은 오직 그가 펄쩍 뛰어올라 잡아챈 그 행운에만 온통 쏠려 있는데, 이유는 바로 다음에 있다. 인간의 근육에만 의존한 가장 높이 뛰어오른 기록은 어느 아라비아 유목민이 세운 것으로, 그는 평지에서 무려 7.5미터나 뛰어올랐다. 인위적인 지지대 없이 그만큼의 높이를 뛰어올랐다면 인간은 누구라도 다시 땅으로 떨어지게 돼 있다. 그러니 만약 공중에 매달린 채 떨어지지 않는 괴력의 인간을 만난다면, 나는 가장 먼저 "지금 당신은 누구를 딛고 서 있나요? 당신은 실패한 97명 중 한 사람인가요, 아니면 성공한 3명에 속해 있나요?"라고 묻고 싶다. 그런 다음, "내 질문에 답해 보세요. 그러면 나는 당신의 싸구려 물건들을 보고 그것이 겉만 번지르르한 장식에 지나지 않음을 밝혀낼 테니까요"라고 말해 줄 것이다.

수레란 말 뒤에 매어야지 앞에 매어 봐야 아름답지도 유용하지도 않다. 집 안을 아름다운 물건으로 장식하려면 우선 벽부터 말끔히 치워 놓아야 하듯이, 우리의 삶도 먼저 깨끗이 치우고 난 후에 아름다운 가제 도구를 들여 놓고 아름다운 생활을 해 나가야 한다. 여기서 아름다움에 대한 안목은 집도 가정주부도 없는 바깥의 자연 속에서 최고로 키울 수 있음을 알아야 한다.

존슨*은 〈기적을 행하는 신의 섭리(Wonder-Working Pro-

---

* 에드워드 존슨(Edward Johnson), 〈기적을 행하는 신의 섭리(Wonder-Working providence of Sions Saviour)〉, 《뉴잉글랜드의 역사(A History of New England)》 중에서.(원주)

vidence of sions saviour)〉라는 작품 속에서 자신과 동시대 사람이자 이 마을에 처음 정착한 주민에 대해 언급하며 "그들은 언덕 기슭에 굴을 파고 들어가 그 위에 목재를 대고 흙을 덮어 첫 안식처를 마련했고, 굴의 가장 높은 쪽 흙바닥 위에서 불을 피웠다"라고 적었다. 그리고 그들은 "주님의 축복으로 땅을 경작해 곡식이 생산될 때까지는 집을 짓지 않았으며", 첫해의 수확이 너무 적었던 탓에 "긴 계절을 나기 위해 빵을 매우 얇게 썰어 먹어야만 했다"라는 말도 덧붙였다. 뉴네덜란드 지방 장관*은 이곳에 정착하고자 하는 사람에게 도움이 되는 정보를 제공하고자 1650년에 네덜란드어로 좀 더 자세히 다음과 같이 설명했다.

처음 뉴네덜란드, 특히 뉴잉글랜드에 정착해 농사를 짓고는 싶으나 아무런 수단을 갖추지 못한 사람은 일단 지하실을 만든다는 생각으로 땅을 파되, 넓이는 적당하다 생각되는 정도로 하고 깊이는 대략 2미터 정도로 판 후, 굴 안쪽에는 나무 판자를 대서 벽을 만든다. 이때 흙이 스며들지 않도록 나무껍질 등을 판자 사이사이에 끼워 넣어야 한다. 바닥에도 역시 판자를 깔고 위쪽은 징두리 판자를 걸쳐서 천장을 만든다. 그 위로는 널빤지를 가지런히 활 모양으로 세우고 나무껍질이

---

* E. B. 오캘러한(E. B. O'Callaghan), 《뉴욕 주 실록(The Documentary History of the State of New York)》 중에서.(원주)

나 잔디로 덮어 지붕을 만든다. 이리하면 온 가족이 2~3년은 물론 4년까지도 습기 걱정 없이 따뜻하게 지낼 수 있다. 또한 가족 수에 따라 칸을 막아 방을 만들 수도 있다. 식민지 시대 초기, 뉴잉글랜드 지방에서는 부유한 지도층 인사들도 두 가지 이유에서 이런 집을 지어 살았다. 첫 번째 이유는, 다음 계절에 먹을 식량이 부족해지지 않도록 집 짓는 시간을 낭비하지 않기 위함이었고, 두 번째는 고국에서 데려온 수많은 가난한 노동자를 낙담시키는 일이 없도록 하려 함이었다. 3~4년 정도 지나 이 지역의 땅이 경작하기에 적합해지고 나서야 그들은 비로소 많은 비용을 들여 근사한 집을 지었다.

이렇듯 우리 조상들이 이 지역에서 택한 삶의 과정에는 적어도 신중함이 엿보인다. 다시 말해, 그들은 가장 절실한 욕구부터 충족시킨다는 원칙을 따랐다. 그렇다면 오늘날에도 우리는 보다 시급한 욕구부터 충족시키고 있을까? 나는 값비싼 집을 하나 마련해 볼까 하는 생각이 떠오를 때마다 급히 그 생각을 떨쳐 버리곤 한다. 소위 이 나라는 아직 '인간-경작'에 적합한 풍토가 마련돼 있지 않기 때문이다. 게다가 우리는 선조들이 그들의 밀가루 빵을 썰어 먹었던 두께보다도 훨씬 더 얇게 우리의 '영적인' 빵을 썰어 먹어야 할 처지이기도 하다. 그러나 아무리 힘든 시기라 할지라도 건축의 모든 장식을 다 무시할 필요는 없다. 갑각류의 껍질처럼 우리의 삶과 직접 맞닿아 있는 부분부터 우선 아름답게 장식하되 과도하게는 하지 말자는 것이다.* 그러나 불행히도 나는 두어 번 그런 집에 들어가 본 적이 있어서, 내부가 어떻게 꾸며져 있는지 잘 안다.

군이 과거로 다시 퇴보하지 않아도 인간은 얼마든지 동굴이나 오두막에서 살 수 있다. 옷도 얼마든지 가죽으로 지어 입을 수 있다. 하지만 값비싼 대가를 치르고 인류의 발명과 산업이 제공하는 이점을 받아들이는 편이 훨씬 좋기는 하다. 내가 사는 마을 같은 곳에서는 판자나 지붕널, 석회나 벽돌 등이 적당한 동굴이나 온전한 통나무, 충분한 양의 나무껍질, 심지어는 알맞게 이겨 놓은 점토나 평평한 석재보다 가격 면에서도 훨씬 싸고 구하기도 쉽다. 나는 이론뿐 아니라 실제적인 측면에도 매우 정통하기에 이런 주제에 관해 이야기하는 것이다. 지혜를 조금만 더 발휘한다면, 누구라도 이런 재료를 이용해 현재 가장 부유한 사람들보다 더 부자가 될 수도 있고, 문명을 축복으로 바꿔 놓을 수도 있다. 문명인이란 좀 더 경험 많고 현명한 미개인이라 할 수 있다. 그러면 이제 내가 했던 실험에 대해 서둘러 이야기해 보자.

---

* 소로에게는 명백히 단순함을 선호하는 심미감이 있었다. 오늘날에는 무수히 많은 실내 장식가가 그와 같은 목표를 추구하기는 하지만, 그렇다고 가격이 저렴하지는 않다.(원주)

1845년의 3월 말쯤, 나는 도끼 한 자루를 빌려 월든 호숫가의 숲속으로 들어갔다. 그 근처에 집 지을 터를 봐 두었기 때문이다. 나는 화살처럼 곧게 뻗은 한창때의 키 큰 백송나무를 목재로 쓰기 위해 베어 넘기기 시작했다. 아무것도 빌리지 않고 어떤 일을 시작하기란 어려운 법이지만, 어찌 보면 이웃으로 하여금 내가 하는 일에 관심을 보이도록 만드는 가장 너그러운 과정이 그들에게 무언가를 빌리는 것일지도 모르겠다. 도끼 주인은 내게 도끼를 건네주며 그것이 자신에게는 눈에 넣어도 아프지 않을 만큼 귀한 물건이라고 말했다. 그리고 나는 그 도끼를 빌릴 때보다 더 예리하게 날을 갈아서 돌려주었다.

　내가 일하던 장소는 소나무가 우거진 쾌적한 언덕이었다. 숲 사이로 호수가 바라다보이는 곳이었다. 숲속의 작은 빈터에는 소나무와 호두나무의 새순이 돋고 있었다. 호수의 표면에는 아직 얼음이 덮여 있었지만, 그래도 군데군데 녹아 있었고, 얼음은 물기를 흠뻑 머금어 온통 어두운 빛을 띤 채 젖어 있었다. 내가 그곳에서 며칠 일을 하는 낮 동안에는 때때로 약한 눈발이 날리기도 했다. 대개는 집에 가려고 숲 밖으로 나서면 철로 변의 노란 모래 더미가 아지랑이 속에 반짝이며 한없이 펼쳐져 있었고, 선로도 봄볕을 받아 환하게 빛났다. 종달새와 딱새, 그 외에도 여러 새가 우리와 함께 새로운 한 해를 시작하려고 이미 돌아와 노래 부르고 있었다. 얼어붙은 대지뿐 아니라, 겨우

내 쌓인 인간의 불만도 화창한 봄날과 함께 녹아내렸고, 동면하던 생명도 기지개를 켜기 시작했다.

어느 날 도끼 자루가 빠지는 일이 생겨, 나는 호두나무 생가지를 잘라 돌로 쐐기를 박아 넣었다. 그리고는 쐐기가 다시 빠지지 않도록 나무를 불리려고 도끼를 호수의 얼음 구멍에 담가 두었다. 그때 줄무늬 뱀 한 마리가 물속으로 들어가는 모습을 보았다. 뱀은 내가 그곳에 머무는 내내 최소한 15분 이상을 호수 바닥에 가만히 가라앉아 있었는데, 전혀 불편해하지 않는 듯했다. 어쩌면 아직은 동면 상태에서 완전히 벗어나지 못한 탓이었을지도 모르겠다. 나는 인간도 같은 이유로 현재의 비루하고 원시적인 상태에 그대로 머물러 있는 것이 아닐까라는 생각이 들었다. 그러나 만약 그들이 자신을 일깨우는, 도약하는 봄기운의 영향을 느끼게 된다면, 더욱 고결하고 고차원적인 삶을 살아가기 위해 반드시 깨어나야만 할 것이다.

이따금씩 나는 서리 내린 아침 길을 걸어가다가 아직은 몸의 일부가 무감각해서 뻣뻣하게 움직이는 뱀이 햇살에 몸이 녹기를 기다리며 누워 있는 모습과 마주치곤 했다. 4월 1일에는 비가 내려 얼음이 녹았다. 안개가 잔뜩 끼어 있던 그날 아침, 나는 무리에서 떨어져 나온 기러기 한 마리가 길을 잃은 듯이, 혹은 안개의 정령이라도 된 듯이 호수 위를 더듬어가며 끼룩끼룩 우는 소리를 들었다.

그렇게 며칠 동안 나는 계속해서 목재를 베어 알맞은 크기로 잘라 샛기둥과 서까래를 만들었다. 사용한 도구라고는 작은 도끼 한 자루가 전부였다. 남들과 나눌 만한 학자다운 생각은 거의 하지도 않았고, 그저 다음과 같은 노래만 흥얼거렸다.

인간은 자기가 유식하다 으스댄다.
하지만 보라! 예술과 과학, 수천 가지의 기기들,
그 모든 게 날개 돋쳐 날아가 버렸구나.
바람이 분다는 사실,
그것이야말로 인간이 아는 모든 것이거늘.

나는 원목을 사방 15센티미터 각목으로 잘랐다. 샛기둥의 대부분은 양면만 다듬어 두었고 서까래와 마루에 깔 판재는 한쪽만 다듬은 후 나머지 부분은 나무껍질을 그대로 남겨 두었다. 그래야 목재가 톱으로 켠 것만큼이나 쪽 고르면서도 훨씬 튼튼하기 때문이다. 이 시점부터 나는 다른 연장을 빌려 와 목재 맨 밑 부분에 세심하게 장부를 깎고 그것을 끼워 넣을 장붓구멍도 만들었다.

내가 하루 동안 숲에서 일한 시간은 그리 길지 않았다. 하지만 대개 버터 바른 빵을 싸 가지고 가서, 정오가 되면 내가 베어낸 푸른 소나무 가지 사이에 앉아 빵을 쌌던 신문을 펼쳐 읽었

다. 늘 손에 송진이 잔뜩 묻어 있었기에 빵에서 소나무 향기가
풍기곤 했다. 집이 거의 다 완성될 무렵에 나는 소나무의 적이
아닌 친구가 되어 있었다. 몇 그루 베어 넘기기는 했어도, 그들
에 대해 더욱 잘 알게 되지 않았는가. 때로는 숲을 거닐던 사람
이 내 도끼 소리에 이끌려 다가오기도 해서, 우리는 다듬어 놓
은 목재에 관해 즐거이 담소를 나누곤 했다.

서두르지 않고 공들여 일한 까닭에, 4월 중순경이 되어서야
비로소 집의 뼈대를 올릴 준비를 마칠 수 있었다. 판자를 뜯어
쓸 요량으로 이미 피츠버그 철로에서 일하는 제임스 콜린스라
는 아일랜드 사람의 판잣집도 한 채 사 둔 후였다. 소문으로 들
어 그의 집이 드물게 쓸 만하다는 사실을 알고 있었기 때문이
다. 처음 집을 보러 갔을 때는 그가 외출하고 없었다. 집 주변을
한 바퀴 돌아보았지만, 창문이 워낙에 높은 곳에 깊숙이 달려
있어 집 안에서는 내가 온 것을 알지 못했다. 집은 자그마했고
지붕은 뾰족이 솟아 있었으나 그 외의 별다른 특징은 찾아볼
수 없었다. 퇴비 더미처럼 집 주위를 빙 돌아 약 1.5미터 높이
정도로 흙을 쌓아 올려놓은 탓이었다. 햇볕에 말라 심하게 뒤
틀려 있기는 했지만, 그래도 지붕이 가장 쓸 만한 부분이었다.
문턱은 없었고 문짝 밑으로는 닭이 여유롭게 드나들 만한 틈이
있었다.

콜린스 부인이 나오더니 안쪽도 둘러보라고 청했다. 내가 다

가가자 닭들이 안으로 몰려 들어갔다. 집 안은 어두웠고, 바닥에 흙이 깔려 있는 탓에 눅눅하고 한기가 돌았다. 판자가 여기저기 깔려 있었지만 걷어 내면 부서질 듯했다. 부인이 등잔불을 켜더니 내가 지붕과 벽 안쪽을 살펴볼 수 있게 해 주었고, 마루판자가 침대 밑까지 연결된 것도 보여 주었다. 그런데 부인은 나에게 60센티미터 깊이쯤 되는 흙구덩이처럼 보이는 지하실에는 들어가지 말라고 주의를 주었다. 부인은 "천장과 벽을 빙 둘러친 판자는 꽤 쓸 만하고, 하나로 뚫린 창문도 좋은 것"이라는 말과 함께 창문은 원래가 두 짝으로 나뉘어 있었지만, 최근에 고양이가 그 사이로 통과해 나갔다는 말도 덧붙였다. 살림살이로는 난로 하나, 침대 하나, 앉을 만한 자리 하나, 그 집에서 태어났다는 갓난아기 하나, 실크 양산 하나, 도금 장식한 거울 하나, 마지막으로 어린 떡갈나무에 못을 박아 걸어 놓은 특허 받은 신형 커피 가는 기계가 전부였다.

그러는 동안 콜린스 씨가 돌아왔고 곧바로 매매 계약이 체결했다. 내가 그날 저녁 4달러 25센트를 지불하면, 그는 다른 사람에게 집을 파는 일 없이 다음 날 새벽 5시까지 집을 비워 주는 조건이었다. 그러니 아침 6시면 집은 내 소유가 될 예정이었다. 콜린스 씨는 나더러 아침에 일찍감치 오는 게 좋으리라 조언했다. 누군가 토지 대금과 연료비라며 말도 안 되는 대금을 청구할 수도 있다는 것이었다. 그는 그것이 유일한 골칫거리라고 강조했다.

이튿날 아침 6시에 나는 그와 그의 가족을 길에서 마주쳤다. 손에 들린 커다란 꾸러미에 침대, 커피 기계, 거울, 몇 마리의 닭 등, 고양이를 제외한 모든 재산이 들어 있었다. 고양이는 숲으로 들어가 야생 고양이가 되었다고 했다. 하지만 나중에 들은 바로는 어느 날 우드척을 잡으려고 설치해 놓은 덫에 걸려 죽고 말았다고 한다.

그날 아침 당장 나는 그 오두막을 허물었다. 판자의 못을 뽑고 작은 수레로 몇 차례에 걸쳐 호숫가로 실어 날라서는 잔디 위에 쫙 펼쳐 놓았다. 햇볕에 소독도 하고 뒤틀린 것을 바로잡으려 함이었다. 내가 숲길로 수레를 끌고 가는 동안 일찍 깨어난 개똥지빠귀 한 마리가 노래를 불렀다. 그 와중에 어린 패트릭이 내가 판자를 옮기는 사이 아직 곧아서 쓸 만한, 상태 좋은 못과 꺾쇠와 대못 같은 것을 이웃에 사는 실리라는 아일랜드 남자가 주머니에 슬쩍 챙겨 넣었다고 고해 왔다. 집터로 돌아가니 그가 마치 봄날의 생각에라도 잠긴 듯 태연한 표정으로 하늘을 올려다보며 오두막 허문 자리에 서 있다가 천연덕스럽게 인사를 건네 왔다. 그러면서 별로 할 일도 없이 한가해서 나온 참이라고 말했다. 자신이 무슨 구경꾼 대표라도 된다는 듯이 서서, 별로 중요할 것도 없는 내 일이 마치 트로이의 신상을 옮기는 일이라도 된다는 듯 굴었다.

나는 우드척 한 마리가 굴을 파 놓았던 남쪽 언덕 기슭에 지하 저장고를 팠다. 옻나무와 검은딸기 뿌리를 뚫고 내려가 더는 풀뿌리가 걸리지 않고 고운 모래가 나올 때까지, 사방 1.8미터에 깊이 2.1미터의 크기로 팠다. 그 정도 깊이면 겨울에도 감자가 얼지 않을 터였다. 창고 벽면은 돌로 마무리하지 않고 완만한 경사 그대로 놓아두었다. 그래도 해가 들지 않으니 모래가 허물어지지 않을 터였다. 이 일을 마무리하기까지 시간은 두 시간이 채 걸리지 않았다.

　땅을 파는 일은 내게 특별한 즐거움을 주었다. 세상 어디라도 같은 위도상에 있는 곳을 파기만 한다면 땅속의 온도는 다 똑같다는 사실을 알았기 때문이다. 도시의 가장 호화로운 저택에도 지하 저장고가 있다. 그리고 지금도 여전히 사람들은 그곳에 감자 같은 알뿌리 식물을 저장한다. 그러니 지상의 건물이 허물어지고 오랜 세월이 지나서도, 후손들은 지하에 남아 있는 저장고의 흔적을 알아볼 수 있을 것이다. 그러니 집이란 굴 입구에 있는 일종의 현관과 같다 할 수 있겠다.

　마침내 5월 초순이 되었을 때, 나는 몇몇 지인의 도움을 받아 집의 뼈대를 세웠다. 굳이 도움이 필요했다기보다는, 이런 기회를 빌려 이웃과의 친목을 도모하고자 함이었다. 그리고 참석한 이들의 면면을 살펴볼 때, 나만큼 영광을 누린 이도 드물 듯했다. 단언컨대, 그들은 언젠가 내 오두막보다 훨씬 웅장한 건축물의 상량식을 도울 운명을 타고난 사람들이었다.

나는 7월 4일부터 오두막에서 살기 시작했다. 벽을 치고 지붕을 올린 직후였다. 벽판은 가장자리를 비스듬히 얇게 깎은 후 겹치게 이어 붙였기 때문에 전혀 비가 들이치지 않았다. 하지만 벽을 치기 전에 호숫가에서 두 수레분의 돌을 주워 언덕 위까지 직접 팔에 안아 나른 후 집 귀퉁이에 굴뚝의 토대부터 쌓아 두었다. 그리고 난방용 불이 필요해지기 전인 가을에 괭이질을 마친 후 굴뚝을 쌓아 올렸다. 그동안 음식은 아침 일찍 집 밖에서 지어 먹었다. 지금도 나는 그런 방식이 어떤 면에서 보면 일반적인 방식보다 훨씬 편리하고 유쾌하지 않았나 생각한다. 빵이 구워지기 전에 비바람이 불어오면, 나는 판자 몇 장을 세워 불을 가리고 그 아래 앉아 빵이 구워지는 모습을 바라보며 즐거이 몇 시간을 보내곤 했다.

당시 나는 너무 바빠서 책을 거의 읽지 못했다. 그러나 아무리 작은 조각이라도, 땅에 떨어진 신문은 그것이 물건을 쌌던 것이든 식탁보로 사용하던 것이든 간에 책을 읽을 때와 마찬가지로 내게 크나큰 즐거움을 주었다. 어찌 보면 호머의 《일리아드(Iliad)》 같은 역할을 했는지도 모르겠다.

집을 지을 때, 내가 했던 방식보다 훨씬 공들여 지을 수도 있을 듯하다. 이를테면 문이나 창문, 지하 저장고, 다락방 등이 인간 본성의 어느 측면에 바탕을 두고 만든 것인지 고려해 보고, 일시적인 필요성보다 좀 더 나은 이유를 찾아낸 후에 지상에 건물을 올리는 것도 좋지 않겠는가. 사람이 자기 살 집을 짓는 데는 새가 둥지를 지을 때와 마찬가지로 어느 정도의 합목적성이 필요하다. 인간이 자기 살 집을 직접 짓고, 한 점 부끄럼 없이 소박하고 정직하게 자신과 가족을 먹여 살린다면, 새가 부지런히 일하는 동안 상시 노래하듯, 인간도 누구랄 것 없이 시적 재능을 꽃피울 수 있지 않겠는가.

그러나 안타깝게도 우리는 남이 만든 둥지에 알을 낳고, 지나는 나그네에게는 지저귐도 아름다운 노래도 들려주지 않는 찌르레기나 뻐꾸기 같은 새의 삶을 선호한다. 진정 우리는 집 짓는 즐거움을 영원히 목수에게 양도해야만 할까? 전 인류의 경험에서 건축은 어느 정도의 비중을 차지할까? 지금껏 숱하게 세상을 돌아다녔음에도, 나는 인간이 자기 집을 짓고 있을 때만큼 단순하고 자연스러운 모습을 본 적이 없다. 우리는 모두 공동체에 속해 있다. 재단사 아홉이 있어야 남자 하나가 된다는 속담*이 있다. 대체 이러한 노동 분업은 어디서 끝이 날까? 그리고 분업을 통해 우리가 이루고자 하는 목적은 무엇일까? 이러다가는 누군가 나를 대신해 생각까지도 해 주는 날이 오게

---

* 예전에 영국의 재단사가 소심하다는 선입견이 있어서 생겨난 속담이다. 소로는 이 책에서 열 사람이 모여야 겨우 한 사람 몫을 한다는 의미로 썼다.

될지 모른다. 하지만 스스로 생각할 수 있음에도 쓸데없이 남에게 그 일을 대신 시키다니 말이 될 일인가.

이 나라에도 소위 건축가라는 사람들이 있기는 하다. 건축에서 장식이란 진리의 핵심이자 불가피함이니, 건축에 반드시 아름다움이 깃들어야 한다는 생각에 완전히 사로잡힌 건축가가 있다는 얘기를 듣기도 했다. 그런 이들은 자신의 생각을 마치 무슨 계시라도 되는 듯 여긴다. 그의 관점에서야 훌륭한 생각일지 모르겠지만, 실상은 흔한 아마추어적인 생각보다 나을 것이 없다. 건축을 감상적인 개혁가의 입장에서 바라보는 그는 건물의 기초부터 세울 생각은 않고 처마에 장식 띠부터 돌리려 한다. 하지만 모든 건축 장식에 진리의 핵심을 집어넣겠다는 고집은, 사탕이란 사탕에는 모두 아몬드나 캐러웨이 열매를 집어넣겠다는 생각(사실 아몬드는 설탕 없이 먹는 것이 몸에 훨씬 좋다고 나는 생각한다)이나 다를 바 없다. 이는 거주자, 즉 그 집에서 살아갈 사람이 직접 내부와 외부를 지어 나가게 하고, 장식은 그 과정 중에 절로 해결되도록 하는 방식과는 다른 것이다.

합리적인 사람이라면 어느 누가 장식을 단지 외적이고 피상적인 것에 지나지 않는다고 여기겠는가? 어느 누가 거북의 점박이 등껍질과 갑각류의 진주 같은 빛깔이 뉴욕의 브로드웨이 주민이 그들의 트리니티 교회를 지을 때처럼 건축업자와 계약을 맺어 만들어 낸 것이라고 생각하겠는가? 거북의 등껍질이

거북의 의사와는 아무 관계없듯이 인간도 자신이 사는 집의 건축 양식과는 아무 관련이 없다. 마찬가지로 아무리 한가하다 해도 병사가 자신의 미덕을 나타내는 정확한 색*을 깃발에 보란 듯이 칠해서야 되겠는가. 만약 그리한다면 적이 그 색깔을 당장에 알아볼 텐데, 시련이 닥치기라도 하면 병사는 얼마나 당황스럽겠는가.

내가 보기에 건축가란 처마 돌림띠에 비스듬히 기대서서 무지해 보이는 거주민에게 자신의 어설픈 진리를 소심하게 속삭이는 사람이다. 하지만 진리는 건축가보다는 그 집에 사는 사람이 더 잘 아는 법이다. 지금 내 눈에 보이는 건축의 아름다움이란 집의 유일한 건축가가 되어야 할 거주자의 필요와 기질에 바탕을 두고 내부에서 외부로 점차 자라 나온 것이다. 그렇게 생겨난 아름다움만이 외적인 요소에는 전혀 주의를 기울이지 않은 채 무심결에 진실성과 기품을 드러낸다. 그리고 숙명적으로 생겨난 그 아름다움은 무의식적으로 아름다운 삶을 살아가는 이를 뒤따르게 돼 있다.

화가라면 잘 알겠지만, 이 나라에서 가장 흥미로운 집은 가난한 사람이 사는 전혀 꾸밈없고 소박한 통나무집과 오두막이다. 그런 집을 한 폭의 그림처럼 보이게 만드는 것은 그 집을 둥

---

* 중세에는 깃발의 색으로 특정한 미덕을 나타냈는데, 예를 들어 금색은 관대함, 백색은 성실함, 파란색은 평화 등이었다.

껍질 삼아 사는 그 거주민의 삶이지, 그 집 자체의 독특함이 아니다. 교외에 사는 시민의 상자 같은 집도 그들이 소박하고 상상력에 어울리는 흥겨운 삶을 살아갈 때, 집의 건축 양식을 통해 어떤 효과를 내려 애쓰지 않을 때, 오두막과 통나무집처럼 우리의 흥미를 끌어당길 수 있는 것이다.

건축 장식의 대부분은 말 그대로 공허하기 이를 데 없다. 그것은 9월의 강풍 한 번이면 빌려 꽂은 깃털처럼 대상의 본질에는 아무런 해도 미치지 않고 다 떨어져 나가 버린다. 지하 저장고에 올리브나 포도주를 저장해 놓지 않은 사람은 소위 말하는 '건축' 없이도 살아갈 수 있다. 만약에 우리가 문학의 문체를 얘기할 때도 이런 식의 야단법석을 떨어 본다면, 그리하여 건축가가 교회를 장식할 때처럼 성서를 기록하는 이들도 그들의 글을 다듬는 데 시간과 공을 들이게 된다면 어떻겠는가? 소위 '순수문학'과 '순수미술', 그리고 이를 강의히는 교수도 바로 그렇게 해서 생겨나지 않았는가.

사람들은 자기 머리 위나 발아래를 지나는 기둥은 얼마나 기울이고, 집 색깔은 무엇으로 칠해야 할지 등에 대해 지대한 관심을 기울인다. 그래도 '그'가 직접 열성을 다해 기둥을 기울이고 집을 칠한다면야 어느 정도 의미는 있다 하겠다. 하지만 집 주인의 혼이 떠나가 버렸다면, 집을 짓는 일은 이제 그 자신의 관을 짜는 일, 즉 무덤의 축조나 다름없이 돼 버린다. 그렇게 되면 '목수'도 '관 만드는 사람'의 다른 이름에 지나지 않는다.

삶에 절망해서인지 아무런 미련이 없어서인지는 모르겠지만, 어떤 이는 발밑의 흙 한 줌을 집어 그것으로 집을 칠하라고 말한다. 그는 자신이 마지막으로 누울 좁은 무덤을 생각하는 것일까? 그렇다면 노잣돈으로 동전도 하나 던져 주라 하고 싶다. 그 양반은 참으로 할 일도 없는 사람임에 틀림없다. 뭐하자고 흙을 한 줌 집어 올리는 수고를 하려 하는가? 그냥 우리의 안색으로 우리가 살 집을 칠하는 것이 더 낫지 않겠는가? 그러면 주인을 대신해 집이 창백해졌다 붉어졌다 할 테니 말이다. 오두막의 건축 양식을 개선시킬 사업이라니! 누군가 내 오두막에 덧붙일 장식을 마련해 두었다면, 한번 사용해 볼 용의는 있다.

겨울이 오기 전에 나는 굴뚝을 마무리했다. 그리고 이미 비가 셀 염려가 없기는 했지만, 집을 빙 둘러 판자도 댔다. 그런데 이 판자는 통나무를 처음 켜 놓은 것이라 반듯하지도 않고 수액도 많이 흘렀기에 대패로 모서리를 깎아 곧게 만들어야 했다.

이렇게 하여 나는 촘촘히 널빤지를 대고 석회를 바른 집을 한 채 갖게 되었다. 크기는 3미터 폭에 길이가 4.5미터, 기둥 높이가 2.4미터였고, 다락방과 벽장도 있었다. 벽 양쪽으로는 창문이 하나씩 달리고, 들창이 두 개, 한쪽 끝에는 출입문이 하나 그 맞은편에는 벽돌로 만든 벽난로가 하나 설치돼 있었다. 내가 사용한 일반적인 자재 값을 포함해 이 집을 짓는 데 들어간 정확한 비용을 계산해 보니 다음과 같았다. 물론 일꾼을 쓰지 않고 내 손으로 지었으니 인건비는 제외했다. 내가 이 구체적인 내역을 밝히는 이유는 자기 집을 짓는 데 들어가는 비용을 정확히 아는 사람은 드물 뿐 아니라, 안다 하더라도 다양한 자재의 개별적인 가격을 일일이 아는 사람이 거의 없기 때문이다.

판자	8달러 3.5센트	대부분 판잣집에서 걷어냄
지붕과 벽에 사용한 폐판자	4달러	
윗가지*	1달러 25센트	
유리 달린 헌 창문 두 짝	2달러 43센트	
중고 벽돌 1천 장	4달러	
석회 두 통	2달러 40센트	비싸게 구입, 너무 많이 샀음
털**	31센트	
벽난로 위에 얹는 철제 틀	15센트	
못	3달러 90센트	
경첩과 나사	14센트	
빗장	10센트	
백묵	1센트	
운송비	1달러 40센트	대부분 내가 등에 지고 옮김
합계	28달러 12.5센트	

* 건물에 회반죽이 잘 발리도록 하려고 엮어 넣는 가느다란 나무 막대를 말한다.
** 석회가 잘 발리도록 함께 개어 넣는 재료다. 주로 말총을 이용했다.

이것이 내가 오두막을 짓는 데 사용한 모든 자재다. 물론 여기에는 토지 무단 점유자라는 나의 권리를 이용해 숲이나 강가에서 가져다 쓴 목재와 돌, 모래 등은 포함되지 않았다. 그리고 집을 짓고 남은 재료를 이용해 나는 집 옆에 작은 나무 헛간도 하나 지었다.

나는 콩코드 대로에 그 어느 집보다 더 웅장하고 화려한 저택도 하나 지어 볼 의향이 있다. 물론 그 집이 이 집만큼이나 나를 기쁘게 하며 비용도 이보다 더 들어가지 않는다면 말이다.

그리하여 나는 학생이 매년 지불하는 기숙사비보다도 많지 않은 비용을 들여 평생 살 집을 얻을 수 있다는 사실을 알게 되었다. 내가 도가 지나칠 정도로 자랑을 하는 듯 보인다면, 그것은 나 자신이 아닌 인류 전체를 위해 그러는 것이라 이해해 주길 바란다. 내게 결점과 모순이 있더라도, 그것이 내가 하는 말의 진실성에 영향을 미치지는 않으리라 본다. 나도 잖는 소리나 위선적인 말을 한다. 그리고 쌀에서 겨를 가려내기 어렵듯, 그것이 바로 내 장점에서 분리해 내기 어려운 단점이며, 그 때문에 나 역시 다른 사람만큼이나 애석하기는 하다. 하지만 위의 문제와 관련해서는 전혀 거리낌 없이 자유롭게 숨을 쉬고 크게 기지개도 켤 것이다. 그래야 도덕적으로든 육체적으로든 위안을 얻을 수 있을 테니 말이다. 게다가 나는 겸손을 빙자해 악마의 대변인이 될 생각은 추호도 없다. 진실의 대변인이 되고자 백방으로 애쓸 것이다.

케임브리지 대학에서는 내 방보다 약간 큰 방 하나를 학생에게 빌려 주면서 연간 30달러나 되는 방세를 받는다. 학교 당국은 서른두 개의 방을 한 지붕 아래 다닥다닥 지어 이득을 보지만, 기숙사 학생은 수도 많고 시끄러운 이웃 입주생들 때문에 불편함이 이만저만이 아니다. 또 어떤 학생은 4층에 방을 배정받기도 한다. 나는 우리가 이런 상황을 해결하는 데 좀 더 지혜를 발휘한다면, 교육의 필요성도 줄이고(교육이라는 수단 이외의 방식으로 이미 많은 지식을 습득했을 테니), 그 비용도 훨씬 줄일 수 있으리라 생각한다. 케임브리지 대학이나 여타의 다른 대학에서 학생이 필요로 하는 여러 편의 시설을 학생과 학교 양측이 적절히 관리한다면, 현재 학생이나 여러 관계자가 치르는 희생을 10분의 1로 줄일 수 있다. 학생이 원하는 사항이라고 해서 꼭 많은 돈이 드는 것은 아니다. 예컨대 수업료는 학비에서 가장 큰 비중을 차지한다. 하지만 학생들이 동시대를 살아가는 가장 교양 있는 이들과 교류해 나간다면 비용을 전혀 들이지 않고도 훨씬 가치 있는 교육을 받을 수 있을 것이다.

흔히 대학을 설립할 때 먼저 기부금을 모은 뒤 노동 분업의 원칙을 철저히 적용하는 식으로 진행한다. 그리고 그 분업의 원칙에 따라 반드시 신중하게 결정해야만 할 건축업자와의 계약을 체결한다. 그런데 건축업자들은 대학 설립을 돈벌이로만 보고, 아일랜드인이나 다른 노동자를 고용해 기초공사를 한다. 한편 그 대학에 입학할 학생들은 미리 준비를 하라는 전갈을 받는다. 이런 허술한 관리의 대가는 후대 사람들이 치르게 돼 있다.

나는 학생뿐 아니라 훗날 이 대학의 혜택을 입고자 하는 사람들이 직접 기초공사를 하는 편이 위의 방식보다는 훨씬 나으리라 생각한다.* 어떤 학생이 인간에게 반드시 필요한 노동을 일부러 교묘히 피하여 여가를 얻고 일할 의무를 면제받는다면, 그는 자기 자신에게서 여가를 가치 있게 만드는 경험을 빼앗는 셈이 되고, 따라서 그의 여가는 비열하게 얻은 무익한 것이 된다. 내가 이런 말을 하면 누군가가 "지금 그 말은 학생이 머리가 아닌 손으로 일을 해야 한다는 의미는 아니겠죠?"라고 물어올지도 모르겠다.

물론 정확히 그런 뜻은 아니지만, 듣는 사람에 따라서는 그렇게 들리기도 할 것이다. 내 말은 사회가 이처럼 많은 비용을 들여 그들을 뒷바라지하는데, 학생이 삶을 '즐기듯이' 살거나, 단지 '공부'만 하며 살아서는 안 된다는 뜻이다. 처음부터 끝까

---

* 몇몇 대학에서는 실제로 소로의 방식을 제한적으로 탐구하기도 한다. 미국의 학교들 사이에서 버몬트의 그린 마운틴 대학, 오하이오의 안티오키 대학, 애리조나의 프리스콧 대학 등은 '에코-리그'를 표명한 대학이기도 하다. 예컨대, 이들 대학의 학생들은 자신이 먹을 음식을 직접 경작하기도 한다.(원주)

지 진지하게 '살아야' 한다. 젊은이가 지체 없이 삶을 실험해 보는 것보다 삶에 대해 더 제대로 배울 수 있는 방법이 있기는 할까? 나는 그 방법이 수학만큼이나 그들의 정신을 훈련시키게 되리라 생각한다.

예컨대, 내가 한 소년에게 예술과 과학에 대해 가르치고 싶다면 나는 그 아이를 이웃에 사는 어느 교수에게 간단히 보내버리는 흔하디흔한 과정은 밟지 않을 것이다. 강의실에서는 모든 것을 교육받고 훈련할 수 있지만, 정작 삶의 기술을 배울 수는 없기 때문이다. 그곳에서는 망원경이나 현미경으로 세상을 조사하는 법은 가르쳐도, 육안으로 세상을 보는 법은 가르치지 않는다. 화학은 공부하겠지만 빵 굽는 법을 배울 수는 없고, 기계학은 배우되 빵을 구하는 법은 배울 수 없다. 해왕성의 새로운 위성을 발견하는 법은 배워도 자기 눈에 들어간 티끌을 보는 법은 알 수 없고, 자신이 어떤 악당의 주변에서 위성처럼 맴도는지도 알아낼 방법이 없다. 주위에서 우글거리는 괴물에게 자신이 잡아먹히고 있다는 사실은 꿈에도 모르고 그저 한 방울의 식초 속에 어떤 균이 들어 있는지만 살펴볼 따름이다.

다음과 같은 두 학생이 있다고 해 보자. 한 학생은 필요한 관련 서적을 모두 찾아 읽으면서 직접 광석을 캐고 녹여 주머니칼을 만들었고, 또 한 학생은 대학에서 야금학 강의를 들으면서 아버지에게 로저스 상표 주머니칼을 받았다. 둘 중 어느 쪽이 손을 벨 가능성이 크겠는가? ……놀랍게도, 나는 내가 항해학 수업을 수강했다는 사실을 대학을 졸업할 때에야 알게 되었다!* 차라리 직접 배를 타고 항구를 한 바퀴 돌았더라면, 항해술에 대해 훨씬 많은 것을 배웠을 터인데 말이다. 심지어는 가난한 학생들까지도 정치경제학만 공부한다. 그래서 미국의 대학에서는 철학과 동급이라 할 만한 생활경제학을 학생들에게 가르치지 않는다. 결과적으로 가난한 학생은 스미스, 리카도, 세** 의 경제학 서적을 읽으면서, 자기 아버지를 헤어날 수 없는 빚의 구덩이 속으로 몰아넣는다 할 수 있다.

대학뿐 아니라, 수많은 '현대에 이루어진 발전'도 매한가지다. 우리는 그것에 환상을 품고 있지만, 모든 발전이 다 긍정적이지는 않다. 악마는 그 발전을 위해 초기 투자한 몫과 그 후에도 지속적으로 투자한 몫에 대해 마지막까지 매몰차게 복리를 거두어 간다. 인간의 발명품은 예쁘장한 장난감인 경우가 많아 진지한 일에서 우리의 관심을 거두게 만들곤 한다. 그것은 개선되지 않은 목적으로 나아가는 개선된 수단에 다름 아닌데, 실상 그 목적이란 것도 기차가 철로를 따라가다 아무 어려움

---

* 1980년대 하버드 대학교 카탈로그를 보면 '항해 천문학'이 2학년 수강과목 중 하나로 들어가 있다.(원주)
** 차례대로 스코틀랜드 경제학자 애덤 스미스(Adam Smith, 1723~1790), 잉글랜드 경제학자 데이비드 리카도(David Ricardo, 1772~1823), 프랑스 경제학자 장 바티스트 세(Jean-Baptiste Say, 1767~1832)를 말한다.(원주)

없이 보스턴이나 뉴욕에 도착하듯, 개선된 수단 없이도 얼마든지 쉽게 달성할 수 있는 것이다.

우리는 메인주에서 텍사스주에 이르는 자석식 전신을 가설하고자 무척이나 서두르는 중이다. 그러나 메인과 텍사스가 서로 통신할 만큼 중요한 일이 있기나 할지 모르겠다. 청각 장애를 잃는 어느 저명한 부인을 만나 보기를 간절히 바라던 한 남자가 막상 부인을 만나 그녀의 나팔형 보청기 끄트머리를 손에 쥐게 되자 말문이 막혀 버렸다는 일화처럼, 서로 곤경에 처하지나 않으면 다행이지 싶다. 이는 마치 전신의 주된 목적이 말의 빠른 전달이지, 이치에 닿는 말을 하자는 것이 아니라고 얘기하는 것과 같다.

우리는 대서양에 해저 터널을 뚫고 전신을 가설해 구세계의 소식을 몇 주 만에 신세계로 가져오고자 안달이 나 있다. 그러나 해저 전신을 통해 미국인의 너풀거리는 큰 귀에 처음으로 전해질 소식은 보나마나 애들레이드 공주*가 백일해를 잃는다는 이야기 정도일 것이다. 1분에 1.6킬로미터 질주하는 말을 타고 오는 사람만이 중요한 소식을 가져오는 것은 아니다. 그는 복음전도사도 아니고, 메뚜기와 석청**을 먹으며 달려오지도 않

는다. 유명한 경주마 플라잉 차일더스*가 방앗간으로 옥수수 한 자루라도 나른 적이 있기는 한지, 나는 그것도 잘 모르겠다.

어떤 친구는 내게 이렇게 말하기도 한다.

"자네가 저축을 안 한다니 놀랄 일이구먼. 여행을 좋아하니, 오늘이라도 당장 기차를 타고 피치버그에 가면 좋은 구경을 할 수 있을 텐데 말이야."

나는 보기보다 영리하다. 발품을 파는 것이 가장 빠른 여행 방법이라는 사실 정도는 이미 터득해 알고 있다는 말이다. 그래서 이렇게 대꾸한다.

"우리 둘 중에 누가 먼저 피치버그에 도착하는지 한번 겨뤄 볼 텐가? 거기까지 거리는 약 50킬로미터쯤 되고, 요금은 90센트일세. 이 돈이면 거의 하루치 품삯 아닌가. 바로 그 피치버그 철로에서 작업을 하던 인부들의 하루 품삯이 60센트였던 때가 기억나는군. 그럼, 나는 지금 걷기 시작해서 오늘밤이 되기 전에 도착하도록 하지. 난 한 주 내내 그 정도 속도로 걸어서 여행을 다니기도 했었거든. 일단 자네는 차비부터 벌어야 할 테니, 내일이나 도착하겠군. 누가 알겠는가, 운이 좋아 바로 일자리를 잡는다면, 오늘 저녁에 도착할 수 있을지도 모르겠네. 피치버그에 가는 대신 자네는 오늘 종일 이곳에서 일을 해야 겠지. 그러

---

* 18세기 잉글랜드에서 뛰어난 기량으로 유명했던 경주마다.(원주)

니 철로가 세상 끝까지 닿아 있으면 뭐하겠는가, 나는 늘 자네를 앞서갈 텐데. 이제 좋은 구경을 하면서 세상 경험을 쌓는 일에 관해서라면, 나는 자네와 더는 볼일이 없을 듯하구먼."

이것이 바로 인간이 거스를 수 없는 보편적인 법칙이다. 그러니 철로에도 이 법칙이 그대로 적용된다 할 수 있겠다. 철로를 전 세계에 놓아 인류가 다 이용할 수 있게 하겠다는 생각은 지구 표면을 다 고르게 깎아 놓겠다는 생각과 다를 바 없다. 이렇듯 공동 출자를 통해 자본을 형성하고 무언가를 건설하는 활동을 계속하다 보면 언젠가는 모두가 빠른 시간 내에 무료로 어디든 갈 수 있게 되리라고 막연히 기대하는 사람이 많다. 그러나 정류장에 인파가 몰려들고, 차장이 "발차!"라고 소리치더라도, 기차의 연기가 걷히고 증기가 물방울이 될 때쯤에는 막상 차에 탄 사람은 몇 되지 않고, 나머지 사람은 기차에 치였다는 사실이 드러날 것이다. 그러면 이는 '우울한 사건'으로 불리게 될 테고, 또 실제로도 그렇게 될 가능성이 높다. 물론 기찻삯을 벌 만큼 오래 살아서 마침내는 차에 올라타는 사람도 있기야 하겠지만, 그때쯤 되면 너무 늙어 몸의 활력도 떨어지고 여행을 다니고픈 의욕도 없지 않겠는가.

이처럼 인생에서 가장 쇠진한 시기에 별로 탐탁지 않은 자유를 누리고자 인생의 황금기를 온통 돈만 벌며 보내는 삶을 생각하면, 어느 영국 사람의 일화 하나가 떠오른다. 그는 훗날 고향에서 시인의 삶을 살아가기 위해 우선 젊을 때 돈을 벌겠다고 작심하고는 인도로 떠났다고 한다. 하지만 그럴 것이 아니라, 그는 즉시 다락방에 올라가 시를 썼어야 했다. 내가 이리 말하면 이 땅의 모든 판잣집에서 살아가는 수백만의 아일랜드 노동자들이 벌떡 일어나 이렇게 소리칠지 모르겠다.

"뭐라고요? 우리가 건설한 이 철도가 좋은 것이 아니라는 겁니까?"

그러면 나는 "아, 물론 좋아요. '비교적' 좋다는 겁니다. 이보다 더 형편없는 것을 만들어 낼 수도 있었을 테니까요. 하지만 댁들이 내 형제나 다름없이 느껴져 하는 말이지만, 이렇게 땅을 파는 일보다는 좀 더 값진 뭔가를 하며 여생을 보낼 수도 있지 않았을까 애석하기는 하군요"라고 대답하겠다.

집 짓는 일을 마무리하기 전에, 나는 예상치 않게 들어가는 추가 경비를 부담하고자, 뭔가 정직하고 적절한 방식으로 10달러 내지 12달러 정도를 벌어 봐야겠다고 생각했다. 그래서 집 근처의 2.5에이커 정도 되는, 물이 잘 빠지는 모래땅에 강낭콩을 심고, 그 귀퉁이에는 감자, 옥수수, 완두콩, 순무 등을 심었다. 그 일대의 면적은 총 11에이커였고, 대부분은 소나무와 호두나무가 자리 잡고 있었으며, 이전 해에는 1에이커당 8달러 8센트로 팔린 땅이었다. 한 농부가 말하기를 이 땅은 '찍찍거리는 다람쥐를 기르는 용도 외에는 아무짝에도 쓸모가 없는' 부지였다.

　나는 그 땅에 거름을 전혀 하지 않았다. 내가 땅 주인도 아니고 잠시 무단으로 점유하고 있는 입장인 데다, 그렇게 넓은 부지를 다시 경작할 일은 없을 듯했기 때문이다. 하여, 김 한번 제대로 매지 않았다. 쟁기질을 할 때는 나무 그루터기 몇 개를 파낼 수 있었는데, 그것이 오랫동안 좋은 땔감 역할을 해 주었다. 캐낸 자리는 작고 둥근 토지가 되어, 여름내 다른 곳보다 강낭콩이 무성하게 자라 쉽게 알아볼 수 있었다. 모자라는 땔감은 오두막 뒤의 죽어서 상품 가치가 없어진 나무와 호수에서 건져낸 나무로 충당할 수 있었다. 쟁기질을 할 때는 한 쌍의 소와 인부 한 사람을 고용해야 했지만, 쟁기는 내가 직접 잡았다.

　첫해 농사 비용은 농기구, 씨앗, 인부 등 총 14달러 72.5센트가 들어갔다. 옥수수 씨앗은 거저 얻었다. 너무 많이만 심지 않는다면 씨앗값은 거의 들지 않는다. 나는 강낭콩 12부셸* 감자 18부셸, 거기에 약간의 완두콩과 사탕옥수수를 거두어 들였다. 노란 옥수수와 무는 철 지나 심어 수확을 볼 수 없었다. 그리하여 농장에서 거둬들인 수입은 다음과 같다.

　　전체 수입　　　23달러 44센트

---

* 1부셸은 약 27.2킬로그램으로 12부셸은 약 326킬로그램 정도다.

비용 차감	14달러 72.5센트
나머지	8달러 71.5센트

그때까지 내가 먹어 치운 농작물 이외에, 이 계산을 할 당시 수중에 남아 있던 농작물의 가치는 약 4달러 50센트에 해당했다. 이는 내가 심어 가꾸지 않고 사다 먹은 몇 가지 작물의 값을 상쇄하고도 남았다. 모든 사항을 고려해 봤을 때, 인간의 영혼이나 오늘이라는 시점의 중요성을 생각해 보면 내 실험에 소요된 짧은 시간에도 불구하고, 아니, 어떻게 보면 그 일시적인 특징 때문에, 내가 이룬 성과는 그해 콩코드의 어느 농부가 이룬 것보다 훨씬 나았다고 나는 믿어 의심치 않는다.

다음 해에 나는 더 많은 작물을 수확할 수 있었다. 3분의 1에이커에 해당하는, 내게 필요한 땅 전부를 정성 들여 갈았기 때문이다. 그리고 두 해의 경험을 통해 나는 인간이 소박하게 살면서 자신이 기른 작물만을 먹되 필요한 만큼만 기른다면, 또한 사치스럽고 값비싼 물건을 어떻게든 가져 보겠다고 거둬들인 작물과 교환하지만 않는다면, 얼마 안 되는 땅만 경작해도 충분히 먹고 산다는 사실을 배우게 됐다. 농업에 관해 적은 아서 영(Arthur Young)의 작품을 포함해 많은 저명한 책에서는 놀랍게도 거의 배울 것이 없었다.

한편 소를 이용해 밭을 가는 것보다는 가래를 써서 직접 하는 것이 훨씬 싸게 먹히고, 오래 사용한 땅에 거름을 주느니 때때로 새로운 땅을 찾아 일구는 것이 훨씬 효율적이라는 사실도 알게 됐다. 농사란 것이 사실 여름에 손이 빌 때 힘들이지 않고 필요한 일을 해치울 수 있기 때문에, 지금처럼 황소나 말, 젖소, 돼지 등에 얽매이지 않아도 된다. 나는 현재의 사회·경제적인 제도가 성공하든 실패하든 그와 아무런 이해관계가 없는 사람이기에, 이 점에 관해서는 아무런 편견 없이 이야기할 수 있다. 나는 콩코드의 어느 농부보다도 독립적이다. 집이나 농장에 얽매이지 않은 채 어느 때고 마음 가는 대로 떠날 수 있기 때문이다. 게다가 이미 다른 농부들보다 훨씬 잘 살고 있다. 집이 불타버리거나 농사가 잘 안되더라도, 이전보다 사정이 더 나빠질리 없으니 늘 전만큼 잘살고 있는 셈이다.

나는 사람이 가축을 기른다기보다는 가축이 사람을 기르고 있으며, 그들이 인간보다도 훨씬 자유롭다는 생각을 가끔 하곤 한다. 사람과 소가 서로 노동을 교환하기는 하지만, 사람은 농사일 말고도 할 일이 많으니, 꼭 해야 할 일만 생각해 보면 황소가 훨씬 유리해 보인다. 사람의 농장은 너무 넓기도 하다. 인간은 노동을 교환하는 대신 6주 동안 소를 먹일 건초 작업을 하는데, 이것이 또 그리 만만하게 볼 일이 아니다.

모든 면에서 소박하게 살아가는 나라, 다시 말해 철학자들이 사는 나라는 동물의 노동력을 이용하는 큰 실수는 절대 저지르지 않을 것이다. 사실 과거에도 철학자들만 사는 나라란 존재하지 않았고, 가까운 미래에도 생길 리 없으며, 그런 나라가 존재하는 게 결코 바람직해 보이지도 않는다. 그러나 나라면 내 할 일을 도우라고 말이나 소를 길들이는 짓은 하지 않을 것 같다. 그리하다가는 자칫 내 신세가 마부나 목동으로 전락할지 모르기 때문이다. 그리고 내가 그렇게 함으로써 사회가 덕을 보게 된다 하더라도 한쪽의 이득이 다른 이의 손실로 이어지지 않는다고 누가 장담할 수 있으며, 마구간지기 소년이 주인이 만족하는 일에 똑같이 만족한다고 그 누가 단언할 수 있겠는가?

어떤 공공사업은 가축의 도움 없이는 완공할 수 없고, 그러기에 인간이 그 공을 소나 말과 나누어야 한다는 주장을 일단 인정하더라도, 정말 인간이 혼자서는 그보다 더 가치 있는 일을 해낼 수 없는 것일까? 우리가 단지 불필요하거나 예술적인 일뿐 아니라, 사치스럽고 무가치한 일까지 가축의 힘을 빌려 하기 시작하면, 몇몇 사람이 소와 교환해야 할 노동을 전부 떠맡아 하게 되는 일이 불가피해진다. 다시 말해, 몇몇 약자가 강자의 노예로 전락할 수밖에 없는 것이다. 그렇게 되면 인간은 자기 집에 있는 가축뿐 아니라, 상징적으로 말해 밖에 있는 짐승을 위해서도 일을 하게 된다.

비록 우리에게 벽돌이나 돌로 지은 웅장한 집이 있을지라도, 여전히 농부의 재산 규모는 축사가 집에 비해 어느 정도 큰가에 달려 있다. 우리 마을에는 인근에서 가장 큰 축사가 있다고 알려져 있고, 공공건물들의 규모에 있어서도 여느 마을에 뒤지지 않는다. 그러나 자유롭게 예배를 드리고, 자유롭게 견해를 펼칠 건물은 거의 없다. 국가는 건축물을 이용해서 그 위상을 세우려 할 것이 아니라, 추상적인 사고의 힘을 이용하려 애써야 한다. 동양의 그 어떤 유적보다도 산스크리트어로 쓰인 시가인 '바가바드기타'가 훨씬 더 감탄할 만하지 않은가. 탑과 신전은 군주의 사치품일 뿐이다. 소박하고 자주적인 정신의 사람은 아무리 군주의 지시라 해도 무조건 복종하지 않는다. 참된 인재는 결코 황제의 시종이 되지 않으며, 그들이 사용하는 재료도 아주 소량을 제외하고는 금이나 은이나 대리석이 아니다. 그렇다면 대체 무슨 목적으로 그 많은 석재를 망치로 두드리는 것일까?

아르카디아*에 갔을 때, 나는 돌 다듬는 광경을 본 일이 없다. 많은 국가가 그들이 다듬어 남긴 돌의 양으로 국가의 기억을 영속화하려는 광적인 야망에 강박적으로 매달린다. 하지만 같은 양의 수고를 국가의 품격을 다듬고 빛내는 데 바친다면 어떨까? 달보다 높이 쌓아 올린 기념비보다 사소한 분별력이 좀 더 기념할 만하지 않겠는가. 돌이란 모름지기 제자리에 있어

---

* 그리스 펠로폰네소스 반도 중앙에 있는 주를 말한다.

야 아름다운 법이다. 테베의 웅장함은 천박할 따름이었다. 정직한 농부의 밭을 둘러싼 돌담이 진실한 삶의 목표에서 동떨어져 방황하는 백 개의 문이 달린 테베의 신전보다 더 의미 있다. 야만스럽고 이교적인 종교와 문명은 화려한 신전을 짓는다. 그러나 기독교라 불리는 종교는 그렇지 않다. 국가가 다듬는 돌의 대부분은 그 국가의 무덤으로 향한다. 그리고 국가는 스스로를 산 채로 매장한다.

피라미드야말로 웬 야심찬 얼간이의 무덤을 짓는 데 수많은 사람이 그들의 인생을 바치도록 강요받는 수모를 당했다는 사실만 제외하고 보면 전혀 경이로울 것도 없는 건축물이다. 차라리 그 작자를 나일강에 빠뜨려 죽인 후, 그 시체를 개에게 던져 주는 것이 훨씬 현명하고 당당한 처사였으리라. 파라미드 일꾼이나 무덤에 묻힌 자를 위해 약간의 변명거리를 생각해 낼 수도 있겠지만, 나는 그럴 만한 시간이 없다. 건축가들의 종교와 예술에 대한 사랑에 관해 얘기해 보자면, 그들이 이집트의 신전을 짓든 미국의 은행을 짓든 간에 전 세계에 널린 건축물이란 전부 그게 그거다. 들이는 비용에 비해 결과는 형편없다는 말이다. 그 주된 원인은 허영심이고, 마늘과 빵과 버터에 대한 애착도 한몫을 한다.

촉망받는 젊은 건축가 밸컴 씨가 비트루비우스*의 책 뒷면에 단단한 연필과 자를 이용해 설계도를 그린다. 그리고 석재상인

'돕슨&선즈' 회사에 건축 일을 맡긴다. 삼천 년의 세월이 그 건물을 내려다보기 시작하면, 인류는 그것을 우러러보기 시작하는 것이다.

높은 탑과 기념비에 관해 얘기가 나왔으니 말이지만, 예전에 우리 마을에 땅을 파서 중국에 도달하겠다고 큰소리치던 미치광이가 한 명 있었다. 그는 자신이 중국의 솥과 냄비가 달그락거리는 소리가 들리는 곳까지 팠다고 이야기했다. 그러나 나는 그가 파 놓았다는 굴을 구경하러 가고픈 생각은 전혀 없다. 많은 이들은 동서양의 기념비에 관심을 두고, 누가 그것을 세웠는지 알고 싶어 한다. 그러나 나는 그 당시 그것을 세우지 않은, 사소한 일에 초월했던 사람이 누구였는지 알고 싶다.

그동안 나는 마을에 들어가 측량 일, 목수 일, 그 밖에도 손가락 수만큼이나 다양한 일을 해서 13달러 34센트를 벌었다. 여덟 달 동안 먹은 식비, 정확히 말해 7월 4일에서 이듬해 3월 1일까지 내가 먹은 음식은 다음과 같다. 내가 오두막에서 살았던 기간은 2년이 넘었지만, 계산은 여덟 달만 했다. 손수 길러 먹은 감자와 풋옥수수, 약간의 완두콩은 계산에 넣지 않았고, 마지막 날 남아 있던 식량도 역시 포함시키지 않았다.

---

* 기원전 1세기경 로마의 건축가로 《건축론》이라는 유명한 작품을 남겼다.

쌀	1달러 73.5센트	
당밀	1달러 73센트	가장 저렴한 설탕의 종류다.
호밀	1달러 4.75센트	
옥수숫가루	99.75센트	
돼지고기	22센트	

-아래는 모두 실패한 실험이다-

밀가루	88센트	옥수숫가루보다 가격도 비싸고 만들기도 힘들다.
설탕	80센트	
돼지기름	85센트	
사과	25센트	
말린 사과	22센트	
고구마	10센트	
호박 1개	6센트	
수박 1개	2센트	
소금	3센트	

이렇듯 총 8달러 74센트가 식비에 들어갔다. 그러나 내가 부끄러운 줄도 모르고 공공연히 내 잘못을 밝히는 이유는 대부분의 독자에게도 나와 똑같은 결함이 있고, 그들의 행적도 이렇게 글로 적어 놓으면 나을 게 없다는 사실을 잘 알기 때문이다. 다음 해, 나는 가끔 한 끼 식사분의 물고기를 잡아 저녁으로 먹었고, 또 한 번은 내 콩밭을 엉망으로 만들어 놓은 우드척 한 마

리를 멀리까지 나가서 잡은 적도 있다. 타타르족이었다면 녀석의 윤회를 도왔다고 표현했을지도 모르겠다. 어쨌든 나는 시험 삼아 그것을 먹어 보았는데, 사향 냄새가 좀 나기는 했지만, 그래도 맛은 괜찮은 편이었다. 하지만 아무리 마을에 있는 푸줏간에 맡겨 먹을 수 있게 손질을 한다 하더라도, 우드척은 상시 먹을 음식은 아니라는 생각이 들었다.

비록 자세히 밝힐 만한 내용도 없기는 하지만, 어쨌든 같은 기간에 들어간 의복과 그 밖의 예기치 못한 비용의 합은 8달러 40.75센트였다.

기름과 몇몇 가재도구	2달러

그리하여 내가 지출한 총 비용은 다음과 같다. 여기에는 대부분 외부에 맡겨서 했지만 아직 청구서를 받지 못한 세탁과 옷 수선 비용은 제외돼 있다. 나열한 항목은 이 지역에서 살아가자면 누구라도 어쩔 수 없이 돈을 지출해야 하는 모든 항목, 혹은 그 이상의 항목이다.

집	28달러 12.5센트
1년 농사비용	14달러 72.5센트
8개월간의 식비	8달러 74센트
8개월간의 의복 및 기타 비용	8달러 40.75센트

8개월간의 기름 및 기타 비용	2달러
합계	61달러 99.75센트

여기서 생계비를 벌어야 하는 독자를 위해 확실히 언급하고 넘어가자면, 나는 그 목적을 위해 손수 경작한 농산물을 내다 팔았다.

농산물 판매 대금	23달러 44센트
노동으로 벌어들인 돈	13달러 34센트
합계	36달러 78센트

지출 총액에서 위의 수입 총액을 제외하면 25달러 21.75센트라는 구멍이 생겼다(이는 내가 처음 숲속 생활을 시작할 때 자본으로 지니고 있던 금액과 거의 비슷했기에, 앞으로는 지출의 규모를 꼼꼼히 따져야 했다). 그러나 나는 대신에 여가와 독립적인 삶, 그리고 건강을 얻었고, 원하기만 하면 언제까지고 살 수 있는 안락한 집도 소유했다.

이것이 일시적 비용에 관한 통계자료라 별로 도움이 되지 않는 듯 보일지도 모르지만, 실상은 거의 완벽에 가깝기에 나름의 가치도 있다. 내가 얻은 것 중에 계산에 포함하지 않은 것은 하나도 없다. 위의 계산에 따르면 나는 한 주에 27센트를 식비로 쓴 셈이다. 이후 거의 2년 동안, 나는 효모를 넣지 않은 호밀가루와 옥수숫가루, 감자, 쌀, 심심하게 절인 돼지고기, 당밀, 소금, 그리고 물만을 먹고살았다. 이중에서도 쌀이 내 주식이었는데, 인도 철학을 무척이나 좋아했으니 자연스러운 일 아닌가.

사사건건 트집을 잡아 대는 사람들의 비난에 대비해, 이 말은 하고 넘어가야겠다. 나는 전에도 늘 외식을 했고, 앞으로도 그럴 기회가 있으리라는 사실을 믿어 의심치 않는다. 하지만 가끔 외식을 하는 날에는 집에서 먹던 방식을 따르기가 쉽지 않았다. 그러나 앞서 언급했듯이 외식도 늘 하게 되는, 삶과 떼어 놓을 수 없는 영구적인 생활 방식의 하나라, 앞에 제시한 비교표에는 전혀 영향을 미치지 않는다.

나는 숲에서 보낸 2년여의 경험을 통해, 심지어는 이러한 기후대에 살아가는 사람도 지극히 적은 수고만으로 얼마든지 먹고살 식량을 구할 수 있다는 사실을 배웠다. 인간도 동물과 마찬가지로 단순한 식단만 먹어도 얼마든지 건강과 체력을 유지해 나갈 수 있다. 나는 옥수수 밭에서 캐내 삶은 후 소금만 친 쇠비름(Portulaca oleracea) 한 접시만으로도 매우 만족스러운, 그것도 여러 면에서 만족스러운 저녁 식사를 했다. 내가 군이 쇠비름의 라틴어 이름을 적은 이유는 '올레라세아'*라는 종명(種

---

* '식용 채소의'라는 의미이다.

名)이 전해 주는 풍미 때문이다. 분별 있는 사람이라면, 여느 때처럼 평화로운 한낮에 갓 수확한 단옥수수에 소금을 쳐서 넉넉히 삶아 낸 것 말고 무엇을 더 바라겠는가? 내가 식단을 그나마 다양하게 유지한 이유는 건강이 아닌 식욕에 굴복한 까닭이었다. 인간이 자주 굶주림의 경지에 이르는 까닭은 먹을 것이 부족해서가 아니라, 사치품을 탐내기 때문이다. 내가 아는 어떤 점잖은 부인조차도 자기 아들이 물만 먹어 죽음에 이르렀다고 생각한다. 독자는 내가 이 주제를 영양학적 관점이 아니라, 경제적 관점에서 다루고 있음을 잘 알고 있을 것이다. 그러니 식품 창고에 식량을 가득 저장해 둔 독자가 아니라면, 절제하는 내 삶의 방식을 감히 시도해 볼 엄두도 나지 않을 터다.

내가 처음 만든 빵은 옥수숫가루에 소금만 넣은 순수한 옥수수빵이었다. 나는 밖에다 불을 피우고 집을 지을 때 톱질해서 잘라 버린 나무 동강이 끝이나 판자에 반죽을 올리고 불 앞에 앉아 그것을 구웠다. 이렇게 구운 빵은 나무 냄새도 나고 송진 향도 은은히 풍겼다. 밀가루 빵도 만들어 봤다. 그러다 결국에는 호밀가루와 옥수숫가루를 섞어 굽는 것이 가장 손쉽고 맛도 좋다는 사실을 알게 됐다. 추운 날이면 몇 개의 작은 빵 덩어리를 연속으로 구워 내는 일이 여간 즐겁지 않았다. 나는 이집트인이 인공적으로 달걀을 부화시키듯 빵을 지켜보다 조심스레 뒤집곤 했다. 이러한 빵은 내가 직접 길러 낸 진정한 곡물의 열매였기에, 다른 고귀한 과일에 버금가는 향기도 맡을 수 있었다. 이 향기를 가능한 한 오래 보존하려고 나는 빵을 천으로 말아 두었다.

나는 고대로부터 전해 온 우리에게 없어서는 안 될 빵 굽는 기술에 대해서도 공부했다. 우선 구할 수 있는 권위 있는 서적이란 서적은 다 찾아보면서, 원시 시대까지 거슬러 올라가 효모를 넣지 않은 최초의 빵에 대해 알아봤다. 당시만 해도 인간은 숲에서 열매를 줍고 사냥을 통해 얻은 고기를 먹었지만, 이때 처음 빵이라는 음식의 부드러움과 정제된 맛을 접하게 된다. 시대를 따라 훑어 내리다가 나는 인류가 우연히 밀가루 반죽이 산화되는 것을 보고 빵을 발효시키는 과정을 배우는 시기를 거쳐, 여러 다양한 발효법이 개발되는 과정을 살펴봤다. 그리고 마침내는 '맛있고 달콤하며 건강에도 좋은' 생명의 양식이라 할 만한 빵을 만들어 내는 시기에 도달했다.

효모는 빵의 세포 조직을 충만하게 하는 '영혼'이라는 의미에서 '빵의 영혼'이라고도 불리는데, 이는 성화처럼 경건하게 보존되어 왔다. 그리고 메이플라워호가 처음 신대륙으로 떠나올 때, 한 병 가득 소중하게 담겨 와 미국에서 그 사명을 다한 덕에 여전히 이 땅에서 곡물의 파도를 타고 그 영향력을 키우고 부풀리고 퍼뜨리는 중이다. 나는 정기적으로 마을에 나가 꼬박꼬박 이 씨앗(효모)을 구해 오곤 했는데, 어느 날은 깜빡

잊고 효모를 뜨거운 곳에 놓아두고 말았다. 그 사고 덕분에 나는 효모도 반드시 필요한 것은 아님을 알게 되었다. 이러한 깨달음은 종합적이 아니라 분석적인 과정을 통해 도출해 낸 것이다. 이후로 나는 조금도 주저치 않고 효모를 빵에서 제외해 버렸다. 하지만 주부들은 효모를 넣지 않으면 안전하고 영양가 높은 빵을 만들 수 없다고 진지하게 나를 설득하려 했고, 노인들은 내가 기력이 급속도로 쇠하게 되리라 예언하기까지 했다. 그러나 나는 효모가 반드시 필요한 재료가 아님을 알고 있었기에 그것 없이 1년여를 지냈고, 지금도 멀쩡하게 이 땅에서 살아가고 있다. 그리고 주머니에 효모가 가득 든 병을 넣고 다니지 않아도 되어 기쁘기 그지없다. 이따금씩 병뚜껑이 튀어 나가 안에 든 내용물이라도 쏟아지면 여간 당황스러운 일이 아니었기 때문이다. 그러니 효모 없이 사는 것이 훨씬 간단하고 바람직하다.

인간은 그 어느 동물보다도 기후와 환경에 대한 적응력이 뛰어나다. 나는 빵에 소다는 물론이고 다른 산이나 알칼리 성분도 넣지 않는다. 따라서 내가 빵을 만드는 방법은 마르쿠스 포르키우스 카토(Marcus Porcius Cato)*가 기원전 2세기경 제안했던 조리법을 따르는 것이라 할 수 있다. 그가 제안하는 방법

---

* 마르쿠스 포르키우스 카토(Marcus Porcius Cato),《농업론(De Agricultura)》중에서.(원주)

을 번역해 보면 다음과 같다.

빵 반죽은 다음과 같이 한다. 먼저 손과 반죽 그릇을 잘 씻는
다. 가루를 그릇에 담고 물을 조금씩 부어 가며 꼼꼼하게 반
죽한다. 반죽이 잘 되었으면, 모양을 만들어 뚜껑을 덮고 굽
는다.

즉, 반죽을 솥에 넣고 구우라는 말이다. 효모에 대해서는 한
마디 언급도 없다. 그러나 내가 이 생명의 양식을 늘 먹은 것은
아니다. 언젠가는 지갑이 비어 한 달이 넘도록 빵은 구경도 못
한 적도 있다.

뉴잉글랜드 사람이라면 누구나 호밀과 옥수수의 땅인 이 고
장에서 온갖 빵의 재료를 손수 키울 수 있으므로, 가격 변동이
심한 외지 시장에 의존할 필요가 없다. 그러나 우리는 소박하
고 독립적인 삶에서 너무 멀리 떨어져 나온 탓에, 콩코드의 상
점에서는 신선한 옥수숫가루를 거의 구할 수가 없다. 옥수수죽
이나 그보다 굵게 간 옥수숫가루를 먹는 사람도 거의 없다. 대
부분의 농부는 손수 기른 곡물은 소나 돼지에게 먹이고 자신은
밀가루를 사다 먹지만, 그것이 더 건강에 좋은 것도 아니며 가
격도 훨씬 비싸다.

나는 내가 먹을 한두 부셸의 호밀이나 옥수수는 쉽게 경작할

수 있음을 알게 되었다. 호밀은 척박한 땅에서도 잘 자라고 옥수수도 딱히 기름진 땅이 아니어도 키울 수 있기 때문이다. 이런 곡물을 맷돌에 갈아 먹으면 굳이 쌀이나 돼지고기 없이도 살아갈 수 있다. 그리고 혹시라도 농축된 당분을 꼭 써야 한다면, 호박이나 사탕무로 매우 질 좋은 당밀을 만들 수 있다는 사실도 실험을 통해 알아냈다. 이보다 더 쉽게 당분을 얻는 방법도 있는데, 단풍나무 몇 그루를 심어 그 진액을 얻으면 된다. 나무가 자라는 동안에는 앞에 언급한 것 이외에도 여러 대용품을 이용할 수 있었다. 조상들이 노래했듯이 말이다.

왜냐하면 우리는 호박과 파스닙과 호두나무 조각으로
입술을 달달하게 할 술을 빚을 수 있지 않은가.

마지막으로, 식료품 중에 가장 쓸모가 없는 소금에 관해 이야기해 보자. 소금을 얻기 위해 가끔 어촌을 방문한다 해도 말릴 사람이야 없겠지만, 기왕이면 소금을 아예 먹지 않고 사는 것이 더 낫다. 그러면 물을 적게 마셔도 되기 때문이다. 나는 인디언이 소금을 구하려고 애썼다는 이야기는 어디서도 들은 일이 없다.

따라서 음식에 관한 한 나는 거래도 물물교환도 전혀 하지 않고 지낼 수 있었고, 집이야 이미 마련돼 있었기에 옷과 연료를 구하는 일 말고는 신경 쓸 일이 없었다. 지금 내가 입고 있는 바지는 어느 농부의 가족이 직접 지은 것인데, 솔직히 나는 농부가 직공으로 전락한 일이 인간이 농부로 전락했던 일*만큼이나 애석하고 안타까운 일이라 생각하고 있었기에, 인간에게 아직도 쓸 만한 재주가 많이 남아 있다는 사실이 참으로 고맙게 생각되었다. 그리고 새로운 삶의 터전에서 땔감을 구하는 일도 성가시기 그지없는 일이었다. 집에 관한 한은, 만약 무단 거주가 허용되지 않았다면, 나는 경작하던 땅의 1에이커 정도를 원래 매매가, 즉 8달러 8센트에 구입할 의사도 있었다. 그러나 보시다시피, 내가 무단 거주 한 덕분에 땅의 가치가 더욱 올라가지 않았는가.

세상에는 남의 말을 곧잘 의심하는 부류의 사람들이 있다. 때로 그들은 내게 사람이 푸성귀만 먹고도 살 수 있다고 생각하는지 물어 오곤 한다. 그럴 때면 나는 즉시 문제의 핵심을 치고 나간다. 핵심이야말로 신념이 아닌가. 그런 질문이야 수도 없이 받아 봤기 때문에, 나는 대못만 먹고도 살아갈 수 있다고 대답한다. 그들이 이 말을 이해하지 못한다면, 내가 하는 말 대부분을 이해할 수 없을 것이다.

언젠가 나는 한 젊은이가 오직 치아를 절구 대신 사용해 2주

---

* 에덴동산에서 쫓겨나 땅을 경작하며 살아야 했던 아담의 삶을 의미하는 표현이다.

간 단단한 날옥수수만 먹으며 살아가는 실험을 한다는 소식을 들은 일이 있다. 내 입장에서는 이런 종류의 실험이 시행된다는 소리를 들으면 기쁘기 그지없다. 사실 다람쥐는 이미 같은 실험에 성공해 그렇게 살아가고 있지 않은가. 인간은 이런 류의 실험에 흥미를 보인다. 물론 병이 들어 이런 실험을 할 수 없는 노파나, 방앗간의 지분 3분의 1을 소유한 노인은 이런 실험을 탐탁지 않겠지만 말이다.

가구에 대해 말하자면, 몇 개는 내가 만들고, 나머지도 돈 한 푼 들이지 않았기 때문에, 상세 비용을 계산해 넣지는 않았다. 그 종류로는 침대 하나, 탁자 하나, 책상 하나, 의자 셋, 지름이 7.5센티미터쯤 되는 거울 하나, 부젓가락 하나, 장작 받침쇠 하나, 솥 하나, 긴 손잡이가 달린 냄비 하나, 프라이팬 하나, 국자 하나, 세숫대야 하나, 나이프와 포크 두 벌, 접시 세 개, 컵 하나, 수저 하나, 기름 항아리 하나, 당밀 항아리 하나, 옻칠한 램프 하나가 전부였다. 호박을 의자로 쓸 만큼 가난한 사람은 없다. 만약 있다면 그는 그저 게으를 뿐이다. 마을에 가면 내 마음에 드는 의자쯤이야 널려 있기 때문이다. 집집마다 다락에 처박아 두고 있기에 그저 가서 들고 오기만 하면 된다. 그런 가구가 뭐 어떻다는 말인가! 고맙게도 나는 가구점의 도움을 빌지 않고도 앉거나 설 수 있게 되지 않았는가.

철학자가 아니고서야 어느 누가 기껏해야 빈 상자 몇 개밖에 되지 않는 자신의 가구를 대낮에 사람들의 눈길을 받으며 수레에 싣고 가면서도 창피스러워하지 않을까? 저거 스폴딩 씨네 가구구먼! 그러나 나는 짐 꾸러미만 봐서는 그게 소위 말하는 어느 부자의 것인지, 아니면 가난한 사람의 것인지 전혀 분간할 수가 없었다. 가구의 주인은 늘 가난에 찌들어 사는 듯 보이기 때문이다. 가구란 많으면 많을수록 더 가난해지는 법이다. 이삿짐을 옮기는 수레를 보면 마치 열두 채의 판잣집에서 거두어 낸 가구가 잔뜩 실린 듯하다. 그 모습은 판잣집 한 채보다 열두 배는 가난해 보인다.

그런데 이런 가구, 즉 '허물'을 벗어 내다 버리는 게 목적이 아니라면 '이사'는 대체 왜 하는가? 이승에서 저승으로 떠나갈 때도 이곳에서 쓰던 가구는 다 태워 버리고 저승에 마련된 새 가구를 써야 하지 않겠는가. 가는 곳마다 가구를 끌고 다니는 모양은, 숙명처럼 걸어가야 할 거친 삶을 허리에 덫을 주렁주렁 매단 채 질질 끌면서 살아가는 모습과 다를 바 없다. 덫에 걸린 꼬리를 잘라 내고 도망친 여우야말로 운이 좋은 녀석이다. 사향쥐는 자유의 몸이 되기 위해 덫에 걸린 자신의 세 번째 다리라도 물어뜯는다고 하지 않는가.

인간이 갈수록 융통성을 잃어 간다는 사실은 그리 놀랄 일도 아니다. 우리가 얼마나 자주 오도 가도 못하는 상황에 처하는가! "선생님, 이런 말씀을 드려도 될지 모르겠지만, 오도 가도 못하는 상황에 처하다니, 대체 그게 무슨 뜻인가요?" 만약 당신에게 통찰력이 있다면, 누군가를 만날 때마다 그 사람 뒤편에 있는 수레에 잔뜩 실린 그가 소유한 모든 것과, 소유했음에도 그렇지 않은 척하는 더 많은 것, 심지어는 그의 부엌에 있는 가구와 모으기만 하고 태워 버리지 못하는 쓰잘머리 없는 물건을 알아볼 수 있을 터다. 그는 그 물건에 결박당한 채 어떻게든 앞으로 나아가려 애를 쓴다. 하지만 자기 몸이야 어찌어찌 옹이구멍인지 문인지 하는 것을 겨우 빠져나갔다 치더라도 짐이 잔뜩 실린 수레는 문간에 끼어 결코 빠져나갈 수 없으니, 그런 사람이 바로 오도 가도 못하는 상황에 처한 인간이라는 것이다.

걸보기에 자유롭고 부족함이 없어 보이는, 말쑥한 차림의 잘생긴 사람이 자신의 '가구'가 보험 가입을 했느니 어쩌니 하고 말할 때, 나는 안타까운 심정이 들기까지 한다. "그렇다면 내 가구를 어찌해야 하는데요?"라고 묻는 당신은 거미줄에 걸린 아름다운 나비나 다름없다. 오랫동안 가구 없이 살아온 듯 보이는 사람도, 꼬치꼬치 캐물어 보면 누군가의 창고에 몇 개쯤은 맡겨 놓았음을 알 수 있다. 나는 오늘날의 영국을 커다란 짐 꾸러미를 끌고 여행을 다니는 노신사로 본다. 그 꾸러미 안에는 큰 가방, 작은 가방, 판지 상자, 보따리 등 오랜 살림살이로 불어난 잡동사니만 그득한데, 정작 그것을 태워 버릴 용기가 없는 것이다. 부디, 앞의 세 가지만이라도 버린다면 좋으련만. 요즘 은 젊은 사람도 침대 하나를 들쳐 매고 걷기가 힘들지 않은가.* 그러니 병든 사람이라면 당연히 침대를 내려놓고 달려가라고 말해 주고 싶다.

언젠가 나는 자신의 전 재산처럼 보이는 꾸러미를 이고 휘청거리며 걸어가는 한 이주자를 만난 적이 있다. 꾸러미를 이고 가는 그의 모습은 꼭 목덜미에서 커다란 혹이 자라는 듯 보였다. 나는 그가 가엾다는 생각이 들었지만, 그 보따리가 그의 전 재산이라서가 아니라, 그가 그 모든 것을 다 지고 다니기 때문이었다. 만약 나도 어쩔 수 없이 덫을 끌고 다녀야 한다면, 가능하면 가벼운 것을 고를 것이고, 급소를 다치지 않도록 주의를 기울일 테다. 그렇지만 애초에 덫에 앞발을 넣지 않는 것이 현명하지 않겠는가.

그건 그렇고, 나는 커튼 값으로는 한 푼도 들지 않는다. 해와 달 이외에는 집 안을 훔쳐볼 이가 없기도 하거니와, 해와 달이라면 언제든 들여다봐도 환영이기 때문이다. 달빛이 비친다고 상할 우유나 고기도 없고,** 직사광선에 휘거나 색이 바랠 양탄

---

* "네 침대를 들쳐 매고 걸어라(Take up thy bed and walk)", 요한복음 5장 8절 중에서.(원주)
** 달빛이 우유를 상하게 한다는 미신을 언급하고 있다.(원주)

자도* 없다. 그래도 가끔 해가 너무 뜨거워 친분을 나누기가 힘들 때면, 자연이 제공하는 커튼 뒤로 물러나 앉는 것이 가계에 지출 항목을 하나 늘리는 것보다는 훨씬 경제적이라는 사실도 알게 됐다. 한번은 어느 부인이 내게 신발 터는 깔개를 하나 주겠다고 했지만, 집 안에는 어디 놓아둘 만한 곳도 없는 데다 집 안이든 밖이든 간에 그것을 털어 낼 시간도 없어서 사양했다. 나는 안에 들어서기 전에 문밖 잔디에 구두를 문지르는 것이 더 편하다. 골치 아플 만한 일은 처음부터 피하는 것이 상책이다.

얼마 전 나는 한 교회 집사의 재산을 경매에 붙이는 데 참석한 일이 있다. 그곳에 가서 보니 그는 생전에 꽤 많은 재산을 모았던 듯했다.

인간이 행한 죄악은 그가 죽은 후에도 살아간다.**

보통 그러하듯이, 재산의 대부분은 그의 아버지 대부터 쌓기 시작한 잡동사니에 불과했다. 그중에는 말라비틀어진 촌충 한 마리도 끼어 있었다. 그것들은 다락방이나 여타의 먼지 낀

---

* 당시의 가정주부들은 태양 빛에 카펫의 빛이 바래지 않도록 가끔씩 베란다 블라인드를 치곤 했다.(원주)
** 윌리엄 셰익스피어(William Shakespeare),《줄리어스 시저(Julius Caesar)》3막 2장 74행.(원주)

공간에 반세기 동안이나 누워 있었음에도 불태워지지 않았다. '모닥불'이 되어 타오르지도, 누군가 정화를 목적으로 부숴 버리지도 않았다. 대신, 이제 '경매'에 붙여짐으로써 가치만 더 높아질 예정이었다.

그 광경을 보려고 동네 사람이 구름같이 모여들었다. 그리고 가구는 하나도 남김없이 다 팔려 나갔다. 마을 사람들은 자기 집 다락이나 먼지 구덩이 속으로 그것들을 조심스럽게 옮겨 갔다. 이제 가구들은 언젠가 다시 유산이 정리될 때까지, 그곳에 자리 잡고 세월을 보내게 될 터다. 그래서 사람이 죽을 때 "먼지를 차 버린다"*고 하는 게 아니겠는가.

사실 몇몇 미개한 나라의 관습은 우리가 본받아도 좋지 않을까 싶다. 적어도 그들은 매년 허물을 벗는 의식을 치르기 때문이다. 실제로 허물이 있든 없든 간에, 그들은 왜 그런 의식이 필요한지 알고 있다는 뜻이다. 윌리엄 바트램(William Bartram)** 이 머클래스족 인디언의 관습이라고 묘사했던 '버스크', 즉 '첫 수확의 향연' 같은 잔치를 우리도 한번 치러 보면 좋지 않을까? 바트램은 다음과 같이 설명한다.

* "kick the dust", '죽다'라는 숙어 표현이다.
** 윌리엄 바트램(William Bartram), 《노스캐롤라이나, 사우스캐롤라이나, 조지아, 동·서 플로리다 여행(Travels through North and South Carolina, Georgia, East and West Florida》중에서.(원주)

버스크를 기념할 때, 마을 사람들은 미리 새 옷, 새 솥과 냄비, 그 외에도 새로운 살림살이와 가구를 마련해 두고, 낡은 옷이나 여러 너저분한 물건은 한군데로 모은 후, 집과 광장과 마을 전체를 깨끗이 쓸고 닦아 쓰레기를 모은다. 그 위에 남은 곡식과 오래된 식량까지 모두 한데 쌓아 올려 불태운다. 그리고 약을 먹고 사흘간 단식을 한 후에, 마을에 모든 불을 끈다. 이 단식 기간 동안에는 식욕이든 성욕이든 만족감을 주는 모든 것을 금한다. 대사면도 시행되어 모든 죄인이 자기 마을로 돌아갈 수 있게 된다.

이제 마을 사람은 햇옥수수와 과일을 먹으며 사흘간 춤추고 노래하는 잔치를 벌인다.

잔치가 끝나면 그 후 나흘간은 마찬가지 방식으로 정화 과정을 거쳐 새로운 삶을 살아갈 준비를 마친 이웃 마을의 친구를 맞아 흥겨움을 나눈다.

멕시코 사람들도 52년마다 비슷한 정화 의식*을 치렀다고 한다. 52년마다 한 시대가 끝난다고 믿었기 때문이다.

---

* 윌리엄 H. 프레스콧(William H. Prescott), 《멕시코 정복사(History of the Conquest of Mexico)》 중에서.(원주)

사전에서는 성례*를 "내적이고 영적인 은총을 눈에 보이게 밖으로 드러내는 것"이라고 정의한다. 나는 이와 같은 정화 의식보다 더 이 의미에 들어맞는 성례 의식은 들어본 적이 없다. 머클래스족 인디언이 어떤 계시를 받았다는 성서적인 기록 같은 것이 남아 있지는 않아도, 나는 그들이 하늘로부터 직접 영감을 얻어 그 정화 의식을 치르기 시작했으리라 믿어 의심치 않는다.

5년 넘게 나는 오직 내 몸으로 하는 노동에만 의지해 살아왔다. 그러면서 알아낸 사실은 1년에 6주만 일을 해도 생계비 모두를 충당할 수 있다는 것이다. 여름과 겨울 내내 나는 자유롭고 홀가분하게 학문에만 전념할 수 있었다. 한때 학교를 운영하려 애를 써 보기도 했지만, 소요 경비가 내 수입과 겨우 균형을 이루거나, 비용이 수입을 초과하기 일쑤였다. 반드시 신분에 맞게 처신하고 의복도 신경 써서 갖추어 입어야 한다고 생각지는 않았어도, 어느 정도는 그에 따라야 했고, 시간도 적잖이 빼앗겼다. 게다가 인류애 같은 대의를 위해 학생을 가르친 것이 아니라, 단지 생계가 목적이었던 터였기에 한마디로 실패한 도전이었다.

사업도 해 보았다. 그러나 사업이라는 것도 10년은 걸려야

---

* 결혼식, 세례식, 성찬식 등 모든 성스러운 의식을 말한다.

어느 정도 자리를 잡을 수 있을 텐데, 그때쯤이면 내가 이미 악마와 타협할 거라는 생각이 들었다. 소위 사업에 성공하게 될까 봐 두려워지기 시작했던 것이다. 예전에 앞으로 뭘 해서 먹고살아야 할지 한참 고민하며 찾아보던 때에, 나는 종종 월귤을 따서 팔아 보면 어떨까 매우 진지하게 생각해 봤다. 당시 나는 친구들의 기대에 부응하기 위해 머리를 쥐어짜느라 고생했고, 그 슬픈 경험은 아직도 머릿속에 생생히 남아 있기도 하다. 어쨌든 나는 월귤을 따서 파는 일이라면 얼마든지 할 수 있을 듯했다. 많이 벌지는 못하겠지만, 그래도 상관없었다. 나의 가장 뛰어난 재주는 욕심 부리지 않는 것이기 때문이다. 자본도 거의 들지 않았고, 평소 생활 방식에서 크게 벗어나지 않아도 될 듯했다. 그게 바로 내 어리석은 판단이었다.

주변 지인들이 용감하게 사업이나 직업에 뛰어들 때, 나는 내 일이 그들의 일과 거의 마찬가지라고 생각했다. 여름이면 온 산을 누비며 눈에 띄는 월귤을 따서 대충 팔아 버리면 그만이었다. 아드메투스의 가축을 돌보는 일*과 다름없었다. 나는 또 들풀이나 상록수를 캐서 수레에 싣고 나가 숲 생활을 그리워하는 마을 사람이나 도시 사람에게 그것들을 파는 일도 생각해 봤다. 그러나 그 후 나는 사업이란 관련된 모든 것에 저주를

* 올림포스 산에서 추방된 후, 아폴로는 페라이의 국왕 아들인 아드메투스의 가축 돌보는 일을 하게 된다.(원주)

내린다는 사실을 배우게 됐다. 심지어 하늘의 메시지를 거래하는 사업을 한다 해도 그것에 깃든 저주는 피해 갈 수는 없다.

내게도 특별히 선호하는 것, 즉 취향이라는 것이 있다. 그런 맥락에서, 나는 자유를 그 무엇보다 소중히 생각한다. 또 열심히만 한다면 성공할 수 있다는 사실도 잘 안다. 따라서 고급 양탄자나 값비싼 가구, 맛있는 음식, 또는 그리스식이나 고딕 양식의 저택을 손에 넣겠다는 일념으로 내 소중한 시간을 허투루 쓰고 싶은 생각은 없었다. 혹시 이러한 것을 얻는 데 전혀 어려움이 없고 또 얻은 후에도 어떻게 사용해야 하는지 잘 아는 사람이 있다면, 나는 그런 사람에게 기꺼이 내가 누릴 추구의 권한을 양도하겠다.

어떤 사람은 '근면'하기도 하거니와, 일 그 자체를 위해 혹은 일을 하면 나쁜 일에 얽혀 들 시간이 없다는 이유로 주야장천 일만 하는 듯 보인다. 물론 그런 사람에게 지금 당장 해 줄 말은 없다. 하지만 지금 누리는 여유보다 더 많은 여가 시간이 생겨 도무지 뭘 해야 할지 몰라 당황하는 사람이 있다면, 그런 이에게는 지금보다 두 배로 열심히 일해서 빚을 다 갚고 자유의 증서를 얻으라고 조언해 주고 싶다.

내가 할 만한 직업으로는 하루 벌어 하루 먹는 일용직이 가장 자립적이지 않을까 싶었다. 한 사람이 날품으로 먹고살려면 1년에 30일에서 40일만 일하면 되기 때문이다. 또 하루 일도 해질녘이면 끝이 나니, 그다음부터는 생계와는 상관없이 하고 싶은 일에 마음껏 헌신하며 살아갈 수 있다. 반면, 그의 고용주는 매달 이런저런 궁리를 해 대느라 1년 내내 숨 돌릴 여유 없이 시간에 치이며 살아가야 한다.

간단히 말해, 나는 우리가 소박하고 현명하게만 살아간다면 지상에서 생계를 꾸려 나가는 일은 여가처럼 즐거운 것이지 결코 고난이 아님을 경험으로 터득했을 뿐 아니라, 확신하기까지 한다. 소박한 국가의 국민이 생계 수단으로 추구하는 바가, 비교적 인위적인 삶을 살아가는 민족에게는 여전히 오락거리에 지나지 않는다. 나보다도 쉽게 땀을 흘리는 사람이 아니라면, 굳이 이마에 구슬땀을 흘리며 밥벌이를 해야 할 필요는 없을 것이다.

아는 사람 중에 땅 몇 에이커를 물려받은 젊은이가 있는데, 그는 '그럴 수만 있다면' 자기도 나처럼 살고 싶다고 털어놓았다. 그러나 나는 어떠한 경우라도 다른 사람이 내 생활 방식을 차용해 살아가기를 바라지 않는다. 그가 내 생활 방식을 다 익히기도 전에 나는 다른 방식을 찾아내 살아가고 있을지 누가 알겠는가. 나는 이 세상 사람들이 가능한 한 다양한 삶을 살아가기를 바란다. 단, 아버지나 어머니, 혹은 이웃 사람의 방식이 아니라 자기만의 방식을 찾아내 따르라고 말해 주고 싶다. 젊은이라면 집 짓는 일을 해도 되고, 농부나 선원이 되어도 좋을 테니 부디 그가 하고 싶다는 일을 방해하지 않도록 하자.

선원이나 도망 중인 노예는 북극성을 보고 방향을 가늠한다. 마찬가지로 우리의 현명함도 어떤 수학적 지표가 있어야만 발휘될 수 있다. 하지만 그 지표는 평생 우리를 인도해 주기에 모자람이 없어야 한다. 그 지표를 이용한다 하더라도, 어쩌면 우리는 정해진 시간 내에 항구에 도착할 수 없을지도 모른다. 하지만 올바른 항로에서 벗어나는 일 또한 없을 것이다.

확실히 이런 경우에는, 한 사람에게 진실인 것이 많은 사람에게도 여전히 진실이 된다. 큰 집과 작은 집의 면적 비율이 그 집을 지을 때 들어가는 비용 면에서 정확히 비례하지 않는 것과 같은 이치다. 집이 크든 작든 지붕이나 지하실은 하나면 되고, 여러 개의 방도 하나의 공간을 여러 칸으로 막으면 그만 아닌가. 물론 나는 공동주택보다는 홀로 나와 사는 것이 더 좋다. 게다가 공동의 벽을 지어 올리려고 다른 사람을 설득하느니보다는 혼자 벽 하나를 쌓아 올리는 것이 싸게 먹힌다. 용케 이웃 사람을 설득해 공동의 벽을 설치했다 하더라도, 그것은 어쩔 수 없이 두께가 얇을 수밖에 없다. 또한 옆집 사람이 나쁜 사람일 수도 있고, 자기 쪽 벽을 생전 수리도 안 하고 내버려 둘지도 모른다.

사실 이웃 간에 할 만한 협력이라고는 극히 부분적이고 피상적인 일뿐이다. 진정한 협력은 거의 없다고 봐야 하며, 있다고 하더라도 인간의 귀에는 거의 들리지 않는 화음이나 같다. 신념이 있는 사람은 어디서나 똑같은 신념으로 협력하려 할 테지만, 그렇지 않은 사람은 어떤 무리의 사람들과 함께 하더라도 나머지 세상 사람들이나 똑같이 행동할 것이다. 협력이란 제아무리 고상하게 표현해도, 혹은 아무리 저급하게 표현한다고 해도 '함께 생계를 꾸려 간다'는 의미이니, 이웃 간의 협력은 피상적일 수밖에 없다.

나는 최근에 두 명의 젊은이가 함께 세계 여행을 떠나기로 했다는 이야기를 들은 일이 있다. 한 명은 돈이 없어 여행 도중 선원 일을 하거나 농사일을 도우며 여행 경비를 벌고, 다른 한 명은 주머니에 환어음을 챙겨 가기로 했다는 것이다. 여기서 둘 중 한 명은 전혀 일을 하지 않을 테니, 친구든 협력 관계든 간에 이 둘의 관계가 그리 오래 지속되지 않으리라는 사실은 쉽게 내다볼 수 있다. 무엇보다도, 내가 전에도 말했듯이 혼자 가는 사람은 오늘이라도 당장 길을 떠날 수 있다. 그러나 여럿이 가는 사람은 다른 사람이 준비될 때까지 기다려야 하기에 출발하기까지 오랜 시간이 걸릴 것이다.

몇몇 이웃 사람은 이런 내 생각이 너무 이기적이지 않느냐고 말하기도 한다. 고백하자면, 지금까지 나는 자선사업에는 그다지 관심을 기울이지 않았다. 의무감 때문에 몇 가지 희생을 치르며 살아왔는데, 거기에 바로 자선의 즐거움 또한 포함돼 있었던 탓이다. 개중에는 나를 설득해서 마을에 사는 가난한 가족을 돕게 하려고 수단과 방법을 가리지 않는 사람도 있다. 그런데 한가한 사람에게는 악마가 일거리를 가져다준다는 말도 있으니, 만약 내가 일 없이 노는 사람이었다면, 시간을 보내기 위해서라도 자선사업에 뛰어들었을지도 모른다.

나는 본격적으로 자선사업을 하기로 마음먹고, 몇몇 가난한 사람을 찾아갔던 적이 있다. 그들이 어느 면에서 보더라도 내가 사는 정도의 안락한 삶을 유지해 가며 하늘의 은혜를 입을 수 있도록 돕고 싶었다. 그리하여 조심스럽게 내 의견을 제시했지만, 그들은 하나같이 조금도 주저하지 않고 그냥 가난하게 살겠다고 대답했다. 우리 마을에는 많은 사람이 여러 방식으로 이웃의 안위를 위해 헌신하며 살아간다. 그러니 한 명쯤은 그보다 덜 인간적인 일을 추구하며 살도록 그냥 내버려 둬도 좋지 않겠는가.

다른 일도 마찬가지겠지만, 자산사업도 소질이 있어야 할 수 있다. 그리고 이러한 '좋은 일'도 자리가 꽉 차 빈자리 구하기가 힘들다. 더군다나 내가 그런대로 자선사업을 해 본 바에 따르면, 좀 이상하게 들릴지 모르겠지만 이 일은 내 기질과는 전혀 맞지 않아 오히려 만족스러웠다. 그것은 어쩌면 사회가 내게 요구하는 선행을 베풀고자, 또 우주를 파멸에서 구해 내고

자 내게 주어진 특별한 소명을 의식적으로든 고의적으로든 간에 저버려서는 안 된다는 의미일지 모른다. 그리고 나는 세상 어디에나 존재하는, 나와 비슷하지만 나보다 훨씬 꿋꿋한 의지를 보이는 사람들 덕분에 우주가 존속된다고 믿는다. 그러나 나는 다른 사람이 자기 재능을 발휘하는 일에 감 내놓아라 배 내놓아라 참견하고 싶지는 않다. 그리고 나는 거절했을지라도, 그가 혼신을 다해 이 일을 해낸다면, 비록 세상이 그것을 악행이라 말할지라도, 보나마나 그렇게 말할 테지만, 절대 굴하지 말고 해내라고 말해 주고 싶다.

내 경우가 특별하다고 말하려는 것은 아니다. 이 글을 읽는 많은 독자도 내 말에 동의해 주리라 믿는다. 그러나 어떤 일을 하고자 할 때, 물론 이웃 사람이 그 일이 '좋은' 일이라고 평하지 않아도 난 신경 쓰지 않을 테지만, 어쨌든 나야말로 그 일에 고용할 만한 적임자라는 사실만은 자신 있게 말할 수 있다. 여기서, 어떤 일을 맡길지에 관한 문제는 고용주가 알아서 할 일이다. 일반적인 의미에서 '좋은' 일은 내 주된 관심사가 아닐 뿐더러 대체로 내 의도와도 관련이 없다. 거의 대부분의 사람이 이렇게 말한다. "지금 서 있는 곳에서 그 모습 그대로 시작하세요. 좀 더 가치 있는 사람이 되겠다는 생각에만 몰두하지 말고, 평소 품고 있던 친절한 마음으로 선행을 베풀면 됩니다."

만약 내가 이러한 맥락에서 설교를 해야 한다면, "당신 자신부터 선한 인간이 되시오"라고 말해 주고 싶다. 그것은 태양이 그 고유의 찬란함과 온기를 억제해 달이나 어느 육등성의 밝기 정도로만 키우고 로빈 굿펠로*마냥 모든 오두막집 창가를 기웃 거리며 미치광이들에게 영감을 불어넣고, 고기나 썩게 만들며, 어둠 속에서 겨우 사물이나 분간할 수 있을 정도로 빛을 발해 서는 안 되는 이치와 같다. 모름지기 태양이란 그 어떤 생명체 도 자신을 똑바로 마주볼 수 없을 때까지, 지속적으로 그 열기 와 너그러움을 키워 나가고, 그 사이에 스스로의 궤도를 돌며 세상에 득이 되게, 혹은 근대 과학이 밝혀낸 것처럼 세상이 그 주위를 돌며 많은 혜택을 누리게 해야만 한다.

파에톤**은 자신이 천상의 태생임을 증명하고자 하루 동안 태양의 전차를 몰아 선행을 베풀기로 한다. 그러나 궤도를 벗어 나는 바람에 지상의 마을 몇 개를 불태우고 지구 표면도 그을 려 놓고 말았다. 그리하여 모든 샘이 메말라 버렸고, 거대한 사 하라 사막도 생겨났다. 결국 제우스가 번개로 그를 내리쳐 지 상으로 곤두박질치게 만들었고, 그의 죽음을 슬퍼한 태양신은 1년 동안 빛을 발하지 않았다.

썩은 선행이 풍기는 악취만큼 고약한 것은 없다. 그것은 인

---

* 영국 민담에 등장하는 일 잘하고 쾌활한 요정을 말한다. 먹을 것을 안 주면 짓궂은 장난으로 사람을 괴롭히기도 한다.
** 그리스 신화에 등장하는 태양신 아폴로의 아들이다.

간과 신의 썩은 살점이다. 만약 누군가 선행을 베풀겠다는 의식적인 목적을 안고 내 집에 찾아온 것을 확신한다면, 나는 죽을힘을 다해 도망칠 것이다. 입과 코와 귀를 먼지로 채워 나를 질식시켜 죽일 아프리카 사막에서 불어오는 시뭄이라 불리는 메마르고 뜨거운 바람에서 도망치듯이 말이다. 그가 베푸는 선행을 내가 조금이라도 받아들여 그 병원체가 내 핏속에 감염될까 두렵기 때문이다. 그러느니 차라리 자연스러운 방식으로 악행을 참아 내겠다.

내가 굶주리고 있을 때 먹여 주고, 추위에 떨고 있을 때 따뜻하게 해 주며, 내가 수렁에 빠졌을 때 구해 준다고 해서 그가 내게 좋은 사람이 되는 것은 아니다. 뉴펀들랜드 개도 그 정도는 할 수 있다. 넓은 의미에서 봤을 때, 자선은 인류에 대한 사랑이 아니다. 하워드*는 그 나름의 방식으로 지극히 친절하고 가치 있는 사람임에는 틀림없고, 그에 대해 보상도 받았다. 그렇지만 누군가 도움이 절실한 상황임에도 그가 남들과 비교해 조금 형편이 낫다고 해서 도움의 손길을 내밀지 않는다면, 백 명의 하워드가 있다 한들 무슨 소용이 있겠는가. 나와 같은 사람에게 진정으로 도움이 될 만한 일을 진지하게 논의하는 자선가 모임이 있다는 소리는 지금껏 들어본 일이 없다.

---

* 잉글랜드의 독지가이자 교도소 개혁가인 존 하워드(John Howard, 1726?~1790)를 말한다. (원주)

화형당할 처지에 놓인 인디언들이 고문을 받는 와중에 예수회 선교사들에게 새로운 고문 방식을 먼저 제안했다는 일화가 있다. 인디언들의 말을 듣고 선교사들은 몹시 당황스러워했다고 한다. 인디언은 육체적인 고통에는 이미 초월해 있었기에, 선교사가 제안하는 위안에도 전혀 흔들림이 없었던 것이다. "남에게 대접받고자 하는 대로, 너희도 남을 대접하라"라는 선교사의 가르침이 인디언의 귀에는 그다지 설득력 있게 들리지 않았다. 그들은 다른 사람이 자신을 어떻게 대하든 전혀 신경 쓰지 않았고, 그들 나름의 방식으로 적을 사랑했으며, 적이 그들에게 무슨 잘못을 저지르든 너그러운 마음으로 용서했기 때문이다.

가난한 사람을 도울 때는, 그가 절실히 필요로 하는 것을 주어야 한다. 비록 그것이 그가 따르기 힘든 당신의 모범이라 할지라도 상관없다. 돈을 주려거든 그것으로 무언가를 해서 주어야지, 돈을 그냥 주어서는 안 된다. 때로 우리는 가난한 사람이 더럽고 초라하고 지저분하며 반드시 춥고 배고프리라고 섣부르게 단정 짓는다. 그러나 하고 다니는 행색은 단지 그들의 취향일 뿐, 반드시 불운하기 때문은 아니다. 그런 이에게 돈을 준다면, 그는 보나마나 더 많은 누더기를 사 입을지도 모른다.

나는 초라한 누더기를 걸치고 서툰 몸짓으로 호수에서 얼음을 잘라 내는 아일랜드 노동자들을 보면 안쓰러움을 느끼곤 했다. 나 역시도 추위에 떨기는 했지만, 그들보다는 깔끔하고 좀 더 유행을 따른 옷차림을 하고 있었기 때문이다. 그러다가 지독히도 춥던 어느 날, 호수에 빠진 어느 아일랜드 노동자 하나가 몸을 녹이려고 내 집에 찾아왔다. 역시나 그의 행색은 더럽고 초라하기 그지없었다. 하지만 그날 나는 세 벌의 바지와 두 쌍의 양말을 벗고 나서야 그가 자신의 맨살을 드러내는 것을 볼 수 있었다. 그토록 많은 '속옷'을 껴입었으니, 내가 '겉옷'을 좀 내어 주겠다고 해도 거절할 여유가 있었던 것이다. 어쨌거나 물에 빠져 더러운 누더기를 좀 벗어 버리는 상황이야말로 그에게 정말 필요한 일이었으리라는 생각이 들었다. 그제야 나는 내 자신을 가엾게 여기기 시작했고, 내게 플란넬 셔츠 하나를 선물해 주는 것이 그 노동자에게 싸구려 기성복 가게 하나를 통째로 가져다주는 것보다 더 큰 자선이 되리라는 사실을 알게 됐다.

세상에 악의 뿌리를 쳐내 버리는 사람이 한 명이라면, 그 잔뿌리만 잘라 내고 마는 사람은 적어도 천 명쯤 된다. 다시 말해, 가난의 원인을 제거하려 하지 않고 오직 가난한 사람을 돕는 데만 많은 시간과 돈을 들이는 사람은 자신이 구제하려 애쓰는 가난을 오히려 더 조장하는 역할만 하게 된다는 뜻이다. 그런 사람은 아홉 명의 노예가 안식일의 자유를 누릴 수 있게 하려고 매번 열 번째 노예를 판 금액을 십일조로 바치는 신앙심 깊은 노예 상인과 다를 바 없다.

어떤 이는 가난한 사람을 자기 집 부엌에 고용하는 친절을 베풀기도 한다. 하지만 자기가 직접 부엌일을 한다면 더 큰 친절이 되지 않을까? 수입의 10분의 1을 자선사업에 쓴다고 우쭐대는 사람도 있다. 차라리 9할을 쓴다면 자선사업을 끝낼 수도 있을 텐데 말이다. 그러니 사회는 결국 가진 자의 재산에서 겨우 1할만을 되찾아 온다는 뜻이다. 이런 현상을 가진 자의 아량 덕으로 봐야 할까, 아니면 정의를 수행해야 할 관리들의 태만함 탓으로 돌려야 할까?

자선은 인류에 의해 충분히 그 가치를 인정받는 거의 유일한 미덕이다. 아니, 너무도 과대평가되었다고 할 수 있는데, 그것은 우리의 이기심 덕분이라 하겠다. 이곳 콩코드에서 어느 화창한 날, 건장하지만 가난한 남자 하나가 이웃 사람 하나를 내게 입이 마르도록 칭찬했다. 그 사람이 가난한 이웃, 즉 자신에게 자비를 베풀었다는 이유에서였다. 오늘날 인류의 친절한 아저씨와 아주머니는 진정한 영적 아버지 어머니보다 더 존중받는다.

언젠가 나는 한 목사가 영국에 관해 설교하는 것을 들은 일이 있다. 학식과 지성을 겸비한 그는 영국의 과학, 문학, 정치 분야의 위인들, 즉 셰익스피어, 베이컨, 크롬웰, 밀턴, 뉴턴 등을 열거한 후에 기독교 영웅들에 관해서도 이야기했다. 그런데 마치 자신의 직업이 목사라 어쩔 수 없다는 듯, 그들을 위인 중에서도 가장 위대한 인물의 위치에 올려놓았다. 그중에는 펜, 하워드, 프라이 부인* 등이 포함됐다. 하지만 모두가 그의 연설에서 거짓과 위선을 느꼈을 것이다. 위의 세 사람은 영국이 낳은 최고의 위인이 아니다. 단지 최고의 자선가였을 뿐이다.

자선 행위에 돌아가야 할 찬사를 폄하하려는 의도는 없다. 단지 생애 내내, 그리고 삶의 업적을 통해 인류에게 축복을 가져다준 모든 사람에게 공평한 찬사를 돌리자는 것이다. 나는 인간의 정직함과 자비심을 그다지 높게 평가하지 않는다. 그것은 인간의 줄기와 잎사귀에 해당한다. 우리가 환자를 위해 달이는 약초의 푸른 잎도 시들어 버리면 쓸모가 없어진다. 그저 돌팔이 의사의 약재로나 주로 이용될 뿐이다. 따라서 나는 인간의 꽃과 열매를 원한다. 신선한 향기가 그에게서 내게로 풍겨 오고, 그의 숙성함이 우리의 관계를 돋우기를 바란다. 그의 선함은 불완전하고 일시적인 행위가 아닌 늘 차고 넘치는 것이어야 한다. 또한 전혀 희생을 요하지 않아 자신이 희생을 치른다는 사실도 알지 못해야 한다. 이것이 수많은 죄를 감춰 주는 자선의 본모습이다.

박애주의자들은 대기가 세상을 감싸듯이, 걸핏하면 자신이

---

* 차례대로 퀘이커교도 혁명가이자 펜실베이니아 설립자인 윌리엄 펜(William Penn), 잉글랜드 교도소 개혁가인 존 하워드(John Howard), 베이커교도이며 교도소 개혁가인 엘리자베스 프라이(Elizabeth Fry)를 말한다.(원주)

극복해 낸 슬픔의 기억으로 인류를 감싸 안고는 그것을 연민이라 주장한다. 우리는 절망이 아닌 용기를, 질병이 아닌 건강과 평안을 나누어 주어야 하고, 절망과 질병이 전염되어 퍼져 나가지 않도록 신경 써야 한다. 저 통곡 소리는 남부의 어느 평원에서 들려오는 것인가? 우리가 빛으로 인도해야 할 이교도들은 지구상의 어느 곳에 살아가고 있을까? 우리가 구원해야 할 저 방탕하고 잔혹한 인간은 누구인가?

만약 어딘가 몸이 아파서 제 기능을 못하는 사람이 있는데, 자꾸 배까지 아파 온다면(다시 말해 마음속에 연민까지 느껴진다면), 그 사람은 즉시 세상을 개혁하러 나설 것이다. 그리고 자신이 소우주라는 사실을 발견함과 동시에 세상이 풋사과를 먹어 왔다는 사실도 발견하게 된다. 그리고 그것이 진정한 깨달음이며 자신이 바로 그 깨달음에 따라 행동해야 할 사람이라고 믿는다. 사실 그의 눈에 지구는 그 자체가 설익은 사과에 지나지 않는다. 따라서 인간의 아이들이 채 익기도 전에 조금씩 베어 먹을지도 모른다고 생각하면, 지구는 엄청난 위험이 도사리고 있는 곳이다.

그는 그 길로 곧장 극적인 자선사업을 펼치기 시작한다. 에스키모와 파타고니아 사람들을 찾아다니고, 인구로 넘쳐 나는 인도와 중국의 마을을 품 안에 껴안는다. 그렇게 몇 년 동안 자선 활동을 하고 다니다 보면, 권력자들이 그들 자신의 목적을 위해 자선가를 이용해 먹는다. 하지만 그동안 자선의 복통은 완치가 되고, 지구는 이제 막 익어 가기 시작한 과일마냥 양 볼에 불그스름한 홍조를 띠기 시작한다. 그러면 삶은 그 조악함을 잃고 다시 한번 달콤하고 건강해진다. 나는 내가 책임지지 못할 거대하고 엄청난 일은 꿈꿔 본 적도 없다. 그리고 내 자선이 필요할 만큼 나보다 더 형편없이 사는 사람은 만나 본 적도 없고, 앞으로도 만나 보지 못하리라 생각한다.

나는 사회개혁가가 슬픔을 느끼는 이유는 곤궁에 처한 동료에 대한 연민 때문이 아니라, 비록 그 자신이 신의 가장 성스러운 아이임에도 개인적인 괴로움에서 헤어날 수 없기 때문이라 믿는다. 이를 바로잡아 보자. 그에게도 봄이 찾아오게 하고, 소파 위로 아침 해가 떠오르게 해 주자. 그러면 그도 자신의 너그러운 동료들을 군말 없이 저버릴 수 있을 터다.

내가 담배를 끊으라고 잔소리를 늘어놓지 않는 까닭은 담배를 씹어 본 경험이 없기 때문이다. 금연에 관한 설교는 한때 담배를 피우다 끊은 사람들이 해야 할 몫이다. 나는 담배 말고도 충분히 많은 것을 씹어 봤기에, 그런 것에 관해서라면 얼마든지 할 말이 있다. 행여 누군가의 꼬임에 속아 자선 행위를 하게 되더라도, 결코 오른손이 하는 일을 왼손이 모르게 하자. 사실 알아야 할 가치도 없는 일 아닌가. 방금 물에 빠진 사람을 구해 주었다면 얼른 구두끈을 다시 묶자. 그리고 여유롭게 하고 싶은 일을 찾아 떠나면 된다.

성자와 소통하면서 인간의 삶은 타락해 왔다. 찬송가 중에는 신을 저주하면서도 영원히 그를 견뎌 내라는 노래가 넘쳐난다. 혹자는 예언자나 구원자도 인간에게 희망의 증거를 보여 주기보다는 두려움을 달래 주는 역할밖에 하지 못했다고 말하기도 한다.

생명이라는 선물이 주는, 소박하면서도 억누를 수 없는 만족감이나 신에게 바치는 기억에 남을 만한 찬양은 어디에도 기록돼 있지 않다. 모든 건강과 성공은 아무리 멀리 떨어지고 숨어 있는 듯 보여도 내게 도움이 된다. 반면에 모든 질병과 실패는 내게 슬픔을 주고 해를 끼친다. 그것이 아무리 내게 연민을 품더라도, 또 내가 그들을 동정하더라도 결과는 마찬가지다.

그러니 우리가 진정으로 인디언적이고 식물적이고 자기(磁氣)적이고 자연적인 수단을 이용해 인간을 구원하려 한다면, 먼저 자연 그 자체만큼이나 소박하고 건강해져야 한다. 이마 위에 걸린 구름을 걷어 내고, 숨구멍 안으로 적은 생명이라도 받아들여 보자. 가난한 사람의 감독관이 되려 하지 말고, 세상에 가치 있는 사람이 되려 애써 보자.

나는 시라즈의 족장 사디가 쓴 《굴리스탄(Gulistan)》, 즉 《화원(Flower Garden)》이라는 작품에서 다음과 같은 구절을 읽은 일이 있다.

사람들이 현자에게 물었다. "지고한 신이 창조해 낸, 하늘 높이 솟아 짙은 그늘을 드리우는 무성한 나무들 중에 열매를 맺지 않는 삼나무를 제외하고는 '자유의 나무'라 불리는 나무가 없습니다. 어떤 심오한 까닭이라도 있는 것입니까?" 그러자 현자가 답했다. "나무란 모름지기 나름의 열매와 철이 있어서 제철이 되면 푸르러지고 꽃도 피우지만, 철이 지나면 마르고 시들어 버리는 법이라네. 하지만 삼나무는 계절과 상관없이 늘 무성하지. 바로 그런 특성을 자유롭다 하거나 종교에서 독립적이라 하는 것이라네. 그러니 그대들도 덧없는 것에 마음을 쏟지 말게나. 통치자 칼리프의 생이 다한 후에도 티그리스강은 바그다드를 통과해 계속 흐를 것이야. 그대가 가진 것이 많다면 대추나무처럼 아낌없이 베풀고, 베풀 것이 없다면, 삼나무처럼 자유로워지게나."

다음은 이를 보충하는 시*다.

---

* 비크만(Bickman)은 토머스 커루(Thomas Carew)의 가면극 《코일룸 브리타니쿰(Coelum Britannicum)》에 나오는 이 시에 대해 다음과 같이 말했다. "이것은 하나의 텍스트를 떠받치거나 풍성하게 하기 위해서가 아니라, 오히려 그에 반대되는 입장을 제시하거나 단서를 달기 위해 삽입되었다. 말 그대로 작가의 입에서 나오는 또 다른 목소리라 할 수 있다. 그것을 통해 작가는 방금 진술한 내용에 반대되는 상황도 고려해 보라고 독자에게 요구한다."(원주)

가난한 자의 허세

가난하고 궁핍한 가엾은 이여,
어찌 주제넘게도 하늘의 한자리를 요구하는가.
초라한 오두막이나 통 속에 살고
거저 내리쬐는 햇볕 속이나 그늘진 샘터에 앉아
풀뿌리와 나물로 연명하며
게으르고 학자인 체하는 미덕을 기른다고 해서,
그래서 그러는 겐가.
그곳에서 그대의 오른손은
미덕이 만개하여 풍성한 마음에서
인정 많은 열정을 뜯어내고
본성을 타락하게 하여 감정을 마비시키고 있네.
그리고 고르곤이 했듯이,
활기 넘치는 인간을 돌로 바꾸어 놓는구먼.
우리는 절박함에 따른 그대의 절제나
기쁨도 슬픔도 모르는
부자연스러운 어리석음에서 비롯된
침울한 관계는 바라지 않네.
또한 능동적으로 행한 것이 아닌
마지못해 끌어낸

불굴의 용기도 바라지 않지.

평범한 처지에 만족하는

이 비천한 무리들은

그대의 비굴한 천성과 잘 어울리는구먼.

허나 우리가 위대하다 인정하는 미덕은

용감하고 너그러운 행위, 제왕 같은 기품,

만물을 꿰뚫어 보는 신중함, 한없는 관대함,

그리고 고대로부터 이름이 전해 오지는 않았으나

헤라클레스, 아킬레우스, 테세우스가 보여 준 것과 같은

후세에 귀감이 되는 미덕일지니.

이제 그대가 그토록 꺼려하는 오두막으로 돌아가게나.

그리고 새롭게 밝아 오는 하늘을 보거든,

그 영웅들이 어떤 이들이었는지 알아보도록 하게.

- 토마스 커루(Thomas Carew), 《가난한 자의 허세》 전문

나는 어디서, 무엇을 위해 살았는가

인생의 특정한 계절에 이르면, 인간은 어느 장소에 가든 그곳이 집터로 가능할지 생각해 보는 데 익숙해진다. 나 역시도 사는 곳에서 사방 20킬로미터 내에 있는 모든 장소를 두루 조사하고 다녔다. 그리고 상상 속에서 농장들을 연속으로 사들였다. 모두 매물로 나온 것이었기에 가격도 다 알고 있었다. 그다음에는 농장에 찾아가 각 부지 위를 직접 걸어 다녀 보고, 그곳에서 자라는 야생 사과도 맛보고, 농장 주인과 농사일에 관해 담소도 나누었다. 농부가 제시하는 가격이 아무리 비싸더라도, 그 가격에 농장을 사들여 다시 그에게 저당 잡히는 생각도 해 봤다. 심지어는 부르는 값에 웃돈을 얹어 주는 경우도 있었다.

모든 것을 인수했지만, 권리 증서만은 받지 않았다. 천성이 대화 나누는 것을 좋아하는 까닭에 그냥 구두로만 계약을 체결했다. 그러고는 농장을 경작하면서, 어느 정도까지는 땅 주인의 교양도 '경작'해 주었으며, 농사일을 충분히 즐긴 후에는 뒤로 물러나 땅 주인이 농사를 계속 짓도록 넘겨주는 생각도 해 보았다. 이러한 경험 덕분에 친구들은 나를 부동산 중개인쯤으로 간주하기도 했다.

　내가 어디에 자리 잡고 앉든 그곳이 내 집터가 될 가능성이 있었으므로, 늘 풍경은 나를 중심으로 펼쳐졌다. 집이 '세데스', 즉 '앉는 자리'가 아니면 무엇이겠는가? 더욱이 시골에 그 자리가 있다면 금상첨화일 터다. 나는 조만간 개발될 위험이 없는 여러 군데의 집터를 찾아냈다. 마을에서 너무 멀다고 생각하는 사람도 있을지 모르지만, 내가 보기에는 마을이 내 집에서 너무 멀리 떨어진 듯했다. 나는 "음, 여기서 살아도 좋겠군"이라고 말하며, 한 시간 정도 그곳에 머물면서 여름과 겨울을 나는 상상을 해 봤다. 또, 어떻게 몇 년을 살아가면서 겨울과 드잡이를 하는 동안 봄이 오는 모습을 지켜볼 수 있을지도 생각해 봤다. 앞으로 그 지역에 정착하는 사람들은, 어느 자리에 집을 짓고 살든 간에 이미 그들의 존재를 예측했던 사람이 있었다는 사실을 믿어도 좋을 것이다.

　땅을 과수원과 숲과 목초지로 구획하고, 잘 자란 떡갈나무나 소나무 중에 어떤 것을 문 앞에 그대로 둘지, 또 시든 고목나무는 어느 곳에서 보아야 가장 근사해 보일지 정하는 일은 오후 한나절이면 충분했다. 그런 다음에는 땅을 경작하지 않고 그대로 두었다. 손대지 않고 남겨 둘 것이 많은 사람일수록 대체로 부유하기 때문이다.

나는 좀 더 나아가서 몇몇 농장의 선매권을 얻는 상상까지도 해 보았다. 사실 선매권은 내가 간절히 바라던 것이기는 했지만, 실제로 농장을 구입하는 위험천만한 짓은 해 본 적이 없다. 거의 농장을 소유할 뻔했던 적은 있다. 그때 나는 할로웰 농장을 사서 밭에 심을 씨앗을 선별하기 시작했고, 씨앗을 실어 나를 수레를 제작하려고 재료를 모으기 시작한 참이었다. 그러나 땅주인이 권리 증서를 내게 건네기도 전에, 그의 아내가 마음을 바꾸어 땅을 팔지 않겠다고 했다. 사실 누구에게나 그런 아내가 있는 법 아닌가. 그래서 주인 남자가 내게 10달러를 줄 테니 계약을 파기하자고 제안했다.

이제야 고백하지만, 당시 내 전 재산은 10센트였다. 그러니 내가 10센트를 가진 사람인지, 농장을 소유한 사람인지, 10달러나 가진 사람인지, 아니면 셋 다인지, 내 산수 능력으로는 도저히 계산할 수가 없었다. 하지만 나는 그에게 10달러는 그냥 넣어 두고 농장도 그냥 가지라고 말했다. 사실 난 농장을 충분히 즐길 만큼 즐겼기 때문이다. 아니, 그보다는 너그러운 마음으로 농장을 산값에 그대로 되팔았다. 그도 부유한 사람이 아니므로, 내가 10달러를 선물로 주었다고 하는 것이 옳겠다. 그러고도 내게는 여전히 10센트와 씨앗과 수레를 만들 재료가 남아 있었다.

그렇게 나는 가난한 살림살이는 전혀 손상치 않은 채로 잠시 부유한 사람이 될 수 있었다. 게다가 농장의 경치는 여전히 내 소유였으니, 그때 이래로 매년 수레 없이도 그 풍경에서 거둔 수확을 실어 나를 수 있게 됐다. 경치에 관한 한,

나는 내가 조망하는 모든 것의 군주이고,
그러한 내 권리에 대해 반박하는 이는 아무도 없다.*

나는 어느 시인이 농장의 가장 값진 부분을 눈으로 즐기고 돌아가는 모습을 자주 보는데, 성마른 농장 주인은 그가 야생 사과를 몇 개 따 갔으리라 짐작할 뿐이었다. 왜 농장 주인은 모르는 것일까? 몇 년 전부터 그 시인이 눈에 보이지 않는 가장 훌륭한 울타리라 할 수 있는 시의 운율 속에 그 농장을 옮겨다 놓고 그곳에 가둔 채 젖을 짜고 지방분을 걷어 낸 다음 크림은 전부 떠 가고, 그에게는 오직 탈지우유만 남겨 두었다는 사실을 말이다.

---

* 윌리엄 쿠퍼(William Cowper), 〈알렉산더 셀커크의 작품으로 추정되는 시(Verses supposed to be written by Alexander Selkirk)〉 중에서.(원주)

내가 보는 할로웰 농장의 진정한 매력은 완전히 외진 곳에 자리해 있다는 점이다. 그곳은 마을에서 3킬로미터가 넘게 떨어져 있고, 가장 가까운 이웃집도 800미터 정도를 나가야 볼 수 있으며, 대로와도 너른 들판 하나를 사이에 두고 있다. 또한 강도 하나 끼고 있는데, 농장 주인의 말로는 봄철이면 안개가 끼어 서리의 피해를 막아 준다고 하지만, 나야 아무래도 상관없는 일이었다. 잿빛에 폐허 같은 느낌을 주는 집과 헛간, 그리고 다 허물어져 가는 울타리에 대해서도 나와 집주인이 상당히 다르게 느끼고 있었다. 속이 비고 이끼가 덮인 사과나무에는 토끼가 갉아먹은 흔적이 있었는데, 그 흔적은 어떤 이웃이 살고 있는지 알려 주었다.

그러나 무엇보다도 가장 인상 깊었던 점은, 처음에 강을 따라 올라갈 때 보았던 풍경에 대한 추억이다. 그때 집은 울창하게 자란 붉은 단풍나무 숲 뒤에 숨어 있었고, 그 사이로 집에서 기르는 개 짖는 소리가 들려왔다. 나는 농장 주인이 이곳저곳에서 깨진 돌조각을 파내 버리고, 속이 빈 사과나무를 베어 내고, 목초지에서 막 솟아나기 시작한 어린 자작나무를 뿌리 채 캐내 버리기 전에, 간단히 말해 주인이 농장의 환경을 개선하겠다고 더 손을 대기 전에, 서둘러 농장을 사들여야겠다고 생각했다.

지구를 어깨에 짊어진 아틀라스처럼, 나도 위에 나열한 농장의 매력을 마음껏 누릴 수만 있다면 얼마든지 농장을 어깨에 짊어지고 모든 일을 감당해 나갈 마음의 준비가 돼 있었다(아틀라스는 지구를 짊어지는 대가로 어떤 보상을 받았는지 모르겠다). 그리고 어서 농장 대금을 치르고 누구의 방해도 받지 않은 채 그것을 소유해 보겠다는 바람 외에는 아무런 동기나 이유도 없었다. 그저 농장을 사서 그냥 내버려 두기만 해도 내가 원하는 작물을 풍성하게 수확할 수 있으리라는 사실을 알고 있을 뿐이었다. 그러나 결과는 앞서 말한 것과 같았다.

그러니 대규모 농장 운영(그때나 지금이나 작은 텃밭은 꾸준히 가꿔 오고 있다)에 관해 내가 할 수 있는 말이라고는, 밭에 뿌릴 씨앗은 이미 준비해 두었다는 사실뿐이다. 많은 사람이 씨앗은 오래될수록 좋아진다고 생각한다. 시간이 좋은 씨앗과 나쁜 씨앗의 차이를 드러내 보여 주리라는 사실에는 의심의 여지가 없다. 그러니 마침내 씨앗을 심게 되었을 때, 실망할 가능성도 줄어들 터다. 그러나 나는 내 동료들에게 가능한 한 자유롭게 얽매이지 않는 삶을 살아가라고 당부하고 싶다. 농장 일에 치어 살든, 군교도소에 갇혀 살든 얽매여 산다는 점에 있어서는 두 삶이 별반 다르지 않다.

내게 《경작자(Cultivator)》라는 잡지나 다름없는 역할을 해 온,《농업론(De Re Rusticâ)》을 집필한 고대 로마의 저자 카토는 다음과 같이 말한다(내가 읽은 유일한 번역본은 다음의 대목을 정말 엉망으로 풀어 놓았다).

농장을 구하려거든 탐욕스럽게 달려들어 덥석 사지 말고, 마음속에서 먼저 숙고해야 한다. 직접 둘러보는 수고도 마다치 말고, 한 번 둘러 본 것으로 충분하다 생각지도 말아야 한다. 좋은 농장이라면 자주 찾아가 볼수록 더욱 마음에 들 테니 말이다.

나도 욕심내서 덥석 사들이지 않고, 살아가는 동안 내내 둘러보고 또 둘러본 후, 훗날 처음으로 그곳에 묻힌 사람이 되어 살아생전보다 더 큰 기쁨을 누리고자 한다.

이번에는 내가 같은 식으로 2년간 수행했던 다음 번 실험을 편의상 1년으로 압축해 다소 상세히 소개해 보고자 한다. 앞서 언급했듯이, 나는 실의에 빠진 마음을 담은 송가를 쓰려는 것이 아니다. 새벽에 횃대에 올라앉아 위세도 당당하게 울어 대는 수탉처럼 한껏 자랑을 해 보려는 것이다. 그 덕에 이웃이 잠을 깬다 한들 어쩌겠는가.

내가 처음 숲에 자리를 잡고 살기 시작한 날, 다시 말해 낮뿐 아니라 밤에도 그곳에서 지내기 시작한 날은 우연히 독립기념일, 즉 1845년 7월 4일이었다. 아직 집은 월동 준비가 채 갖춰지지 않아 겨우 비나 피할 수 있을 정도였다. 회벽도 바르지 않았고, 굴뚝도 없었다. 벽은 거친 풍파에 낡고 얼룩진 판자로 막아 놓았으며, 판자 사이사이에는 넓은 틈이 숭숭 뚫려 있어서 밤이면 찬바람이 들어왔다. 그러나 곧게 자른 하얀 나무 기둥과 새로 대패질한 문과 창문틀 덕분에 집은 깨끗했고, 그 때문인지 동화에 나오는 집처럼 비현실적으로 보이기도 했다. 특히 아침에 목재가 이슬을 듬뿍 머금은 모습을 볼 때마다, 나는 정오쯤 되면 목재에서 향기로운 진액이 흘러내릴 듯한 환상에 사로잡히곤 했다.

상상 속에서 내 집은 이렇듯 낮 동안이면 새벽에 비치는 서광 같은 느낌을 주었고, 한 해 전에 방문했던 산 위의 어떤 집을 떠오르게 했다. 그 집도 역시 회벽을 바르지 않는 동화 속에 나올 법한 오두막이었는데, 여행 중인 신이 들르기에도 좋고 여신이 옷자락을 끌며 거닐어도 좋을 만했다. 내 집 위로는 산등성이를 휩쓸어 가는 바람이 지나며 지상의 음악 중 끊어진 곡조, 다시 말해 천상의 곡조 부분만을 실어 날랐다. 아침이면 바람이 쉼 없이 불었고, 창조의 시도 끊이지 않았다. 하지만 그것을 들을 줄 아는 귀는 세상에 그리 많지 않은 듯하다. 속세를 한 걸음만 벗어나 보면 사방이 올림포스산이라는 사실을 몰라서 그랬을 것이다.

배 한 척을 제외하고 그때까지 내가 소유해 본 집이라고는 천막 하나가 전부였다. 여름에 여행을 다닐 때 종종 사용하던 것으로, 여전히 돌돌 말린 채 내 다락방에 고이 보관돼 있다. 그러나 배는 이 손 저 손 거치다가 세월의 강을 따라 흘러가 버렸다. 그러던 내가 이제는 좀 더 든든한 은신처를 갖게 됐으니, 세상에 정착하는 일에 약간의 진척을 보였다고 할 수 있겠다. 간소하게 외장을 걸쳐 입은 이 집의 골격은 내 주위에 형성된 일종의 결정체였으며, 자신을 지어 올린 내게 정직하게 반응했다. 대략 윤곽만을 그린 그림처럼 많은 것을 의미하기도 했다. 나는 신선한 공기를 마시려고 굳이 밖으로 나갈 필요가 없었다. 오두막 안에서는 집 안에 앉아 있다기보다는 문 뒤에 앉아 있는 듯한 느낌이었기 때문이다. 비가 내리는 날도 마찬가지였다.

《하리의 가족사》*에 보면 "새가 없는 집은 양념하지 않은 고기나 매한가지다"라고 적혀 있지만, 나의 집은 그렇지 않았다. 어느 날 갑자기 내가 새들의 이웃이 되어 있었기 때문이다. 물론 새 한 마리를 잡아 가둬 놓은 것이 아니라, 내가 새들 곁에 집을 짓고 들어앉지 않았는가. 나는 텃밭이나 과수원에 자주 날아오는 새들뿐 아니라, 티티새, 개똥지빠귀, 풍금새, 방울새, 쏙독새처럼 마을 주민에게는 전혀, 혹은 거의 노래를 불러 주는 일이 없는 새들, 즉 더욱 열정적으로 노래하는 숲새들과도 가까워졌다.

내 집은 콩코드 마을에서 2킬로미터가 좀 넘게 떨어져 있는

---

* M. A. 랑글루아(M. A. Langlois) 번역, 《하리반사, 또는 하리의 가족사 (Harivansa, ou Histoire de la Famille de Hari)》중에서.(원주)

작은 호수 옆에 자리해 있었다. 마을보다 약간 지대가 높고, 콩코드 마을과 링컨 마을 사이에 있는 널찍한 숲 한가운데였다. 유명한 들판인 '콩코드 전쟁터'에서는 약 3킬로미터 정도 남쪽에 위치해 있었다. 집이 숲속 낮은 지대에 있어서, 800미터 정도 떨어져 있는 나머지 풍경들과 함께 숲으로 둘러싸인 집 맞은편 호숫가는 나의 가장 먼 지평선이 되어 주었다.

첫 주에는 호수를 바라볼 때마다, 그것이 마치 산비탈 높은 곳에 위치해 있어서 바닥이 다른 호수의 수면보다 훨씬 높을 것 같은 인상을 받았다. 해가 떠오르기 시작하면 호수는 밤새 입고 있던 안개 옷을 벗고, 여기저기서 부드러운 잔물결이나 햇살에 반사된 잔잔한 수면의 모습을 드러냈다. 그동안 안개는 밤사이 열린 비밀회의를 마치고 흩어지는 유령들처럼 숲의 모든 방향으로 은밀히 사라져 갔다. 이슬도 산기슭에 걸린 듯, 유난히 오랫동안 나무에 매달려 있었다.

8월의 심하지 않은 비바람이 간간이 멈추는 때면 이 작은 호수가 내게 가장 소중한 이웃이었다. 그때는 바람도 호수도 완벽히 고요했지만, 하늘만은 어둑어둑했다. 오후에도 저녁나절처럼 고요했고, 티티새의 노랫소리만이 호숫가 여기저기에서 들려왔다. 이때가 수면이 가장 잔잔할 때다. 또한 호수 위의 맑은 공기층은 구름에 가려 어둑할 뿐 아니라 얇기도 해서, 햇빛을 받아 한껏 반사된 호수 표면이 그 자체로 소중한 하늘이 된다.

최근에 나무를 베어 버린 근처 언덕 꼭대기에서 보면* 호수의 건너편 남쪽으로 아름다운 풍광이 펼쳐진다. 굽이지며 넓게 펼쳐진 언덕 끝자락이 호수의 기슭과 맞닿아 있고, 언덕 사이사이 마주보며 비탈져 내려오는 경사면은 숲이 우거진 계곡을 이루어 마치 그 사이로 계곡물이 흐를 듯이 보이지만, 실제로는 아무것도 흐르지 않는다. 계속해서 근처 녹음이 우거진 언덕 너머 멀리까지 바라다보면 지평선 가까이 더 높은 산들이 푸른빛을 띠고 서 있음을 확인할 수 있다. 발뒤꿈치를 들고 서면 간혹 북서쪽으로 더 푸르고 더 멀리 있는 몇몇 봉우리도 볼 수 있다. 그것은 실로 천상의 조폐국에서 찍어 낸 참으로 푸른 동전이라 할 만했다. 마을의 일부도 볼 수 있었다. 그러나 다른 방향으로는, 심지어 그 높이에서도 나를 둘러싼 숲 너머로는 아무것도 보이지 않았다.

근처에 물이 있으면 흙이 부력을 받아 지표면에 뜨기 때문에 좋다. 아주 작은 것이라도 샘이 가치 있는 이유는, 그 안을 들여

---

* 여러 면에서 콩코드는 소로가 살던 시절보다 지금이 훨씬 야생화되었다. 비록 전체 인구는 증가했지만 농업 인구는 거의 사라져 버렸다. 숲이 다시 울창해지면서 곰, 코요테, 비버, 사슴, 칠면조 등이 돌아왔고, 이따금씩 무스도 볼 수 있다. 소로의 시절에는 드물게 보이거나 거의 볼 수 없던 동물들이다. 반면에 오하이오, 인디애나, 그 외의 다른 장소들처럼 농업이 옮겨 간 지역은 소로의 시절보다 훨씬 덜 야생화되었고, 그 정도는 날이 갈수록 더해 가기만 한다.(원주)

다보면 대륙이 섬이라는 사실을 깨달을 수 있기 때문이다. 이는 우물이 버터를 차게 유지시킨다는 점만큼이나 중요한 기능이다. 내가 이쪽 봉우리에서 호수 건너편의 서드베리 초원(홍수가 났을 때 이 초원은 신기루 현상에 의해 마치 대야에 빠진 동천처럼 소용돌이치는 계곡 속에서 위로 붕 떠 있는 듯 보인다)을 바라보면 호수 너머의 땅은 가운데 끼어 있는 이 작은 호수 때문에 고립되어 둥둥 떠 있는 얇은 지표면처럼 보인다. 그러면 나는 내가 살아가는 이 땅이 단지 '마른땅'에 지나지 않는다는 사실을 새삼 깨닫게 된다.

집 앞에서 바라보는 전망은 훨씬 제한돼 있었음에도, 나는 혼잡하거나 갇혀 있는 듯한 기분을 전혀 느끼지 않았다. 상상력을 북돋우기에 충분한 너른 초원이 펼쳐져 있었기 때문이다. 고원 지대를 따라 올라가는 맞은편 호숫가에는 낮은 떡갈나무 관목이 무성하게 자라 있었으며, 고원지대는 서부의 대평원과 타타르의 광활한 초원 지대까지 뻗어 나가 정착하지 못하고 방황하는 모든 인간에게 넉넉한 공간이 되어 주었다. 다모다라*는 가축을 먹일 더 크고 새로운 목초지가 필요할 때면, "광활한 지평선을 마음껏 누리는 존재 말고는 세상 누구도 행복하지 않구나"라고 이야기하기도 했다.

---

* M. A. 랑글루아 번역, 《하리반사, 또는 하리의 가족사》 중에서. (원주)

장소와 시간은 모두 바뀌었다. 그리하여 이제 나는 우주 속에서 나를 가장 매혹시켰던 장소와 역사상 가장 매력적이던 시간에 더욱 가까이 살게 됐다. 그곳은 천문학자들이 밤마다 관측하던 수많은 별만큼이나 속세에서 멀리 떨어져 있었다. 사람은 누구나 외딴 천계의 구석진 모퉁이 어딘가, 카시오페이아의 의자 별자리 너머에는 소음과 소란에서 벗어난 드물고도 즐거운 장소가 있으리라고 상상하곤 한다. 그리고 나는 내 집이야말로 천계처럼 멀리 떨어져 있음에도 늘 새롭고 더러워지지 않은 장소에 있음을 알게 되었다.

　　만약 플레이아데스 성단이나 히아데스 성단 그리고 알데바란 성이나 견우성 가까이에 정착해 살아가는 일이 가치 있다 한다면, 나는 실제로 그런 곳에 살고 있었으며, 내가 뒤에 남겨 두고 온 삶에서 그만큼이나 멀리 떨어져 있어서 가장 가까이 사는 이웃에게도 나는 지극히 가느다란 빛줄기이자 사라질 듯 반짝이는 존재였기에, 달이 뜨지 않는 칠흑 같은 밤에나 그의 눈에 띄었을 것이었다. 내가 무단으로 점유해 살고 있던 그 창조의 공간은 바로 그런 곳이었다.

　　한 목동이 살고 있었다네.
　　그의 생각은 참으로 드높았지.
　　풀어 놓은 양 떼가 시간마다 그를 먹이던

저 산만큼이나 높았다네.

한데, 양 떼가 늘 목동의 생각보다 더 높은 목초지를 찾아 위로만 무리 지어 올라갔다면 목동의 삶은 어떠했을까?

매일 아침은 내 삶을 자연과 마찬가지로 소박하게 꾸려 가라는, 아니 감히 말하자면 순수하게 유지해 가라는 흥겨운 초대장이었다. 나는 그리스 사람들만큼이나 여명의 여신 오로라를 진심으로 숭배해 왔다. 그래서 아침 일찍 일어나 호수에서 목욕을 했다. 그것은 하나의 종교의식이기도 했으며, 내가 했던 최고의 행위이기도 했다. 전하는 바에 따르면, 중국 탕왕의 욕조에는 "매일 그대 자신을 완전히 새롭게 하라. 날마다 되풀이하고, 영원히 그리하라"*라는 글귀가 적혀 있다고 하는데, 나는 이 말의 취지를 이해할 수 있다.

아침은 영웅의 시대를 다시 불러온다. 이른 새벽에 문과 창을 열어 놓고 앉아 있노라면 내 눈에는 보이지도 않고 상상할 수도 없는 모습으로 집 안을 이리저리 날아다니는 모기 한 마리의 가녀린 윙윙 소리를 들을 수 있었다. 그런데 그 소리는 예로부터 명성을 노래했던 나팔 소리만큼이나 내게 큰 감명을 주었다. 그것은 호머의 진혼곡에 비길 만했다. 그 자체로 분노와 방

---

* 《대학(大學)》, 〈철학자 창의 해설(Commentary of the Philosopher Tsang)〉 중에서.(원주)

랑을 노래하며 공중에 떠다니는《일리아드》와《오디세이》같은 서사시였다. 그 소리에는 광대무변한 무언가가 있었다. 금지당할 때까지 영원히 지속될 세상의 활력과 번식력을 알리고자 부단히 애쓰는 소리였다.

하루 중 가장 의미 있는 시간인 아침나절은 깨어나는 시간이기도 하다. 그때가 가장 정신이 맑지 않은가. 심지어 그때는 밤낮없이 잠만 자는 우리 몸의 어떤 부분도 족히 한 시간은 깨어 있게 된다. 만약 우리가 하인이 흔들어 깨워야 일어나는 것이 아닌 자신의 능력으로 깨어난다면, 또는 공장의 종소리가 아닌 물결치듯 전해 오는 천상의 음악과 대기를 가득 메운 향기를 동반한 새롭게 얻은 힘과 안으로부터 퍼져 나오는 열망에 의해 깨어난다면, 그날 우리의 삶은 전날보다 훨씬 고귀해진다. 그럼으로써 어둠도 그 열매를 맺고, 빛만큼이나 가치 있음을 스스로 증명할 수 있게 된다.

오늘이라는 시간 속에는 어제 내가 더럽히지 않은 더 이르고 더 신성한 여명의 시간이 있다. 그 사실을 믿지 못하는 이는, 삶에 절망하여 어두운 내리막길로 걸어가는 사람이다. 감각적인 삶을 일부나마 중단하면 영혼뿐 아니라 신체 기관까지 매일 활력을 되찾게 되어, 그의 뛰어난 능력은 다시 한번 숭고한 삶을 살아가려 애쓰기 시작한다.

확실히 모든 기념할 만한 사건은 아침 시간과 아침의 대기

속에서 생겨난다. 인도에서 가장 오래된 베다의 경전에서도 "모든 지혜는 아침과 함께 깨어난다"라고 하지 않는가. 시와 미술은 물론이요, 가장 아름답고 기억할 만한 인간의 행위도 아침에 시작된다. 멤논과 마찬가지로 모든 시인과 영웅도 오로라의 자식이니, 여명이 밝아 올 때 그들의 음악을 연주한다.

태양과 보조를 맞추어 탄력 있고 활기 넘치는 사고를 하는 이에게 하루는 늘 아침이나 마찬가지다. 시계가 몇 시를 가리키고, 다른 사람이 어떤 태도로 어떻게 일하는가는 아무 상관이 없다. 아침은 내가 깨어 있고, 내 안으로 새벽이 오는 때이다. 도덕적 개혁은 잠을 쫓으려는 노력이라 할 수 있다. 온종일 잠만 잔 것이 아니라면, 지독히도 형편없는 하루를 보낸 계산서를 내미는 사람들은 도대체 무엇인가? 모두 그 정도로 계산에 어두운 것은 아니지 않은가. 만약 그들이 졸려서 비몽사몽인 상태로 지내지만 않았다면, 무엇이라도 이루어 냈을 것이다.

수많은 사람이 육체노동을 하기에 부족함이 없을 만큼 깨어 있기는 하다. 하지만 지적인 능력을 효과적으로 발휘할 만큼 깨어 있는 사람은 백만 명 중 한 명에 불과하다. 그리고 시적이며 훌륭한 삶을 살아갈 만큼 깨어 있는 사람은 1억 명에 1명꼴이다. 깨어 있는 것이 살아 있는 것이라 할 만하지 않은가. 이제껏 나는 진정으로 깨어 있는 사람을 만나 본 적이 없다. 그러니 어떻게 그의 얼굴을 마주 볼 수 있겠는가?

우리는 다시 깨어나서 그 상태로 계속 머물러 있는 법을 배워야 한다. 아무리 깊은 잠에 빠져 있더라도 결코 우리를 저버리지 않을, 새벽을 향한 끊임없는 염원이 있다면 물리적인 도움 없이도 얼마든지 그리할 수 있다. 의식적인 노력을 통해 삶을 향상시키려는 인간의 확실한 의지보다 더 인간을 고무시키는 것은 세상에 없다. 특별한 그림을 그리거나 동상을 조각해 어떤 대상을 아름답게 만들 수 있다는 것은 대단한 일이다. 하지만 그보다 더욱 영광스러운 일은, 그것을 감상할 분위기와 매체를 조각하고 색칠하는 일이다. 우리의 도덕적 능력으로 얼마든지 가능한 일이기도 하다.

하루의 질에 영향을 미치는 것이야말로 예술의 최고 경지라 할 수 있다. 인간은 누구나 자기 삶의 세세한 부분까지 가장 숭고하고 중대한 순간에 관조해 볼 가치가 있도록 만들어 갈 책임이 있다. 만약 살며 거둬들인 그런 사소한 정보를 거부하거나 혹은 아무 결실도 얻지 못한 채 그냥 소진해 버린다면, 앞으로 어떤 결과를 맞게 될지 신탁이 정확히 알려줄 것이다.

나는 의도적인 삶을 살아보고자 숲으로 들어갔다. 필수적인 요건만 충족한 채 살아도 삶이 가르쳐 주는 진리를 배울 수 있을지 알고 싶었다. 또한 죽음을 맞이했을 때, 내가 헛되이 살지 않았음을 깨닫고 싶었다. 삶이란 소중한 것이기에, 삶이 아니라면 살고 싶지 않았다. 반드시 필요하지 않다면, 체념한 채 살아가고 싶지도 않았다. 깊이 있게 삶의 정수를 빨아들이고 싶었다. 삶이 아닌 것은 모두 파괴해 버리고 강인하게 스파르타인처럼 살아가길 바랐다.

낫을 크게 휘둘러서 풀을 바싹 베어 내어 삶을 구석으로 몰아가 가장 기본적인 조건으로 압축해 버린 다음, 삶이 천박한 것으로 판명된다면, 그 천박함을 전부 속속들이 알아내어 세상에 알리고 싶었다. 반대로 삶이 숭고한 것이라면 경험을 통해 그것을 알아내어 다음 번 여정에서 그 참모습을 전할 수 있기를 바랐다.

내가 보기에 인간은 삶이 악마의 것인지 신의 것인지에 관해 이상하리만치 확신을 못한다. 그래서일까 사람이 지상에 살아가는 주된 목적이 '신에게 영광을 돌리고 신을 영원히 찬미하는 것'이라고 '다소 급하게' 결론을 내린다.

우리는 여전히 개미처럼 하찮은 삶을 살아간다. 우화에서는 우리가 오래전에 인간으로 변했다고 말하고 있음에도 그렇다. 우리는 학과 싸우는 소인족*이나 다름없다. 실수로 실수를 덮고, 누더기로 누더기를 가리려 한다. 이 경우 우리가 가진 최고의 미덕은 정말 쓸데없이 불쌍해 보인다는 것이다.

우리는 사소한 일로 삶을 낭비한다. 정직한 사람은 열 손가

* 호머는 《일리아드》 속에서 트로이 사람들을 소인족과 싸워 이기는 학에 비유한다.

락 넘게 헤아릴 만한 것이 거의 없다. 그래도 행여 손가락이 모자란다면 발가락을 쓰면 될 테고, 남는 것은 하나로 묶어 버리면 된다. 간소하게, 간소하게, 간소하게 살라! 부디 바라건대, 할 일을 백 가지 천 가지로 늘리지 말고, 두세 개로 줄이자. 백만 대신에 여섯까지만 세고, 계산은 엄지손톱 위에 적어 두자. 이 문명의 삶이라는 험난한 바다 한가운데에서 살아나려면 인간은 먹구름과 폭풍, 유사(流沙) 등 수많은 사항을 고려해야 한다. 따라서 배와 함께 침몰해 아예 항구 근처에는 가 보지도 못하는 상황이 생기지 않게 하려거든 추측항법*으로 살아가야만 한다. 따라서 뛰어난 계산가가 아니라면 성공할 수 없다.

간소하게, 또 간소하게 살라. 하루 세 끼 대신 필요할 때만 한 끼를 먹자. 백 가지 요리는 다섯 가지로 줄이고, 다른 것도 그 비율로 줄이자. 우리의 삶은 독일연방과 같다. 독일은 수많은 군소 국가로 이루어진 까닭에 그 국경이 쉼 없이 변해 독일 국민조차도 그 정확한 경계를 알지 못한다. 미국도 소위 말하는 내적 개선을 실행하고 있기는 하지만, 그 실상을 들여다보면 외부적이고 피상적인 개선에 불과했던 까닭에 통제가 불가능할 정도로 거대한 조직체가 되어 버렸다. 그것은 가구가 발 디딜 틈 없이 들어차 있고, 자기 덫에 스스로 걸려 있으며, 정확한

* 천체관측의 도움 없이 배나 항공기의 위치를 결정하는 항법으로, 배의 노선, 속도에서 추정할 수 있는 거리, 출발점 등의 기록으로 결정한다.

계산도, 가치 있는 목표도 없이 사치와 무분별한 지출을 일삼아 황폐해진 조직체와 같다. 그 땅에 살아가는 수많은 가정과 다를 바 없다. 이런 상황을 구제할 수 있는 유일한 방법은 엄격한 절약뿐이다. 스파르타인보다 더 간소하게 살아가며 높은 목적의식을 품어야 한다.

오늘날의 미국은 너무나도 빠른 삶을 살아간다. 개인의 삶이야 어떻든 간에 국가란 얼음을 수출하고, 전신으로 대화를 주고받으며, 1시간에 50킬로미터는 달려야 한다고 철석같이 믿는다. 그렇지만 우리가 개코원숭이처럼 살아야 할지 인간답게 살아야 할지에 관해서는 확신하지 못한다.

만약 우리가 침목을 자르고 철로를 깔고 밤낮으로 노동에 헌신하는 것이 아니라, 삶을 개선한답시고 임시방편으로 땜질만 하고 앉아 있다면 철로는 누가 건설하겠는가? 그리고 만약 철로가 없다면 어찌 제때 하늘에 도착할 수 있겠는가? 그러나 우리가 집에만 머물면서 개인사만 신경 쓴다면, 누가 철도 같은 것을 원하겠는가? 우리는 철도를 이용하지 않는다. 철도가 우리를 이용하는 것이다.

철길 아래 받쳐놓은 침목이 무엇인지 생각해 본 적이 있는가? 각각의 침목이 바로 한 명의 사람, 한 명의 아일랜드인, 그리고 한 명의 미국 사람이다. 철길은 바로 그들 위에 놓여 있고, 그들 위에 모래가 덮여 있으며, 기차가 그 위를 유유히 지나간다. 그들 모두가 튼튼한 침목임은 내가 확신한다. 그리고 몇 년마다 한 번씩 새로운 침목이 깔리고 기차는 계속 달려간다. 따라서 만약 어떤 사람이 철로 위를 달리는 기쁨을 누린다면, 또 다른 사람은 그 밑에 깔리는 불운을 겪게 되는 것이다.

그러다가 어느 날 기차가 잠결에 걸어가는 사람(walking in his sleep), 즉 제자리에 놓이지 않은, 남아도는 침목(sleep) 하나를 치어 그의 잠을 깨우게 되면, 사람들은 갑자기 기차를 세우고, 마치 전혀 예상치도 못했던 일이 일어났다는 듯 야단법석을 떨어 댄다. 침목이 원래 놓인 자리에 평평하게 유지되도록 하려면 8킬로미터마다 한 무리의 인부가 동원되어야 한다는 사실을 알게 되었을 때 나는 무척이나 기뻤다. 그것은 침목이 언제든 다시 일어날 수 있다는 의미이기 때문이다.

왜 우리는 이처럼 바쁘게 삶을 낭비하며 살아가는 것일까? 지금의 우리는 배고프기도 전에 굶어 죽기로 결심이라도 한 듯하다. 흔히들 제때 뜨는 한 땀의 바느질이 훗날 아홉 땀의 수고를 줄여 준다고 말한다. 하지만 우리는 내일 뜰 아홉 바늘을 줄이려고 오늘 천 땀의 바느질을 한다. 일에 관해 말해 보자면, 내내 일만 하면서도 중요한 일은 하나도 해내지 못한다. 마치 무도병*에 걸려서 머리를 가만히 두지 못하는 것과 같다.

---

* 얼굴이나 손발 등이 제멋대로 움직여 마치 춤을 추는 듯한 모습이 되게 하는 신경계와 관련된 병이다.

내가 만약 교회의 종 줄을 몇 번만 잡아당긴다면, 다시 말해 진폭을 조절하지 않고 불이 났을 때 그렇듯이 마구 잡아당긴다면, 그날 아침까지만 해도 할 일이 산더미라고 변명을 해 대던 사람들이 남자, 여자, 아이들 할 것 없이 만사를 제쳐 놓고 모여들어 콩코드 인근 농장에는 사람 모습을 찾아볼 수 없게 될 것이다. 그러나 실은 불 속에서 재산을 구해 내고자 달려오는 것이 아니라 불구경을 하려는 목적이 더 크다. 불이야 어차피 타게 될 테고, 또 일부러 불을 낸 것도 아니니 말이다. 그게 아니라면 불 끄는 것도 구경하고, 지켜보다가 재미있어 보이면 좀 돕기도 할 심산인 게다. 불타는 것이 교회라 한들 무슨 상관이겠는가.

개중에는 저녁을 먹고 난 후 30분쯤 졸고 나서는 고개를 번쩍 쳐들고는 마치 나머지 인류가 모두 자신을 위해 보초라도 서고 있었다는 듯 "뭐 새로운 일 없나?"라고 묻는 사람이 있다. 또 어떤 이는 그 소식을 듣고자 30분마다 깨우라고 일러 놓기도 한다. 그리고는 그 보답이랍시고, 자신이 꾼 꿈 이야기를 들려준다. 하룻밤 자고 나면 새로운 소식은 아침 식사만큼이나 중요한 것이 된다.

"부디 세상 어디서 어떤 사람에게 일어난 일이든 새로운 소식이 있으면 알려 주시오"라고 말하며 그는 커피와 빵을 먹으며 신문에 난 기사를 읽는다. 어떤 남자가 오늘 아침 와치토 강가에서 눈알이 뽑혔다는 내용이다. 하지만 그는 자신도 이 세상이라는 어둡고 깊이를 알 수 없는 거대한 동굴에 살고 있으며, 퇴화되어 흔적만 남은 눈 하나만을 가지고 있다는 사실은 꿈에도 알지 못한다.

나는 우체국 없이도 사는 데 어려움이 없는 사람이다. 사실 우체국을 통해 소통해야 할 중요한 일도 거의 없다고 생각한다. 비판적으로 말하자면, 몇 년 전에도 이런 말을 한 적이 있지만, 평생 우표 값을 하는 편지라고는 한두 통밖에 받아 보지 못했다. 1페니 우편 제도는 흔히들 1페니를 줄 테니 당신의 생각을 말해 달라고 가볍게 던지던 농담이, 상대의 생각을 묻기 위해 정말로 1페니를 지불하는 하나의 제도로 변한 것이다.

그리고 나는 신문에서도 의미 있는 기사를 읽은 기억이 전혀 없다. 만약 누군가 강도를 만나거나, 살해되거나, 사고로 죽거나, 집이 불타고, 배 한 척이 난파당하거나, 증기선이 폭발하거나, 서부 철도 노선에서 소 한 마리가 기차에 치이거나, 미친개 한 마리가 사살되거나, 겨울에 메뚜기 떼가 나타났다는 등이 신문에서 읽어야 할 내용이라면, 신문은 두 번 읽을 가치가 없다. 한 번이면 족하다. 원칙을 알고 있다면, 무엇하러 수많은 사례와 그 적용에 신경을 쓰겠는가? 철학자에게 '뉴스'란 나이든 부인들이 차를 마시며 둘러 앉아 이리저리 끼워 맞추거나 읽는, 소위 말하는 한담에 지나지 않는다.

그러나 어떤 사람은 이런 소문에 목을 맨다. 듣기로는 얼마 전 어느 신문사에 새로 도착한 외국 소식을 알고자 사람들이 불시에 우르르 몰려들어 건물 유리창이 몇 장 깨져 나가기까지 했다고 한다. 그런데 그 소식이란 것이 기지가 뛰어난 사람이라면 12개월 전에, 아니 12년 전이라도 얼마든지 정확하게 작성할 수 있는 종류라고 나는 진지하게 생각한다.

스페인의 경우만 살펴봐도, 돈 카를로스와 인판타 공주,* 또는 내가 신문을 안 보기 시작한 이래로 이름이 바뀌었을지는 모르겠지만, 돈 페드로와 세비야와 그라나다** 등을 적당히 섞어 넣어 기사를 쓰거나, 딱히 쓸 내용이 없어서 투우에 관련된 글을 작성하면, 그것이야말로 스페인을 대표하는 내용이므로 신문의 같은 제목 아래 나온 간결하고 명료한 기사 못지않게 스페인의 정확한 실상을, 혹은 혼란상을 우리에게 확실히 짚어 줄 터다.

영국의 경우, 그 지역에서 가장 최근에 일어난 중요한 기삿거리라 할 만한 사건은 1649년의 혁명뿐이다. 그러니 당신이

---

* 1830년대에 스페인의 왕 페르난도 7세와 동생 돈 카를로스가 권력 투쟁을 벌여, 소로가 《월든》을 쓰기 얼마 전인 1843년 페르난도의 딸 인판타 공주가 열세 살의 나이로 이자벨라 2세에 즉위했다.

** 세비야의 알카사르 성채와 돈 페드로 궁전, 그라나다의 알함브라 궁전 등을 엮을 수도 있고, 과거 세비야의 통치자 돈 페드로가 그라나다를 정복한 사건을 엮을 수도 있다.

영국 평년기의 농작물 수확량의 역사를 알고 있다면, 또한 단지 금전적인 목적으로 영국을 고찰하는 것이 아니라면, 그쪽 소식에는 관심을 기울일 필요가 없다. 신문을 거의 읽지 않는 한 사람으로서 판단하건대, 사실 외국에서는 새로운 일이란 거의 일어나지 않는다. 프랑스 혁명도 예외가 아니다.

새로운 소식이라니! 그보다는 세월이 지나도 결코 낡지 않는 소식을 배워감이 훨씬 중요하다는 사실을 왜 모르는가! 거백옥*은 공자에게 사람을 보내 신변에 새로운 소식이 없는지 물었다. 그러자 공자가 사자를 가까이에 앉히고 "그대의 주인은 어찌 지내고 계시는가?"라고 물었다. 그러자 사자가 공손히 "주인께서는 자신의 허물을 줄여 보려 애쓰고 계시나 잘 되지는 않는 듯합니다"라고 대답했다. 사자가 가고 난 후 공자가 말했다. "훌륭한 사자로다! 참으로 훌륭한 사자야!"**

교회의 목사도 한 주의 마지막인 휴식의 날, 졸린 농부를 앞혀 놓고 장황하게 지루한 설교를 늘어놓아 그의 귀를 괴롭혀서는 안 된다. 일요일은 고단한 한 주를 잘 끝맺는 날이지, 새로운 한 주를 용감하게 시작하는 날이 아니지 않은가. 그러니 차라리 천둥 같은 목소리로 "그만! 중지! 어찌 겉으로는 빠릿빠릿해 보

---

* 위나라의 고위 관리다.
**《논어(論語)》, 제14편 중에서.(원주)

이면서, 그리도 느린 게요?"라고 호통을 치는 게 나을 것이다.

오늘날에는 진실이 거짓이라 여겨지는 반면, 사기와 기만은 가장 믿을 만한 진실로 존중받는다. 인간이 지속적으로 진실만을 주목하고 기만당하지 않으려 애쓴다면, 삶은 우리가 오늘날 알고 있는 것과 비교해 봤을 때, 동화나 《아라비안나이트》에 나오는 이야기처럼 훨씬 흥겨운 것으로 변하게 될 터다. 우리가 필연적이고 반드시 존재할 권리가 있는 것만을 존중한다면, 음악과 시가 거리 곳곳에 울려 퍼질 것이다. 또한 서두르지 않고 현명하게 처신할 때, 비로소 위대하고 가치 있는 것만이 영구히 절대적으로 존재한다는 사실을 인식하게 되고, 사소한 두려움이나 쾌락은 실재의 그림자에 지나지 않는다는 사실도 깨닫게 될 것이다. 이러한 사실은 들을 때마다 신이 나고 감탄을 자아내게 한다.

눈을 감아 버리거나 졸거나 암묵적으로 보이는 것에 현혹당하면서 인간은 쳇바퀴 돌듯 틀에 박힌 일상과 습관을 확립하고 공고히 다진다. 하지만 이러한 삶은 순전히 가공의 토대 위에 세워진 것이다. 놀이가 삶이나 다름없는 아이들은 어른보다 더 명확하게 삶의 진정한 법칙과 관계를 분간해 낸다. 어른들은 가치 있는 삶을 사는 데 실패했음에도, 자신이 경험이 많으니, 다시 말해 실패를 통해 쌓아 올린 연륜이 있으니 더 현명하다고 착각한다. 나는 인도의 어느 경전*에서 다음과 같은 글귀를 읽은 일이 있다.

옛날 옛적에, 갓난아기 때 도시에서 쫓겨나 나무꾼의 손에 길러져 그 상태로 어른으로 성장한 왕의 아들이 있었다. 그는 나무꾼의 손에서 자랐고, 그 상태로 어른이 되었다. 그리고 자신이 그동안 함께 살아온 미개한 부족 출신이라고 생각했다. 그러던 어느 날 왕의 신하 중 하나가 그를 발견하고, 태생을 알려 주어 그는 지금껏 스스로에 대해 잘못 품고 있던 오해를 벗고 자신이 왕자라는 사실을 알게 된다.

그리고 인도의 철학자는 계속해서 말한다.

마찬가지로 우리의 영혼도 현재 처해 있는 환경만 보고 자신의 본성을 오해한다. 그러다가 어느 거룩한 스승이 진실을 밝혀 주면, 그제야 자신이 '브라흐마'**임을 알게 된다.

나는 뉴잉글랜드의 주민이 현재와 같이 비천한 삶을 살아가는 이유는 사물의 표면을 꿰뚫어 보는 통찰력이 없기 때문이라

---

* 헨리 토마스 콜브룩(Henry Thomas Colebrook)과 H. V. 윌슨(H. V. Wilson) 번역, 《샹키아 철학(The Sanchya Karika)》 중에서.(원주)
** 인도 브라마교의 창조신이다.

고 생각한다. 우리는 '실재하는 듯 보이는 것'을 '실재'라고 믿어 버린다. 만약 어떤 사람이 이 마을을 통과해 지나가면서 오직 실재하는 것만을 본다면, '밀댐'*의 존재는 어떻게 설명하겠는가? 만약 그가 마을을 통과하며 본 것을 말로 설명한다면, 우리는 그가 설명하는 장소를 전혀 알아내지 못할지도 모른다. 공회당, 재판소, 교도소, 상점, 주택, 이 모든 것을 바라보라. 그리고 진실의 눈으로 바라볼 때, 그것이 진정 어떻게 보이는지 말해 보라. 말하는 도중 모든 것이 산산이 부서져 버릴 것이다.

우리는 진리가 멀리 있다고 생각한다. 우주의 저쪽 변두리, 가장 멀리 떨어진 별 뒤쪽에 아담의 시대 이전이나, 마지막 인간 다음에 있으리라 추측한다. 물론 영원 속에는 진실하고 숭고한 무언가가 있다. 그러나 이 모든 시간과 장소와 사건은 지금 여기에 있다. 하느님도 현재의 순간 속에서 지고의 위치에 있으며, 모든 시대를 통틀어 지금보다 더 성스러웠던 적은 없다. 우리도 마찬가지로 주변을 에워싼 진리를 끊임없이 들이마시고 그 안에 흠뻑 젖어 들어갈 때만 그 숭고하고 고귀한 모든 것을 이해할 수 있게 된다.

우주는 우리가 품은 생각에 한결같이 고분고분 대답해 준다. 우리가 빠르게 가든 느리게 가든 길은 늘 우리 앞에 놓여 있다.

---

* 물방아용 둑이나 연못을 일컫는 말이지만, 그 못을 중심으로 마을이 형성되는 까닭에 '마을 중심지'라는 의미의 고유명사로도 쓰인다.

그러니 앞으로는 삶을 구상하며 앞으로 나가 보자. 시인과 예술가도 늘 아름답고 고상한 구상을 품으며 앞으로 나아갔고, 후손 가운데 누군가 그것을 완성시켜 왔던 것이다.

부디 하루라도 자연처럼 신중하게 삶을 살아보자. 한낱 철로 위에 떨어진 견과류 껍질이나 모기의 날개 때문에 탈선하는 기차가 되어서는 안 된다. 아침에는 일찍이 눈을 뜨자마자 일어나서 수선 떠는 법 없이 서둘러 점잖게 아침을 먹자. 손님이 자유로이 오고 가도록 하고, 종이 울리도록 내버려 두고, 아이들은 울게 하자. 그렇게 하루를 보내자고 마음먹자. 왜 굳이 시대의 조류에 휩쓸려 떠내려가려 하는가? 정오의 얕은 여울에 자리 잡은 정찬이라 부르는 저 끔찍한 급류와 소용돌이에 휩쓸려 압도당하지 말자. 이 위험만 견뎌 내면 나머지 길은 안전한 내리막이다. 그러니 율리시스처럼 돛대에 몸을 묶고 긴장을 유지한 채 아침의 활력으로 계속 항해해 나가자. 기적이 울리면 울리다 지쳐 목이 쉴 때까지 내버려 두자. 종이 울린다고 뛰어갈 이유도 없다. 그저 모든 것이 음악 소리 같다고 생각하면 된다.

이제 차분히 마음을 가라앉히고, 세상을 온통 뒤덮고 있는 충적지, 즉 견해와 편견, 전통과 망상과 겉모습이라는 진창에 깊숙이 발을 담그고 더듬어 보자. 파리와 런던, 보스턴과 콩코드를 지나고, 교회와 국가도 지나고, 시와 철학과 종교도 지나면 단단한 바닥과 바위가 제자리에 놓인 곳에 이를 것이다. 그곳이 바로 '실재'이고, "맞아, 여기가 확실해!"라고 말할 수 있는 곳이다. 그곳에 도착했으면, 홍수와 서리와 불 아래로 '프앵 다퓌', 즉 자신만의 '거점'을 마련해 보자. 그곳에 성벽과 국가의 기초를 놓고, 안전하게 가로등을 설치하고, 측량기도 하나쯤 달아 보자. 그리고 나이로미터*가 아니라 리어로미터**를 설치하자. 그러면 미래 세대도 거짓과 겉치레의 홍수가 때로 얼마나 깊게 진실을 묻어 버렸는지 알 수 있지 않겠는가.

우리가 사실과 정면으로 마주한다면, 태양도 언월도(偃月刀)를 비추듯 진실의 양면에서 번쩍일 테고, 그 달콤한 칼날이 우리의 심장과 골수에 꽂히는 것을 느끼게 될 것이다. 그리하면 우리는 행복하게 삶을 끝마치리라. 살아서든 죽어서든, 우리가 추구하는 것은 진실뿐이다. 우리가 정말로 죽어 간다면, 목구멍 안에서 숨이 끊어지는 소리를 들으며 사지가 차갑게 식는 것을 느끼도록 하자. 그러나 살아 있다면, 해야 할 일을 하도록 하자.

시간은 고기를 낚는 강줄기에 다름 아니다. 나는 그 물을 들이킨다. 그러나 물을 마시는 동안 모래 바닥을 내려다보면서 그것이 얼마나 얕은지 알아차린다. 시간의 얕은 물살이 흘러가

---

* "나일강이 범람에 따른 근심을 덜기 위해 왕들이 수도 멤피스에 나이로미터(Nilometer)를 설치했다. 그곳에서 책임을 맡은 관리들이 강의 높이를 정확히 측정해 각 도시에 알린다.", 디오도로스(Diodorus).(원주)
** 'Realometer', 즉 앞의 단어 'Vilometer'의 철자 'nil'이 '영', '무가치' 등을 의미하기에 '진실'과 대비의 효과를 주기 위한 표현으로 쓰였다.

버려도 영원은 그 자리에 남는다. 나는 더 깊이 들어가 물을 마시리라. 별이 조약돌처럼 깔린 하늘에서 고기를 낚으리라. 나는 수를 헤아릴 줄 모르고, 알파벳의 첫 글자도 모른다. 태어나던 날만큼 슬기롭지 못함을 늘 한탄해 오기도 했다. 지성은 큼지막한 식칼과 같다. 만물의 비밀 속으로 깊숙이 들어가 그것을 식별하고 갈라낸다.

나는 필요 이상으로 내 손을 바쁘게 놀리길 바라지 않는다. 내 머리가 손이자 발이다. 그 안에 내 최고의 자질이 압축돼 들어가 있다. 어떤 동물이 주둥이와 앞발로 굴을 파듯이, 나는 머리로 굴을 판다고 내 본능이 말해 준다. 이 머리로 나는 주변의 산들을 파고들어 볼까 한다. 이 근처 어딘가 금덩이가 넘쳐 나는 광맥이 있으리라. 그러니 점치는 막대*와 얇게 피어오르는 증기로 그것을 찾아내 보자. 바로 여기서 채굴을 시작하자.

* 수맥 등을 탐지하는, 양끝이 갈라진 금속 막대다.

독서

직업을 선택하는 데 조금만 더 신중했더라면, 아마도 인간은 모두 근본적으로 학생이나 관찰자가 되었을 터다. 누구나 인간의 본성과 운명에 관심이 많지 않은가. 우리가 자신이나 후손을 위해 재산을 축적하고, 가족이나 국가를 형성하며, 심지어는 명성까지 얻는다고 해도, 결국에는 모두가 죽을 목숨이다. 그러나 진실을 다룬다면, 우리는 불멸의 생을 살 테고, 변화도 사고도 두려워할 필요가 없다.

고대 이집트와 인도의 철학자가 신의 조각상을 덮어 둔 베일의 한 귀퉁이를 들어 올렸다. 그럼에도 여전히 베일은 들어 올려진 채 흔들리고 있고, 당시의 철학자와 마찬가지로 나도 그 신선하고 찬란한 아름다움에서 눈을 떼지 못한다. 그날 그토록 담대했던 사람은 철학자 안에 있던 나였고, 지금 그 모습을 회상하는 사람은 내 안에 있는 철학자다. 그 천 조각 위에는 먼지한 톨 내려앉지 않았다. 신상이 드러난 이후 시간도 흐르기를 멈춰 버렸다. 우리가 진정으로 개선하고자 하는, 혹은 개선할 수 있는 그 시간은 과거도 현재도 미래도 아니다.

　내 거처는 사색뿐 아니라, 진지한 독서를 하기에도 대학보다 훨씬 환경이 좋았다. 그런데 이곳은 흔히 볼 수 있는 순회도서관의 순회 구역에 포함된 지역은 아니었다. 그러나 그곳에서 나는 세상을 돌아다니는 수많은 책, 즉 처음에는 나무껍질에 적혔으나 지금은 때때로 아마지에 복사되어 읽히는 책들을 독서하며 그 어느 때보다도 크게 영향을 받았다. 시인 미르 카마르 우딘 마스트는 이렇게 말했다.

　나는 앉은 자리에서 영적 세상을 훑어 나갔다. 그것은 책이 줄 수 있는 이점이었다. 와인 한 잔에도 취기가 돌았다. 이 또한 심원한 교리라는 술을 마셨을 때 경험할 수 있는 기쁨이 었다.*

　나는 여름 내내 호머의 《일리아드》를 책상 위에 올려 두었지

---

* M. 가르뎅 드 타시(M. Garcin de Tassy), 《힌두 문학사(Histoire de la Littérature Hindoui)》 중에서.(원주)

만 이따금씩밖에 책장을 넘기지 못했다. 처음에는 집 짓는 일을 마무리하면서 콩밭을 가는 등 쉼 없이 노동을 해야 했기에 글 읽는 시간을 더 늘린다는 것이 불가능했다. 그러나 앞으로는 얼마든지 책을 읽을 수 있으리라고 내 자신을 다독였다. 일하는 중에는 틈틈이 가벼운 여행 서적 한두 권을 읽었다. 그래 놓고 보니 내 자신에게 부끄러워 견딜 수가 없었다. 심지어는 도대체 내가 지금 어디 살고 있느냐고 자문하기까지 했다.

학생들은 호머나 아이스킬로스(Aeschylus)의 책을 그리스어로 읽어도 방탕과 사치에 빠질 위험이 없다. 책에 등장하는 영웅을 어느 정도는 본받을 테고, 또 아침 시간을 그 책을 읽는 데 할애하게 되지 않겠는가. 사실 타락한 시대를 살아가는 사람은 영웅을 다루는 책을 이해할 수 없다. 모국어로 인쇄해 놓는다 할지라도 죽은 언어를 대하는 것이나 마찬가지일 터다. 그러니 우리는 지혜와 용기와 관용의 마음으로 일반적인 쓰임새를 넘어서는 폭넓은 의미를 추측해 가며 단어와 문장 하나하나의 의미를 열심히 찾으려 노력해야 한다.

오늘날에는 싼값에 많은 출판물이 쏟아져 나오고, 번역물의 수도 많아졌다. 그럼에도 독자는 영웅을 그린 고대 작가들에게 조금도 가까이 다가서지 못한다. 그런 작가들은 여전히 외로워 보이고, 그들 작품에 인쇄된 글자는 매우 생소하고 신기해 보인다. 하지만 그럼에도 젊은 날의 소중한 시간을 바쳐 몇 자나마 고대 언어를 배우는 것은 충분히 가치 있는 일이다. 그 언어가 거리의 천박함을 딛고 일어설 암시와 자극이 되어 줄 터이기 때문이다. 농부가 귀동냥으로 주워들은 라틴어 몇 마디를 기억하고 암송한다면 그 역시도 헛되지 않은 일이다.

때로 사람들은 마치 고전 연구가 좀 더 현대적이고 실용적인 학문에 차츰 길을 내주게 될 듯이 이야기한다. 그러나 모험심이 투철한 학생은 어떤 언어로 쓰였든지, 또 얼마나 오래전에 쓰인 것인지 상관치 않고 늘 고전을 읽는다. 고전은 인류의 생각을 담은 가장 고귀한 기록이다. 그것이 아니라면 무엇이겠는가? 또한 고전은 썩지 않는 유일한 신탁이고, 델포이*와 도도나**가 결코 제시한 적 없던, 가장 최근에 떠오른 질문의 답까지 알려 준다. 그러니 고전은 자연이나 같다. 단지 오래됐다고 해서 연구를 그만둘 수는 없는 법이다.

독서를 잘하는 것, 다시 말해 참다운 책을 참다운 정신으로 읽는 것은 고귀한 훈련이며, 오늘날 찬탄해 마지않는 그 어떤 훈련보다도 더욱 독자를 힘들게 한다. 그러니 운동선수처럼 오직 그 목적만을 위해 평생 꾸준히 훈련받아야 마땅하다. 책은 저자가 심혈을 기울여 조심스럽게 쓴 만큼 열심히 삼가는 마음

---

* 아폴로 신전이 있는 그리스 고대 도시다.
** 제우스의 신탁소가 있던 그리스의 고도다.

으로 읽어야 한다. 책에 쓰인 민족의 언어를 말하는 것만으로
는 부족하다. 입말과 글말, 즉 귀로 듣는 언어와 글로 읽는 언
어 사이에는 상당한 거리가 있다. 전자는 흔히 일시적인 것으
로, 하나의 소리, 말, 방언에 불과해 거의 짐승의 소리에 가깝기
에 어머니에게서 무의식적으로 배운다. 허나 후자는 입말이 성
숙해 가는 동안 경험이 싸이면서 정착하는 언어다. 입말이 어
머니의 말이라면, 글말은 아버지의 말이라 하겠다. 단지 귀로만
듣고 흘려버리기에는 지극히 신중하게 선택된 중요한 말이다.
글말을 입으로 말하고자 한다면, 우리는 다시 태어나야 할 것
이다.

　중세에 그리스어와 라틴어를 오직 입말로만 사용했던 민중
은 태생적인 한계 때문에 그 언어로 쓰인 뛰어난 작품을 읽지
못했다. 그것은 그들이 아는 그리스어나 라틴어가 아닌, 엄선한
문학의 언어로 쓰였기 때문이다. 그들은 그리스나 로마의 좀
더 고상한 방언을 배우지 않았다. 그러니 그 언어로 쓰인 작품
은 휴지 조각이나 다름없었다. 대신 그들은 싸구려 동시대 문
학을 더 귀하게 여겼다.

　그러다가 유럽의 몇몇 국가가 그들만의 독특한 문자를 갖게
되었다. 완전하지는 않아도 번성하는 문학적 요구에 부응하기
에는 충분했다. 그때부터 학문이 되살아나기 시작했고, 학자들
은 고대로부터 전해 온 고전이라는 보물을 찾아낼 수 있게 되

었다. 그리하여 로마와 그리스의 민중이 '들을' 수 없던 것을 오랜 세월이 지난 후 몇몇 학자들이 '읽을' 수 있게 되었다. 지금도 몇 안 되는 학자만이 그것을 읽는다.

우리는 웅변가가 이따금씩 토해 내는 감동적인 연설에 크게 감동하곤 한다. 하지만 가장 고귀한 글말은 그런 덧없는 입말보다 훨씬 높고 먼 위치에 있다. 별을 품은 창공이 구름보다 멀리 있는 것과 마찬가지다. '거기'에 바로 별이 있으니, 누군가는 그것을 읽을 수 있을 것이다. 천문학자들이야말로 늘 별에 관해 이야기하고 관찰하지 않는가.

글말은 우리의 일상 대화나 수증기 같은 호흡처럼 증발하지 않는다. 강연장에서 웅변이라 불리는 것은 흔히 학문에서 수사학이라 칭하는 것과 같다. 웅변가는 순간적인 영감에 따라 앞에 있는 군중, 즉 그의 말을 '들을' 수 있는 사람에게 말을 한다. 그러나 더욱 고요한 삶을 살아가며 글을 쓰는 작가는 웅변가에게 영감을 주는 사건이나 군중을 만나면 오히려 산만해진다. 그는 인류의 지성과 감성에 호소하며, 상대를 불문하고 그를 '이해'할 수 있는 사람 모두에게 이야기한다.

알렉산더 대왕이 원정을 떠날 때 소중한 궤짝 안에 《일리아드》를 넣어 가지고 다녔다는 사실은 이미 널리 알려져 그리 놀랍지도 않다. 글로 쓰인 문헌은 가장 소중한 유산이다. 그 어떤 예술 작품보다 인간에게 더 큰 친밀감을 주고, 더 보편적이기도 하며, 삶 그 자체에 가장 가까이 다가선 예술 작품이기도 하다. 그것은 모든 언어로 옮길 수 있다. 또한 단순히 읽힐 뿐만 아니라, 모든 인간의 입술에서 숨결처럼 내뱉어지기도 한다. 화폭이나 대리석 위에 표현하기는 힘들지 모르나, 생명 그 자체의 숨결로는 조각될 수 있다. 고대 선인의 생각을 담은 상징이 현대를 살아가는 우리의 말이 된다. 이천 번의 여름은 그리스의 대리석상에 그랬듯이, 기념비적인 그들의 문학에도 원숙한 황금빛 가을의 색조를 입혀 놓았다. 그 기념비적인 문학이 고요한 천상의 분위기를 지상 모든 곳에 전달해 시간에 따른 부식에서 스스로를 보호한 덕이다.

책은 세상의 소중한 재산이고 모든 세대와 민족에 속하는 유산이다. 가장 오래되고 뛰어난 책은 어느 오두막 선반에 놓이든 자연스럽고 당연해 보인다. 그런 책은 스스로 내세우는 대의 없이도, 독자를 계몽하고 지탱해 준다. 그러니 기본 소양이 있는 독자라면 거부할 까닭이 없다. 그런 책의 저자는 어느 사회에 속하든 당연하고 거부할 수 없는 특권층을 이루어 인류에게 왕이나 황제보다도 더 큰 영향을 미친다.

일자무식에 거만하기까지 한 장사꾼이 열심히 근면하게 일해서 그토록 바라던 여유와 자립을 이루어, 부유한 상류사회의 일원으로 인정받게 되면, 그는 너무나도 당연하게 더 높지만 아직은 범접할 수 없는 지식인의 사회로 눈길을 돌린다. 그리고 자신의 교양이 얼마나 부족한지, 가지고 있는 재산이 얼마나 허황되고 충분치 못한지 깨닫는다. 이때, 자신이 뼈아프게 깨달은 사실을 발판 삼아 자식들에게는 풍부한 지적 소양을 쌓게 해 주겠다고 결심하고 그에 따르는 고통을 감수하기 시작하면, 그는 마침내 가문의 창시자가 된다.

고전을 원어로 읽지 못하는 사람은 인류 역사에 관해 충분히 배울 수 없다. 그 어떤 고전도 현대 언어로 쓰인 일이 없다는 사실에 주목해 보기 바란다. 물론 우리 문명 자체가 일종의 고전이라고 한다면야 얘기는 달라질 터다. 호머의 작품은 아직 영어로 인쇄된 일이 없다. 아이스킬로스나 베르길리우스의 작품도 마찬가지다. 이들의 작품은 아침 그 자체만큼이나 고상하고 견고하며 아름답다. 우리가 후대 작가들의 재능에 대해 뭐라 말하든 간에, 고전 작가의 정교하고 아름다운 솜씨와 문학에 바친 평생의 영웅적인 노고를 떠올려 보면, 둘은 전혀 비견할 상대가 되지 않는다는 사실을 깨닫게 된다.

흔히 평생 고전이라고는 읽어 본 일도 없는 사람이 고전을 잊어야 한다고 주장한다. 그러나 고전을 정성껏 읽어 그 진가를 알아차릴 수 있는 정도의 학문적 소양과 재능을 갖추게 되었을 때, 그때 가서 고전을 잊어도 늦지는 않다. 우리가 고전이라고 부르는 유산과 고전보다도 훨씬 더 유서 깊고 전통적이면서도 그보다 덜 알려진 여러 민족의 경전이 한층 더 높이 쌓이게 될 때, 바티칸 궁전에 베다*나 젠드 아베스타,** 성경, 호머나 단테, 셰익스피어 같은 문학 작품이 채워질 때, 다가올 미래의 세기가 지속적으로 그들의 전리품을 세상이라는 광장에 쌓아 놓을 때, 그 시대는 실로 풍요로워질 터다. 그렇게 쌓아 올린 유산 옆에서 우리는 마침내 하늘에 오를 희망을 품게 되리라.

인류는 아직 위대한 시인의 작품을 읽은 적이 없다. 위대한 시인만이 자신의 시를 읽을 수 있기 때문이다. 행여 대중이 위대한 시를 읽었다 해도, 그저 별을 읽듯, 그것도 천문학적으로가 아니라 점성술로 읽어 왔을 뿐이다. 대부분의 사람은 어떻게 해서든 편해 볼 요량으로 읽기를 배운다. 장부를 적고 거래를 하며 속지 않기 위해 셈을 배우는 것이나 마찬가지다. 고귀한 지적 운동으로써의 읽기에 대해서 사람들은 거의, 혹은 전혀 알지 못한다. 하지만 그런 고차원의 읽기야말로 진정한 의미의 독서다. 그런 독서는 사치품처럼 우리를 달래거나 고귀한 재능이 잠들게 하지 않는다. 오히려 까치발로 선 듯 바짝 긴장하게 만들고 가장 기민하게 깨어 있는 시간을 바치게끔 이끌어 간다.

나는 누구라도 글을 배웠다면, 최고의 문학 작품을 읽어야

---

* 인도 바라문교 사상의 근본 경전이다.
** 조로아스터교의 경전이다.

한다고 생각한다. 교실 맨 앞줄에 앉아 알파벳이나 단음절 단어만 반복해 배우는 4, 5학년 아이들처럼 인생의 가장 낮은 맨앞줄에 앉아 평생을 지내서야 쓰겠는가. 대부분의 사람은 글을 읽을 줄 아는 것만으로도, 혹은 남이 읽어 주는 글을 듣는 것만으로도 만족해하며, 단 한 권의 좋은 책, 즉 성경에 담긴 지혜에 자신을 내맡겨 버린다. 그리고 남은 생애 내내 소위 가벼운 읽을거리나 뒤적거리며 자신의 재능을 낭비하는 무기력한 삶을 살아간다.

우리 마을의 순회도서관에는 여러 권으로 묶인《리틀 리딩(Little Reading)》이라는 제목의 책이 있다. 처음에 나는 그것이 생전 들어 보지 못한 어느 마을의 이름쯤 되는 줄 알았다. 그러나 세상에는 이런 책을 찾아 읽는 사람도 있는 법이다. 고기와 채소로 잔뜩 배를 불린 후에도, 여전히 아무거나 먹어 치워 소화시키는 가마우지나 타조와 다를 바가 없다 하겠다. 그들은 무엇이든지 버리는 것이 아까울 뿐이다. 그러니 여물이나 다름없는 이런 책을 만들어 내는 사람이 있다면, 그들은 그 여물을 읽어 치우는 기계라 하겠다.

그들은 제블론(Zebulon)과 세프로니아(Sephronia)에 관한 어떤 소설을 구천 번째 읽으며, 두 연인이 세상 누구도 경험해 보지 못한 깊은 사랑을 나누었으나 그 과정은 결코 순탄하지 않았다느니, 어쨌거나 잘 나가다 장애를 만나 비틀거리게 되지만 다시 일어나 앞으로 나아갔다느니 하며 법석을 떤다. 또는 어떤 가엾고 운 나쁜 남자가 교회의 첨탑에 올라간 이야기를 읽으며, 그가 애초에 거기에 올라가지 말았어야 했다고 한탄을 한다. 그러면 신이 난 소설가는 종을 울려 온 세상 사람이 첨탑 아래 모이게 하고는 "이런 세상에! 그가 어떻게 내려왔나 들어보세요!"라고 이야기한다.

오래전 인간이 영웅의 존재를 하늘의 별자리로 은유했듯이, 오늘날 소설이라는 왕국에 등장하는 영웅을 열망하는 주인공들은 인간 풍향계로 변신시켜 녹슬 때까지 제자리에서 빙글빙글 돌게 만들면 어떨까 싶다. 그러면 지상으로 내려와 못된 장난으로 정직한 인간을 괴롭히는 일이 더는 없지 않겠는가. 다음번에 그 소설가가 종을 친다면, 나는 마을회관이 다 불타 없어진다 하더라도 미동조차 하지 않을 작정이다.

"《티틀 톨 탄(Tittle-Tol-Tan)》의 유명 작가가 쓴 중세를 배경으로 하는 로맨스 소설《살금살금 폴짝 뛰어넘기(The Skip of the Tip-Toe-Hop)》가 매달 연재 형식으로 발간될 예정입니다! 주문이 폭주하고 있어 혼잡이 예상되오니, 서둘러 주십시오."

사람들은 이런 문구가 적힌 책이라면 눈에 불을 켜고 앉아 바짝 긴장한 채 원시적인 호기심을 가지고 읽어 내려간다. 그들의 모래주머니는 지치지도 않기에 그 주름을 예리하게 다듬을 필요도 없다.* 이들의 행위가 네 살짜리 어린아이가 벤치에 자리 잡고 앉아, 2센트를 주고 산 금박 표지의 《신데렐라》를 열심히 읽는 것이나 무엇이 다르겠는가. 내가 보기에 사람들이 이런 책을 아무리 읽어 봐야 발음이나 어투, 강조하는 기법 등에 아무런 발전을 이루지 못할 뿐 아니라, 교훈을 끌어내거나 끼워 넣는 등의 기술도 연마할 수 없다. 결과적으로 시력도 안 좋아지고 순환계에도 문제가 생기며, 지적 능력도 전반적으로 위축되거나 아예 붕괴되어 버린다. 이런 종류의 생강빵은 순수한 밀이나 옥수수로 만든 빵보다 매일 모든 집의 오븐에서 더 많이 구워지고 있을 뿐 아니라, 슈퍼마켓에도 널려 있는 실정이다.

요즘에는 훌륭한 독자로 일컬어지는 사람조차 좋은 책을 읽지 않는다. 그렇다면 이곳 콩코드의 문화 수준은 어느 정도나 될까? 이 마을에는 극히 예외적인 경우를 제외하고는 누구나 읽고 철자까지 댈 수 있는 언어인, 영어로 쓴 문학 중에서 가장 뛰어나거나 그에 못지않은 작품을 찾아 읽는 사람이 거의 없다. 비단 이곳만의 문제는 아니겠지만, 어쨌든 이 고장에서는 대학을 나온 사람도, 또 소위 배웠다는 사람들도 영문학의 고전에 대해 거의, 또는 전혀 아는 바가 없다. 인류의 기록된 지혜라 할 수 있는 고전과 여러 경전은, 그에 대해 알고자 하는 사람

---

* 새의 소화 기관인 모래주머니에 비유한 표현이다. 모래주머니는 주름이 있어 씨앗 등을 모래나 돌과 함께 부수는 역할을 한다.

이라면 누구라도 쉽게 접근할 수 있다. 그럼에도 이런 작품을 알아 가고자 하는 노력은 참으로 미약하기만 하다.

내가 아는 한 중년의 나무꾼은 프랑스어 신문을 구독해 본다. 그러면서 뉴스 때문이 아니라(그의 말대로라면 자신은 그런 것을 초월했다고 한다), 자기가 캐나다 출생이므로 "프랑스어를 계속 익히기 위해서"라고 말한다. 내가 그에게 당신이 이 세상에서 할 수 있는 최고의 일이 무엇이겠느냐고 묻자, 그는 프랑스어 외에도 영어를 계속 공부해 실력을 키우고 싶다고 대답했다. 이것이 바로 대학 교육을 받은 사람이 일반적으로 하거나, 하기를 열망하는 일이다. 그들은 오직 그 목적을 위해 영어 신문을 구독한다.

누군가 어쩌면 영문학 중 최고의 작품이라 할 만한 책을 지금 막 읽었다고 해 보자. 그는 읽은 책에 관해 대화를 나눌 만한 동료나 지인을 몇이나 찾을 수 있을까? 혹은 일자무식인 사람들까지도 그 찬사를 들어본 적이 있는 그리스나 라틴 고전을 원어로 읽었다고 해 보자. 보나마나 그도 작품에 관해 토론할 만한 사람을 찾지 못해, 그저 입을 꾹 다물고 있어야 할 것이다. 실은 이 나라의 대학 교수들 중에는, 그리스어를 배우는 어려움을 극복했다 하더라도, 그리스 시인의 기지와 어려운 시에 통달한 후, 그 지식을 신중하고 영웅적인 독자에게 나눠 줄 만큼 너그러운 사람은 거의 없다. 인류의 성서라 할 만한 신성한 경전에 관해서도 별로 다르지 않다. 이 마을의 어느 누가 그런 책의 제목이라도 내게 댈 수 있겠는가? 대부분의 사람은 경전이라면 전 세계에 유대 경전 하나만 있다고 생각한다.

누군가에게 저쪽으로 돌아가 1달러짜리 은화를 주울 수 있다고 말해 준다면, 그 이야기를 들은 사람들은 아무리 먼 길이라도 마다 않고 돌아갈 것이다. 그러나 여기, 고대의 가장 현명한 이가 말하고 그 후 모든 시대의 현명한 이들이 그 가치를 단언해 온 황금의 말이 있음에도, 우리는 학교에서 초급 독본이나 교과서 같은 쉬운 책만 배우고, 학교를 졸업하고 나면 청소년이나 초보자용인《리틀 리딩》이나 여타의 이야기책만 뒤적거린다. 때문에 우리의 독서와 대화와 사고는 소인족이나 난쟁이의 키만큼이나 수준이 낮다.

나는 콩코드의 토양이 배출해 낸 사람들보다 훨씬 현명한 이들과 친분을 쌓아 가길 열망한다. 그들의 이름이 이곳에는 거의 알려져 있지 않다 해도 상관없다. 설마 내가 플라톤의 이름을 들어봤으면서도, 그의 책은 읽어 보지도 않은 것이 아닐까? 만에 하나라도 그렇다면 나는 플라톤이 우리 마을 사람인데도 그를 한 번도 만나 보지 않았거나, 그가 바로 옆집에 사는데도, 그의 말소리를 들어보지 못했다거나, 혹은 그의 말이 전하는 지혜에 전혀 귀를 기울이지 않았다는 말이나 같다. 그런데도 실상은 어떠한가? 영원불멸의 지혜를 담은 플라톤의《대화편

(Dialogues)》이 바로 옆 선반에 놓여 있음에도, 나는 그 책을 거의 들춰 보지도 않는다.

우리는 그저 천박하고 비루하며 무지한 삶을 살아간다. 그 점에 있어서는 글을 전혀 읽지 못하는 마을 사람의 무지함과, 어린애들이나 지능이 낮은 사람이 읽을 만한 책만 찾아 읽는 사람의 무지함 사이에 별 차이가 없다고 생각한다. 우리는 고대의 위인들만큼이나 훌륭해져야겠지만, 그러려면 그들이 얼마나 훌륭했는지부터 먼저 알아야 하지 않겠는가. 우리는 박샛과-인간* 종족**이라서, 지적으로 일간신문의 칼럼 이상은 날아오르지 못한다.

모든 책이 다 그 책을 읽는 사람들만큼 따분하지는 않다. 세상에는 우리의 상황을 정확히 표현하는 말이 있을지도 모른다. 만약 우리가 그 말을 경청하고 이해한다면, 아침이나 봄보다 우리의 삶에 더욱 유익하게 작용할 테고, 사물의 새로운 측면을 우리에게 보여 줄 수도 있을 터다. 세상에는 한 권의 책에 감명받아 삶의 새로운 국면을 맞이하게 된 사람이 수도 없이 많다. 인간이 이루어 낸 기적을 설명해 주고 새로운 기적을 드러내 보여 줄 책이 우리를 위해 존재할지도 모른다. 지금은 말

---

* 'Tit-men'에서 'tit'은 'titlark(논종다리)'나 'titmouse(박샛과의 새)'에서처럼 '작은'이라는 의미다.(원주)
** 지적으로 성장하지 못한 상태임을 나타내고자 쓴 표현이다.

로 표현할 수 없는 것이 어딘가에는 표현되어 있을지도 모른다. 우리를 불안하게 하고, 당혹하게 하고, 또 혼란스럽게 하는 질문은 지금껏 한 명도 빠짐없이 모든 현명한 이에게도 던져졌다. 그리고 모두가 각자의 능력에 따라, 글과 삶으로 그 질문에 답을 해 왔다.

콩코드 교외의 한 농장에서 인부로 일하는 어느 고독한 농부는 그것이 사실이 아니라고 생각할지도 모른다. 그는 특이한 종교적 체험을 통해 다시 태어난 사람이므로, 인간은 신앙이 이끄는 대로 엄숙한 침묵을 수행하며 배타적인 삶을 살아야 한다고 믿는다. 그러나 수천 년 전에, 조로아스터* 역시 같은 길을 걸었고, 같은 체험을 했다. 그는 현명해서 그 경험이 보편적인 것임을 깨닫고, 깨달음에 따라 이웃을 대했으며, 심지어는 종교를 창시하고 확립하기까지 했다고 한다. 그 농부가 겸허한 자세로 조로아스터 그리고 예수 그리스도와 이야기 나누게 하자. 모든 위인의 너그러운 마음에 영향받아 '우리 교회'를 넘어서게 하자.

우리는 19세기를 살아가고 있으며, 어느 나라보다도 빠르게 발전해 간다는 사실을 자랑스러워한다. 그러나 우리 마을이 그 문화 발전을 위해서는 거의 하는 일이 없다는 사실을 생각해

---

* 페르시아의 종교적 스승이다.(원주)

보자. 나는 마을 사람의 기분을 맞춰 주고 싶은 생각도, 그들에게 아첨받고 싶은 생각도 없다. 그래 봐야 서로 아무런 발전도 이루지 못할 게 뻔하기 때문이다. 우리는 자극받아야 한다. 황소처럼 매를 맞고서라도 빠르게 앞으로 나가야 한다.

우리는 어린아이를 위한 초등교육 제도는 비교적 잘 운영하고 있다. 그러나 겨울철에는 절반도 차지 않는 문화 강좌나 최근에 주정부의 제안으로 생긴 보잘것없는 도서관을 제외하고는 성인을 위한 교육 시설이라고는 전혀 없다. 또한 우리는 정신적인 자양분보다 육체적인 자양분을 보충하거나 통증을 치료하는 데 더 많은 돈을 쓴다. 하지만 어른이 되었다고 해서 스스로를 교육시키는 일을 그만두게 해서는 안 된다. 마을이 대학이 되어야 하고, 나이 든 주민은 대학의 선임 연구원이 되어 여유롭게(만약 그들이 정말로 유복한 상황이라면) 평생 교양을 쌓아 갈 수 있게 해 줄 때가 된 것이다.

세계의 대학이 파리 대학 하나와 옥스퍼드 대학 하나에만 국한될 필요가 있을까? 학생들이 마을에서 기거하며 콩코드의 하늘 아래 교양과목을 공부할 수도 있지 않을까? 아벨라르* 같은 학자에게 강의를 의뢰할 수도 있지 않을까? 안타깝게도 우리는 가축을 돌보거나 가게를 지켜야 한다는 구실로 너무 오랫동안

---

* 소르본 대학의 실질적인 창시자로 알려진 프랑스의 신학자 겸 철학자다.

학교를 멀리해 왔다. 그러니 슬프게도 교육이 등한시될 수밖에 없었다.

이 나라에서 마을은 어찌 보면 유럽의 귀족이 하는 역할을 대신해야만 한다. 예술의 후견인이 되어야 한다는 뜻이다. 재력은 충분치 않은가. 그러니 아량과 교양만 갖추면 된다. 마을은 농부나 상인이 가치 있다 하는 일에는 많은 재정을 쓰지만, 좀 더 지적인 사람들이 훨씬 가치 있다고 여기는 곳에 돈을 쓰자고 제안하면 너무 이상적인 얘기라고 일축해 버린다. 이 마을은 운이 좋아서인지 정치 덕분인지는 모르겠지만, 마을회관을 짓는 데 1만 7,000달러의 돈을 쏟아부었다. 그렇지만 그 마을회관이라는 껍질 안에 집어넣을 진짜 알맹이, 즉 '살아 있는 지혜'를 쌓아 올리는 데는 앞으로 백 년이 지난다고 해도 그만큼의 돈을 들이지는 않을 것이다. 매년 겨울철 문화 강좌를 유지해 가기 위해 출자하는 125달러의 기금이 마을에서 거둬들이는 같은 금액의 그 어떤 기금보다 가치 있게 쓰인다.

왜 우리는 19세기를 살아가면서도 19세기가 제공하는 이점을 즐기려 하지 않을까? 우리의 삶이 이토록 편협할 필요가 있을까? 기왕 신문을 읽을 바에야 보스턴의 한담이나 다루는 종류들은 치워 두고 세계에서 가장 훌륭한 신문을 직접 받아 보면 어떨까? 뉴잉글랜드의 아무 가치 없는 '중립적인 가정'용 신문을 젖 먹듯 빨아 먹거나,《올리브 가지(Olive Branches)》*를 풀

뜯듯 뜯어 먹지는 말자. 모든 박식한 학회의 보고서가 우리에게 오도록 해서, 그들이 무엇을 알고 있는지 살펴보자.

우리가 읽을 책을 왜 하퍼&브라더스 출판사나 레딩 앤드 컴퍼니 서점이 고르도록 내버려 두려 하는가? 세련된 취향의 귀족이 자신의 교양을 쌓는 데 도움이 되는 온갖 것, 즉 재능, 학문, 기지, 책, 그림, 조각, 음악, 철학적 도구 등을 그러모으듯이 우리 마을도 그렇게 하자. 청교도 조상들이 처음 이곳에 도착해 황량한 바위 위에서 추운 겨울을 나며 한 명의 교육자, 한 명의 목사, 한 명의 교회지기, 하나의 교구 도서관, 세 명의 마을 행정위원만을 두었다고 해서, 우리도 그렇게 해야 할 필요는 없지 않은가. 게다가 단체로 행동하는 것이 우리의 제도 정신에도 잘 맞는다. 사실 우리의 형편이 유럽의 귀족들보다 훨씬 번성하고 있기에, 나는 우리의 재산도 그들보다 많으리라 확신한다.

그러니 뉴잉글랜드에서 세계의 현인들을 초빙해 우리를 가르치게 하고, 그동안 마을에서 돌아가며 그들에게 숙식을 제공한다면, 우리 지역은 지방의 한계를 벗어날 수 있다. 그것이 바로 우리가 바라는 성인을 위한 학교다. 우리가 귀족 대신에, 고귀한 사람들이 사는 마을을 건설하게 하자. 필요하다면 강에

---

* 보스턴에서 발간되던 주간지로 토머스 F. 노리스(Thomas F. Norris) 목사가 편집장을 맡고 있었다.(원주)

다리 하나를 덜 놓고 조금 멀리 돌아가는 한이 있더라도, 우리를 에워싼 무지의 검은 심연을 건너게 해 줄 구름다리 하나라도 놓아 보자.

소리

그러나 아무리 엄선해서 고른 고전이라 할지라도 우리가 늘 책만 끼고 산다면, 그리고 그 역시도 하나의 방언이며 지방어에 지나지 않는 특정 언어로 쓰인 책만 읽는다면, 우리는 모든 사물과 사건을 비유 없이 표현하고, 그 자체만으로도 풍부하고 표준이 되는 어떤 언어를 잊어버릴 위험이 있다. 그 언어로 표현되는 것은 많이 발표되기는 하지만 거의 인쇄되지는 않는다. 덧문을 없애 버리면 덧문 사이로 비춰 들던 햇살의 기억도 함께 사라지는 법이다.

늘 방심하지 않는 태도를 연마하는 것만큼 좋은 방법이나 훈련은 세상 어디에도 없다. 반드시 봐야 할 것을 늘 눈여겨보는 훈련을 하라. 제아무리 잘 선택한 역사, 철학, 시 강의도, 혹은 뛰어난 사회나 동경할 만한 삶의 방식도 그것을 대신할 수 없다. 단순한 독자나 학생이 되는 대신 '보는 이'가 되어야 한다. 운명을 읽고 앞에 놓인 것을 바라본 후, 미래로 걸어 들어가 보자.

　숲에서 지낸 첫 여름에 나는 책을 읽지 못했다. 콩밭에 김을 매야 했기 때문이다. 아니, 그보다 나은 일을 할 때도 많았다. 손으로 하든 머리로 하든, 그 어떤 일을 하더라도 활짝 피어난 현재라는 시간을 희생하고 싶지 않은 순간들이 있었다. 나는 삶에 넓은 여백을 두고 싶다. 따라서 가끔은 여름 아침의 일상이 된 목욕을 하고, 햇살이 잘 드는 문간에 앉아 해 뜰 무렵부터 정오까지 몽상에 빠져 있곤 했다. 소나무와 호두나무와 옻나무 사이에서 방해하는 이 없는 고독과 정적 속에 앉아 있었다. 새들은 집 주변에서 노래 부르거나, 집 안팎을 소리 없이 날아다녔다. 그렇게 해는 서쪽 창가로 기울어 갔고, 멀리 대로를 지나는 여행자의 마차 소리가 들려오면, 그제야 나는 시간이 한참 흘러갔음을 깨닫곤 했다. 그런 계절이면 나는 밤새 쑥쑥 자라는 옥수수처럼 영글어 갔다. 그리고 그런 시간은 몸으로 하는 어떤 노동보다도 소중했다. 수당으로 치자면 기본급에서 공제된 것이 아니라, 원래 지급되는 수당을 훨씬 웃도는 특별 수당 같았다. 덕분에 나는 동양 사람이 일을 포기하고 명상에 잠기는 이유가 무엇인지 깨달았다.

　대체로 나는 시간이 어떻게 흘러가는지는 신경 쓰지 않았다.

낮 시간은 마치 내 일손을 덜어 주기라도 하듯 흘러갔다. 아침이구나 싶으면, 어느새 저녁이었다. 그렇다고 딱히 해 놓은 일도 없었다. 새처럼 노래 부르는 대신, 나는 끊임없이 밀려드는 내 행운에 조용히 미소 지었다. 참새가 문 앞의 호두나무에 앉아 지저귈 때면, 나는 빙그레 웃음 지었다. 아니, 새가 내 보금자리에서 흘러나오는 소리를 들을까 봐 억지로 웃음을 참았다고 해야 옳을지도 모르겠다.

내 하루하루는 이교도 신의 이름이 붙은 일주일의 요일*이 아니었고, 시간이라는 단위로 나뉘어 시계의 째깍거리는 소리에 조바심 내는 그런 나날도 아니었다. 나는 푸리족 인디언처럼 살았다. 그들에 관해서는 이런 이야기가 전해진다.

하나의 단어로 어제와 오늘과 내일을 말하면서, 어제를 말할 때는 뒤쪽을 가리키고 내일은 앞쪽, 그리고 지금 지나가는 날, 즉 오늘은 머리 위쪽을 가리키는 방식으로 그 의미의 차이를 나타낸다.**

---

* 화요일은 전쟁의 신 'Tyr'의 날이라 하여 'Tuesday', 수요일은 게르만 신화 속 최고의 신인 'Wodan'의 날이라 하여 'Wednesday'라고 하는 등의 요일 이름 기원을 말한다.
** 이다 페이퍼(Ida Pfeiffer), 《어느 숙녀의 세계 일주(A Lady's Voyage Round the World)》 중에서. 푸리족 인디언은 브라질 동부에 살고 있다.(원주)

이웃 사람들의 눈에 이런 내 삶은 몹시도 게을러 보였으리라. 그러나 새와 꽃이 그들의 기준으로 나를 평가했다면, 내 삶도 결코 부족해 보이지 않았을 터다. 인간이 자신의 내부에서 삶의 동기를 찾아야 한다는 점은 불변의 진리다. 자연의 나날은 매우 평온하여, 인간의 게으름을 꾸짖는 법이 없다.

그래도 사교계나 극장에서 즐거움을 찾는 사람들과 비교해 봤을 때, 내 삶의 방식에는 적어도 한 가지 이점이 있었다. 인생 자체가 내게는 즐거움이었고, 인생도 스스로 새로워지기를 멈춘 적이 없다는 점이었다. 그것은 수많은 장면으로 구성되어 끝없이 이어지는 한 편의 드라마와도 같았다. 지금껏 배워 왔던 마지막이자 최선의 방식으로 한결같이 삶을 살아가고 꾸려 간다면, 어찌 잠시라도 권태로울 새가 있겠는가. 타고난 능력을 충실히 따라 산다면, 우리는 매시간 새로운 전망을 보게 될 터다.

내게는 집안일도 유쾌한 놀이였다. 마룻바닥이 더럽다 싶으면, 일찍 일어나 가구를 문밖 잔디 위로 모두 들어냈다. 침대와 침대 틀은 한꺼번에 옮겼다. 그리고는 마루에 물을 끼얹고 호수에서 퍼 온 하얀 모래를 그 위에 뿌린 다음, 바닥이 깨끗하고 하얗게 될 때까지 빗자루로 북북 문질렀다. 그리하여 마을 사람들이 아침을 다 먹을 때쯤이면, 집 안은 이미 충분히 말라 얼마든지 안으로 들어가 방해받지 않고 명상을 할 수 있었다.

집 안 가구가 마치 집시의 짐 꾸러미처럼 작은 무더기로 전부 풀밭에 나 앉아 있는 모습을 보면 기분이 좋았다. 위에 올려 놓은 책과 펜과 잉크도 치우지 않은 채 밖으로 내다 놓은, 다리 가 세 개 달린 탁자가 소나무와 호두나무 사이에 서 있는 모습 도 보기 좋았다. 가구들도 밖에 나오니 좋은 모양이었다. 안으 로 다시 들어가고 싶지 않은 듯 보였다. 때로 나는 그 위에 차양 을 치고 그늘 아래 앉고 싶은 유혹을 느꼈다. 가구 위로 태양이 내리 비치는 모습을 바라보거나 그 사이로 바람이 지나가는 소 리를 듣는 것도 가치 있게 느껴졌다.

집 안에서 친숙해진 물건도 밖에 내놓으면 색다르게 보이 는 법이다. 옆에 있는 나뭇가지에는 새 한 마리가 앉아 있고, 탁 자 밑에서는 쑥이 자라고 있으며, 검은딸기 넝쿨이 탁자 다리 를 감아 돈다. 솔방울, 가시 돋친 밤송이 껍질, 딸기 잎사귀 등 도 여기저기 흩어져 있다. 마치 그 형상들이 탁자나 의자나 침 대 틀에 새겨진 듯 보이기도 한다. 생각해 보면 가구도 한때는 이들 가운데 있던 나무 아니던가.

내 집은 커다란 숲이 막 끝나는 지점인 언덕 기슭에 자리 잡 고 있었고, 송진을 채취할 수 있는 소나무와 호두나무로 구성 된 어린 숲으로 둘러싸여 있었다. 집에서 호수까지 가는 길은 언덕을 내려가는 좁은 오솔길이었고, 거리는 30미터 정도 되었 다. 집 앞 뜰에는 딸기, 검은딸기, 쑥, 물레나물, 메역취, 떡갈나 무 관목, 모래벚나무(Cerasus pumila), 월귤나무, 땅콩 등이 자랐다. 5월 말이 가까워 오면, 벚나무의 짧은 줄기 주위에는 우산 모양의 섬세한 꽃들이 원통형으로 흐드러지게 피어 오솔길 양쪽을 장식했다. 또 가을이 되면 그 줄기에 굵직하고 보기 좋은 버찌가 주렁주렁 달려 나뭇가지가 그 무게를 이기지 못해 사방으로 화환처럼 둥글게 휘어졌다. 사실 맛은 그다지 좋지 않았지만, 나는 자연에 바치는 헌사로 그 열매를 맛보곤 했다.

옻나무(Rhus glabra)도 내가 만들어 놓은 둑 높이를 넘어 집 주변으로 무성하게 자라났다. 첫 계절에만 벌써 1.5미터를 훌쩍 넘어 2미터에 육박할 정도로 키가 컸다. 넓은 깃털 모양의 열대성 잎사귀는 낯선 모양이기는 해도 보고 있으면 기분이 좋았다. 늦은 봄 그 커다란 새순은 죽은 듯 보이던 마른 줄기에서 불쑥 돋아나더니, 우아한 초록빛의 부드러운 가지로 마법처럼 자라났다. 가지의 직경이 2.5센티미터는 돼 보였다. 그렇게 막무가내로 자라 연약한 관절에 부담을 지운 까닭인지, 가끔 창가에 앉아 있으면, 싱싱하고 여린 가지가 갑자기 꺾여 부채처럼 땅에 떨어지는 소리가 들리곤 했다. 바람 한 점 불지 않아도 그 자체의 무게를 견디지 못한 까닭이었다. 8월이 되면, 그동안 꽃을 활짝 피워 수많은 야생벌의 공격을 받아야 했던 커다란 딸기 덩굴이 점차 밝은 우단 같은 진홍색을 띠기 시작했다. 그리고 무거워진 딸기의 무게 탓에 그 부드러운 가지가 부러지곤 했다.

여름날 오후, 창가에 앉아 있노라면 매 몇 마리가 내 개간지 위를 빙빙 돌아다니는 모습을 볼 수 있다. 멧비둘기는 두세 마리씩 짝을 지어 질주하듯이 내 시야를 가로질러 날아가거나, 집 뒤편 스트로브잣나무 가지에 조바심 내며 앉아서 허공에 대고 소리를 지른다. 물수리 한 마리가 거울 같은 호수 표면에 잔물결을 일으키며 물고기 하나를 잡아채 하늘로 솟구치는 모습도 보인다. 밍크는 집 앞에 있는 늪에서 살금살금 기어 나와, 물가에서 개구리를 잡고, 사초는 이리저리 옮겨 앉는 쌀먹이새의 무게에 눌려 휘어진다. 그리고 나는 30분 동안, 보스턴에서 시골로 여행객을 실어 나르는 기차의 덜컹이는 소리를 듣고 있는 중이다. 그것은 한순간 잠잠해졌다가, 얼마 후면 자고새의 심장 소리처럼 되살아나곤 했다.

그러니 나는 일전에 들은 어느 사연 속의 소년만큼 세상과 단절돼 살아가는 것은 아니었다. 그 아이는 우리 마을 동쪽에 있는 한 농장의 일꾼으로 보내졌으나 얼마 지나지 않아 도망쳐서 초라한 몰골로 향수병까지 걸린 채 집으로 다시 돌아갔다고 한다. 그러면서 그곳처럼 따분하고 외진 장소는 본 적이 없다고 말했다는 것이다. 사람들은 모두 떠나고, 기적 소리조차도 들을 수 없었다 한다. 나는 지금도 매사추세츠에 그런 장소가 있다는 사실이 믿기지 않는다.

실은 우리 마을이

철로 위를 쏜살같이 지나는 기차의 종착지가 되었다네

평화로운 들판 위로 그 달래는 듯한 소리가 들려온다

—콩코드*

피치버그 철로는 내 집에서 남쪽으로 약 550미터 떨어진 지점에서 호수를 끼고 달린다. 마을에 갈 때면 나는 보통 철로가 놓인 그 둑길을 따라간다. 그러니 어찌 보면 철로가 나를 사회와 연결시켜 준다고도 하겠다. 화물열차를 타고 그 철도 노선의 양끝을 왕복하는 사람들은 마치 오랜 지인이라도 본 듯이 내게 인사를 한다. 하도 자주 철로 변에서 목격한 덕에, 내가 철로 회사 직원인 줄 아는 것이다. 그런데 어찌 보면 정말 그렇다고도 하겠다. 나도 지구 궤도의 어딘가에서 그 궤도를 수리하라고 한다면 기꺼이 그리할 테니 말이다.

기관차의 기적 소리**는 여름, 겨울 가리지 않고 마치 어느 농

* 윌리엄 엘러리 채닝(William Ellery Channing),《산지기와 그 밖의 다른 시(The Woodman and Other Poems)》에 실린 〈월든의 봄(Walden Spring)〉 중에서.(원주)

** 오늘날 기차역에서 들려오는 기적 소리가 컨트리 음악의 후렴구와 마찬가지로 과거의 기묘한 메아리처럼 들린다는 사실은 얼마나 오랜 세월이 흘렀는가를 보여 주는 신호라 할 만하다. 더불어 오늘날 대부분의 환경운동가가 기차의 시끄러운 소리를 혐오하는 것이 아니라, 오히려 그 귀환을 환영한다는 점도 마찬가지다.(원주)

부의 안뜰 위를 나는 매의 울음소리처럼 내가 사는 숲을 관통해 들어온다. 그 소리는 부산한 도시 상인이 마을의 경계 안으로 도착하고 있음을 알리는 소리이고, 또 그 반대편에서 울리는 기적은 용감한 시골 장사꾼의 도착을 알려 오는 소리다. 둘이 한 지평선 아래로 가까워지는 동안, 양쪽의 기차는 서로를 향해 길을 비키라고 경고의 기적을 울려 대고, 때로 그 소리는 마을 안쪽까지 울려 퍼진다.

"자, 여기 식료품이 왔소이다, 시골 양반. 댁들 먹을 식량이 왔어요!" 농사를 짓는 사람들 중에서도 이런 외침을 듣고, "그런 거 필요 없소"라고 소리칠 만큼 자급자족하는 사람은 거의 없다. 그러니 시골 사람을 신고 온 기차는 "자, 여기 물건 값 받으시오"라고 기적을 울린다. 기차는 파성퇴*처럼 생긴 긴 목재와 성벽 안에 사는 지치고 무거운 짐을 진 백성 모두가 앉기에도 충분한 의자를 신고 도시의 성벽을 향해 시속 30킬로미터의 속력으로 달려간다. 그처럼 커다란 나무를 베에 내는 예의를 보이면서 시골은 도시에 의자를 건네준다. 토종 월귤나무로 가득하던 언덕은 모두 발가벗겨지고, 초원에 사방 널려 있던 덩굴 월귤도 갈퀴에 긁혀 전부 도시로 보내진다. 목화는 도시로 올라가고, 옷감은 시골로 내려간다. 견직물이 올라가면 모직물

---

* 과거 전투에서 성벽을 두들겨 부수는 데 사용했던 나무 기둥같이 생긴 큰 목재다.

이 내려온다. 또한 책은 도시로 올라가지만, 책을 쓰는 저자는 시골로 내려간다.

차량을 여러 칸 매달고 마치 행성처럼 움직이는 기관차—아니, 보는 사람은 그 기차의 궤도가 순환곡선으로 보이지 않으니, 그 속력과 방향으로 달려서 기차가 다시 태양계로 돌아올지 알 수 없기에 혜성처럼 움직인다고 하는 것이 나을지도 모르겠다—가 증기 구름을 깃발처럼 휘날리며 뒤쪽 하늘에 황금빛과 은빛의 화환을 남길 때, 그래서 수많은 솜털 구름이 태양 쪽으로 환히 펼쳐지듯 보일 때, 마치 방랑 중인 구름의 신인 반신반인이 머지않아 해 지는 하늘을 자기의 제복으로 만들듯이 보일 때면, 그리고 이 철마가 콧김을 천둥처럼 내뿜어 산에 메아리를 울리고 발굽으로 대지를 뒤흔들고 콧구멍으로 불과 연기를 내뿜는 것을 볼 때면, 나는 지구가 마침내 그 위에서 살아도 좋을 가치가 있는 종족을 만나게 됐다는 생각이 든다(새로운 신화 속에는 어떤 날개 달린 말과 불을 내뿜는 용이 등장하게 될지는 나도 모르겠다).

모든 것이 보이는 그대로이고, 인간이 고귀한 목적을 위하여 자연의 힘을 부리는 것이라면 얼마나 좋을까! 기관차 위로 뿜어 나오는 구름이, 영웅적인 행위를 하며 흘리는 땀이라면, 혹은 농부의 들판 위에 떠 있는 구름처럼 자비로운 것이라면, 자연의 힘과 자연 그 자체도 기쁘게 인간의 사명에 동참해 그것을 수행해 나가지 않겠는가.

아침 열차가 지나는 모습을 나는 일출을 바라볼 때와 마찬가지의 심정으로 바라본다. 해 뜨는 시간만큼 규칙적인 것도 없으니 말이다. 기차가 보스턴으로 향하는 동안 연기의 구름은 뒤에 길게 늘어지면서 점점 더 높이 하늘로 올라가, 마치 천상의 기차처럼 잠시 태양을 가리고 멀리 있는 내 밭에 그림자를 드리운다. 그에 비하면 지상에 바짝 붙어 달리는 기차는 창촉의 미늘에 지나지 않으리라.

철마의 마부는 말을 먹이고 안장을 채우고자 이 겨울 아침에도 산중에 사위어 가는 별빛을 보며 일찍이 일어난다. 철마에 생명의 열기를 불어넣어 출발 준비를 시키려는 목적으로 불 역시 일찍 지펴진다. 아침 일찍 시작되는 이 일이 그만큼 순박하기도 하다면 얼마나 좋겠는가! 눈이 깊이 쌓인 날이면, 마부는 철마에 눈 신을 신기고 거대한 쟁기로 산에서 해안까지 고랑을 판다. 그러면 열차 칸들은 말을 뒤따르는 파종기처럼 씨앗 대신에 분주한 인간과 이리저리 떠도는 상품을 시골 마을에 뿌려 준다. 이 화마(火馬)는 온종일 전국을 날아다니고, 오직 주인을 쉬게 할 때만 잠시 멈출 뿐이다.

나는 이 화마가 숲속의 어느 외진 골짜기에서 얼음과 눈으로 무장한 자연의 힘과 대결하느라 발굽 소리를 높이고 반항적인 콧김을 내뿜는 소리에 한밤중 잠에서 깨어날 때가 있다. 그런 날이면 화마는 새벽 별이 뜰 때 마구간에 돌아가서 잠은커녕 잠시 쉬지도 못하고 다시 하루의 여정에 오른다. 때때로 저녁나절 우연히 화마가 마구간에서 그날 쓰고 남은 힘을 발산하는 소리를 듣기도 하는데, 그것은 단 몇 시간이라도 잠을 자면서 신경을 안정시키고, 간과 뇌를 차게 식히려는 의도인 듯하다. 오랜 시간 지칠 새도 없이 계속되는 이 일이, 역시 그만큼 영웅적이고 당당하기도 하면 얼마나 좋겠는가!

한때는 낮에도 사냥꾼이 겨우 드나들던 마을 변두리의 인적 드문 숲속을 기차가 객실에 환히 불을 밝힌 채, 타고 있는 승객도 모르는 사이 칠흑 같은 밤을 뚫고 깊숙이 달려간다. 그러다 어느 순간, 인파가 붐비는 마을이나 도시에 있는 밝은 역사에 멈추는가 하면 다음 순간에는 디즈멀 대습지*를 지나며 부엉이와 여우를 놀라게 한다. 기차의 도착과 출발은 이제 마을의 하루에서 중요한 기준점이 되었다. 기적 소리는 정확한 시간에 규칙적으로 멀리까지 들려 온다. 농부는 그 소리에 시계를 맞추게 되었으니, 잘 정비된 제도 하나가 온 나라를 관리하게 된 셈이다.

철도가 발명된 덕에 사람들의 시간관념도 다소 향상되지 않았을까? 옛날의 역마차 역에서보다 오늘날의 기차역에서 사람

* 버지니아와 노스캐롤라이나에 걸쳐 있는 대규모 습지다.

들이 더 빨리 말하고 생각하지는 않을까?* 기차역의 분위기에는 우리를 열광시키는 무언가가 있다. 때문에 나도 그것이 일구어 낸 여러 기적에 놀라움을 금치 못한다. 평소 나는 이웃 사람 중 몇몇은 철도처럼 빠른 운송 수단으로는 결코 보스턴에 가지 않으리라 확신했었다. 그런데 그들마저도 역의 종이 울리면 그곳에 모습을 드러낸다.

이제는 어떤 일을 '철도식으로' 한다는 말이 유행어가 되었다. 어떤 권력이 자신의 앞길을 방해하지 말라고 여러 번 진지하게 경고할 때는 그 말에 귀를 기울일 필요가 있다. 그러나 기차역에는 사람들이 모여 있어도 누군가 소요 단속 포고문을 읽으려 멈춰 서지도, 군중의 머리 위로 발포를 하지도 않는다. 우리는 결코 옆으로 비켜서지 않는 아트로포스 여신(기관차에 이 이름을 붙여도 좋지 않겠는가) 같은 운명을 만들었다. 우리는 이 화살이 정확히 몇 시 몇 분에 나침반이 가리키는 어느 특정한 지점으로 발사될지 잘 안다. 그러나 기차는 인간사에 관여하지 않고, 아이들은 다른 철로 위를 걸어 학교에 간다. 우리는 기차 덕분에 좀 더 안정적으로 살아간다. 따라서 모두가 윌리엄 텔의 아들이 되도록 훈련받는다. 공중에는 보이지 않는 화살이 그득하다. 당신 자신의 길을 제외한 모든 길이 숙명의 길이다.

---

* 이는 "미디어(매체)가 메시지다"라고 주장했던 마셜 매클루언(Marshall McLuhan)의 초창기 통찰력의 한 버전이다.(원주)

그러니 그 길을 계속 가도록 하라.

내게 상업이 매력적으로 보이는 이유는 그 진취성과 용기 때문이다. 상업은 두 손을 모아 쥐고 주피터에게 기도하지 않는다. 나는 상인들이 나름의 용기와 만족을 품고 장사에 나서 스스로가 생각한 이상으로 많은 일을 해내는 모습을 본다. 어쩌면 의식적으로 해내리라 계획했던 것보다 훨씬 잘 해낼지도 모른다. 나는 부에나비스타 최전선에서 반 시간을 견뎌 낸 영웅적 행위보다, 제설차를 겨울 숙소로 삼아 살아가는 사람들의 꾸준하고 낙천적인 용기에 훨씬 크게 감동받는다. 그들은 나폴레옹이 가장 드문 용기라고 말했던 '새벽 3시의 용기'를 보여 준다. 일찍 잠자리에 들지 않고 눈보라가 잠잠해지거나, 철마의 근육이 얼어붙을 때에만 비로소 잠을 청하는 용기를 보인다는 뜻이다.

폭설이 여전히 맹위를 떨치며 사람들의 피를 얼리는 오늘 아침에도 나는 그들의 기관차에서 울리는 종소리가 얼어붙은 숨결과도 같은 짙은 안개를 뚫고 둔탁하게 퍼져 나오는 것을 듣는다. 그 소리는 기차가 뉴잉글랜드 북동 지역을 집어삼킨 폭설에도 불구하고 오랜 지연 없이 들어오고 있음을 알려 준다. 그러면 온몸에 눈과 서리를 뒤집어쓴 채 우주의 변두리를 차지하고 있는 시에라네바다산맥의 큰 바위들처럼 발토판* 위로 머

* 쟁기의 볏 보습 위에 비스듬히 댄 넓적한 쇠 또는 흙을 미는 불도저의 판을 말한다.

리를 내민 제설 인부들의 모습이 보인다. 발토판은 데이지꽃과 들쥐의 보금자리를 피해 가며 눈을 치운다.

상업은 예상과는 달리 자신감 넘치고 평온하며, 기민하고 모험적이고 지칠 줄 모른다. 또한 여타의 허황한 사업이나 감상적인 실험보다 그 방법 면에서 자연스럽기에 두드러진 성공을 거두었다. 화물열차가 덜컹거리며 옆으로 지나갈 때면, 나는 기분도 상쾌해지고 너그러워진다. 보스턴의 롱워프 부두에서 버몬트 주의 챔플레인 호수까지 그 냄새를 폴폴 날리며 달려가는 화물열차는 외국의 도시와 산호초, 인도양, 열대의 기후, 그리고 광활한 지구를 떠오르게 한다. 내년 여름에 수많은 뉴잉글랜드 사람의 담황색 머리칼을 덮는 모자가 될 종려나무 잎, 마닐라 삼, 코코넛 껍질, 낡은 잡동사니, 마대 자루, 고철, 녹슨 못 등을 보면, 나는 마치 세계의 시민이라도 된 듯한 기분을 느낀다.

화물칸에 실려 가는 헤진 돛들은 곧 종이로 재생되어 인쇄된 책의 형태로 새로이 태어날 테지만, 내 눈에는 지금의 모습이 훨씬 읽기도 쉽고 흥미롭기도 하다. 돛이 겪어 온 폭풍의 역사를 그 찢긴 자국보다 더 생생히 그려 낼 이가 있기는 하겠는가? 이 돛들은 더는 손볼 필요 없이 바로 인쇄가 가능한 교정쇄나 다름없다.

여기, 메인주의 숲에서 베어 낸 통나무가 실려 간다. 지난번 홍수 때 바다로 떠내려가지 않고 남은 것이다. 당시 떠내려가거나 쪼개진 나무가 있기에 목재 값이 1,000달러당 4달러가 올랐다. 소나무, 가문비나무, 삼나무 등의 목재에는 1등급, 2등급, 3등급, 4등급으로 각각 등급이 매겨져 있다. 하지만 얼마 전만 해도 다 같이 곰과 사슴과 순록의 머리 위에서 하나의 등급으로 흔들던 나무들이다. 다음에는 토마스톤 산에서 가져온 최상급 석회가 지나간다. 언덕 사이로 멀리 지나가서야 소석회*로 변할 것이다.

이번에는 색도 질도 각양각색인 누더기 화물이 지나간다. 무명과 아마포가 형편없는 상태까지 닳은 것으로 옷의 마지막 종착지이자 밀워키**가 아니면 아무도 거들떠보지도 않을 문양의 천이기도 하다. 그래도 영국과 프랑스와 미국에서 생산되어 한때는 그 화려한 색조를 뽐내던 날염 천, 깅엄, 모슬린 등이 유행과 빈부에 상관없이 모든 지역에서 수거되어 버렸다. 이는 곧 한 가지 색, 혹은 명암만 달리한 몇 가지 색의 종이로 다시 태어날 테고, 그 종이에 상류층이든 하류층이든 상관없이 모든 진정한 인생 이야기가 사실에 근거해 기록될 터다.

문이 닫힌 칸에서는 뉴잉글랜드의 주요 상업적 냄새라 할 수 있는 절인 생선 내가 풀풀 풍겨 난다. 그랜드뱅크스의 대어장

---

* 생석회에 물을 부어 만들어 낸 분말이다.
** 가난한 독일 이민자들이 몰려 살던 곳으로, 소로의 시대에 급속히 성장하고는 있었지만 유행에는 뒤떨어진 지역이었다.

과 어업을 떠올리게 하는 냄새다. 그 무엇으로도 결코 썩게 만들 수 없게 이 세상을 위해 철저하게 보존된, 그리하여 수양에 매진하는 성인조차도 얼굴을 붉히게 만드는 소금에 절인 생선을 보지 못한 사람이 있을까? 절인 생선으로 우리는 거리를 쓸거나 포장할 수 있고 불쏘시개를 쪼갤 수도 있다. 마부는 그 뒤에 숨어 태양, 바람, 비로부터 자기 자신과 짐을 보호할 수 있다. 어느 콩코드 상인이 한때 그랬듯이, 가게 개업을 할 때 문옆에 절인 생선을 매달아 간판을 대신할 수도 있다. 그렇게 세월이 흘러가다 보면 언젠가는 가장 오래된 단골손님도 그것이 동물인지 식물인지 광물인지 알아보지 못할 테지만, 그래도 여전히 눈송이처럼 깨끗해서 냄비에 넣고 끓이면, 토요일 저녁에 훌륭한 회갈색 생선 요리를 내놓을 수 있다.

다음은 스페인산 소가죽이다. 꼬리의 모양이 황소가 살아서 스페니시 메인*의 대초원을 마음껏 뛰어다니던 때와 같은 각도로 여전히 휘어져 올라가 있다. 이는 일종의 고집스러움의 전형으로, 타고난 악덕을 바로잡는 일이 얼마나 힘들고 절망적인지 제대로 보여 준다. 솔직히 말해서, 나는 인간의 타고난 성품이 좋은 쪽으로든 나쁜 쪽으로든 간에 시간이 지난다고 해서 조금이라도 바뀌게 되리라 기대하지 않는다. 동양 사람

---

* 남미 북동부 해안 지역이다.

은 "개의 꼬리를 따뜻하게 데워 누른 다음 끈으로 묶어 둘 수는 있다. 그러나 12년 동안 그 일을 반복한다고 해도, 끈을 풀면 꼬리는 늘 그 원래의 형태로 돌아가게 돼 있다"라고 말한다. 이런 꼬리들이 보여 주는 완고함을 효과적으로 치료할 유일한 방법은 꼬리를 아교로 만드는 것이다. 흔히 아교 만드는 데 꼬리를 끓여 쓴다고 하니, 그렇게 하면 붙여 놓은 곳에 그대로 달려 있지 않겠는가.

이번에는 당밀, 혹은 브랜디가 든 커다란 통이 간다. 버몬트 주 커팅스빌에 사는 존 스미스 씨가 받게 될 물건이다. 그는 그린산맥 지대에 사는 상인으로 그의 개간지 근처에서 농사를 짓는 마을 사람들을 위해 물건을 수입한다. 어쩌면 지금은 옥상 출입문 근처에 서서 얼마 전 해안에 도착한 화물이 자신의 물건 가격에 얼마나 영향을 미칠지 생각하고 있을지 모르겠다. 그러면서 아침 이전에만 해도 벌써 스무 번쯤 얘기했던, 다음 기차로 최고의 상품이 도착하게 되리라는 말을 고객들에게 다시 하고 있을 것이다. 그것은 《커팅스빌 타임스(Cuttingsville Times)》에서 광고하는 물건이기도 하다.

이런 물건이 상행선으로 운반되는가 하면, 하행선으로는 또 다른 물건이 배달된다. '쉬익' 소리에 깜짝 놀라 책에서 눈을 들어 보면, 멀리 북쪽 산악 지대에서 베어 낸 키 큰 소나무가 그린산맥과 코네티컷주를 넘어 날아와서는 10분도 안 되어 마을 중

심부를 통과하고, 눈 깜짝할 새 사라져 버린다. 이제 그것은,

어느 거대한 함선의
돛대가 되리라.*

자, 들어 보라! 저기 가축을 실은 열차가 온다. 천 개의 언덕, 양의 우리, 마구간, 그리고 들판에 있는 젖소 우리에서 자라던 가축, 막대를 손에 든 가축 상인, 양 떼 한가운데 있는 목동을 태운 기차가 온다. 산중에 있는 목초지를 제외한 모든 것이 9월 광풍에 산에서 날리는 낙엽처럼 밀려온다. 송아지와 양 울음소리 그리고 황소가 서로 밀치는 소리가 대기를 가득 메우니, 마치 목초지 계곡이 곁을 지나는 듯하다. 선두에 선 양이 목에 달린 방울을 울리면 산은 제가 숫양인 양 뛰어오르고, 작은 산은 제가 어린 양인 양 폴짝거린다. 가축 상인이 탄 열차 한 칸이 기차 중간에 끼어 있다. 이제 그들도 소와 같은 처지다. 아무짝에도 쓸모없는 막대기만 무슨 계급장이라도 되는 듯 하릴없이 꼭 쥐고 앉아 있다.

그런데 가축을 몰던 그들의 개는 다 어디 있을까? 개들에게는 가축이 떼 지어 도망친 것이나 다를 바 없다. 그렇다면 개들

---

* 존 밀턴(John Milton),《실낙원(Paradise Lost)》중에서.(원주)

은 버려진 게 아니고 무엇이겠는가. 냄새를 쫓아야 할 대상도 없다. 피터보로산 뒤에서 개 짖는 소리가 들리는 듯하다. 혹은 그린산맥 서쪽 기슭을 헐떡이며 오르는 소리 같기도 하다. 개들은 가축의 도살 장면을 보게 되지는 않으리라. 허나 그들의 일거리도 이제 사라지고 없다. 그 충성심과 총명함도 표준 이하로 떨어졌다. 개들은 수치심을 느끼며 슬금슬금 집으로 돌아가거나, 그도 아니면 야생으로 돌아가 늑대나 여우와 한데 몰려다닐지도 모르겠다.

이렇게 목장의 삶을 실은 기차가 바람처럼 곁을 스쳐 멀어져간다. 그러나 종이 울리면, 나는 선로에서 벗어나 기차가 지나도록 길을 내 주어야 한다.

내게 철로란 무엇일까?
그것이 어디서 끝나는지
나는 결코 보러 가지 않으리라
철로는 몇몇 골짜기를 메우고
제비를 위해 둑을 쌓으며
모래바람을 휘날리고
검은딸기를 자라게 한다

그러나 나는 숲속에 난 짐수렛길을 건너듯 철로를 건너기에 기차의 연기와 증기와 기적 소리에 눈과 귀가 멀지는 않을 것이다.

이제 기차는 지나가고, 부산하던 세상도 그와 함께 지나가 버렸다. 호수의 물고기도 더는 기차의 덜컹거림을 느끼지 않으리라. 그러니 그 어느 때보다도 외로움이 밀려든다. 남아 있는 기나긴 오후 내내, 나의 명상은 그 무엇에도 방해받지 않는다. 오직 멀리 떨어진 대로를 지나는 마차 한 대나 가축이 끄는 수레가 덜컹이며 지나는 희미한 소리만이 들려올 뿐이다.

가끔 일요일이면 종소리가 들려왔다. 바람이 적당히 불어올 때, 링컨, 액턴, 베드퍼드, 또는 콩코드에서부터 들려오는 그 소리는 희미하고 달콤했으며 그 자체로 야생의 세계 속에 들어설 가치가 있는 자연의 선율처럼 들렸다. 또한 숲 너머로 아주 먼 거리에서 울려오는 까닭에, 지평선으로 보이는 가시 같은 솔잎을 하프의 현처럼 쓸어 가기라도 하는 듯 특별한 진동을 느끼게 한다. 소리가 닿을 수 있는 최대한의 거리에서 들려오는 소리는 모두 우주의 수금에서 울리는 진동처럼 변한다. 그것은 멀리 있는 산등성이가 중간에 머무는 대기로 말미암아 담청색을 띠어 우리의 눈에 더욱 신비로워 보이는 이치와 마찬가지다.

이 종소리의 선율은 공기에 의해 팽팽해지고, 솔잎뿐 아니라 숲의 모든 잎사귀와 이야기를 나눈다. 또한 자연의 힘이 붙잡아 조율한 후 계곡에서 계곡으로 메아리치게 만든다. 어느 정도까지는 메아리도 하나의 독창적인 소리라 할 수 있는데, 그 점이 바로 메아리의 마법 같은 매력일 터다. 메아리는 종소리 중 되울릴 가치가 있는 것만을 반복해 들려줄 뿐 아니라, 부분적으로는 숲의 목소리 그 자체이기도 하다. 즉, 숲속 요정이 똑같이 지저귀는 소리이자 노래다.

저녁나절 숲 너머 먼 지평선에서 들려오는 소의 울음소리는 감미롭고 운율적이다. 처음에 나는 그 소리가 산과 골짜기를 헤매 다니며 가끔씩 내게 세레나데를 불러 주던 어느 음유시인의 목소리가 아닌가 착각했다. 그러나 계속 듣다가 소가 부르는 값싸고 자연적인 음악이라는 사실을 알게 되고는 실망하기는 했지만, 그리 기분이 나쁘지는 않았다. 내가 음유시인의 노래가 소의 노래와 비슷하다고 말한 것은 비꼬자는 의미가 아니라, 오히려 그 젊은이들의 노래에 감사의 마음을 전하려는 것이다. 다시 말해, 둘 다 자연이 내는 하나의 소리라는 뜻이다.

여름철 어느 시기쯤에는 저녁 열차가 지나간 직후인 7시 반만 되면 쏙독새가 문 앞의 나무 그루터기나 대들보에 앉아 반 시간가량 저녁 기도를 읊어 댔다. 저녁마다 해가 지고 나서 5분이 채 지나지 않아 거의 시계처럼 정확히 노래를 시작한다. 덕분에 나는 쏙독새의 습성을 알게 되는 매우 소중한 기회를 얻었다. 가끔은 네다섯 마리의 쏙독새가 숲의 각기 다른 자리에서 한꺼번에 울기도 했다. 우연찮게도 돌림노래를 하듯이 각기 한 소절씩 늦게 울었다. 나는 매우 가까이 앉아 있던 덕에 각 소절을 노래하는 소리뿐 아니라, 종종 거미줄에 걸린 파리가 내는 듯한 독특한 윙윙거림도 들을 수 있었는데, 파리 소리와 다른 점이라면 몸집이 좀 더 크기에 소리도 컸다는 점이다. 가끔 내가 숲에 들어가면, 쏙독새 한 마리가 마치 내 몸에 줄로 묶여 있기라도 하듯 두어 자 정도 떨어져 뱅뱅 도는 일이 있었다. 아마도 내가 알을 낳은 둥지 근처에 너무 가까이 간 탓인 듯했다. 쏙독새는 밤새도록 일정한 간격으로 울었으며, 동트기 바로 직전이나 그 무렵이 되면 다시 그 어느 때보다도 듣기 좋게 울었다.

다른 새들이 조용해지면 부엉이가 그 노래를 이어받아 곡을 하는 여인네처럼 부엉부엉 태곳적 울음을 울어 댄다. 그들의 음산한 울음은 실로 벤 존슨*의 작품 속 대사인 "요망한 한밤중의 마녀들 같으니!"를 떠오르게 한다. 그들의 울음소리는 시인들이 정직하고 투박하게 부엉부엉 노래하는 소리가 아니라, 장난기를 싹 거두고 무덤 앞에서 가장 엄숙하게 부르는 소곡이며 동반 자살한 두 연인이 지옥의 숲에서 숭고한 사랑의 고통과 기쁨을 돌이켜 보며 서로에게 건네는 위안이다. 그럼에도 나는 숲 언저리에서 떨리는 목소리로 통곡하고, 애절하게 응답하는

---

* 르네상스 시기 영국의 극작가다.

부엉이의 울음소리가 좋다. 마치 노래가 기꺼이 표현하고자 하는 것은 음악의 어둡고 슬픈 일면이자 후회와 탄식의 감정이라도 된다는 듯이, 때로 그들의 목소리를 들으면 새들의 음악과 노랫소리가 떠오르기 때문이다.

부엉이는 정령이다. 한때는 인간의 형상을 하고 있었으나, 밤마다 지상을 걸으며 어둠의 악행을 저지른 탓에, 이제는 그 죄의 현장에서 통곡의 노래와 비가(悲歌)를 부르며 속죄하는 추락한 영혼이자 의기소침하고 우울한 예감이다. 부엉이는 모든 생명체가 함께 살아가는 대자연이 얼마나 다양하고 대단한 능력을 품고 있는지 우리가 새로이 느낄 수 있도록 해 준다. 부엉이 한 마리가 호수 이쪽 편에서 "아아아아아, 차라리 태어나지 말 것을!"이라고 탄식하며 부단한 절망의 몸짓으로 회색 떡갈나무 위에 만들어 놓은 새 둥지 위를 빙빙 돌아 날고 있다. 그러면 호수 건너편에 있는 또 한 마리의 부엉이가 떨리는 목소리로 진지하게 "……태어나지 말 것을!"이라고 응답한다. 그러자 또 "……말 것을!"이라는 희미한 메아리가 멀리 링컨 숲에서 들려온다.

가끔은 큰 부엉이도 내게 세레나데를 불러 준다. 가까이서 들으면, 그 소리는 자연 속에서 들을 수 있는 가장 우울한 소리라는 생각이 들 정도다. 마치 자연이 부엉이의 울음소리를 죽어 가는 인간의 신음 소리로 정형화시켜 자신의 합창단 속에서 영속하도록 만든 것 같다. 다시 말해, 모든 희망을 뒤로한 채 죽음을 맞이한 어느 가여운 인간이 남긴 미약한 흔적으로, 그가 지옥의 어두운 골짜기에 들어서면서 짐승처럼 울부짖지만 여전히 인간의 흐느낌이 남아 있는 것과 같다. 그 흐느낌은 목구멍을 울리는 그르렁거리는 선율 때문에 더 끔찍하게 들린다(내가 그 소리를 흉내 내려 하면, '글'소리가 먼저 나온다). 이 소리는 끈끈한 곰팡이가 피어오를 때까지 모든 건전하고 대담한 생각을 억눌러 온 인간의 마음을 표현한다. 또한 듣는 이의 머릿속에 시체를 뜯어 먹는 악귀와 백치와 미친 듯한 울부짖음이 떠오르게 한다. 그러나 지금은 먼 숲에서 부엉이 한 마리가 멀리서 듣기에 참으로 운율적인 노래로 응답한다. "부엉 부엉 부엉 부엉" 사실 부엉이 우는 소리는 낮이든 밤이든 여름이든 겨울이든 간에 내게 늘 즐거운 연상을 불러일으키는 원천이다.

나는 세상에 부엉이가 있어서 기쁠 따름이다. 부엉이가 인간을 위해 어리석고 미치광이 같은 부엉부엉 울음을 울도록 하자. 그것은 한낮에도 빛이 들지 않는 늪지대나 황혼의 숲에 더할 나위 없이 어울리는 소리이자, 인간이 아직 그 존재도 인식하지 못한 미답의 광활한 자연의 존재를 떠올리게 하는 소리이기도 하다. 부엉이는 누구나 거쳐 가게 될 황량한 황혼과 아직 그 해답을 구하지 못한 사념의 상징이다.

온종일 해가 어느 야생 늪지 위를 비추고 있다. 그곳에는 가문비나무 한 그루가 이끼를 잔뜩 뒤집어쓴 채 서 있고, 그 위로는 작은 매들이 선회한다. 박새는 상록수 사이에서 지저귀고, 꿩과 토끼는 그 밑을 살금살금 움직여 다닌다. 그러나 이제 훨씬 음산하고 이곳에 잘 어울리는 날이 밝아 오면, 다른 종의 생명체가 그곳에서 자연의 의미를 드러내기 위해 깨어나리라.

저녁 늦은 시간이면 멀리서 짐마차가 덜컹이며 다리를 건너는 소리가 그 어느 소리보다도 멀리까지 울리는 소음처럼 들려왔다. 가끔은 먼 외양간 앞뜰에서 암소가 홀로 서글프게 울어대는 소리나 개 짖는 소리도 들을 수 있었다. 그동안 호숫가는 온통 황소개구리의 울음소리 천지였다. 황소개구리들은 아직도 뉘우치지 못하고 이 지옥의 호숫가(월든 호수에는 수초가 거의 없음에도 개구리가 지천이기 때문에 이런 비유를 사용했으니, 월든 호수의 요정이 부디 용서해 주길 바란다)에서 돌림노래를 부르려 하는 그 옛날 술꾼이나 주당의 억센 영혼 같았다. 목소리는 점차 거칠어지고 침울할 정도로 엄숙하게 변해 오히려 즐거운 분위기를 조롱하는 듯이 되어 버렸고 술은 그 향을 잃어 단지 배만 채우는 액체가 되어 버렸다. 그럼에도 개구리들은 예전 잔칫상 앞에서 따르던 흥겨운 격식을 다시 한번 재현하고자 하는 듯했다. 그러나 과거의 기억을 달래 줄 달콤한 취기는 오르지 않고, 물을 잔뜩 머금은 포만감과 팽창감만 느껴질 뿐이다.

의장 격인 황소개구리가 침 흘리는 어린 자식의 냅킨 대신 사용하는 하트 모양의 잎사귀 위에 턱을 괴고 있다가, 이 북쪽 물가에서 한때는 경멸해 마지않던 물을 한 모금 쭉 들이켜고 갑자기 "개구울 개구울 개구울" 하고 울면서 잔을 돌린다. 그러자 곧 멀리 떨어진 후미진 만에서 똑같은 암호가 물을 따라 들려온다. 서열로 보나 허리둘레로 보나 두 번째 가는 개구리가 자기 몫으로 그어진 선까지 물을 마셨다는 신호다. 이렇게 잔이 호숫가를 한 바퀴 돌고 나면, 의식을 진행한 개구리는 만족스러운 듯이 "개구울" 하고 운다. 그러면 모두가 자기 차례를 기다려 같은 소리를 반복하는데, 가장 홀쭉하고 물을 흘리며 배가 축 늘어진 개구리에 이르러서야 끝이 난다. 이때 실수란 있을 수 없다. 그 후 술잔은 다시 돌고 돌기 시작해, 태양이 아침 안개를 거두어 갈 때까지 계속된다. 그때쯤 되면 의장 개구리만 호수 바닥으로 떨어지지 않고, 때때로 "개구울" 하고 헛되이 울어 보고 대답을 기다리지만 아무도 응답하지 않는다.

내가 수탉의 울음소리를 내 개간지에서 들은 적이 있는지는 확실히 모르겠다. 그러나 노래하는 새를 키우듯 그 노랫소리를 들어 볼 요량으로 수평아리를 키워 보는 것도 괜찮겠다는 생각이 들었다. 한때는 인도의 야생 꿩이었던 수탉의 울음소리는 확실히 그 어떤 새의 소리보다 독특한 면이 있다. 닭을 길들이지 않고 자연 상태에서 자랄 수 있도록 한다면, 모르긴 해도 그 울음소리는 머지않아 근처 숲에서 기러기의 끼룩 소리나, 부엉이의 부엉부엉 소리를 능가하는 가장 유명한 소리가 될 터다. 게다가 수탉이 나팔을 내려놓고 쉴 때는, 암탉이 그 간극을 꼬꼬댁 소리로 메워 주지 않겠는가! 굳이 달걀과 닭다리를 언급하지 않더라도, 인류가 이 새를 가축의 대열에 집어넣은 것은 전혀 놀랄 만한 일이 아니라 하겠다.

어느 겨울 아침, 이 새들이 무리 지어 살던, 그들의 고향이라 할 만한 숲속을 걸어가다가 야생 수평아리가 나무 위에 앉아 우는 모습을 본다고 생각해 보자. 맑고 날카로운 그 소리가 다른 새들의 미약한 울음소리를 압도하며 수킬로미터까지 울려 퍼지는 모습을 상상해 보자! 그 소리에 여러 민족이 바짝 경계하게 되리라. 그 소리를 듣고도 어느 누가 아침 일찍 일어나지 않겠는가? 그는 다음 날에는 더 일찍 일어나고, 그렇게 평생 일찍 일어나서, 마침내는 말이 필요 없을 만큼 건강하고 부유하고 현명해지지 않을까?

세계의 시인들이 자국의 노래 잘 부르는 토종 새와 함께 이 외국 새의 노래를 찬양해 왔다. 이 용감한 수탉은 어떤 풍토에서도 살 수 있다. 그는 토종 새들보다 더 토박이 기질이다. 수탉은 늘 건강하고 폐도 튼튼하며 기개도 결코 시들지 않는다. 태평양과 대서양을 항해하는 선원들조차 수탉의 울음소리에 잠을 깬다. 그러나 그 날카로운 울음소리가 내 잠을 깨운 일은 한 번도 없다. 나는 개나 고양이, 소, 돼지뿐 아니라, 닭도 기르지 않았다. 그러니 내 집에는 가정적인 소리가 결여됐다고 말할 수도 있을 듯하다. 듣고 있으면 위안이 되는 우유 젓는 소리도, 물레 돌아가는 소리도, 찻주전자가 노래하듯 끓는 소리도, 냄비에서 김빠지는 소리도, 그리고 아이들의 우는 소리도 들리지 않았다. 사고방식이 구태의연한 사람이라면, 권태로움에 미쳐 버리거나 그 전에 죽어 버렸을지도 모른다.

벽에는 쥐도 살지 않았다. 굶어 죽었거나, 애초에 들어와 살 생각을 하지 않았을 것이다. 오직 지붕 위와 마루 밑에 다람쥐들이 있었고, 대들보에는 쏙독새, 창문 아래서는 큰 어치가 울었다. 집 밑에는 산토끼나 우드척이 살았고, 집 뒤에는 신대륙소쩍새나 수리부엉이, 호수 위에는 기러기와 물새 떼가 있었으며, 밤에만 우는 여우도 있었다. 그러나 농장 주변을 나는 온순한 종달새나 꾀꼬리는 내 개간지에 전혀 모습을 드러내지 않았다.*

마당에는 큰 소리로 우는 수평아리도 꼬꼬댁거리는 암탉도 없었다. 아니, 아예 마당 자체가 없었다. 그러나 울타리를 치지 않은 자연이 바로 문틀 앞까지 미쳐 있었다. 어린 숲이 창문 바

---

* 오늘날 콩코드에는 소로의 시절보다 더 많은 동물이 살아가고 있기는 하지만, 그들의 소리를 들을 수 있는 기회는 오히려 줄어들었다. 실제로 자연의 소리를 녹음하는 일을 업으로 삼고 사는 사람들에 따르면, 자동차 소리를 듣지 않고 15분 이상을 지낼 수 있는 곳은 알래스카를 제외하고는 사실상 한 군데도 없다고 한다.(원주)

로 밑에서 자라나고, 야생 옻나무와 검은딸기 넝쿨이 지하실 안으로 뻗어 나갔다. 빽빽이 자라는 튼튼한 리기다소나무가 지붕널에 닿아 삐걱거렸고, 그 뿌리는 집 아래쪽으로 깊이 뻗어 나갔다. 내 집에는 돌풍이 분다고 날아가 버릴 석탄 통도 차양도 없었다. 대신 집 뒤의 소나무가 부러지거나 뿌리째 뽑혀 땔감이 되어 주었다. 폭설이 내린다고 해도 앞마당까지 이어지는 길이 막힐 일은 없었다. 아니, 아예 대문이니 문이니 하는 문명 세계로 통하는 길 자체가 없지 않았는가!

고독

온몸이 하나의 감각이 되어 모든 땀구멍으로 기쁨을 들이마시는 듯하니, 참으로 즐거운 저녁이다. 나는 자연 속에서 그일부가 되어 묘한 자유를 느끼며 이리저리 돌아다닌다. 날씨는 구름이 끼고 바람도 불며 서늘하기까지 하지만, 나는 셔츠만 입고 돌 많은 호숫가를 걸어 다닌다. 특별히 눈길을 끄는 것이 없음에도, 이상스레 모든 자연 현상이 그 어느 때보다도 친근하게 다가온다. 황소개구리는 요란스럽게 울어 대며 밤으로우리를 이끌어 가고, 쏙독새의 노랫소리는 수면 위로 잔물결을일으키는 바람을 타고 들려온다. 바람에 흔들리는 오리나무의잎사귀 그리고 포플러 잎사귀와 하나가 된 듯한 느낌에 거의숨이 멎을 것만 같다. 하지만 호수나 마찬가지로, 내 마음은 잔물결만 일 뿐 거칠어지지 않는다. 저녁 바람에 일어나는 잔물결은 고요히 빛을 반사하는 수면처럼 폭풍우와는 거리가 멀다.

이제 사방엔 어둠이 내려앉았다. 바람은 여전히 숲으로 불어왔고 물결은 계속 밀려온다. 어떤 동물은 그 노랫가락으로 다른 동물의 마음을 달래 준다. 그럼에도 완전한 휴식이란 없다. 야생 동물은 이제부터 먹이를 찾아야 하기에 쉴 수가 없다. 여우와 스컹크와 토끼 등이 겁도 없이 들판과 숲을 헤맨다. 그들은 자연의 야경꾼이며, 활기찬 생명의 나날을 이어 주는 고리이기도 하다.

외출했다 집에 돌아오면, 나는 방문객이 찾아왔다가 명함을 두고 간 것을 발견한다. 그것은 한 묶음의 꽃다발이나 상록수 가지를 엮어 만든 화환, 또는 노란색 호두나무 잎이나 나뭇조각에 연필로 이름을 적어 놓은 것일 때도 있다. 어쩌다가 숲에 들르는 사람들은 걸어오는 동안에 숲에 속한 이런저런 작은 조각들을 손에 쥐고 만지작거리다가 고의로든 실수로든 그것을 내 집에 남겨 두고 간다. 어떤 이는 버드나무 가지의 껍질을 벗겨 고리 모양으로 엮은 다음 내 탁자 위에 두고 가기도 했다.

나는 굽은 가지나 잔디, 혹은 신발 자국을 보고 내가 없을 때 다녀간 사람이 누구인지 대번에 알아낼 수 있다. 보통은 그들이 남겨 놓은 사소한 흔적, 즉 꽃 한 송이나 한 움큼 뽑혀 있는 풀(심지어 800미터쯤 떨어진 철로 변에 떨어져 있는 경우라도), 혹은 오래 남아 떠도는 시가나 파이프 담배의 냄새만으로도 방문객의 성별이나 나이, 인품 등을 대충 짐작할 수 있다. 실은 담배 냄새만 맡고도 300미터나 떨어진 대로에 여행객이 지나고 있다는 사실을 자주 알아맞히기도 한다.

우리 주변에는 보통 너른 공간이 있다. 지평선이 팔꿈치에 닿을 만큼 가까이 있은 적도 없다. 우리는 울창한 숲이나 호수가 바로 문밖에 닿아 있도록 내버려 두지 않는다. 늘 베어 내고 전용하고 울타리를 친다. 자연에게서 빼앗아 우리에게 익숙하고 친숙하게 만들어 버리는 것이다. 그럼에도 내가 인간이 방치해 놓은 이 인적 드문 숲속의 광활한 대지에서 홀로 살아가는 이유는 무엇일까? 내 집은 가장 가까운 이웃도 1.5킬로미터 이상이나 떨어져 있고, 언덕 꼭대기에 올라서지 않는 한 주변 800미터 이내에서는 그 어디에 서 있든 집 한 채 보이지 않는다. 나는 숲이 경계 지은 지평선을 혼자 독차지하고 산다. 한쪽으로는 철로가 호수를 감아 돌며 지나는 풍경이 멀리 보이고, 다른 쪽으로는 숲길을 따라가는 울타리의 모습도 보인다. 대개의 경우 내가 사는 곳은 대초원만큼이나 고요하다. 뉴잉글랜드임에도 아시아나 아프리카 같다. 말하자면, 나만의 해와 달과 별을 가지고 나만의 작은 세상을 살아가는 것이나 다를 바 없다. 밤에는 집 앞을 지나거나 문을 두드리는 나그네 하나 없으니, 마치 내가 세상 최초의 인간이거나 마지막 인간이라도 된 듯한 기분이 들었다.

봄이면 간혹 메기를 잡으려고 밤낚시를 오는 마을 사람이 있기는 했다. 하지만 그들은 어둠을 미끼 삼아 자기 자신의 천성이라는 '월든 호수'에서 더 많은 고기를 낚기라도 하는지, 대개 빈 바구니를 들고 돌아가며 '세계를 어둠과 나에게'* 남겨 놓았다. 그럼으로써 밤의 칠흑 같은 핵(核)은 이웃의 어느 인간에 의해서도 결코 더러워지지 않았다. 나는 인간이 지금도 어느 정도는 어둠을 두려워한다고 생각한다. 마녀들은 다 교수형에 처해졌고, 기독교와 양초가 보급된 지 오래되었음에도 말이다.

그러나 때로 나는 가장 달콤하고 다정하며, 가장 순수하고 용기를 북돋우는 사귐은 자연의 대상 속에서 찾을 수 있다는 사실을 경험으로 깨우쳤다. 가엾게도 인간을 혐오하는 사람이나 극도로 우울한 사람이 있으니, 그런 이들도 자연 속에서라면 얼마든지 교제 상대를 찾을 수 있다. 자연 한가운데 살아가면서 자신의 감각을 차분히 유지하는 사람에게는 어두운 비애가 찾아올 겨를이 없다. 폭풍우도 찾아오지 않는다. 건강하고 순수한 사람의 귀에는 폭풍우도 바람의 신 아이올로스가 연주

---

* "그리고 어둠과 내게 세상을 남겨 둔다〔토머스 그레이(Thomas Gray), '시골 묘지에서 쓴 비가(Elegy Written in a Country Churchyard)'〕", 오늘날 우리가 진정한 고요를 얻을 수 없는 것과 마찬가지로, 천문학자들에 따르면 진정한 어둠도 더는 얻을 수 없게 되었다고 한다. 심지어는 깊은 산중에서도 하늘은 도시에서 사용하는 전력량 때문에 밝게 빛난다. (원주)

하는 음악처럼 들릴 뿐이다.

　소박하고 용감한 사람을 천박하고 슬픈 사람이 되라고 강요할 권리를 가진 존재는 세상 어디에도 없다. 내가 사계절과 우정을 나누며 즐기는 동안에는 그 무엇도 삶이 내게 짐스러운 것이 되도록 만들지는 못한다. 오늘 내 콩밭을 적시면서 나를 집 안에 머물도록 잡아 두는 저 부드러운 빗방울은 전혀 지루하거나 우울하지 않다. 아니, 오히려 내게 좋은 일을 해 주고 있다. 비 때문에 콩밭을 맬 수는 없지만, 비는 호미질보다 훨씬 그 가치가 크다. 행여 땅속에 심어 놓은 씨앗이 썩고, 저지대에서 감자 농사를 망칠 만큼 비가 계속 내린다 할지라도, 여전히 고지대의 풀밭에는 좋을 것이며, 풀에게 좋다면야 나에게도 좋지 않겠는가.

　가끔 다른 사람과 내 처지를 비교해 보면, 내가 분에 넘치게 신의 사랑을 받는 것은 아닐까라는 생각이 든다. 마치 내가 동료 농부들은 갖지 못한 어떤 권한이나 보증서를 가지고 있어 특별히 지도와 보호를 받는다는 느낌이었다. 나는 지금 스스로의 비위를 맞추는 것이 아니다. 오히려 신들이 내 비위를 맞추는 듯한 생각이 든다. 물론 그런 일이 가능하기는 한지 모르겠지만 말이다.

　나는 외로움이라고는 느껴 본 적이 없고, 고독감에 우울했던 적도 없다. 그러나 숲으로 들어온 지 몇 주 지난 시점에 단 한

번, 꼭 한 시간 동안, 고요하고 건강한 삶을 살아가는 데 이웃 사람의 존재가 꼭 필요한 것은 아니라는 생각에 회의를 품었던 적은 있었다. 혼자라는 사실이 별로 기분 좋지 않았다. 그러나 동시에 나는 당시 내 기분이 약간 정상적이지 않다는 사실도 의식하고 있었고, 곧 평소의 기분을 회복하리라는 사실도 예견할 수 있었다.

조용히 비가 내리는 가운데 이런 생각에 빠져 나는 자연 속에, 후드득 떨어지는 빗방울 속에, 그리고 집 주변을 에워싼 모든 소리와 풍경 속에, 실로 달콤하고 너그러운 우정이 존재하고 있음을 불현듯 확신할 수 있었다. 그것은 나를 지탱하는 대기처럼 무한하고 말로는 설명할 수 없는 친근한 감정이었다. 또한 인간을 이웃으로 두면 얻을 수 있으리라 생각되는 이점을 하찮아 보이도록 만들었다. 그 이후로 나는 이웃이 있었으면 하는 생각을 다시는 하지 않았다.

자그마한 솔잎 하나하나가 공감으로 확장되고 부풀어 올라 내게 친구가 되어 주었다. 나는 사람들이 흔히 황량하고 쓸쓸하다고 말하는 장소에서조차 내게 친근한 어떤 것이 존재함을 확실히 느꼈다. 내게 피를 나눈 친족처럼 느껴지거나 인간적으로 느껴지는 것도 반드시 인간이거나 이웃 사람일 필요가 없었다. 그리고 이제 내게는 그 어떤 장소도 낯설게 느껴지지 않으리라는 생각이 들었다.

애도는 슬퍼하는 자들의 목숨을 앗아 가느니
산 자의 땅에서 그들이 지낼 날도 얼마 남지 않았느니라
아름다운 토스카의 딸이여!*

 내가 가장 좋아하는 시간대는 봄이나 가을에 긴 폭우가 내리는 동안이다. 그런 날이면 나는 오전, 오후 할 것 없이 집 안에 틀어박혀 쉼 없이 휘몰아치는 비바람의 포효와 채찍질 소리에 마음을 달래곤 했다. 그러다 이른 황혼에 기나긴 밤이 찾아오면 상념이 뿌리를 내려 그 나래를 펼칠 시간을 얻을 수 있었다. 마을에 이런 북동 폭우가 휘몰아쳐서 하녀들이 빗자루와 양동이를 손에 든 채 문간에 서서 집 안에 물이 차는 것을 막으려할 때면, 나는 사방으로 비가 들이치는 내 작은 집에서 문을 닫고 들어앉아 집이 주는 안락함을 한껏 누렸다.
 천둥과 비바람이 심하게 몰아치던 어느 날, 번개가 호수 건너편의 커다란 리기다소나무를 내리쳐서 마치 지팡이에 홈을 파듯 나무 꼭대기에서 바닥까지, 깊이 3센티미터쯤 되고 폭이 10센티미터 이상이나 되는 홈을 마치 자로 그린 듯이 또렷하게 파 놓은 일이 있었다. 얼마 전에 그 나무 옆을 다시 지나다가, 나는 8년 전 무해한 하늘에서 엄청난 불가항력의 번갯불이 내

---

* 오시안(Ossian), 패트릭 맥그리거(Patrick MacGregor) 번역,《오시안의 유고(The Genuine Remains of Ossian)》의 〈크로마(Crorma)〉 중에서.(원주)

리쳤던 자국이 그 어느 때보다 선명하게 남아 있는 모습을 올려다보며 경외감을 느끼지 않을 수 없었다.

지인들은 "거기 살면 무척이나 외롭겠네. 눈비가 오는 날이나 밤에는 특히 사람이 그리울 것 같아"라는 말을 자주 한다. 그러면 나는 이렇게 대답하고 싶은 유혹을 느낀다.

"우리가 사는 이 지구 전체도 우주에서는 한 점에 불과하다네. 저기 멀리 있는 별에서 가장 멀리 떨어져 사는 두 거주민 사이의 거리가 얼마쯤 된다고 생각하는가? 저 별의 폭은 인간이 만든 도구로는 도저히 측정할 수도 없을 텐데 말이야. 내가 왜 외로워야 하는가? 지구도 은하수에 속해 있지 않은가? 자네가 한 질문은 내게 그리 중요한 것도 아니네. 인간을 그의 동료 인간들에게서 떨어뜨려 그를 고독하게 만드는 공간은 어떤 종류의 공간이라고 생각하는가? 나는 두 사람이 아무리 부지런히 다리를 움직인다고 해도 그 마음까지 가까워지지는 않는다는 사실을 잘 알고 있네. 우리가 무엇에 가장 가까이 살고 싶어 하는지 자네는 혹시 아는가? 아마 모르긴 해도, 기차역이나 우체국, 마을회관, 학교, 식료품점, 비컨 힐,* 혹은 파이브포인츠**처럼 인파가 몰리는 곳이 아닐 게야. 지금까지의 경험에 비추어

---

* 매사추세츠 주 의사당이 있던 보스턴의 번화가다.
** 당시 범죄가 들끓었던 맨해튼 남단 지역이다.

보면, 물가에서 자라는 버드나무가 물이 흐르는 쪽으로 뿌리를 뻗어 나가듯 우리도 생명이 분출되어 나오는 곳, 즉 영원히 솟아나는 생명의 원천 가까이 살고 싶을 거라네. 물론 본성에 따라 다르겠지만, 그곳에 바로 현명한 사람이 지하 저장고를 팔 장소가 아니겠나."

어느 날 저녁, 나는 월든 거리에서 이웃 사람 한 명을 지나친 일이 있다. 그는 소위 '상당한 재산'을 축적했다고 알려진 사람이었다. 나는 '상당한' 재산이라는 게 얼마나 되는지 한 번도 제대로 본 적은 없었다. 그는 소 두 마리를 끌고 시장에 가던 길이었는데, 나를 보더니 어떻게 안락한 삶을 살아가는 데 필요한 그 많은 것을 포기할 수 있느냐고 물었다. 나는 그런 내 삶에 그런대로 만족하며 산다고 대답했지만, 물론 그건 농담이 아니었다. 그러고 나서 나는 잠자리가 기다리는 내 집으로 갔고, 그는 어둠과 진흙길을 헤치고 브라이턴인가 브라이트 타운인가 하는 곳으로 계속 걸어갔다. 아마도 그는 다음 날 아침에야 그곳에 도착했으리라.

망자가 잠을 깨거나 다시 살아날 일말의 가능성은 때와 장소를 하찮게 만들어 버린다. 그런 일이 일어날 만한 장소는 늘 한결같고 우리의 감각을 말로 형언할 수 없을 만큼 즐겁게 한다. 대체로 우리는 피상적이고 일시적인 상황만 기회로 삼으려 든다. 하지만 그것이야말로 우리를 산만하게 만드는 주범이다. 모든 사물의 가장 가까운 곳에는 그것을 존재하게 하는 힘이 있다. 우리 바로 '곁'에서 웅대한 법칙은 끊임없이 실행된다. 우리 '곁'에는 우리가 고용해서 늘 함께 대화하기를 좋아하는 일꾼이 아니라, 우리의 존재 자체가 바로 그의 '일'인 일꾼이 있다.

천지의 오묘한 힘은 이 얼마나 방대하고 심오한 영향을 미치는가!
우리는 그 힘을 보려 하나 우리 눈에 보이지 않고, 들으려 하나 들리지 않는다. 그 힘은 사물의 본질과 동일하여, 사물에서 분리해 낼 수 없다.
그 힘의 작용으로 온 우주에 속한 인간은 마음을 정화하고 성스럽게 하며, 예복을 갖추어 조상에게 제물을 바치고 공물을 봉납한다. 그것은 오묘한 지성의 바다다. 그것은 천지에 널려 있고, 우리 위에 있으며, 좌우에도 있다. 우리를 온통 에워싸고 있다.*

인간은 누구라도 내가 큰 관심을 두고 있는 어떤 실험의 피험자들이다. 상황이 이러하니, 쓸데없이 한데 모여 쑥덕공론을 펴는 대신, 우리 자신의 생각이 스스로를 기운 나게 하도록 힘

*《중용(中庸)》, 16편 1-3절.(원주)

을 쓰면 안 되겠는가? 공자는 진심에서 우러나는 다음과 같은 말을 했다.

덕은 결코 버림받은 고아처럼 남지 않는다. 그 곁에는 반드시 이웃이 있기 마련이다.

사색을 통해 우리는 건전한 의미에서 이성을 잃을 수 있다. 의식적으로 애쓴다면 행위와 그 결과에 초연할 수도 있다. 그렇게 되면 좋은 일이든 나쁜 일이든, 만사가 우리 곁을 급류처럼 흘러가 버린다. 우리는 자연에 철저히 몰입해 있지 않다. 나는 개울물에 떠가는 나무토막일 수도, 하늘에서 그것을 내려다보는 인드라*일 수도 있다. 또, 연극을 보고는 감동받으면서도, 내 개인사와 훨씬 관련이 많아 보이는 실제 사건을 보고는 전혀 영향받지 않을 수도 있다.

나는 나 자신을 오직 하나의 인간 존재로만 본다. 말하자면, 사고하고 감정을 느끼는 존재로만 본다는 뜻이다. 나는 타인은 물론이고 나 자신에게서도 한 발 물러나 초연할 수 있는 어떤 이중성을 느낀다. 또한 내 경험이 얼마나 강렬하든, 그 경험에 참여하는 나와 그것을 비판하는 내가 있음을 잘 안다. 비판하

* 인도의 신화 속에 등장하는 베다의 주신으로 공기의 신 같은 중간계 신을 관장한다.(원주)

는 나는 그저 관객의 입장으로 전혀 경험을 공유하지 않은 채, 단지 메모만 하고 있을 뿐이다. 그런 나는 '나'라기보다는 차라리 '너'에 가깝다. 비극이 될지도 모를 인생극이 끝나면, 관객은 제 갈 길로 가 버린다. 관객의 입장에서 보자면, 그 인생극은 한 편의 허구이며 상상력으로 만들어 낸 작품일 뿐이다. 이러한 이중성이 우리를 종종 하찮은 이웃이나 친구로 만들어 버리는 것일 게다.

나는 대부분의 시간을 홀로 보내는 것이 바람직하다고 생각한다. 교제를 한다는 것은 아무리 좋은 사람들과 어울린다고 해도 사람을 곧 지치고 산만하게 만들어 버린다. 나는 혼자 있는 게 좋다. 고독만큼 함께하기 좋은 벗을 아직은 만나 보지 못했다. 대체로 우리는 방 안에 홀로 머물 때보다 밖에 나가 사람들과 어울릴 때 더 외로움을 느낀다. 사색하거나 일하는 사람은 늘 혼자다. 그런 사람을 굳이 끌어내지 말자. 고독의 정도는 인간과 인간 사이를 메우고 있는 공간의 거리로는 측정할 수 없다. 케임브리지 대학이라는 그 북새통 속에서도 정말 열심히 공부하는 학생은 사막에서 수도하는 이슬람의 탁발승만큼이나 고독하다.

농부는 종일 홀로 들판에서 김을 매거나 숲에서 나무를 베면서도 일에 몰두하는 덕에 전혀 외로움을 느끼지 않는다. 그러나 밤에 집으로 돌아가면, 생각이 많아지는 탓에 기분 전환 삼아 '사람들을 만나러' 밖으로 나가야만 한다. 그것을 종일 혼자 있었던 것에 대한 보상이라 생각한다. 그리면서 농부는 어떻게 학생은 밤낮 가리지 않고 집 안에 홀로 앉아 있으면서도 권태를 느끼기는커녕 '우울증'에도 걸리지 않는지 궁금해한다. 그는 학생이 집 안에 있더라도 여전히 농부처럼 '그의' 밭에서 일을 하고, '그의' 나무를 베어 내며, 그런 다음에는 농부와 마찬가지로 휴식과 어울릴 사람들을 찾아 나서지만, 훨씬 압축된 형태로 추구할 뿐이라는 사실을 이해하지 못한다.

인간의 교제는 일반적으로 너무 천박하다. 다들 너무 자주 만나는 탓에, 서로에게서 새로운 가치를 얻을 여유가 없다. 하루 세끼 밥 먹을 때 만나서 우리 자신이라는 곰팡이 핀 오래된 치즈를 서로에게 권한다. 이렇게 자주 만나도 그럭저럭 참을 만해서 서로에게 전쟁을 선포하는 일이 없도록 하려면, 우리는 예의와 정중함이라 불리는 일련의 규칙을 세워 놓아야 한다. 우체국에서 만났다 싶으면 친목회에서도 만나고, 또 밤마다 화롯가에서도 만나지 않는가. 그러다 보니 관계가 너무 돈독한 탓에 서로의 앞길을 막아서기도 하고, 서로의 발에 걸려 넘어지기도 한다. 장담컨대, 지금보다 조금 덜 만나도 중요하고 진심 어린 대화를 나누는 데 아무런 지장이 없을 터다. 공장에서 일하는 저 소녀들의 경우를 보자. 그들은 꿈속에서조차 결코 외로운 법이 없다. 내가 사는 곳처럼 1제곱마일마다 한 사람이 살아간다면 좋지 않겠는가. 인간의 가치는 손으로 만져 볼 수 있는 피부에 있지 않다.

나는 숲에서 길을 잃어 굶주림과 탈진으로 나무 밑에서 죽어 가던 어떤 남자의 이야기를 들은 일이 있다. 그는 몸도 쇠약해진 터에 병적인 상상력마저 기승을 부려 온갖 괴기스러운 환영에 둘러싸이게 됐고, 그것이 실재라고 믿기까지 했던 탓에 외로움을 느낄 겨를이 없었다고 한다. 따라서 우리는 육체와 정신이 건강하고 힘이 넘치니, 지금과 비슷하지만 훨씬 정상적이고 자연스러운 교제를 통해서도 지속적으로 기운을 얻고, 우리가 결코 혼자가 아님을 알아 갈 수도 있을 터다.

내 집에는 참으로 많은 친구가 있다. 아무도 찾지 않는 아침나절이면 특히 더 붐빈다. 내 상황을 제대로 전하고자 몇 가지 비유를 들어보도록 하겠다. 호수에 살며 떠들썩하게 웃어 젖히는 물새나 월든 호수 자체가 외롭지 않듯이 나도 외롭지 않다. 저 외로운 호수에게 어떤 친구가 있겠는가? 그럼에도 호수는 그 담청색 물속에 푸른 악마가 아닌, 푸른 천사를 품고 있다. 태양은 혼자다. 안개가 자욱한 날이면 간혹 태양이 두 개처럼 보이기도 하지만, 나는 하나가 가짜라는 사실을 안다. 하느님 역시 홀로다. 그러나 악마는 결코 혼자인 법이 없다. 늘 떼를 지어 돌아다닌다. 한마디로 악마는 군대다. 초원에 핀 멀린이나 민들레, 콩잎이나 괭이밥, 혹은 띠호박벌이 외롭지 않듯, 나도 외롭지 않다. 밀브룩*이나 풍향계, 북극성, 남풍, 4월의 소나기, 1월의 해동, 새로 지은 집에 자리 잡은 첫 번째 거미가 외롭지 않듯 나도 외롭지 않다.

숲에 흰 눈이 펑펑 내리고 거센 바람이 휘몰아치는 긴 겨울 밤에 가끔씩 나를 찾는 손님이 있다. 그는 과거부터 살아온 정착민으로 호수의 원래 주인이며, 전하는 바에 따르면 그가 월든 호수를 파서 바닥에 돌을 던져 넣고 그 주변에 소나무를 심었다고 한다. 그는 나에게 과거의 이야기와 새로운 영원에 관한 이야기를 들려준다. 우리는 사과나 과일 주스 없이도 사교의 기쁨과 사물에 관한 유쾌한 관점을 나누며 즐거운 저녁 시간을 보낸다. 그 친구는 현명하기만 할 뿐 아니라, 농담도 잘하니 내가 어찌 좋아하지 않을 수 있겠는가. 그는 고프나 월리**보다도 더 은밀하게 숨어 살았기에, 모두 그가 죽었다고 생각했으나, 어디에 묻혔는지는 물으면 아무도 대답하지 못한다.

한 나이 지긋한 부인 역시 내 이웃에 살고 있지만, 다른 사람의 눈에는 보이지 않는다. 때로 나는 그녀의 향기로운 약초밭을 한가히 거니는 것을 좋아하는데, 가끔 약초도 캐고, 그녀가 들려주는 우화도 듣는다. 그 부인은 비할 데 없는 '비옥함'이라

---

* 콩코드 중심부를 관통해 흘러가던 개울이다.
** 17세기 중반 영국의 찰스 1세 처형에 가담한 인물들로, 왕정복고 시기에 미국으로 피신해 숨어 살았다.

는 천부적 재능을 타고났을 뿐 아니라* 그 기억력은 신화 이전 시대까지 거슬러 올라간다. 그녀가 아직 어렸을 때 모든 사건이 일어났기에, 내게 모든 전설의 기원과 그것이 어디에 근거하고 있는지까지 말해 줄 수 있다. 혈색 좋고 기력도 좋은 이 부인은 어떤 날씨, 어떤 계절에도 즐거이 지내기에, 보나마나 자식들보다도 오래 살 것 같은 생각이 든다.

태양과 바람과 비, 또는 여름과 겨울 같은 자연은 말할 수 없이 순수하고 너그러워서 우리에게 아낌없이 건강과 기쁨을 베풀어 준다. 그리고 인류에게 품은 동정심 또한 한이 없어서, 만약 어떤 이가 슬퍼할 만한 이유로 슬퍼한다면 온 자연이 그에 영향받아 태양 빛은 사그라지고, 바람은 인간처럼 탄식할 테며, 구름은 눈물처럼 비를 내리고, 숲은 한여름에도 그 잎을 떨어뜨리고 상복을 입게 될 터다. 그러니 내가 어찌 대지와 친분을 나누지 않을 수 있겠는가? 나 역시도 한편으로는 잎사귀이자 식물이 아니겠는가?

우리를 건강하고 평온하고 만족스럽게 만들어 줄 묘약은 무엇일까? 그것은 나나 그대의 증조부가 아니라 증조모인 자연이 빚은 세상에 널리 퍼져 있는 식물과 채소라는 약일진대, 그것으로 자연의 여신은 한결같은 젊음을 유지해 왔고, 그 많은 파

---

* 대지의 여신을 인간에 빗대어 표현하고 있다.

노인*보다도 장수했으며, 그 썩어 가는 채소 덕에 얻은 비옥함으로 건강을 이어 나갔다.

내게 있어 만병통치약이란 돌팔이 의사가 저승의 아케론 강물과 사해의 물을 섞어 만들었다며 병에 담아 가지고 다니는 액체가 아니다. 그는 길고 야트막한 검은 배처럼 생긴 마차에 그 물약을 싣고 다닌다. 보나마나 병을 운반하려고 일부러 만든 마차이리라. 내게 희석하지 않은 아침 공기 한 모금을 달라. 그것이 내게는 만병통치약이다. 아, 아침 공기! 인간이 하루의 샘솟는 원천에서 새벽 공기를 마시지 않으려 한다면, 그것을 병에 담아 가게에서 팔기라도 해야 하지 않겠는가. 이 세상에서 아침 시간을 구독할 예매권을 잃어버린 사람들을 위해서라도 그리해야 할 터다. 그러나 기억해야 할 것은, 아침 공기는 아무리 서늘한 지하실에 보관하더라도 결코 정오까지 머물지 못하고, 그 전에 병마개를 밀어젖힌 채 새벽의 여신이 남겨 놓은 발자취를 따라가 버린다는 사실이다.

나는 약초를 다루는 의술의 신 아스클레피오스의 딸로, 한 손에는 뱀을 들고 다른 손에는 그 뱀이 이따금씩 마실 물이 담긴 잔을 든 모습의 조각상으로 대표되는 건강의 여신 히기에이아의 숭배자는 아니다. 오히려 기혼 여성을 수호하는 주노 여

* 잉글랜드의 샐럽 지방에서 1635년 152세의 나이로 숨을 거두었다고 알려진 인물인 토머스 파(Thomas Parr)를 말한다.(원주)

신과 야생 상추의 딸로, 신과 인간에게 젊음을 되찾아 주는 능력을 지니고 있으며, 주피터 신에게 술잔을 올리는 모습으로 묘사되는 젊음의 여신 헤베의 숭배자라 할 수 있다. 그녀야말로 지구 위를 걸었던 가장 완벽하고 건강하며 강인한 젊은 여성이었으니, 그가 지나는 곳에는 늘 봄이 찾아왔다.

방문객

　나도 대부분의 사람과 마찬가지로 벗과의 교제를 즐기고, 내 삶 속을 걸어 들어오는 열정적인 사람에게는 거머리처럼 들러붙어 떨어지지 않을 각오도 되어 있다고 생각한다. 나는 천성이 은자는 아니지만, 볼일이 있어 술집에 간다면 그 어떤 끈질긴 단골손님보다도 더 오래 앉아 있을 수도 있다.

　내 집에는 세 개의 의자가 있다. 하나는 고독을 위한 것이고, 또 하나는 우정을 위한 것이며, 나머지는 사교를 위한 것이다. 예기치 않게 손님이 단체로 몰려올 때도 의자 세 개밖에는 내놓을 것이 없지만, 대개는 그저 서 있기 때문에 공간을 효율적으로 쓸 수 있다. 자그마한 집에 얼마나 많은 남녀가 들어설 수 있는지 알게 되면 놀라지 않을 수가 없다. 나는 가끔 한 번에 스물다섯 내지 서른 명의 영혼을 그 육신과 함께 내 지붕 아래 받아들이곤 하지만, 매번 우리는 서로에게 그토록 가까이 서 있었다는 사실을 거의 알아채지도 못한 채 헤어지곤 한다.

공용 주택이든 사택이든 간에, 대부분의 저택에는 셀 수도 없이 많은 방과 거대한 홀, 그리고 포도주를 비롯해 평화 시에 먹을 여타의 식량을 저장해 놓은 많은 지하실 등이 갖추어져 있는데, 내가 보기에는 집이 그 안에 사는 사람에 비해 지나치게 크다는 느낌이 든다. 집이 너무나 크고 웅장해서 그곳에 사는 거주민은 사람이라기보다는 오히려 사람을 해하는 해충처럼 보인다. 전령이 트레몬트나 애스터, 또는 미들섹스 하우스 같은 호텔 앞에서 소환장을 낭독할 때, 주민이 서 있어야 할 광장 위로 우스꽝스럽게 생긴 생쥐 한 마리만 기어 나왔다가, 곧바로 보도에 난 구멍으로 슬금슬금 다시 기어 들어가는 장면을 보면, 나는 그저 기가 찰 뿐이다.

내가 작은 집에 사는 탓에 가끔 경험하는 불편 하나는 손님과 마주 앉아 거창한 단어를 써 가며 심오한 사상에 관해 대화를 주고받을 때, 두 사람 사이에 널찍한 공간을 두기가 힘들다는 점이다. 우리는 정해진 항구에 생각이 도착하기 전에, 항해 준비를 마치고 바다로 나아가 한두 개의 항로를 돌아볼 충분한 여유가 있기를 바란다. 생각의 탄환은 좌우 요동과 스쳐 가는 것을 극복하고 마지막 안정 궤도로 들어가 상대방의 귀에 안착해야 한다. 그렇지 않으면 상대의 머리를 뚫고 다시 밖으로 나갈 수도 있다.

우리의 문장도 일정한 간격을 두고 펼쳐질 수 있는 공간을 필요로 한다. 그리고 국가와 마찬가지로 개인 간에도 널찍하고 자연스러운 경계뿐 아니라 상당한 넓이의 중립지대도 있어야 한다. 언젠가 나는 호수를 사이에 두고 서서 친구 하나와 대화를 주고받는 꽤나 독특하고 드문 호사를 누린 적이 있었다.

내 집에서는 손님과 내가 너무 가까이서 대화를 나누는 탓에 서로의 이야기를 제대로 들을 수가 없었다. 다시 말해, 상대가 들을 수 있을 정도로 낮게 이야기할 수 없었다. 그것은 잔잔한 수면에 돌 두 개를 너무 가까이 던지면 두 파문이 서로를 방해하는 것과 같은 이치다. 우리가 그저 큰 소리로 장황하게 떠들어 대는 것을 좋아하는 사람들이라면, 서로의 숨결마저 느낄 정도로 바싹 붙어 있어도 개의치 않을 터다. 그러나 삼가는 태도로 사려 깊게 이야기하고자 한다면, 서로의 동물적 열기와 습기가 증발해 날아갈 기회를 얻을 수 있도록 멀리 떨어져 있기를 바랄 것이다.

우리가 서로의 마음속에 있되 밖으로 소리 내 말하지 않거나 말할 필요도 없는 것까지 함께 나누는 친밀한 교제를 즐기고자 한다면, 반드시 침묵을 지켜야 할 뿐 아니라 어떤 경우라도 서로의 목소리를 들을 수 없을 만큼 물리적으로도 멀리 떨어져 있어야 한다. 이런 기준에서 보자면, 말은 듣는 데 어려움이 있는 사람들의 편의를 위한 것인 듯하다. 그러나 세상에는 고함을 질러서는 전달할 수 없는 섬세한 것들이 수도 없이 많다. 대화가 고상하고 장중한 분위기로 흘러가기 시작하면, 우리는 조금씩 의자를 뒤로 밀어 마침내는 벽에 가서 붙을 지경이 되도록 했는데, 앞서도 언급했듯이 내 방에는 그럴 만한 공간이 충분치 않았다.

그러나 내 '최고의' 방이자 응접실은 늘 손님을 맞이할 준비가 되어 있었다. 그 방의 양탄자 위에는 거의 햇살이 비추지 않았는데, 그곳은 바로 집 뒤에 있는 소나무 숲 때문이었다. 여름날, 귀한 손님이 오면, 나는 그곳으로 안내를 했다. 값을 헤아릴 수 없을 만큼 소중한 하인이 바닥을 쓸고 가구의 먼지를 털었으며 주변도 깨끗이 정리해 두었다.

손님이 한 사람이면, 그는 종종 내 소박한 식사에 초대되었다. 급하게 푸딩을 젓거나 잿더미 속에서 빵 한 덩이가 부풀어 익어 가는 모습을 지켜보는 일은 대화에 전혀 방해가 되지 않았다. 그러나 스무 명의 손님이 와서 집 안에 앉아 있을 때는, 두 사람 몫의 빵이 준비돼 있더라도 식사에 대해서는 전혀 언급하지 않았다. 마치 밥 먹는 일이 잊힌 습관이라도 된다는 듯이 굴었다. 그렇게 우리는 자연스럽게 금식을 실천했지만, 그것이 손님 접대에 반하는 행위라고 느끼는 사람은 없었다. 오히려 가장 적절하고 사려 깊은 방침이라 여겼다.

이런 경우에는 가끔씩 회복시켜 줄 필요가 있는 육체적인 소모와 퇴락도 기적적으로 늦춰지는 듯 보였고, 활력도 굳건히 제자리를 지켜 주었다. 따라서 스무 명이 아니라 천 명이라도 손님을 접대할 수 있을 듯했다. 행여 누구라도 내 집에 찾아와 나를 만나고도 실망하거나 배가 고파 돌아간 일이 있다면, 최소한 내가 그들의 심정에 공감했었다는 사실을 믿어 주기 바란다.

대부분의 주부가 쉽게 믿으려 하지 않겠지만, 지금보다 새롭고 더 나은 관행을 만들어 가는 일은 생각보다 무척이나 쉽다. 손님에게 대접하는 식사에 자신의 평판을 내걸 필요는 없다. 누군가의 집을 방문할 때 케르베로스*를 만나는 상황만큼이나 내가 그곳에 가기를 꺼려하게 만드는 게 있다면, 그건 바로 초대한 사람이 나를 접대하겠다고 줄줄이 내오는 음식이다. 그런 대접을 받으면 나는 주인이 다시는 자기를 귀찮게 하지 말라는 부탁을 에둘러 정중하게 하고 있다고 받아들인다. 그러니 그런 곳에는 다시 방문하지 않을 작정이다.

나는 어느 손님이 명함 대신 노란 호두나무 잎에 적어 두고 간, 스펜서**의 시를 내 오두막의 표어로 삼았다는 사실이 매우

---

* 그리스 신화에 등장하는 지옥문을 지키는 개를 뜻한다.
** 16세기 영국의 시인이다.

자랑스럽다.

그곳에 도착해서, 그들이 그 자그마한 집을 채우지만,
환대하는 이 없으니, 아무도 환대를 바라지 않는다.
휴식이 향연이고, 모든 것이 그들의 뜻대로다.
고귀한 마음에 가장 큰 만족이 깃들지니.*

후에 플리머스 식민지의 지사가 되었던 에드워드 윈슬로**가 어느 날 동료 한 명과 매사소이트 추장***을 방문한 일이 있었다. 숲을 통과해 걸어가야 했기에, 그곳에 도착했을 때 그들은 피곤하고 배가 고팠다. 그러나 추장의 환대는 받았지만, 식사에 관한 이야기는 그날 내내 들을 수가 없었다. 두 사람의 말을 인용해 보자면 이렇다. 밤이 되었을 때 "추장은 아내와 함께 쓰는 자신의 침상에 우리가 함께 눕도록 했다. 추장 부부가 한쪽 구석에 눕고 우리가 다른 구석에 누웠다. 침대라고 해 봐야 바닥에서 30센티미터 정도 띄워 놓은 판자 위에 얇은 돗자리를 깐

* 에드먼드 스펜서(Edmund Spenser), 《선녀여왕(The Faerie Queen)》 중에서.(원주)
** 메이플라워호를 타고 아메리카 대륙으로 건너간 초기 정착민 중 한 명이다.
*** 식민지 개척자들과 우호적인 관계를 유지했던 파노아그 아메리카 원주민 부족의 추장이다.

것에 불과했다. 추장의 부하 둘이 잘 곳이 없었는지, 우리 옆으로 끼어 들어왔다. 덕분에 여행보다도 잠자리가 더 피곤했다"*라고 한다.

다음 날 오후 1시쯤 매사소이트 추장은 "그가 직접 활을 쏘아 잡은 생선 두 마리를 가져왔다"고 한다. 잉어보다 세 배는 커 보이는 고기였다. "그것이 끓는 동안, 적어도 40명쯤 되는 부족민이 나눠 먹으려 대기하고 있었다. 대부분 그것을 먹을 수 있었다. 이 식사가 이틀 밤과 하루 낮 동안 우리가 먹은 전부였다. 우리 둘 중 한 사람이 꿩 한 마리를 사 왔기에 망정이지, 아니었으면 우리는 굶주린 채 여행을 했을 터였다."

제대로 먹지도 못하고, "원주민의 야만스러운 노래 때문에 (그들은 노래를 부르며 잠이 드는 습관이 있었다)" 잠도 제대로 잘 수가 없었기에, 두 사람은 정신이 이상해질까 두렵기도 하고, 또 집에 도착하려면 기력이 남아 있을 때 가야 하기에 그곳을 떠나왔다고 한다.

잠자리에 관해서는 그들이 형편없는 대접을 받기는 했다. 하지만 그들이야 불편했다고 하더라도, 원주민의 입장에서는 의심의 여지없이 두 사람에게 최고의 경의를 표한 것이다. 그러

---

*《영국인의 뉴잉글랜드 플리머스 정착의 시작과 진행 과정에 관한 관련성 또는 일지(A Relation or Journal of the Beginning and Proceedings of the English Plantation at Plimouth in New England)》 중에서.(원주)

나 식사에 관해서는 인디언도 그 이상은 더 잘해 줄 수 없었다는 사실을 나는 이해한다. 자기들도 먹을 것이 없었던 탓이다. 게다가 손님들에게 사과의 변명을 늘어놓아 봐야 그것이 음식을 대신할 수 없다는 사실 정도는 충분히 알 정도로 현명했다. 따라서 그들은 허리띠를 바짝 졸라매고 식사에 관해서는 아무 말도 하지 않았던 것이다. 다음번에 윈슬로가 다시 그들을 방문했을 때는, 먹을 것이 풍부한 시기였던 터라 그 점에 있어서는 아무런 부족함이 없었다.

사람은 어디에 살든 사람과 마주치지 않고는 살 수가 없다. 나는 숲속에서 살아가는 동안 내 생애 그 어느 때보다도 더 많은 방문객을 맞이했다. 내 말은 손님이 좀 찾아왔다는 뜻이다. 그리고 숲에서는 그 어느 곳에서보다 훨씬 호의적인 상황에서 사람들을 맞았다. 그러나 사소한 일로 나를 찾아오는 사람은 훨씬 줄었다. 아마도 내가 마을에서 멀리 떨어져 사는 탓에 찾는 이가 줄었던 듯하다. 나는 거대한 바다 한가운데 떠 있는 고독이라는 섬 안에 깊숙이 자리 잡았고, 그 바다로 교제의 강물이 흘러들었다. 그리하여 내가 가장 필요로 하던 고운 침전물이 주위에 쌓여 갔다. 게다가 바다 저편에는 아직 탐사되지 않고 개척되지도 않은 대륙이 존재한다는 증거가 간혹 떠내려 오기도 했다.

오늘 아침 내 집에 찾아온 사람은 실로 호머의 작품에 등장하는 인물이나 파플라고니아 사람* 같은 이였다. 여기에 밝힐 수가 없어 애석할 따름이지만, 그의 이름은 그에게 참으로 잘 어울릴 뿐 아니라 시적이기도 했다. 그는 캐나다 태생의 나무꾼이자 기둥 만드는 일을 했는데, 하루에 50개의 기둥에 구멍을 팔 수 있었다. 그는 전날 저녁 식사로는 자기 개가 잡아온 우드척을 요리해 먹었다고 했다.

그도 역시 호머에 대해 들어봤다고 하면서 "만약 책이 없다면 ⋯⋯비오는 날 할 일이 없을 겁니다"라고 말했다. 그렇지만 나는 그가 여러 번의 우기를 거치는 동안에도 책 한 권을 제대로 다 읽지는 못했으리라 짐작한다. 그가 고향에 있을 때, 그리스어를 말할 줄 아는 그의 교구 신부가 호머의 운문 읽는 법을 그에게 가르쳐 주었다고 했으나, 이제는 그가 호머의 작품을 들고 있는 동안 내가 그 내용을 번역해 주어야 했다. 아킬레우스가 파트로클로스의 슬픈 안색을 질책하는 부분이었다.

왜 눈물짓고 있는가, 파트로클로스여. 꼭 어린 계집애 같지 않은가?
혹시 프시아에서 온 소식을 혼자 듣게 된 것은 아닌가?
악토르의 아들 메노이티우스가 아직 살아 있고,

* 흑해 연안의 고대 소아시아 지역에서 가장 역사가 깊었던 민족이다.

아이아코스의 아들 펠레우스도 미르미돈 사람들 사이에 살아
있다고들 하더군.
둘 중 하나라도 죽었다면, 우리가 크게 슬퍼해야겠지.*

"이거 정말 좋은데요"라고 나무꾼이 말한다. 오늘은 일요일
이다. 아침나절 그는 어느 환자를 위해 채집한 흰떡갈나무 껍
질 큰 다발을 옆구리에 끼고 있었다. 그리고 그는 "오늘 이런
걸 모으러 돌아다닌다고 그리 해될 건 없겠지요?"라고 덧붙인
다. 책의 내용이야 무슨 말인지 잘 이해하지 못했어도, 그에게
호머는 위대한 작가였다. 이 나무꾼보다 더 소박하고 자연 친
화적인 사람이 또 있을까 싶었다. 전 세계에 암울한 도덕적 그
림자를 던지는 악덕과 질병도 그에게는 아무런 영향을 미치지
않는 듯했다.

나이가 스물여덟쯤 된 그는 12년 전에 캐나다 있는 부모님
집을 떠나 미국으로 왔다. 그는 언젠가 고향에 농장을 마련할
생각으로 돈을 벌고 있었다. 외모는 무척이나 험하게 생겼고,
체격은 단단했지만 좀 굼뜬 편이었다. 그러나 태도는 점잖았다.
햇볕에 그을린 목은 굵직했고, 검은 머리는 부스스했으며, 푸른
눈은 흐릿하고 졸린 듯했지만, 그래도 이따금씩 반짝이며 감정

---

*《일리아드》, 16편 도입부 중에서.(원주)

을 표현하기도 했다. 그는 납작한 회색 천 모자를 쓰고 우중충한 색깔의 양모처럼 보이는 외투와 소가죽 장화 차림이었다.

그는 고기를 엄청나게 먹어 댔다. 그리고 여름 내내 나무를 베어 냈는데, 보통 내 집 앞을 지나 3킬로미터쯤 떨어진 일터까지 양철통에 도시락을 싸 가지고 다녔다. 안에 든 음식은 대개 차게 식힌 고기, 즉 우드척 고기와 커피였는데, 커피는 돌로 만든 병에 담아 허리띠에 매달고 다녔고, 가끔은 내게도 한 잔씩 권하곤 했다.

그는 아침 일찍 집을 나서 내 콩밭을 가로질러 갔으며, 여느 미국 사람들처럼 조바심을 내거나 서두르는 기색은 없었고 몸이 상할 정도로 일을 하지도 않았다. 입에 풀칠할 정도만 벌어도 개의치 않았다. 길을 가다 기르는 개가 우드척이라도 잡는 날이면, 도시락을 수풀 속에 던져두고 2킬로미터가 더 되는 길을 되돌아가서 고기를 손질해 하숙집 지하 저장고에 넣어 두고 왔다. 그러나 그 전에 한 30분 정도는 밤이 될 때까지 호수 물에 우드척을 담가 두는 것이 더 낫지 않을까 곰곰이 생각하곤 했다. 그런 문제를 골몰히 생각하는 것을 워낙에 좋아하기 때문이다. 아침에 내 집 앞을 지날 때면 "저 산비둘기 떼 좀 보세요! 매일 일해야 하는 처지만 아니라면, 사냥을 해서 고기를 마음껏 구할 수 있을 텐데. 산비둘기, 우드척, 산토끼, 꿩, 말만 해 보세요! 하루만 사냥해도 일주일분은 잡을 수 있을 거예요"라고 말하기도 했다. 그는 솜씨 좋은 나무꾼이라서, 간혹 멋을 부려 자신의 일감을 근사하게 장식해 보이기도 했다. 나무를 자를 때는 지면에 가깝도록 바투 잘라 냈다. 이리하면 후에 주변의 새순이 훨씬 왕성하게 자라기도 하고, 썰매도 나무 둥치에 걸리지 않고 미끄러져 내려갈 수 있다. 그리고 패 놓은 장작 다발을 받쳐 두었던 통나무도 그대로 내버려 두지 않고 얇게 벗겨 내거나 쪼개서 훗날 필요하면 손으로라도 꺾어 쓸 수 있도록 해 두었다.

내가 그에게 관심을 두었던 이유는, 조용하고 고독하게 지내면서도 참으로 행복해 보였기 때문이다. 만족스러운 쾌활함이 그의 눈에서 샘처럼 흘러 넘쳤다. 그의 기쁨은 순수했다. 때로 나는 숲에서 나무를 베고 있는 그와 마주치곤 했는데, 그때마다 그는 표현할 수 없을 만큼 만족스러운 웃음소리로 나를 맞이했고, 영어를 할 줄 알면서도 캐나다식 프랑스어로 인사말을 건넸다. 내가 다가가면, 그는 하던 일을 멈추고, 기쁨을 억누르지 못하겠다는 듯, 자신이 베어 놓은 소나무 곁에 벌렁 드러누웠다. 그리고는 소나무 속껍질을 벗겨 돌돌 말아서는 웃으며 이야기를 나누는 동안 질겅질겅 씹었다. 그에게서는 동물 같은 활기가 흘러 넘쳤다. 간혹 뭐가 됐든 재미있는 일화라도 생각나면 웃다가 쓰러져 바닥을 데굴데굴 굴렀다. 또, 주변의 나무를 둘러보며 "아, 정말이지! 나무 베는 일만큼 즐거운 것도 없다니까요. 이보다 더 재미있는 일은 바라지도 않아요"라고 소리 지르기도 했다.

때로 한가할 때면, 그는 작은 권총 한 자루를 쥐고 온종일 숲을 헤매 돌아다니며, 일정한 간격을 두고 자신에게 바치는 축포를 쏘며 즐거워했다. 겨울에는 모닥불을 피워 두고 점심 먹을 시간에 맞춰 커피 주전자를 데웠다. 그가 점심을 먹으려고 통나무에 걸터앉으면, 가끔 박새가 몰려와 그의 팔에 올라앉았고, 손가락으로 감자를 집어 주면 쪼아 먹기도 했다. 그러면 그는 "요 작은 녀석들이 주변에 있어서 참 좋다니까요"라고 말했다.

내면만 살핀다면, 그는 동물적인 면이 주로 발달돼 있었다. 육체적인 지구력과 만족감 면에서는 소나무와 바위의 사촌 격이라 할 만했다. 한번은 내가 그에게 온종일 일하고 나면 밤에 피곤하지 않느냐고 물었다. 그러나 그는 매우 진지하고 심각한 표정으로 "천만에요. 평생 피곤이라고는 느껴 본 일이 없어요"라고 대답했다. 하지만 그의 내면에 있는 지적인, 소위 정신적인 인간은 갓난아기의 내면에 있는 인간과 마찬가지로 잠들어 있었다. 그는 가톨릭 사제가 원주민을 가르칠 때 이용하는 순진무구하고 비효율적인 방법으로 교육받았다. 하지만 그런 식으로 배워서는 결코 사물을 자각하는 수준에는 도달할 수 없다. 그저 상대를 신뢰하고 존경하는 법만을 배울 뿐이다. 따라서 세월이 흘러도 아이가 어른으로 성장하도록 돕지 못하므로,

그저 어린아이로만 남아 있게 한다. 자연은 그를 창조하면서 칠십 평생을 어린아이로 살아갈 수 있도록 강인한 육신과 만족을 그의 몫으로 떼어 주면서, 무너지지 않도록 존경과 신뢰라는 기둥으로 사방을 받쳐 주었던 것이다.

그는 참으로 순수하고 단순하기까지 해서 도무지 아무에게도 소개할 수가 없다. 우드척을 이웃 사람에게 소개할 수 없는 이치나 마찬가지다. 다시 말해, 내가 그랬듯이 이웃 사람도 스스로 그가 어떤 사람인지 알아 가야만 한다. 그는 자기 자신의 역할 이외에는 그 어느 역할도 하지 않으려 한다. 사람들이 그에게 일감을 주고 품삯을 치러 먹고 입을 수 있게 해 주었으나, 그는 다른 사람과 의견을 나누는 법이 없었다. 만약 그 무엇도 열망하지 않는 이를 겸허하다 할 수 있다면, 그는 실로 타고나기를 단순하고 겸허하다고 할 수 있겠다. 따라서 겸허함이라는 기질이 그리 도드라지는 장점으로 보이지도 않았고, 그 자신도 스스로가 겸허하다는 것을 깨닫지 못했다. 그는 자기보다 현명한 사람을 신이라 생각했다. 만약 그런 사람이 오고 있다고 말해 준다면, 그는 그런 대단한 사람이 자기같이 하찮은 사람에게는 아무런 볼일도 없으리라 생각할 테고, 그 사람이 모든 책임을 떠맡고 자신은 그냥 내버려 두리라 생각할 것이 뻔했다.

그는 생전 칭찬이라고는 들어 본 일이 없다. 또한 작가나 설교자를 특히 존경한다. 그들이 하는 일을 기적처럼 여길 정도

다. 내가 글을 많이 쓴다고 하니, 그냥 종이에 글씨를 쓴다는 의미로 받아들이고 오랫동안 그렇게 생각하기까지 했을 정도다. 그 역시도 글씨는 꽤 잘 썼기 때문이다. 가끔 나는 대로변에 쌓인 눈 위에 그가 자신의 고향 교구의 이름을 적절한 강세 부호까지 곁들여 불어로 정갈히 적어 놓은 것을 보고는 그가 그 길로 지나갔음을 알아보곤 했다. 나는 그에게 생각하는 바를 글로 써 보고 싶다는 생각을 혹시라도 해 본 적이 없느냐고 물었다. 그러자 그는 글을 모르는 사람들을 위해 편지를 읽거나 써 준 적은 있지만, 생각하는 바를 써 보고 싶다는 생각은 해 본 적이 없다고 하면서 "아니요, 그건 못할 것 같아요. 무슨 말로 시작해야 할지도 모르겠는데, 그걸 생각하다가는 지레 죽고 말걸요. 게다가 철자까지 신경 써야 하잖아요!"라고 대답했다. 언젠가 저명하고 똑똑한 사회개혁가가 그에게 세상이 바뀌기를 바라지 않느냐고 물어보았다고 한다. 하지만 그는 당시 그런 문제가 세간의 화젯거리였다는 사실을 전혀 모른 채, 놀라서 껄껄거리며, 캐나다 억양으로 "아니요, 난 지금도 충분히 좋아요"라고 대답했다고 한다.

만약 어느 철학자가 그를 만나 이런저런 이야기를 나누었더라면 예기치 않게도 많은 것을 배웠으리라. 잘 모르는 사람이 본다면, 그는 대체로 무식해 보일 수 있다. 그러나 나는 가끔 그의 내면에서 전에는 한 번도 본 적이 없는 인간을 발견하곤 한다. 나는 그가 셰익스피어만큼이나 현명한지, 혹은 그저 무지한 어린아이나 마찬가지인지 알 수가 없다. 또는 섬세한 시인의 의식을 보이는 자인지, 그저 어리석은 자에 불과한지도 모르겠다. 어느 마을 사람은 그가 꼭 맞는 작은 모자를 쓰고 혼자 휘파람을 불면서 한가로이 마을을 지나는 모습을 보고 있노라면, 신분을 가장하고 돌아다니는 왕자의 모습이 떠오른다고 말하기도 했다.

그가 가진 책이라고는 연감과 산술 책이 전부였는데, 그는 산술에 상당히 뛰어나기도 했다. 연감은 그에게 일종의 백과사전이었다. 그는 연감에 인간의 모든 지식이 압축돼 들어가 있다고 생각했다. 사실 어느 정도까지는 그렇기도 했다. 나는 당시의 여러 개혁에 관해 그에게 이런저런 질문을 하곤 했다. 그러면 그는 참으로 단순하고도 실용적인 관점에서 자신의 견해를 말해 주었다. 그런 얘기를 전에 들어 본 적도 없었을 테지만 전혀 개의치 않았다. 예를 들어, 내가 "자네는 공장 없이도 살 수 있겠는가?"라고 물으면, "지금 입은 옷이 버몬트 지역에서 가내수공업으로 짠 회색 천으로 지은 건데, 입을 만해요"라는 대답이 돌아왔다. "그럼 차나 커피가 없다면 어쩌겠는가? 물말고 이 나라에 마실 만한 다른 것이 있겠는가?"라는 질문에는 "솔송나무 잎을 물에 담가 마셔 본 적이 있는데, 더울 때는 그게 물보다 낫더라고요"라고 대답했다.

내가 돈 없이도 살 수 있겠느냐고 물었을 때는 돈이 얼마나 편리한지에 대해 설명하기까지 했는데, 그 설명은 화폐 제도의 기원에 관한 가장 철학적인 해석과도 일치하고, 라틴어로 '돈'을 의미하는 '페쿠니아'라는 단어의 어원과도 일치했다. 이를테면, 그의 재산이 소 한 마리뿐인데, 상점에 가서 바늘과 실을 사고 싶다고 하면 바늘과 실 값에 해당하는 만큼만 소를 저당 잡힐 수도 없고, 할 수 있다 하더라도 매번 구입할 물건이 있을 때마다 그리 한다면 불편하기 그지없으리라는 것이었다.

그는 여러 제도를 그 어떤 철학자보다도 훌륭히 옹호할 수 있었다. 자신과 관련지어 설명함으로써, 그 제도가 널리 행해지는 진짜 이유를 제시할 뿐 아니라, 괜히 다른 이유를 찾는답시고 고민하는 일도 없었기 때문이다. 어느 날 내가 플라톤이 인간을 '깃털 없는 두 발 동물'이라 했더니, 어떤 사람이 깃털을 뽑은 수탉을 들어 보이며 그것이 '플라톤의 인간'이라고 했다는 이야기를 들려주었다. 그랬더니 그는 인간과 닭은 무릎이 서로 반대 방향으로 굽는다며, 그게 중요한 차이점이라 생각한다고 말했다. 그는 가끔 "난 얘기 나누는 게 정말 좋아요! 아, 정말이지, 온종일이라도 떠들 수 있을 것 같다니까요!"라고 소리를 지르기도 했다.

언젠가 여러 달 만에 그를 만났을 때, 나는 여름 동안 뭐 새롭게 떠올린 생각이라도 있는지 물었다. 그러자 그는 "생각이라

뇨. 나처럼 일에 치어 사는 사람은, 평소 하던 생각이나마 잊어 버리지 않으면 다행인걸요. 만약 함께 밭을 매던 사람이 밭매기 경주를 하자고 하면, 내 생각은 거기에 온통 매달릴 거예요. 잡초 뽑는 생각만 할 거라는 거죠"라고 대답했다. 이렇게 오래간만에 만나는 경우에는 그가 먼저 내 일에 무슨 진척이라도 있는지 물어 오기도 했다.

어느 겨울날 나는 그에게 늘 자신에게 만족하고 사는지 물어 본 적이 있다. 바깥세상의 사제를 대신하는 자기 내면의 사제가 존재한다는 사실과, 더 높은 차원에 놓인 삶의 목적도 있다는 사실을 그에게 알려 주고 싶어서였다. 그러자 그는 "만족이라!"라고 탄성을 내지르더니, "어떤 사람이 이거에 만족하면, 또 어떤 사람은 저거에 만족하는 법이죠. 뭐, 부족한 게 없는 사람이야 온종일 화로 앞에 앉아 밥만 배불리 먹어도 충분히 만족할 테니까요. 내, 참!"이라고 대답했다.

그러나 나는 아무리 이런저런 수를 써 보아도, 그가 사물을 정신적인 관점으로 바라보게끔 이끌어 갈 수는 없었다. 그가 이해하는 가장 높은 개념은 동물이라도 충분히 이해할 만큼 간단한 편의성 정도였다. 물론 사실상 대부분의 인간도 많이 다르지는 않을 터다. 삶의 방식을 좀 개선해 보면 어떻겠느냐고 물어보면, 전혀 애석해하는 기색도 없이 그러기에는 너무 늦었다고 대답할 뿐이었다. 그러나 그는 정직과 여러 미덕의 가치

만은 철저히 믿었다.

미흡하기는 해도, 나는 그의 내면에 확고한 독창성이 존재함을 느낄 수 있었다. 그리고 가끔은 그가 독자적으로 사고하며 나름의 의견을 표현하는 모습도 목격했다. 하지만 매우 드물게 볼 수 있는 현상이라, 그 장면만 목격할 수 있다면 나는 언제든 천 리 길이라도 마다치 않고 달려갔을 것이다. 사회의 온갖 제도가 다시 창조되는 장면을 목격하는 것이나 다를 바 없을 테니 말이다. 비록 주저하며 말하기도 하고, 또 의견을 명확히 표현하지는 못했어도, 그는 언제든 다른 사람 앞에 펼쳐 놓을 사상을 품고 있었다. 그러나 그 사상이라는 것이 단지 학식만 쌓은 사람의 단순한 사상보다는 유망하다 할지라도, 무척이나 원시적일 뿐 아니라, 동물적인 삶에 푹 젖어 있는 상태에서 나오는 것이라 누군가에게 전달할 수 있을 만큼 무르익는 경우는 드물었다.

그의 존재는 사회의 밑바닥 계층에도 얼마든지 뛰어난 사람이 있을 수 있음을 암시했다. 그들은 평생 가난하고 무식한 상태를 벗어나지 못한다 하더라도, 늘 독자적인 견해를 품고 살아가며 자신이 세상 모든 것을 다 안다는 듯 잘난 척하지 않는다. 또한 겉으로는 어둡고 혼탁해 보일지라도 월든 호수만큼이나 한없이 깊은 속내를 품고 있다.

많은 나그네가 나를 만나 내 오두막 안을 들여다보고 싶은 마음에, 일부러 길을 돌아와서는 찾아온 구실이랍시고 물을 한 잔 청하고는 했다. 그러면 나는 손가락으로 호수를 가리키며 그 물을 그냥 마신다고 대답하고는, 바가지를 빌려 주겠다고 제안한다. 마을에서 멀리 떨어져 산다고 해서, 매년 4월 초순이 되면 열리는 연례 방문 행사에서 나만 제외시켜 달라고 할 수는 없는 노릇이었다. 그때가 되면 모두가 바쁘게 이 집 저 집을 돌아다닌다.

간혹 방문객 중에는 좀 특이한 사람이 끼어 있기도 하다. 하지만 그 와중에도 나는 내 몫의 행운을 찾아 챙겼다. 이를테면, 구빈원 같은 곳에서 지내는 약간 지능이 모자라는 사람들이 나를 찾아오는 경우가 있었다. 그러면 나는 그들이 온갖 지혜를 짜내서 마음에 품은 생각을 모두 털어놓도록 백방으로 도왔다. 그런 경우 나는 '지혜' 자체를 우리 대화의 주제로 삼았고, 그 보상을 받기도 했다. 가끔은 그들 중에 몇몇이 소위 말하는 빈민 '감독관'이나 마을의 행정위원보다도 훨씬 현명하다는 사실을 알아내곤 했다. 그러면 이제 그들에게도 '감독'할 수 있는 기회가 돌아가야 하지 않을까라는 생각이 들었다. 즉, 지혜에 관한 한, 지능이 좀 모자라는 사람이라 해도 성한 사람이나 별 차이 없다는 사실을 배우게 된 것이다.

특히 어느 날, 남에게 해 끼칠 줄도 모르고 지능도 떨어지는 한 가난한 남자가 나를 찾아와서는 나와 같은 식으로 살아보고 싶다는 소망을 털어놓은 일이 있다. 전에 나도 그가 다른 사람들과 함께 들판에 놓인 쌀부대 위에서 앉았다 일어났다 하며 소 떼는 물론이고 자기 자신도 길을 잃지 않도록 망을 보고 있는 모습을 목격한 일이 있다. 한마디로 울타리가 할 일을 대신하고 있었던 것이다. 그는 지나치게 겸손한 것인지, 아니면 아예 겸손함의 경지에는 미치지도 못한 것인지는 모르겠지만, 궁극의 단순함과 솔직함으로 자신은 '지능에 결함이 있다'고 이야기했다. 정말로 그렇게 말했다. 신이 자신을 그렇게 만들기는 했지만, 그래도 다른 사람과 마찬가지로 자신을 돌봐 주고 계신다고 생각하기도 했다.

그는 내 앞에 서서 자기 말의 진실성을 입증하기라도 하듯 "계속 이랬어요. 어릴 때부터 내내 머리가 나빴어요. 다른 애들과는 달랐어요. 머리가 약해요. 하늘의 뜻이래요"라고 말했다. 내게 그의 존재는 형이상학적인 수수께끼였다. 나는 이처럼 희망에 들뜬 마음으로 동료 인간을 만나 본 적이 없었다. 그가 하는 말은 모두 지극히 소박하고 성실하며, 진실하기까지 했다. 그러니 자신을 낮출수록 그는 더욱 숭고해 보였다. 사실 처음에는 눈치채지 못했지만, 그것은 그의 현명한 정책의 결과였다. 이 가난하고 지능이 낮은 가엾은 이가 다져 놓은 진실과 솔직함을 기반으로 삼아 출발한다면, 우리의 교제도 현인들 간의 교류를 훨씬 능가하는 훌륭한 것이 되리라.

대체로 마을에서는 빈민이라 여겨지지 않지만 빈민으로 대접받아야 마땅한 사람들, 다시 말해 어느 모로 보더라도 세상의 빈자 중 하나인 사람들이 나를 찾아올 때가 있었다. 그들은 사람들의 환대가 아닌, '구제'를 받으려 하는 자들이다. 따라서 어떻게든 도움을 받으려 할 뿐 아니라, 자신들은 결코 자립할 생각이 없다는 결심 한 가지만은 미리 상대에게 적극적으로 알리려 한다. 나는 방문객이 세상에서 가장 왕성한 식욕을 자랑하더라도 상관없지만(대체 어디서 그런 식욕을 얻었는지는 모르겠으나), 실제로 거의 아사할 지경이 되어 나를 찾아오는 일은 없었으면 한다. 자선의 대상이 될 정도면 손님이라 할 수 없지 않은가. 간혹 어떤 이는 내가 하던 일로 돌아가 그의 질문에 점차 냉담하게 대꾸하더라도, 돌아갈 때가 됐다는 사실을 전혀 깨닫지 못하기도 한다.

사람들의 이동이 잦은 계절이면, 지적 수준도 제각각인 사람들이 나를 찾아왔다. 간혹 주체하기 힘들 만큼 지능이 뛰어난 이도 있었고, 농장에서 도망쳐 나왔음에도 여전히 농장에서의 습관이 몸에 배어 있는 노예들도 있었다. 그들은 우화*에 등장하는 여우처럼 자신을 뒤쫓아 오는 사냥개 짖는 소리가 들리지

---

* 이솝(Aesop),《수탉과 여우(The Cock and the Fox)》.(원주)

않나 해서, 때로 가만히 귀를 기울이고 있었다. 그럴 때면 간청하는 듯한 눈빛으로 나를 바라봤는데, 마치 다음과 같이 말하는 듯했다.

오, 기독교인이여, 나를 돌려보내시렵니까?*

이중에는 내가 북극성을 따라 계속 도망갈 수 있도록 도와준 진짜 도망 노예도 한 명 있었다. 병아리 한 마리를 데리고 다니는 닭처럼 오직 한 가지 생각만 하는 사람도 있었다. 그런데 그 병아리가 실은 오리 새끼였다면 어쩌겠는가? 그런가 하면 생각만 많고 머리는 덥수룩한 사람도 있었다. 그들은 한 마리 벌레를 쫓아다니는 백 마리의 병아리를 돌봐야 하는 암탉과도 같다. 그런 닭은 어쩔 수 없이 매일 스무 마리 정도를 아침 이슬 속에 잃어버리니 새끼를 찾겠다고 깃털은 다 빠지고 꼴은 지저분하기 이를 데 없어지는 것이다. 양다리 대신 사상으로 돌아다니는 일종의 지적인 지네 같은 사람도 있었는데, 그런 사람을 보면 온몸에 벌레가 기어 다니듯 소름이 돋곤 했다. 어떤 사람은 화

* "사냥개가 내 뒤를 쫓으며 으르렁대고 있는데도 / 오, 기독교인이여, 나를 돌려보내시렵니까?", 일라이저 라이트(Elizur Wright), 〈도망 노예에서 기독교인으로(The Fugitive Slave to the Christian)〉, 조지 W. 클라크(George W. Clark)의《자유의 음유시인(The Liberty Minstrel)》중에서.(원주)

이트산맥에 가면 그러듯이 방문객의 이름을 적을 방명록을 하나 비치해 두는 것이 어떻겠느냐고 제안하기도 했다. 그러나 다행히도 나는 기억력이 좋아 그런 것은 필요치 않았다.

이렇게 방문객들을 맞이하다 보면 그들의 기이한 특징을 알아차리지 않을 수 없었다. 어린애들이나 젊은 여성은 대개 숲에 들어오는 것을 좋아하는 듯했다. 그들은 호수를 들여다보기도 하고 꽃들을 유심히 살피기도 하면서 시간을 유용하게 썼다. 그런데 장사치나 농부들은 오직 내 고독한 삶이나 일거리 그리고 내가 이런저런 것에서 너무 멀리 떨어져 사는 것이 아닌지에 대해서만 궁금해했다. 그들은 가끔 숲을 거니는 것도 좋아한다고 말했지만, 결코 그렇지 않으리라는 사실은 불을 보듯 뻔했다.

돈을 벌어 생계를 책임지는 데만 온통 시간을 쓰느라 안절부절못하고 속박된 삶을 살아가는 사람들. 자기가 신을 독차지하기라도 한 듯, 신에 대해서만 이야기하며 다른 사람의 의견 같은 것은 안중에도 없는 목사들. 의사나 변호사, 그리고 내가 집을 비울 때면 몰래 들어와 찬장이며 침대를 엿보는 부산한 아낙네들(대체 ○○ 부인은 내 이불보가 자신의 것만큼 깨끗하지 않다는 걸 어떻게 알았을까?). 그리고 젊음을 포기하고 전문직이라는 잘 닦인 길을 따라 가는 것이 안전하다고 결론 내린 젊은이들. 이들 모두가 나처럼 살아서는 좋은 일을 할 수 없다고 한입처럼 말하곤 했다. 이런! 그것이 문제였다는 말인가!

나이나 성별에 관계없이, 노인, 병자, 겁쟁이들은 병이나 갑작스런 사고, 혹은 죽음에 대해서만 생각했다. 그들에게 삶이란 위험으로 가득 찬 것이다(하지만 위험에 대해 생각하지 않는데도 위험이 존재할까?). 따라서 그들은 사람이 신중하다면 의사 B가 즉시 달려올 수 있는 안전한 장소에서 절대 벗어나서는 안 된다고 생각했다. 그들에게 마을(community)은 말 그대로 '공동-방위체(com-munity)', 즉 공동으로 방어하는 동맹이었기에 약상자 없이는 월급도 따러 가지 않을 것이 보나마나 뻔하다. 그러나 인간이 살아 있는 한, 죽을 위험도 늘 함께하는 법. 물론 처음부터 죽은 듯이 살아간다면야 그만큼 죽을 위험도 적어지는 게 당연하겠지만, 인간은 앉아 있어도 달릴 때만큼 위험하기는 마찬가지다. 마지막으로 자칭 개혁가들만큼 지겨운 인간들도 없다. 그들은 내가 늘 다음과 같은 노래만 부른다고 생각한다.

이것은 내가 지은 집.
이 자는 내가 지은 집에 사는 남자.

그러나 개혁가들은 이 노래에 다음 행도 있다는 사실을 까맣게 모른다.

저들이 내가 지은 집에 사는 이를
근심하게 만드는 자들이라네.

나는 닭을 기르지 않기에, 닭을 노리는 매는 두려워하지 않는다. 하지만 인간을 노리는 인간은 좀 무섭다. 그런 자들과는 달리 반가운 방문객도 있었다. 딸기를 따러 오는 아이들, 깨끗하게 손질한 셔츠를 입고 일요일 아침 산책을 나오는 철로 인부들, 어부와 사냥꾼, 시인, 철학자, 한마디로 자유를 찾아 마을을 등지고 숲으로 들어서는 모든 순례자는 언제든 반가운 마음으로 맞이하곤 했다. "어서 오세요, 잉글랜드 분들! 어서 오세요, 잉글랜드 분들!"* 왜냐하면 그들과는 이미 오래전부터 친분을 나눠 왔기 때문이다.

---

* 사모세트 인디언이 플리머스에 도착한 잉글랜드 청교도인들을 맞이하며 건넸던, 자주 인용되는 인사말이다.(원주)

콩밭

그러는 사이 길게 늘어놓으면 총 11킬로미터가 넘는 개간지 밭이랑에 심어 놓은 콩이 참을성 있게 김매기를 기다리고 있었다. 가장 먼저 심은 이랑의 콩은 마지막 이랑을 심기도 전에 이미 한참 자라 있기도 했다. 그러니 괭이질을 더는 미룰 수가 없었다. 꾸준히 자존감을 품고 해야 하는 헤라클레스에게나 어울릴 법한 이 풀 뽑기라는 고행이 대체 무슨 의미가 있는지 나는 알지 못했다. 그럼에도 원하던 정도보다 훨씬 많은 양의 콩을 심어 두었고, 점차 콩밭과 콩을 사랑하게 되었다. 콩 덕분에 나는 대지에 애착을 품게 되었고, 안타이오스*만큼이나 장사가 되

---

* 그리스 신화에 등장하는 힘센 거인이다.

었다. 그런데 왜 내가 콩을 재배해야만 할까? 그건 하늘만이 알고 있으리라.

전에는 양지꽃과 검은딸기, 물레나물 같은 달콤한 야생 열매나 아리따운 꽃만 재배하던 땅에서 콩을 생산하기 위해 나는 여름내 정성들여 노동을 했다. 그러면서 생각했다. 나는 콩에 대해서, 그리고 콩은 나에 대해서 무엇을 배워야 할까? 나는 콩을 소중히 돌보고, 잡초를 뽑고, 아침저녁으로 콩밭을 살핀다. 이것이 내 하루 일과다. 여리고 넓적한 콩잎은 보기도 좋다.

나를 돕는 일꾼은 마른 땅을 촉촉이 적시는 이슬과 빗방울과 이 메마르고 척박한 땅에 적게나마 남아 있는 비옥함이다. 한편 서늘한 날씨와 우드척, 해충은 나의 적이었다. 녀석들은 4분의 1에이커나 되는 땅에 심어 놓은 콩을 깨끗이 먹어 치워 버렸다. 그렇다면 나는 무슨 권리로 물레나물 같은 여타의 식물을 몰아내고 그들의 오래된 약초밭을 뒤엎었다는 말인가? 하지만 머지않아, 살아남은 콩들은 우드척도 이겨 낼 만큼 튼튼히 자랄 테고, 그렇게 되면 곧 새로운 적을 만나게 될 터다.*

지금도 생생히 기억하는데, 나는 네 살 되던 해 보스턴에 살

---

* 야생 대 경작지라는 이 흥미로운 문제는 여전히 많은 환경 철학자의 관심을 사로잡고 있다. 이에 대해 가장 깊이 있는 견해를 접해 보고 싶다면, 켄터키 주의 농부이자 수필가인 웬들 베리(Wendell Berry)의 작품 중 어느 것을 읽어 보아도 좋을 터다.(원주)

다가 이 고향 마을로 다시 돌아왔다. 이사하던 당시 바로 이 숲과 밭 근처를 지나 호수까지 갔었다. 그것이 내 기억 중에 가장 오래되었다 할 수 있는 여러 장면 중의 하나다. 바로 오늘 저녁, 그 호수 위에서 내가 연주하는 플루트 소리가 고요함을 흩뜨리며 메아리치고 있다. 호숫가의 소나무는 내가 태어나기도 전부터 이곳에 서 있었다. 행여 나무 몇 그루가 쓰러지기라도 하면, 나는 그것을 모아 밥을 짓는 땔감으로 사용했다. 나무가 쓰러진 자리에는 새순이 자라나서 새로 태어나는 아이들의 눈을 위해 새로운 풍경을 준비해 간다. 물레나물이 다년생인 까닭에 이 목초지에는 매년 똑같은 뿌리에서 똑같은 물레나물의 싹이 튼다. 이제 나는 어릴 때 꿈꾸던 저 동화 같은 풍경에 옷을 입히는 데 나름의 몫을 하게 되었다. 내 존재감이 콩잎이나 옥수수잎 그리고 감자 줄기의 형태로 나타난 것이다.

나는 고지대에 있는 2에이커 반 정도 되는 밭에 콩을 심었다. 그 땅은 개간한 지 겨우 15년 정도밖에 되지 않았고, 내가 직접 곳곳에 나무 그루터기를 파내기도 했던 터라 거름을 전혀 하지 않았다. 그런데 여름에 괭이질을 하다가 땅속에서 화살촉을 발견했다. 그것은 백인들이 들어와 땅을 개간하기 전부터 이곳에 살았으나 지금은 멸종한 어느 부족이 이 땅에 옥수수나 콩을 키웠다는 의미였다. 그리고 그것은 이곳에 콩이 자랄 만한 지력을 이미 어느 정도 사용해 버렸다는 의미이기도 했다.

우드척이나 다람쥐가 길을 건너오기 전에, 또는 태양이 아직 떡갈나무 관목 위로 떠오르기 전, 아직 이슬이 마르지 않고 맺혀 있는 동안 나는 콩밭에 무성히 자란 오만하기 그지없는 잡초의 전열을 무너뜨리고 그 위에 흙을 덮기 시작했다. 비록 농부들은 이슬이 맺혀 있는 동안에는 일을 하지 말라고 경고했지만, 나는 가능한 한 이슬이 맺혀 있는 이른 시간에 할 일을 다 해치워 버리라고 권하고 싶다. 그리하여 나는 이른 아침 맨발로 나서 마치 조형 예술가라도 된 듯이 이슬에 젖어 쉽게 부서지는 흙더미를 밟고 돌아다녔다. 그러나 해가 지기 시작할 때쯤이면, 뜨거운 태양열 때문에 발에 물집이 잡히곤 했다.

이렇게 햇빛이 잡초 솎아 낼 곳을 밝게 비춰 주는 동안, 나는 노란 자갈이 깔린 고지대에서 거의 80미터나 뻗어 있는 기나긴 초록의 이랑 사이를 앞뒤로 오가며 잡초를 뽑았다. 이랑 한쪽 끝에는 떡갈나무 관목 숲이 있어서 틈틈이 그늘에서 쉴 수 있었다. 반대편 끝은 검은딸기 밭이었는데, 내가 한 바퀴씩 돌고 올 때마다 녹색의 열매가 점점 무르익어 가는 듯했다. 나의 일과는 잡초를 뽑고 콩대 주위에 새 흙을 덮어 주고, 내가 씨 뿌린 식물의 기운을 북돋우고, 황토가 그 여름날의 추억을 쑥이나 후추, 나도겨이삭이 아닌 콩잎과 꽃으로 표현하도록 이끌어 결국에는 대지가 풀 대신 콩을 말하도록 하는 것이었다.

나는 말이나 소는 물론이고, 어른이든 아이든 일꾼의 도움

없이 개량된 농기구도 이용하지 않고 일했기에, 일의 속도는 느렸지만 덕분에 내 콩들과 그 어느 때보다도 훨씬 친밀해질 수 있었다. 그러나 손으로 하는 노동이 힘들고 단조롭기는 해도, 결코 최악의 태만함이라 말할 수는 없을 터다. 육체노동에는 늘 불멸의 교훈이 깃들어 있어, 학자에게는 그 어떤 노동보다 훌륭한 결과를 안겨 주기 때문이다.

어디로 향하는지는 모르겠지만, 링컨과 웨일런드를 지나 서쪽으로 향하는 여행자의 눈에는 내가 전형적인 '아그리콜라 라보리오수스(agricola laboriosus)'*로 보였을 것이다. 그들은 이륜마차에 편안히 걸터앉아 팔꿈치를 무릎에 괴고 고삐를 꽃줄처럼 느슨히 늘어뜨린 채 가고 있었으나, 나는 고향에 머물며 힘들게 땅이나 일구는 사람일 뿐이었다. 그러나 곧 나의 농지는 그들의 시야와 생각에서 멀어져 갔다. 사실 인근에서 길 양쪽으로 멀리까지 탁 트여 있는 경작지라고는 내 농토뿐이었기에, 오가는 여행객의 호기심을 자극할 수밖에 없었을 터다. 밭에서 일하다 보면 그들이 나누는 대화 소리가 의도치 않게 내 귀에까지 들려오는 경우가 종종 있다.

"콩을 이리 늦게 심으면 어쩌나! 강낭콩 심기에도 늦었지!" 다들 김매기를 시작할 때까지도, 나는 여전히 씨를 뿌리고 있었

---

* "열심히 일하는 농부"라는 뜻이다.(원주)

268

던 탓에 이런 말들을 했던 것인데, 농사라면 전문가를 자처하던 한 목사가 보기에는 한심하기 이를 데 없었으리라. "이보게, 옥수수가 제일이야. 가축의 사료로 쓸 수 있잖아. 가축의 사료." 그러자 검은 보닛을 쓴 여인이 "저 사람, 정말 저기 사는 걸까요?"라고 잿빛 외투를 입은 남자에게 묻는다. 그러면 험상궂은 인상의 농부가 고삐를 당겨 온순한 말을 멈춰 세우고, 이랑 사이에 거름이 전혀 보이지 않는데 무슨 콩 농사를 그렇게 짓느냐고 묻는다. 그리고는 톱밥이나 음식 찌꺼기, 재나 회반죽 같은 걸 좀 놓아두라고 권한다. 하지만 밭이랑이 2에이커 반이나 되는데, 내게는 수레를 대신하는 괭이 하나와 그것을 끌어당길 두 손밖에 없었다. 다른 수레나 말은 사용하고 싶지 않았고, 무엇보다 톱밥을 구하려면 멀리까지 나가야 했다. 마차에 타고 있는 다른 여행객들은 앞서 지나쳐 온 다른 농부의 밭과 내 밭을 비교하며 왁자지껄 떠들어 댔다. 덕분에 나는 농업의 세계에서 내 입지가 어느 정도인지 알 수 있었다. 내 농지는 콜먼 씨의 보고서*에는 실려 있지 않는 종류였다.

그런데 아직까지도 인간의 손길이 닿지 않은 거친 들판에서 자연이 생산하는 작물의 가치를 대체 누가 감히 평가할 수 있겠는가? 영국 건초는 신중하게 계량되고 습도도 계산되며, 규

* 당대의 농업연구가 헨리 콜먼(Henry Coleman)이 쓴 매사추세츠 주의 농업 조사보고서를 의미한다.

산염과 산화칼륨의 양까지 측정된다. 그러나 숲속의 골짜기나 작은 호수, 목초지와 습지에서도 다양한 곡물이 풍요롭게 자라고 있으나, 단지 인간의 손에 수확되지 않을 뿐이다. 다시 말해, 내 밭은 이른바 미개척지와 경작지를 잇는 연결 고리나 마찬가지였다. 어떤 국가는 문명국이고 또 어떤 국가는 반쯤만 문명국이며, 또 어느 곳은 미개하거나 야만적이라고 이야기하듯이 내 밭은 반쯤만 경작된 토지였다. 이는 결코 나쁜 의미에서 하는 말이 아니다. 내가 재배하는 콩은 기꺼이 내가 경작하는 그 야생의 상태이자 원시의 상태로 돌아가려 했고, 내 괭이는 그 콩을 위해 '랑즈 데 바슈'*를 연주했다.

가까이 있는 자작나무의 가장 높은 가지에서 갈색 지빠귀(붉은 개똥지빠귀라 부르기 좋아하는 사람들도 있다)가 마치 나와 함께할 수 있어 기쁘다는 듯 아침 내내 즐겁게 노래 부른다. 콩밭이 여기에 없었다면 아마 저 새는 다른 농부의 밭에서 노래 부르고 있었으리라. 내가 씨를 뿌리고 있자면, 녀석은 "뿌려라, 뿌려라. 덮어라, 덮어라. 뽑아라, 뽑아라, 뽑아라"라고 소리 지른다. 다행히 내가 뿌린 씨앗은 옥수수가 아니라, 녀석들

---

* 허시(Hirsh)는 소로가 프리디리히 폰 실러(Friedrich von Schiller)의 〈빌헬름 텔(Wilhelm Tell)〉(1804) 오프닝 곡인 〈목동의 노래(Ranz des Vaches)〉를 생각하고 있었다고 제안한다. 〈목동의 노래〉는 스위스에서 소 떼를 집으로 불러들일 때 부르던 목가였다.(원주)

같은 적으로부터는 안전하다. 현이 하나짜리든 스무 개짜리든 별 볼 일 없는 악기를 들고 장황하게 불러 대는 그 새의 아마추어 같은 파가니니(Niccolo Paganini)풍 공연이 대체 씨 뿌리기와 무슨 관련이 있느냐고 물어볼지 모르겠지만, 나는 걸러 낸 잿물이나 회반죽보다는 녀석의 노래가 훨씬 좋다. 그것은 내가 전적으로 신뢰하는 싸고 질 좋은 비료였다.

괭이로 흙을 긁어 이랑 쪽으로 끌어가다가, 나는 원시 시대부터 이 하늘 아래 살았던, 연대기에도 나오지 않는 어느 민족의 유골을 발굴하거나, 그들이 전쟁이나 수렵에 사용했던 작은 도구를 찾아내 현대라는 이 세상으로 끌어내기도 했다. 그것은 자연석과 뒤섞여 있었다. 인디언의 모닥불이나 햇볕에 그을린 흔적을 고스란히 간직한 것도 있었다. 최근 이 땅을 경작했던 사람들이 남긴 도기나 유리 조각도 있었다. 괭이가 돌에 부딪힐 때 내는 소리는 음악이 되어 온 숲과 하늘에 메아리쳤고, 내 노동의 동반자가 되어 이내 무한한 수확을 거둬들이게 했다. 그 순간부터 내가 괭이질하는 곳은 콩밭이 아니고, 콩밭을 호미질하는 사람도 내가 아니었다. 그런 때면 나는 많은 생각을 하지는 않았지만, 간혹 〈오라토리오〉*를 들으러 도시로 나갔던 지인들을 떠올렸는데, 그들이 자랑스럽기도 했고 한편

* 성서에 나오는 이야기 등을 극화하여 연주하는 대규모 악곡으로, 오페라보다 합창의 비율이 높다.

271

으로는 가엾기도 했다.

때로 나는 종일 밭일을 하기도 했다. 햇살이 따사로운 오후면 쏙독새가 눈의 티처럼, 아니 하늘의 눈에 들어간 티처럼 높은 곳을 선회했다. 그러다가 이따금씩 하늘을 갈가리 찢어 놓을 듯 무시무시한 소리를 토하며 급강하했지만, 하늘에는 기운 흔적 하나 남지 않았다. 쏙독새는 작은 도깨비처럼 하늘을 가득 메우고 지상의 모래밭이나 언덕 꼭대기에 자리한 바위 위에 버젓이 드러나게 알을 낳지만 사람들 눈에는 거의 띈 적이 없다. 그 새의 우아하고 늘씬한 모습은 호수에서 건져 올린 잔물결이나, 바람에 실려 하늘을 떠다니는 나뭇잎과도 같다. 이처럼 자연 속에는 여러 닮은꼴이 있다. 쏙독새는 그가 하늘을 날며 내려다보는 물결의 형제다. 바람에 부푼 그의 완벽한 두 날개는 깃털도 없이 소박한 바다의 날개에 상응한다.

또 가끔은 한 쌍의 솔개가 하늘을 날면서 높이 치솟았다가 하강하기도 하고, 서로 가까이 조우했다 멀어지기도 하는 모습을 보기도 하는데, 그것은 마치 내 사상을 그대로 구현하는 듯한 느낌을 주기도 했다. 산비둘기가 떨리는 듯 작은 날갯짓으로 전령과도 같이 바쁘게 이 숲 저 숲으로 날아다니는 모습도 참으로 아름답다. 또는 썩은 나무 그루터기 밑을 괭이로 파헤치다가 불길해 보이는 이국적 느낌의 점박이 도롱뇽이 기어 나오는 모습을 목격한 일도 있다. 왠지 이집트와 나일강이 떠오르게 했지만, 녀석도 틀림없는 우리 시대의 생물이다. 내가 괭이에 몸을 기대고 잠시 쉬고 있노라면, 바로 이런 모습들이 눈에 떠었다. 이것이야말로 전원에서 맛볼 수 있는 결코 마르지 않는 샘과 같은 즐거움이 아니고 무엇이겠는가.

경축일이면 마을에서는 축포를 쏘아 올리곤 하는데, 숲에서는 그 소리가 장난감 총소리처럼 들린다. 가끔은 군악대 연주 소리도 그렇게 먼 숲까지 들려올 때가 있다. 그러나 마을 끄트머리 콩밭에 나가 있을 때면, 대포 소리도 말불버섯 터지는 소리*로밖에는 들리지 않았다. 또 어딘가에서 내가 모르는 군사 훈련이라도 행해지면, 마을에 곧 어떤 폭발이라도 일어날 듯한 기분이 들면서 지평선에 성홍열**이나 인후염 같은 가려움증과 질병이라도 생긴 듯한 느낌이 막연히 들었다. 그러다가 마침내 들판을 너머 웨일랜드로 바삐 가는 한결 호의적인 바람이 불어와서는 그것이 '민병대의 훈련'이라는 사실을 알려 주곤 했다.

멀리서 들리는 그 웅웅거림은, 마치 누군가 양봉하는 벌이 벌집 밖에 몰려 웅웅거리면 마을 사람들이 베르길리우스의 충고에 따라 집 안에서 가장 소리가 잘 울리는 가재도구를 들고

---

* 포자를 지니고 있어서 잘 익었을 때 어딘가에 부딪히면 펑 소리를 내며 터진다.
** 과거에는 'scarlatina'라 했으나, 오늘날에는 'scarlet fever'로 알려져 있다. 'canker-rash'는 심각한 인후염의 한 형태다.(원주)

나와 쨍그랑거리면서 벌이 다시 벌집으로 들어가게 하려고 애를 쓰는 듯했다. 마침내 쨍그랑 소리가 조용해지고, 웅웅거림도 잦아들어 가장 호의적인 미풍도 아무런 소리를 전해 주지 않으면, 나는 그제야 사람들이 마지막 수벌 한 마리까지 무사하게 미들섹스의 벌집으로 몰아넣었음을 알게 되었다. 이제는 사람들이 벌집에 묻은 꿀에만 온 마음을 기울일 수 있게 된 것이다.

나는 매사추세츠뿐 아니라 고국의 자유가 이리도 안전하게 수호되고 있다는 사실을 알게 되어 매우 뿌듯했다. 그리하여 다시 괭이질을 시작할 때는 말로는 표현할 수 없는 확신에 차서 미래를 조용히 낙관하며 유쾌하게 작업에 임했다.

여러 악단이 동시에 연주를 하면 마을 전체가 하나의 거대한 풀무가 된 듯한 소리가 들려왔다. 그러면 집들이 번갈아 가며 커다란 소리를 내며 부풀었다 쪼그라드는 듯했다. 가끔은 정말로 영감을 불러일으키는 고상한 선율이 이 숲까지 울려 퍼지는 일도 있었고, 명성을 노래하는 트럼펫 소리가 들려오기도 했다. 그러면 나는 멕시코 사람을 꼬챙이에 꽂아 맛있는 양념을 바를 수도 있을 듯한 기분이 들었고(사실 늘 하찮은 것에만 목숨 걸고 싸울 필요는 없지 않은가), 그런 내 마음을 보여 줄 만한 우드척이나 스컹크가 없는지 주위를 둘러보기도 했다. 이런 군악대의 선율은 멀리 팔레스타인 쪽에서 들려오는 것만 같았고, 지평선을 따라 행진하는 십자군이 떠오르게 했으며, 그 소리에 마을 위로 높이 솟은 느릅나무 꼭대기가 심하게 전율하는 듯 보이기도 했다. 그날은 참으로 '대단한' 날이었다. 하지만 내 개간지에서 올려다보는 하늘은 평소와 조금도 다르지 않은 위대한 표정을 짓고 있었고, 내 눈에도 아무런 차이가 느껴지지 않았다.

내가 밭을 경작하며 오랫동안 콩과 맺은 교제는 매우 독특한 경험이었다. 나는 씨를 뿌리고, 김을 매고, 추수하고, 도리깨질하고, 선별하고, 마지막에는 내다 팔기까지 했다(이 마지막 일이 실은 가장 어려웠다). 직접 맛을 보기도 했으니 먹는 일도 포함시켜야겠다. 이렇듯 나는 콩에 대해 속속들이 알려고 마음먹었다. 콩이 자라는 동안에는 새벽 5시부터 정오까지 김을 매고, 오후 시간은 주로 다른 일을 하며 보냈다. 내가 온갖 잡초와 맺었던 그 기이하면서도 친밀한 관계를 생각해 보라(앞으로도 이런 내용을 반복해서 이야기할 텐데, 실은 밭일 자체가 어느 정도는 반복적이기에 어쩔 수가 없는 노릇이다).

나는 잡초의 섬세한 조직을 무참히 베어 버렸으며, 괭이를 들고 부당한 차별을 가하며 어떤 식물종은 줄줄이 있는 대로 다 캐내 버리고, 또 어떤 종은 매우 세심히 보살펴 주었다. 저건 유럽산 쑥, 저건 돼지풀, 저건 괭이밥, 저건 후추풀이로구나! 달려들어 잘라 버려라. 뿌리째 뽑아 햇볕에 말려 버려라. 뿌리털 하나라도 그늘에 남기지 마라. 안 그랬다가는 이틀도 채 되기 전에 다시 일어나 부추처럼 파래질 것이다.

이것은 두루미와의 싸움이 아니라 잡초와의 긴 전쟁이었다. 잡초는 태양과 비와 이슬을 제 편으로 둔 트로이군이다. 콩은 매일 괭이로 무장하고 달려 나가는 내 모습을 보았을 것이다. 나는 그들을 구하려고 적의 대열을 무너뜨리고, 참호 가득 잡초의 시체를 쌓아 올린다. 주위에 운집한 전우들보다 한 자는 족히 큰, 투구의 깃털을 흔들어 대던 건장한 헥토르*가 내 무기 앞에 쓰러져 먼지 속에 나뒹굴었다.

그 여름 한철, 내 동시대인들은 보스턴이나 로마에서 미술품에 열중하거나 인도에서 명상에 잠기기도 하고, 또 런던이나 뉴욕에서 사업에 전념했지만, 나는 이런 식으로 뉴잉글랜드의 농민들과 밤낮으로 농사에만 힘을 쏟았다. 특별히 콩이 먹고 싶어 그랬던 것은 아니다. 나는 선천적인 피타고라스학파다. 무슨 말인고 하니, 피타고라스가 신봉자들에게 콩을 삼가라 명했던 것처럼 나도 콩을 싫어했기에, 죽을 쑤든 투표수를 세든 콩과 관련된 것은 다 마음에 들어 하지 않았다. 그래서 늘 쌀과 교환해 먹었다. 하지만 단지 비유나 문학적 표현을 위해서뿐 아니라 훗날 우화 작가에게 도움을 주기 위해서라도 누군가는 밭에서 일을 할 필요가 있다고 생각했기 때문에 콩

---

* 프리아모스 왕의 아들로 트로이 최고의 전사였다.

을 재배했다. 어찌 됐든 이 노동은 내게 드물게 귀한 즐거움을 주었다. 그러나 너무 오래 지속한다면 방탕으로 변질될 가능성도 컸다.

나는 밭에 거름을 전혀 하지 않았고, 밭 전체를 한 번에 김맨 적도 없다. 그러나 나름대로 정성을 다해 풀을 뽑아 결국에는 그 보상을 받을 수 있었다. 이블린*은 "사실 쟁기로 흙을 뒤집고 또 뒤집는 것에 비할 만한 퇴비나 거름은 세상에 없다"**라고 했다. 또한 다른 곳에서는 이렇게 덧붙였다.

땅, 특히 농사지은 지 얼마 되지 않는 신선한 땅에는 어떤 자력(磁力)이 있다. 따라서 대지에 생명을 부여하는 염분, 힘, 또는 덕목(뭐라 불러도 상관없다)을 끌어당긴다. 인간이 늘 힘들게 고생하며 흙을 뒤집는 이유도 바로 이 때문이다. 그 힘이 우리를 지탱해 준다. 인분이나 다른 지저분한 퇴비를 쓰는 것은 토질 개선의 대체 수단에 지나지 않는다.

내 밭은 '메마르고 지칠 대로 지쳐 안식일을 즐기고 있는

---

* 존 이블린(John Evelyn), 《토지: 흙에 대한 철학적 담론(Terra: A Philo-sophical Discourse of Earth)》 중에서.(원주)
** 초보 정원사들은 소로가 농사를 지은 기간이 단 2년밖에 되지 않는다는 사실을 눈여겨봐야 한다. 다시 말해, 실제로는 퇴비나 거름을 주는 것이 좋은 방법이라는 뜻이다.(원주)

밭'이었기에 케널름 딕비 경*이 비슷하게 생각하던 '생명의 영기'를 대기 중에서 끌어들이고 있었을지도 모른다. 나는 12부셸의 콩을 거둬들였다. 그러나 콜먼 씨의 보고가 주로 부농의 돈이 드는 실험만 취급한다는 불만이 있으므로, 여기에서 내 성과에 대해 좀 더 자세히 언급하기로 하자. 지출은 다음과 같았다.

쟁기	54센트
경작, 써레질, 고랑 파기	7달러 50센트(돈을 너무 들임)
강낭콩 씨앗	3달러 1 2.5센트
씨감자	1달러 33센트
완두콩 씨앗	40센트
순무 씨앗	6센트
까마귀 쫓는 울타리용 흰 끈	2센트
말몰이꾼과 소년 품삯(세 시간)	1달러
곡물 운반용 말과 수레	75센트
합계	14달러 72.5센트

내 수입은 다음과 같다(한 집안의 가장은 파는 버릇을 들여야 하

---

* 영국의 철학자이자 자연주의자로 《식물의 생장에 대하여》라는 책에서 '생명의 영기'에 관해 이야기했다.

지, 사는 버릇을 들여서는 안 된다).*

강낭콩 9부셸 12쿼트 판매	16달러 94센트
큰 감자 5부셸	2달러 50센트
작은 감자 9부셸	2달러 25센트
풀	1달러
줄기	75센트
합계	23달러 44센트

그리하여 이익은 앞서 어디선가 언급한 대로 8달러 71.5센트가 된다.

다음은 내가 콩을 재배하는 경험을 통해 얻은 결론이다. 대략 6월 초순경, 흔히 볼 수 있는 작고 하얀 강낭콩 중에서 색깔이 알록달록하지 않은 신선하고 둥근 것을 주의 깊게 골라 약 50센티미터 간격으로 일렬이 되게 뿌린다. 열과 열 사이는 1미터 정도 간격을 둔다. 처음에는 벌레가 먹지 않도록 주의하고, 싹이 트지 않는 곳이 있으면 새로운 씨를 심는다. 사방이 노출된 밭이라면 우드척을 조심해야 한다. 녀석들은 지나가다가도

* 마르쿠스 포르키우스 카토(Marcus Porcius Cato), 《농업론(De Agri Cultura)》 중에서.(원주)

갓 나온 여린 새순을 모조리 먹어 치우기 때문이다. 그러다가 덩굴이 조금씩 자라기 시작하면 재빨리 알아차리고는 다람쥐처럼 똑바로 일어서서 새순뿐 아니라 꼬투리까지 싹 뜯어먹어 버린다. 그러나 무엇보다도 중요한 사항은, 서리도 피하고 내다 팔 만큼 굵직한 콩을 얻으려면 가능한 한 일찍 거둬들여야 한다는 것이다. 그래야 손실을 많이 줄일 수 있다.

이 밖에도 내가 얻은 경험은 더 있다. 예컨대, 나는 내년 여름에는 그처럼 고생하며 콩이나 옥수수를 심을 것이 아니라 성실과 진리, 단순함, 믿음, 순수 같은 씨앗이 내 안에 그대로 남아 있다면, 그것을 뿌리자고 마음먹었다. 그리하여 덜 고생하고 덜 경작하더라도 그것이 이 토양에서 성장해 나를 지탱할 수 있을지 살펴보는 것이다. 확신컨대, 아직은 이곳의 토양이 그런 씨앗을 키워 내지 못할 만큼 소진되지는 않았을 테니 말이다. 그런데 안타깝게 나 자신에게 그렇게 다짐했음에도 다음 해 여름, 또 그다음 해, 또 그다음 해 여름도 나는 그냥 지나가 버렸다. 하지만 지금 독자에게 이 말만은 반드시 해야겠다. 나는 씨앗을 뿌렸고, 그것은 분명 앞서 말한 미덕의 씨앗이었으나, 모두 벌레가 파먹고, 생명력을 잃어 결국에는 싹을 틔울 수 없었던 것이다.

일반적으로 사람은 선조들이 용감하거나 비겁했던 만큼만 용감해지거나 비겁해진다. 지금 세대는 매년 옥수수나 콩을 뿌리는데, 사실 그것은 몇 세기 전에 인디언이 최초의 정착민에게 가르쳐 준 것을 마치 운명이라도 되는 듯 따라 하는 데 지나지 않는다. 얼마 전에도 나는 어느 노인이 자신이 죽어 드러누울 구멍도 아니면서, 곡괭이를 들고 적어도 일흔 번째쯤 되는 구덩이를 파는 것을 보고는 놀라지 않을 수 없었다. 대체 왜 뉴잉글랜드 사람들은 곡물이나 감자, 목초, 과수원 등에만 열중하고 다른 작물을 심는 새로운 모험에는 전혀 나서려 하지 않을까? 또 어째서 종자로 쓸 콩에 대해서만 걱정하고 새로운 인간 세대에 관해서는 전혀 관심을 기울이지 않는 것일까? 우리가 누군가를 만났을 때, 내가 앞서 예로 들었던, 우리 모두가 다른 어떤 작물보다도 소중히 여긴다고 생각은 하지만, 대부분 그저 공중에 흩뿌려져 떠다니기만 하는 여러 미덕 중 일부가 그의 내면에 확실히 뿌리내려 자라고 있다는 확신이 든다면, 우리는 참으로 만족스럽고 즐거운 기분을 느끼게 될 터다.

예컨대, 진리와 정의 같은 말로 표현할 수 없을 만큼 신비로운 자질이, 아주 적은 양이라도 또는 새로운 종류라 할지라도 이 세상에 등장했다고 해 보자. 그러면 각국에 파견돼 있는 대사들은 즉시 그 씨앗을 조국에 보내라는 지시를 받아야 하고, 의회는 그것이 나라 전역에 배포되도록 애써야 한다. 성실하게 처리한답시고 격식만 따져서는 안 된다. 가치와 우정의 핵이 그 씨앗 속에 있다면, 야비하게 서로 속이고 모욕하고 배척

하는 행위는 하지 말아야 한다. 따라서 사람을 서둘러 만나는 일은 피해야 한다. 근래 나는 사람을 거의 만나지 않는다. 모두가 콩만 돌보느라 바쁜 모양인지, 시간이 없어 보기가 힘들기 때문이다. 나는 그토록 일만 하는 사람과는 사귀고 싶지 않다. 그들은 일하는 틈틈이 괭이나 삽을 지팡이 삼아 기대서 있지만, 바닥에 뿌리내린 버섯이 아닌 땅에 내려앉아서도 이리저리 헤매 다니는 제비처럼, 똑바로 서 있다기보다는 지면에서 약간 발을 떼고 안절부절못하는 듯 보인다.

그가 말을 할 때면, 때때로 양 날개가 펼쳐지곤 했는데
마치 날아오를 듯 보이다가, 곧 다시 날개를 접곤 했다.*

이런 이들과 이야기를 나누다 보면, 내가 혹시 천사와 대화하는 것은 아닐까 의문이 들지 않겠는가. 빵이 늘 우리에게 좋은 영향만 미치는 것은 아니다. 그러나 인간이나 자연 속에 존재하는 모든 관대함을 인식하면서 순수하고 영웅적인 즐거움을 나누는 일은 언제라도 우리에게 좋은 영향을 미친다. 특히 이유 없이 마음이 괴로울 때, 뻣뻣한 관절을 풀어 주듯 마음을 다독여 활기차고 유연해질 수 있도록 도와준다.

---

* 프랜시스 퀼스(Francis Quarles), 〈목동의 신탁(The Shepherd's Oracles)〉 중에서.(원주)

최소한 고대의 시와 신화는 한때 농업이 성스러운 기술이었음을 알려 준다. 그런데 요즘은 단지 대규모 농장에서 대량 작물을 수확하는 것이 농업의 목적이 되었다. 때문에 우리는 불경스러울 만치 서두르며 무분별하게 농사를 짓는다. 오늘날 우리에게는 축제도 행렬도 의식도 없다. 그저 가축 품평회나 소위 말하는 추수감사제만 있을 뿐이다. 따라서 농부가 자신의 소명이 얼마나 신성한 것인지 표현할 기회나 농업의 신성한 기원을 떠올려 볼 기회도 없다. 농민을 유혹하는 것이라고는 상품이나 먹고 마시는 잔치뿐이다. 그러니 농부는 풍작의 여신 케레스와 지상을 다스리는 신 주피터에게가 아니라, 지옥의 신 플루토에게 제물을 바치는 셈이다.

인간은 땅을 재산으로 혹은 재산을 획득하는 수단으로만 간주한다. 이 비천한 습관에서 아무도 자유로울 수 없는 까닭에, 그리고 우리의 탐욕과 이기심 때문에, 풍경은 훼손되고 농업은 타락하고 농민은 이루 말할 수 없이 비천한 삶을 보낸다. 오늘날 농부는 자연을 도둑의 눈으로만 바라본다. 카토는 농업으로 얻은 이익은 그 무엇보다도 경건하면서 정당하다 하였고,* 바로에 따르면 고대 로마인들은 "같은 대지를 어머니라 부르기도 하고 케레스라 부르기도 했으며, 땅을 경작하는 사람은 경건하

* "maximegue pius guaestus"(그 무엇보다 존중해야 하는 것), 카토, 《농업론》의 서문이다.(원주)

고 유익한 삶을 살아갔을 뿐 아니라, 그들만이 농업의 신 사투르누스 왕의 후예로 남았다"*라고 생각했다 한다.

우리는 태양이 농토나 평원, 숲, 어디고 할 것 없이 고루 내리쬔다는 사실을 자칫 잊어버리기 쉽다. 세상은 그 빛을 반사하기도 하고 흡수하기도 하는데, 태양이 그 매일의 여정을 따라가며 바라보는 장려한 풍경 속에서 농토는 아주 적은 일부에 지나지 않는다. 태양이 바라보는 지구는 하나의 텃밭과 마찬가지로 전체가 똑같은 농토일 뿐이다. 따라서 우리는 태양이 빛과 열기로 베푸는 은혜를 그에 합당한 믿음과 아량으로 받아들여야 한다.

내가 콩을 소중히 여겨 가을에 수확한다고 해서, 그게 뭐 그리 대수겠는가? 내가 그토록 오래 지켜봤던 이 넓은 밭은 나를 으뜸 경작자라 생각지 않는다. 오히려 내게서 더 멀어져, 땅에 더 친근한 것, 즉 비를 내려 농토를 적시고, 녹음이 우거지게 하는 자연에 더 영향받는다. 그리고 그 땅에서 자란 콩 중에는 내가 추수할 수 없는 결실도 있었다. 콩의 일부는 처음부터 우드척의 몫이 아니었을까?

---

* "그들이 같은 대지를 '어머니'라고도 하고 '케레스'라고도 부른 데는 다 그럴 만한 이유가 있었다", 마르쿠스 티렌티우스 바로(Marcus Terentius Varro), 《농사론(Rerum Rusticarum)》 중에서.(원주)
로마 신화 속 농업의 신인 사투르누스가 주피터에 의해 왕좌에서 추방당했을 때, 그는 이탈리아로 도망가서 그 지역 사람들에게 농업을 가르쳤다.

밀의 이삭*이 농부의 유일한 희망이어서는 안 된다. 그 핵, 또는 곡식의 낟알**만이 밀에서 생산되는 모든 것이 아닌 이치와 같다. 이런 식으로 생각하면, 어찌 우리의 농사에 실패가 있을 수 있겠는가? 잡초의 씨는 작은 새의 곡식이 될 테니, 잡초가 무성해지는 것 역시 기뻐해야 하지 않겠는가? 이런 섭리와 비교해 보면 들판의 곡식이 농부의 곳간을 채울지 어떨지는 그다지 중요치 않다. 다람쥐가 올해는 숲속에 얼마나 많은 밤송이가 맺힐지 전혀 관심을 기울이지 않듯이, 진정한 농부도 걱정 같은 것은 접어 두어야 한다. 그리고 밭에서 생산하는 모든 작물에 대한 권리도 포기하고, 최초의 열매뿐 아니라, 최후의 열매까지도 신께 제물로 바치겠다는 마음으로 하루하루 성실히 일해야 할 것이다.

---

* 라틴어로 이삭을 뜻하는 단어 'spica'는 원래 희망을 뜻하는 'spe'에서 'speca'를 거쳐 파생됐다.
** 곡식의 의미인 영어 'grain'이라는 단어는 라틴어 'granum'에서 파생됐고, 이 단어는 '열매를 맺다'의 의미인 'gerendo'에서 파생됐다.

마을

오전 중에 풀을 뽑거나, 혹은 독서나 집필을 마치고 나면, 나는 대개 다시 목욕을 하곤 했다. 호수의 후미진 곳을 잠시 헤엄쳐 건너며 몸에 붙은 노동의 때를 씻어 내거나, 공부가 새겨 놓은 주름살을 마지막 하나까지 펴고 나면, 오후는 완전히 자유로운 시간이었다. 나는 매일, 또는 하루걸러 한 번씩 마을까지 천천히 걸어 내려갔다. 입에서 입으로, 혹은 신문에서 신문으로 끊임없이 회자되는 소문에는 뭐가 있는지 들어보고자 함이었다. 그런데 이러한 소문도 독을 천천히 주입해 독을 제거하는 방식의 동종 요법처럼 조금씩 듣다 보면 나뭇잎 흔들리는 소리나 개구리의 울음소리에 비할 만큼 신선하게 들렸다. 나는 새나 다람쥐를 보려고 숲속을 헤매 돌아다니듯, 마을 사람이나 아이들을 만나려고 길을 따라 걸었다. 그러면 소나무 숲 사이로 부는 바람 대신에 짐마차의 덜컹이는 소리가 들려왔다.

내 오두막 한편으로 길을 따라 나가다 보면 강가의 목초지에 사향쥐 서식지가 있었다. 그 반대편 지평선에는 느릅나무와 플라타너스가 무리 지어 자라는 숲 아래쪽으로 바쁘게 살아가는 사람들이 모인 마을이 있었다. 내 눈에는 그들의 모습이 흥미롭기 그지없었는데, 마치 각자의 굴 입구에 앉아 있다가 이웃 굴로 한담을 나누려 쪼르르 달려가는 프레리도그*를 보는 듯했다. 나는 그들의 습성을 관찰하러 종종 마을을 방문하곤 했다.

내가 보기에 마을은 커다란 신문사 편집실과도 같았다. 이런 내 생각을 뒷받침하기라도 하듯, 옛날 보스턴의 스테이트가에 있던 레딩&컴퍼니 서점이 그랬듯이, 마을 한쪽에는 견과류와 건포도, 소금, 옥수숫가루 등의 식료품을 진열해 놓고 파는 곳이 있었다. 어떤 사람들은 먼저 언급한 상품, 즉 뉴스에 대한 식욕이 엄청날 뿐 아니라 소화 기관이 튼튼해서, 대로변에 꼼짝 않고 온종일이라도 눌러 앉아 온갖 소문이 건조한 에테시안 계절풍처럼 부글부글 끓어오르고 소곤거리며 그들 사이로 스쳐 가도록 두었다. 어쩌면 그들은 액체 마취제를 흡입하듯 뉴스를 들이마시고 있었는지도 모르겠다. 그래서 의식에는 아무런

---

* 북미 대초원에 사는 다람쥣과 동물이다.

영향 없이 감각이 마비되고 고통에 무감각해진 것이다. 그렇지 않았다면 듣기에 고통스러운 소식이 적지 않았을 테니 말이다.

마을을 이리저리 헤매 다니다 보면 높은 양반들이 줄지어 앉아 있는 모습을 꼭 목격하게 된다. 햇볕을 쬐며 사다리에 걸터앉아 몸을 앞으로 기울인 채, 신문 기사를 읽느라 눈을 이리저리 굴리며 기분 좋은 표정을 짓는가 하면 주머니에 양손을 찔러 넣고 헛간 벽에 기대서 있기도 했는데, 그 모습은 마치 헛간을 떠받치고 있는 여인상 같았다. 주로 문밖에 서 있던 까닭에, 바람에 실려 오는 소식이라면 무엇이든 들을 수 있었다. 그들은 거친 제분기와 같아서, 소문이 들어갔다 하면 그 안에서 대충 소화되고 부서진 후, 가게 안에 있는 좀 더 가늘고 섬세한 깔때기 안으로 비워진다.

나는 마을의 핵심이 되는 장소가 식료품점과 술집, 우체국, 은행이라는 사실을 알게 됐다. 또한 마을이라는 기계가 돌아가는 데 반드시 필요한 부품으로 사람들은 편리한 장소에 종과 대포와 소방펌프를 갖추어 놓았다는 사실도 알게 됐다. 집들은 어떻게든 인간을 잘 이용해 먹으려고, 길 하나를 사이에 두고 서로 마주보며 서 있었다. 그곳을 지나는 사람은 누구라도 채찍질을 당해야 했다. 남녀노소 가릴 것 없이 마을 사람 모두가 지나는 나그네에게 쉽게 한 방씩 먹일 수 있는 곳도 바로 그 통로였다. 물론 늘어선 집들 가운데 맨 앞에 있는 곳을 거처로 삼은 사람은 벌어지는 광경을 가장 잘 볼 수도 있고, 또 눈에도 가장 잘 띄어 지나는 나그네에게 최초의 일격을 가할 수 있었으므로, 가장 비싼 땅값을 지불해야 했다.

한편 마을 변두리에 흩어져 사는 사람들도 있었다. 그들의 집은 양쪽으로 늘어선 집들과 멀찍이 떨어져 있었기 때문에, 나그네가 그 사이로 숨어들어 담을 넘거나 소들이 지나는 길로 도망치는 일이 있었다. 그런 이유로 변두리의 집들은 매우 싼 토지세와 창문세*를 냈다.

도처에 있는 간판이 나그네를 유혹했다. 선술집이나 식료품점은 식욕을 미끼로 잡으려 했고, 포목점이나 보석상은 호화로움을 미끼로, 이발소와 구두점과 재단사는 머리나 발, 또는 치마로 손님을 유혹했다.** 이런 유혹 말고도, 거리의 모든 집에서 항시 들러도 좋다는 끔찍한 초대장을 수시로 보냈다. 또 이때쯤 집에 있을 법한 친구를 찾아보고 싶다는 자기 자신의 유혹과도 싸워야 했다. 대게 나는 이런 위험에서 멋지게 벗어났다. 채찍을 맞는 이에게 주는 충고를 새겨듣고 한눈팔지 않고 당당히 목적지로 전진하든가, "수금(lyre) 소리에 맞춰 큰 소리로 신을 찬양하는 노래를 부르며, 바다의 마녀 사이렌의 목소리를

---

* 거주지의 창문 개수에 따라 부과되는 세금이다.

** 평균적으로 미국인은 생애의 거의 1년이라는 시간을 TV 광고 시청하는 데 할애한다.(원주)

익사시켜 버림으로써 위험에서 벗어난" 오르페우스처럼 고상한 생각을 하든가 둘 중 하나였다.

가끔은 돌연 마을을 뛰쳐나가 아무도 모르게 숨어 버리기도 했다. 품위를 지키는 일에는 그다지 연연하지 않았기에 주저치 않고 울타리 틈새로 빠져나갔다. 간혹 아무 집이나 불쑥 찾아 들어가기도 했다. 그곳에서 환대를 받고, 마지막으로 체에 걸러진 소문의 핵심, 즉 바닥에 가라앉은 뉴스의 침전물, 전쟁과 평화에 관한 전망, 그리고 세상이 지금의 상황을 조금 더 지탱해 나갈 수 있을지에 관한 소식을 들은 후 뒷골목으로 빠져 나가 다시 숲으로 도망치곤 했다.

마을에 오래 머물러 있다가 밤늦게 집에 돌아갈 때면, 그 어느 때보다도 기분이 좋았다. 어둡고 폭풍우라도 몰아치는 날 환하게 불 켜진 어느 집 응접실이나 강연장을 뒤로하고 호밀이나 옥수숫가루 한 부대를 어깨에 짊어진 채 돛을 펴고 숲속에 있는 내 아늑한 항구로 향할 때면 그런 마음이 특히 더했다. 나는 외면의 나 자신에게 키를 맡기거나, 항해가 순조로우면 키를 고정시키고 외부 세계와 완전히 단절된 채, 생각이라는 유쾌한 뱃사람 하나와 갑판 밑 선실로 들어갔다. 이렇듯 '항해할 때면'* 나는 선실의 난롯가에서 이런저런 기분 좋은 생각을 떠

---

* 미국의 민요 〈로버트 키드 선장의 발라드(The Ballad of Captain Rober)〉의 후렴구다.

올리곤 했다. 몇 번인가 심한 폭풍우를 만난 적도 있지만, 아무리 날씨가 궂어도 표류할 걱정은 하지 않았다.

숲속은 평범한 밤에도 대부분의 사람이 추측하는 정도 이상으로 어둡다. 나는 종종 길 위로 솟은 나무 사이로 하늘을 올려다보며 항로를 확인해야 했다. 마찻길이 나 있지 않은 곳에서는 평소 오가며 다져 놓은, 길이라고 하기도 뭐한 바닥을 발로 더듬으며 나아갔다. 간혹 칠흑같이 어두운 숲속에서, 50센티미터도 떨어져 있지 않은 소나무 두 그루 사이를 빠져나가기라도 해야 할 때면 양손으로 특정한 나무를 만져 보고 나와 맺은 익숙한 관계를 확인하면서 그 느낌에 의지해 방향을 찾아 나갔다.

그리하여 어둡고 푹푹 찌는 무더운 밤에, 이처럼 눈으로는 찾아갈 수 없는 길을 발로 더듬어 가며 내내 꿈꾸듯이 텅 빈 마음으로 길을 걸어가다가 어느 순간 문득 정신을 차려 보면, 오두막 문의 빗장을 벗기려고 손을 들어 올리는 내 모습을 발견하게 된다. 하지만 내가 어떻게 집에 돌아왔는지는 한 발자국도 되짚어 기억해 낼 수가 없다. 나는 이렇듯 주인이 정신을 놓아 버려도 몸이 혼자 집을 찾아갈 수 있는 것은, 손이 별다른 도움 없이도 입을 찾아 가는 것과 마찬가지 이치라 생각했다.

몇 번인가 내 오두막에도 늦게까지 방문객이 머문 적이 있었다. 그럴 때마다 밤이 무척이나 어두워, 나는 그를 집 뒤쪽에 있는 마찻길까지 배웅한 뒤, 거기서부터 그가 가야 할 길을 손으로 가리키며 일러 주고는 계속 그 방향을 유지해 가려면 눈보다는 발에 의지해 가라는 말도 해 주었다. 하루는 매우 깜깜한 밤에 호수에서 낚시를 하던 두 젊은이를 그런 식으로 안내해 주기도 했다. 그들은 숲에서 1.5킬로미터쯤 떨어진 곳에 살아서 평소 그 길에 익숙했다. 그럼에도 며칠 뒤 두 청년 중 하나가 내게 와서는 자신들이 밤새 숲을 헤매 다녔다고 털어놓았다. 사는 곳 근처까지 갔으면서도 새벽녘까지 집에 들어가지 못했다는 것이다. 마침 그날 두 사람이 헤매는 동안에 심한 소나기 몇 번이나 쏟아져 온 숲의 나뭇잎을 적셔 놓았고, 그들도 뼛속까지 흠뻑 젖었다고 했다.

간혹 칼로 도려낼 수 있을 만치 두툼한 어둠이 깔리면 마을의 거리에서도 길을 잃고 헤매는 사람이 적지 않다는 이야기를 들은 일이 있다. 마을 변두리에 사는 사람이 마차를 몰고 마을로 장을 보러 갔다가 어둠 때문에 하룻밤 발이 묶이기도 하고, 마을을 찾아온 신사 숙녀가 오로지 발에만 의지해 밤길을 더듬어 가다가 어느 지점에서 길을 꺾어 가야 하는지 알 수가 없어 어느새 몇백 미터나 길을 벗어나기도 했다는 얘기도 있다. 어느 때라도 숲속에서 길을 잃고 헤매는 일은 매우 놀랍고 소중할 뿐 아니라 가치 있는 경험이기도 하다. 심지어는 대낮에도 눈보라가 치는 날이면 평소 잘 아는 길로 가고 있음에도 어느 쪽 길이 마을로 통하는지 도통 알 수가 없는 경우가 많다. 수천 번도 더 지나다녔으면서도 길의 특징이 전혀 눈에 들어오지 않음은 물론이고, 그 길이 마치 시베리아 거리처럼 낯설게 느껴지는 것이다. 물론 밤에는 그 당황스러움이 무한히 커져만 간다.

그저 가볍게 주변을 돌아볼 때조차도 우리는 끊임없이, 비록 의식하지는 못할지라도 마치 물길 안내원처럼 잘 알려진 불빛이나 해안의 돌출부를 길잡이 삼아 배를 조종해 간다. 통상적인 항로에서 벗어나는 경우에도 항시 근처 갑의 위치를 염두에 두고 나아간다. 따라서 완전히 길을 잃거나 한 바퀴를 빙 돌기 전에는(사람이 길을 잃는 데는 눈을 감고 제자리에서 한 바퀴 빙 도는 것보다 더 좋은 방법이 없지 않은가), 자연이 얼마나 광활하면서도 낯선 곳인지 우리는 결코 알 수가 없다.

인간은 잠에서 깨어나든 넋을 잃은 상태에서 깨어나든 간에 정신이 들 때면 언제든 다시 나침반이 가리키는 방위를 읽어 낼 수 있어야 한다. 다시 말해, 길을 잃기 전에, 이 세상을 잃어버리기 전에, 다시금 자신을 찾기 시작해 지금 현재 어느 곳을 헤매 다니는지 깨닫고, 세상과의 관계는 얼마나 무한한지도 깨달아야 한다.

숲에서의 첫해 여름이 막바지를 향해 나아가던 어느 날 오후, 나는 구둣방에 맡겼던 신발 한 짝을 찾으러 마을로 내려갔다가 체포되어 감옥에 들어갔다. 다른 곳에서도 이미 언급했지만, 주 상원의사당 입구에서 남녀노소를 가축처럼 사고파는 국가에 세금 납부하기를 거부했기 때문이었다. 다시 말해 국가의 권위를 인정하지 않았던 탓이다. 내가 숲으로 들어간 것은 이런 정치적 목적 때문이 아니다. 다른 여러 목적이 있었다. 그러나 가는 곳마다 사람들이 나를 쫓아다니며, 그 더러운 제도를 이용해 괴롭히려 들었다. 게다가 수단과 방법을 가리지 않고, 자기들이 만들어 낸 그 대책 없는 비밀공제조합이라는 곳에 억지로 가입시키려 했다. 물론 내가 좀 더 강하게 저항했더라면 일말의 효과라도 볼 수 있었을지 모르고, 한바탕 '발광'을 해 대며 사회에 반항할 수도 있었을 터다. 그러나 나는 차라리 사회가 나를 상대로 '발광'을 하는 편이 낫겠다고 생각했다. 사회야말로 절망적인 집단 아니던가. 그런데 나는 다음 날 바로 석방되어, 수선된 구두를 찾아 숲으로 돌아갔다. 페어헤이븐 언덕에서 월귤로 정찬을 들기에 늦지 않은 시간이었다.

나는 소위 국가를 대표한다는 자들 외에는 어느 누구에게도 괴롭힘을 당한 적이 없다. 원고를 넣어 둔 책상 외에는 자물쇠나 빗장을 걸어 두지 않았고, 빗장이나 창문에 못을 박아 두지도 않았다. 여러 날 집을 비울 때도 밤낮 불문하고 문조차 걸어 잠그지 않았다. 가을이 되어 메인주의 숲에서 2주간 지냈을 때도 마찬가지였다. 그런데도 내 오두막은 군인들이 빙 둘러 서서 지키는 곳보다 더 존중받았다. 산책을 하다 피곤해진 객이 불가에서 몸을 데우며 쉴 수도 있고, 문학을 좋아하는 사람은 탁자 위에 놓인 몇 권의 책을 읽으며 즐길 수도 있었다. 호기심 많은 자라면 찬장을 열어 식사하고 남은 음식은 없는지, 저녁으로는 내가 무엇을 먹을지 가늠해 볼 수도 있었다. 그렇게 많은 부류의 사람이 호수를 찾아 이리로 왔음에도, 나는 그들에게 전혀 피해를 당한 적이 없었다. 어울리지 않게 금박을 입힌 호머의 책 한 권을 제외하고는 잃어버린 것도 없었다. 하지만 그 책도 누군가 호머를 귀히 여기는 자가 가져가지 않았겠는가.

만약 모든 인간이 당시의 나처럼 간소하게 살아간다면, 도둑이나 강도는 세상에 발붙일 곳이 없으리라고 나는 확신한다. 그런 자들은 재산이 너무 많아 주체를 못하는 사람과, 필요한 것도 제대로 누리지 못하는 이들이 한데 뒤섞여 사는 곳에만 출몰하기 때문이다. 포프(Alexander Pope)가 번역한 호머의 작품도 곧 적절히 배포되길 바라본다.

너도밤나무 그릇 하나면 족하던 그 시절에는
아무도 전쟁으로 고통받지 않았으리라.*

민생을 다스린다는 분이 어찌 함부로 형벌을 내리시오? 덕을 행하면 백성도 그 덕을 따를지니. 군자의 덕은 바람과 같고

---

* "Nec bella fuerant, Faginus abstabat quum scyphus ante dapes.",《티불르스의 비가(Elegies of Tibullus)》중에서.(원주)

소인의 덕은 풀잎과 같아서, 바람이 불면 풀은 절로 굽어지는 법입니다.*

---

* 《논어(論語)》 중에서. (원주)

호수

　때로 사람들과 만나 한담을 나누는 데도 질리고 마을 친구들에게도 싫증이 나면, 나는 주로 머물던 오두막 근처에서 서쪽으로 멀리 떨어진, 마을에서도 찾는 사람이 거의 없는 '새로운 숲과 새로운 목초지'까지 산책을 다녔다.* 어떤 날은 석양이 기우는 동안 페어헤이븐 언덕에서 월귤이나 블루베리로 저녁을 먹고, 내친김에 며칠 먹을 분량을 따 오기도 했다. 이런 열매는 그것을 사 먹는 사람이나 시장에 내다 팔려고 재배하는 사람에게 그 진정한 풍미를 드러내지 않는다. 그 맛을 알아내는 방법은 오직 하나뿐이지만, 그런 방법을 이용하는 사람은 많지 않

---

* 소로는 하루에 서너 시간 정도 산책을 다니지 않으면 그날은 시간을 헛되이 보냈다고 생각했다. (원주)

다. 월귤의 맛이 알고 싶으면 소몰이 소년이나 자고새에게 물어보면 된다. 직접 따 먹어 본 적도 없으면서 월귤을 맛봤다고 생각하는 것은 착각에 지나지 않는다.

보스턴에서는 결코 월귤의 진정한 풍미를 맛볼 수 없다. 한때는 그곳의 세 언덕*에서도 열매를 맺었으나, 지금은 사라져 버리고 없다. 수레에 실려 가는 동안에는 이리저리 부대끼면서 과분(果粉)이 다 떨어져 나가는 탓에 월귤의 향기뿐 아니라 그 본질적인 풍미가 다 사라져 버린다. 그러면 월귤은 단지 인간의 사료로 전락해 버린다. 불멸의 정의가 세상을 통치하는 한, 순수한 월귤 열매는 단 하나도 시골 언덕에서 보스턴 시내로 가져갈 수 없다.

하루 몫의 괭이질을 마치고 나면, 이따금씩 나는 친구를 찾아 나서기도 했다. 그는 뭐가 그리 급하다고 아침부터 호숫가로 낚시질을 나와서는 오리나 물 위에 떠 있는 나뭇잎처럼 입을 꾹 다문 채 꼼짝도 않고 앉아 이런저런 철학을 곰곰이 따졌다. 그러다 내가 도착할 즈음에 그는 자신이 고대 시노바이트 수도회**에 속한 수도사라는 결론을 내렸다.

또 뛰어난 낚시꾼이자 숲에 관해서라면 모르는 게 없는 어떤

---

* 보스턴에 있는 콥스, 포트, 비컨이라는 이름의 언덕들을 말한다.
** 'Coenobites'의 발음이 'see no bites(보게, 입질이 없네)'와 같음을 이용한 말장난이다.

노인은 마치 내 오두막이 낚시꾼의 편의를 위해 세워 놓은 건물이라도 된다는 듯 매우 흡족한 시선으로 바라보곤 했다. 물론 나도 그가 오두막 문간에 앉아 낚시 준비를 하는 모습을 바라보는 게 좋았다. 가끔씩 우리는 한 배에 올라 나는 이쪽 끝에, 그는 저쪽 끝에 앉은 채 호수 위를 떠가기도 했다. 최근 몇 년간 노인의 귀가 상당히 어두워진 탓에 많은 대화를 나누지는 않았다. 하지만 이따금씩 흥얼거리는 노인의 찬송가 소리는 내 철학과 조화를 이루었다. 우리의 교제는 결코 깨어지지 않는 조화를 이루었고, 훗날 떠올려 봤을 때 대화를 통해 이루어진 교제보다 훨씬 기분 좋은 것이었다.

거의 늘 그렇기는 했지만, 말동무가 없을 때면 나는 노로 뱃전을 두드려 소리가 울리도록 만들었다. 그러면 파문처럼 둥글게 번져 나가는 그 소리가 주변 숲을 가득 메우면서, 마치 서커스 조련사가 야생 동물을 자극하듯 숲 전체를 뒤흔들었다. 그리고 마침내는 울창한 계곡과 산기슭에서 포효와도 같은 메아리를 불러냈다.

따뜻한 저녁이면, 자주 배에 앉아 플루트를 불기도 했다. 그러면 농어가 음악에 이끌려 왔는지 주변에서 떠나지 않았고, 달빛은 숲의 잔해가 흩어져 있는 골이 진 호수 바닥을 비춰 주었다. 전에도 나는 한 친구와 칠흑같이 어두운 여름밤이면 이따금씩 모험이라도 하듯 이 호수에 찾아와 물고기를 꾈 요량으로 물가에 모닥불을 피우고 실에 지렁이를 잔뜩 매달아서는 농어 낚시를 했다. 밤 깊어 낚시를 끝내고 나서는 타고 있던 장작을 횃불처럼 하늘 높이 던져 올렸다. 그러면 호수로 떨어진 장작이 크게 치-익 소리를 내며 꺼졌고, 그와 동시에 우리는 새카만 어둠 속을 손으로 더듬어 가야 했다. 우리는 휘파람을 불며 어둠 속을 통과해서 인간이 출몰하는 마을로 되돌아갔다. 지금 나는 그 호숫가에 집을 짓고 살아가는 것이다.

때로 나는 마을에 내려가 누군가의 응접실에 오랫동안 머물다가 식구들이 모두 잠자리에 들 시간이 돼서야 숲으로 돌아가기도 했다. 그런 날이면 다음 날 식사거리를 마련하느라, 한밤중 달빛에 의지해 배를 타고 몇 시간이고 앉아 낚시를 했다. 간혹 올빼미와 여우가 불러 주는 소야곡 소리도 들리고, 또 이따금씩 이름을 알 수 없는 새가 가까운 곳에서 날카롭게 우는 소리도 들렸다.

나는 또한 다음과 같은 장면도 목격할 수 있었는데, 이 또한 나에게는 결코 잊을 수 없는 소중한 경험이었다. 나는 물가에서 100미터나 150미터쯤 떨어진 수심이 약 12미터쯤 되는 곳에 닻을 내리고, 달빛 속에서 꼬리로 수면을 쳐 올려 잔물결을 일으키는 수천은 됨 직한 작은 농어나 은빛 피라미 떼에 둘러싸인 채, 기다란 아마 낚싯줄을 통해 12미터 아래쪽에 살아가는 신비로운 밤 물고기와 교감을 나누었다. 또 때로는 부드러운 밤바람에 떠다니며 호수에 드리워 놓았던 20미터 길이의 낚싯줄을 끌어당기다 보면 어느 순간 가벼운 떨림이 실을 타고 올라오는 것을 느꼈다. 그것은 실 끝자락 부근에 알 수 없는 어떤 생명체가 확신하지 못하는 막연한 목적으로 결단을 내리지 못한 채 배회하고 있음을 의미했다. 마침내 내가 천천히 한 손 한 손 실을 감아올리면, 뿔이 난 메기가 있는 대로 몸을 비틀고 파닥이며 수면 위로 끌려 나왔다.

어두운 밤에, 생각이 다른 천체의 광활하고 우주론적인 주제를 넘나들며 방황할 때, 낚싯줄을 통해 이런 가벼운 떨림을 느끼다가 퍼뜩 꿈에서 깨어나 자연과 다시 연결되는 느낌은 참으로 묘했다. 마치 이번에는 공기보다 밀도가 그리 높지도 않을 듯한, 물속이 아닌 공중으로 낚싯줄을 던져 올려도 좋을 듯한 기분이 들었다. 그렇게 하여 나는 하나의 바늘로 두 마리의 고기를 낚았다.

월든 호수를 에워싼 풍경은 소박하다. 아름답기는 하지만 장관이라 하기에는 미흡했고 오랫동안 자주 찾은 사람이나 호숫가에 살았던 사람이 아니라면 별로 흥미를 품을 거리도 없다. 그러나 그 깊이와 물의 맑은 정도는 상당히 뛰어나기에 구체적으로 묘사할 만한 가치가 있다. 맑고 깊은 초록의 샘이라 할 만한 이 호수는 길이 800미터에 둘레는 3킬로미터가 채 안 되며, 면적은 61.5에이커다. 소나무와 떡갈나무 숲 한가운데서 영원히 솟아오르는 샘처럼 구름과 증발 외에 눈에 보이는 물의 유입구나 출구는 전혀 없다. 호수를 둘러싼 언덕은 물가에서 12미터 내지 25미터 정도의 높이로 불쑥 솟아올라 있으나, 400~500미터쯤 떨어져 있는 남동쪽과 동쪽의 언덕은 각각 그 높이가 30미터와 45미터 정도에 이른다. 그 일대로는 숲이 에워싸고 있다.

콩코드의 모든 물의 색은 적어도 두 가지로 나뉘게 되는데, 하나는 먼 거리에서 본 색이고, 다른 하나는 가까이서 볼 때의 본래 색이다. 전자는 빛의 정도에 많이 좌우되고, 하늘의 색을 따른다. 맑은 여름날 조금 떨어진 곳에서, 특히 잔물결이 일 때에는 푸른색으로 보이지만, 아주 먼 곳에서 바라보면 모든 물색은 다 같아 보인다. 폭풍우 치는 날에는 때로 짙은 청회색으로 변하기도 한다. 그러나 바다는 눈에 띄는 대기의 변화 없이도 어느 날은 파랗고, 어느 날은 초록빛으로 보인다고들 하지 않는가. 언젠가 주위가 온통 하얀 눈으로 덮인 날 콩코드강을 바라봤을 때는 물도 얼음도 거의 풀잎처럼 초록빛이었다. 어떤 이는 파란색이야말로 "액체든 고체든 상관없이 순수한 물의 고유색"*이라 말하기도 한다. 그러나 배를 타고 물속을 똑바로 내

---

* 제임스 D. 포브스(James D. Forbes), 《사보이 알프스 여행기(Travels Through the Alps of Savoy)》 중에서.(원주)

려다보면 실로 다양한 색을 볼 수 있다.

월든 호수는 같은 각도에서 바라봐도 어느 순간에는 파랗다가 다음 순간에는 초록으로 변한다. 어쩌면 하늘과 땅의 중간에 놓여 있는 까닭에 그 둘의 색을 다 닮아 있는지도 모르겠다. 언덕 꼭대기에서 바라보면 호수는 하늘의 색을 반사해 내지만, 가까이 다가가면 밑바닥의 모래가 들여다보이는 물가 쪽은 노르스름한 색조를 띠고, 그것이 점차 밝은 초록으로 바뀌면서 호수 중심부로 갈수록 짙은 청록색으로 변한다. 빛의 밝기에 따라서는 언덕 위에서 바라볼 경우 호수 가장자리 쪽도 선명한 녹색을 띤다.

어떤 사람은 이것이 푸른 초목의 색을 반사하기 때문이라고도 한다. 하지만 철로가 놓인 모래 언덕을 등지고 있는 곳에서 볼 때도 그렇고 봄에 나뭇잎이 무성하기 전에 봐도 그러니, 그것은 단지 물 전체의 푸른색이 모래의 노르스름한 빛과 섞인 결과로밖에 보이지 않는다. 월든 호수가 눈이라면 그 호수의 홍채, 즉 한가운데는 이런 색이라 할 수 있겠다. 그곳은 봄이 되면 호수 바닥을 치고 반사되어 올라온 태양열과 땅속으로 전해지는 열기 덕에 얼음이 가장 먼저 녹기 시작하는 부분이면서, 여전히 얼어붙어 있는 호수의 한복판을 에워싸고 좁은 운하가 형성되는 부분이기도 하다.

간혹 맑은 날 바람이 불어 수면이 심하게 일렁일 때가 있는

데, 그런 날이면 이 지역의 다른 호수나 강과 마찬가지로, 월든 호수의 표면도 조금 떨어진 곳에서 보면 하늘 그 자체보다도 더 짙은 청색을 띠었다. 파도가 하늘의 색을 직각으로 반사하기 때문인지, 아니면 평소보다 훨씬 많은 빛이 파도의 수많은 면면과 뒤섞이기 때문인지는 알 수 없었다. 이럴 때 호수로 나가 햇살에 반사된 수면을 좌우로 둘러보면, 그 무엇에도 견줄 수 없으며 형용할 수도 없을 만큼 밝은 푸른색 물빛이 눈길을 사로잡았다. 그것은 마치 물결무늬가 있거나 빛에 따라 색이 변하는 비단에서 볼 수 있는, 날카로운 칼날에서 번득일 듯한 그런 빛이자 하늘 그 자체보다 더 푸른 하늘색이었다. 그 하늘색이 파도의 반대쪽에 깃든 호수의 본래 색인 암녹색과 교차되어 나타났다. 그런데 두 색을 비교하고 있노라면 암녹색은 진흙 빛깔로밖에는 보이지 않았다.

　내가 기억하기로, 월든 호수는 해가 지기 전 서쪽 구름 사이로 바라본 겨울 하늘 조각을 연상시키는 유리처럼 투명한 녹청색이었다. 그러나 그 물을 유리잔에 떠올려 빛에 비추어 보면 같은 양의 공기와 마찬가지로 무색투명했다. 잘 알려져 있다시피, 유리 제조업자의 말에 따르면 커다란 유리판은 그 '용적' 때문에 초록빛을 띠지만, 같은 유리라도 작은 조각으로 나뉘면 무색투명하다고 한다. 월든 호수의 물이 초록빛을 반사하려면 그 양이 어느 정도나 되어야 할지에 대해서는 나도 실험해 본 바가 없다.

이 지역의 강물은 가까이서 들여다보면 검거나 짙은 갈색으로 보인다. 또한 대부분의 호수와 마찬가지로 그 안에 들어가 있는 사람의 몸이 노르스름해 보이도록 만든다. 그런데 월든 호수의 물은 수정처럼 맑기에 헤엄치는 사람의 몸이 푸르스름한 백색으로 보이게 하고, 더 나아가서는 팔다리를 확대하고 뒤틀린 듯 왜곡시켜 미켈란젤로 같은 화가가 연구 대상으로 쓰면 딱 좋을 듯한 기괴한 효과를 만들어 낸다.

호수의 물은 지극히 맑고 투명해 7미터 내지 9미터의 깊이의 호수 바닥까지도 매우 선명히 들여다보인다. 배를 저어 가다 보면 수면에서 몇 미터나 떨어진 아래쪽에 몸길이가 3센티미터도 되지 않는 농어나 여러 종류의 은빛 피라미 떼가 헤엄쳐 지나가는 모습이 보인다. 하지만 농어는 줄무늬가 있어서 쉽게 알아볼 수 있다. 나는 이런 곳에서 근근이 살아가는 걸 보면 녀석들도 꽤나 금욕적인 물고기려니 하는 생각이 들었다.

몇 년 전 어느 겨울날, 나는 강꼬치고기를 잡으려고 호수에 얼음 구멍 몇 개를 뚫었다. 그리고는 물가로 올라가려고 도끼를 다시 얼음 위로 던졌는데, 그것이 마치 악령에 이끌리기라도 하듯 20미터 정도를 미끄러져 가서는 뚫어 놓은 구멍 하나로 빠지고 말았다. 수심이 족히 8미터는 되는 곳이었다. 호기심에 배를 깔고 얼음 위에 엎드려 구멍 속을 들여다보니, 도끼가 머리부터 거꾸로, 자루를 곧추세운 채 약간 비스듬하게 바닥에 꽂혀서는 물결에 부드럽게 흔들리고 있었다. 그대로 내버려두면 도끼는 거기 그대로 똑바로 박힌 채, 자루가 다 썩어 없어질 때까지 그렇게 흔들리고 있을 것이 뻔했다. 나는 마침 손에 들고 있던 끌을 이용해 바로 위쪽에 또 하나의 구멍을 뚫고, 부근에 있는 자작나무에서 가장 긴 가지를 칼로 잘라 낸 후, 밧줄로 올가미를 만들어 그 끝에 묶었다. 그리고 조심스럽게 물속으로 내려 자루의 옹이 부분에 올가미가 걸리게 하고는 줄을 잡아당겨 도끼를 다시 물 밖으로 끌어올렸다.

한두 군데 작은 모래사장이 형성된 곳을 제외하면 호숫가는 포장용 석재처럼 매끄럽고 둥근 하얀 돌이 띠를 이루어 쫙 깔려 있었다. 대부분 경사는 매우 가파른 편이라 단숨에 뛰어들면 머리까지 물에 푹 잠기기 일쑤였다. 물이 투명할 정도로 맑았기에 망정이지, 그렇지 않았다면 반대편 호숫가에 닿기 전까지 다시는 호수 바닥을 볼 수 없었을 것이다. 심지어 어떤 이는 호수 바닥이 아예 없다고 생각하기도 한다. 진흙 한 점 볼 수 없을 뿐 아니라, 대충만 살펴보면 수초도 전혀 돋아 있지 않은 듯하기 때문이다. 최근에 침수된 작은 목초지는 엄격히 따져 말하자면 호수에 속한 곳이 아니니, 그곳만 제외하면 눈에 띄는 식물이라고는 아무리 자세히 들여다봐도 창포나 부들, 노란색이나 흰색의 백합 한 송이 보이지 않았고, 기껏해야 하트 모양의 작은 이파리 몇 장과 가래, 그리고 순채처럼 보이는 것이 한 두 개쯤 떠 있을 뿐이다. 하지만 그 역시도 헤엄치는 사람은 알 아보기 힘들 터다. 호수의 식물은 그것을 자라게 하는 물만큼 이나 깨끗하고 맑다.

물가의 흰 자갈은 물속으로 5미터에서 10미터쯤 더 뻗어 있 고, 거기서부터 호수 바닥은 순전히 모래로만 이루어져 있다. 가장 깊은 부분만 제외하면 그곳에는 늘 침전물이 조금씩 쌓여 있다. 아마도 수많은 가을을 거쳐 오며 호수로 흘러들어 간 낙 엽이 쌓여 썩으면서 퇴적물이 형성됐기 때문일 터인데, 그곳에 서는 한겨울에도 선명한 초록색 수초가 닻에 걸려 올라오기도 한다.

콩코드에는 월든 호와 비슷한 호수가 하나 더 있다. 바로 서쪽으로 4킬로미터쯤 떨어진 나인 에이커 코너(Nine Acre Corner)에 있는 화이트 호수다. 나는 월든을 중심으로 20킬로미 터 내에 있는 대부분의 호수를 알고 있지만, 월든의 3분의 1만 큼이라도 맑으면서 샘 같은 특징을 보이는 호수는 찾을 수 없 었다. 모르긴 해도 지금까지 수많은 종족이나 민족이 이 호수 의 물을 마시며 감탄하고는 그 깊이를 재고 사라져 갔겠지만, 호수의 물은 지금도 여전히 티끌 하나 없는 초록의 맑은 빛깔 을 유지하고 있다. 더군다나 월든 호수는 비가 내려야 물이 고 이는 간헐적인 샘도 아니지 않은가!

아담과 이브가 에덴동산에서 추방되던 그 봄날 아침에도 월든 호는 이미 존재해 있었을지도 모른다. 그때도 이미 안개와 남풍을 동반하는 부드러운 봄비를 맞으며 해빙했을 테고, 수많은 오리나 기러기 무리도 여전히 그 맑은 호수에 만족하며 수면을 뒤덮고 있었을 터다. 아담과 이브의 몰락 소식은 전혀 듣지도 못한 채.

당시에도 호수의 수위는 오르내리기를 반복하며 물을 정화시켜서 오늘날과 같은 빛깔을 띠고 있었으리라. 그리하여 이 세상에서 유일한 월든 호수가 되어 천상의 이슬을 증류할 수 있는 특허를 하늘로부터 얻었을 것이다. 얼마나 많은 잊힌 민족의 문학 속에서 이 호수가 카스탈리아의 샘 역할을 했을지 그 누가 알겠는가? 또 황금시대에는 어떤 요정이 이 호수를 지배했는지 그 누가 장담하겠는가? 월든 호수는 콩코드가 자신의 왕관에 박아 놓은 가장 귀한 보석이다.

이 샘에 처음 당도했던 사람들은 그들의 흔적을 남겨 놓고 떠났음이 분명했다. 나는 울창한 숲이 벌목으로 다 잘려 나간 호수 주변을 돌아다니다가 가파른 산기슭에 선반처럼 생긴 좁은 오솔길이 나 있는 것을 발견하고 놀란 일이 있다. 산허리를 따라 오르락내리락하기도 하고 물가에 가까워졌다 멀어지지도 하는 그 길은 호숫가에 살아온 인간의 역사만큼이나 오래되어 원주민 사냥꾼의 발에 다져졌을 터이며, 오늘날 이곳의 주민들도 무심결에 가끔씩 밟아 다니고 있을 것이다.

그 길은 겨울철 가벼운 싸락눈이 내리고 난 직후, 호수 한가운데 서서 보면 특히 뚜렷이 잘 보인다. 잡초나 나뭇가지가 막아서지 않은 까닭에 파도처럼 기복이 있는 명확한 하얀 선으로 보이는 까닭이다. 여름에는 가까운 곳에서는 잘 알아볼 수 없지만, 400미터쯤 떨어진 곳에서 보면 확실히 보인다. 말하자면 눈이 오솔길을 흰색의 높은 돋을새김 형태로 재구성하는 것이다. 언젠가는 이곳에도 별장이 들어설 테니, 아름답게 꾸며 놓은 정원이 그 길의 흔적을 보존해 가리라고 나는 생각한다.

월든 호수의 수위는 오르락내리락한다. 그러나 그것이 규칙적인지 아닌지, 기간이 얼마나 되는지 등에 관해 정확히 아는 사람은 없다. 물론 흔히 그렇듯이, 아는 체하는 사람은 널려 있다. 보통 겨울철엔 수위가 높고 여름에는 줄지만, 일반적인 우기와 건기에 반드시 일치하지는 않는다. 내가 호숫가에 살기 이전에는 수위가 한 자에서 두 자 정도 낮아지거나 적어도 다섯 자 이상 높아진 적도 있었던 것으로 기억한다.

호수에는 좁은 모래톱도 하나 있는데, 물속으로 꽤 깊은 곳까지 뻗어 들어간다. 그 모래톱의 끝은 호수 기슭에서 약 30미터쯤 떨어져 있었는데, 1824년쯤인가 나도 그곳에서 걸쭉한 생선 스프 끓이는 일을 도운 적이 있다. 하지만 지난 25년간은 그런 일을 하기가 불가능했다. 한편 그로부터 몇 년이 지난 후 내가 숲속에 있는 후미진 만에서 배를 타고 낚시를 하곤 했다는 이야기를 들려주면 친구들은 도저히 믿기지 않는다는 표정으로 내 말을 듣곤 했다. 그 만은 친구들이 알고 있는 유일한 호숫가에서 약 80미터쯤 떨어진 곳으로, 이미 오래전에 목초지로 변해 버렸기 때문이다.

그런데 호수의 수위는 최근 2년간 꾸준히 상승해서 지금, 그러니까 1852년 여름에는 당시 내가 살았던 시기보다 정확히 15미터가 높아졌다. 다시 말해 30년 전과 같은 수위가 되었기에 나는 그 목초지 위에서 다시 낚시를 할 수 있게 되었다. 전체 수위의 변동 폭은 총 여섯에서 일곱 자 정도다. 그러나 호수를 에워싼 주변 언덕에서 흘러드는 물의 양은 대수롭지 않은 정도라, 수위가 상승하는 요인은 호수 밑바닥에 있는 샘에 영향을 미치는 어떤 원인들에 있음이 분명했다.

올해 여름, 호수의 수위는 다시 낮아지기 시작했다. 주기적이든 그렇지 않든 간에, 이러한 변동이 오랜 세월을 거치며 완성된 듯 보인다는 사실은 매우 주목할 만하다. 나는 한 번의 상승과 두 번의 하락 중 일부를 관찰해 오고 있다. 그리고 12년 내지 15년이 지나면 호수의 수위가 지금껏 내가 보지 못했던 낮은 수위까지 다시 내려가지 않을까 예상한다. 물이 들고 나는 유입구가 있으니 그에 따른 변동 폭을 감안해야 하겠지만, 월든 호수에서 동쪽으로 1.6킬로미터쯤 떨어져 있는 플린트 호수는 월든 호수와 수위의 등락 폭을 같이한다고 볼 수 있다. 두 호수 중간에 있는 작은 호수들도 마찬가지다. 최근 이 호수들은 월든 호수와 같은 시기에 최고의 수위를 기록했다. 내가 지켜본 바에 따르면, 화이트 호수도 마찬가지다.

오랜 간격을 두고 월든 호수의 수위가 등락을 반복하는 현상은 적어도 다음과 같은 점에서 유용하다 하겠다. 지금과 같이 높은 수위가 1년 이상 유지되면 호수 주변을 걸어 돌아다니기가 불편하기는 하다. 그러나 호숫가에 서 있던 관목이나 나무, 즉 리기다소나무, 자작나무, 오리나무, 사시나무 등이 지난번 수위 상승 이후 모두 죽어 버렸기 때문에 수위가 다시 낮아지면 말끔한 호숫가가 드러나게 될 터였다. 매일 되풀이해서 밀물과 썰물에 영향을 받는 다른 호수나 하천과는 달리 월든은 수위가 낮을 때일수록 더욱 깨끗하다.

내 오두막 옆의 호숫가에는 일렬로 서 있던 높이 4~5미터쯤 되는 소나무가 마치 지렛대를 이용해 쓰러뜨린 듯 죽어 넘어가 있다. 그렇게 해서 호수를 잠식하려던 그들의 침략은 저지되었다. 쓰러진 나무의 크기를 보면 지난번에 지금의 높이까지 수위가 상승한 이후 얼마나 오랜 시간이 경과했는지 알 수 있다. 이러한 수위 변동 폭을 이용해 호수는 호반에 대한 권리까지 주장하고 나서는데, 말끔해진 호반에서 나무가 무슨 수로 그 점유권을 내세우겠는가. 이런 호반은 수염이 자라지 않는 호수의 입술이다. 이따금씩 호수가 혀로 그 입술을 훑어 낸다.

수위가 최고조에 달하면 오리나무와 버드나무, 단풍나무가 물에 잠긴 줄기에서 엄청나게 많은 붉은 섬유질 뿌리를 몇 미터는 되게 사방으로 뻗어 낸다. 바닥에서 1미터 이상의 높이에서 뻗어 나오는 이 뿌리를 이용해 그 자신을 지탱하려는 노력이다. 평소 물가에서 자라던 키 큰 블루베리 나무는 열매를 맺지 않았지만, 이러한 상황이 되면 상당히 많은 열매를 맺었다.

간혹 어떤 이는 어떻게 월든 호숫가에는 일정한 크기의 자갈이 깔리게 되었는지 궁금해하기도 하는데, 우리 마을 사람들은 그 전설에 대해 모르는 이가 없었다. 나도 마을 노인들이 어릴 때 들은 이야기라며 다음과 같은 내용을 들려주어 알고 있었다.

예전에 인디언들이 이곳에 있는 언덕 하나에서 주술제를 올리고 있었는데, 그 언덕은 땅 밑으로 깊숙이 꺼져 있는 월든 호수의 깊이만큼이나 하늘로 높이 솟아 있었다. 그곳에서 인디언들은 신을 모독하는 불경한 주문을 서슴지 않고 외웠으며, 그런 악덕을 저지르면서도 전혀 죄책감을 느끼지 않았다. 그렇게 의식이 진행되는 동안 갑자기 언덕이 크게 흔들리더니 바닥으로 한꺼번에 꺼져 버렸다. 그리고 그때 월든이라는 한 노파만이 가까스로 도망쳐 살아났고, 그 노파의 이름을 따서 호수를 월든이라 부르기 시작했다. 또 언덕이 흔들릴 때 그 기슭에 있던 돌이 무너져 내리며 현재의 호반을 만들어 냈으리라는 것이다. 한 가지 확실한 것은 옛날에는 이곳에 호수가 없었으나, 지금은 있다는 사실이다.

인디언과 관련된 이 우화는 내가 앞서 언급했던 고대 정착민과 관련된 이야기의 내용*과도 전혀 상충하지 않는다. 그 정착민은 점치는 막대를 들고 처음 이곳에 찾아왔을 때, 풀밭에서 얇게 피어오르는 증기를 보았고 들고 있던 개암나무 가지가 계속 아래쪽을 가리키자 그곳에 우물을 파기로 했다는 사실을 선명히 기억한다.

물가에 깔린 자갈에 대해서는 아직도 많은 이가 언덕 위로 밀려드는 물결의 작용에 의한 것이라는 설명을 잘 받아들이려 하지 않는다. 하지만 나는 주변 언덕에 같은 종류의 돌이 엄청나게 많이 깔려 있다는 사실을 확인했다. 때문에 호수 근처를 지나는 철로 양쪽에 그 돌로 담을 쌓아 올리기까지 했던 것이다. 게다가 호반의 경사가 가파를수록 돌이 많이 깔려 있다. 그러니 안타깝게도 내게는 돌의 존재가 전혀 불가사의하게 보이지 않는다. 누가 깔아 놓았는지 알기 때문이다. 만약 월든이라는 이름이 새프론 월든 같은 영국의 지역 이름에서 유래한 것이 아니라면, 원래는 '월드인(Walled-in)' 호수라는 이름으로 불렸을지도 모른다고 생각해도 좋을 듯하다.

---

* 《나는 어디서, 무엇을 위해 살았는가》의 마지막 부분을 가리킨다.

월든 호수는 나를 위해 미리 파 놓은 우물과도 같았다. 호수 물은 언제나 맑다. 게다가 일 년에 넉 달은 차가워지기까지 한다. 그 시기 호수의 물맛은 최고라고 할 수는 없어도, 마을의 어느 물과 비교해도 결코 뒤지지 않는다. 겨울에는 공기 중에 노출된 모든 물이, 샘이나 우물처럼 무언가로 보호받는 물보다 차갑다.

1846년 3월 6일 오후 5시에서 다음 날 정오에 이르기까지 내 방에 걸어 둔 온도계의 온도는 지붕 위로 내리쬐는 햇볕 덕분에 잠시 18도에서 21도까지 올라갔지만, 방 안에 떠다 놓은 호수 물의 온도는 5도를 조금 넘은 정도였다. 이는 마을에서 가장 찬 우물물을 바로 떠서 잰 온도보다 1도가 낮았다. 같은 날 보일링 샘의 수온은 7도, 다시 말해 내가 온도를 재 본 그 어떤 물보다도 따뜻했다. 내가 알기로 이 물은 여름에 뜨거워진 표면의 물과 섞이지만 않는다면 가장 시원한 물인데도 말이다. 게다가 월든 호수는 수심이 깊은 덕분에 여름에도 햇볕에 드러나 있는 대부분의 물처럼 따뜻해지는 법이 없다. 찌는 듯한 여름날이면, 나는 가끔 근처의 샘물을 길어 와 마시기도 했지만, 보통은 호수 물을 양동이 하나에 가득 떠다가 지하실에 가져다 두면, 밤사이 식어서 다음 날까지도 내내 차갑게 유지됐다. 또한 일주일이 지나도 길어 온 날과 마찬가지로 물맛도 좋고, 펌프 냄새도 나지 않았다. 여름날 호숫가에서 한 주 정도 야영을 하는 사람은 텐트 그늘에 두세 자 정도 깊이의 구멍을 파고 물통을 묻어 두면 얼음으로 사치를 부릴 필요가 전혀 없어진다.

월든에서는 7파운드나 나가는 강꼬치고기가 잡힌다. 엄청난 속도로 낚싯줄을 잡아채 끌고 가서 낚시꾼이 눈으로 확인을 못한 까닭에 그 무게가 8파운드는 족히 나간다고 안심하고 우겼던 녀석은 제쳐 두더라도 그렇다. 2파운드가 넘는 농어나 메기도 잡히고, 자그마한 은빛 피라미, 황어, 로치(Leuciscus pulchellus) 등도 꽤 잡혔으며, 검은 송어 몇 마리도 잡은 일이 있다. 뱀장어도 두어 마리 잡혔는데, 그중 한 마리는 4파운드나 나갔다. 내가 이런 세부적인 사항까지 언급하는 이유는 일반적으로 낚시꾼에게는 물고기의 무게가 가장 중요한 관심사일 뿐 아니라, 여기에서는 이 두 마리 외에는 뱀장어가 잡혔다는 소리를 들어 본 적이 없기 때문이다. 또한 나는 길이가 13센티미터쯤 되고 옆구리가 은색에 등은 녹색인, 황어와 비슷한 특징을 띤 작은 물고기를 잡았던 기억도 희미하게 떠오르는데, 여기에 그 사실을 적는 까닭은 내 일화를 하나의 전설처럼 만들고 싶기 때문이다.

그럼에도 월든 호수에는 물고기가 그리 많지는 않다. 그나마 수는 많지 않지만 강꼬치고기가 호수의 가장 큰 자랑거리라 할 수 있겠다. 언젠가 나는 얼음 위에 엎드려서 물속을 들여다보다가 강꼬치고기가 적어도 세 종류쯤 된다는 사실을 확인했다. 하나는 강에서 잘 잡히는 종류와 비슷한, 가늘고 긴 형태의 강철 빛을 띤 것이고, 또 하나는 이 호수에서 가장 많이 잡히는 것으로 밝은 황금색에 언뜻언뜻 초록빛이 반사돼 보이며 매우 깊은 곳에서 산다. 그리고 마지막은 역시 황금색으로 생김새도 앞의 것과 비슷하지만, 옆구리에 짙은 갈색과 검은색 반점이 약간의 흐린 적갈색 반점과 섞여 있어 송어와 매우 흡사하다. 따라서 '레티클라투스(그물 모양의)' 보다는 '쿠타쿠스(점박무늬의)'가 학명으로 더 어울릴 듯하다. 어쨌든 세 종류 모두 살점이 단단해서 크기에 비해 무게가 많이 나간다. 은빛 피라미 종류와 메기, 농어뿐 아니라 월든 호수에 서식하는 모든 물고기는 물이 맑은 까닭에 매우 깨끗하고 잘생겼으며 살성도 단단해 강이나 다른 호수에 사는 물고기와 비교했을 때 쉽게 구분이 간다. 어류학자가 와서 살펴본다면, 아마도 몇몇 새로운 종을 찾아낼 수 있을지도 모르겠다.

이곳에는 깨끗한 종의 개구리와 거북이도 있으며, 간혹 홍합도 눈에 띄기도 한다. 사향쥐와 밍크가 호수 주변에 발자국을 남기고 가기도 하고, 가끔은 흙탕거북이 다녀가기도 한다. 이따금씩 아침에 배를 물속으로 밀어 넣으려 할 때, 밤사이 배 밑에 숨어 들어간 흙탕거북을 깨워 놓을 때도 있다. 봄, 가을이면 오리와 기러기가 자주 찾아왔고, 흰가슴제비(Hirundo bicolor)도 물 위를 미끄러져 갔으며, 가슴에 얼룩점이 있는 도요새

(Totanus macularius)는 여름내 호숫가의 자갈 위를 '뒤뚱'거리며 걸어 다녔다. 때로 나는 물 위로 늘어진 스트로브잣나무에 앉아 있는 물수리를 방해하기도 했다. 그러나 나는 페어헤이븐처럼 월든 호수에도 갈매기가 찾아와 그 신성함을 더럽힌 적이 있는지는 확실히 모르겠다. 기껏해야 매년 아비 한 마리가 날아오는 게 다일 듯하다. 이 정도가 현재 월든 호수에 자주 출몰하는 동물이다.

날씨가 고요한 날 배를 타고 나가서 모래가 덮인 동쪽 호반 근처, 수심이 2.5~3미터 정도 되는 물속을 들여다보면 돌 더미가 쌓인 것을 볼 수 있다. 이곳 외에도 호수의 여러 곳에서 볼 수 있는 돌 더미는 달걀보다 작은 돌멩이가 지름 약 2미터에 높이 30센티미터 정도로 둥글게 쌓여 있고, 그 주변에는 모래가 덮여 있다. 처음에는 인디언이 나름의 목적이 있어서 얼음 위에 쌓았던 것이 해빙되며 그대로 가라앉은 것이 아닌가 생각했으나, 그렇게만 생각하기에는 돌이 쌓여 있는 형태가 거의 흐트러지지 않은 채 일정했고, 또 어떤 것은 만든 지 얼마 되지도 않았음이 확실해 보였다. 강가에서 볼 수 있는 것과 많이 비슷했지만, 이곳에는 빨대잉어도 칠성장어도 없기에, 대체 어떤 물고기가 만들어 놓은 것인지 알 길이 없었다. 어쩌면 황어의 보금자리일지도 모른다는 생각이 들기도 했다. 어쨌든 이런 것들이 호수 바닥에 흥미로운 신비감을 더해 주었다.

호반은 이리저리 튀어나오고 들어가서 전혀 단조롭지 않았다. 나는 마음의 눈을 통해 깊은 만이 톱니 모양으로 들쑥날쑥한 서쪽과, 그보다 선이 굵은 북쪽, 그리고 돌출한 갑(岬)이 서로 겹칠 듯이 연달아 이어져 그 사이사이에 인간의 발길이 닿지 않은 작은 만이 숨어 있음을 암시해 주는 듯한, 아름다운 조가비 모양으로 펼쳐진 남쪽 물가를 그려 볼 수 있다.

언덕으로 에워싸인 작은 호수 한가운데서 바라보는 숲만큼 아름답고 근사한 숲은 없다. 이때 숲의 모습을 반사하는 물은 자연의 화폭을 메우는 최고의 전경이 되어 줄 뿐 아니라, 들쑥날쑥한 호반과 함께 가장 자연스럽고 그럴듯한 경계까지 만들어 낸다. 호수의 가장자리는 도끼로 숲의 일부를 베어 낸 곳처럼, 혹은 숲에 인접한 경작지처럼 거칠고 불완전하지 않다. 물가 쪽으로 가지를 뻗어 나갈 공간이 충분하므로, 나무는 기운차게 호수 쪽으로 가지를 뻗는다. 이처럼 자연이 호숫가에 절로 울타리를 치면, 우리의 시선은 호숫가의 낮은 관목에서부터 차츰 가장 높은 나무를 따라 올라간다. 인간의 손이 남긴 흔적은 어디서도 찾아볼 수 없다. 물은 천년의 세월을 그래 왔듯이 호반에 철썩인다.

호수는 가장 아름답고 표정이 풍부한 풍경의 특징이다. 그것은 대지의 눈이다. 호수를 들여다보는 이는 자기 본성의 깊이를 측정하게 되리라. 물가에 둘러 선 나무는 눈 가장자리를 장식한 가느다란 속눈썹이고, 그 주변을 둘러싼 나무가 무성한 언덕과 절벽은 눈 위에 달린 눈썹이다.

9월의 어느 고요한 오후, 옅은 안개 속에 건너편 호반이 아스라이 흐려 보일 때, 호수 동쪽 끝의 완만한 모래밭 위에 서 있으면, '유리처럼 맑은 호수의 표면'이라는 표현이 어디서 나왔는지 깨닫게 된다. 뒤돌아서서 허리를 깊숙이 숙여 호수를 바라보면, 수면은 계곡을 가로질러 걸린 가느다란 거미줄처럼 보이고, 먼 소나무 숲을 배경으로 반짝이면서 대기의 층을 둘로 갈라놓는다. 그렇게 보고 있노라면, 젖지 않고 호수 아래쪽을 걸어 반대편 언덕까지 갈 수 있을 것만 같고, 미끄러지듯 날아가는 제비도 그 위에 내려앉아 쉬어 갈 수 있을 듯하다. 사실 제비들은 간혹 착각이라도 한 듯 그 아래로 곤두박질쳐 들어갔다가 비로소 자신이 실수했음을 깨닫기도 한다.

서쪽을 향해 선 채 수면을 굽어보게 되면, 태양 그 자체뿐 아니라 물에 비친 반사광에서 눈을 보호하기 위해 양손을 들어 올려야만 한다. 둘 다 눈부시기가 이루 말할 수 없기 때문이다. 그 둘 사이에 서서 호수의 표면을 자세히 들여다보면, 그것이 글자 그대로 유리처럼 매끄럽다는 사실을 알게 된다. 호수 전체에 일정한 간격을 두고 흩어져 있는 소금쟁이가 햇살 속을 움직여 다니며 그 무엇보다도 섬세한 광채를 발하는 곳이나, 오리가 깃털을 다듬는 곳, 혹은 앞서도 말했듯이 제비가 수면을 스칠 듯이 낮게 날아가는 곳만을 제외하면 그렇다.

멀리서 물고기 한 마리가 반원을 그리며 공중으로 1미터 이상 솟아오르는 듯하다. 고기가 뛰어오르는 순간 섬광이 번쩍이는가 싶더니 수면을 때리는 순간에도 빛이 번쩍인다. 때로는 은빛 반원이 선명히 다 그려지기도 한다. 또는 엉경퀴의 관모*가 여기저기 떠 있으면, 물고기가 돌진해 와서 수면에 파문을 일으키기도 한다.

호수 표면은 식기는 했으나 아직 굳지 않은 녹은 유리와도 같았고, 그 위에 떠다니는 약간의 먼지는 유리 속에 낀 불순물처럼 오히려 순수하고 아름다워 보인다. 간혹 호수 물의 일부가 다른 곳보다 훨씬 매끄럽고 진해 보이는 것을 발견할 때도 있다. 마치 눈에 보이지 않는 거미줄이나 물의 요정이 올라 앉아 휴식을 취하는 방책**에 의해 나머지 부분과 분리되기라도 한 듯 말이다.

언덕 꼭대기에 올라서면 물고기가 어디서 뛰어오르든 거의 다 볼 수 있다. 강꼬치고기든 은빛의 피라미든 간에, 그 매끄러운 수면의 전체 균형을 흐트러뜨리지 않고서는 그 위에 떠 있는 벌레 한 마리도 잡아먹을 수 없기 때문이다. 고기가 벌레를

---

* 갓털이라고도 하며, 씨방의 맨 끝에 붙은 솜털 같은 것을 뜻하기도 한다.
** 항만이나 해협, 강 등의 뱃길에 설치하는 방해물이나 나무 막대를 말한다.

잡아먹는 이 단순한 사건이 세상에 알려지는 그 정교한 방법은 참으로 경이롭지 않은가. 물고기의 살생은 결국 만천하에 드러나기 마련이다. 그리고 그 파문이 원을 그리며 점점 커져서 직경이 30미터쯤 되면 멀리 언덕 위에 앉아 있는 내 눈에도 띄게 된다. 심지어는 400미터나 떨어진 곳에서도 매끄러운 수면 위를 끊임없이 움직여 다니는 물매암이(Gyrinus)를 알아볼 수도 있다. 녀석들이 물 위에 야트막한 고랑을 만들며 나아갈 때 고랑 양쪽으로 선명한 잔물결이 번져 나가기 때문이다. 그러나 소금쟁이는 눈에 띄는 잔물결을 일으키지 않고도 물 위를 미끄러지듯 나아간다. 수면이 크게 요동치는 날은 소금쟁이도 물매암이도 나타나지 않지만, 잔잔한 날이면 안식처를 떠나 갑작스런 충동에 몸을 맡기고 대담하게 물가를 미끄러져 나가 저편 호수 끄트머리까지 나아가기도 한다.

태양이 참으로 따스하게 내리쬐는 화창한 가을날, 이처럼 높은 언덕 꼭대기의 그루터기에 걸터앉아 호수를 내려다보며, 수면에 반사된 하늘과 나무 사이로 끊임없이 새겨지는 동그란 보조개 같은 파문(이것이 아니라면 멀리 보이는 그것이 호수의 수면이라고는 생각하기 힘들다)을 찬찬히 살펴보노라면 마음이 편안해진다. 이 너른 수면에서는 어떠한 소요가 일어도 곧바로 진정되어 고요해진다. 물병에 물을 채워 흔들어 놓아도 출렁이던 물결이 가장자리에 가 닿으며 이내 고요해지는 것과 같은 이치다.

수면 위로 물고기나 곤충 한 마리가 뛰어들면, 그것들은 아름다운 곡선의 동그란 파문을 그리며 세상에 알려진다. 그 모습은 마치 호수의 바닥, 즉 샘의 원천에서 물이 끊임없이 솟아나는 듯 보이며, 호수의 생명이 부드러운 맥박으로 고동치느라 그 가슴이 부풀어 오르는 듯 보인다. 그것이 기쁨의 전율인지 고통의 전율인지는 구분할 수가 없다. 이 모든 호수의 현상이 얼마나 평화로운가! 덕분에 인간의 행위도 봄을 만난 듯 다시 빛난다. 그렇다, 온갖 잎사귀와 잔가지, 돌멩이와 거미줄도 지금 이 오후 나절에 마치 봄날 아침 이슬을 흠뻑 머금은 듯 빛을 발한다. 노를 저을 때마다, 혹은 벌레가 움직일 때마다 섬광이 번쩍인다. 노가 물을 철썩일 때 들리는 메아리는 또 얼마나 달콤한가!

9월과 10월에 맞이하는 이러한 날, 월든 호수는 숲속의 완벽한 거울이다. 그 주위를 에워싼 돌멩이는 내가 보기에 그 무엇보다 드물고 진귀한 보석과도 같다. 호수만큼 아름답고, 순수하고 거대한 것이 지상 어디에 또 존재하겠는가. 하늘의 물, 이곳엔 울타리도 필요치 않다. 여러 종족이 왔다 갔으나, 호수를 더럽히지는 않았다. 호수는 어떤 돌로도 깨뜨릴 수 없는 거울이며, 그 위에 입힌 수은은 결코 닳아 없어지지 않는다. 금박 역시도 자연이 끊임없이 수리해 주지 않는가. 어떤 폭풍우도 먼지도 그 맑은 표면을 탁하게 흐릴 수 없다. 호수 위에 떨어진 모든 불순물은 밑으로 가라앉거나 태양의 아지랑이 솔이, 그 가벼운 걸레가 쓸어 내고 털어 낸다. 호수라는 거울은 입김으로도 흐릴 수 없다. 오히려 그 입김을 수표면 위로 높이 구름처럼 떠어 올리고, 그 모습을 가슴으로 조용히 비추어 준다.

너른 호수는 대기 속에 떠다니는 정령의 모습을 드러낸다. 새로운 생명과 움직임을 위로부터 끊임없이 받아들인다. 그 본성으로 치자면 호수는 대지와 하늘의 한가운데 위치한다. 바람이 불 때 지상에서는 풀과 나무만이 흔들리지만, 호수는 그 자체가 바람 따라 물결친다. 나는 빛줄기나 섬광을 보며 가벼운 미풍이 호수의 어디쯤을 가로지르는지 알 수 있다. 이처럼 우리가 호수의 표면을 굽어볼 수 있다는 사실은 참으로 경이로운 일이다. 언젠가는 인간이 대기의 표면을 바라보면서 바람보다도 가벼운 정령이 대기의 어디쯤을 휩쓸어 가는지 알게 되는 날도 오지 않겠는가.

소금쟁이와 물매암이는 10월 하순 된서리가 내리기 시작하면 마침내 그 자취를 감춘다. 따라서 11월이 되어 날씨가 좋을 때면 수면을 흩뜨리는 것이 전혀 없다. 어느 11월의 오후, 며칠간 이어지던 비바람이 그치고 날은 고요해졌으나, 하늘은 여전히 구름으로 뒤덮이고 대기는 안개로 가득 차 있던 날, 호수는 드물게 고요해서 어디가 수면인지 구분할 수 없을 정도로 매끄러워 보였다. 둘러선 언덕을 비추고는 있었으나, 10월의 밝은 기운이 아닌 11월의 어두운 색조만을 반사했다.

나는 그 물 위를 가능한 한 조용히 노 저어 갔다. 그러나 배가 지나며 만들어 내는 약한 파동이 내 눈길이 닿는 가장 먼 곳까지 퍼져 나가며 호수에 수많은 이랑을 만들어 냈다. 수면을 바라보고 있자니, 멀리 여기저기서 희미한 반짝거림이 눈에 들어왔다. 소금쟁이들이 서리를 피해 모여 있는 모습 같기도 했고, 수면이 너무도 고요해서 호수 바닥에서 솟아오르는 샘이 고스란히 비치는 것 같기도 했다. 나는 그곳 중 하나를 향해 천천히 노를 저어 갔다. 그리고 내가 무수히 많은 농어 떼에 에워싸인 것을 알고 놀라고 말았다. 채 15센티미터가 안 되는 청동색 농어가 초록빛 물속에서 떼 지어 헤엄쳐 다니며 수시로 떠올라 수면에 보조개를 만들어 놓았고, 가끔은 거품을 남겨 놓기도 했다.

이처럼 투명하고 바닥을 헤아릴 수 없을 듯 깊은 물속에 구름이 비치는 모습을 바라보고 있자니, 나는 기구를 타고 하늘에 떠다니는 기분이 들었고 물고기의 움직임은 마치 새가 하늘을 맴돌며 날아다니는 듯 보였다. 지느러미를 돛처럼 활짝 펼치고 헤엄치는 물고기들은 내 바로 밑에서 좌우로 스쳐 지나는 수많은 새의 밀집된 무리를 연상시켰다.

호수에는 이러한 물고기 떼가 많았다. 녀석들은 겨울이 그 널찍한 채광창 위로 얼음의 덧창을 덮어 버리기 직전이면, 그 짧은 계절을 조금이라도 더 즐기려는 듯 수면 위로 모습을 드러냈다. 그 장면은 마치 가벼운 바람이 수면을 훑어가거나 빗방울이 떨어지는 듯 보였다. 내가 무심코 다가가기라도 하면 물고기들은 마치 누군가 잎이 무성한 나뭇가지로 수면을 때리기라도 한 듯 깜짝 놀라 꼬리로 물을 튀기며 잔물결을 일으키고는, 부리나케 깊은 물속으로 달아나 버렸다. 그러다 마침내 바람이 불고 안개가 짙어져 물결이 일어나기 시작하면, 농어는 전보다도 훨씬 높이 수면 위로 튀어 올라 몸의 절반 정도를 물 밖으로 내밀었는데, 이때 수면 위에는 높이 7~8센티미터는 됨 직한 백여 개의 검은 점이 한꺼번에 모습을 드러냈다.

심지어 어느 해인가에서는 12월 5일에도 수면 곳곳에 작은 파문이 이는 것이 보였다. 안개도 짙게 끼어 있던 터라, 나는 곧 큰 비가 쏟아질 듯한 기분이 들어 급히 노를 잡고는 집 쪽으로 서둘러 저었다. 얼굴에 빗방울이 떨어진 것도 아니건만, 왠지 금방이라도 빗방울이 쏟아져 흠뻑 젖을 것만 같았다. 그런데 돌연 그 잔물결이 사라져 버렸다. 알고 보니 내 노 젓는 소리에 놀란 농어 떼가 물밑으로 숨어든 까닭에 파문도 사라져 버린 탓이었다. 내 눈에도 사라지는 농어 떼의 모습이 어렴풋이 보였다. 그리하려 그날 나는 비 없이 건조한 하루를 보낼 수 있었다.

60여 년 전만 하더라도 호수 주변은 빽빽한 숲으로 어두컴컴

했다 하는데, 당시 월든 호수를 자주 찾았던 한 노인이 내게 들려준 이야기에 따르면, 그때는 호수에 오리뿐 아니라 다른 물새도 많았고, 주변에 독수리도 많이 서식했다고 한다. 노인은 낚시를 하기 위해 호수로 와서 물가에서 찾아낸 긴 카누를 이용했다. 그것은 두 개의 스트로브잣나무의 속을 파내 못을 박아 연결한 후 양 끝을 직각으로 잘라 낸 배였다. 대충 만든 것은 분명했으나, 그래도 물이 새어 바닥으로 가라앉기 전까지 꽤 오랜 세월 제구실을 했다고 한다. 노인은 그것이 누구의 것인지는 몰랐지만, 호수에 속한 것임은 알았다. 그는 호두나무 껍질을 길게 찢어 엮어서 닻줄로 사용했다. 그는 내게 호수 밑바닥에 가라앉아 있다는 철궤 이야기를 들려주었다. 혁명기 이전부터 호숫가에 살았던, 한 옹기 굽는 노인이 직접 눈으로 확인했다며 들려준 이야기라는데, 그 궤짝은 가끔 물가로 떠내려왔지만 사람이 다가가면 다시 깊은 물속으로 사라져 버렸다는 것이다.

나는 그 오래된 통나무 카누 이야기를 듣고 매우 기뻤다. 그것은 같은 재료로 만들기는 해도, 훨씬 우아한 모양이었던 인디언의 카누를 대신했다고 한다. 아마 처음에는 그저 호숫가 둑에 서 있던 한 그루의 나무가 어떤 사연인지는 모르지만 물속으로 쓰러져 월든 호수에 가장 잘 어울리는 배가 되어 한 세대를 물 위에 떠다녔으리라. 나는 처음으로 호수의 깊은 곳을 들여다봤던 때를 기억한다. 물속에 큰 통나무들이 쓰러져 있는 것이 어렴풋이 본 적이 있다. 바람의 힘으로 쓰러졌거나, 아니면 목재가 헐값이던 시절 가장 마지막에 벌채되어 얼음 위에 쌓아 두었던 것일지도 모른다. 그러나 지금은 거의 다 사라지고 볼 수가 없다.

내가 처음 월든 호수에서 노를 저었을 때만 하더라도, 호수는 빽빽이 들어선 울창하고 높은 소나무와 떡갈나무 숲으로 완전히 둘러싸여 있었고, 후미진 만에는 포도 덩굴이 물가의 모든 나무를 휘감아 올라 나무 사이사이 정자를 이루어 그 밑으로 배가 지나다닐 수 있을 정도였다. 호반을 에워싸고 있는 언덕은 매우 가파를 뿐 아니라, 언덕을 뒤덮은 나무는 또 어찌나 높이 자랐는지 서쪽 끝에서 내려다보면 마치 숲의 절경을 감상하라 만들어 놓은 원형경기장처럼 보였다.

지금보다 젊었을 때, 나는 여름날 오후가 되면 호수 한가운데로 배를 저어 나가서 산들바람에 배를 맡기고 배 바닥에 길게 드러누워 몽상에 잠긴 채 몇 시간이고 떠다니곤 했다. 그러다가 배가 모래밭에 닿으면 깨어나 내 운명이 어느 호반으로 날 이끌어 왔는지 보려고 몸을 일으켰다. 당시만 해도 그런 여유로운 삶이 가장 매혹적이고 생산적인 일인 듯 느껴졌다. 따라서 하루의 가장 소중한 시간을 그런 식으로 보내고 싶어 곧잘 오전 시간에 도망쳐 나오고 했다. 나는 부자였다. 돈은 없었지만, 햇살 좋은 시간과 여름날이야 얼마든지 있었기에 원하는 대로 흥청망청 쓸 수 있었다. 그렇다고 작업장에서 일을 하거나 학생을 가르치는 데 더 많은 시간을 보내지 않은 것을 후회하지는 않는다.

하지만 내가 호숫가를 떠난 이후로도, 나무꾼들은 여전히 그곳에 남아 숲의 나무를 온통 베어 버렸다. 그러니 숲에 난 오솔길을 거닐며 나무 사이로 간간이 보이는 호수의 경치를 즐기는 일은 앞으로 오랫동안 바랄 수 없게 되었다. 이제 나의 뮤즈가 침묵한다 한들 아무도 탓할 수 없을 것이다. 어찌 보금자리가 온통 쓰러진 자리에서 새들이 노래하길 기대할 수 있겠는가?

지금은 호수 밑바닥에 가라앉은 통나무도 낡은 카누도, 그리고 주변을 둘러싸고 있던 울창한 숲도 사라져 버렸다. 마을 사람들은 호수가 어디 있는지도 제대로 모르기에 호수 물을 마시거나 그곳에서 멱을 감기보다는, 인도의 갠지스 강만큼이나 신성한 그 물에 파이프를 꽂아서 마을까지 끌어가 설거지나 하려 하지 않는가! 수도꼭지를 돌리거나 마개를 뽑는 것으로 월든을 제 것으로 삼으려 하다니! 저 악마 같은 철마의 귀를 찢어 놓을 듯한 울음소리가 마을 전역에서 들려온다. 놈의 앞발이 보일링 샘을 흙탕물로 만들어 놓았다. 월든 호숫가의 숲을 풀 뜯듯 온통 먹어 치운 것도 바로 놈이 한 짓이다. 이것이야말로 돈만 밝히는 그리스인이 만들었던, 천명의 병사를 그 배 속에 숨긴 트로이의 목마가 아니고 무엇이겠는가! 딥커트 마을에 잠복해 있다가 이 교만한 괴물의 옆구리에 복수의 칼날을 찔러 넣을 무어홀의 무어,* 이 나라의 영웅은 어디 있는가?

그럼에도 내가 알고 있는 월든의 모든 특징 중 가장 뛰어날 뿐 아니라, 가장 잘 보존되고 있는 것은 그 순수성이다. 많은 사람이 이 호수에 비유되어 왔으나, 그런 영예를 얻을 만한 인물은 거의 없었다. 비록 벌목꾼이 호숫가 이곳저곳을 벌거숭이로 만들고, 아일랜드 사람들이 물가에 돼지우리 같은 움막을 짓고, 철로가 호수의 경계를 침범해 들어오고, 또 언젠가는 얼음 채취업자가 얼어붙은 수면을 걷어 가기도 했지만, 호수 그 자체는 조금도 변치 않았다. 내가 어린 시절 바라보던 그 물 그대로다. 모든 변화는 내 안에서 일어났을 뿐이다. 그토록 많은 잔물결이 일었어도 호수의 표면에는 영원히 남을 주름이란 단 하나도 남아 있지 않다. 호수는 영원히 젊다. 과거와 마찬가지로 지금도 호숫가에 멈춰 서면, 제비가 물에 뜬 벌레를 잡아먹으려는 듯 호수에 부리를 살짝 담그는 모습을 볼 수 있을지도 모른다.

오늘 밤에도 월든 호수는 또다시 나를 감동시켰다. 나는 지난 20년 동안 거의 매일 이 호수를 바라봤음에도, 전혀 그러지 않았다는 듯 '세상에, 여기 월든 호수가 있군. 수십 년 전에 내가

* 영국 민요에 등장하는 용을 죽인 영웅이다.

처음 발견했던 그 모습 그대로의 숲속 호수가 아닌가'라고 생
각했다. 지난겨울 숲을 베어 낸 호숫가에서는 새로운 숲이 그
어느 때보다도 기운차게 자라나고 있다. 호수 표면에서는 그때
와 똑같은 사상이 샘처럼 솟아오른다. 월든 호수는 그 자신에
게는 물론 자신을 만든 창조주에게도 똑같은 기쁨이자 행복의
원천이다. 아, 내게도 마찬가지다. 월든은 교활함이라고는 모르
는 어느 용감한 인간의 작품임이 틀림없다! 그는 자신의 손으
로 호수를 둥글게 매만지고, 생각 속에서 깊이 파고 맑게 한 후,
콩코드에 물려줄 것을 유언으로 남겼으리라. 호수의 얼굴을 들
여다보며, 나는 그것이 나와 같은 회상에 잠겨 있음을 깨달았
다. 그리고 이렇게 말할 뻔했다. "월든, 거기 자넨가?"

시 한 줄을 장식하는 것이
나의 꿈이 아니다.
월든 호숫가에 살아가는 것보다
하느님과 천국에 더 가까이 다가갈 방법은 없다.
나는 돌이 많은 호수의 호반이며,
그 위를 지나는 미풍이다.
우묵한 내 손바닥에는
호수의 물과 모래가 담겨 있다.
그리고 월든의 가장 깊은 곳에는

내 심오한 생각이 놓여 있다.

열차는 호수를 바라보기 위해 정차하는 법이 없다. 그러나 나는 기관사와 화부, 제동수, 정기 승차권을 끊어 자주 호수를 바라보는 승객들은 그 풍경 덕분에 더 나은 인간으로 변모해 가리라는 생각을 해 본다. 기관사는 고요하고 순수한 호수의 모습을 적어도 하루에 한 번 보았다는 사실을 밤에도 잊지 않으리라. 아니 적어도 그의 본성은 잊지 않을 터다. 비록 단 한 번 보더라도, 호수의 풍광은 스테이트 거리와 증기기관에 묻은 검댕을 씻어 내는 데 도움이 된다. 누군가 월든 호수를 '하느님의 물방울'이라 불러야 한다고 했던 이유가 바로 그 때문이다.

내가 전에 월든 호수에는 물이 들고 나는 길이 확연히 눈에 띄지 않는다고 말한 적이 있다. 그러나 월든 호수는 더 높은 지대에 있는 플린트 호수와 그 사이에 놓인 일련의 작은 호수들에 의해 간접적으로 이어져 있으며, 낮은 지대에 있는 콩코드 강과 역시 일련의 작은 호수에 의해 직접적으로 관련돼 있다고도 할 수 있겠다. 지금과는 다른 특정 지질 시대에 월든의 물이 그 작은 호수들을 통해 강으로 흘러들었으리라. 지금도 땅을 조금만 파면, 물론 하느님이 금지하겠지만, 물이 다시 그쪽으로 흘러들게 될 것이다. 숲속의 은자처럼 금욕적이고 엄격한 삶을 살아감으로써 호수가 이처럼 경이로운 순수함을 얻게 되었다면, 상대적으로 불순한 플린트 호수의 물이 섞이고, 또 그 물이 바다의 파도 속에 섞여 그 달콤함이 사라지고 만다면 세상 누군들 안타까워하지 않을까?

'샌디 호수'라는 이름으로 불리기도 하는 링컨에 있는 플린트 호수는 월든 호수에서 동쪽으로 약 1.6킬로미터 지점에 위치해 있고, 인근에서 가장 큰 내해이기도 하다. 면적은 약 197에이커로, 월든보다 크고 물고기도 훨씬 많지만 비교적 수심이 얕고 수질도 그리 뛰어나게 맑지는 않다. 나는 이따금씩 기분 전환 삼아 숲을 통과해 그곳까지 산책하러 나가곤 했다. 제법 불어오는 바람을 얼굴에 맞으며, 춤추는 물결을 바라보면서 선원의 삶을 그려 보는 것만으로도 충분히 그럴 만한 가치가 있는 일이었다. 가을에 바람 부는 날이면 그쪽으로 밤을 주우러 나가기도 했는데, 밤이 물로 떨어져 내 발치로 떠내려오곤 했다.

어느 날 나는 상쾌한 물보라를 얼굴에 맞으며 사초로 뒤덮인 그 물가를 천천히 따라 걷다가 썩어 가는 배 한 척의 잔해와 우연히 마주쳤다. 측면은 거의 사라지고 평평한 바닥의 흔적만이 등심초 사이에 남아 있었다. 그러나 썩어 잎맥만 도드라지게 남은 커다란 수련 이파리처럼 배의 골격만은 확실히 남아 있었다. 따라서 바닷가에 남아 있다고 해도 상당히 인상적일 만한 난파선이었고, 훌륭한 교훈을 전해 주기도 했다. 지금 그 난파선은 그저 식물에게나 유용한 부식토가 되어 버렸다. 물가의 흙과 구분조차 되지 않는 잔해를 뚫고 등심초와 부들이 돋아나 있었을 뿐이다.

나는 플린트 호수 북쪽 끝, 물밑 모래 바닥에 새겨진 물결 모양의 흔적을 보며 감탄해 마지않곤 했다. 맨발로 물에 들어가 걷다 보면 그것이 물의 압력으로 얼마나 단단히 굳어 있는지 알 수 있었다. 또한 그 자국을 따라 물결 모양을 하고 일렬종대로 줄줄이 자라 있는 등심초는 마치 물결이 심어 놓은 듯 보이기까지 했다. 그곳에는 또한 곡정초처럼 보이기도 하는, 가느다란 잎과 뿌리가 뭉쳐진 듯한 공처럼 생긴 신기한 식물이 엄청나게 많이 자라 있었다. 직경이 약 1.5센티미터에서 10센티미터에 이르른 완벽한 구체였다. 속까지 풀로 꽉 차 있기도 했고, 안에 모래가 약간 들어 있는 것도 있었다. 처음에는 조약돌처럼 물결의 작용 때문에 그런 모양이 됐다고 생각하기 쉽지만, 가장 작은 것들조차도 길이 1.5센티미터 정도의 거친 물질로 똘똘 뭉쳐져 있다. 그리고 일 년에 단 한 계절에만 만들어진다. 게다가 내가 생각하기에 물결은 이미 어떤 형태를 갖춘 것을 마모시키는 역할을 하지 무언가를 어떤 형태로 만들어 내는 역할은 하지 않는다. 그 뭉치들은 마른 후에도 어느 정도 기간은 그 형태를 유지한다.

플린트 호수라니! 이 이름은 우리의 작명 실력이 얼마나 형편없는지 잘 보여 준다. 대체 무슨 권리로 이 하늘의 물가에 농장을 일구고, 그 호반에서 자라는 나무를 무자비하게 베어 넘어뜨렸던 불결하고 어리석은 농부가 자신의 이름을 이 호수에 붙여 놓았다는 말인가? 그는 자신의 뻔뻔한 얼굴을 비춰 볼 수 있는 금화나 은화의 반짝이는 표면을 훨씬 좋아하고, 호수에 정착해 살아가는 야생 오리조차 침입자로 간주했던 지독한 수전노가 아니던가. 그의 손은 무엇이든 움켜잡는 하피*같은 오랜 습관으로 갈고리처럼 굽고 딱딱하게 굳어 갈퀴 같은 발톱처럼 변해 버렸다. 그러니 어찌 이런 호수의 이름이 내 마음에 들겠는가.

내가 그곳을 찾는 이유는 그를 만나기 위해서도, 그의 이야기를 듣기 위해서도 아니다. 그는 호수의 참모습을 본 적도, 그곳에서 멱을 감은 적도, 호수를 사랑한 적도, 보호한 적도, 칭찬한 적도 없으며, 그런 호수를 만들어 준 신께 감사드린 적도 없다. 그러니 오히려 그곳에서 헤엄치는 물고기나 부근에 자주 나타나는 새와 네발짐승, 호반에 서식하는 야생화 혹은 삶 자체가 호수의 역사와 긴밀히 관련된 숲에 사는 사람이나 아이들의 이름을 호수에 붙여 주었어야 마땅했다. 자신과 비슷한 생각을 하는 이웃 사람이나 주 의회가 부여한 토지 권리 증서 외

---

* 여자의 머리와 몸에 새의 날개와 발톱을 가진, 신화 속에 등장하는 괴물이다.

에는 호수의 소유권을 주장할 어떠한 자격도 없는 사람의 이름을 호수에 붙여서는 안 될 일이었다. 그는 호수의 금전적 가치에만 관심을 두는 인간이자 그저 나타나기만 해도 호반 전체가 저주받게 만들 인간이며, 주변의 토지를 황폐화시키고 호수 물까지 기꺼이 고갈시키고도 남았을 인간이었다. 또한 그는 호수가 영국 건초나 덩굴월귤을 채집할 수 있는 목초지가 아닌 것만 애석해했다. 그의 눈으로 보기에 호수에서는 그런 수확물을 거둘 수 없으니, 차라리 물을 빼서 바닥에 고인 진흙을 팔아 치우는 게 나으리라 생각했을 터다. 호수의 물로는 물레방아도 돌릴 수 없다. 호수를 바라보는 일도 그에게는 전혀 특권이 아니다.

나는 그의 노동을 존중하지 않는다. 온갖 것에 값을 매겨 놓은 그의 농장도 마찬가지다. 그는 돈만 준다면 풍경이든 신이든 모두 시장에 내다 팔 인간이다. 말하자면, 시장에서 자신의 신을 찾는 인간이다. 그의 농장에는 공짜란 없다. 밭에는 곡물이 영글지 않고, 목초지에는 꽃이 피지 않으며, 나무에는 열매가 열리지 않는다. 그가 재배하는 것은 오직 돈뿐이다. 그는 자신이 키우는 과일의 아름다움을 사랑하지 않고, 그 과일은 돈과 교환되기 전까지는 익은 것이 아니다.

내게 진정한 풍요를 즐길 수 있는 가난을 달라. 내게 있어 농부란 가난한 만큼 존중할 만하고 흥미로운 존재다. 모범이 되는 농장이라! 그곳에는 집들이 퇴비 더미 속의 버섯처럼 서 있고, 인간의 방이든 마구간이든 외양간이든 돼지우리든, 깨끗하든 더럽든 상관없이, 모두 한데 붙어 있다. 인간도 함께 사육된다! 퇴비와 버터밀크 냄새가 코를 찌르는 거대한 기름얼룩! 인간의 심장과 뇌를 거름 삼아 고도의 경작이 이루어지는 곳! 교회 묘지에서 감자를 재배하는 것과 무슨 차이가 있겠는가! 이것이 바로 모범이 되는 농장의 실체다.

아니, 안 된다. 풍경 중에서도 가장 아름다운 곳에 인간의 이름을 따다 붙이려면, 부디 기품 있고, 그럴 만한 가치가 있는 사람의 이름을 붙이도록 하자. 우리 마을의 호수에도 '여전히 그 해안에는 용감한 함성이 메아리친다'*고 전해지는 이카리아의 바다**처럼 진실한 이름이 붙을 수 있도록 하자.

자그마한 구스호는 월든에서 플린트호로 가는 길목에 있다. 콩코드강이 넓어지는 부분인 페어헤이븐 만은 남서쪽으로 약 1.6킬로미터 떨어져 있고, 면적은 70에이커쯤 된다고 한다. 그리고 화이트 호수의 면적은 약 40에이커쯤 되고, 페이헤이븐에

---

* "지금도 그 해안에는 나의 용감한 함성이 메아리치기 때문이다", [윌리엄 드러먼드(William Drummond of Hawthornden)의 시 〈이카로스(Icarus)〉 중에서(원주)
** 이카로스가 추락해 죽은 바다를 말한다.(원주)

서 약 2.5킬로미터쯤 더 나아가면 있다. 이상이 내가 사는 지역에 있는 호수다. 콩코드강은 물론이고 이 모든 호수의 물을 나는 얼마든지 마음껏 이용할 수 있다. 밤낮 가리지 않고, 매년 이들은 내가 가져가는 곡물을 찧어 준다.

나무꾼과 철도, 그리고 나 자신마저도 월든 호수의 신성함을 더럽혔기에, 이제 부근에서 가장 아름답다고는 할 수 없어도 그나마 가장 매력적인 숲의 보석이라 할 만한 호수는 바로 화이트호다. 물이 유난히도 맑아서인지, 아니면 모래의 색깔 때문에 붙은 이름인지는 모르겠지만, 호수의 이름은 너무 평범하다는 점에서 별로 어울리지 않는 듯하다. 그러나 물의 맑기뿐 아니라 여러 다른 측면을 고려하면 화이트 호수는 월든의 좀 더 작은 쌍둥이 격이라 할 만하다.

둘은 어찌나 비슷한지 땅 밑으로 반드시 연결돼 있지 않을까 싶을 정도다. 호반에 돌이 깔려 있는 것은 물론이고 물색도 똑같다. 찌는 듯한 삼복더위에 월든 호수처럼 깊지는 않지만, 바닥으로부터 반사되어 희미한 색조를 띠는 만의 물을 숲을 통해 바라보면 화이트 호수의 물도 흐린 청록이나 황록색으로 보인다. 처음 사포를 만들기 위해 여러 수레분의 모래를 채집하고자 그곳에 찾아갔던 이후로, 나는 지금까지도 꾸준히 그곳을 찾아간다. 화이트 호수를 자주 찾는 어떤 사람은 그곳을 비리드(Virid) 호수로 부르자고 제안하기도 하는데, 나는 다음과 같은 이유로 옐로파인(Yellow-Pine) 호수라 불러도 좋겠다는 생각을 했다.

대략 15년쯤 전만 하더라도 호수의 가장자리에서 중심 쪽으로 수십 미터쯤 떨어진 깊은 곳에, 아직 하나의 종으로 분류되지는 않았지만 옐로파인이라고 불리는 리기다소나무의 맨 위쪽이 물 위로 나와 있는 모습을 볼 수 있었다. 그것을 보고 어떤 사람은 지면이 꺼지면서 이 호수가 생겨났고, 그 소나무는 예전에 있던 원시림의 일부일지도 모른다고 생각했다. 심지어 나는 상당히 오래전인 1792년에, 콩코드의 한 시민이 《매사추세츠 역사학회 학회지》에 발표한 〈콩코드 시의 지형 설명(Topographical Description of the Town of Concord)〉이라는 논문에서 월든 호수와 화이트 호수에 대해 언급하고는 다음과 같이 덧붙여 놓은 글을 찾아볼 수 있었다.

수위가 낮아지면 화이트 호수의 한가운데서 나무 한 그루가 모습을 드러낸다. 그것은 마치 그 자리에서 자라고 있는 듯 보이지만, 사실 그 뿌리는 수면에서 15미터 아래쪽 바닥에 박혀 있다. 나무의 꼭대기는 잘려 나갔고, 잘린 곳의 직경은 35센티미터쯤 된다.

1849년 봄, 나는 서드베리에 있는 그 호수 근처에 사는 한 남자와 이야기를 나눈 일이 있었다. 그는 자신이 10여 년 전에 그 나무를 호수에서 끌어낸 장본인이라고 털어놓았다. 그의 기억에 따르면, 나무는 호수 가장자리에서 60 내지 75미터쯤 떨어진 물속에 서 있었고, 그곳의 수심은 9미터 내지 12미터쯤 됐다고 한다. 날은 겨울이었고, 그는 아침나절 호수에서 얼음을 자르고 있다가 오후에 마을 사람의 도움을 얻어 그 고송을 끌어내야겠다고 마음먹었다고 한다. 그래서 그는 나무에서 호숫가까지 톱으로 얼음을 잘라 길을 내고, 황소를 이용해 나무를 끌어올려서 얼음 위로 꺼내 놓았다.

그런데 일을 시작한 지 얼마 되지 않아서, 그는 나무가 거꾸로 박혀 있었다는 사실을 알게 되어 깜짝 놀라고 말았다. 나뭇가지는 온통 아래를 가리키고 있었고 좁아지는 나무 끝부분이 모래 바닥에 단단히 박혀 있었던 것이다. 가장 굵은 끝부분의 지름은 30센티미터쯤 되었기에 그는 좋은 통나무를 얻을 수 있겠다고 기대했지만, 너무 썩어서 땔감으로나 쓸 수 있을 정도였다. 나와 얘기를 나누던 당시에도 헛간에 그 땔감의 일부가 남아 있었는데, 굵은 밑동 부분에는 도끼 자국과 딱따구리가 쪼아 놓은 자국도 보였다.

그는 그것이 호숫가에 서 있을 때 이미 죽어 있을 거라고 생각했으며, 불어오는 바람에 호수 쪽으로 쓰러졌으리라 추측했다. 그리하여 나무의 윗부분은 물에 잠겨 습기가 배고, 아직 아래쪽은 말라서 가벼울 때 떠내려가 호수에 거꾸로 박히게 되었으리라는 것이다. 그의 부친은 연세가 여든이나 되었는데, 호수에 그 나무가 없었던 시절을 전혀 떠올릴 수 없다고 한다. 호수 바닥에는 아직도 꽤 굵은 통나무 몇 개가 누워 있었다. 그것들은 수면이 요동칠 때면 마치 커다란 물뱀처럼 꿈틀거렸다.

이 호수에는 배를 띄우는 사람이 거의 없었다. 낚시꾼을 유혹할 만한 물고기가 그다지 많지 않기 때문이다. 진흙이 있어야 자라는 하얀 수련이나 평범한 창포 대신 붓꽃(Iris versicolor)이 호수의 맑은 물속 자갈밭에서 성기게 피어올라 있었다. 6월이면 그곳으로 벌새가 찾아왔고, 붓꽃의 푸르스름한 꽃과 잎사귀뿐 아니라 물에 비친 그 모습이 연한 청록빛 물색과 더할 나위 없는 조화를 이루었다.

화이트 호수와 월든 호수는 지표면에 놓인 거대한 수정이며 빛의 호수다. 만약 이들이 영원히 응결되어 손으로 움켜잡을 수 있을 만큼 작아졌다면, 사람들은 노예를 동원해 호수를 운반해 가서 소중한 보석처럼 황제의 머리를 장식하는 데 이용했으리라. 그러나 호수가 액체이고 너무도 큰 까닭에 우리와 우리 후손의 품에 영원히 남을 수 있었다. 그 때문인지 우리는 이들을 경시하고 코이누르 다이아몬드*만 기를 쓰고 찾아다닌다.

---

* 인도에서 캐낸 거대한 다이아몬드로, 1850년 동인도회사가 영국 여왕에게 선물했다.

이들 호수는 값을 따지기에는 너무나도 순수하다. 불순한 것이란 전혀 섞여 있지 않다. 우리의 삶에 비해 얼마나 더 아름다우며, 우리의 성정보다 또 얼마나 더 투명한가! 우리는 이들의 천박함에 대해 들어 본 적이 없다. 오리들이 헤엄쳐 다니는 농부의 집 앞에 있는 웅덩이에 비한다면 그 얼마나 아름다운가! 호수에는 청결한 야생 오리가 찾아든다. 인간은 자연을 거주지 삼아 살면서도 그 고마움을 모른다. 날개를 달고 노래 부르며 다니는 새들은 꽃과 조화를 이룬다. 하지만 자연이 주는 야생의 풍요로움과 하나가 되려는 젊은이나 아가씨가 있기는 할까? 자연은 인간이 사는 마을에서 멀리 떨어져 늘 홀로 그 빛을 발한다.* 천국을 이야기하는 자, 땅을 욕되게 할지니!

---

* 어쩌면 소로는 자신의 일을 '너무 잘' 해낸 것이 아닌가 싶다. 오늘날 많은 사람이 '마을에서 멀리 떨어져' 변두리에서 한가로이 살아간다. 보통 이러한 지역―폭스 할로우(여우 굴), 파트리지 런(꿩 서식지)―들은 인간이 살아갈 공간을 만들고자 없애 버린 자연의 이름을 살려 명명했다.(원주)

베이커 농장

가끔씩 나는 소나무 숲을 천천히 거닐곤 했다. 숲은 마치 사원처럼 서 있었다. 나뭇가지가 바람에 흔들릴 때마다 빛을 받아 물결처럼 반짝이는 모습은 장비를 완전히 갖추고 바다에 나가 있는 함대처럼 보였다. 그것은 무척이나 부드럽고 푸르며 그늘까지 드리우기에 드루이드*들이라도 그들의 떡갈나무를 저버리고 숲의 소나무 앞에서 의식을 거행하고 싶어 했을 것이다.

나는 플린트호 너머에 있는 삼나무 숲을 찾아가기도 했는데, 하얀 과분이 묻어나는 블루베리 열매로 뒤덮인 채 하늘 높이

---

* 고대 켈트인이 믿었던, 떡갈나무를 신성시했던 종교의 성직자를 뜻한다.

솟아 있는 그곳의 나무는 발할라 신전* 앞에 서 있어도 손색이 없을 듯했고, 가지를 축 늘어뜨린 향나무는 열매가 주렁주렁 달린 화환으로 지면을 덮고 있었다.

어떤 날은 습지 쪽으로 나가기도 했다. 그곳에는 소나무 겨우살이 지의류**가 꽃 줄같이 가문비나무에 늘어져 있었고, 늪에 사는 신들의 원탁 같은 독버섯은 지면을 뒤덮고 있었으며, 그보다 더 아름다운 균류는 나비나 조개 모양으로 나무 그루터기를 장식하고 있었는데, 그 모습은 마치 해초를 먹고사는 경단고둥 같았다. 늪에는 야생 진달래와 층층나무도 자라고 있었고, 오리나무의 붉은 열매는 도깨비의 눈동자처럼 빛을 발했다. 노박덩굴은 아무리 단단한 나무일지라도 한 번 타고 오르기 시작하면 홈을 내서 부숴 버린다. 야생 호랑가시나무 열매는 어찌나 예쁜지 집 생각도 잊게 할 만큼 보는 이의 눈을 홀린다. 그 외에도 우리는 인간이 맛보기에는 매우 아름다운, 그 이름조차 알 수 없는 무수히 많은 금단의 야생 열매에 눈이 멀고 유혹당한다.

나는 학자들을 찾아다니는 대신, 이 근방에서는 잘 찾아볼 수 없는 특이한 종류의 나무를 자주 찾아다녔다. 그런 나무는 너른 목초지 한가운데 서 있거나 숲이나 늪지 깊숙한 곳, 산꼭

---

* 고대 스칸디나비아 신화에 등장하는 신 오딘이 살던 곳이다.
** 이끼처럼 나무를 뒤덮은 균류와 조류의 공생체이다.

대기 같은 곳에 서 있었다. 예를 들어, 굵기가 직경 60센티미터쯤 되는 잘생긴 검은 자작나무가 있었고, 그 사촌 격으로 넉넉한 황금색 조끼를 입고 검은 자작나무처럼 향기로운 냄새를 풍기는 노란 자작나무도 있었다. 너도밤나무는 깔끔한 줄기에 이끼가 아름답게 피어올라 어느 모로 보나 완벽했다. 여기저기 몇 그루씩 흩어져 있는 것을 제외하면, 내가 알기로는 어느 정도 크게 자란 너도밤나무 숲은 마을에 단 한 군데밖에 없었다. 들리는 소문에 의하면 예전에 사람들이 산비둘기를 잡으려고 근처 너도밤나무 열매를 던지고는 했는데, 그 덕분에 밤나무 열매가 뿌리를 내려 숲이 만들어졌다고 한다. 나무를 쪼갤 때 번쩍이는 은빛 나뭇결도 참으로 볼만하다.

그 외에 참피나무와 서어나무도 있다. 자작나무처럼 보이는 팽나무도 있지만, 잘 자란 것은 단 한 그루뿐이다. 또한, 돛대처럼 높은 소나무가 몇 그루, 지붕널 나무 한 그루, 드물게 잘 자란 완벽한 솔송나무가 한 그루씩 숲 한가운데 마치 탑처럼 우뚝 솟아 있다. 그 밖에도 언급하자면 한이 없다. 이들 모두가 여름, 겨울에 상관없이 내가 늘 찾아가는 신전이었다.

언젠가 나는 우연히도 활처럼 휜 무지개의 끝에 서 있었다. 그것은 대기의 낮은 층을 가득 채우면서 주변의 잔디와 나뭇잎을 물들였다. 나는 마치 형형색색의 수정을 통해 세상을 바라보듯 황홀한 기분을 느꼈다. 그것은 무지갯빛 호수였고, 나는 그 속에서 잠시나마 돌고래처럼 헤엄쳤다. 그것이 조금만 더 오래 지속됐다면 나의 일과 삶까지도 무지갯빛으로 물들었을 터다.

철로 옆의 둑길을 따라 걸어갈 때면, 나는 내 그림자 주위에 후광이 어른대는 것을 보며 의아해했고, 혹시라도 내가 선택받은 사람 중의 하나가 아닐까 상상해 보기도 했다. 나를 방문했던 어떤 남자는 자기 앞에 걸어가는 아일랜드 사람의 그림자에는 후광 같은 것은 없었다면서, 그것이 이 땅에서 태어난 사람들만의 특징이라고 주장하기도 했다. 벤베누토 첼리니*는 자신의 회고록을 통해 성 안젤로성에 감금되어 지내는 동안 악몽인지 환영인지 모를 끔찍한 것을 본 이후로는, 이탈리아에 있든 프랑스에 있든 아침저녁으로 자신의 머리 그림자 주위로 찬란한 빛이 나타났는데, 이슬에 젖은 풀밭 위에서 특히 두드러졌다고 한다. 그것은 내가 앞서 언급한 현상과 같은 것이라는 생각이 드는데, 내 경우도 역시 아침나절에 특히 뚜렷해 보였으며 다른 시간대에도, 심지어는 달빛에서도 그런 현상이 나타났다.

사실 이는 매우 흔한 현상이다. 그럼에도 사람들이 잘 알아채지 못하기에, 첼리니처럼 상상력이 풍부한 사람의 경우에는 자칫 미신으로 발전하기에 충분한 토대가 될 수도 있다. 게다가 그는 자신의 후광을 극소수의 사람에게만 보여 주었다고 털

* 16세기 이탈리아의 유명한 조각가이자 금속공예가이다.

어놓는다. 그렇지만 자신이 조금이라도 주목받고 있음을 의식하는 이는 어찌됐든 특별한 사람이라 할 수 있지 않을까?

어느 날 오후, 나는 채소만으로는 부족한 영양을 보충하고자 숲을 통과해 페어헤이븐으로 낚시를 갔다. 도중에 베이커 농장에 딸린 플레전트 초원(Pleasant Meadow)을 통과해 가야 했는데, 그 농장은 어찌나 한적한 곳에 자리해 있던지 한 시인은 다음과 같이 노래하기도 했다. 시의 앞부분은 다음과 같다.

> 그대의 문은 유쾌한 초원,
> 이끼 낀 과일 나무가 들판의 일부를
> 기운찬 개울물에 양보하고,
> 활강하듯 달려가는 사향쥐와
> 팔팔한 송어가
> 개울물에 뛰어노는구나.*

나는 월든에 자리 잡기 전 그곳에서 살아 볼까 생각하기도 했다. 어쨌든 그날은 사과를 '서리'하고 개울을 건너뛰어 사향쥐와 송어를 놀래며 걸어갔다. 내가 출발했을 때는 이미 하루가 반쯤 지나 있었지만, 그래도 우리의 자연스러운 삶이 대체

---

* 윌리엄 엘러리 채닝(William Ellery Channing), 〈베이커 농장(Baker Farm)〉 중에서.(원주)

로 그러하듯이 그날도 여러 사건이 일어날지도 모를, 영원히 계속될듯 길게 느껴지는 그런 날 중의 하나였다.

가는 길에 소나기를 만났기에 나는 어쩔 수 없이 가지가 층층이 겹쳐 있는 소나무 밑에 서서 머리에 손수건을 뒤집어쓴 채 반 시간 가까이 비를 피해야 했다. 그러다 물이 허리까지 차올라서 물옥잠 너머로 낚싯줄을 던졌을 때, 나는 불현듯 구름의 시커먼 그림자 속에 서 있는 내 모습을 발견했다. 그러고 나서 천둥소리가 엄청나게 울려 댔다. 그저 황망히 듣고 서 있을 수밖에 없었다. 무기 하나 들고 있지 않은 불쌍한 낚시꾼을 쳐부수겠다고 날카로운 번개 창을 내리꽂아 대다니, 신들도 참 어지간히 자랑스럽겠다는 생각이 들었다. 나는 서둘러 가장 가까이 있는 오두막으로 피신을 했다. 내가 있는 곳에서 800미터쯤 가야 했지만, 호수에서는 매우 가까웠고, 오랫동안 빈집으로 남아 있던 곳이었다.

그리고 이곳에 시인이 집을 지었다네.
아주 오래전에
보라, 허물어져 가는
이 초라한 오두막을.*

* 상동.(원주)

시인은 이렇게 노래한다. 그러나 안에 들어가 보니, 지금은 존 필드라는 아일랜드인이 아내와 아이들과 함께 살고 있었다. 얼굴이 큼직한 사내아이는 아버지의 일을 돕다가 마침 비를 피해 습지에서 나와 아버지와 함께 집으로 뛰어 들어온 참이었다. 집에는 쪼글쪼글한 얼굴에 머리는 무녀처럼 원뿔형인 갓난아기도 있었다. 마치 왕의 궁궐에라도 앉은 듯 아버지의 무릎 위에 앉아 있었는데, 습기와 굶주림이 배어 있는 집 안에서 마치 갓난아기의 특권이라도 된다는 듯, 호기심 어린 눈초리로 낯선 손님을 빤히 올려다봤다. 자신이 존 필드의 굶주린 어린 자식이 아니라, 어느 귀족의 후손으로 세상의 희망이며 주목받는 대상이라는 사실까지는 알지 못하는 듯했다.

밖에 소나기가 퍼붓고 천둥이 내리치는 동안, 우리는 그나마 비가 적게 새는 지붕 밑에 함께 앉아 있었다. 오래전, 이 가족을 미국으로 실어 온 배가 건조되기도 전에 나는 그 자리에 여러 번 앉아 있던 적이 있다. 존 필드는 정직하고 성실하기는 했지만, 주변이라고는 없는 가장이었다. 그의 아내 역시 높은 화로 한 구석에서 참으로 꿋꿋하게 하루하루 먹을거리를 만들어 내느라 애쓸 뿐이었다. 둥글고 번들거리는 얼굴에 한쪽 가슴을 드러내 놓고 있었지만, 그래도 언젠가는 살림이 좀 나아지겠거니 생각하고 있었다. 한 손에는 늘 걸레를 들고 있었으나, 집 안 어디에도 그 효과는 보이지 않았다. 닭들도 비를 피해 오두막 안으로 들어와서는 마치 제집이라도 되는 양 방 안을 돌아다녔다. 그러다 보니 너무 인간화되어서 요리를 해도 그 맛이 안 날 듯 하다는 생각이 들었다. 녀석들은 가만히 서서 내 눈을 들여다보 거나 뭔가 중요한 것이라도 된다는 듯 내 신발을 쪼아 댔다.

그동안 집주인은 내게 살아온 인생사를 털어놓았다. 자신이 이웃의 한 농부를 위해 얼마나 힘들게 '수렁에 빠져서' 일하는 지 말이다. 그는 삽과 늪지대용 곡괭이를 써서 초원을 뒤집어 농지로 개간하는 데 1에이커 당 10달러를 받기로 했으며, 그 땅을 1년 동안 거름을 써서 경작할 수 있는 권리도 얻었다고 했 다. 얼굴이 넓적한 그의 어린 아들은 아버지가 얼마나 형편없 는 조건으로 계약을 맺었는지도 모른 채, 그저 옆에서 신이 나 일을 해 왔으리라.

나는 나름의 경험한 바를 통해 그에게 도움을 주고자 다음과 같은 얘기를 들려주었다. 우선 당신은 내 집에서 가장 가까이 사는 이웃 중 하나다. 언뜻 보기에는 내가 그곳에 낚시나 하러 온 할 일 없는 놈팡이처럼 비칠 테지만, 실은 나도 댁과 마찬가 지로 혼자 힘으로 먹고산다. 내가 사는 집은 아담하고 밝고 깨 끗한데, 그것은 댁이 사는 폐허만도 못한 오두막의 1년 집세나 거의 비슷한 비용만 들여 지은 것이다. 그러니 댁도 원하기만 한다면 한두 달 내에 자신만의 궁전을 지을 수 있다.

나는 차나 커피, 우유 등도 마시지 않고, 버터나 신선한 육류도 먹지 않기에 그런 것을 얻고자 일을 할 필요가 없다. 일을 많이 하지 않으니 많이 먹을 필요도 없고, 결과적으로 음식을 장만하는 데 많은 돈이 들지 않는다. 그러나 맥은 차, 커피, 버터, 우유, 소고기 등을 기본적으로 먹어야 하니, 그것을 얻기 위해 힘들게 일해야 하고, 일을 많이 하면 소모된 체력을 보충해야 하니 당연히 많이 먹어야 할 게 아닌가. 그러니 살림이 늘 거기서 거기인 게다. 아니, 늘 만족하지 못하는 데다 삶까지 허비하고 있으니, 갈수록 더 나빠지기만 할 수밖에 없다.

하지만 미국에서는 차와 커피와 고기를 매일 구할 수 있기 때문에, 그는 자신이 미국으로 건너온 것 자체는 잘한 일이라 생각한다고 대꾸했다. 그러나 미국이 참다운 국가가 되려면 그런 것 없이도 얼마든지 살아갈 수 있는 삶의 방식을 자유롭게 추구할 수 있게 해 주어야 한다. 또한 그러한 물품을 소비함으로써 직간접적으로 파생되는 결과라 할 수 있는 과다한 비용이나 노예제도, 전쟁 등을 국민이 지지하거나 그 비용을 부담하도록 강요하지 말아야 한다.

나는 일부러 철학자가 되려고 하거나 이미 철학자인 사람을 상대하듯 그에게 이야기했다. 지상의 모든 초원이 야생의 상태로 남겨진다 하더라도, 그것이 인간이 스스로를 구원하고자 하는 시도의 결과라면 나는 얼마든지 기뻐할 것이다. 자신의 교양을 갈고닦는 데 무엇이 가장 좋을지 알아내기 위해 반드시 역사를 공부할 필요는 없다. 그러나 안타깝게도, 아일랜드 사람의 교양을 닦으려면 괭이로 습지를 갈아엎듯이 정신의 습지를 개간할 괭이가 필요하다.

나는 그에게 이렇게 말해 주었다. 습지 개간 작업을 하려면 두툼한 장화와 질긴 작업복이 필요하지만, 그마저도 곧 더러워지고 닳아 없어져 버리지 않는가. 그러나 나는 보기에는 신사처럼 옷을 입고 있지만(어쨌거나 실제로는 전혀 그렇지 않다), 가벼운 구두와 얇은 옷을 걸치고 있기에, 비용은 그가 입은 옷의 절반밖에 들지 않았다. 그리고 내가 원하기만 하면 별 힘도 들이지 않고 오히려 기분 전환 삼아 한두 시간 정도 할애하여 이틀간 먹기에 충분한 고기를 잡을 수도 있고, 한 주간 지내기에 충분한 돈을 벌 수도 있다. 만약 그와 그의 가족도 소박하게 살아간다면, 여름에 온 가족이 재미 삼아 월귤을 따러 다닐 수도 있을 터다.

내 말에 존은 한숨을 내쉬었고, 그의 아내는 허리춤에 양손을 짚고 나를 빤히 바라봤다. 자신들에게 그런 생활을 시작해 볼 만한 금전적인 여력이 있는지, 또 시작한다 하더라도 계속 그 방식을 유지해 나갈 만큼 비용을 꼼꼼히 따질 산술적인 능력은 되는지 고민해 보는 듯했다. 하지만 아무리 생각해 봐야 그들에게는 추측항법으로 배를 몰아가는 것이나 같았을 테니, 어떻게 항구에 도착해야 할지 알 길이 없었을 터다. 그러니 내 생각에 그들은 지금도 여전히 자신들의 방식대로 용감히 삶에 뛰어들어 역경과 마주보며 필사적으로 헤쳐 나가고 있을 것이다. 인생이라는 거대한 기둥에 말쑥한 쐐기를 박아 보기 좋게 쩍 갈라놓을 기술이나 세세한 부분을 해결해 나갈 기술이 없으니, 삶이란 그저 엉겅퀴 다루듯 대충 살아가면 되는 것이라고 생각하고 있을 것이다.

하지만 그들은 엄청나게 불리한 여건에서 싸움을 하고 있다. 안타깝게도, 존 필드는 아무런 산술 능력 없이 삶을 살아가기 때문에 어찌됐든 실패할 수밖에 없다.*

"낚시는 해 본 적이 있어요?"

내가 물었다.

"아, 그럼요. 일이 없는 날은 가끔 나가서 한 끼 먹을 정도는 잡아 옵니다. 농어가 실하거든요."

"미끼로는 뭘 써요?"

"먼저 지렁이로 피라미를 잡고, 피라미를 미끼로 농어를 잡아요."

---

* 간소한 삶의 방식을 추구하는 새로운 세대는 산술에 대해 소로와 같은 관점을 보인다. 그들은 살아가는 데 필요한 비용을 확실히 파악할 때까지 생활비를 세심하게 따지고 기록해야 한다고 제안한다. 그런 다음 시간을 어떻게 활용해야 할지 결정하라는 것이다. 그들은 스스로의 재정적인 면에 관한 무지가 자립에 가장 큰 위협이 된다고 주장한다. 소로야 자신의 생활비를 매우 꼼꼼히 기록했던 사람이니 이들의 주장에 확실히 동의했을 것이다.(원주)

352

"여보, 지금 나가서 잡아 오면 좋겠네요."

그의 아내가 눈을 반짝이며 기대에 찬 표정으로 말했지만, 존은 난색을 표했다.

이제 비가 그치고 동쪽 숲 위로 생겨난 무지개가 맑은 저녁을 약속했다. 나는 자리에서 일어났다. 밖으로 나왔을 때 우물 바닥을 비춰 보는 것으로 집 주변 조사를 끝내고 싶은 마음에 접시 하나를 빌려 달라고 청했다. 그런데 이를 어쩌나! 우물은 얕아 모래가 보였으며, 밧줄이 끊어져 두레박을 끌어올릴 수도 없었다. 그러는 동안 적절한 그릇이 선택되었다. 안주인이 물을 끓이고 있는 듯했다. 한참의 의논과 오랜 지체를 거친 후 목마른 나그네에게 물이 건네졌다. 채 식지도 않고, 모래도 가라앉지 않은 물이었다. 이들은 죽 같은 걸쭉한 물로 생명을 지탱해 나가는 모양이었다. 나는 눈을 질끈 감고, 솜씨 좋게 그릇을 흔들어 티끌을 아래쪽으로 모으면서 물을 마셨다. 주인장의 진정한 환대에 호응하면서 최대한 성실하게 물을 마셨다. 예의를 차려야 할 경우, 나는 그다지 까다롭게 굴지 않는다.

비가 그친 후 나는 아일랜드 사람의 집을 떠나 다시 호수로 발걸음을 옮겼다. 그러나 강꼬치고기를 잡으려고 인가에서 멀리 떨어진 초원과 수렁, 진흙 구덩이를 뚫고 쓸쓸하고 황량한 장소를 서둘러 헤쳐 가는 내 모습을 보고 있자니 대학까지 나온 사람치고는 너무나도 하찮게 사는 것이 아닌가라는 생각이

들었다. 허나 무지개를 어깨 너머에 걸치고 점차 붉어지는 서쪽을 향해 언덕을 뛰어 내려가는 동안, 어디서 울려오는지는 알 수 없으나 청명한 공기를 뚫고 희미한 방울 소리가 귓가에 스며 오는 것을 듣고 있자니 나를 지켜 주는 수호신이 이렇게 말하는 듯했다.

멀리 너른 곳으로 매일 낚시와 사냥을 나가거라. 더 멀고 더 너른 곳으로. 그리고 개울가든 화롯가든 두려워하지 말고 편히 쉴지니. 젊었을 때 그대의 창조주를 기억하라. 새벽이 오기 전에 근심에서 벗어나 모험을 찾아 떠나라. 낮에는 날마다 다른 호숫가에 머물고, 밤이면 어디가 됐든 집을 삼아 쉬도록 하라. 이곳보다 더 넓은 평원은 없고, 여기서 즐길 수 있는 놀이보다 더 가치 있는 것은 없다. 결코 영국의 건초가 되지는 않을, 저기 자라는 사초와 고사리처럼 그대의 천성에 따라 마음껏 자라나라. 천둥이 울리도록 하자. 그것이 농부의 작물을 망친다고 한들 어쩌겠는가? 그대가 상관할 바는 아니지 않는가. 남들이 수레와 헛간으로 피한다 해도, 그대는 구름 밑에서 은신처를 찾도록 하자. 돈 버는 것을 업으로 삼지 말고, 놀이로 삼거라. 땅을 즐기되, 소유하지는 말라. 진취성과 신념이 부족한 탓에 사람은 자신이 속한 곳에서 벗어나지 못한 채, 사고팔고, 농노처럼 삶을 소모하는 것이다.

아, 베이커농장이여!

그곳의 풍경에서 가장 풍요로운 요소는
순수하게 비추는 약간의 햇빛이다. ……

울타리가 쳐진 그대의 초원에서는
어느 누구도 흥겨이 뛰놀지 않는다. ……

난처한 질문을 하는 이가 없으니
그대는 누구와도 논쟁하지 않는다.
소박한 갈색 옷을 걸친 그대는
처음에도 지금처럼 온순하지 않았던가. ……

오라, 사람을 사랑하는 자여,
사람을 미워하는 자여,
성스러운 비둘기의 자녀도
반역자 가이 포크스도
그리고 모든 음모까지 교수형에 처하라.
튼튼한 나무 서까래에 매달아라! ……*

---

* 윌리엄 엘러리 채닝, 〈베이커 농장〉 중에서.(원주)

사람들은 밤이 되면 어김없이 집으로 돌아온다. 그러나 집 안에서 내는 소리도 다 들릴 정도의 가까운 거리에 있는 들판이나 길에서 오는 것에 불과하다. 그래서 사람들은 자신이 내뱉은 숨을 다시 들이마시며 점차 수척해져 간다. 그들 대신 아침저녁으로 길어지는 그들의 그림자가 매일 그들이 움직여 다니는 거리보다 더 멀리까지 뻗어 나간다. 우리는 먼 곳에서 돌아와야 한다. 모험과 위험을 겪은 후, 매일 어떤 발견을 통해 새로운 경험을 하고 새로운 인간이 되어 돌아와야 한다.

내가 호수에 도착해 보니, 나보다도 먼저 존 필드가 도착해 있었다. 원래는 해가 지기 전까지 습지 파헤치는 일을 하려고 했으나, 뭔가 새삼스러운 충동을 느꼈는지 마음을 바꾸었던 것이다. 그러나 내가 꽤 여러 마리의 물고기를 잡아 올리는 동안에도 그 가여운 사람은 겨우 두 마리의 고기만 놀라게 했을 뿐이다. 그리고 자기의 운은 거기까지가 다인 것 같다고 한탄했다. 그래서 우리는 배 안의 자리를 바꾸어 앉았다. 그랬더니 운도 함께 자리를 바꾸지 뭔가.

가여운 존 필드!(나는 그가 이 책을 읽는 일은 없으리라 확신한다. 물론 읽는다면야 도움을 받기는 할 테지만) 그는 피라미로 농어를 잡으려 하고 있었다. 미국이라는 이 원시적이고도 젊은 나라에서, 늙은 나라의 방식을 그대로 고수하려 하는 것이다. 때로는 그것도 좋은 미끼가 된다는 건 나도 안다. 그에게도 나름의 지평이 있음도 안다. 하지만 그는 여전히 가난하다. 태어나길 가난하게 태어나기도 했다. 대대손손 물려받은 아일랜드식의 가난이나 가난한 삶, 아담의 할머니 시절부터 이어져 내려온 수렁에서 허우적대는 듯한 생활 방식으로는 그도 그의 자손도 세상의 역경을 물리치고 일어설 수 없다. 늪 위를 걷는 물갈퀴 달린 발에 헤르메스의 날개가 달린 샌들을 신을 날이 온다면야 모를까.

더 높은 법칙

잡은 고기를 줄에 꿰어 들고 낚싯대를 끌면서 숲을 통과해 집에 도착했을 때쯤에는 날이 꽤 어두워져 있었다. 그때 우드척 한 마리가 살금살금 앞을 가로질러 가는 모습이 보였고, 나는 갑자기 야만적인 기쁨이 주는 묘한 전율을 느꼈다. 녀석을 잡아 날로 먹어 치우고 싶은 강한 충동에 사로잡혔다. 딱히 배가 고팠던 것은 아니다. 단지 우드척이 상징하는 야생성에 굶주렸던 탓이다. 호숫가에 살아가는 동안, 나는 한두 번 정도 묘한 자포자기의 심정을 느끼며, 행여 뜯어 먹을 사냥감이라도 찾을 수 있지 않을까 싶어 반쯤 굶주린 사냥개처럼 숲속을 헤맨 적이 있다. 그때는 그런 생각이 전혀 야만적으로 느껴지지 않았다. 이미 나는 그 어떤 야생의 장면과도 설명이 불가할 정도로 친숙해져 있었기 때문이다.

그때나 지금이나 대부분의 사람과 마찬가지로, 나는 더 높은 곳을 향하려는 본능, 다시 말해 정신적인 삶을 살아가고자 하는 본능과 원시적이고 야만적인 삶을 갈망하는 본능을 내 안에서 동시에 느끼며 살아간다. 그리고 그 둘 다에 경의를 표한다. 나는 선함 못지않게 야생성도 사랑한다. 낚시에는 야생성과 모험의 요소가 둘 다 들어 있기에 나는 여전히 그것에 끌린다. 가끔씩 나는 인간다운 일상을 접어 두고 좀 더 동물 친화적인 방식으로 하루를 살아가기도 한다. 어쩌면 어릴 때부터 낚시나 사냥을 다닌 덕에 자연과 특히 친밀해져 그런지도 모르겠다. 낚시와 사냥은 그 나이 또래 아이들이 좀처럼 접하기 힘든 풍경을 만나게 해 주고, 그 속에 머물 수 있도록 해 주기 때문이다.

어부, 사냥꾼, 나무꾼, 그 외에도 들판이나 숲에서 삶을 살아가는 사람은 어떤 면에서 보자면 그들 자신이 자연의 일부라 할 수 있다. 따라서 어떤 기대감을 품고 자연에 접근하는 철학자나 시인들보다 훨씬 호의적인 태도로 자연을 대한다. 일손을 놓고 쉬는 동안에도 마찬가지다. 대초원을 여행하는 사람은 자연스럽게 사냥꾼이 되고, 미주리강이나 컬럼비아강 상류에서는 덫을 놓는 사냥꾼이 되며, 세인트 메리 폭포에서는 낚시꾼이 된다. 단지 여행객에 지나지 않는 자는 세상을 간접적으로 절반밖에 배우지 못하기에, 자연을 속속들이 아는 권위자는 될 수 없다. 따라서 자연을 벗 삼아 살아가는 사람들이 실제 경험을 통해, 혹은 본능적으로 이미 파악하고 있는 사실을 과학이 보고할 때, 사람들은 매우 큰 관심을 보인다. 그런 과학이야말로 진정 '인도주의적'인 학문이자, 인간의 경험을 설명하는 것이기 때문이다.

많은 사람이 미국인은 즐길 줄을 모른다고 주장한다. 미국에는 공휴일도 많지 않고, 어른이나 아이나 미국 남자들은 영국 사람들과는 달리 놀이를 즐기지 않는다는 것이다. 그러나 그것은 미국 사람이 낚시나 사냥 같은, 훨씬 원시적이면서 홀로 즐길 수 있는 놀이의 즐거움을 포기하지 않으려 하는 탓이 크다. 나와 동시대를 살아온 뉴잉글랜드 소년들은 열 살에서 열네 살 사이에 이미 엽총을 어깨에 둘러맨다. 게다가 사냥터나 낚시터도 영국 귀족의 사유지 사냥터처럼 구역이 한정돼 있지 않고 원시인의 수렵지보다도 더 넓게 펼쳐져 있었다. 그러니 아이들이 마을 공터에 별로 모습을 드러내지 않았던 것도 이상한 일이 아니다. 그러나 이미 변화의 조짐이 나타나고 있다. 인도주의가 널리 퍼지고 있기 때문이 아니라 사냥감이 점차 적어지고 있기 때문이다. 그러니 결과만 놓고 본다면, 사냥꾼이 사냥되는 동물의 가장 친한 친구라 할 만하다. 물론 여기에는 동물보호 단체까지 포함시킨 것이다.

호숫가에서 살던 시절, 가끔 식단에 변화를 주고 싶을 때면 나는 생선을 떠올렸다. 그래서 인류 최초의 어부들과 같은 목적으로 필요에 의해 고기를 낚았다. 물론 세상에는 낚시에 반대하는 여러 인도주의적인 의견이 있기는 하다. 하지만 그런 것을 떠올려 본대야 지금 상황에서는 그저 위선에 다름 아닐 테고, 내가 낚시를 하는 이유도 감정보다는 철학과 관련된 면이 크기에 지금은 오직 낚시에 관해서만 이야기하려 한다. 사냥에 관해서는 오랫동안 다른 생각을 품어 왔다. 총도 숲에 들어오기 전에 팔아 치웠다. 내가 낚시를 하는 까닭은 다른 사람보다 비인간적이라서가 아니라, 단지 물고기를 잡을 때는 그다지 감정적으로 크게 영향받지 않기 때문이다. 물고기나 곤충은 별로 가여운 생각이 들지 않는다. 이것은 그저 나만의 습관이다.

사냥에 관해서 좀 더 얘기하자면, 총을 가지고 다니던 마지막 몇 년 동안 나는 조류학 연구를 핑계 삼아 새롭고 진귀한 새의 종류만을 찾아다녔다. 그러나 고백하건대, 지금은 사냥보다 훨씬 뛰어난 조류학 연구 방법이 있다는 사실을 안다. 그것은 바로 새의 습성을 주의 깊게 관찰하는 것이다. 그러니 오직 그 이유만으로 사냥을 했던 나는 기꺼이 총을 없애 버릴 수 있었다.

그러나 많은 이가 인도적인 관점에서 사냥을 반대함에도, 나는 사냥을 대체할 만큼 가치 있는 스포츠가 또 있을까 싶기는 하다. 그래서 몇몇 친구가 자신의 아들에게 사냥을 하게 해도 좋을지에 관해 걱정스럽게 물어 올 때면, 나는 괜찮다고, 꼭 사냥을 하게 하라고 대답한다. 사냥이 내가 받은 최고의 교육에 해당한다는 사실을 잘 기억하고 있기 때문이다.* 그래서 처음에는 단순히 놀이 삼아 하게 하고, 후에는 이곳뿐 아니라 그 어떤 야생에 나가서도 자신이 사냥할 만큼 커다란 동물은 찾지도 못할 만큼 강인한 사냥꾼이 되도록 키우라고 말해 준다. 사람을 낚는 어부이자 사냥꾼이 되게끔 하라고 조언한다. 그런 면에서는 나도 초서의 작품에 등장하는 수녀와 의견을 같이한다. 그녀는,

사냥꾼은 성자가 아니라고 말하는 구절에는
깃털 뽑힌 암탉에게 줄 만큼의 관심도 보이지 않았다.**

인류의 역사에서와 마찬가지로 개인의 역사에서도, 알곤킨족이 말했듯이, 사냥꾼이야말로 '최고의 인간'이던 시절이 있었다. 총이라고는 한 번 쏘아 본 적도 없는 소년이 있다면 우리는 그를 가엾게 여겨야 한다. 그것은 아이가 남들보다 인정이 많

---

* 사냥은 이제 다음 세대로 물려주는 스포츠에 더는 해당되지 않는다. 스포츠의 윤리가 무엇이라 생각하든 간에, 사냥이 이런 식으로 제외되는 상황에는 다소 비극적인 측면이 있다. 내가 사는 곳 같은 시골 지역에서 사냥은 인간이 숲으로 들어가는 상황을 사회적으로 용인하는 몇 안 되는 사례이기 때문이다.(원주)

** "그는 사냥꾼은 성자가 아니라고 말하는 구절에는 깃털 뽑힌 암탉에게 줄 만큼의 관심도 보이지 않았다.", 제프리 초서(Geoffrey Chaucer), 《캔터베리 이야기(Canterbury Tales)》의 서문 중에서.(원주)

아서가 아니라, 안타깝게도 교육의 기회를 누리지 못했음을 드러내 보여 주기 때문이다.

여기까지가 사냥에 열중하는 젊은이들의 문제에 관한 나의 대답이다. 때가 되면 그들도 사냥에 열중하는 시기를 벗어나리라는 믿음이 있기 때문이다. 사리 분별에 밝지 못한 소년기를 지난 사람이라면 누구라도 인간과 똑같은 자격으로 삶을 살아가는 동물을 아무런 이유 없이 살해하지는 않을 것이다. 토끼도 궁지에 몰리면 어린아이와 똑같이 울기 마련이다. 세상의 모든 어머니에게 경고하건대, 내 동정심은 결코 인간에게만 향해 있지 않다.

청년이 숲과 자신의 가장 원초적인 자아의 만남을 주선하는 방법은 다음과 같다. 처음에 그는 단지 사냥꾼이나 낚시꾼의 자격으로 숲을 찾는다. 그러나 그의 내면에 더 나은 삶을 살아갈 만한 씨앗을 품고 있다면, 시인과 자연주의자가 그러하듯이 마침내는 자신에게 어울리는 목적을 알아내고 총과 낚싯대를 내려놓게 된다. 이러한 관점에서 보자면 대부분의 사람이 아직도 어린아이에 지나지 않는다. 어떤 나라에서는 사냥하는 성직자의 모습도 그리 낯설게 보이지 않는다. 그런 자들은 선한 목자의 개는 될 수 있을지 모르나 '선한 목자'가 되기는 글렀다.

나무를 베거나 얼음을 잘라 내는 일, 혹은 그와 비슷한 몇 가지 일을 제외하고는 애든 어른이든 마을 사람을 월든 호숫가에 반나절 이상 붙들어 둘 수 있는 일은 내가 아는 한 낚시질이 유일하다. 그 사실을 알고 나서 나는 상당히 놀란 적이 있다. 그들은 낚시를 하는 내내 호수를 바라볼 수 있는 기회를 얻었음에도 긴 줄에 줄줄이 꿸 정도의 고기를 잡지 못하면 재수가 없다거나 시간을 쓴 보람이 없다는 등 투덜대기 일쑤다. 낚시의 찌꺼기가 호수 바닥에 가라앉고 낚시의 목적이 순수해지기까지, 아마도 그들은 천 번쯤 더 호수에 다녀가야 할지도 모르겠다. 하지만 그러한 정화 과정이 끊임없이 진행되리라는 사실만은 의심의 여지가 없다.

주지사나 그의 자문 위원들은 어릴 적 낚시를 해 본 경험이 있기에 어렴풋이나마 호수를 기억한다. 그러나 이제는 너무 나이 먹고 품위도 지켜야 하기에 낚시를 다닐 수 없다. 그러니 호수에 대해 알아 가는 일은 이제 영원히 끝났음을 그들도 안다. 그럼에도 그들은 천국에 가길 기대한다. 만약 의회가 호수에 관심을 보인다면, 그것은 호수에서 사용되는 낚싯바늘의 수를 규제하고자 함이다. 하지만 그들은 입법이라는 미끼를 써서 호수 그 자체를 낚아 올릴 수 있는, 낚싯바늘 중에서도 최고의 낚싯바늘에 대해서는 전혀 아는 바가 없다. 그러므로 인류가 제아무리 문명사회를 살아가고 있다 한들, 미숙한 인간은 아직도 인류 발달사의 수렵 단계를 겨우 통과해 가고 있을 뿐이다.

최근 몇 년 동안 나는 낚시를 할 때마다 내 자존감이 조금씩 무너져 내리는 듯한 느낌을 반복적으로 받아 왔다. 낚시라면 수도 없이 해 온 터다. 그만큼 실력도 좋으며, 주변의 여러 친구와 마찬가지로 좋은 낚시꾼의 본능도 있어서 때때 그것이 불쑥 살아나곤 한다. 그러나 요즘은 낚시를 하고 나면 차라리 하지 말았으면 좋았으리라는 생각을 하게 된다. 이런 내 생각이 틀리지는 않을 것이다. 아침에 비치는 첫 빛줄기처럼 어렴풋한 계시가 분명하다. 내 안에 하등동물에게나 속할 법한 어떤 야생의 본능이 자리 잡고 있음은 의심의 여지가 없다. 그러나 해가 지날수록 나는 낚시꾼의 본능을 잃어 간다. 그렇다고 더 인간적이거나 지혜로워지는 것도 아니다. 지금 현재 나는 전혀 낚시꾼이 아니다. 그러나 만약 야생에서 살아간다면, 다시 열정적인 어부이자 사냥꾼이 되고픈 유혹을 느낄 것이다.

생선을 잡아먹는 식습관은 육류를 먹는 것과 마찬가지로 뭔가 청결하지 못한 면이 있다. 이제 나는 집안일을 어디서부터 시작해야 하는지 안다. 매일 깔끔하고 우러러볼 만한 집의 외양을 갖추기 위해, 악취와 더러움을 없애 집을 향기롭게 유지하기 위해 얼마나 많은 수고와 노력이 들어가는지도 잘 안다. 나는 내가 만든 음식을 대접받는 신사일 뿐 아니라, 내 스스로 푸주한이자 접시닦이이고 또 요리사이기도 했다. 따라서 드물게 완벽한 경험을 바탕으로 이야기하는 것이다. 내 경우에는 육류를 반대하는 실제적인 이유가 그것의 불결함 때문이다. 게

다가 고기를 잡아와 손질한 후 요리해 먹어도, 그것이 정말 내게 필수적인 영양분이 되는지도 확신이 서지 않았다. 솔직히 무의미하고 불필요하며 얻는 것보다 잃는 게 더 많다는 생각도 들었다. 약간의 빵과 몇 개의 감자로 끼니를 해결하는 것이 수고도 덜 들고 불결하지도 않으며 영양적 측면에서도 뒤지지 않았을 듯했다.

많은 동시대인과 마찬가지로, 나도 육류나 차 또는 커피 같은 음식을 여러 해 동안 가까이하지 않았다. 그런 음식이 내게 어떤 해를 미쳤다는 사실을 발견해 냈기 때문이 아니라, 그저 내 상상력에 어울리지 않는다는 생각이 들었기 때문이다. 인간이 육류에 대해 느끼는 거부감은 경험에서 비롯하는 것이 아니라 그저 본능이다. 소박하게 먹고사는 것이 어느 모로 보나 아름답지 않은가. 비록 내가 모든 면에서 완벽하게 해내지는 못했으나, 상상력을 충족시킬 만큼은 했다는 생각이 들었다. 자신의 고상한 시적 능력을 최고의 상태로 유지하길 갈망하는 사람이라면 누구나 동물성 음식을 자제하려 특히 노력하고 어떤 종류의 음식이든 과식하지 않으려 애써 왔으리라고 나는 믿는다.

커비와 스펜스*의 작품에서 내가 확인한 바에 따르면 곤충학자들은 "몇몇 곤충은 성충이 된 후에는 섭식 기관을 완벽

---

* 윌리엄 커비(William Kirby)와 윌리엄 스펜스(William Spence), 《곤충학 입문(An Introduction to Entomology)》 중에서.(원주)

히 갖추고 있음에도 그것을 거의 사용하지 않는다"라고 진술하는데, 참으로 흥미로운 사실 아닌가. 또한 그들은 "성충 단계에 있는 거의 모든 곤충이 유충이었을 때보다 훨씬 적게 먹는 것이 일반적인 현상이다. 게걸스러운 애벌레가 나비로 변하고 …… 탐욕스러운 구더기가 파리로 변하고 나면" 한두 방울의 꿀이나 그 밖의 달콤한 액체로 만족하게 된다고 단언한다.

나비의 날개 밑 복부는 여전히 유충의 모습을 하고 있다. 그 맛있는 부분 때문에, 나비는 결국 곤충으로 잡아먹힐 운명에 처한다. 그러니 많이 먹는 인간은 자신이 아직 유충 단계에 있음을 선언하는 것이나 다를 바 없다. 그리고 세상에는 그런 상태에 빠진 국가도 널려 있다. 환상도 상상력도 없는 국가, 그들의 거대한 배가 바로 그 사실을 공공연히 드러낸다.

상상력을 해치지 않는 소박하고 청결한 식단을 조리해 제공하는 일은 쉽지 않다. 그러나 내 생각에는 몸을 먹여 살리듯이, 상상력도 먹여 살려야만 한다. 둘은 함께 식탁에 앉아야 할 터다. 우리는 얼마든지 그렇게 되도록 할 수 있다. 과일을 적당히 먹는다면, 자신의 식욕을 부끄러워할 필요도 없고 가치 있는 일을 추구하는 데 방해받을 필요도 없다. 그러나 음식에 양념을 과하게 치면, 그것은 우리 몸에 독이 된다. 기름진 음식으로 배를 채우는 것은 그럴 만한 가치가 없다. 대부분의 사람이 육식이든 채식이든 자기가 먹을 음식을 자기가 직접 준비하는 모습을 들킬 경우 매우 수치스러워한다. 특히 다른 사람이 자신을 위해 매일 해 주던 음식일 경우에는 더욱 그러하다. 그러나 이런 가치관이 바뀌지 않는 한 우리는 문명인이라 할 수 없고, 신사 숙녀는 될지언정 진정한 남자나 여자는 될 수 없다. 이는 이제 어떤 변화가 이루어져야 할지를 확실히 보여 준다.

왜 상상력이 고기나 지방과 조화를 이룰 수 없는지 묻는 것은 헛된 일이다. 나는 둘이 공존할 수 없다는 사실이 만족스럽다. 인간이 육식동물이라는 사실 자체가 치욕이 아닐까? 실제로 인간은 대체로 다른 동물을 먹이로 삼아 살아갈 수 있고, 또 현재도 그렇게 살고 있다. 그러나 덫을 놓아 토끼를 잡거나 새끼 양을 도살해 본 사람이라면 누구라도 깨달았을 테지만, 그것은 매우 비참한 삶의 방식이다. 따라서 인간이 더욱 순수하고 건강한 음식을 먹고살도록 가르칠 수 있는 자가 나타난다면, 그는 인류의 은인으로 간주될 터다. 나 자신의 식습관이야 어떻든 간에, 세상이 점차 발전해 감에 따라 인류가 육식을 끊게 되는 것이 인간의 운명이라는 사실을 나는 믿어 의심치 않는다. 야만족이 좀 더 문명화된 사회와 접촉한 후 서로를 잡아먹는 식인 관습을 그만둔 것과 다르지 않을 것이다.

내면에서 울려오는 목소리는 희미하기는 해도 의심할 여지없이 진실하다. 따라서 끊임없이 속삭이는 그 진실의 소리에 귀를 기울여 보자. 처음에는 혹시라도 그것이 어떤 극단적인 행위나 미친 짓으로 자기 자신을 이끌어 가는 것이 아닌지 걱정이 되기도 할 것이다. 그러나 의지를 굳히고 신념을 키워 가다 보면, 그 길이 바로 우리가 나아가야 할 방향임을 깨닫게 된다. 건강한 이가 느끼는, 희미하지만 단호한 반발심이 결국에는 인류의 주장과 관습을 넘어 승리하게 되어 있기 때문이다.

내면의 목소리가 자신을 잘못된 길로 인도하게끔 넋 놓고 앉아 있을 사람은 아무도 없다. 행여 그 목소리를 따른 결과가 육체적인 허약함으로 나타난다 할지라도 그것은 더 높은 법칙을 따르는 삶이므로, 어느 누구도 그 결과가 후회스럽다 한탄할 수는 없으리라. 우리가 낮과 밤을 기쁨으로 맞이할 수 있다면, 삶이 꽃이나 달콤한 허브처럼 향기를 발산하고, 좀 더 유연해지며 별처럼 빛나고 더욱 영원에 가까워진다면, 그런 삶이야말로 성공한 삶이 아니고 무엇이겠는가. 자연 전체가 우리를 축복하면 우리도 시시각각 스스로를 축복할 이유를 얻게 될 것이다.

최고의 이익과 가치는 오히려 인식하기가 힘든 법이다. 우리는 그러한 것이 존재하기는 하느냐고 쉽게 의심한다. 그리고는 곧 잊어버린다. 하지만 그것은 가장 높은 곳에 존재하는 실재다. 어쩌면 가장 놀라운 실재는 결코 인간에게서 인간으로 전해지는 법이 없는지도 모르겠다. 내가 일상에서 거두는 진정한 수확은 아침이나 저녁의 빛깔처럼 손으로 만질 수도, 말로 설명할 수도 없는 것이다. 그것은 손에 쥔 자그마한 별의 조각이며 움켜잡은 무지개의 조각이다.

　나는 유별나게 비위가 약한 사람은 아니다. 구운 사향쥐라도 반드시 먹어야 한다면 얼마든지 맛있게 먹을 수 있다. 나는 아편쟁이의 천국보다는 자연 속의 하늘을 더 좋아한다. 그와 같은 이유로 음료도 오랫동안 물만 마셔 왔고, 그 사실을 매우 기쁘게 생각한다. 취하는 정도에는 무수한 많은 단계가 있는데, 나는 늘 맑은 정신을 유지하고 싶다고 생각한다. 그리고 물이야말로 현자를 위한 유일한 음료라 생각한다. 포도주는 그다지 고상한 음료가 아니다. 한 잔의 따뜻한 커피로 아침의 희망을 부숴 버리고, 한 잔의 차로 저녁의 희망을 부숴 버릴 수 있음을 아는가! 아, 그러한 음식에 유혹을 느낄 때, 나는 얼마나 낮은 곳으로 추락하는 것일까! 심지어는 음악도 사람을 취하게 한다. 바로 그런 사소하기 이를 데 없어 보이는 것들이 그리스와 로마를 멸망시켰다. 이제 그것이 영국과 미국도 파괴해 버릴지 모른다. 그러니 기왕에 취해야 한다면, 자신이 마시는 공기에 취하기를 바라는 것이 어떻겠는가?

　내가 힘든 육체노동이 오래 지속되는 것을 반대하는 가장 큰 이유는 그런 노동을 하고 나면 엄청나게 먹고 마시게 되기 때문이다. 그러나 솔직히 말해, 근래 들어 나는 그런 면에 있어서는 별로 까다롭게 굴지 않는다. 식탁에 종교를 끌어들이는 일도 적어졌고, 식전 기도를 올리지도 않는다. 그것은 내가 전보다 현명해졌기 때문이 아니다. 아니, 솔직히 말해 안타까운 일이기는 하지만, 나이를 먹어 가면서 사람이 거칠어지고 냉담해졌기 때문이다. 어쩌면 이러한 문제는 젊은 시절에만 관심이 가는지도 모르겠다. 시(時)가 그렇다고 대부분의 사람이 믿듯이 말이다. 즉, 실천은 안중에도 없고 의견만 남발하는 격이다.

그렇다고 내가 베다의 경전에서 지칭하는 특혜받은 사람이라는 의미는 아니다. 베다의 경전에서는 "우주 어디에나 편재하는 지고의 존재를 진심으로 믿는 이는 세상 모든 것을 먹을 수 있다"*라고 했는데, 이는 음식을 먹을 때 누가 마련한 어떤 음식인지 묻지 말라는 뜻이다. 그러나 어느 인도의 주석자가 해설했듯이, 이러한 특권 또한 '곤궁한 시기'에만 한정된다는 사실을 주목해야 한다.

식욕과는 아무 상관없이 먹은 음식에서 말로는 다 설명할 수 없을 만큼 큰 만족감을 느껴 보지 않은 사람이 있을까? 나는 미각이라는 저급한 감각 덕분에 정신적인 직관을 얻고, 입천장을 통해 영감을 얻었으며, 산비탈에서 따 먹은 딸기가 내 천재성을 길러 주었다는 생각을 하면 늘 전율을 느낀다. 공자는 "영혼이 자기 자신의 주인이 아닌 자는 보아도 보이지 않고, 들어도

* 라자 람모훈 로이(Rajah Rammohun Roy), 《베다와 브라만 신학의 경전 (Translation of Several …… of the Veds)》 중에서.(원주)

들리지 않으며, 먹어도 그 맛을 모른다"*라고 했다. 자신이 먹는 음식의 진정한 맛을 아는 이는 결코 음식에 욕심을 부리지 않으나, 그렇지 않은 이는 폭식할 수밖에 없다. 시의원이 거북 요리를 탐내듯이 청교도가 저속한 식욕에 굴복해 갈색 빵 껍질에 달려들지도 모르는 일이다. 입으로 들어가는 음식이 인간을 더럽히는 것이 아니라, 그것을 먹을 때의 식욕이 인간을 더럽힌다. 먹는 행위가 우리의 동물적인 생명을 지탱하거나 정신적인 생명에 영감을 불어넣지 못하고 우리를 소유한 구더기의 양식이 돼 버릴 때, 문제는 음식의 질이나 양이 아닌 감각적 풍미에 대한 우리의 탐닉이 된다.

사냥꾼이 흙탕거북과 사향쥐, 그 외에도 여러 야만적인 한입거리에 입맛을 다시는 것과 고상한 귀부인이 송아지 발로 만든 젤리나 바다 건너온 정어리의 맛에 탐닉하는 것은 오십보백보라 할 수 있다. 사냥꾼은 물레방아가 도는 호숫가로, 귀부인은 저장용 항아리로 향하는 것이 다를 뿐이다. 어떻게 그들이, 내가, 그리고 독자 모두가, 먹고 마시기 위해 이 비열하고 야만적인 짓을 서슴지 않고 저지르는지 놀랍기만 하다.

우리의 삶은 놀라우리만치 도덕적이다. 미덕과 악덕 사이에는 한순간의 휴전도 없다. 선이야말로 결코 손해 보지 않을 유

---

*《대학(大學)》, 〈철학자 창의 해설(Commentary of the Philosoper Tsang)〉 중에서.(원주)

일한 투자다. 온 세상에 울려 퍼지는 하프의 선율 속에서 우리를 전율케 하는 것은 바로 선함에 대한 고집이다. 하프의 선율은 우주의 법칙을 따를 것을 권유하며 세상을 떠돌아다니는 우주보험회사의 외판 사원이고, 우리의 작은 선행은 그들에게 지불하는 보험료다. 젊은이들이야 얼마 지나지 않아 그 소리에 무관심해지겠지만, 우주의 법칙은 절대 무관심해지는 법 없이 여린 자의 곁을 영원히 지키고 서 있다. 미풍 속에 반드시 실려 오는 질책의 말에 귀 기울여 보자. 그 소리가 들리지 않는 자는 불행하다. 우리가 현을 건드리거나 음전을 움직이면, 매혹적인 도덕의 선율이 우리를 얼어붙게 만든다. 귀에 거슬리는 여러 소음도 멀리 떨어져 들으면 우리 삶의 하찮음을 자랑스럽고 달콤하게 풍자하는 음악처럼 들릴 터다.

인간은 자기 안의 동물을 의식하며 살아간다. 고결한 본성이 잠드는 동안 서서히 깨어나 자리 잡는 그것은 비열하고 관능적이며, 결코 우리 안에서 완전히 몰아낼 수 없다. 생기 넘치고 건강한 사람의 몸속에도 기생충이 살아가는 것이나 마찬가지다. 잠시 그런 동물적 속성에서 멀어질 수 있을지는 몰라도, 그 속성 자체를 바꾸어 버릴 수는 없다. 나는 그 동물적 속성이 그 나름의 건강한 삶을 유지해 나가지는 않을지 심히 걱정이 된다. 만약 그렇다면, 우리는 건강해질 수는 있을지언정, 순수해질 수는 없다는 의미가 아니겠는가.

언젠가 나는 희고 고른 이빨과 어금니가 붙은 돼지의 아래턱
뼈를 주운 일이 있다. 그것은 정신적인 것과 구분되는 동물적
인 건강과 활력이 존재한다는 사실을 암시했다. 그 생물은 절
제와 순결이 아닌 다른 수단을 이용해 번성해 왔다. 맹자는 다
음과 같이 말했다.

사람이 금수와 다르다 함은 지극히 근소한 차이에 지나지 않
는다. 보통 사람은 그 차이를 무시하고 살아가지만, 군자는
그것을 살리고 보존한다.*

우리가 순수함으로 거듭난다면 어떤 삶이 기다리고 있을지
그 누가 알겠는가? 순수함이 무엇인지 가르쳐 줄 만큼 현명한
이가 세상에 있다면, 나는 지금 당장이라도 그를 찾아 나서고
싶다. 베다는 인간의 마음이 신에 가까이 다가가는 데 반드시
필요한 것은 "욕망을 자제하고 몸의 외적인 감각을 억제하는
힘과 선행"이라고 선언했다.**
그러나 정신은 잠시나마 육신의 모든 부분과 기능을 장악하
여 통제하고, 가장 저속한 육체적 욕망을 순결과 헌신으로 바

---

* 맹자,《언행록(言行錄)》4편 〈이루장구〉 중에서.(원주)
** 라자 람모훈 로이,《베다와 브라만 신학의 경전》중에서.(원주)

꾸어 놓을 수 있다. 생식력도 우리가 나른해 있을 때 쉽게 도락에 빠뜨리고 불결하게 만들지만, 절제할 때는 활력과 영감을 불어넣어 준다. 순결은 인간을 꽃피운다. 천재성, 영웅주의, 성스러움 같은 자질이 바로 그 꽃에서 맺은 결실이다. 순결의 수로가 열리면 인간은 즉시 신에게로 흘러간다. 그러면 곧 우리의 순수함은 영감이 되고, 불순함은 우리를 쓰러뜨린다.

날이 갈수록 자기 안의 동물이 죽어 가고, 그 자리에 신성함이 확립되어 감을 확신할 수 있는 이는 그 얼마나 축복받은 인간인가. 자신이 열등하고 동물적인 본성과 동맹을 맺고 있음을 부끄러워하지 않는 인간은 없을 터다. 나는 우리가 파우누스와 사티로스 같은 반인반수, 즉 동물과 합체한 신이나 욕망에 휘둘리는 피조물 같은 존재일까 두렵다. 그리고 어느 정도까지는 산다는 그 자체가 우리에게 치욕이 아닐까 두렵기도 하다.

자신의 짐승들에게 마땅히 머물 곳을 주고
마음의 숲을 개간한 자, 그는 얼마나 행복한가!
⋯⋯
자기 안의 말, 염소, 늑대 등 모든 짐승을 부릴 수 있음에도,
자신은 그 어떤 짐승의 노새도 되지 않는 자!
그 밖에 다른 이는 돼지치기일 뿐 아니라,
돼지를 격분케 해 더 비참한 상태로 몰아넣는

악마이기도 하다.*

모든 감각적인 욕망은 아무리 여러 형태로 나타날지라도 하나에 불과하다. 순수함도 마찬가지다. 한 인간의 감각적인 행위는 그가 먹거나 마시거나 누군가와 함께 살거나 잠을 자거나 늘 똑같은 형태로 나타난다. 그 모두가 단지 한 가지 탐욕에 지나지 않는다. 그러니 어떤 이가 얼마나 감각적인 욕망에 휘둘리며 사는지 알고자 한다면, 우리는 그가 이런 행위 중 하나를 어떻게 해내는지 살펴보기만 하면 된다. 불결한 자는 순결과 함께 서지도 앉지도 못한다. 파충류처럼 비열한 자는 한쪽 굴의 입구를 공격당하면 반대편 입구로 달아난다.

순결하고 싶다면 절제해야 한다. 순결이란 무엇일까? 자기 자신이 순결한지 우리는 어떻게 알아볼 수 있을까? 아무도 알아볼 수 없다. 다들 순결이라는 미덕에 대해 들어보기는 했으나, 정작 그것이 무엇인지는 알지 못한다. 그저 들리는 소문대로만 이야기할 뿐이다. 육신을 부단히 움직이는 데서 지혜와 순결을 얻을 수 있다. 이와는 반대로 나태함에서 무지와 감각적인 욕망이 오는 것이다.

학생들에게 있어서 감각적인 욕망은 게으른 마음의 습관에

* 존 던(John Donne), 〈에드워드 허버트 경에게(To Sir Edward Herbert at Iuleyr)〉 중에서.(원주)

서 비롯된다. 불결한 사람은 보편적으로 게으르고, 늘 난롯가에 앉아 있다. 그는 엎드려 햇볕을 쬐고, 피곤하지도 않으면서 휴식을 취한다. 만약 불결함과 모든 죄악에서 달아나고 싶다면, 열심히 일해야 한다. 마구간을 치우는 일이라도 꺼려하지 말자. 천성을 극복하기는 힘들지만, 그럼에도 극복해야 한다. 이교도보다도 순수하지 못하고, 이교도보다도 자신을 극복하지 못하며, 이교도보다도 종교적이지 않다면, 자신이 기독교인이라 주장해 봐야 무슨 도움이 되겠는가. 세상에는 이교도라 간주되는 많은 종교 체계가 있다. 하지만 그들의 가르침을 담은 교리는 읽는 이로 하여금 부끄러움을 느끼도록 만들기에, 신도들이 수행에 임할 때(비록 그것이 의식적인 수행에 불과하다 할지라도), 새로운 마음으로 정진하도록 자극하는 내용으로 가득 차 있음을 나는 잘 안다.

사실 지금 하려는 이야기는 털어놓기가 좀 망설여진다. 하려는 이야기의 주제 때문이 아니라(나는 내가 사용하는 언어가 얼마나 외설스러운지는 신경 쓰지 않는다), 내 불순함을 드러내지 않고는 털어놓을 수 없는 내용이기 때문이다. 우리는 어떤 감각적 욕망에 관해서는 거리낌 없이 대화를 나누면서, 어떤 욕망에 대해서는 모르는 척 침묵한다. 어찌나 타락했는지, 우리는 인간 본유의 필수적인 여러 기능조차도 솔직하게 터놓고 이야기하지 못한다. 고대에 어떤 국가에서는 인간 본유의 모든 기능이 경건하게 논의되었을 뿐 아니라 법으로 그것을 규제하기까지 했다. 현대인의 취향에는 그것이 얼마나 불쾌해 보일지 모르겠으나, 인도의 법 제정자의 눈에는 어느 것 하나 허투루 다룰 수 없는 중요한 요소였다. 그리하여 그는 먹고 마시고 남녀가 함께 살아가는 법, 대소변을 배설하는 법 등을 일러 줌으로써 미천한 것을 드높였고, 그런 것을 하찮다 치부하며 가식적으로 빠져나가려 하지도 않았다.

인간은 모두 육신이라 불리는 신전의 건축가다. 그 신전은 그가 숭배하는 신을 위해, 나름의 방식으로 세운 것이며, 어느 누구도 그 대리석을 망치로 두들긴다고 해서 자신의 몸에서 빠져나갈 수는 없다. 우리는 모두 조각가이자 화가이고, 우리가 사용하는 재료는 자기 자신의 피와 살과 뼈다. 따라서 내적 고결함은 즉시 그의 외모를 섬세하게 다듬어 놓지만, 천박함과 감각적인 욕망은 그를 짐승처럼 만들어 놓는다.

9월의 어느 저녁나절, 존 파머는 힘든 하루 일과를 마치고 자기 집 문 앞에 앉아 있었다. 하지만 그의 마음은 여전히 하던 일에 쏠려 있었다. 목욕을 하고 나서, 그는 자신의 지적인 면을 되살려 볼 마음으로 자리를 잡고 앉았다. 다소 쌀쌀한 저녁이어서 이웃 사람들은 서리가 내릴까 봐 걱정하는 중이었다.

그가 꼬리에 꼬리를 무는 사색에 집중하기 시작한 지 얼마 되지 않았을 때 누군가 플루트를 연주하는 소리가 들려왔고,

그 선율은 파머의 기분과 잘 어우러졌다. 그래도 그는 여전히 일에 대해 생각했다. 그 생각이 계속 머리를 무겁게 누르고 어지럽히는 까닭에 의지와는 상관없이 계속 일만 생각하고 이런저런 계획이나 궁리를 하기는 했지만, 사실 그것이 그리 중요하다는 생각은 들지 않았다. 그저 피부에서 끊임없이 떨어져 나가는 비듬에 지나지 않는다는 느낌이었다.

그런데 플루트의 선율은 그가 일하는 곳과는 다른 공간에서 나와 그의 귓속으로 파고들었다. 그리고 내면에 잠들어 있는 특별한 능력을 발휘할 수 있는 일을 찾아보는 게 어떻겠냐고 넌지시 암시했다. 또한 그 선율은 그가 사는 거리와 마을과 국가를 홀연히 사라지게 했다. 그때 어떤 목소리가 속삭였다.

"얼마든지 영광된 삶을 살아갈 수 있음에도, 그대는 왜 이곳에 머물며 비천하고 고된 삶을 살아가는가? 저 위의 별들은 여기가 아닌 다른 들판 위에서도 반짝이고 있는 것을."

그렇지만 어떻게 해야 이런 상황에서 벗어나 실제 다른 곳으로 이주해 갈 수 있을까? 그가 할 수 있는 일이라고는 새로운 금욕을 실천하여, 정신이 다시 육체 속으로 내려가 타락한 몸을 구원하게 하는 것이었다. 그리고 점점 커져 가는 존경심으로 스스로를 대하겠다고 다짐하는 것뿐이었다.

동물 이웃들

가끔씩 나는 친구와 함께 낚시를 했다. 그는 마을 반대편에 살고 있어서 마을을 가로질러 내 오두막으로 왔는데, 저녁거리를 잡아 올리는 일은 저녁을 함께 먹는 일만큼이나 그와의 교제를 돈독히 하게끔 도왔다.

은둔자: 장장 세 시간 동안이나 소나무 위에서 매미 우는 소리조차 듣지 못했으니, 지금 세상이 어떻게 돌아가고 있나 궁금하군. 산비둘기도 죄다 둥지에서 잠들었는지 날개 퍼덕이는 소리도 들리지 않네. 방금 저쪽 숲 너머에서 들려온 게 정오를 알리는 농부의 뿔피리 소린가? 농장의 일꾼들이 소금에 절인 쇠고기 삶은 것과 사과즙과 옥수수빵을 먹으러 가고 있

겠군. 다들 왜 저리도 매사에 전전긍긍하며 살아갈까? 먹지 않으면 일하지 않아도 될 텐데.

그나저나 오늘은 얼마나 수확을 했으려나. 개 짖는 소리에 마음 놓고 사색도 할 수 없는 저런 곳에서 대체 누가 살고 싶어 할까? 아, 살림살이도 있지! 이처럼 날씨가 화창해도 더러운 문손잡이를 붙들고 광낸다고 애를 쓰고, 나무통을 벅벅 문질러 씻어야 하다니! 그럴 바에야 집이 없는 게 낫지. 차라리 나무 구멍에 들어가 사는 게 나을 거야. 그러면 아침 방문도, 저녁 만찬에도 손님이라고는 딱딱 쪼아 대는 딱따구리뿐일 테니까.

아, 사람들은 너무 몰려 살아. 마을은 너무 덥기도 하고. 그 사람들은 태어나면서부터 생활에 너무 찌들어 있어. 그런 삶은 내게는 맞지 않아. 나한테는 샘에서 길어 온 물이 있고, 선반 위에는 흑빵 한 덩이가 놓여 있지. 잠깐! 나뭇잎 바스락대는 소리가 들리는군. 굶주린 마을의 사냥개가 본능에 이끌려 뭔가를 추적하고 있는 걸까? 아니면 이 숲에서 길을 잃었다는 그 돼지일까? 언젠가 비 온 뒤에 내가 녀석의 발자국을 목격하기도 했었지. 소리가 점점 가까워지네. 옻나무와 들장미가 흔들리는군. 아, 시인, 자네였는가? 그래 오늘은 기분이 어떠신가?

시인: 저 구름 좀 보게. 하늘에 걸린 모습 좀 보라고! 저게 오

늘 내가 본 것 중에 최고라 할 만하거든. 옛 그림 속에도 저런 건 없어. 다른 나라에 가서도 좀처럼 볼 수 없을 걸세. 스페인 근해라도 나간다면 또 모르겠지만. 그래, 정말 지중해의 하늘을 보는 것 같구먼. 그나저나 나도 먹고살기는 해야지. 오늘은 아무것도 먹은 게 없거든. 그래서 낚시나 하려고 왔네. 이런 게 바로 시인의 생업 아니겠나. 배운 기술이라고는 이것밖에 없으니, 자, 어서 가세나.

은둔자: 거절도 못하겠구먼. 흑빵 구워 놓은 것도 곧 바닥이 드러날 듯하니. 내 기꺼이 따라 나서기는 할 테지만, 지금 당장은 진지하게 명상을 하던 참이거든. 이제 곧 끝날 듯하네. 잠시만 혼자 있도록 해 주게나. 하지만 너무 늦어지지 않도록 자네가 미리 미끼를 좀 구해 두지 그러나. 이 부근에는 거름을 준 적이 없어서 지렁이가 거의 없을 거야. 아예 멸종이 됐다고 봐야지. 배가 많이 고프지 않을 때는 지렁이 파내는 일도 낚시질 못지않게 재미가 있거든. 오늘은 그 재미를 자네 혼자 실컷 누리게나. 저기 물레나물이 흔들리는 것 보이지? 그 부근의 땅콩 밭을 삽으로 파면 될 거야. 아마 세 번쯤 흙을 뒤집으면 한 마리는 반드시 나올 걸세. 잡초 뽑기를 할 때처럼 뿌리 쪽을 잘 살펴야 하네. 그렇지만 좀 더 멀리 나가는 게 좋기는 할 거야. 여기서 멀어지면 멀어질수록 좋은 미끼도 늘어나는 듯싶으니까.

(홀로 남아) 가만 있자, 아까 어디까지 했더라? 그래, '세상이 이런 지경에 처해 있구나' 그런 생각을 하고 있었지. 다시 천국으로 갈까, 낚시를 하러 갈까? 명상을 여기서 끝내 버렸다가, 이번처럼 달콤한 기회가 다시 찾아오지 않으면 어쩌지? 사물의 본질에 거의 녹아든 기분이었는데, 이런 느낌은 살면서 처음이지 싶군. 내 생각이 다시 내게로 돌아오지 않을까 두려워. 할 수만 있다면, 휘파람이라도 불어서 불러내고 싶은데. 지금처럼 생각이 내게로 손을 뻗고 있음에도, '잠깐만, 생각 좀 해 보고'라는 대답을 하는 게 현명한 짓일까? 내 생각은 아무런 흔적을 남겨 놓지 않았으니, 그 길을 다시 찾아간다는 건 불가능할 테지. 내가 대체 무슨 생각을 하고 있던 것일까? 참으로 종잡을 수 없는 느낌이군. 일단 공자가 말했던 세 문장을 떠올려 보자. 혹시 방금 전의 상태로 돌아갈 수 있을지도 모르니. 그런데 내가 아까 우울한 기분이었는지, 막 황홀경에 빠져들려 했었는지도 확실히 모르겠군.

메모-기회는 한 번밖에 오지 않는다.

시인: 이제는 어떤가. 은둔자 양반, 아직도 너무 이른가? 내가 끊어지지 않은 것으로 열세 마리나 잡아 왔네. 끊기거나 좀 작은 것도 몇 마리 되는데, 그건 작은 고기 잡는 데 쓰면 될 거야. 낚싯바늘을 다 덮어 버리지 않을 테니까. 마을에서 잡히는 지렁이는 너무 커. 작은 피라미 종류는 낚싯바늘에 걸리

지 않고도 빼먹을 수 있을 정도라니까.

은둔자: 그래, 그럼 어디 가 봅시다. 콩코드강으로 갈까? 수위가 너무 높지 않으면 거기가 좋을 거야.

어째서 인간은 정확히 눈에 보이는 대상만으로 세상이 이루어졌다고 생각할까? 마치 생쥐만이 보이지 않는 세상과 보이는 세상의 간극을 메우는 유일한 생명체라도 된다는 듯 인간은 눈에 보이는 동물만을 자신의 이웃이라 생각하는데, 이유가 무엇일까? 필파이* 같은 작가들은 동물을 상당히 잘 이용했다. 그의 작품 속에 등장하는 동물은 모두 짐을 지고 있는데, 어떤 면에서 보자면 그들이 지고 나르는 짐은 인간 생각의 일부를 상징한다.

내 오두막에 드나드는 생쥐는 외국에서 들어온 것으로 추정되는 흔하디흔한 종류가 아니라, 마을에서는 잘 볼 수 없는 야생 들쥐다. 내가 그중에 한 마리를 잡아 매우 저명한 박물학자에게 보내 주었더니, 그는 대단히 큰 흥미를 보였다. 내가 오두막을 지을 당시, 녀석들 중 하나가 집터 밑에 보금자리를 마련해 두고 있었다. 녀석은 내가 두 번째로 마룻바닥 까는 것을 마치고 대팻밥을 완전히 쓸어 내기 전까지, 점심때가 되면 어김없

---

* 우화집을 쓴 동인도 작가다.(원주)

이 나타나 내 발치에 떨어진 빵 부스러기를 주워 먹곤 했다. 보나마나 그때까지 사람이라고는 마주친 적도 없었을 터다. 얼마 지나지 않아 녀석은 내가 친근하게 느껴졌는지 신발을 타고 넘거나 옷 위로 기어오르기까지 했다. 움직임은 또 얼마나 재빠른지 마치 다람쥐처럼 방 안의 벽을 순식간에 타오르곤 했다.

그러던 어느 날, 내가 벤치에 한쪽 팔꿈치를 괴고 기대앉아 있을 때, 녀석이 내 옷을 기어오르더니 소매를 따라 내려가서는 도시락을 감싼 종이 위를 빙글빙글 돌았다. 나는 도시락 종이를 여미고 이리저리 휙휙 치우면서 숨바꼭질하듯 녀석과 놀았다. 그러다 마침내 내가 엄지와 검지로 치즈 한 조각을 집어 들고 가만히 있자 가까이 다가오더니 내 손 위에 올라 그것을 먹어 치웠다. 그리고는 파리처럼 얼굴과 앞발을 닦고는 어딘가로 가 버렸다.

얼마 지나지 않아서 딱새 한 마리가 내 헛간에 둥지를 틀었고, 울새는 오두막 옆에 있는 소나무에 은신처를 마련했다. 6월에는 수줍음 많은 자고새가 새끼를 이끌고 뒤편 숲에서 나와 내 창문을 지나쳐 오두막 앞으로 날아왔다. 자고새는 꼬꼬댁거리며 새끼를 부르는 소리뿐 아니라 그 움직임 하나하나까지 어찌나 암탉을 쏙 빼닮았는지, 숲속의 암탉이라는 명성을 그대로 드러내 보여 줬다. 내가 가까이 다가가면 새끼들은 어미의 신호를 받고 갑자기 흩어져 버렸는데, 그 모습은 마치 돌풍이 휩쓸어 가는 듯 보였고, 새끼들의 생긴 모양도 마른 잎이나 가지와 매우 흡사해 보였다. 때문에 웬만한 사람은 새끼들 한가운데 발을 들여놓아도 주변에 새끼가 있다는 사실을 알아차리지 못한다. 더군다나 어미 새가 사람의 주의를 끌려고 일부러 날개를 질질 끌거나 요란스럽게 날갯짓도 하고, 또 걱정스럽게 울어 대기도 하는 통에 새끼에게까지 눈길이 미치지 않았던 것이다.

때로 어미 자고는 사람과 마주치면 눈앞에서 정신 나간 듯이 마구 구르고 도는 까닭에, 보는 사람은 잠시 동안 그것이 어떤 동물인지 전혀 짐작도 하지 못한다. 새끼들은 종종 나뭇잎 밑에 고개를 푹 박고 납작 엎드려 숨은 채로 멀리서 보내는 어미의 신호만을 기다린다. 사람이 가까이 다가가도 고개를 쳐들거나 도망치지 않는다. 그래서 심지어는 무심코 새끼를 밟는 경우도 있고, 눈으로 보면서도 그것이 자고새의 새끼라는 사실을 알아차리지 못할 때도 있다.

나는 그렇게 숨어 있는 새끼를 손바닥에 올려놓고 살펴본 일이 있다. 녀석들은 오직 어미의 지시에 순종하고 그 자신의 본능에만 충실한 채, 아무것도 신경 쓰지 않고 두려워하지도 떨지도 않은 채 가만히 손바닥 위에 웅크리고 앉아 있었다. 그리고 그 본능이란 것이 어찌나 완벽하던지, 한번은 내가 새끼들을 다시 나뭇잎 위에 내려놓으면서 한 마리를 우연찮게 옆으로 쓰러뜨린 적이 있었는데, 10분 후에 그곳에 가 보았더니 녀석은 그때까지도 여전히 같은 자세로 다른 새끼들과 함께 그곳에 누워 있었다.

자고새의 새끼도 다른 새의 새끼들처럼 깃털이 모두 났다. 그런데 다른 새와는 다르게 자고새의 새끼는 거의 완벽하다 싶을 정도로 뛰어난 발육 상태를 보였으며 병아리보다도 발달이 빨랐다. 녀석들의 크고 고요한 눈동자에 서린 대단히 어른스러우면서도 순수한 표정은 기억에서 쉽게 지워지지가 않는다. 모든 지혜가 그 속에서 빛을 발하는 듯했다. 어린 시절의 순수함뿐 아니라, 경험으로 뚜렷해진 지혜까지도 담겨 있는 듯했다. 그런 눈은 새가 태어날 때 생겨나는 것이 아니라, 그것에 비친 하늘이 생겨난 때 함께 생긴 것이다. 숲도 이런 보석을 다시 만들어 내지는 못할 테고, 나그네도 그처럼 맑은 샘을 들여다볼 기회를 자주 얻지는 못하리라.

하지만 무지하고 부주의한 사냥꾼이 종종 이런 시기에 어미 새를 쏘아 죽인다. 그리하여 무고한 어린 새들은 근처를 배회하는 맹수나 새의 먹이가 되어 버리거나, 자신들과 너무도 닮은, 썩어 가는 나뭇잎과 점차 뒤섞여 버리고 만다. 암탉이 자고새의 알을 품어 부화시키는 경우도 있지만, 그럴 경우 부화한 지 얼마 안 된 새끼들이 뭔가에 놀라 흩어지게 되어 그대로 길을 잃고 행방불명돼 버린다고 한다. 그들을 다시 불러 모으는 어미 새의 소리를 영영 들을 수 없기 때문이라는 것이다. 이들이야말로 진정 나의 암탉이고 병아리였다.

　얼마나 많은 동물이 숲속에서 비밀스럽게 야생의 자유를 누리며 살아가고 있는지 알게 되면 놀라지 않을 수 없다. 그들은 마을과 가까운 곳에서 있으면서도 전혀 그 존재를 들키지 않고 삶을 영위해 간다. 오직 사냥꾼만이 그들의 존재를 짐작할 뿐이다. 이곳에서 수달은 얼마나 은밀한 삶을 살아가고 있는가! 그들은 다 자라면 키가 1.2미터 정도가 되어 작은 아이만 한 체구가 되어 눈에 띄기 쉽지만, 막상 그 모습을 얼핏이라도 본 사람은 거의 없는 듯하다. 일전에 나는 오두막 뒤편 숲에서 너구리를 본 적이 있다. 지금도 밤이면 녀석들의 우는 소리가 들려온다.

　씨를 뿌리고 나서 정오가 되면, 나는 보통 샘터 곁의 그늘에 앉아 한두 시간 정도 휴식을 취하며 점심을 먹고 책도 읽었다. 그 샘은 내 밭에서 800미터 정도 떨어진 브리스터 언덕 아래서 나와 늪과 작은 시냇물의 원천이 되어 준다. 그곳에 접근하려면 어린 리기다소나무가 빽빽이 자라는 잡풀이 무성한 골짜기를 계속 내려가 늪지 부근의 더 큰 숲으로 들어가야 했다. 그 외지고 그늘진 곳에, 가지를 쭉쭉 뺀 스트로브잣나무 아래에는 내가 앉을 만한 깨끗하고 푹신한 잔디밭이 있었다. 나는 그곳에 나만의 작은 우물을 파 두었기에, 물을 휘휘 젓지 않고도 한 바가지 분량의 깨끗한 물을 퍼 올릴 수 있었다. 그래서 호수

물이 뜨끈해지는 한여름이면, 하루도 거르지 않고 물을 기르기 위해 나갔다.

누른도요가 진흙 속에서 벌레를 찾아 먹으려고 새끼를 거느리고 찾아왔다. 어미 새가 새끼들 위로 30센티미터쯤 떨어져 날며 둑을 따라 내려가면, 새끼들도 그 밑으로 무리 지어 뛰어갔다. 그러다가 내 모습을 발견하면 어미는 새끼에게서 떨어져 나와 내 주위를 빙글빙글 돌며 점점 가까이 다가오다가 거리가 1미터 내지 1.5미터 정도로 가까워질 때 내 주의를 끌어 새끼들을 도망치게 하려고 다리와 날개를 다친 시늉을 해 보였다. 그때쯤 이미 새끼들은 어미의 신호에 따라 가녀린 삐악 소리를 내며 일렬종대로 늪을 가로질러 행진해 가고 있었다. 가끔은 어미의 모습은 보이지 않고 새끼들의 삐악 소리만 들릴 때도 있었다.

그곳에는 멧비둘기도 날아왔다. 그들은 샘가에 앉아 쉬기도 하고, 내 머리 위의 부드러운 스트로브잣나무 가지 위를 이리저리 날아다니며 날개를 퍼덕이기도 했다. 주변의 나뭇가지를 쪼르르 타고 내려오는 붉은 날다람쥐는 유독 스스럼없이 굴고 호기심도 많은 듯했다. 이처럼 숲속의 매혹적인 장소에 오래 앉아 있기만 한다면, 누구라도 그곳에 사는 모든 동물이 차례로 나타나는 모습을 목격할 수 있다.

그다지 평화롭다고 할 수 없는 장면과 마주칠 때도 있다. 어느 날 장작더미 쌓아 둔 곳, 아니 솔직히 말해 땅에서 캐낸 나무 그루터기 쌓아 놓은 곳에 갔다가, 나는 두 마리의 커다란 개미를 보았다. 하나는 붉은 개미였고 다른 하나는 그보다 훨씬 큼지막한, 길이로만 보자면 거의 1.3센티미터는 됨 직한 검은 개미였는데, 둘은 맹렬히 싸움을 하고 있었다. 한번 맞붙더니 절대 떨어질 기미를 보이지 않고, 나무토막 위에서 끊임없이 밀고 당기고 구르며 난리도 아니었다.

주변을 둘러보았을 때, 나는 나무토막 위가 온통 그런 전투원으로 뒤덮여 있는 것을 보고 놀라지 않을 수 없었다. 그것은 '두엘룸'*이 아니라 '벨룸',** 즉 두 개미 종족 간의 전쟁이었다. 붉은 개미와 검은 개미가 맞붙어 싸웠는데, 두 마리의 붉은 개미가 검은 개미 한 마리를 공격하는 모양새였다. 이 미르미돈 군단***이 내 장작더미의 언덕과 계곡을 뒤덮고 있었고, 땅에는 이미 죽거나 죽어 가는 붉거나 검은 시체들도 즐비했다.

이는 내가 그때까지 목격한 유일한 전투였고, 전투가 맹렬히 치러지는 동안 내가 유일하게 발 딛었던 전쟁터이자 대살육의 전장이었다. 붉은 공화주의자와 검은 제국주의자가 싸우고 있

---

* 라틴어로 '결투'라는 의미이다.
** 라틴어로 '전투'라는 의미이다.
*** 아킬레우스를 따라 트로이 전쟁에 참가했던 용사들로, 명령에 무조건 복종하는 충실한 부하라는 의미를 나타내기도 한다.

었다. 사방에서 치열한 전투가 벌어지고 있었음에도, 내 귀에는 아무런 소음도 들려오지 않았다. 인간 병사들도 그처럼 결연히 전투에 임한 적은 없었으리라. 나는 나무토막 사이의 햇살 잘 드는 계곡에서 서로에게 단단히 엉겨 붙어 있는 두 병사를 바라보았다. 때는 정오였는데 해가 지고 목숨이 끊어질 때까지 싸울 태세였다.

크기가 작은 붉은 개미 전사가 적의 가슴팍에 죔쇠로 물려 놓은 듯 찰싹 들러붙어 바닥에 이리저리 구르면서도 잠시도 쉬지 않고 상대의 더듬이 하나를 뿌리 근처에서 갉아 대고 있었다. 다른 한쪽 더듬이는 이미 잘려 나가고 없었다. 그동안 좀 더 힘이 센 검은 개미가 붉은 개미를 좌우로 마구 흔들어 댔는데, 가까이 다가가서 보니, 이미 붉은 개미도 다리가 몇 개 떨어져 나가고 없었다. 그들은 불도그보다 더 끈질기게 싸웠다. 어느 쪽도 물러설 기미가 전혀 보이지 않았다. 그들의 전쟁 구호가 "내게 승리가 아니면, 죽음을 달라!"라는 사실이 명백해 보였다.

그동안 다른 붉은 개미 한 마리가 무척이나 흥분한 모습으로 계곡의 비탈길을 따라 내려왔다. 자신의 적을 이미 해치웠거나 아직 전투에 참가하지 못한 듯했는데, 다리가 모두 멀쩡한 것을 보니 후자가 분명한 듯했다. 그의 어머니가 나가서 싸우고 승리해서 방패를 들고 돌아오거나 그러지 못할 바에는 차라리 죽어 방패에 실려 오라고 했던 모양이었다. 혹은 그가 아킬레우스 같은 장수여서 멀리서 홀로 분노에 휩싸여 있다가 친구 파트로클로스의 복수를 하거나, 그를 구하고자 달려오는 중인지도 몰랐다. 붉은 개미는 멀리서 이 불평등한 전투(검은 개미가 붉은 개미보다 거의 두 배는 컸으므로)를 지켜보다가, 빠르게 전장으로 뛰어들어 전투원들에게서 약 1.5센티미터 정도 떨어진 거리에 멈춰 경계 태세를 취했다. 그러고는 기회를 엿보고 서 있다가, 검은 전사에게 달려들어 오른쪽 앞다리의 뿌리 부분을 공격하기 시작했다. 그러자 상대도 아킬레우스의 다리 중 하나를 선택했다. 그리하여 그곳에 세 마리의 개미가 목숨을 걸고 엉키게 되었는데, 그 모습을 보고 있자니 세상 모든 자물쇠와 시멘트보다 강력한 접착제가 발명된 듯한 느낌이 들었다.

그때쯤 나는 이들 각각의 군단에게 군악대가 있음을 알게 되었으나 전혀 놀랍다는 생각은 들지 않았다. 그들은 높은 나무 토막 위에 주둔한 채 국가를 연주하면서, 기운이 빠져 둔해진 군사의 기운을 북돋우고 죽어 가는 용사를 위로했다. 나 역시도 그들이 인간인 듯 느껴져 다소 흥분이 되기까지 했다. 생각하면 할수록 개미와 인간 사이의 차이는 점점 줄어들었다. 미국의 역사야 그렇다 쳐도, 적어도 콩코드의 역사에서는 전투에 참가한 인원수로 보나 전투를 통해 보여 준 애국심으로 보나 영웅적 행위로 보나 지금 벌어지고 있는 개미의 전투에 비교할 만한 순간은 전혀 찾아볼 수 없다. 병사의 수와 전사자의 수만 놓고 본다면, 이들의 전투는 아우스터리츠나 드레스텐 전투*에 필적할 만했다.

콩코드 전투!** 민병대 측에서 두 명이 전사하고, 루서 블랜처드***가 부상당한 전투! 하지만 이곳의 개미는 모두 버트릭****처럼 용감하다. "발포하라! 이런, 젠장, 발포하라!" 이렇게 수천의 개미가 데이비스, 호머즈*****와 운명을 같이했다.

이들에게 용병이란 없었다. 우리의 선조들과 마찬가지로 싸워야 할 신념만이 있었을 뿐이다. 차(茶)에 붙은 3페니의 세금을 피하고자 전투를 치른 것은 결단코 아니었으리라. 나는 그 사실을 믿어 의심치 않는다. 따라서 개미들에게 이 전투의 결과는 적어도 벙커힐 전투******의 결과만큼이나 중요하고 기념할 만한 것이리라.

---

* 둘 다 나폴레옹 1세가 벌인 전투이다. 두 전투에서 사망한 병사의 수만 8만에 달했다.

** 1773년 보스턴 차 사건 이후 영국이 군대를 파견하자 미국인들은 민병대를 조직하여 대항하기 시작하는데, 콩코드 전투는 그 최초의 싸움으로 독립운동의 시초가 되었다.

*** 독립 전쟁 당시 최초의 부상자였다.

**** 콩코드 전투에서 민병대를 이끈 장군이다. 사격을 주저하는 민병대를 향해 "발포하라! 이런, 젠장, 발포하라!"라고 외친 것으로 유명하다.

***** 콩코드 전투에서 사망한 두 명의 전사자다.

****** 1775년 6월 치러진 또 다른 민병대 전투이다.

나는 앞서 세세하게 묘사한 세 마리의 개미가 올라가 싸우고 있는 나무토막을 집어 들고 집 안으로 들어가서 창틀에 얹어 놓은 후 그 위에 유리잔을 덮었다. 전투의 결과가 알고 싶었기 때문이다. 나는 현미경을 들고 처음 언급했던 빨간 개미를 들여다봤다. 이미 적의 남아 있는 더듬이마저도 해치워 버리고, 이제는 앞다리를 열심히 긁어 대는 중이었다. 그러나 그 자신도 가슴팍이 갈가리 찢겨 내장이 드러난 채로 검은 전사의 턱 앞에 무방비로 놓여 있었다. 검은 개미의 가슴은 붉은 개미가 물어뜯기에는 너무 단단한 게 틀림없었다. 고통받는 붉은 개미의 검붉은 눈동자가 오로지 전쟁만이 불러낼 수 있는 흉포함의 빛으로 번득였다.

개미들은 유리잔 속에서 30분 넘게 싸움을 지속했고, 내가 다시 속을 들여다보았을 때는 검은 병사가 적들의 목을 그들의 몸에서 이미 절단해 버린 후였다. 그럼에도 아직 살아 있는 두 개의 목이 검은 개미의 양쪽에 그 어느 때보다도 더 강하게 철썩 들러붙어 있었고, 그 모습은 마치 안장 앞 테에 묶어 놓은 흉측한 전리품 같았다. 검은 개미는 더듬이도 다 잘려 나가고 다리도 하나밖에 남아 있지 않았다. 그리고 그 외에도 내가 알 수 없는 수많은 상처를 얻었으리라. 그럼에도 그는 두 개의 머리를 떼어 내려 힘겹게 버둥댔다. 그리고 30분 정도가 더 흐른 후, 마침내 성공했다. 내가 유리잔을 들어 올리자, 검은 개미는 만

신창이가 된 몸을 이끌고 창틀을 넘어 사라졌다.

그가 결국 전투에서 살아남아 오텔 데 쟁발리드 같은 상이군인 요양 병원에서 남은 생애를 보낼 수 있었는지까지는 나도 모르겠다. 그러나 그의 끈질긴 면이 앞으로는 아무 쓸모가 없게 됐으리라는 생각이 들었다. 나는 어느 쪽이 이겼는지, 전쟁의 원인은 무엇이었는지도 알아내지 못했다. 그러나 마치 인간의 흉포함과 살육의 현장을 내 집 문 앞에서 목격한 듯한 기분이 들어 그날 내내 가슴도 뛰고 기분도 좋지 않았다.

커비와 스펜스*에 따르면 개미의 전투는 이미 오래전부터 그 명성이 자자해서, 그 날짜까지 기록에 남아 있지만, 현대의 저술가 중에 그 장면을 목격한 사람은 곤충학자 후버뿐이라는 얘기가 있다고 한다. 두 학자는 다음과 같이 적고 있다.

아이네아스 실비우스**는 배나무 줄기에서 큰 개미와 작은 개미가 치열하게 싸우는 모습을 매우 상세히 설명한 후에 '이 전투는 교황 유게니우스 4세 시절 유명한 법률가로 지낸 니콜라스 피스토리엔시스가 직접 목격한 것으로, 그는 전투의

---

* 윌리엄 커비(William Kirby)와 윌리엄 스펜스(William Spence),《곤충학 입문(An Introduction to Entomology)》중에서.(원주)
** 15세기 시인이자 지리학자에 역사학자이기도 했던 교황 피우스 2세의 필명이다.

모든 면모를 대단히 충실하게 설명했다'고 덧붙였다. 큰 개미와 작은 개미 간에 벌어진 이와 비슷한 전투는 스웨덴의 성직자 올라누스 마그누스도 기록한 바 있다. 이때는 작은 개미가 승리를 거두었다. 이들은 아군의 시체는 매장했으나 거대한 적군의 시체는 새들의 먹이가 되도록 내버려 두었다고 한다. 이 사건은 스칸디나비아 3국을 통치한 폭군 크리스티안 2세가 스웨덴에서 추방되기 전에 일어났다.

그리고 내가 목격한 전투는 웹스터의 도주노예법안이 통과되기 5년 전, 포크 대통령 시대에 일어났다.

지하 식료품 저장고에서 흙탕거북이나 쫓아다니는 재주밖에 없는 마을의 개들이 주인 몰래 숲으로 몰려와 그 토실토실한 사지를 놀리며 괜히 오래된 여우 굴과 우드척 구멍을 찾아 쓸데없이 킁킁거리며 돌아다니는 일도 있었다. 보나마나 숲을 민첩하게 돌아다니는 비쩍 마른 떠돌이 들개를 따라다니고 있을 테지만, 그래도 숲의 거주민에게 본능적인 두려움을 느끼게 하기에는 충분했다. 인솔자나 다름없던 들개에게서 낙오되자 마을의 개들은 마치 불도그라도 되는 양 조심스레 나무에 올라 있는 작은 다람쥐를 향해 킁킁 짖어 대더니, 다음에는 무리에서 떨어져 길을 잃은 날쥐라도 뒤쫓는다 생각했는지 몸무게로 가지들을 부러뜨리며 구보하듯 달려갔다.

언젠가 나는 돌 많은 호숫가를 걸어가는 고양이를 보고 깜짝 놀란 적이 있다. 고양이는 보통 집에서 멀리까지 나와 헤매는 법이 없지 않는가. 물론 고양이도 놀라기는 마찬가지였다. 그러나 온종일 깔개 위에 늘어져 있는, 잘 길든 집고양이가 숲에 들어올 때면 그들의 모습은 참으로 편안해 보였다. 은밀하게 살금살금 걸어 다니는 그들의 모습은 숲에 둥지를 틀고 사는 다른 동물들보다 오히려 더 숲속 토박이 같은 느낌을 주기도 했다. 한번은 숲속에 열매를 따러 들어갔다가 숲에서 새끼를 거느리고 나오는 고양이와 마주친 일도 있었다. 녀석들은 꽤 야생에 적응한 듯 보였는데, 새끼들도 어미처럼 등을 곧추 세우고는 나를 보며 매섭게 야옹거리며 울어 댔다.

내가 숲으로 들어가기 몇 년 전, 월든 호수 근처의 링컨 지역에 사는 길리언 베이커 씨의 농가에 '날개 달린 고양이'라 불리던 고양이 한 마리가 있었다. 1842년 6월에 그 고양이를 보려고 농장을 찾았을 때, 고양이는 늘 하던 대로 숲으로 사냥을 나간 후였다. 여주인 말에 따르면 그 고양이는 일 년이 약간 더 된 시점인 이전 해 4월경에 인근에 나타나서는 마침내 그들의 집으로 들어와 살기 시작했다고 한다. 털색은 갈색이 도는 잿빛이었고 목에는 하얀 반점이 있었으며 발은 하얗고 꼬리는 여우처럼 털이 북슬북슬했다. 겨울이 되면 성기던 털이 점차 빽빽해지면서 양 옆구리를 따라 평평하게 늘어져 총 길이가 25센티미터 내지 30센티미터에 이르고 폭이 6센티미터가 넘는 띠 모양을 이루었다. 턱 밑의 털은 방한용 토시처럼 둥글게 자랐는데, 윗부분은 느슨했고 아랫부분은 촘촘히 짠 펠트처럼 엉겨 있었다. 그러다 봄이 되면 무성히 자란 털은 모두 빠져 없어졌다.

베이커 부부는 내게 고양이의 '날개' 한 쌍을 주었고, 나는 지금도 그것을 간직하고 있다. 날개에는 막처럼 보이는 것은 없다. 어떤 사람은 '날개 달린 고양이'에 날다람쥐 같은 야생 동물의 피가 섞여 있지 않을까 추측하기도 하는데, 그것도 아주 불가능한 가설은 아닌 듯싶다. 박물학자에 따르면 담비와 집고양이의 교배로 여러 잡종이 생겨났다고 했다. 나는 만약 고양이를 기른다면, 딱 그런 고양이를 길렀으면 싶었다. 시인의 말 페가수스에 날개가 달렸듯이 시인의 고양이도 날개를 달지 못할 이유가 없지 않은가.

가을이면 여느 때처럼 아비(Colymbus glacialis)가 날아와 호수에서 털갈이를 하고 목욕을 하며 내가 채 잠을 깨기도 전에 그 야성적인 웃음소리로 숲을 울려 대곤 했다. 아비가 도착했다는 소문이 돌면, 밀댐의 사냥꾼들은 일제히 부산을 떨어 대며 삼삼오오 무리를 지어 허가받은 소총과 원뿔 모양의 총탄, 작은 망원경을 챙겨 마차를 타거나 걸어서 숲으로 찾아온다. 그들은 가을 낙엽처럼 바스락거리며 숲을 통과했다. 적어도 열 사람이 한 마리의 아비를 쫓아 돌아다닌 듯했다. 그 가여운 새가 어디에나 있는 것은 아니라서, 몇몇은 호수 이쪽 편에 또 몇몇은 저쪽 편에 나누어 진을 친다. 아비가 이쪽에서 물에 들어가면 반드시 저쪽으로 나오기 때문이다.

그러나 이제 10월의 자비로운 바람이 불어와 나뭇잎을 살랑이고 수면을 일렁이게 할 때 아비의 웃음소리는 들리지 않는다. 그들은 모습을 감춘다. 적들이 제아무리 망원경을 들고 호수를 샅샅이 훑어봐도, 총을 쏴서 숲을 뒤흔들어 놔도 소용이 없다. 물결이 모든 물새의 편에 서서 호기롭게 높아져 성난 듯 밀려오기 시작하면 우리의 사냥꾼도 미처 끝내지 못한 일을 찾아 마을과 상점으로 퇴각해야만 한다. 하지만 그럼에도 그들이 성공할 때가 더 많다.

아침 일찍 물 한 양동이를 길러 갈 때마다, 나는 이 위풍당당한 새가 겨우 10여 미터 떨어진 호수의 작은 만을 떠나 미끄러지듯 활강해 내려오는 모습을 자주 목격했다. 아비가 어떻게 반응하는지 보려고 배를 타고 쫓아가면 아예 물속으로 곤두박질쳐 들어가 모습을 감춰 버려서 다시는 모습을 나타내지 않는데, 가끔은 밤이 될 때까지 눈앞에 나타나지 않는 경우도 있었다. 그러나 물 위에 떠 있을 때에는 내가 훨씬 유리했다. 비가 오는 때에 아비는 어디론가 사라져 버렸다.

10월의 어느 고요한 오후에 나는 북쪽 호숫가로 노를 저어 가고 있었다. 아비가 마치 박주가리의 부드러운 솜털처럼 호수에 둥둥 떠다니곤 했지만, 그날은 아무리 호수 위를 둘러봐도 눈에 띄지 않았다. 그러다 돌연 한 마리가 호반 근처에서 호수 한가운데로 헤엄쳐 가는 모습이 보였다. 내 앞에서 10여 미터쯤 떨어진 곳에 멈추고는 특유의 야성적인 웃음을 지으며 자신의 정체를 드러냈다. 내가 노를 저어 뒤따라가자 녀석은 물속으로 자맥질 쳐 들어갔지만, 다시 물 위로 나왔을 때는 아까보다 더 가까운 위치에 있었다. 그러자 녀석은 다시 물속으로 들어갔다. 그 다음 내가 녀석이 나올 만한 방향을 잘못 짐작하는 바람에 녀석이 물 밖으로 떠올랐을 때는 거의 250미터가 넘을 만큼 멀리 떨어지게 됐다. 결과적으로 내가 간격이 벌어지도록 도운 셈이 됐다. 아비는 다시금 큰 소리로 한참을 웃었는데, 사실 이번에는 그럴 만한 이유가 전보다도 충분히 많았을 터였다.

아비는 상당히 교묘하게 움직였다. 그래서 나는 아비가 있는 곳의 30미터 안쪽으로 도저히 다가갈 수가 없었다. 매번 물 위로 떠오를 때마다 아비는 고개를 두리번거리며 호수 면은 물론 육지까지 침착하게 살펴본 후에, 배와 최대한의 거리를 유지할 수 있는 호수의 가장 넓은 수역 쪽으로 진로를 정해 나아갔다. 아비가 재빨리 결단을 내리고 마음먹은 바를 실행에 옮기는 모습을 지켜보면 감탄이 절로 났다. 녀석은 호수의 가장 넓은 영역으로 즉시 나를 이끌어 갔다. 나는 그런 아비를 다른 곳으로 몰아갈 수가 없었다.

아비가 머릿속으로 뭔가를 골몰히 생각하고 있는 듯이 보이면, 나는 아비가 대체 무슨 생각을 하고 있을지 파악해 보려 애썼다. 그것은 호수의 매끄러운 수면 위에서 인간과 아비가 벌이는 유쾌한 게임이었다. 상대의 말이 불시에 체스 판 아래로 사라지면, 그것이 다시 모습을 드러낼 장소라 여겨지는 가장 가까운 곳에 이쪽의 말을 두는 것이 게임의 규칙이었다. 때로 아비는 예기치 못하게 내가 있는 곳에서 멀리 떨어진 반대편 수면으로 떠오른다. 보나마나 내 배 밑을 지나쳐 갔을 것이다. 아비는 매우 오랫동안 숨을 참을 수 있고, 피로도 거의 느끼지 않아 아주 멀리까지 헤엄을 쳐 가고도 곧장 물속으로 또 뛰어들곤 했다. 그러니 아비가 깊은 호수의 매끄러운 수면 아래 어디쯤 있을지 짐작하는 것은 불가능했다. 호수의 가장 깊은 바닥까지 다녀올 수 있을 만큼 헤엄치는 실력도 좋고 숨도 오래 참을 수 있으니, 물고기처럼 빠르게 질주해 가고 있을지도 모르는 일이었다.

뉴욕의 몇몇 호수에서는 송어를 낚으려고 물속 25미터 깊이까지 내려놓은 낚싯바늘에 아비가 잡혀 올라온 일이 있다고 한다. 물론 월든 호수는 그보다도 수심이 깊다. 그러니 자신들의 무리 사이를 유유히 헤엄쳐 가는, 다른 세상에서 온 그 볼품없는 불청객과 마주쳤을 때 물고기들은 또 얼마나 놀랐을 것인가! 그러나 아비는 수면 위에서와 마찬가지로 물밑에서도 자신이 나아길 길을 확실히 아는 듯했다. 게다가 물속에서 훨씬 더 빨리 헤엄쳐 다녔다.

나는 아비가 물밑에서 수면으로 접근할 때 잔물결이 이는 것을 한두 번 목격한 일이 있다. 그때 녀석은 물 밖으로 고개를 빼고 주위를 정찰한 다음 즉시 물속으로 다시 들어갔다. 그러면 나는 아비가 어느 쪽으로 불쑥 나타날지 추측해 보려 애쓰기보다는 차라리 노를 내려놓고 쉬면서 녀석이 등장하길 기다리는 편이 훨씬 낫다는 사실을 깨닫고는 했다. 잔뜩 긴장한 채 눈을 부릅뜨고 한쪽 수면을 응시하고 있다가, 뒤에서 들려오는 녀석의 오싹한 웃음소리에 놀라 소스라친 적도 한두 번이 아니다. 그런데 어째서 아비는 그토록 교묘하게 모습을 감추면서도 물 위로 떠오르는 순간에는 어김없이 그 요란한 웃음소리로 스스로의 위치를 폭로해 버리는 것일까? 그 하얀 가슴만으로도 자신의 존재를 드러내기에는 충분하지 않을까? 나는 아비야말로 어리석기 그지없는 새라는 생각이 들었다.

아비가 수면 위로 올라올 때면, 보통 첨벙이는 물 소리가 들려오기에 나는 녀석이 나타났음을 감지할 수 있었다. 그러나 한 시간을 그렇게 움직여 다녀도 아비는 늘 힘이 넘쳤고, 기꺼이 물속으로 자맥질해 들어가 처음보다도 더 멀리 헤엄쳐 나아갔다. 물 위로 떠오른 후에는 물갈퀴 달린 발을 쉴 새 없이 움직이면서도 가슴 털 하나 너풀거리지 않고 유유히 떠다니는 모습을 보면 참으로 경이로웠다.

아비의 평소 울음소리는 악마의 웃음소리처럼 들렸다. 하지만 물새의 울음소리 같은 느낌이 나기도 했다. 가끔은 녀석이 아주 성공적으로 나를 좌절시키고 멀리 떨어진 수면 위로 불쑥 나타날 때가 있었다. 그럴 때면 날짐승의 소리가 아니라 늑대의 울음소리라 해도 좋을 만큼 길게 끄는 섬뜩한 소리로 울어 댔다. 그것은 마치 야수가 땅에 주둥이를 가져다 대고 일부러 울부짖을 때의 소리와 비슷했다. 그것이 아비 특유의 울음소리였다. 어쩌면 내가 호수 부근에서 접할 수 있는 가장 야성적인 소리였는지도 모르겠다. 그 소리는 숲을 뒤흔들며 멀리까지 퍼져 나갔다. 나는 그것이 아비가 자신의 능력에 자부심을 느끼며 내 노력을 비웃는 것이라 결론 내렸다.

그때쯤 하늘은 어둑어둑했지만, 호수의 표면은 더 없이 매끄러웠다. 아비의 소리는 들리지 않아도, 녀석이 어디쯤에서 수면을 첨벙이며 올라오는지는 알아볼 수 있었다. 하얀 가슴, 고요한 대기, 매끄러운 수면, 모든 것이 녀석의 모습을 만천하에 드러냈다. 마침내 250미터쯤 떨어진 곳에서 녀석이 물 위로 떠오르며 그 야수 같은 긴 울음소리를 냈다. 마치 자신을 도와 달라며 아비의 신을 부르는 듯했다. 그러자 곧 동쪽에서 바람이 불어오고 잔물결이 이는가 싶더니, 안개 같은 부슬비가 대기를 꽉 메우기 시작했다. 나는 이것이 혹시 아비의 기도에 대한 하늘의 응답이며 그의 신이 내게 화를 내고 있는 것은 아닐까 하는 생각이 들어 기분이 묘해졌다. 그래서 나는 녀석이 요동치는 수면 위에서 멀리로 사라져 가는 모습을 가만히 지켜보았다.

가을이면 나는 오리가 사냥꾼들에게서 멀리 떨어진 호수 한가운데서 이리저리 날렵하게 방향을 틀며 오가는 모습을 몇 시간이고 바라보곤 했다. 루이지애나의 질척한 늪지대 강의 후미진 곳에서는 별로 써 먹을 일이 없는 재주였다. 어쩔 수 없이 하늘로 날아올라야 할 때면, 오리들은 다른 호수나 강을 쉽게 바라볼 수 있는 상당한 높이까지 날아올라 하늘에 떠 있는 한 점 먼지처럼 호수 위를 빙글빙글 선회했다. 그러다가 내가 녀석들이 다른 호수로 날아가 버렸으리라 짐작할 때쯤이면, 몇백 미터쯤을 비스듬히 날아와 멀리 떨어진 한적한 곳에 내려앉았다. 그러나 오리가 월든 호수 한가운데를 헤엄쳐 다님으로써 얻을 수 있는 것이 안전함 외에 무엇이 있었을지 나는 모르겠다. 그들도 나와 같은 이유로 월든의 물을 사랑하고 있던 것이 아니라면 말이다.

난방

10월이면 나는 강가 목초지로 포도를 따러 가서 한 아름씩 안고 돌아왔다. 단순히 먹을거리를 얻고자 함이 아니라, 그 아름다운 색과 향이 더 없이 소중하게 느껴졌기 때문이다. 그곳에는 덩굴월귤도 열려 있었지만, 나는 감탄 어린 시선으로 바라보기만 하고 따지는 않았다. 밀랍으로 만든 작은 보석이자 들풀 위의 펜던트처럼 보이는, 그 진주처럼 영롱하고 붉은 열매를 농부들은 흉측하게 생긴 갈퀴를 써서 긁어모았고 매끄럽던 풀밭을 엉망으로 만들어 놓곤 한다. 그러고는 되는 대로 부셸이나 달러 단위로 저울에 달아 초원에서 거둔 전리품이라며 보스턴이나 뉴욕에 팔아 버린다. 월귤은 다 으깨진 채로 그곳에 사는 자연 애호가들의 미각을 만족시키는 것이다. 도살자들도 대초원의 풀밭에서 들소의 혀를 긁어모으느라 초목이 찢기고 꺾이는 것쯤은 안중에도 없다 하지 않는가.

매자나무의 반짝이는 열매도 단지 내 눈을 즐겁게 해 주는 것으로 만족하기로 했다. 그러나 땅 주인과 나그네들이 못 보고 지나친 야생 사과는 뭉근한 불에 삶아 먹으려고 조금 가지고 왔다. 밤송이도 겨울에 먹으려고 반 부셀 정도 비축해 두었다. 가을이면 끝도 없이 펼쳐지는 링컨 지역의 밤나무 숲—지금은 이 밤나무들이 철로 아래서 긴 잠을 자고 있다—을 어깨에는 자루 하나를 짊어지고 손에는 밤송이를 까는 데 쓸 막대 하나를 들고 돌아다니는 일도 여간 즐겁지 않았다. 나는 서리가 내릴 때까지 기다리지 않았기에, 나뭇잎이 바스락거리는 소리와 붉은 날다람쥐와 어치의 요란한 꾸짖음을 들으며 돌아다녔다. 가끔은 녀석들이 반쯤 먹다 남긴 밤송이를 슬쩍 가져오기도 했다. 보통 그들이 고른 밤송이는 실하게 영글어 있었기 때문이다.

때로 나는 밤나무에 올라가 나무를 흔들기도 했다. 내 오두막 뒤에도 밤나무가 자라고 있었는데, 특히 한 그루는 오두막을 뒤덮을 만큼 무성해 밤꽃이 필 때면, 주변을 그윽한 향기로 감싸는 꽃다발로 변하곤 했다. 하지만 그 열매는 대부분 다람쥐와 어치의 차지였다. 어치는 이른 아침에 무리를 지어 날아와서는 아직 떨어지지 않은 밤송이를 부리로 콕콕 쪼아 벌리고 그 열매를 먹어 치웠다. 집 뒤의 나무는 그들에게 양보를 하고 나는 훨씬 멀리 떨어진, 밤나무로만 이루어진 숲으로 찾아 나갔다.

알밤은 어느 정도까지는 빵의 훌륭한 대용식이 돼 주었다. 물론 그 외에도 여러 대용식이 있기는 하다. 어느 날 낚시용 지렁이를 파내는 동안 나는 땅콩(Apios tuberosa) 덩굴을 발견했다. 이것은 소위 '원주민의 감자'라고도 일컬어지는 굉장한 열매다. 언젠가 말했듯이, 나는 어린 시절 이것을 먹어 본 적이 있었다. 하지만 그 사실조차 의심이 갈 정도로 다시 먹어 보게 되리라고는 꿈도 꾸지 않았다. 전에도 자주 다른 식물의 줄기에 걸쳐 있는, 주름 잡힌 붉은 우단 같은 그 꽃을 보기는 했지만, 그것이 땅콩이라는 사실은 짐작조차도 못 했다. 토지의 경작이 본격화되면서 땅콩은 거의 멸종되다시피 했기 때문이다.

서리 맞은 감자처럼 달콤한 맛이 나는 땅콩은 굽기보다 삶아서 먹어야 제맛이다. 이 덩이줄기 식물은 다가올 미래에는 자신의 후손을 이곳에서 소박하게 키우고 먹이겠다고 다짐하는 자연의 어렴풋한 약속처럼 보였다. 살찐 소와 물결치는 곡물밭의 시대에, 한때는 어느 인디언 부족의 토템이었다고 하는 이 보잘것없는 식물은 거의 기억에서 잊히거나, 그 덩굴에서 피는 꽃의 존재로만 알려져 있을 뿐이다. 그러나 야생의 자연이 다시 이곳을 지배하는 날이 오면, 그 연약하고 사치스러운 영국의 곡식은 무수한 적 앞에서 그 종적을 감추게 될 터다. 옥수수 또한 인간이 돌보지 않으면, 까마귀가 그 마지막 한 알마저 인디언의 신이 다스리는 남서부의 광활한 옥수수 밭으로 가져가 버릴 것이다. 원래 옥수수는 까마귀가 그곳에서 물어 왔다고 하지 않는가.

그러나 이제는 거의 멸종 위기에 처한 땅콩이 서리와 황량한 환경에도 개의치 않고 되살아나 번성하여 그 자신이 토착 식물임을 증명하고, 수렵 부족의 양식이던 시절의 중요성과 위엄을 되찾게 될 것이다. 이 식물은 인디언이 섬기던 곡물의 신이나 지혜의 여신이 만들어 인디언에게 주었음이 분명하다. 그리하여 이곳에 시가 번성해 지배하기 시작하면, 땅콩의 잎과 열매가 달린 덩굴은 우리의 예술 작품으로 재현되리라.

9월 1일쯤 되자, 호수 맞은편에 서 있는 두세 그루의 작은 단풍나무가 붉게 물들어 가는 모습이 보였다. 그 아래는 사시나무 세 그루의 하얀 가지가 물가까지 뻗어 나와 있었다. 아, 이들의 색깔 속에는 얼마나 많은 이야기가 담겨 있을까! 그로부터 한 주 한 주 지나는 동안, 나무들은 서서히 각자의 개성을 드러내면서 호수의 거울처럼 매끄러운 표면에 비치는 그 자신의 모습을 한껏 뽐냈다. 매일 아침, 이 화랑의 주인은 벽에 걸린 오래된 그림을 떼어 내고 훨씬 선명하고 조화로운 색채를 담은 새로운 그림을 내다 걸었다.

10월이 되자 수천 마리는 됨 직한 말벌이 겨울을 지낼 장소로 삼으려는지, 모두 내 오두막으로 몰려와 창문 안쪽이나 벽 위에 진을 치고 눌러 앉아서는 가끔 안으로 들어오려는 방문객을 막아서기까지 했다. 매일 아침, 녀석들이 추위에 마비돼 있을 때면 빗자루를 들고 밖으로 쓸어 내기도 했지만, 일부러 내쫓으려 애쓰지는 않았다. 오히려 내 집이 살 만한 은신처라 생각해 주는 벌들 덕분에 기분이 좋아지기까지 했다. 벌들은 나와 함께 잠까지 잤지만, 그리 성가시게 굴지는 않았다. 그리고 겨울과 혹독한 추위를 피하고자 내가 알지 못하는 어느 틈새로 차츰 사라져 갔다.

말벌과 마찬가지로, 11월이 되어 겨울을 맞이하기 전에 나는 월든 호수의 북동쪽 호반을 자주 둘러보곤 했다. 그곳은 리기다소나무 숲과 돌이 깔린 호반에서 반사하는 햇빛 덕분에 호수가 화롯가처럼 따끈해지는 곳이었다. 인공적으로 피운 불가에 있기보다는 가능한 한 오랫동안 햇빛에 나와 몸을 데우는 것이 기분도 좋고 건강에도 훨씬 좋았다. 따라서 나는 떠나 버린 사냥꾼처럼 여름이 남기고 간, 여전히 타오르는 불씨에 몸을 따뜻이 데웠다.

오두막을 지을 때 굴뚝을 세우는 단계에서 나는 석공 기술을 배웠다. 벽돌은 중고를 사용했기 때문에 우선 흙손을 이용해 깨끗이 정리를 해야 했다. 덕분에 나는 벽돌과 흙손의 특성에 대해 보통 이상의 지식을 습득했다. 벽돌에 붙어 있는 회반죽은 50년도 더된 것이었고, 흔히 회반죽은 시간이 지날수록 더 단단해진다는 말들을 하곤 했다. 그러나 이는 사실인지 정확히 확인해 보지도 않고, 사람들이 그저 남이 하면 따라 하길 좋아하는 말에 지나지 않았다. 오히려 그러한 속설이야말로 해가 갈수록 견고해지고 더 단단히 들러붙는 통에, 그런 말을 하고 다니며 뭐든 아는 척하는 그런 인간을 떼어 내려면 흙손으로 수도 없이 두드려야만 한다.

메소포타미아의 많은 마을은 바빌론의 폐허에서 건져 낸 질 좋은 중고 벽돌로 세워졌다. 그러니 거기 붙어 있는 시멘트는 더 오래되고 더욱 단단할 것이다. 하지만 그건 그렇다 치더라도, 나는 아무리 거칠게 두드려도 전혀 닳을 기미조차 보이지 않는 강철의 기묘할 정도의 강인함에 놀라지 않을 수가 없었다. 내 벽돌에는 바빌로니아의 왕 네부카드네자르의 이름이 새겨져 있지는 않았으나, 전에도 굴뚝을 짓는 데 쓰였던 것이라, 나는 벽난로에 사용할 벽돌을 가능한 한 많이 주워 모아 시간도 절약하고 수고도 덜기로 했다. 또한 벽돌과 벽돌 사이에는 호숫가에서 가져온 돌을 채웠고, 회반죽도 그곳의 모래를 이용해 만들었다.

나는 집에서 제일 중요한 부분이라 할 수 있는 벽난로를 짓는 데 가장 많은 시간을 들였다. 실은 어찌나 신중을 기해 일했는지, 아침에 일어나 바닥부터 벽돌을 쌓기 시작해도 밤이면 벽돌의 높이는 겨우 내 베개를 대신할 정도의 높이 밖에는 올라가지 않았다. 그러나 내가 기억하기로는 그 때문에 내 뒷목이 뻣뻣해진 것은 아니었다. 목은 벌써 오래전부터 안 좋았다.

당시 나는 시인 한 명을 집에 들여 보름 정도 함께 머물렀던 적이 있는데, 바로 그때가 방 안에 벽난로를 설치한 때였다. 내게 식사용 나이프가 두 자루 있었는데, 그도 자신의 칼을 가지고 있어서 우리는 그것을 흙 속에 찔러 넣었다 뺐다 하며 윤을 냈다. 그는 나와 요리도 분담했다. 나는 만들고 있는 난로가 네모반듯하게 점차 높아지는 모습을 보고 있자니 기분이 좋았다. 천천히 만들어 가고 있으니, 그만큼 오래가리라는 생각도 들었다. 굴뚝은 어느 정도 독립된 구조물이라 할 수 있다. 지면에서부터 시작해 오두막을 뚫고 올라가 하늘로 뻗어 나가니 말이다. 때로는 집이 불타 없어져도 굴뚝은 그대로 남아 있는 경우가 있으니, 그 중요성과 독립성은 누가 봐도 자명할 터다. 그때가 여름으로 나아가는 끝 무렵이었다. 그리고 곧 11월이었다.

북풍이 이미 호수를 싸늘히 식혀 가고 있었지만, 물이 워낙 깊은 까닭에 완전히 차갑게 만들려면 아직은 몇 주 정도 더 지속적으로 불어와야 할 터였다. 저녁나절 방 안에 불을 지피기 시작했을 때는, 집의 회반죽을 바르기 전이라서 벽에 두른 판자 사이에 틈이 많아 그랬는지 굴뚝으로 연기가 꽤 잘 빠져나갔다. 그래서 나는 시원하고 통풍이 잘 되는 방에서 며칠 저녁을 기분 좋게 보냈다. 방은 잔뜩 옹이진 거친 갈색 판자로 벽을 두르고, 나무껍질을 벗기지 않은 서까래로 천장을 받쳐 놓은 모습이었다. 그러나 회반죽을 칠하고 나자 오두막의 모습이 내 눈에 그리 마땅해 보이지 않았다. 물론 살기에 훨씬 쾌적해졌다는 것은 사실이었다.

모름지기 사람이 사는 방이라면 머리 위가 어두컴컴해 보일 만큼 천장이 높아 저녁이면 서까래 근처에 그림자가 어른거려야 마땅하지 않을까? 그런 그림자가 만들어 내는 형상이 프레스코 벽화나 이런저런 값비싼 가구보다 인간의 공상과 상상력을 자극하는 데 더 어울릴 테니 말이다.

내가 은신처로써뿐 아니라, 추위를 피하는 용도로도 집을 이용하기 시작했을 때야 비로소 나는 내 집에 거주하기 시작했다 말할 수 있을 듯하다. 나는 벽난로 바닥에서 장작을 약간 떼어 두고자 두 개의 낡은 장작 받침쇠를 구해 두었다. 내가 만든 굴뚝 안쪽에 검댕이 붙어 쌓여 가는 모습을 바라보는 것도 여간 즐겁지 않았다. 나는 평소보다 더한 권리와 만족감을 느끼며 신이 나서 불쏘시개로 불을 쑤석였다.

내 오두막은 자그마해서 집 안에서 울리는 소리의 반향을 즐길 수는 없었다. 허나 방이 하나인 데다 이웃과도 멀리 떨어져 있어 훨씬 커 보였다. 집 한 채가 갖추어야 할 모든 매력이 방 하나에 모두 집약돼 있던 셈이다. 내 집은 부엌이자 방이자 거실이며, 응접실*이기도 했다. 나는 그 집에 살며 부모로서, 자식으로서, 또 집주인이나 하인으로서 누릴 수 있는 온갖 즐거움을 만끽했다. 카토**는 한 집안의 가장(patrem-familias)이라면 다음과 같이 해야 한다고 말하지 않았던가.

cellam oleariam, vinariam, dolia multa, uti lubeat caritatem expectare, et rei, et virtuti, et gloriæ erit.

이 말을 번역하면 다음과 같다.

기름과 포도주를 보관할 저장고와 많은 통을 마련해 두어야 한다. 그래야 힘든 시기를 맞아도 기쁘게 헤쳐 나갈 수 있으며, 이것이 곧 가장에게 이득이 되고, 그의 미덕이자 영광이 되리라.

---

* 'Keeping-room'은 오늘날의 '거실'을 의미하는 뉴잉글랜드 방언이다. 근래에는 호텔 등에서 이미 예약이 완료된 객실을 의미하는 표현으로 주로 사용되고 있다.
** 마르쿠스 포르키우스 카토(Marcus Porcius Cato), 《농업론(De Agri Cultura)》 중에서.(원주)

나도 지하실에 감자로 채운 작은 통 하나와, 바구미가 섞인 3홉 정도 되는 완두콩을 저장해 두었다. 선반 위에는 약간의 쌀과 당밀 한 병, 그리고 호밀과 옥수숫가루를 각각 반 말 정도씩 비축해 두었다.

나는 때로 황금기에 세워진 더 크고 사람도 많이 사는 집을 꿈꾼다. 내구성 좋은 재료를 써서 요란한 장식 없이 지은, 여전히 방이라고는 하나뿐인 널찍하고 조야하며 튼튼하고 원시적인 공간이 전부인 그런 집말이다. 천장도 없고 벽에는 회반죽도 칠하지 않았으며, 고스란히 드러난 서까래와 그것을 떠받치고 있는 도리들보가 머리 위의 낮은 하늘을 지탱하고 있으니 비와 눈을 피하는 데는 그만일 터다. 방문객이 문지방을 넘어서며 옛 왕조의 농경의 신 사트르스누스에게 경의를 표하고 나면, 지붕을 떠받치는 마루대공과 쌍대공이 인사를 받으려 기다리고 있다. 그곳에 들어선 자는 긴 막대 끝에 불을 붙여 높이 들어 올려야만 천장을 볼 수 있다.

이런 집에서 어떤 이는 벽난로 안에 살고 어떤 이는 우묵하게 들어간 창틀에 살며 누군가는 긴 의자 위에서 살아간다. 원한다면 이쪽 방구석이나 저쪽 방구석에도 살 수 있고, 거미와 함께 서까래 위를 차지할 수도 있다. 그런 집은 바깥에서 문을 열고 한 발을 디디는 순간 이미 실내에 들어선 것이므로, 더는 예의를 차릴 필요가 없다. 지친 나그네가 더는 이리저리 헤매 다닐 필요 없이 그 자리에서 씻고 먹고 담소를 나누다가 잠들수 있다. 그런 집은 폭풍이 거세게 몰아치는 밤이라도 기쁘게 쉬어 갈 수 있는 곳이다. 살림살이에 필요한 것은 모두 갖추고 있으나, 그렇다고 신경 써서 챙겨야 할 만한 것은 하나도 없다. 집 안의 보물을 한눈에 볼 수 있고, 사용해야 할 물건은 모두 벽에 걸려 있다.

집은 부엌이자 식료품 저장고이며 응접실, 침실, 창고, 다락방을 모두 겸한다. 나무통이나 사다리 같은 살림에 반드시 필요한 물품이나 찬장 같은 편리한 가구도 보이고 냄비가 끓는 소리도 들린다. 저녁을 요리하는 불과 빵을 굽는 오븐에 경의를 표할 수도 있다. 그리고 필요한 가구와 가재도구는 집 안을 꾸미는 장식품이 된다. 그곳에서는 빨랫감을 내놓을 필요도 없고, 불씨를 꺼뜨릴 걱정도 없으며, 안주인이 성을 낼 일도 없다. 가끔은 요리하던 이가 지하실로 내려간다고 뚜껑 문 위에서 좀 비켜 달라고 부탁해 올지도 모르겠다. 그러면 당신은 발로 쿵쿵 울려 보지 않아도 바닥이 견고한지 비어 있는지 알 수 있을 터다.

집은 새 둥지처럼 열려 있고, 훤히 들여다보이기에, 앞문으로 들어가 뒷문으로 나가는 사이 안에 누가 살고 있는지 속속들이 볼 수 있다. 그곳에 손님으로 간다는 것은 집 안을 자유로이 돌아다닐 수 있는 자격을 부여받는 것이고, 집 안의 특정 구역에서 나머지 8분의 7에 해당하는 공간으로부터는 주의 깊게 배척

된 채 편히 쉬라는 말을 듣지 않아도 됨을, 다시 말해 외로이 갇혀 있지 않아도 됨을 의미한다.

요즘에는 집에 손님이 와도 주인이 자신의 난롯가를 내어 주지 않는다. 대신 석공을 불러 복도 어디쯤에 손님용 벽난로를 따로 설치한다. 그러니 환대라는 것이 손님을 집주인에게서 가능한 한 멀리 두는 기술을 의미하게 돼 버렸다. 음식에도 무슨 비밀이 그리 많은지, 마치 손님을 독살이라도 시키려는 듯 보이기까지 한다. 나는 지금까지 많은 사람의 사유지에 들어갔다. 물론 잘못하다가는 법적으로 퇴거 명령을 받을 수도 있다는 사실은 잘 안다. 어쨌거나 그렇게 많이 돌아다녀 봤음에도, 사람이 사는 집처럼 느껴지는 곳에 가 본 기억은 그리 많지 않다. 내가 위에서 언급한 집과 같은 곳에서 소박하게 살아가는 왕과 왕비가 있다면, 그리고 내가 마침 그쪽으로 지나갈 예정이라면, 입고 있는 낡은 옷차림 그대로 그들을 방문해 보고 싶다. 그러나 만에 하나라도 그들이 현대식 궁전에서 살아간다면, 어떻게 해서라도 뒷걸음질 쳐 그곳을 빠져나오려 애쓸 것이다.

가끔 나는 우리가 응접실에서 주고받는 말이 모든 활력을 잃고 아무 의미 없는 잡담으로 전락해 버린 듯한 기분이 든다. 우리의 삶은 어쩔 수 없이 말의 상징성에서 멀리 동떨어져 있고, 은유나 비유도 식기 운반기와 음식 승강기 같은 것에 실려 멀리로 보내진 듯하다. 그만큼 응접실이 부엌과 작업장에서 너무도 멀어져 버렸다는 것이다. 식사조차 그저 평범한 식사의 비유일 뿐이다. 마치 자연과 진리 가까이에 살면서 그곳에서 비유적인 표현을 빌릴 수 있는 사람은 이제 미개인밖에 없는 듯하다. 멀리 미국의 북서부 지역이나 아일랜드 해의 맨 섬에 사는 학자가 부엌에서는 어떤 대화가 적합한지 어찌 알겠는가?

그러나 내 손님 중에도 내 집에 머물며 속성으로 만든 푸딩을 함께 먹을 정도로 대담했던 이는 한둘에 불과했다. 그리고 그런 사람들조차도 위기가 닥쳐온다는 사실을 감지하기라도 했는지 마치 집의 기반이라도 흔들린다는 듯 서둘러 퇴각해 버렸다. 그럼에도 내 오두막은 수없이 많은 속성 푸딩을 해 먹는 동안에도 아무 탈 없이 버티고 서 있었다.

나는 혹한이 닥쳐오고 나서야 벽에 회반죽을 칠했는데, 그 목적으로 건너편 호숫가에서 희고 깨끗한 모래를 배에 실어 가져왔다. 이 수송 방법은 필요하기만 하다면 얼마든지 멀리까지라도 노를 저어 나아가게끔 나를 유혹했다.

그동안 오두막에는 사방으로 꼼꼼하게 널빤지가 둘러졌다. 윗가지를 붙일 때는 망치질 한 번이면 못이 제자리에 푹푹 박혀 기분이 그렇게 좋을 수가 없었다. 회반죽을 판자에서 벽으로 깔끔하고 빠르게 옮겨 바르는 것이 당시의 내 야망이었다. 그때 나는 잘난 체만 하고 돌아다니던 어떤 남자의 이야기가 떠올랐다. 그는 옷을 잘 차려 입고 마을을 이리저리 돌아다니며 일하는 사람들에게 조언을 한답시고 이런저런 참견을 하곤 했다. 어느 날 그가 입으로 떠들어 대던 바를 몸소 실천해 보여 준답시고, 소매를 걷어 붙이고는 회반죽 개어 놓은 흙받기를 집어 들었다. 그리고는 운 좋게 실수 없이 회반죽을 흙손에 얹은 후, 머리 위의 윗가지를 흐뭇한 표정으로 바라보더니 그쪽으로 크게 몸짓을 하며 팔을 뻗었다. 하지만 그 순간 망신스럽게도 흙손에 얹혀 있던 회반죽이 주름 장식이 달린 그의 셔츠 앞섶으로 모두 미끄러져 떨어졌다.

나는 추위를 효과적으로 차단하고 깔끔한 모양새로 마무리되는 회칠의 경제성과 편리함에 새삼 감탄했다. 일을 하는 동안에는 미장이가 저지르기 쉬운 여러 실수에 대해서도 배웠다. 또한 벽돌이 어찌나 건조한지 그 위에 회반죽을 올리고 고르게 매만지는 그 짧은 순간에도 습기를 몽땅 흡수해 버리는 통에, 새 벽난로를 기독교로 개종시키기 위해 세례를 베풀려면 나무통으로 여러 번 물을 떠 날라야 한다는 사실을 알게 되었을 때도 놀랍기 그지없었다.

이전 해 겨울 나는 강가에 나가서 민물 홍합의 껍데기를 태워 실험 삼아 석회를 만들어 본 적이 있었기에, 필요한 재료를 어디서 얻어야 할지 이미 알고 있었다. 원하기만 한다면 2~3킬로미터만 나가도 질 좋은 석회를 구할 수 있었고, 또 직접 구워 쓸 수도 있었다.

그동안 호수의 가장 그늘지고 얕은 만에는 살얼음이 얼기 시작했다. 이제 며칠, 혹은 몇 주만 있으면 호수 전체가 빙판이 될 터였다. 첫 얼음은 매우 단단하고 투명했는데, 얕은 곳에서는 호수 바닥을 살펴볼 수 있는 최고의 기회를 제공한다는 점에서 특히 흥미롭고 완벽했다. 마치 물 위에 떠 있는 소금쟁이처럼 겨우 2.5센티미터 두께에 불과한 얼음 위에 길게 몸을 뻗고 엎드리면, 10센티미터도 떨어지지 않은 호수 바닥을 유리 끼운 액자 속의 그림처럼 느긋하게 관찰할 수 있다. 그 시기쯤이면 물도 늘 잔잔하다.

　모래 바닥에는 몇몇 생물이 주변을 돌아다니다가 다시 그 길로 되돌아온 듯 보이는 고랑이 여러 개 파여 있다. 또 하얀 석영의 자그마한 알갱이로 된 날도래 유충의 허물도 잔해처럼 흩어져 있다. 허물의 일부가 고랑에 놓여 있는 것으로 보아 어쩌면 그 고랑을 파 놓은 것이 날도래 유충이 아닐까라는 생각도 든다. 하지만 그들이 만들기에는 고랑이 꽤 깊고 넓었다.

　그러나 무엇보다도 얼음 그 자체가 가장 흥미로운 관찰의 대상인데, 그것을 연구하려면 일찍 기회를 잡아야 한다. 물이 얼어붙은 직후 이른 아침에 얼음을 살펴보면, 처음에는 얼음 속에 갇힌 듯 보이던 대부분의 기포가 실은 그 아래 있을 뿐 아니라, 호수 바닥에서 계속 더 많은 기포가 올라오고 있음을 알게 된다. 이 시기에는 얼음이 비교적 단단하고 빛을 차단하기에 그것을 통해 물 밑을 볼 수 있다. 이 기포의 크기는 아주 미세한 것에서부터 직경 3밀리미터가 넘는 것까지 다양했으며, 매우 선명하고 아름다웠다. 따라서 얼음 아래 기포에 비치는 얼굴이 보일 정도였다. 2.5제곱센티미터당 약 서른 개에서 마흔 개 정도의 기포가 올라오고 있었고 얼음 속에도 길이 1.3센티미터 정도의, 위쪽에 정점이 있는 가느다란 원추형 기포가 수직으로 맺혀 있었다. 물이 결빙한 지 얼마 안 됐을 때는, 그 자그마한 원뿔형 기포가 염주처럼 줄줄이 매달려 있기도 했다. 그러나 얼음 속에 있는 기포는 그 아래 맺힌 기포만큼 선명하지도 많지도 않았다.

나는 때로 얼음이 얼마나 단단히 얼었는지 보려고 그 위에 돌멩이를 던져 보곤 했는데, 얼음을 뚫고 들어간 돌은 공기도 함께 끌고 들어갔기에 얼음 아래쪽에 크고 선명한 하얀색 거품을 형성해 놓곤 했다. 어느 날 내가 48시간이 지난 후 같은 장소에 가 보니, 얼음은 가장자리의 이음새에서 확연히 드러나는 대로 2.5센티미터 정도가 두터워졌지만, 돌이 만들어 놓은 커다란 기포는 여전히 완벽한 상태로 남아 있었다.

그런데 그 이틀 동안은 '인디언 여름'*이라도 맞은 듯 비교적 날씨가 따뜻했기에, 호수의 암녹색 물과 밑바닥까지 훤히 보여

* 가을에 맞이하는 늦더위나 겨울 문턱에 들어서기 전에 찾아오는 예상외의 따뜻한 날씨를 뜻한다.

주던 얼음은 그다지 투명하지도 않았고 오히려 희끄무레 흐려져 있었다. 두께는 두 배나 두꺼워졌음에도 이전만큼 단단하지도 않았다. 따뜻한 날씨 덕분에 얼음 아래 붙어 있는 기포가 팽창하면서 서로 들러붙어 규칙적인 모양새가 흐트러졌기 때문이었다. 이제 그것은 길게 일렬로 늘어선 염주 알이 아니라, 자루에서 쏟아져 나온 은화처럼 마구 겹쳐 있거나 좁은 틈새에 끼워져 있는 얇은 조각처럼 보였다. 이제 얼음의 아름다움은 사라져 버렸고, 바닥을 살펴보기도 너무 늦어 버렸다.

나는 새로운 얼음 속에서 내가 만들어 놓은 커다란 기포는 어떤 위치를 차지하고 있을지 궁금했다. 그래서 중간 크기의 기포가 들어가 있는 얼음을 깨서 뒤집어 보았다. 새로운 얼음은 그 기포의 주변과 아래쪽에 형성돼 있어서, 기포는 두 장의 얼음에 다 포함돼 있었다. 아래쪽 얼음에 완전히 다 들어가 있기는 했지만, 위쪽 얼음에도 바짝 붙어서 납작해져 있었다. 아니, 끄트머리가 둥그런 볼록한 렌즈 모양으로, 두께는 6~7밀리미터 정도에 직경은 10센티미터가 넘는 듯했다. 그런데 놀랍게도 기포 바로 아래쪽의 얼음은 뒤집어 놓은 접시 형태로 고르게 녹고 있었다. 얼음의 한가운데 부분은 두께가 1.5센티미터 정도 되었는데, 물과 기포 사이에는 두께 3밀리미터 정도의 얇은 얼음벽이 남아 있었다. 얼음벽에 남아 있던 작은 기포들은 거의 아래쪽으로 터져 있었다. 보아하니 직경이 30센티미터쯤 되는 가장 큰 기포 아래쪽에는 얼음이 전혀 얼지 않았던 것이다. 가만히 생각해 보니, 처음에 얼음 밑에서 보았던 그 무수히 많은 작은 기포들도 지금쯤은 마찬가지로 다 얼어 버렸을 테고, 그 각각의 기포가 그 각도에 따라 돋보기 같은 역할을 함으로써 아래에 있는 얼음을 녹여 없애 버린 게 아닐까 싶었다. 그러니 결과적으로 보면 기포들은 얼음을 깨서 쩍 소리가 나게 갈라놓는 공기총이라 할 수 있겠다.

마침내 진짜 겨울이 찾아왔다. 내가 막 회반죽 칠을 마친 직후였다. 바람도 마치 그때까지는 허락이 없어 불지 못했다는 듯, 보란 듯이 집 주변에서 울부짖기 시작했다. 밤마다 기러기 떼가 그 육중한 몸을 이끌고 요란한 울음을 울어 대며 날갯짓 소리와 함께 어둠속에서 날아왔다. 땅에 눈이 수북이 쌓인 뒤에도 찾아와서는 일부는 월든 호수에 내려앉고, 또 일부는 숲 위로 낮게 날아 페어헤이븐 쪽으로, 혹은 멕시코를 향해 날아갔다. 몇 번인가 내가 마을에 갔다가 밤 10시나 11시쯤 돌아왔을 때도, 오두막 뒤편 작은 연못가 숲속에서 먹이를 찾으러 나온 기러기 떼의 소리, 오리 떼의 낙엽 밟는 소리나, 서둘러 날아오르라고 재촉하는 우두머리의 꽥꽥 거리는 울음소리가 들려왔다.

1845년 12월 22일 밤, 월든 호수는 처음으로 전체가 꽁꽁 얼었다. 플린트 호수와 그 외의 몇몇 얕은 호수 그리고 콩코드강은 그보다 열흘 정도 일찍, 혹은 더 이른 시기에 얼어 있었다. 1846년에는 12월 16일, 1849년에는 12월 31일경, 1850년에는 12월 27일쯤, 1852년에는 1월 5일, 1853년에는 12월 31일에 월든은 완전히 얼어붙었다. 눈은 11월 25일부터 이미 수북이 쌓여, 주변을 겨울 풍경으로 바꾸어 버린 지 오래였다. 그러나 나는 점점 더 내 자신의 껍데기 속으로 파고들어 집 안에뿐 아니라 가슴속에도 활활 타오르는 불을 지피려 애를 쓰고 있었다. 이제 문밖에서의 활동은 숲에서 죽은 나뭇가지를 모아 손에 들거나 어깨에 짊어지고 오거나, 죽은 소나무를 양쪽 겨드랑이에 하나씩 끼고 헛간까지 질질 끌고 가는 일이 주를 이루었다. 이미 제 몫을 다한 숲의 낡은 울타리를 발견하는 일은 횡재나 다름없었다. 더는 '경계의 신' 테르미누스를 모시지 못하는 그 울타리를, 나는 '불의 신' 불카누스에게 가져다 바쳤다. 눈밭에서 사냥해 온, 아니, 훔쳐 온 땔감으로 조리한 저녁을 먹는 일은 그 얼마나 흥미진진하겠는가! 그의 빵과 고기는 달콤하리라.

마을에 있는 대부분의 숲에는 아직 불을 피울 만한데도 그냥 버려둔 삭정이나 못 쓰는 나무가 널려 있었는데, 어떤 이는 이런 것들이 오히려 어린 나무의 성장에 방해가 된다고 생각했다. 그 외에 호수에 떠다니는 유목도 있었다. 여름을 지나는 동안 나는 겉껍질이 붙은 리기다소나무를 통나무째 엮어 만든 뗏목 하나를 발견했다. 철도 공사를 하던 아일랜드 노동자들이 만든 것이었다. 나는 그것을 뭍으로 반쯤 끌어다 두었다. 그렇게 6개월간 육지에서 마르기는 했지만, 2년간 물에 잠겨 있던 탓에 더는 말릴 수 없을 정도로 물이 배인 상태였으나 모양새는 여전히 건재했다.

어느 겨울 날, 나는 엮인 통나무를 하나씩 풀어 800미터나 되는 호수를 가로질러 얼음 위로 미끄러지게끔 하는 작업을 즐겁게 시작했다. 길이 5미터가량 되는 통나무의 한쪽 끝을 어깨에 얹고 반대편 끝은 얼음 위에 닿게 한 후, 뒤에서부터 밀며 미끄러져 갔다. 또는 가느다란 자작나무 가지로 통나무 몇 개를 한데 묶은 뒤, 끝에 갈고리 모양 가지가 달린 더 긴 자작나무나 오리나무에 걸어 끌고 가기도 했다. 완전히 물을 먹어 납덩이처럼 무거웠음에도, 이 통나무들은 오랫동안 타올랐을 뿐 아니라 화력도 대단했다. 그래서 어쩌면 물에 잠겨 있었기 때문에 더 잘 타는지도 모르겠다는 생각이 들었다. 송진도 물에 담가 두면 램프 속에서 훨씬 오래 타오르지 않는가.

길핀*은 영국의 숲 경계 지역에 사는 사람들에 관한 자신의 글에서 다음과 같이 말했다.

---

* 윌리엄 길핀(William Gilpin),《숲의 풍경에 관하여(Remarks on Forest Scenery)》 중에서.(원주)

무단 침입자들이 숲의 경계 지역에 세우는 집과 울타리는
…… 옛 삼림법에서는 대단한 불법 행위로 간주되었고, 들짐
승을 위협하고 숲에 해를 가하는 등의 행위라 하여 '공유지
침해'라는 명목하에 엄중히 처벌되었다.

  그러나 나는 무단 거주자임에도 마치 워든 경*이라도 되는
듯이 사냥꾼이나 벌목꾼들보다도 동물과 그들이 사는 숲에 더
관심이 많았다. 아니 그것을 보존하는 데 관심이 많다. 간혹 숲
이 조금이라도 불타는 경우에(실은 나도 실수로 산불을 낸 적이
있기는 하지만), 나는 숲의 주인보다도 더 오래 슬퍼했으며, 더
많이 아파했다. 또한 숲의 주인이 직접 나무를 베어 낼 때도 통
탄에 마지않았다.
  나는 우리의 농부들이 숲을 벌목할 때는 부디 고대 로마인들
이 신성한 숲(루쿰 콘루카레)에 빛이 잘 들도록 나무를 베어 냈
을 때 느꼈던 경외감을 느낄 수 있기를 바라본다. 그 숲이 어떤
신에게 바쳐진 것이라 믿을 수 있기를 바란다. 로마인들은 속
죄의 제물**을 바치며 "이 숲을 다스리는 신이시여, 어떠한 신이
든 간에 나와 내 가족과 우리 아이들에게 은혜를 베풀어 주시

옵소서……"라고 기도드렸다.

이 새로운 시대, 새로운 나라에서도 여전히 나무에 황금보다 더 영원하고 보편적인 가치를 부여한다는 사실은 참으로 주목할 만한 일이다. 그 모든 발견과 발명에도 불구하고, 높이 쌓아 올린 목재 곁을 무심히 지나칠 인간은 없으리라. 우리의 앵글로색슨과 노르만 혈통의 조상들에게 그러했듯이 우리에게도 목재는 더 없이 소중하다. 만약 그들이 나무로 활을 만들었다면, 우리는 그것으로 총의 개머리판을 만든다. 지금으로부터 30여 년 전에 미쇼*는 뉴욕과 필라델피아에서 연료로 팔리는 장작의 가격이 "파리에서 파는 최상급 목재의 가격과 거의 같거나 오히려 비싸기까지 하다니 말이 되는가. 이 거대한 수도 파리는 매년 30만 코드** 이상의 장작을 소비하지만, 그 경계 500킬로미터 너머까지 경작지로 둘러싸여 있는 까닭에 나무 구하기가 쉽지도 않은데 말이다"라고 말했다.

우리 마을에서도 장작의 가격은 매년 꾸준히 오른다. 그러니 사람들의 관심사는 오르고 말고가 아니라 작년과 비교해 얼마나 더 올랐는가에 집중된다. 아무 볼일도 없이 숲에 드나드는 기계공이나 상인들은 보나마나 목재 경매에 참석하려는 사

---

* 프랑수아 앙드레 미쇼(Françcis André Michaux), 《앨러게니산맥 서쪽으로의 여행(Voyage à l'ouest des monts Alleghanys……》중에서.(원주)
** 장작을 쌓아 올리는 단위로, 1코드는 39제곱미터 정도 된다.

람들인데, 심지어 그들은 벌목꾼이 흘리고 간 나무 찌꺼기를 주워 모을 수 있는 권리도 높은 값을 지불하고 사들인다. 인간이 연료나 수공예품의 재료를 구하려고 숲에 드나들던 일은 이미 과거지사가 돼 버렸다. 뉴잉글랜드 사람과 뉴네덜란드 사람, 파리 사람과 켈트족, 농부와 로빈 후드, 구디 블레이크와 해리 길,* 그리고 세상 거의 모든 국가의 황태자, 소작인, 학자, 야만인 할 것 없이 모두가 몸을 데우려면 숲에서 가져온 몇 개의 장작이 필요하다. 나 역시도 그것 없이는 살아갈 수 없다.

사람이라면 누구나 쌓아 놓은 자신의 장작더미를 애정 어린 시선으로 바라본다. 나는 내 장작더미를 창문 밖에 쌓아 두기를 좋아하는데, 그 높이가 높을수록 즐겁게 일하던 순간이 더 잘 떠오른다. 누구 것인지는 모르지만 내게는 낡은 도끼 한 자루가 있었다. 겨울이면 가끔씩 그것을 들고 나가 콩밭에서 파내 가져다 놓은 나무 그루터기를 집 앞 양지바른 곳에서 놓고 장작으로 패곤 했다. 내가 쟁기질을 할 때 마차를 몰고 지나던 사람이 예언했듯이, 그때 파 놓은 그루터기가 나를 두 번이나 따뜻하게 해 주었다. 한 번은 도끼로 쪼갤 때였고, 또 한 번은 그것으로 불을 지필 때였는데, 사실 어떤 연료도 그보다 더 강한 열기를 내게 줄 수 없었을 터다. 도끼로 말하자면, 누군가가

* 19세기 영국 시인 윌리엄 워즈워스의 시에서 장작 때문에 싸우는 두 명의 등장인물이다.

조언하길 그것을 마을의 대장장이에게 가져가 날카롭게 손을 보는 것이 좋겠다고 했지만, 나는 그의 말을 거절하고 숲에서 가져온 호두나무로 자루에 쐐기를 박아 넣어 나름대로 손을 좀 보았다. 날이 무디기는 했지만, 적어도 자루는 튼튼히 박혀 있었다.

송진이 많이 묻은 소나무 장작은 몇 개만 있어도 보물을 얻은 것이나 마찬가지였다. 불길을 살찌우는 이러한 음식이 아직도 땅속에 얼마든지 감추어져 있다는 사실을 떠올릴 때 참으로 흥미롭지 않은가. 과거 몇 년 동안, 나는 종종 헐벗은 산기슭을 '탐사'하고 다녔다. 원래 리기다소나무 숲이 있던 곳이라 송진이 많이 묻은 소나무 뿌리를 파낼 수 있었기 때문이다. 그런 뿌리는 거의 썩지를 않았다. 적어도 삼사십 년은 묻혀 있었을 텐데도 그 심은 멀쩡했다. 껍질 바로 안쪽의 변재 부분은 썩어 부식토가 되어 버렸는데, 그것은 그루터기 중심에서 10 내지 15센티미터 떨어진 부분에 흙과 같은 높이로 고리 모양의 띠를 형성하고 있는 두툼한 껍질의 층을 봐도 알 수 있었다. 도끼와 삽으로 이 광맥을 탐색하다 보면, 땅속 깊은 곳에서 쇠기름처럼, 아니 금맥처럼 노란 골수 저장고를 만나게 된다.

그러나 보통 나는 눈이 내리기 전에 헛간에 비축해 둔 마른 나뭇잎을 이용해 불을 지폈다. 나무꾼들은 숲에서 야영할 때 주로 호두나무 생목을 가늘게 쪼개 불쏘시개로 이용한다. 가끔은 나도 그것을 조금씩 구해다 쓰기도 했다. 마을 사람들이 지평선 너머에서 불을 지필 때면, 나 역시 굴뚝으로 연기를 피워 월든 계곡에 거주하는 여러 야생 동물에게 내가 깨어나 있음을 알리곤 했다.

가벼운 날개 달린 연기여,
위로 솟아오르며 날개를 녹이는 이카로스의 새여,
노래하지 않는 종달새처럼, 새벽을 알리는 사자처럼,
그대의 둥지인 양 작은 마을 위를 맴도는구나.

혹은 사라지려 하는 꿈이런가, 치맛자락을 모으는
한밤의 환영이 빚어내는 어렴풋한 형상이런가.
밤에는 별을 가리고,
낮에는 빛을 그늘지게 하여 태양을 가리는구나.
그대 나의 향기여, 이 화로에서 피어올라
이 선명한 불꽃을 용서해 달라 신들에게 간구하여라.

그리 많이 사용하지는 않았지만, 갓 잘라 낸 단단한 생목은 그 어떤 장작보다 내 목적에 부합했다. 겨울날 오후 산책하러 나갈 때면, 나는 가끔 불이 그대로 활활 타도록 내버려 두었다. 그리고 서너 시간 후에 돌아와 보면, 불은 여전히 벌겋게 살아서 타고 있었다. 그러니 내가 나가 있어도 오두막은 비어 있는 것이 아니었다. 그것은 마치 성격 좋은 가정부를 집에 두고 나간 듯했다. 다시 말해, 내 집에는 나와 불이 함께 살고 있었다. 그리고 그 가정부는 참으로 믿음직했다.

그런데 어느 날 장작을 패다가 나는 불현듯 집 안에 불이라도 옮겨 붙지는 않았는지 창문으로 안을 엿보고 싶은 마음이 들었다. 특별히 화재에 신경이 쓰이기는 그때가 유일하지 않았나 싶다. 나는 안을 들여다보았고, 때마침 불꽃이 침상에 옮겨붙고 있었다. 나는 황급히 안으로 들어가 불을 끈 후 탄 자리를 보았다. 탄 자국은 손바닥 크기만 했다. 하지만 내 오두막은 별도 잘 들고 여간해서는 비바람도 들이치지 않는 데다가, 지붕도 낮아서 겨울에도 한낮에는 불을 피우지 않고 얼마든지 지낼 수 있었다.

어느 날 나는 두더지가 지하실에 보금자리를 마련하고 감자를 3분의 1이나 먹어 치운 것을 알게 됐다. 녀석은 회반죽을 칠하고 남겨 둔 털과 갈색 종이로 아늑한 침대까지 장만해 두고 있었다. 야생에서 사는 동물조차도 인간이나 마찬가지로 안락하고 따뜻한 잠자리를 바라는 것이었다. 그들은 참으로 신중하게 그런 것들을 구하려 애를 쓰기에 무사히 겨울을 지나 생존할 수 있는 것이다.

친구들 중에는 내가 일부러 얼어 죽으려고 산에 들어오기라도 한 것처럼 말을 하는 이가 있다. 동물들은 단지 비바람을 피할 수 있는 장소에 침상을 마련하고 자신의 체온으로 그것을 데운다. 한데 인간은 불을 발견함으로써 체온을 빼앗기는 대신 너른 집 안에 공기를 가두고 그곳을 데워 자신의 침대로 사용한다. 또한 그 안에서 인간은 성가신 옷을 벗어 버린 채 돌아다니고, 한겨울에도 여름 같은 기온을 유지하며 지낸다. 창문 덕에 빛까지 들어오고, 등불 덕에 낮을 연장할 수도 있다. 이런 식으로 인간은 본능을 한두 발 앞서 가서, 예술에 헌신한 시간을 마련한다.

예상치 못한 추위에 장시간 노출되면 내 온몸은 추위에 무감각해지기 시작했다. 하지만, 일단 따뜻한 집 안으로 들어가면 곧 회복이 되어 목숨을 연장할 수 있었다. 그러나 제아무리 호사스러운 집에 사는 사람도 이런 점에 있어서는 특별히 자랑할 만한 것이 없다. 그러니 우리도 인류가 결국에는 어떤 식으로 멸망하게 될지에 대해 추측하느라 골치 아파할 필요도 없다. 북쪽에서 조금만 더 매서운 바람이 불어오면 언제든 인간의 목숨줄은 쉽게 끊어져 버릴 테니 말이다. 우리는 과거 끔찍이도 추웠던 금요일이나 기록적인 폭설이 내렸던 날 등에 관해 종종 이야기를 하지만, 그런 날보다 약간만 더 춥거나 눈이 조금만 더 내려도 이 땅에서 인간의 삶은 종지부를 찍게 될지도 모른다.*

* 또 한 번의 빙하기가 뉴잉글랜드 문명에 닥쳐오리라는 소로의 생각은 최근 좀 더 강한 위협이 되고 있는 지구 온난화에 그 자리를 내주었다.(원주)

이듬해 겨울에는 장작을 아끼려고 작은 조리용 난로를 사용했다. 숲이 다 내 것은 아니지 않은가. 그런데 그것은 벽난로만큼 불이 오래가지 않았다. 그리하여 대부분의 경우 요리가 더는 시적인 활동이 되지 않았다. 그저 화학적인 과정에 다름 아니었다. 요즘과 같은 난로의 시대에는 인디언의 방식을 따라 재 속에 감자를 묻어 구워 먹던 일도 곧 잊히게 될 것이다. 난로는 자리를 많이 차지하기도 하거니와 집 안에 냄새도 남긴다. 그러면서도 불길은 눈앞에서 감추어 버리니, 나는 마치 친한 벗을 잃은 듯한 느낌이었다.

불길을 들여다보면 늘 어떤 얼굴을 볼 수 있다. 일꾼들은 밤이면 가만히 불길을 들여다보며, 낮 동안 머릿속에 쌓아 놓은 지저분한 찌꺼기와 속세의 때를 말끔히 정화한다. 그런데 이제 나는 가만히 앉아 불길을 들여다볼 수 없게 되었다. 그러자 한 시인의 적절한 표현이 새로운 힘을 얻어 머릿속에 떠올랐다.

밝게 타는 불꽃이여, 그대의 사랑스러운
삶을 비추는 친밀한 공감을 나는 결코 부인하지 않는다네.
내 희망이 아니라고 한다면, 무엇이 그처럼 밝게 하늘로 타오르겠는가?
내 운명이 아니라면, 무엇이 그처럼 한밤에 낮게 잠기겠는가?

모두에게 환영받고 사랑받던 그대가

왜 집 안의 화로와 복도에서 추방되어 버렸는가?

흐릿하기 그지없는 우리네 삶의 평범한 빛에 비해

그대의 존재가 너무도 화려했던가?

그대의 밝은 빛이 우리의 상냥한 영혼과

신비로운 대화를 나누지 않았던가?

대담한 비밀도 털어놓지 않았던가?

어쨌든 우리는 안전하고 강인하게 버티고 있다네.

희미한 그림자조차 흔들리지 않고

기쁨이나 슬픔을 주는 법도 없이

단지 손과 발을 따스하게 할 뿐.

더 큰 열망을 주지도 않는 화롯가에 앉아

그 작고 실용적인 물건 옆에는

현재가 자리 잡고 앉아 잠들기도 할 테지만,

어두운 과거에서 걸어 나와, 흔들리는 오래된 장작불 곁에서

우리와 함께 이야기 나누었던 유령을 두려워하는 일은 없으

리라.*

---

* 앨런 후퍼(Ellen Hooper), 잡지 《다이얼》 수록 시 중에서.(원주)

이전 거주민과 겨울 방문객

나는 몇 차례 즐거이 몰아치는 눈보라를 무사히 견뎌 냈다. 문밖에는 눈발이 거세게 휘몰아쳐 부엉이의 울음소리마저 잦아드는 동안에도 불가에 앉아 행복한 겨울 저녁 시간을 보냈다. 몇 주 동안은 숲으로 산책을 나가도 이따금씩 나무를 베서 썰매에 싣고 마을로 돌아가는 사람 외에는 만나 볼 수가 없었다. 하지만 자연은 나를 꾀어 숲속 가장 깊게 눈이 쌓인 곳으로 작은 오솔길을 만들도록 이끌었다. 일단 내가 한 번 밟고 지난 길에는 바람이 떡갈나무 잎을 떨어뜨려 놓았고, 잎은 떨어진 자리에서 태양빛을 흡수해 쌓인 눈을 녹였다. 그러면 발 딛기에 좋은 마른 바닥이 생겨났고, 밤에는 잎들이 검은 선을 이루어 길잡이도 되어 주었다.

사람들과의 교재 대신, 나는 전에 이 숲에 살았던 사람들을 떠올려 봐야 했다. 마을 사람들의 기억에 따르면, 현재 내 오두막이 서 있는 근처를 지나는 길에서는 사람들의 웃음소리나 한담을 나누는 소리가 많이 들려왔고, 오두막과 경계를 이루는 숲에는 여기저기 그들의 작은 텃밭과 집이 자리해 있었다고 한다. 그리고 길은 지금보다 훨씬 울창한 숲에 가려져 있었다. 내 기억으로도 어떤 곳을 지날 때는 소나무가 마차 양편을 스칠 정도로 가까이 서 있었다. 그래서 어쩔 수 없이 홀로 이 길을 걸어 링컨까지 가야 하는 여자와 아이들은 지레 겁을 먹고 꽤 먼 거리를 냅다 달려서 빠져 나가곤 했다.

　비록 이 길이 주로 근처 마을로 나가는 데 편리하거나 가축이 끄는 수레를 나무꾼이 끌고 다니기에 적당한 하찮은 길에 불과하기는 했어도, 지금보다 훨씬 다채로운 모습을 하고 있었기에 지나는 이의 눈을 즐겁게 하여 오래도록 기억에 남도록 했다고 한다. 지금은 마을에서 숲까지 흙을 다져 놓은 너른 밭이 펼쳐져 있지만, 그 당시에는 담갈색 습지 위에 통나무를 깔아 놓은 길이 가로지르고 있었다. 의심할 여지없이, 그때 그 길의 흔적은 지금은 구빈원이 된 스트래튼 농장에서 브리스터 언덕까지 이어지는 현재의 먼지 자욱한 대로 밑에 깔려 있을 것이다.

　그 길 건너편 내 콩밭의 동쪽에는 콩코드 마을의 신사였던 향사 던컨 잉그램의 노예, 카토 잉그러햄이 살고 있었다. 덩컨 잉그러햄은 이 노예에게 집을 지어 주고 월든 숲에서 살 수 있도록 허락했다. 여기서 카토라 함은 고대 로마의 정치가 카토 '우티첸시스'가 아니라, '콩코디엔시스', 즉 콩코드의 카토를 말한다. 어떤 이는 그가 기니 출신의 흑인이라 말하기도 했다. 밤나무 사이에 있던 그의 작은 밭을 기억하는 사람도 있었다. 밤나무는 훗날 필요하게 될지도 모른다고 그가 늘그막까지 기르던 것이었지만, 결국에는 그보다 젊은 어느 백인 투기꾼의 손에 넘어가고 말았다. 카토의 반쯤 무너져 버린 지하실도 아직 남아 있기는 하지만, 소나무 숲에 둘러싸여 행인들의 시선에서 감추어져 있는 탓에 아는 사람이 많지 않다. 게다가 지금은 그 안에 옻나무 관목(Rhus glabra)이 빼곡히 자라고 있고, 메역취 중에서도 가장 일찍 꽃을 피우는 종(Solidago stricta)이 무성히 자라난다.

여기, 그러니까 내 콩밭 한쪽 모퉁이, 그나마 마을과 가장 가까운 쪽에는 질파라는 유색인종 여인의 작은 집이 있었다. 그녀는 마을에 내다 팔기 위해 물레로 아마실을 자으며 큰 소리로 노래를 불렀는데, 워낙에 목청이 우렁차고 쩌렁쩌렁해 월든 숲 전체가 울릴 정도였다. 그런데 1812년 전쟁 중에 그녀가 잠깐 집을 비운 사이 조건부로 풀려난 영국군 포로들이 그녀의 집에 불을 질렀다. 그 일로 집에서 기르던 고양이와 개는 물론 닭까지도 모두 불에 타 버렸다.

그녀는 참으로 힘겨운 삶을 살았고, 정신도 온전치 못한 듯했다. 자주 월든 숲에 드나들곤 했던 마을 사람 하나는 어느 날 정오쯤 그 집 앞을 지나칠 때, 그녀가 부글부글 끓고 있는 솥을 앞에 두고 "넌 뼈밖에 없구나, 뼈밖에 없어"라고 중얼거리는 소리를 들었다고 했다. 지금은 그 근처 떡갈나무 잡목 숲에 가면 벽돌 몇 장밖에는 찾아볼 수가 없다.

예전에는 길을 따라 내려가다 보면, 오른쪽 브리스터 언덕 위에 한때 마을의 대지주였던 커밍스 씨의 노예였던 '흑인 손재주꾼' 브리스터 프리먼이 살고 있었다. 지금도 그곳에는 브리스터가 심고 가꾸었던 사과나무들이 그대로 남아 있는데, 이제는 커다란 노목이 되었음에도, 그 열매는 여전히 야생의 싱그러움을 그대로 간직하고 있었다.

얼마 전 나는 링컨 마을에 있는 오래된 묘지에서 그의 묘비명을 읽을 수 있었다. 콩코드에서 퇴각해 가다 쓰러진 영국 근위병들의 이름 없는 무덤 곁 한쪽 구석의 작은 공간을 차지하고 있는 그의 무덤에는 "시피오 브리스터, 유색인"이라고 적혀 있었다. 그를 '스키피오 아프리카누스'*라고 부른 데야 충분히

---

* "아프리카 출신의 시피오"라는 뜻으로, 북아프리카의 카르타고를 정복한 공적으로 '아프리카누스'라는 성을 얻었던 로마의 장군 스키피오 아프리카누스를 염두에 두고 적은 표현이다.

그럴 만한 이유가 있었을 테지만, '유색인'이라 덧붙여 놓으니
마치 그가 탈색이라도 되어 버린 듯한 느낌이 들었다.

또한 묘비에는 그의 사망 연월일이 매우 강조되어 적혀 있었
으나, 그것은 단지 그도 한때는 이 세상에 살았던 사람임을 간
접적으로 알려 주는 정보에 지나지 않았다. 그는 펜다라는 성
격 좋은 아내와 함께 살았다. 기분 좋게 사람들의 운세를 봐 주
곤 하던 그녀의 얼굴은 크고 둥글었으며 그 어떤 밤의 아이들
보다도 더 새까맸다. 그처럼 까만 달덩이는 그녀 이전은 물론
이고 그 이후에도 콩코드의 하늘에 떠오른 적이 없다.

언덕 아래로 더 내려가다 보면 왼편 숲속의 오래된 길가에
스트래튼 가족의 농가가 서 있던 흔적이 남아 있다. 그들의 과
수원은 한때 브리스터 언덕 기슭을 온통 차지하고 있었지만,
지금은 리기다소나무가 무성해진 탓에 단지 몇 개의 그루터기
만 남고 다 사라져 버렸다. 하지만 그루터기의 오래된 뿌리는
지금도 마을에서 무성히 자라는 많은 나무의 천연 묘목이 되어
주고 있다.

그곳에서 마을로 좀 더 가까이 다가가면 브리드의 집터와 마
주치게 된다. 길 반대편, 숲의 끄트머리에 있는 그 장소는 신화
속에 그 이름이 정확히 언급되지 않은 어느 악마의 짓궂은 장
난으로 유명한 곳이다. 그 악마는 이곳 뉴잉글랜드 사람들의
삶 속에서 매우 두드러지고 놀랄 만한 말썽을 부리고 다녔기

에, 언젠가는 그의 전기문이 나와도 좋을 정도로 신화 속의 인물만큼이나 대단한 명성을 누릴 만한 자격이 있다 하겠다. 친구나 일꾼의 모습을 가장하고 나타나서 집 안의 물건을 모두 강탈하고 가족까지도 모두 살해해 버리는 그의 이름은 바로 뉴잉글랜드산 럼주다.

그러나 이곳에서 일어났던 비극의 역사를 이야기하기에는 아직 시기가 이르다. 어느 정도 시간이 흐르게 하자. 비통함이 누그러져 비극이 하늘색으로 물들 때까지 기다리도록 하자. 진위를 확인할 수 없어 미심쩍은 어느 전설에 따르면, 그 장소에는 선술집 하나가 자리해 있었다고 한다. 나그네가 목을 축이고 말에게 물을 먹이던 우물은 아직 그대로 남아 있다. 그곳에서 사람들은 서로 인사를 나누고 이런저런 소식을 주고받은 후 다시 서로의 갈 길로 나아갔다.

브리드의 오두막은 겨우 12년쯤 전만 해도 그대로 서 있었다. 물론 사람이 살지 않은 지는 그보다 훨씬 오래전이다. 내 오두막과 거의 같은 크기였다. 기억하기로는 어느 선거일 밤에 동네 악동들이 그 오두막에 불을 질렀다. 겨울철 당시 나는 마을 끄트머리에 살고 있었고, 윌리엄 대버넌트의《곤디버트(Gondibert)》*에 흠뻑 빠져 살았다. 기면증으로 고생하던 겨울

---

* 윌리엄 대버넌트(William Davenant), 《곤디버트: 영웅시(Gondibert: An Heroick Poem)》 중에서.(원주)

철이기도 했는데, 수염을 깎다가도 잠에 빠져 버리고, 일요일에 지하실에서 감자 싹이라도 제거하고 있어야지 안 그랬다가는 안식일을 뜬눈으로 지새울 수도 없는 삼촌이 한 분 계셨기에, 그 병이 유전은 아닌지 고민이 되었다. 혹은 내가 차머스가 편집한 영국 시선집*을 하나도 건너뛰지 않고 샅샅이 읽으려고 애를 써서 그랬을지도 모르는 일이었다. 어쨌든 당시 그 병은 내 신경에 상당히 거슬렸다.

내가 그 시선집에 막 고개를 묻으려던 순간 화제를 알리는 종소리가 울리더니, 일단의 남자와 소년들이 우르르 몰려갔고 그 뒤로는 소방차 몇 대가 허둥지둥 쫓아가고 있었다. 나는 얼른 작은 개울을 뛰어넘어 선두 그룹으로 들어갔다. 우리는 숲을 지나 훨씬 남쪽에 있는 헛간이나 상점이나 집, 혹은 마을 전체가 불타고 있다고 생각했다. 전에도 그쪽에 몇 번 화재가 났었기 때문이다. 그때 누군가 "베이커네 헛간이야"라고 소리 질렀다. 그러자 다른 사람이 "아니, 코드먼의 집이야"라고 주장했다. 그리고 그때 불길에 지붕이 내려앉은 모양인지 숲 위쪽으로 새로운 불길이 솟아올랐다. 우리는 일제히 "콩코드여, 구해 주러 갑시다!"라고 소리 질렀다.

---

* 알렉산더 차머스(Alexander Chalmers), 《초서에서 쿠퍼까지 영국 시인의 작품 모음(The Works of the English Poets from Chaucer to Cowper)》중에서.(원주)

사람을 가득 태운 마차 몇 대가 맹렬한 속도로 우리 곁을 질주해 지나갔다. 아마도 승객들 중에는 보험회사 직원도 끼어 있었을 것이다. 그 사람들은 아무리 먼 길이라도 반드시 가서 살펴봐야 하니 말이다. 뒤쪽에서는 소방차의 종소리가 느리지만 확실하게 처음부터 계속 울리고 있었다. 그리고 맨 뒤쪽에는, 사람들이 나중에 쑥덕거렸던 소문에 따르자면, 불을 지르고 경종을 울린 악동 무리가 다가오는 중이었다.

　그리하여 우리는 참된 이상주의자들처럼 감각이 일러 주는 증거를 거부한 채 무작정 화재 현장으로 계속 달려갔다. 길모퉁이에 다다랐을 때, 불꽃이 탁탁 튀는 소리가 들렸고 담 너머로 실제 불의 열기가 느껴졌다. 그제야 우리는 현장에 도착했음을 깨달았다. 불길 바로 앞에 서자 비로소 사람들은 흥분을 가라앉혔다. 처음에 우리는 개구리 연못의 물을 퍼다 부을까 생각했다. 그러다가 이미 너무 많이 타 버려서 그럴 만한 가치가 없다고 결론 내리고 그냥 다 타 버리도록 내버려 두기로 했다.

　우리는 소방차를 빙 둘러서서 서로 어깨를 밀쳐 대며 전성관*에 대고 자신의 감정을 큰 소리로 표현하기도 하고, 낮은 목소리로 배스컴 상점 화재 같은, 세상이 목격했던 더 큰 화재에 대해 의견을 주고받기도 했다. 우리가 소방 수레를 끌고 제때 도

* 오늘날의 확성기 비슷한 모양으로 목소리를 멀리까지 도달하게 하는 용도로 사용한 장치다.

착하기만 했어도, 근처 개구리 연못에 물만 가득 차 있었어도, 이 위협적인 최후의 화재를 또 하나의 홍수로 바꾸어 놓았을지도 모른다고 우리끼리 소곤거리기도 했다.

마침내 우리는 아무런 나쁜 짓도 저지르지 않고, 각자의 잠자리나 《곤디버트》로 돌아갔다. 한데 《곤디버트》에 관해 말이 나왔으니 말이지만, 서문에서 기지가 영혼의 화약이니 어쩌니 하는 부분에서 "그러나 인디언들이 화약을 모르듯이 인간도 대부분 기지가 무엇인지 모른다"라고 주장하는 문장은 빼 버리는 게 낫지 않았을까 하는 생각이 들었다.

그다음 날 거의 같은 시간에 나는 우연찮게도 들판 건너편에 있는 그 길을 걸어가다가 집이 불탄 자리에서 낮은 신음 소리가 나는 것을 듣고 어둠 속에서 가까이 다가가 보았다. 거기에는 내가 알기로 그 집 안의 유일한 생존자이자, 집 안의 악덕과 미덕 모두를 물려받고 그 화재와 유일하게 이해관계가 있는 후손 하나가 배를 깔고 바닥에 엎드려 그때까지도 연기를 피우는 잿더미 아래 지하실 벽 너머를 바라보며 늘 하던 버릇대로 혼잣말을 중얼거리고 있었다. 그는 온종일 멀리 떨어져 있는 강가 목초지에서 일을 하고 있었는데, 첫 자유 시간을 얻자마자 조상들의 집이자 자신이 어린 시절을 보냈던 집을 찾아왔던 것이다.

그는 엎드린 채로 이쪽저쪽 몸을 움직여 가며 사방으로 지하실을 들여다보았다. 마치 자신이 그곳 돌 틈 사이 어딘가 보물을 숨겨 놓았던 것을 기억해 내기라도 한 듯했지만, 그 안에는 벽돌과 잿더미 외에는 아무것도 없었다. 집은 다 불타 버리고 없었기에 잔해만 바라볼 뿐이었다. 그는 내가 거기 서 있다는 사실에서 암시되는 동정심에 위안을 받은 듯했다. 그래서인지 어둠이 허락하는 한도 내에서 우물이 감춰져 있는 곳을 가르쳐 주었다. 다행스럽게도 우물이란 불에 탈 수 없는 것 아니던가. 그가 한참 동안 벽을 더듬더니 자기 아버지가 직접 깎아서 설치해 놓은 방아두레박을 찾아냈다. 그리고는 한쪽 끝을 묵직하게 만들기 위해 무거운 돌을 단단히 고정시켜 놓은 쇠갈고리인지 꺽쇠인지 하는 것을 더듬어 찾아내서는 그것이 흔히 볼 수 있는 평범한 '연결 도구'가 아니라는 사실을 내게 납득시키려 애썼다. 어쨌거나 이제 그 갈고리가 그가 매달릴 수 있는 모든 것이었다. 나는 그것을 만져 보았다. 그리고 지금도 산책하러 나갈 때마다 거의 매일 그것을 바라본다. 그것에 한 집안의 역사가 매달려 있다는 느낌을 지울 수 없기 때문이었다. 그곳에서 좀 더 왼쪽으로 아까의 우물과 그 담벼락 옆으로 라일락 관목이 보이는, 지금은 탁 트인 공터로 변한 곳에는 한때 너팅과 레그로세가 살았다. 그렇지만 이제는 다시 링컨 마을로 돌아가 보자.

앞서 언급한 집들이 있던 장소보다 훨씬 더 깊은 숲속에는 와이먼이라는 옹기장이가 무단으로 정착해 살고 있었다. 그곳은 호수에 가장 가깝게 접근하는 길목이었다. 그는 도기를 만들어 마을에 내다 팔았고, 그 일을 자식들에게도 물려주었다. 물질적으로 풍족하지도 않았고, 그들이 사는 동안에는 땅 주인도 그저 묵인해 주고 있었다. 가끔은 보안관이 세금을 걷으러 가기도 했지만, 형식적으로만 "나뭇조각을 압류함"이라고 적어 넣고는 허탕만 치고 돌아갔다. 나중에 내가 보안관의 보고서에서 읽었듯이 차압할 물건이라고는 하나도 없었기 때문이다.

어느 한여름에 괭이질을 하고 있자니, 시장에 내다 팔 도기를 수레에 한가득 싣고 가던 한 남자가 내 밭 옆에 말을 세우고는 젊은 와이먼이 어떻게 지내는지 물었다. 오래전 그에게서 도기 굽는 물레를 사 갔기에 그의 안부가 궁금했던 모양이었다. 나는 성서에서 옹기장이의 점토와 물레에 관해 읽은 적이 있기는 했다. 그럼에도 우리가 보통 사용하는 도기가 성서의 시대부터 끊이지 않고 전해진 것이라는 생각은 해 본 적이 없었다. 아니, 그것이 마치 조롱박처럼 나무에서 열리는 것으로 간주했다. 그래서 내 이웃에서도 도예라는 예술이 행해진 적이 있었다는 이야기를 들으니 참으로 기쁜 마음이 들었다.

내가 이주해 오기 전에 이 숲에 살았던 마지막 거주민은 아일랜드 사람인 휴 코일(내가 그의 이름 철자를 충분히 'coil'처럼 보이게 적었는지 모르겠다)이었다.* 그는 와이먼이 살던 집에 세

들어 살았던 사람으로 흔히들 '코일 대령'이라 부르곤 했다. 소문에 의하면 워털루 전쟁에 참가했던 군인이었다고 한다. 만약 그가 지금까지 살아 있다면, 나는 그에게 전투에서 싸우던 모습을 재현해 보라고 했을 것이다.

그는 마을에서 도랑 파는 일을 해서 먹고살았다. 워털루에서 패한 후, 나폴레옹은 세인트헬레나섬으로 유배되었고, 코일은 월든 숲에 유배된 것만 같았다. 내가 그에 관해 아는 사실은 하나같이 비극적인 일뿐이었다. 그는 마치 세상사를 다 겪어 본 사람처럼 예의 발랐고, 말도 가만히 듣고 있기 거북할 정도로 격식을 차려 했다. 또한 진전 섬망증을 앓아 늘 몸을 덜덜 떨었기에 한여름에도 커다란 외투로 몸을 감싸고 다녔으며, 얼굴은 늘 시뻘겋게 달아올라 있었다. 그는 내가 월든 숲으로 들어온 지 얼마 되지 않았을 때, 브리스터 언덕 기슭에서 객사했기에 이웃으로 지내던 시절에 관해 추억할 만한 거리는 별로 없다.

코일의 동료들은 그의 집을 '불운의 성'이라 부르며 피해 다녔는데, 나는 그곳이 헐리기 전에 찾아가 본 적이 있었다. 판자를 대서 높여 놓은 침대 위에는 그가 입었던 옷이 돌돌 말린 채 놓여 있어서 마치 그가 누워 있는 듯 보이기도 했다. 벽난로 위

---

* 휴 코일의 이름 철자는 원래 'Coyle'이었으나, 소로는 'coil(돌돌 말다)'의 고어 형태인 'Quoil'로 적고 있다. 이름을 들었을 때 연상되는 철자가 'coil'임을 강조하고자 함인 듯하다.

에는 그의 담배 파이프가 부러진 채 놓여 있었지만, "샘 옆에서 깨진 항아리"* 같은 것은 없었다. 있었다 치더라도 그것이 그의 죽음을 상징하지는 않았을 터다. 그는 브리스터 언덕에 있는 샘에 대해 들어본 적은 있으나 그곳에 가 본 적은 없다고 내게 털어놓은 일이 있었기 때문이다.** 방바닥에는 다이아몬드, 스페이드, 하트 등 지저분한 카드 몇 장이 흩어져 있었다.

마을의 행정관리도 잡을 수 없었던, 밤처럼 까맣고 울지도 않는, 심지어 구구거리지도 않는 닭 한 마리가 레이너드***라도 기다리는지 보금자리를 마련해 놓은 옆방으로 들어갔다. 집 뒤편으로는 텃밭의 윤곽이 흐리게 보였다. 씨앗은 뿌린 듯한데, 진전 섬망증 때문에 발작이 심해 그랬는지, 이미 수확할 때가 됐음에도 괭이질 한 번 하지 않은 듯했다. 쑥과 도깨비바늘만 무성했는데, 도깨비바늘 홀씨는 내 옷에 잔뜩 들러붙기까지 했다. 집 뒷벽에는 우드척 가죽이 펼쳐져 있었다. 아마도 그가 마지막 워털루 전투에서 가져온 전리품인 듯했으나, 이제 그에게는 따뜻한 모자도 장갑도 필요치 않으리라.

땅에 묻힌 지하 저장고의 돌덩이와 양지바른 초지에서 자라는 딸기, 라즈베리, 나무딸기, 개암나무 관목, 옻나무 등과 함께

---

* 전도서 12장 6절의 내용이다.
** 코일이 브리스터 언덕에서 객사한 사실을 염두에 두고 적은 말이다.
*** 우화 속에 자주 등장하는, 약삭빠른 여우를 뜻한다.

지면에 움푹 파인 자국만이 이곳에 집이 있었다는 사실을 알려 줄 뿐이었다. 굴뚝이 있던 자리는 리기다소나무인지 옹이 진 떡갈나무인지 구분이 안 가는 나무가 자리를 차지하고 있었고, 달콤한 향기가 나는 검은 자작나무는 문 앞 섬돌의 위치로 짐작되는 부분에서 바람에 흔들렸다.

가끔은 우물의 흔적이 눈에 띄기도 했는데, 한때는 샘이 흘러나오던 곳이었겠지만, 지금은 말라서 눈물 한 방울 흘리지 않는 풀만 무성했다. 어쩌면 마지막 거주자가 떠나면서 훗날 다시 찾아낼 작정으로 평평한 돌을 덮어 잔디 속 깊숙이 묻어 버렸는지도 모를 일이다. 하지만 이 얼마나 슬프기 그지없는 일인가, 우물을 덮어 버리다니! 그것은 눈물의 샘을 열어 놓는 것과 매한가지였을 터다.

이 버려진 여우 굴과도 같은 지하 저장고의 흔적이 한때 부대끼며 살아갔던 인간이 남겨 놓은 유일한 흔적이었다. 이곳에서 그들은 어떤 형식, 어떤 언어로든 '운명과 자유의사와 절대 예지'*에 대해 토론했으리라. 하지만 그들이 도달한 결론에 대해 내가 알 수 있는 것이라고는 단지 "카토와 브리스터가 속인 거야" 정도지만, 그것은 유명한 철학 학파의 역사만큼이나 유익한 내용이라 하겠다.

---

* 존 밀턴(John Milton), 《실낙원(Paradise Lost)》, 2. 560.(원주)

문짝과 상인방과 문턱이 없어져 버린 지 한 세대가 지났음에도, 라일락은 여전히 기운차게 자라 봄마다 그 향기로운 꽃봉오리를 터뜨려서 생각에 잠겨 지나는 나그네의 손이 절로 꽃을 꺾어 들게 만든다. 예전에 아이들이 앞마당에 심어 소중히 돌보았던 그 나무가 이제는 외딴 목초지 담벼락 옆에 서서 새로이 커져 가는 숲에 그 자리를 내어 주려 하고 있었다. 라일락이야말로 그 일가의 마지막 생존자, 마지막 혈통일 터다. 그런데 가무잡잡한 그 집 아이들이 짐작이나 했겠는가. 집의 응달진 곳에 심어 매일 물을 주었던, 싹눈이 두 개밖에 붙어 있지 않던 그 작고 연약한 가지가 마침내 대지에 뿌리를 내리더니, 뒤쪽에서 그늘을 드리우던 집보다도, 텃밭과 과수원보다도 오래 살아남아서 아이들이 나이를 먹어 세상을 떠난 반세기 후에도 그것이 맞이했던 첫 번째 봄에 그랬듯이 아름다운 꽃을 피우고 달콤한 향기를 전하며 외로운 방랑자에게 그들의 이야기를 어렴풋이 전하게 될 줄 상상이나 했었겠는가. 나는 여전히 상냥하고 기품 있고 화사한 라일락의 색조에 다시금 눈길을 던진다.

그런데 콩코드 마을은 지금도 그 자리를 굳건히 지키고 있건만, 더 크게 성장해 나갈 귀한 싹을 품고 있던 이 작은 마을은 어찌하여 끝내 사라져 버리고 말았을까? 자연이 주는 이점, 특히 물이 주는 혜택을 이용할 수 없어 그랬을까? 아, 깊은 월든 호수와 차가운 브리스터 샘이 있어 오랫동안 건강히 마실 물의 특혜를 베풀어 주었음에도, 그들은 그 물을 오직 술잔을 희석하는 데 말고는 제대로 이용할 줄 몰랐다. 그저 술꾼에 지나지 않았을 뿐이다. 바구니와 돗자리를 짜고 마구간용 빗자루를 만들고, 옥수수를 말리고 아마실을 잣고 옹기를 구우며 황무지를 장미처럼 꽃피워 번성해 갈 수는 없었을까? 그리하여 수많은 후손이 조상의 땅을 물려받게 할 수는 없었을까? 땅이 척박하니 적어도 저지대처럼 타락한 삶을 살아가지는 않아도 됐을 터인데. 안타깝게도 일찍이 이곳에 살았던 주민들의 추억은 이 아름다운 경치를 더욱 돋보이게 하는 역할은 하지 못한다. 어쩌면 자연은 나를 이곳 최초의 입주자로, 그리고 지난봄에 지은 내 오두막은 이 마을에서 가장 오래된 집으로 간주하려 하는지도 모르겠다.

내 집이 서 있는 자리에 과거 어느 시점이라도 다른 사람의 집이 세워졌던 일이 있는지 나는 알지 못한다. 그러나 고대의 도시가 있던 자리에 다시 터전을 잡은 도시에서는 살고 싶지 않다. 그런 도시의 건축자재는 폐허일 테고, 텃밭은 묘지일 테니 말이다. 그곳의 토양은 뿌옇게 탈색되어 저주받을 테지만, 그러한 일이 벌어지기도 전에 지구는 멸망하고 말 것이다. 이렇게 과거를 회상하며, 나는 숲에 다시 사람이 살게 했고, 스스로를 달래 잠들도록 했다.

이런 계절에는 방문객이 거의 없었다. 눈이 깊이 쌓였을 때는 한두 주 정도 오두막 부근에는 사람 그림자도 찾아볼 수 없었다. 그러니 나는 집 안에서 들판의 쥐만큼이나, 혹은 눈 더미에 파묻혀서 아무것도 먹지 못한 채 오랫동안 견뎌 마침내 살아났다는 소나 닭만큼이나 아늑하게 지냈다. 서른 마을 최초의 정착민 일가도 나와 사정이 다르지 않았는데, 그들은 1717년 집안의 가장이 외출해 있는 동안 대폭설로 오두막이 완전히 눈에 파묻혀 버렸으나, 굴뚝에서 피어오른 연기가 쌓여 있던 눈에 구멍을 만들어 준 덕분에 한 인디언에게 발견되어 목숨을 구할 수 있었다고 한다. 그러나 내 경우에는 신경 써 주는 친절한 인디언은 없었다. 물론 그럴 필요도 없었다. 집주인이 멀쩡히 잘 지내고 있지 않은가.

대폭설이라! 듣기만 해도 얼마나 신이 나는가! 그런 때는 농부들이 가축을 이끌고 숲이나 늪지에 갈 수 없기에 집 앞에서 그늘이 되어 주던 나무를 베어 써야만 했다. 눈이 얼어붙어 단단해지면 늪지에 있는 나무를 베어 냈는데, 이듬해 봄에 눈이 녹은 후에 가서 보면 나무는 지면에서 자그마치 3미터나 올라간 부분에서 잘려 나가고 없었다.

눈이 깊이 쌓이면, 내가 큰길에서 오두막까지 들어가는 데 이용하곤 했던 400미터 정도 되는 오솔길에는 내 발자국이 넓은 간격을 두고 점점이 찍혀 구불구불한 선을 이루곤 했다. 한

주 정도 날씨가 좋을 때면, 나는 일부러 이미 패여 있는 내 발자국을 그대로 밟으며 길을 오갔다. 같은 걸음 수와 보폭으로, 컴퍼스로 잰 듯이 정확하게 걸었다. 겨울이라는 계절이 간혹 이런 식의 단조로운 행동을 하도록 우리를 몰아가는 경향이 있다. 어쨌든 그 발자국 속에는 푸른 하늘이 가득 담기곤 했다.

그러나 어떤 치명적인 날씨도 내 산책, 혹은 외출을 막을 수는 없었다. 나는 오랜 친구인 너도밤나무, 자작나무, 소나무와의 약속을 지키기 위해 깊은 눈밭을 헤치고 12 내지 16킬로미터의 거리도 마다치 않고 걸어가곤 했다. 이런 날이면 얼음과 눈의 무게 때문에 나뭇가지는 척척 늘어지고, 나무 꼭대기는 뾰족해져서 소나무가 전나무처럼 보였다. 눈이 거의 60센티미터 깊이는 될 법하게 쌓인 높은 언덕 꼭대기를 힘겹게 오를 때면, 걸음을 내딛을 때마다 머리 위에 쌓여 가는 눈보라를 털어내야 했다. 손과 무릎으로 거의 기다시피 엉금엉금 오르다가 눈 속에 나뒹구는 일도 있었다. 그런 날이면 사냥꾼도 월동 장소에 들어 나다니지 않았다.

어느 날은 아메리카 올빼미(Strix nebulosa) 한 마리가 백주 대낮에 스트로브잣나무의 아래쪽 죽은 가지 위에서 줄기 쪽 가까이 앉아 있는 것을 지켜보며 즐거운 오후 한때를 보내기도 했다. 내가 서 있는 곳에서 올빼미까지의 거리는 채 5미터가 되지 않았다. 내가 움직였을 때 발에서 뽀드득 소리가 나자, 녀석은 그 소리가 들리는 모양이었다. 그러나 확실히 내 모습은 볼 수 없는 듯했다. 내가 좀 더 시끄럽게 굴자, 목을 길게 뽑고는 목 뒤의 깃털을 곤추세우면서 눈을 활짝 떴다. 그러나 머지않아 눈꺼풀이 다시 내리덮였다.

30분쯤 올빼미의 모습을 지켜보고 있자니 졸음이 쏟아졌다. 녀석은 마치 고양이처럼 눈을 반쯤 뜨고 있었는데, 마치 고양이의 날개 달린 사촌쯤 돼 보였다. 올빼미의 눈꺼풀 사이에는 아주 가느다란 틈새가 있었다. 그는 그 틈새로 나와의 사이에 한 가닥 관계를 유지하는 듯했다. 그렇게 반쯤 감은 눈으로 꿈의 영토에서 바깥을 내다보며, 자신의 환상을 방해하는 희미한 물체 혹은 티눈처럼 보이는 대상인 내 존재를 이해하려 애쓰는 중이었다. 그러다가 내가 시끄럽게 굴거나 좀 더 다가서면 불편한 기색을 내비치며 앉은 자리에서 천천히 주변을 둘러봤다. 꾸던 꿈을 방해받아 짜증이라도 난 듯했다.

마침내 올빼미가 날개를 활짝 펴고 소나무 사이로 날아올랐다. 길게 펼친 날개의 폭은 상당히 넓었지만, 날갯짓 소리는 전혀 들리지 않았다. 그렇게 올빼미는 보이지 않는 시력 대신 섬세한 다른 감각의 안내를 받아 소나무 가지 위로 날아갔다. 자신에게는 석양 무렵이나 다름없는 길을 그 예민한 날개로 더듬어 가서 새로이 앉을 자리를 찾아냈다. 이제 그곳에서 자신만의 새벽이 밝아 오길 기다리려 함이리라.

너른 초원을 가로지르는 철로 옆의 긴 둑길을 걸어갈 때면, 살을 에는 듯 거세게 불어오는 찬바람과 마주치기 일쑤였다. 초원이야말로 바람이 마음껏 뛰놀 수 있는 곳 아니던가. 그럴 때마다 나는 이교도였음에도 냉기가 한쪽 뺨을 후려치면, 곧 다른 쪽 뺨도 내밀었다. 브리스터 언덕을 따라 내려오는 마찻길 옆도 그리 사정이 좋지는 않았다. 너른 들판에 쌓여 있던 눈이 바람에 휩쓸려 월든으로 가는 길의 담벼락 사이까지 날아와 바로 앞서 지나간 사람의 발자국이 채 반 시간도 안 되어 지워지는 그런 날에도, 나는 친절한 인디언처럼 마을로 내려갔다.

집에 돌아갈 때쯤이면 새로운 눈 더미가 생겨나 있었다. 북서풍이 길모퉁이에 수북이 쌓아 놓은 가루눈 덕분에 나는 매우 애를 먹으며 앞으로 나아가야 했다. 길에는 토끼 발자국은 물론이고 그보다 훨씬 작은 들쥐의 발자국조차도 찍혀 있지 않았다. 한겨울에도 변함없이 따뜻한 물이 샘솟는 늪가에는 잔디와 앉은부채가 늘 새파랗게 돋아 있었고, 가끔은 강인한 새 한 마리가 봄이 돌아오길 기다리며 앉아 있는 모습도 볼 수 있었다.

때로는 쌓여 있는 눈도 아랑곳하지 않고, 산책하러 나갔다가 저녁나절이 되어 돌아와 보면, 오두막 문 앞에서부터 시작되는 나무꾼의 깊은 발자국과 마주치기도 했다. 집 안으로 들어가면 그가 깎아 놓은 나무토막 부스러기가 벽난로 위에 수북이 얹혀 있었고 파이프 담배 냄새도 자욱했다. 간혹 일요일 오후에 집에 있을 때면, 현명한 농부 하나가 눈을 밟고 오는 소리를 들을 수 있었다. 그는 멀리서부터 숲을 지나 '한담'이나 나누며 친목을 다지자고 내 집을 찾아오는 중이었는데, 농부 중에는 보기 드문 '자작농'이기도 했다. 교수의 가운이 아닌 작업복을 입고 있었음에도, 헛간 앞마당에서 퇴비 한 짐을 끌어낼 때만큼이나 교회나 국가로부터 교훈을 끌어내는 데도 뛰어났다. 우리는 추위로 몸이 뻣뻣하게 굳을 듯한 날씨에도 사람들이 맑은 정신으로 모닥불 주위에 앉아 한담을 나누었던, 더 소박하고 단순했던 시절에 관해 이야기했다. 그러다가 다과가 다 떨어지면, 영리한 다람쥐들이 껍데기가 두꺼운 견과류는 속이 비어 있다는 사실을 알아채고, 이미 오래전에 포기해 버린 밤알을 입에 넣고 깨물어 보곤 했다.

깊은 눈밭과 험악한 눈보라를 헤치고 가장 먼 곳에서 내 집을 찾아왔던 사람*은 어느 시인이었다. 그날은 농부, 사냥꾼, 군인, 기자, 심지어는 철학자도 겁을 집어먹을 만한 날씨였다. 하지만 그 무엇도 시인의 발걸음을 막을 수는 없었다. 그는 순수

---

* 월터 하딩의 《월든》 판본에 따르면, 세 명의 방문객은 차례로 윌리엄 엘러리 채닝(William Ellery Channing), 브론슨 올컷(Bronson Alcott, 루이자 메이 올컷(Louisa May Alcott)의 아버지이자, 약간 별나기는 했지만, 자칭 선봉적인 개혁가였다.) 그리고 랠프 월도 에머슨(Ralph Waldo Emerson)이다. 콩코드가 TV도 나오지 않는 작은 마을이었을지는 모르지만, 소로를 지적으로 자극하는 대상에는 부족함이 없었다.(원주)

한 사랑의 힘으로만 움직여 다녔기 때문이다. 그의 오고 감을 누가 예측할 수 있겠는가? 시인의 소명이 그를 아무 때고 밖으로 불러냈고, 의사들이 잠을 자는 시간에도 예외는 아니었다.

우리는 호탕한 웃음소리로 작은 집을 들썩이게 만들었다. 그보다 조용한 소리로 진지하게 대화를 나눌 때도 집 안 곳곳이 울렸다. 그리고 그것이 오랫동안 침묵에 잠겨 있던 월든 골짜기에 보상이 되어 주었다. 적당한 간격을 두고 우리는 규칙적으로 웃음의 예포를 쏘아 올렸다. 그것은 직전에 했던 농담에 관한 것이기도 했고 이제 막 나오려 하는 농담에 관한 것이기도 했지만, 어느 것이든 상관없었다. 우리는 묽은 죽 한 사발을 사이에 두고 인생에 대한 '새로운' 이론을 수도 없이 만들어 냈다. 철학이 요하는 명석한 머리에 유쾌함의 자질이 제공하는 장점을 결합한 이론이었다.

호숫가에서 보낸 마지막 겨울 동안 또 한 사람의 반가운 방문객이 찾아왔던 사실을 나는 결코 잊을 수가 없다. 그는 눈과 비와 어둠을 무릅쓰고 마을을 지나 숲 사이로 내 등불이 보일 때까지 걸어와 기나긴 겨울 저녁을 나와 함께 여러 날 동안 보내곤 했다. 그는 마지막 남은 철학자 중의 하나이자, 코네티컷주가 세상에 선물한 사람이었다. 그는 자신이 처음에는 코네티컷주의 생산품을 이리저리 팔고 다니다가, 나중에는 두뇌를 팔기 시작했다고 주장했다. 그리고 지금도 두뇌 파는 일을 하는

데, 그것이 신을 자극하고 인간에게는 수치심을 안겨 주지만 견과류가 그 알맹이를 결실로 맺듯이 자신도 두뇌만을 결실로 얻을 뿐이라고 말했다.

나는 그가 세상 누구보다도 신념이 굳은 사람이라 생각한다. 그의 말과 태도는 늘 다른 사람이 아는 것보다 훨씬 더 나은 상태를 가정한다. 그는 결코 현재에 머무는 법이 없다. 지금은 비교적 무시당하는 삶을 살아가고 있으나, 그의 시대가 오면 예상치도 못했던 법령이 시행될 테고, 집안의 가장과 국가의 통치자들이 그에게 조언을 구하러 찾아올 것이다.

얼마나 맹목적이기에 평온을 보지 못하는가!*

그는 인류의 진정한 친구이자, 인류 발전의 유일한 친구이기도 하다. 불멸의 존재라기보다는 묘지기 노인**이라 하겠다. 끊임없는 인내와 신념으로 인간의 몸에 새겨진 마모된 기념물에 불과한 신의 형상을 분명히 드러내려 애쓰는 사람이기 때문이다. 친절한 지성으로 그는 아이들, 거지, 미친 사람, 학자 등을

---

* 토마스 스토러(Thomas Storer), 《토마스 울시 추시경의 생애와 죽음(The Life and Death of Thomas Wolsey, Cardinall)》, 〈울시우스의 승리(Wolseius Triumphans)〉.(원주)
** 월터 스콧(Walter Scott)의 소설 《묘지기 노인(Old Mortality)》에 등장하는 인물이다.

가리지 않고 감싸 안으며, 모두의 생각을 받아 주고 거기에 식견과 과학적인 정확성을 더한다. 나는 그가 세계의 대로변에 모든 나라의 철학자가 머물 수 있는 큰 여관을 운영하기를 바란다. 그리고 문 앞 간판에는 "인간은 누구라도 환영하나 짐승은 사절. 옳은 길을 열심히 찾아가는 여유롭고 차분한 마음만 들어오시오"라고 써 붙여 놓으면 좋겠다.

내가 아는 한, 그는 어느 누구보다도 정신이 온전하고 변덕도 없는 사람이다. 어제도 그리했고, 내일 또한 그리할 터다. 언젠가 그와 함께 느긋이 산책하며 이야기를 나누었을 때, 나는 세상이 우리 뒤로 완전히 밀려나 버린 듯한 기분을 느꼈다. 그가 어떠한 제도에도 서약하지 않은 자유인, 즉 '인제누스'*인 까닭이었다. 풍광을 돋보이게 만드는 그의 재주 덕분에, 어느 쪽으로 발길을 돌리든 우리 앞의 하늘과 땅은 서로 만나는 듯했다. 푸른 옷을 입은 한 인간, 그에게는 자신의 평온함을 비추는 둥근 하늘만이 가장 적당한 지붕이 되어 주었다. 나는 그도 언젠가는 죽게 되리라는 사실을 믿을 수가 없었다. 어찌 자연이 그가 없는 세상을 견딘다는 말인가.

우리는 생각이라는 널빤지를 하나씩 잘 펴서 말린 후, 자리에 앉아 칼이 잘 드는지 시험해 보며 그것을 깎고, 스트로브잣

---

* 라틴어로 자유인, 고귀한 정신, 솔직한 사람 등을 의미한다.

나무의 정갈한 노란색 결을 감탄 어린 시선으로 바라보기도 했다. 우리는 매우 조심스레 숭배하듯이 물속에 들어가거나, 함께 힘을 모아 부드럽게 낚싯줄을 끌어당겼기에, 생각의 고기는 개울에서 놀라 달아나지도 강둑의 낚시꾼을 두려워하지도 않은 채 서쪽 하늘에 떠다니는 구름처럼 혹은 때때로 모였다가 흩어지는 진주색 양털 구름처럼 당당히 다가왔다 사라져 갔다. 그곳에서 우리는 함께 신화를 이리저리 수정해 보고, 우회를 여기저기 다듬으며 지상에서는 결코 마땅한 토대를 찾을 수 없는 공중누각을 짓기도 했다.

위대한 관찰자여! 위대한 예견자여! 그와 나누는 대화는 뉴잉글랜드의 천일야화라 해도 손색이 없었다. 아! 은둔자와 철학자, 그리고 내가 이미 언급했던 옛 개척자, 이렇게 우리 셋은 그런 이야기들을 나누었고, 갈수록 내 작은 집은 확장되어 흔들릴 것만 같았다. 1인치 지름의 원 하나당 기압 이외에 몇 파운드의 압력이 가중되었는지 감히 털어놓을 수는 없지만, 판자마다 틈새가 어찌나 벌어졌든지 그 이후로는 집이 세는 것을 막기 위해 권태롭게 그 틈을 메우는 작업을 해야만 했다. 하지만 그런 틈새를 메울 뱃밥* 정도는 이미 얼마든지 갖춰 놓았다.

내가 오랫동안 기억할 만한 '알찬 시간'을 함께 보낸 사람이

---

* 배의 누수되는 부분을 막기 위해 낡은 밧줄을 풀어 놓은 것을 말한다.

또 하나 있었다. 주로 마을에 있는 그의 집으로 내가 찾아갔으나, 때로는 그가 나를 찾아오기도 했다. 이상이 내가 숲에 살며 친분을 쌓았던 사람들이다.

어디서든 마찬가지겠으나, 나는 그곳에서도 결코 오지 않을 어떤 손님을 가끔 기다리는 일이 있었다. 인도의 성전《비슈누 푸라나(Vishnu Purana)》에는 이런 구절이 나온다.

집주인은 저녁나절이면 앞뜰에 나가 소젖을 짤 때 걸리는 시간만큼, 혹은 원하기만 한다면 그보다 더 오래라도 손님이 도착하기를 기다려야 한다.

나는 자주 이 손님 접대의 의무를 수행하고자 한 마리가 아니라 소 떼 전체의 젖을 짜고도 남을 만큼의 시간 동안 손님을 기다렸으나, 마을에서 다가오는 사람은 전혀 볼 수 없었다.

겨울 동물

수면이 단단하게 얼어붙자, 호수는 여러 곳으로 나아가는 새 길이자 지름길이 되어 주었을 뿐 아니라, 얼음 위에서 바라보는 호수 주변의 경치는 낯익은 풍광임에도 새롭기만 했다. 플린트 호수는 내가 자주 노를 저어 나가거나 그 위로 미끄러져 지나가곤 했던 곳임에도 눈이 덮인 그곳을 가로질러 걸어가자니, 예상외로 넓고 낯설어서 북극해의 배핀 만밖에는 떠오르지 않을 정도였다. 내 주위로는 눈 덮인 평원 끝에 링컨 마을의 언덕들이 높이 솟아 있었다. 그 속에 서 있자니 전에 내가 그 자리에 서 있던 적이 있었는지조차 기억할 수 없었다.

얼음 위로, 확실히 가늠하기조차 힘든 먼 거리에서, 어부들이 늑대처럼 생긴 개를 데리고 천천히 이리저리 돌아다니고 있었다. 그 모습이 마치 물개 사냥꾼이나 에스키모처럼 보였으며, 안개라도 끼는 날에는 전설 속의 동물처럼 보이기도 했다. 나는 그들이 거인인지 피그미족인지도 구분할 수 없었다.

저녁나절 링컨 마을로 강연을 나갈 때면 나는 이 길, 그러니까 플린트 호수를 가로질러서 갔는데, 그러면 내 오두막에서 어떤 길이나 집도 지나지 않은 채 강연장에 도착할 수 있었다. 가는 길에 만나는 구스 호수에는 한 무리의 사향쥐가 얼음 위에 높은 오두막을 지어 놓고 살았다. 그러나 내가 지나갈 때는 밖에 나와 노는 녀석이 하나도 없었다.

월든 호수는 내게 앞마당이나 마찬가지였다. 다른 호수와 마찬가지로 눈이 와도 보통은 잘 쌓이지 않거나 드문드문 얕게만 쌓였기에, 온 마을에 두 자 깊이나 되는 눈이 쌓여 마을 사람들은 오직 큰길에만 발이 묶여 있는 동안에도 나는 얼마든지 자유롭게 호수 위를 돌아다녔다. 마을의 거리에서 멀리 떨어지고 눈썰매의 방울 소리도 어쩌다 한 번씩 긴 간격을 두고 들리는 호수 위에서, 쌓인 눈이나 잔뜩 매달린 고드름 때문에 가지가 휘어진 떡갈나무와 근엄한 소나무가 그늘을 드리우고 무스가 눈을 밟아 다져 놓은 듯한 거대한 마당에서, 나는 눈썰매도 타고 미끄럼도 탔다.

겨울에는 밤이면, 아니 가끔은 낮에도, 거리를 가늠할 수 없을 만큼 멀리서 우는, 쓸쓸하기는 해도 매우 아름다운 부엉이의 울음소리를 들을 수 있었다. 그것은 월든 숲의 링구어 베르나쿨라*라는 적당한 픽**을 이용해 얼어붙은 땅을 연주하면 들을 수 있을 듯한 소리였다. 부엉이가 우는 모습을 눈으로 확인한 적은 없지만, 소리는 시간이 지나며 많이 친숙해졌다. 겨울 저녁에는 문을 열 때마다 "부엉, 부, 부, 부, 부엉" 하며 공명하는 듯한 그 소리를 들을 수 있었는데, 가끔은 처음 네 음절이 마치 "안녕, 하, 세, 요"라고 말하는 듯 들렸고, 또 가끔은 그냥 "부엉, 부엉" 소리로 들리기도 했다.

　호수가 완전히 얼어붙기 전인 겨울 초입의 어느 날 밤 9시쯤, 나는 기러기 한 마리가 크게 우는 소리에 깜짝 놀라 문간으로 다가갔다. 수많은 기러기가 오두막 위로 낮게 날아가고 있었고, 그들의 날갯짓 소리가 마치 숲에 불어 닥친 폭풍우처럼 휘몰아치고 있었다. 기러기들은 월든 호수를 넘어 페어헤이븐 쪽으로 향하고 있었다. 보아하니 내 오두막에서 흘러나오는 불빛을 보고 호수에 내려앉기를 포기한 듯했다. 그동안 대장 기러기는 무리를 이끄느라 내내 일정한 간격을 두고 큰 소리로 울어 댔던 것이다.

　그때 갑자기 수리부엉이의 소리가 틀림없는, 내가 그동안 숲

---

* 특정 지방이나 지역의 고유언어를 말한다.
** 만돌린이나 기타 같은 악기의 현을 뜯을 때 이용하는 삼각형이나 사각형 모양의 작은 도구를 말한다.

에서 들어온 그 어떤 소리보다 더 강렬하고 우렁찬 울음소리가 가까운 곳에서 들려왔다. 기러기 대장의 울음소리에 일정한 간격을 두고 반응하고 있었다. 그것은 마치 허드슨만에서 찾아온 이 침입자들에게 월든 토착민의 음역과 성량이 얼마나 대단한지 알려 줌으로써 수치심을 안겨 주어 멀리 콩코드 지평선 밖으로 쫓아내려는 의도 같았다. "내게 바쳐진 이 밤늦은 시간에, 숲의 성채를 놀라게 하는 의도가 무엇이냐? 지금 이 시간에 내가 잠이나 자고 있을 듯한가? 내 폐와 목청이 너만 못할 듯한가? 꺼져라, 사라져라, 부엉!" 둘의 대화는 내가 그때까지 결코 들어 본 적이 없는 끔찍한 불협화음을 이루었다. 그러나 예민한 귀로 듣는다면, 이 평원 근처에서는 한 번도 보지도 듣지도 못했던 협화음의 여러 요소를 찾아낼 수 있을 터였다.

나는 또한 콩코드 근방에서 나와 가장 친한 친구인 호수의 얼음이 함성을 지르는 소리도 들었다. 그것은 마치 잠자리에 누운 얼음이 체증과 악몽 때문에 편히 잠들지 못하고 이리저리 몸을 뒤척이며 내는 소리 같았다. 가끔은 서리에 뒤덮인 땅이 쩍쩍 갈라지는 소리에 잠을 깨기도 했는데, 누군가 내 오두막 문안으로 소 떼를 몰아넣는 것 같은 소리였다. 아침에 일어나 보면 거의 400미터 거리는 될 법한 땅이 약 1센티미터 정도의 폭으로 갈라져 균열이 생겨 있었다.

가끔은 여우들이 달밤에 눈 덮인 숲속을 돌아다니는 소리를 듣기도 했다. 자고새 같은 먹이가 될 만한 사냥감을 찾아다니는 것이었는데, 마치 숲에 사는 야생 개처럼 이따금씩 포악하게 짖어 댔다. 불안에 어쩔 줄 모르며 무언가를 표현하고 싶은 듯했다. 또는 빛을 갈구하며 차라리 거리의 개가 되어 마음껏 달리고 싶어 하는 것 같기도 했다. 사실 인간도 오랜 세월에 걸쳐 문명화를 이루었으니, 짐승들 사이에서도 나름의 문명화가 진행되고 있는 것은 아닐까? 내게는 여우의 모습이 굴속에서 살아가던 원시적인 인간의 모습으로 보였다. 아직은 제 몸 지키기에 급급하지만, 그래도 언젠가는 변신을 맞이하게 되는 인간 말이다. 가끔씩 여우 한 마리가 오두막의 불빛에 이끌려 내 창문 가까이로 다가왔다가, 여우 같은 악담을 퍼부으며 다시 돌아가곤 했다.

보통 나는 붉은 날다람쥐(Sciurus Hudsonius)가 새벽녘에 달그락거리며 지붕 위를 오가고 벽을 오르락내리락 거리는 통에 잠에서 깨어났는데, 녀석들은 마치 그렇게 하라는 누군가의 지시를 받고 숲에서 파견돼 나오기라도 한 듯했다. 겨울 내내 나는 채 여물지 않은 단옥수수를 반 부셀 정도를 문밖 눈밭에 쏟아 놓고, 그 미끼에 걸려 찾아오는 다양한 동물의 움직임을 지켜보며 즐거운 시간을 보냈다. 황혼녘과 밤에는 토끼들이 규칙적으로 찾아와 배불리 먹고 갔다.

붉은 날다람쥐는 종일 오가면서 그 귀엽고 오묘한 동작으로 나를 감탄하게 했다. 처음에 다람쥐는 떡갈나무 관목 숲을 조심스럽게 통과했다. 그리고는 갑자기 내기라도 한 듯이 '뒷다리'에 잔뜩 힘을 주고 엄청난 속도로 기운을 쪽 빼면서 꽁꽁 언 눈밭을 마치 바람에 날리는 나뭇잎처럼 쪼르르 이쪽으로 달려왔다가 다시 저쪽으로 달려가곤 했다. 그러나 한 번에 2미터 이상은 절대로 나아가지 않았다. 그런 다음에는 우스꽝스러운 표정을 지으며 쓸데없이 공중제비를 한 바퀴 돌고는 마치 온 우주의 시선이란 시선이 전부 자신에게 집중되기라도 한 듯이 갑작스럽게 그 자리에 멈춰 서 버렸다. 이처럼 깊고 외딴 산중에 사는 다람쥐까지도 무희가 춤을 출 때만큼이나 관중의 시선을 의식해 모든 동작을 취하는 듯했다. 나는 다람쥐가 여유롭게 걷는 모습은 본 적이 없다. 그러나 녀석들은 갈 길을 서둘러 가기보다는 멈춰 서서 주변을 둘러보는 데 더 많은 시간을 할애했다. 그러다가 눈 깜짝할 새 어린 리기다소나무 꼭대기로 올라가서 시계태엽 감는 듯한 소리로 찍찍거리며 모든 상상 속의 관중을 나무라곤 했다. 가만 보니 독백도 하고, 온 세상을 상대로 말하기도 하는 듯했다. 물론 나는 대체 뭘 나무라는 것인지 알 수가 없었고, 그 자신도 잘 모르리라는 생각이 들었다.

마침내 다람쥐는 옥수수 가까이로 가서 적당한 자루 하나를 골랐다. 그리고는 좀 전과 같이 의도를 파악하기 힘든 삼각 전법으로 바쁘게 왔다 갔다 하다가 창문 앞에 쌓아 놓은 장작단

꼭대기에 있는 막대 위로 올라갔다. 그곳에서 내 얼굴을 한번 쳐다보더니 몇 시간이나 계속 앉아 옥수수 알갱이를 먹기 시작했다. 이따금씩 내려가서 새 자루를 집어 오기도 했는데, 처음에는 게걸스럽게 먹었지만 반쯤 남으면 던져 버리곤 했다. 그러다 마침내는 배가 부른지 알갱이와 자루 속만 파먹으면서 음식으로 장난을 치기 시작했다.

그런데 장작 위에 올려놓고 한 발로 붙들고 서 있던 옥수수 자루가 녀석이 잠시 산만하게 구는 통에 바닥으로 굴러떨어졌다. 그러나 다람쥐는 도대체 무슨 일인지 모르겠다는 뚱한 표정으로 그것을 가만히 바라보았다. 마치 옥수가 살아 있는 것은 아닌지 의심하며, 내려가서 다시 집어 와야 할지 아니면 그냥 새 것을 하나 더 가져올지, 그도 아니면 아예 자리를 떠 버릴지 갈피를 못 잡고 흔들리는 듯했다. 그러나 그렇게 옥수수를 생각하고 있다가도 금세 바람이라도 불면 실려 오는 소리에 귀를 기울였다.

그 염치라고는 모르는 자그마한 녀석이 그런 식으로 오전 내내 많은 옥수수를 낭비해 버렸다. 그리고는 마침내 아주 길고 통통한, 대충만 봐도 녀석의 덩치보다도 커다란 옥수수 한 자루를 골라잡더니, 마치 호랑이가 들소를 업고 가는 것처럼 솜씨 좋게 균형을 잡고는 일정한 지그재그 전법으로 자주 쉬면서 숲속으로 옮겨 가기 시작했다. 녀석은 마치 옥수수가 너무 무거워서 그런다는 듯 수직도 아니고 수평도 아닌, 그 사이쯤 되는 대각선의 모양으로 옥수수 끄트머리를 땅에 질질 끌고 갔다. 참으로 까불거리고 변덕스럽기 그지없었음에도, 끝까지 책임지고 그것을 가져가리라 단단히 결심한 듯 보였다. 그렇게 다람쥐는 자신이 사는 곳을 향해 옥수수를 끌고 사라졌다. 어쩌면 정말로 200~300미터는 떨어진 소나무 꼭대기에 있는 자신의 집으로 끌고 갔을지도 모르겠다. 그렇다면 훗날 나는 숲 속 이곳저곳에 흩어져 있는 옥수수 속대를 발견하게 될 터다.

마침내 어치가 도착했다. 사실 어치는 200미터 근방에서부터 조심스럽게 접근해 왔던 터라, 그 귀에 거슬리는 울음소리는 이미 오래전부터 들려오고 있었다. 녀석들은 매우 은밀하게 이 나무에서 저 나무로, 가깝게 더욱 가깝게 살그머니 다가와 다람쥐가 떨어뜨린 옥수수 알갱이를 부리로 집어 들었다. 그런 다음 리기다소나무 가지 위에 앉아 가져온 것을 먹으려 하지만, 너무 큰 알갱이를 급하게 삼키려 하다 목에 걸려 캑캑거린다. 한참 고생한 후에 알맹이를 뱉어 내면, 어치는 그것을 한 시간쯤 열심히 부리로 반복해서 쪼아 잘게 부수었다. 어치는 소문난 도둑들이라, 나는 그들을 별로 좋아하지 않는다. 그러나 다람쥐는 처음에는 몸을 사려도 시간이 좀 지나면 옥수수가 마치 자기 것인 양 당당하게 가져다 먹는다.

한편 박새도 무리를 지어 날아와서 다람쥐가 떨어뜨린 옥수수 알을 물고 가까운 나뭇가지 위로 날아가 앉았다. 그리고는 옥수수 알갱이를 발톱으로 꽉 움켜잡고는, 마치 그것이 나무껍질 속에 든 벌레라도 되는 양 그 작은 부리로 쪼아 대기 시작했다. 그것이 자신들의 날씬한 목으로 쏙 넘어갈 만큼 충분히 작은 조각이 될 때까지 멈추지 않았다.

박새는 몇 마리씩 무리를 지어 매일 날아와서는 장작 쌓아 놓은 곳에서 먹이를 집어 올리기도 했고, 오두막 문 앞에 떨어진 음식 부스러기를 주워 먹기도 했다. 그때 녀석들이 내는 희미한 혀짤배기 울음소리는 풀잎에 맺힌 고드름의 짤랑거리는 소리 같기도 했고, '데이 데이 데이' 하며 활기 넘치게 노래하는 듯도 했다. 또 드물기는 해도, 봄날처럼 따뜻한 날씨에는 힘이 넘치는 여름을 연상시키는 "피-비" 소리가 숲 언저리에서 들려왔다.

어느 정도 시간이 흐르자 주변에 익숙해졌는지, 어느 날은 박새 한 마리가 내가 한 아름 안고 가던 장작더미 위에 올라 앉더니 겁도 없이 나뭇조각을 부리로 쪼아 댔다. 언젠가 내가 마을의 채소밭에서 김을 매고 있을 때도 참새 한 마리가 내 어깨 위에 잠시 내려앉은 적이 있었다. 그때 나는 세상 그 어떤 명예로운 견장을 어깨에 달고 있다 해도 결코 느낄 수 없을 듯한 영광스러운 기분을 느끼기까지 했다. 다람쥐도 마찬가지로 나와 친숙해져서 가끔씩 지름길이라 느껴지면 내 신발을 밟고 지나가기도 했다.

아직은 땅에 눈이 많이 덮이지 않은 초겨울이나 겨울의 막바지에, 남쪽 언덕 기슭이나 장작더미 주변에 눈이 점차 녹을 때면 자고가 아침저녁으로 먹이를 찾아 숲에서 나왔다. 그런 때 숲속을 돌아다니다 보면, 어디선가 자고가 불쑥 튀어나와서 갑자기 날개를 퍼덕이며 급하게 도망쳤다. 그러면 높이 매달린 가지와 마른 나뭇잎에 쌓여 있던 눈이 흔들리며 햇살 속에서 체에 거른 황금 가루처럼 떨어져 내렸다. 이 용감한 새는 겨울을 전혀 무서워하지 않았다. 바람에 날려 쌓인 눈 속에 자주 파묻히기도 했는데, 흔히 말하길, 자고새는 "때로 부드러운 눈 속으로 뛰어들어 그 속에서 하루 이틀 정도 숨어 있기도 한다"고 하지 않는가.

해가 질 무렵이면 자고는 야생 사과의 새싹을 쪼아 먹으려고 숲에서 들판으로 나왔는데, 나는 자주 그런 녀석들을 놀라게 만들었다. 그들은 매일 저녁 어김없이 특정한 사과나무 밑으로 갔다. 그러면 그곳에는 교활한 사냥꾼들이 기다리고 있었다. 사실 멀리 숲 근처 과수원은 자고 때문에 입는 피해가 적지 않다고 한다. 그러나 나는 녀석들이 그렇게라도 배불리 먹을 수 있다는 사실이 기쁘기만 했다. 새싹과 맑은 물만 먹고사는 자고는 자연이 직접 낳은 자식이 아니던가.

어두운 겨울 아침이나, 해가 짧은 겨울 오후에 나는 가끔씩

한 무리의 사냥개가 추적의 본능을 억제하지 못하고 온 숲을 헤매 다니며 짖어 대는 소리를 들었다. 그 뒤로는 일정한 간격을 두고 사람이 부는 사냥 나팔 소리가 들렸다. 그러면 숲이 다시 울리기 시작한다. 하지만 호숫가 빈터에는 여우가 뛰쳐나오지도 않고 악타이온*을 추적하는 사냥개의 무리도 보이지 않는다.

어쩌면 나는 저녁나절쯤 되어 여우 꼬리 하나를 전리품 삼아 썰매에 매달고 여인숙을 찾아 돌아가는 사냥꾼의 모습을 보게 될지도 모른다. 그들은 내게 말하리라. 만약 여우가 얼어붙은 대지의 가슴에 그대로 숨어 있었더라면 지금도 안전하게 살아 있었을 터라고. 혹은 그냥 일직선으로 계속 달아나기만 했어도, 사냥개들이 절대 따라잡을 수 없었을 터라고. 그러나 추적자들을 멀리 따돌린 여우는 멈춰 쉬면서 그들이 가까이 다가오지 않는지 귀를 기울인다. 그러다가 사냥개가 따라잡으면 이번에는 자신이 자주 다니던 길로 되돌아간다. 하지만 그곳에는 사냥꾼이 기다리고 있다.

때로 여우는 매우 긴 담벼락 위를 뛰어갈 것이다. 그러다가 한쪽으로 멀리 뛰어내린다. 또한 여우는 물에 들어가면 냄새를 축적할 수 없다는 사실을 아는 듯하다. 어떤 사냥꾼은 내게 이런 이야기를 들려주었다. 언젠가 사냥개에게 쫓기던 여우 한

* 그리스 신화에 등장하는 사냥꾼으로, 아르테미스의 목욕 장면을 훔쳐본 죄로 수사슴으로 변한다.

마리가 월든 호수로 뛰어드는 장면을 목격한 일이 있는데, 그때 호수는 표면의 얼음 위에 얕은 물웅덩이가 여러 개 생겨 있을 정도로 녹은 상태였다고 한다. 여우는 호수를 조금 건너가다가 다시 뛰어든 쪽으로 되돌아갔다. 머지않아 사냥개가 몰려왔으나, 개들은 여우의 냄새를 잃어버리고 말았다.

가끔은 사냥꾼 없이 사냥을 하는 한 무리의 개들이 내 집 앞을 지나쳐 가기도 했다. 그럴 때면 녀석들은 오두막 주위를 빙글빙글 돌며 내 존재는 전혀 개의치도 않고 사납게 짖어 대곤했는데, 그 모습은 마치 광기에 사로잡힌 듯했고 그 무엇으로도 녀석들의 추적을 멈추게 할 수 없을 것만 같았다. 그런 식으로 녀석들은 가장 최근에 생긴 여우의 흔적을 다시 찾아낼 때까지 그 자리를 뱅뱅 돌았다. 영리한 사냥개일수록 그 임무 말고는 아무것도 생각하지 않기 때문이다.

어느 날 렉싱턴에 산다는 어떤 남자가 자기 사냥개를 찾아내 오두막까지 온 일이 있었다. 그 개는 사방에 흔적을 남기며 혼자 한 주 넘게 사냥을 하고 다닌다는 것이었다. 그러나 내가 아는 것을 다 말해 주었다 한들 그에게는 전혀 도움이 될 듯하지 않았다. 그의 질문에 대답을 하려 할 때마다, 그는 내 말을 가로막으며 "그런데 맥은 대체 여기서 뭘 하는 겁니까?"라고 물어왔다. 그는 개 하나를 잃어버리고, 사람을 찾은 셈이었다.

호수의 물이 가장 따뜻할 때가 되면, 매년 한 번씩 월든 호수로 목욕을 하러 오는 말투가 무뚝뚝한 늙은 사냥꾼이 하나 있었다. 그때마다 그는 나를 찾아와서 이런저런 얘기를 들려주었는데, 다음과 같은 일도 있었다고 한다. 여러 해 전, 어느 날 오후 그는 총을 챙겨 들고 월든 숲을 한 바퀴 돌아보기 위해 나섰다. 웨일랜드 길을 걷고 있을 때, 한 무리의 사냥개가 가까이 다가오며 짖는 소리가 들렸고, 머지않아 한 마리의 여우가 담벼락을 넘어 길로 뛰어들었다. 그러나 어찌나 빠르게 맞은편 담벼락을 뛰어넘어 길에서 사라졌는지, 급히 겨눈 그의 빠른 총알도 여우의 몸을 채 스치지 못했다. 잠시 후에 사냥개 한 마리가 새끼 세 마리를 이끌고 주인도 없이 사냥감을 쫓아왔으나, 역시 숲속으로 사라져 버렸다.

그날 오후 늦게 그가 월든 호수 남쪽의 울창한 숲속에서 쉬고 있자니, 멀리 페어헤이븐 호수 쪽에서 사냥개들이 여전히 여우를 쫓으며 짖는 소리가 들려왔다. 그리고 소리는 점점 더 가까이 다가오며 온 숲을 울려 댔다. 한순간 웰메도 쪽에서 들리는가 싶으면, 또 한순간은 베이커 농장 쪽에서 들리는 듯했다. 그는 한참 동안 가만히 서서 사냥꾼의 귀에는 더없이 감미롭게 들리는 개 짖는 소리가 만들어 내는 음악을 들었다. 그때 갑자기 아까의 여우가 다시 나타났다. 꽤 여유로운 발걸음으로 장엄한 숲길을 요리조리 헤치며 걷고 있었는데, 나뭇잎의 동정 어린 바스락거림이 그의 소리를 감추어 주는 듯했다. 여우는 추적자들을 멀리 따돌리고 이제 빠르고 조용하게 숲길을 가다가 숲 한가운데 자리한 바위 위로 뛰어올라 몸을 똑바로 세우고 가만히 귀를 기울였다. 바로 뒤에 사냥꾼이 있다는 사실도 알지 못한 채.

잠시 연민의 감정이 사냥꾼의 팔목을 잡아끌었다. 그러나 그것은 한순간에 불과했고, 그는 생각이 생각을 따라잡지 못할 정도로 빠르게 총을 집어 겨냥했다. 빵! 여우가 바위에서 굴러떨어져 바닥에 죽은 채로 나뒹굴었다. 사냥꾼은 그 자리에 그대로 서서 사냥개의 소리에 주의를 집중했다. 그들은 여전히 다가오고 있었으며, 이제 근처의 숲은 구석구석 그들의 악마 같은 울부짖음으로 진동했다.

마침내 어미 사냥개가 주둥이를 바닥에 대고 킁킁거리다가 마귀라도 씌운 듯이 허공을 물어뜯으며 나타났다. 그리고는 곧장 바위 쪽으로 달려갔다. 그러나 죽어 있는 여우를 보고는 너무 놀라 벙어리라도 되었는지, 갑자기 동작을 멈추어 버렸다. 그리고는 조용히 여우의 주위를 돌고 또 돌았다. 그동안 새끼들이 한 마리씩 도착했고, 어미와 마찬가지로, 녀석들도 눈앞에 펼쳐진 알 수 없는 사건에 침울하게 침묵을 지켰다. 그때 사냥꾼이 앞으로 나서 개들 사이에 섰다. 모든 의문은 풀렸다. 그가 여우의 가죽을 벗기는 동안 사냥개들은 조용히 기다리고 있었다. 그리고 나서도 한동안 사냥꾼이 전리품으로 챙긴 여우의 꼬리를 따라갔다. 그러나 마침내는 방향을 돌려 숲속으로 다시 사라져 버렸다.

그날 저녁 웨스턴 마을의 유지 한 사람이 바로 그 콩코드 사냥꾼의 오두막을 찾아가 혹시 자기 사냥개들의 행방을 아는지 물으며, 그 녀석들은 웨스턴 숲에서부터 벌써 일주일 동안이나 자기들끼리 사냥을 하고 다니는 중이라고 말했다. 콩코드 사냥꾼은 자신이 아는 바를 털어 놓고 여우의 가죽은 그가 가지고 가는 게 좋겠다고 제안했다. 그러나 사냥개 주인은 그 제안을 거절하고 길을 나섰다. 그날 밤 그는 사냥개들을 찾을 수 없었다. 그러나 다음 날에는 녀석들이 콩코드강을 건너, 어느 농가에 들러 하룻밤을 지내고 그곳에서 배불리 얻어먹은 후 아침 일찍이 다시 길을 나섰다는 소식을 듣게 되었다.

내게 이야기를 들려준 사냥꾼은 샘 너팅이라는 사람을 기억하고 있었다. 너팅은 페어헤이븐 산등성이에서 곰을 사냥해서는 콩코드 마을로 가져와 그 가죽으로 럼주를 바꿔 먹곤 했는데, 심지어 그곳에서 무스를 본 적도 있다는 것이었다. 너팅은 버고인이라는 매우 유명한 사냥개 한 마리를 데리고 다녔고, 자신은 그 개의 이름을 버긴이라 불렀다. 그리고 내게 이 이야기를 들려주던 사냥꾼에게도 가끔씩 그 개를 빌려 주었다고 한다.

예전에 이 마을에 한 나이 든 상인이 살았다. 전직 군인이자 공무원과 주의원을 지내기도 했던 사람으로, 나는 그의 '거래

장부'에서 다음 목록을 찾았다. "1742~1743년 1월 18일, 존 멜빈 변호사, 회색 여우 한 마리, 2실링 3펜스." 회색 여우는 이 지방에서 더는 찾아볼 수 없다. 1743년 2월 7일 자에는 헤스카이어 스트래튼에게서 "고양이의 가죽 절반을 담보로 1실링 4.5펜스"를 빌려 주었다고 적혀 있었는데, 여기서 말하는 고양이란 살쾡이를 말하는 것이리라. 스트래튼은 프랑스 전쟁에 하사로 참전하기도 했었는데, 설마 그런 사람이 고양이 같은 하찮은 사냥감을 잡아 담보로 맡기기야 했겠는가. 이 밖에도 사슴 가죽을 담보로 매일 거래했다는 기록도 있었다.

어떤 마을 사람은 인근에서 마지막으로 잡힌 사슴의 뿔을 아직도 보관하고 있었고, 또 어떤 사람은 그 마지막 사슴 사냥에 자기 삼촌도 참가했었다는 이야기를 내게 들려주었다. 예전에는 이 지방 사냥꾼들이 참으로 많기도 했지만 유쾌한 부류이기도 했다. 나는 지금도 유난히 깡말랐던 사냥꾼 한 명을 기억한다. 그는 길가다 종종 나뭇잎을 따서 그것으로 피리를 불곤 했는데, 내가 기억하는 한 그 소리는 어떤 사냥 나팔보다도 야성적이고 아름답게 들렸다.

한밤중에 달이 높이 떠 있을 때, 간혹 밖으로 나가 숲길을 걷다 보면 먹이를 찾아 숲 주변을 배회하는 사냥개들과 마주치기도 했다. 그러면 녀석들은 겁이라도 집어먹었는지 슬금슬금 옆으로 비켜서 내가 지나갈 때까지 수풀 속에서 조용히 기다렸다. 다람쥐와 들쥐는 내가 저장해 놓은 견과류를 두고 서로 다투었다. 내 오두막 주위로는 지름이 2.5센티미터에서 10센티미터쯤 되는 리기다소나무가 스무 그루 정도 서 있었는데, 모두 이전 겨울을 나며 쥐들에게 파 먹힌 상처를 적잖이 드러내고 있었다. 지난겨울에는 눈이 오랫동안 깊이 쌓여 있던 탓에, 작은 동물들은 노르웨이의 겨울만큼이나 험난한 겨울을 보내야 했다. 그래서 쥐들이 소나무 껍질이라도 갉아먹어 모자란 식량을 보충해야 했던 것이다.

덕분에 소나무들은 껍질 쪽이 빙 둘러 다 갉혀 나가고 없었다. 그럼에도 보기 좋게 살아서 한여름에는 싱싱하게 번성했고 키도 한 자씩 쑥쑥 자라났다. 그러나 이번 겨울에도 같은 일을 당한 소나무는 어김없이 죽고 말았다. 하늘이 작은 쥐 한 마리로 하여금 나무를 위아래가 아니라 한 자리에서 빙 둘러 갉아먹게 그대로 두어 소나무 한 그루를 통째로 저녁 식사로 삼아 버리게 허락한다는 사실은 참으로 놀랍기 그지없는 일이다. 그러나 번식력이 강해 너무도 쉽게 빽빽이 자라 버리는 리기다소나무의 개체 수를 줄이려면 어쩔 수 없이 이런 과정이 필요할지도 모르겠다.

아메리카산 토끼(Lepus Ameri-canus)는 나와 매우 친해지기도 했다. 한 녀석은 내 집 아래, 정확히 말해 내 방바닥 밑에 보금자리를 마련해 두고 겨울 내내 살았다. 그리고 아침이 되어 내가 몸을 뒤척이기 시작하면 서둘러 밖으로 나가려고 머리를 마루판 판자에 쿵쿵쿵 찧어 대는 통에 나를 깜짝깜짝 놀라게 하곤 했다. 땅거미가 질 때쯤이면 산토끼들이 내가 내다 버린 감자 껍질을 먹으려고 오두막 문 앞으로 모여들었는데, 털 색깔이 땅 색과 너무나도 흡사해서 움직이지 않고 가만히 있으면 거의 구분도 할 수 없을 정도였다. 가끔은 황혼녘에 창 밑에 가만히 앉아 있는 토끼 한 마리를 바라보고 있다가 한순간 그 모습을 놓쳐 버리기도 했다. 저녁에 내가 문이라도 열라치면, 녀석들은 끽끽거리며 이리저리 튀어 달아났다.

가까이서 토끼들을 바라보면 가엾은 생각이 들었다. 어느 날 저녁에는 한 녀석이 미처 도망을 가지 못해 내게서 두 발자국쯤 떨어진 문간에 앉아 두려움에 오들오들 떨고 있었다. 그 가엾기 짝이 없는 작은 녀석은 깡말라 뼈밖에 남지 않은 몸에 누더기 같은 귀와 뾰족한 코, 짧은 꼬리를 달고 있었고 앞발은 홀쭉했다. 그 모습을 보고 있자니, 자연이 이제 더는 고귀한 혈통을 유지해 가지 못하고 발끝으로 간신히 명맥을 유지해 가고 있는 것이 아닐까 하는 생각이 들었다. 녀석의 커다란 두 눈은 어리기는 했으나 수종이라도 걸린 듯 병약해 보였다. 그러나 내가 한 발 앞으로 다가서자, 세상에, 녀석은 용수철처럼 튀어 올라 몸과 사지를 우아하게 쭉쭉 뻗으며 얼어붙은 눈밭 위로 쏜살같이 달려가서는 곧 나와의 사이에 숲 하나를 남겨 두었다. 자유로운 야생 동물이 자신의 활력과 자연의 품위를 확실히 증명하는 순간이었다. 산토끼의 호리호리한 몸은 다 그 나름의 이유가 있었던 것이다. 그것이 바로 토끼의 천성이었다〔어떤 학자는 토끼를 의미하는 라틴어 '레푸스(lepus)'와 '레비페스(levipes)'가 '발이 빠른'의 의미라고 생각하기도 한다〕.*

토끼와 꿩이 없는 시골은 대체 어떤 시골일까? 그들은 동물 중에서도 가장 소박한 토착의 종이 아니던가. 또한 고대에도 지금만큼이나 인간에게 잘 알려진, 가장 오래되고 존중받는 동물 가계에 속하며, 자연 그 자체의 색과 본질을 동시에 갖춘 나뭇잎이나 대지와도 가장 가까운 존재이다. 그들 서로의 관계도 한쪽이 날개 대신 다리 한 쌍을 더 달고 있을 뿐 한없이 가까운 존재다. 길을 가다 토끼나 꿩이 갑자기 튀어나온다면, 우리는 야생 동물과 마주쳤다 말하기 힘들 것이다. 그것은 나뭇잎 스치는 소리를 예상하는 것만큼이나 자연스러운 일이기 때문이다.

지구상에 어떠한 혁명적인 일이 벌어지더라도, 꿩과 토끼는 대지의 진정한 토박이처럼 여전히 살아남아 번성해 갈 것이 틀림없다. 숲이 다 잘려 없어져도 새로이 움트는 싹과 수풀이 그들의 은신처가 되어 줄 테니, 그들은 어느 때보다도 더 그 수를 불려 갈 터다. 산토끼 한 마리도 먹여 살리지 못한다면 그곳은

---

* 마르쿠스 티렌티우스 바로(Marcus Terentius Varro), 《농사론(Rerum Rusticarum)》 중에서.(원주)

참으로 척박한 시골이 아닐 수 없으리라. 목동 아이들이 잔가지 덫을 놓고, 말총으로 만든 올가미를 설치에 놓는다 하더라도, 우리의 숲은 토끼와 꿩으로 넘쳐 나기에 모든 습지 주변에서 녀석들이 한가로이 거니는 모습을 볼 수 있을 것이다.

겨울 호수

　정적 속에서 겨울밤을 보내고 나면, 나는 꿈속에서 '무엇을, 언제, 어떻게, 어디서'라는 식의 질문을 받고 헛되이 잠결에 답을 하려 애쓰다가 깨어난 듯한 기분을 느꼈다. 눈을 떠 보면 모든 피조물을 품은 자연이 새벽을 맞아 평온하고 만족스러운 얼굴로 내 넓은 창을 들여다보고 있었지만, 그 입술에는 아무런 질문도 얹혀 있지 않았다. 나는 이미 그 질문의 해답인 자연과 햇살을 받아 잠에서 깨어났던 것이다. 어린 소나무가 점점이 박혀 있는 지표면에 깊이 쌓여 있는 눈과 내 집이 자리 잡은 언덕의 경사로는 "전진!"이라고 말하는 듯했다. 자연은 인간에게 아무런 질문도 하지 않고, 인간이 묻는 질문에 대답도 하지 않는다. 이미 오래전에 그렇게 작심을 했던 것이다.

오, 군주여! 우리의 눈은 이 우주의 경이롭고 다양한 장관을 감탄 어린 시선으로 바라보며 그것을 영혼에 전달합니다. 밤이 이 경이로운 창조물의 일부를 칠흑 같은 어둠으로 가리지만, 낮이 다시 찾아와 지상에서 하늘의 평원에까지 이르는 이 대단한 작품을 다시 우리 눈앞에 드러내 보입니다.*

그리하여 나는 아침 일을 시작한다. 가장 먼저 하는 일은 도끼와 양동이를 들고 물을 찾아 나서는 것이다. 물론 내가 아직 꿈속에 있지 않다면 말이다. 추운 데다 밤에 눈까지 내렸다면, 물을 찾는 데에도 점치는 막대가 필요하다. 약한 바람에도 민감하게 반응하여 모든 빛과 그림자를 반사하는 호수의 맑게 흔들리는 수면은 겨울이 되면 거의 한 자에서 한 자 반의 두께로 단단히 얼어붙어 커다란 덩치의 소 떼가 우루루 지나간다 해도 전혀 흔들림이 없을 정도였고, 그 위에 눈까지 덮이면 호수를 다른 들판과 구분해 주는 단서는 어디에도 없었다. 주변 언덕에 사는 마멋**과 마찬가지로 호수도 눈꺼풀을 닫고 석 달 내지 그보다 긴 시간 동안 동면에 들어가는 것이다. 그 눈 덮인 평원에 서 있으면, 마치 산으로 둘러싸인 목초지 한가운데 서 있는

---

* M. A. 랑글루아(M. A. Langlois) 번역, 《하리반사, 또는 하리의 가족사 (Harivansa, ou Histoire de la Famille de Hari)》중에서.(원주)
** 유럽과 아메리카 대륙에 주로 서식하는 다람쥣과의 설치 동물이다.

듯한 기분이 들었다.

나는 일단 한 자 깊이의 눈을 치우고, 또 한 자 두께의 얼음을 깬다. 그리고는 발아래 열린 창 앞에 무릎을 꿇고 앉아 물을 마신 후 물고기가 사는 조용한 거실을 들여다본다. 수면 아래는 젖빛 유리를 통해 비쳐 든 듯한 부드러운 햇살이 고르게 스며 있었고, 바닥에는 여름철과 마찬가지로 밝은 빛의 모래가 깔려 있었다. 그곳은 석양 무렵의 호박색 하늘처럼 늘 잔잔한 평온함이 지배하고 있어서 거주민의 담담하고 차분한 기질과도 잘 어울렸다. 천국은 우리의 머리 위에만 있는 것이 아니라, 발밑에도 있다.

만물이 추위로 얼어붙어 사각거리는 이른 아침에, 강꼬치고기와 농어를 잡겠다고 낚싯대와 가벼운 점심 꾸러미를 들고 찾아와서는 그 눈 덮인 들판에 가느다란 낚싯줄을 드리우는 사람들이 있다. 그들은 본능적으로 마을 사람들과는 다른 삶의 방식을 따르고, 다른 권위를 신봉하는 야성의 인간이다. 또한 그들이 오가는 덕에 마을 간의 교류가 끊이지 않고 이어진다. 이들은 두툼한 모직 외투*를 입고 호숫가의 마른 떡갈나무 낙엽 위에 앉아 점심을 먹는다. 도시 사람들이 인공적인 지식에 밝다면, 이들은 자연의 지식에 밝다. 그들은 전혀 책에 의존하지

* 소로는 "stout fear-naughts"라고 적었는데, 이 단어는 '두툼한 모직 코트'를 의미한다.(원주)

않는다. 그럼에도 알거나 말하는 것보다 훨씬 많은 것을 해낸다. 그들이 행하는 일은 아직 세상에 알려지지 않은 것이라고 말한다.

여기 다 자란 농어를 미끼로 강꼬치고기를 낚는 이가 있다. 그의 양동이 안을 들여다보는 사람은 여름날의 호수를 들여다보기라도 하는 듯 경이로움을 느낀다. 마치 그가 여름을 집에 가두어 두기라도 한 듯, 혹은 여름이 어디서 쉬고 있는지 알고 있기라도 한 듯한 느낌이 들기 때문이다. 대체 무슨 재주가 있어서 한겨울에 이런 고기를 잡아 올렸을까? 아, 땅이 얼어붙었으니, 썩은 통나무 속에서 벌레를 잡아 그것으로 물고기들을 낚은 것이로구나.

그의 삶 자체가 박물학자의 심오한 연구보다도 더 깊숙이 자연 속으로 파고 들어가 있다. 그러니 그 자신이 박물학자의 연구 대상이라 할 법하다. 벌레를 찾고자 할 때, 박물학자는 칼로 이끼와 나무껍질을 조심스럽게 들쳐 올린다. 그러나 낚시꾼은 도끼로 통나무를 찍어 속을 벌려 놓음으로써 이끼와 나무껍질이 사방으로 날아가게 만든다. 나무껍질 벗기는 일은 그의 생계 수단이다. 그런 사람은 물고기를 낚을 자격이 있다. 그리고 나는 그의 안에서 자연의 섭리가 이루어지는 모습을 보고 싶다. 존재와 존재 사이의 틈은 이렇게 하여 모두 메워진다.

안개가 자욱한 날 호수 주위를 여유롭게 거닐다 보면, 가끔 소박한 낚시꾼이 원시적인 방식으로 낚시하는 모습을 보게 되는데, 나는 그 모습이 참으로 흥미로웠다. 그는 호수 가장자리에서부터 중심 쪽으로 약 20~30미터 간격마다 좁은 얼음 구멍을 뚫은 뒤 그 위에 오리나무 가지를 꽂아 두었다. 그리고 낚싯줄이 끌려 들어가지 않도록 줄 끝에는 나무 막대를 묶어 놓고, 느슨하게 늘어뜨린 낚싯줄을 얼음에서 한 자 정도 높이에 있는 오리나무 가지 위로 죽 지나가게 했다. 그런데 그 줄에는 떡갈나무의 잎을 매달아 놓았기 때문에 고기가 입질을 하면 나뭇잎이 흔들려 즉시 그 사실을 알 수 있었다. 호숫가를 반 바퀴 정도 돌아가면, 일정한 간격으로 열 지어 서 있는 그 오리나무 가지들이 안개 속으로 어렴풋이 보이곤 했다.

아, 월든의 강꼬치고기여! 녀석들이 얼음 위에 누워 있는 모습을 보거나, 낚시꾼들이 물이 스며들 수 있도록 얼음 위에 파 놓은 작은 웅덩이 속에 들어 있는 모습을 볼 때면, 나는 그 보기 드문 아름다움에 놀라지 않을 수가 없다. 마치 전설 속에 등장하는 고기인 듯하다. 콩코드 사람들의 삶에서 아라비아가 먼 이국이듯, 그들도 마을의 거리는 물론이고 심지어는 숲과도 어울리지 못하는 이질적이며 이국적인 존재다. 또한 그 눈부시고 초월적인 아름다움은 길거리 장사꾼이 큰 소리로 떠들어 대며 파는 송장 같은 대구나 볼락의 모습과는 비교가 되지 않는다.

강꼬치고기는 소나무 같은 녹색도 아니고, 돌처럼 잿빛도 아니며, 하늘처럼 푸르지도 않다. 그러나 내 눈에는 그들의 색이 귀한 꽃이나 보석처럼 드물기 그지없어 보인다. 그들은 월든의 진주다. 월든의 물이 동물화된 핵이며 결정체다. 그리고 물론 속속들이 월든 그 자체다. 동물의 왕국에서는 그들이 작은 월든, 즉 월든의 거주자다. 여기, 이 깊고 넓은 샘 속에, 가축과 마차와 방울을 딸랑거리는 썰매가 덜거덕거리며 지나다니는 월든 길옆에 깊이 자리한 물속에, 이 커다란 황금색과 에메랄드 색의 물고기가 헤엄쳐 다니다니, 그리고 그런 물고기가 잡혀 올라오다니 참으로 놀랍지 않은가.

나는 시장에서는 강꼬치고기 종류를 한 번도 본 적이 없다. 만약 장에서 팔린다면, 오가는 이의 시선을 모두 붙잡았을 터다. 물 밖으로 나온 강꼬치고기는 단지 몇 번 발작적으로 몸부림치다가, 물속에서의 혼을 포기해 버린다. 그 모습을 보고 있자면, 제명을 다하지 못하고 하늘의 옅은 공기 쪽으로 옮겨 가는 인간을 바라보는 듯하다.

오랫동안 수심을 알 수 없던 월든 호수의 바닥을 되찾고 싶은 마음에 나는 1846년 초 얼음이 녹기 전, 나침반과 사슬과 측연선*을 가지고 호수 바닥을 신중하게 조사했다. 월든 호수에

---

* 수심을 재는 데 이용하는 줄이다.

바닥이 있느니 없느니 하는 여러 얘기가 전해져 왔으나 사실 그 소문이야말로 바닥, 즉 근거가 없는 것이 대부분이었다. 인간이 수심을 재어 보는 수고를 전혀 기울이지도 않은 채, 참으로 오랫동안 호수에 바닥이 없다고 믿어 왔다는 사실은 참으로 놀라운 일이 아닐 수 없다.

어느 날 나는 산책하러 나갔다가 인근에 바닥이 없다고 알려진 두 개의 호수를 찾아가 봤던 적이 있다. 많은 사람이 월든의 바닥은 지구 반대편까지 뚫려 있다고 믿는다. 어떤 이는 호수의 얼음 위에 한참 동안이나 엎드려, 대상을 왜곡시키는 얼음이라는 매개물 통해 눈에는 물기까지 머금고 호수 바닥을 들여다보기도 했다. 그러다가 가슴이 차가워져 감기라도 들까 두려워 서둘러 내린 결론에 따르면, 그 아래서 '건초를 가득 실은 수레도 통과할 만큼' 거대한 구멍 여러 개를 봤다는 것이었다. 물론 그곳으로 수레를 몰고 갈 사람이 있을지는 모르겠지만, 어쨌든 그들은 그 구멍이 의심의 여지없이 저승의 강 스틱스의 원천이며 이승에서 지옥으로 통하는 입구라 단정 지었다.

또 어떤 사람은 마을에서 '25킬로그램 추'와 지름 2.5센티미터 굵기의 동아줄을 한 수레분 구해 호수의 수심을 재려 했으나, 바닥을 찾는 데는 역시 실패하고 말았다. 이유인즉, '25킬로그램 추'가 이미 바닥에 닿고 난 후에도, 그들은 경이로움이라면 얼마든지 무한정 받아들일 수 있는, 측정이 불가능한 자기들의 능력이 얼마나 대단한지 그 깊이를 재 보고자 계속해서 헛되이 밧줄을 풀어 넣었던 것이다. 내가 독자에게 단언할 수 있는 사실은 월든이 드물게 깊은 호수이기는 하지만, 터무니없을 정도로 깊은 것은 아니며 바닥도 꽤 단단하다는 것이다.

나는 대구잡이용 낚싯줄과 700그램 정도의 돌을 사용해 쉽게 호수의 깊이를 측정했다. 돌이 바닥에서 떨어지는 순간도 정확히 알 수 있었다. 호수 바닥에 놓여 있던 돌을 들어 올릴 때, 일단 돌이 바닥에서 떨어지면 그 사이로 물이 들어가 끌어 올리기가 쉬워지지만 바닥에 붙어 있는 동안에는 굉장히 힘이 들기 때문이다. 가장 깊은 곳은 정확히 31미터였다. 그때 이래로 물이 불어 1.5미터가 높아졌으니, 이제는 32.5미터가 될 것이다. 면적이 작은 것치고는 상당한 깊이다. 그러나 상상력을 발동시켜 몇 센티미터라도 뺄 수는 없는 일이다. 모든 호수가 다 얕기만 하다면 어쩌겠는가? 그것이 우리의 마음에 어떤 영향을 미치지는 않을까?* 나는 월든 호수가 깊고 맑아서 하나의 상징이 되어 주고 있음이 더없이 고마울 뿐이다. 인간이 무한함에 믿음을 두는 한, 바닥이 없는 호수도 계속 존재하리라.

---

* 소로는 신중하고 대단히 관찰력 있는 자연주의자이자 철학자이기도 했다. 그의 물리학은 여기에서와 마찬가지로 그의 형이상학을 알 수 있게 해 준다. 그리고 대상에 쏟는 그의 관심은 오늘날 우리가 만날 수 있는 뛰어난 자연 수필가들의 등장을 예고했다.(원주)

한 공장 주인이 내가 호수의 깊이를 알아냈다는 소식을 듣고는 사실일 리가 없다고 주장했다고 한다. 왜냐하면 자신이 댐에 관해서는 일가견이 있는데, 모래는 그처럼 가파른 각도로는 쌓일 수가 없기 때문이라는 것이었다. 그러나 대부분이 생각하는 것처럼, 깊은 호수도 그 면적에 비하면 바닥은 그리 깊지 않다. 만약 물을 다 빼 버린다면, 그리 대단한 골짜기가 드러나지는 않을 것이다. 그런 호수들은 산과 산 사이에 끼어 있는 호수와는 다르기 때문이다. 월든의 경우에는 면적에 비해 바닥이 예외적이라 할 만큼 깊지만, 수직으로 잘라 단면을 살펴보면 역시 얕은 접시처럼 가운데가 가장자리보다 약간만 더 깊을 것이다. 만약 물을 다 퍼낸다면 대부분의 호수도 우리가 흔히 보는 목초지 정도밖에는 패어 있지 않을 것이다.

　풍경에 관한 한은 모든 면에서 무척이나 감탄할 만하고 보통 정확하기까지 한 판단을 내렸던 윌리엄 길핀*은 스코틀랜드의 '피너 호수'를 내려다보며 서서 그것이 "깊이가 110미터 내지 125미터 정도 되고, 폭이 6.5킬로미터이며" 길이는 약 80킬로미터쯤 되고 산으로 둘러싸인 "염수(塩水)만으로 만약 우리가 대홍수로 인한 파괴, 혹은 그것을 일어나게 만든 자연의 변동 직후에, 혹은 물이 그 안으로 밀려들기 전에, 호수를 볼 수 있었

* 윌리엄 길핀(William Gilpin), 《스코틀랜드 고지 관측(Observations On …… the High-Lands of Scotland)》 중에서.(원주)

다면, 무시무시한 협곡이 우리 눈앞에 펼쳐져 있었을 터다"라고 말했다. 그리고 다음과 같이 덧붙였다.

거대한 산은 하늘을 찌를 듯이 솟구쳐 있고,
텅 빈 바닥은 넓고 깊게 밑으로 꺼져,
너른 물 바닥을 이루고 있네.*

그러나 만약 우리가 피너호수의 가장 짧은 지름을 이용해서 월든 호수와 피너 호수의 깊이를 비교해 본다면, 앞서 살펴봤듯이 종단면으로 잘랐을 때 낮은 접시 정도의 깊이밖에 되지 않는 월든 호수의 수심이 피너 호수보다 4배나 깊다는 것이 드러날 것이다. 피너 호수의 물이 다 빠졌을 때에 드러날 협곡의 무시무시함이 얼마나 '대단'할지에 대해서는 이쯤 해 두도록 하자. 미소 짓는 수많은 계곡과 그 사이사이에 펼쳐진 옥수수밭도 실은 그 물 빠진 '무시무시한 협곡'이나 다를 바 없음은 틀림없지만, 그런 사실을 순진한 주민들에게 납득시키려면 지질학자다운 통찰력은 물론이고 멀리 내다볼 줄 아는 식견도 갖추어야 할 테니 말이다.

탐구심이 강한 사람이라면 가끔 지평선의 야트막한 언덕에

* 존 밀턴(John Milton),《실낙원(Paradise Lost)》중에서.(원주)

서 원시 시대의 호숫가 흔적을 발견할지도 모른다. 호수의 역사를 숨기기 위해 반드시 평원이 상승할 필요는 없기 때문이다. 그러나 대로변에서 작업을 하는 사람이라면 잘 알겠지만, 소나기가 온 뒤에 길에 생긴 물웅덩이를 살펴보는 것이 땅이 파인 곳을 찾는 가장 쉬운 방법이다. 다시 말해, 약간의 상상력만 발휘하면 우리는 자연보다 더 깊이 잠수하고, 더 높이 날아오를 수 있다. 그렇게만 한다면, 우리는 대양의 수심도 그 넓이와 비교해 그리 대단하지 않음을 발견하게 될지도 모르겠다.

나는 얼음을 뚫고 수심을 쟀기 때문에, 얼지 않은 항만을 측량할 때보다 훨씬 정확하게 호수 바닥의 모양을 추정할 수 있었는데, 월든의 바닥이 대체로 고르다는 사실을 알고는 매우 놀랐다. 가장 깊은 부분의 수 에이커에 달하는 면적은 태양과 바람, 그리고 쟁기질에 노출돼 있는 그 어떤 지상의 밭보다도 훨씬 평평했다. 한번은 임의로 선을 하나 그어 놓고 그 선상에 위치한 지점의 수심을 재어 보았는데, 반경 150미터 이내에서는 한 자 이상 수심이 달라지는 곳은 없었다. 그리고 호수 한가운데에서는 어느 방향으로 나아가든 매 30미터마다 10센티미터 이내에서 수심이 달라진다는 사실을 예측할 수 있었다.

어떤 사람은 월든처럼 바닥이 모래로 된 고요한 호수 속에도 깊고 위험한 구멍이 있다고 자주 이야기하곤 한다. 하지만 이런 환경에서 물의 작용은 모든 기복을 평평하게 하는 역할을 한다. 호수는 바닥이 상당히 고를 뿐 아니라, 호반이나 주변을 에워싸고 있는 언덕의 능선과도 완벽하게 일치하기 때문에 멀리 갑이 있다는 사실도 맞은편 물가에서 수심을 측정하면서 알게 되었고, 갑의 방향도 맞은편 호반을 관찰하면서 확인할 수 있었다. 갑은 모래톱이 되고, 평원은 여울이 되며, 계곡과 협곡은 깊은 물이 되고 수로가 되는 것이다.

나는 50미터를 2.5센티미터로 축소해 호수의 축척도를 작성하고, 100군데가 넘는 지점의 수심을 재서 지도상에 모두 기입해 두었다. 그러자 다음과 같은 놀랄 만한 우연의 일치를 발견했다. 가장 깊은 지점을 가리키는 숫자가 명백하게 지도 한가운데 위치해 있음을 알아차리고, 나는 지도 위에 자를 세로로도 대보고 가로로도 대봤다. 그랬더니 놀랍게도 가장 긴 세로선과 가장 긴 가로선이 정확히 가장 깊은 지점에서 서로 교차하는 것이 아닌가. 호수 한가운데는 거의 평평하고, 호수의 외곽선은 규칙적인 것과는 거리가 멀었으며, 가장 긴 가로선과 세로선은 작은 만의 깊이까지도 속속들이 다 잰 것임에도 그랬다. 나는 혼잣말로, "이런 방법으로 호수나 물웅덩이뿐 아니라 대양의 가장 깊은 지점도 알아낼 수 있지 않을까? 그렇다면 계곡을 뒤집어 놓은 것으로 간주되는 산의 높이도 역시 잴 수 있지 않을까?"라고 중얼거렸다. 모두 알다시피, 산의 가장 좁은 부분이 가장 높은 곳은 아니지 않은가.

나는 다섯 개의 작은 만 중에 세 곳의 깊이를 쟀는데, 세 곳 모두 물목을 거의 수평으로 가로지르는 모래톱이 형성되어 있었고, 안쪽의 수심이 더 깊어짐을 확인할 수 있었다. 따라서 만은 수평뿐 아니라 수직 방향으로도 호수가 육지 쪽으로 확장해 나간 후, 두 개의 갑이 모래톱으로 연결됨으로써 일종의 저수지나 독립적인 호수의 형태를 이룬 것이었다. 해안가의 항구 초입에는 모래톱이 있다. 작은 만의 입구가 그 길이에 비해 넓을수록 모래톱 밖의 수심은 내포보다 훨씬 깊었다. 따라서 만의 길이와 넓이, 주변 물가의 특징을 알게 되면 어떠한 경우에도 통용되는 하나의 공식을 세울 만한 요소를 거의 다 갖춘 셈이나 다름없다고 할 수 있다.

이 경험을 토대로, 내가 수면의 윤곽과 물가의 특징을 관찰한 자료를 이용하여 그 호수의 가장 깊은 곳을 정확히 알아낼 수 있는지 알아보기 위해, 이번에는 화이트 호수의 도면을 작성했다. 화이트 호수의 면적은 41에이커이고, 월든과 마찬가지로 호수 안에 섬도 없었다. 또한 눈에 보이는 물의 유입구나 유출구도 없었다. 그런데 가장 긴 가로선이 가장 짧은 가로선과 너무 인접해 있어서 마주 보는 두 갑은 붙어보였고, 두 만의 후미는 멀리 떨어져 보였다. 그래서 나는 가장 짧은 가로선에서 얼마 떨어지지는 않았으나, 가장 긴 세로선과 교차하는 지점이 호수의 가장 깊은 수심이라고 과감하게 표시를 해 두었다.

조사를 마치고 보니 가장 깊은 곳은 내가 표시한 곳에서 30미터 정도 떨어져 있었지만, 그래도 내가 그러리라 예상했던 방향이었다. 깊이도 30센티미터밖에 차이나지 않은 18미터였다. 물론 호수에 유입구와 출구가 있어 물의 흐름이 감지된다거나, 한가운데 섬이 있다면 문제는 훨씬 복잡해질 것이다.

인간이 모든 자연 법칙을 안다면, 하나의 사실이나 하나의 실제 현상에 대한 설명만 있어도 그 시점에 벌어지는 모든 상황의 구체적인 결과를 추측할 수 있을 것이다. 그러나 현재 우리는 단지 몇 가지 법칙만을 알고 있을 뿐이라 추측해 낸 결과는 허술할 수밖에 없다. 물론 자연의 혼란이나 불규칙성 때문이 아니라, 계산하는 데 반드시 필요한 요소를 알지 못하기 때문이다. 일반적으로 법칙과 조화에 대한 우리의 개념은 직접 알아낸 사례들에 한정돼 있다. 그러나 우리가 아직 찾아내지 못했기에 겉으로는 모순돼 보이지만, 실제로는 서로 일치하는 많은 법칙에서 찾아낼 수 있는 조화가 훨씬 더 경이로운 것이다. 개개의 법칙은 우리의 관점에 따라 무수한 측면으로 파악될 수 있다. 그것은 하나의 절대적인 형태를 갖춘 산이 나그네가 한 걸음씩 걸을 때마다 다른 모습으로 보이는 것과 마찬가지다. 산을 쪼개거나 구멍 뚫는다고 해서 그 전체를 파악할 수 있는 것은 아니지 않은가.

내가 호수에서 관찰한 것은 인간 세상의 윤리에도 그대로 적용된다. 그것이 바로 평균의 법칙이다. 두 개의 지름을 이용한 그런 규칙은 우리를 태양계 속의 태양으로, 그리고 인간 몸속의 심장으로 안내한다. 또한 한 인간이 매일 행하는 행동과, 그가 품은 작은 만과 그 안으로 밀려드는 삶의 파도를 모두 모아 두고 그곳에 가로세로 양 방향으로 선을 긋는다. 그러면 두 선이 교차하는 곳이 바로 그의 온전한 성품에서 가장 높거나 깊은 부분이리라.

어쩌면 우리가 그의 호반의 기울기나 인근 지역과 환경은 어떠한지 알기만 한다면, 그의 깊이와 감추어 둔 심성의 바닥을 알 수 있을지도 모르겠다. 만약 그가 아킬레우스의 고향처럼 험준한 산맥으로 둘러싸여 산봉우리들이 그의 머리 위에 그림자를 드리우고 가슴에도 그 모습이 비친다면, 그의 내면도 그에 상응해 깊어질 것이다. 그러나 낮고 기복 없는 기슭은, 그 측면에서는 그도 별로 깊지 않음을 증명해 보인다. 우리의 인체에서 이마는 생각과 관련 있으니, 그것이 대담하게 튀어나와 있다면 그만큼 생각이 깊다는 것을 나타낸다. 우리의 작은 만 입구에는 모래톱이 형성돼 있으며 그것은 개개인의 고유 성격을 나타낸다.

모래톱 각각은 특정 계절 동안 우리의 항구가 되어 준다. 우리는 그 속에 갇혀 부분적으로 육지와 만난다. 이러한 성향은 대체로 변덕스럽지 않다. 그 형태와 크기와 방향이 고대로부터 형성된 융기의 축, 즉 물가에 형성된 갑에 의해 결정되기 때문이다. 이 모래톱이 폭풍이나 조류 또는 물살에 의해 점차 커지거나, 물이 감소하면서 표면으로 드러나면 처음에는 하나의 생각을 정박시키던 물가의 갑에 지나지 않던 성향이 개별적인 하나의 호수가 되어 버린다. 그리하여 바다와 단절되고, 그 안에서 생각은 여러 조건을 획득해 소금물에서 민물로 변하고, 달콤한 바닷물이나 사해 혹은 늪이 된다.

 각 개인이 세상에 태어났을 때, 그러한 모래톱 하나가 어딘가 수면 위로 솟아올랐다고 생각해 보면 어떨까? 사실 우리는 형편없는 항해사들이라서 우리의 사랑이라는 것도 대부분 항구도 없는 해안에서 왔다 갔다 방황하거나, 겨우 시(詩)라는 작은 만의 만곡부나 오갈 따름이다. 아니면 모든 이에게 개방된 항구로 향하거나 학문이라는 건선거* 안으로 들어가는데, 그곳에서 사상은 단지 이 세상에 맞게끔 정비될 뿐이고 각각의 사상에 고유성을 부여할 자연의 조류는 만나 볼 수도 없다.

 나는 비와 눈과 증발 이외에는 월든 호수에 물이 들고 나는 곳을 발견하지 못했다. 어쩌면 온도계와 줄을 이용하면 찾아낼 수 있을지도 모르겠다. 물이 호수로 흘러드는 곳이 여름에는 가장 차고 겨울에는 가장 따뜻하지 않겠는가. 1846~1847년,

---

* 항구에서 물을 빼고 배를 건조하거나 수리할 수 있게 해 놓은 곳이다.

인부들이 이곳에서 작업을 하던 때에, 하루는 호반으로 옮겨 놓은 얼음덩이 중의 일부가 너무 얇다는 이유로 얼음을 쌓던 인부들에 의해 버려졌었다. 그 덕분에 얼음을 자르던 인부들은 일부 구역의 얼음이 다른 곳의 얼음보다 5센티미터에서 7.5센티미터 정도 얇다는 사실을 알게 됐다. 그래서 그들은 그곳에 호수 물의 유입구가 있을지도 모르겠다고 생각했다.

그들은 내게 다른 장소도 하나 더 보여 주었다. 자신들이 생각하기에 호수 물이 언덕 아래로 빠져나가 이웃의 목초지로 '새는 구멍'이 확실하다며, 나를 얼음덩이 위에 태우더니 그곳으로 데리고 갔다. 그것은 수면에서 3미터 정도 내려간 곳에 있는 작은 구멍이었다. 그러나 나는 그보다 더 심하게 새는 곳이 발견되지 않은 한은 월든 호수를 땜질할 필요는 없으리라 생각한다. 어떤 이는 만약에 그런 '새는 구멍'이 정말 발견된다면, 그것이 목초지와 연결돼 있음을 증명할 방법을 제안하기도 했다. 즉 그 구멍의 입구에 색깔 있는 가루나 톱밥을 흘려 넣은 후, 목초지에 있는 샘에 여과기를 넣어 두면 물줄기를 타고 온 입자가 거기에 걸리지 않겠느냐는 것이었다.

내가 호수를 탐사하는 동안, 두께가 40센티미터나 되는 얼음이 약한 바람에도 물결처럼 흔들렸다. 얼음 위에서 수평기*를

---

* 지면의 각도나 굴곡 정도를 측정하는 도구이다.

사용할 수 없다는 사실은 널리 알려져 있다. 그래서 호반에 수평기를 설치하고, 그것이 얼음 위에 세워 둔 눈금 막대를 향하도록 한 후, 호숫가에서 5미터 떨어진 곳의 얼음이 가장 크게 요동칠 때 그 치수가 얼마나 되나 측정해 보았다. 거의 2센티미터 가까이 되었다. 그럼에도 얼음은 호숫가에 단단히 붙은 듯 보였다. 호수의 중심에서 재어 보면 분명히 요동의 폭은 훨씬 클 것이다. 모르긴 해도, 만약 우리의 도구가 충분히 정밀하기만 하다면, 인간의 힘으로 지각의 요동까지 측정할 수 있지 않을까?

수평기의 두 다리는 호반에, 나머지 하나는 얼음 위에 세우고 가늠기가 세 번째 다리 너머를 향하게 한 후 관측을 시작했다. 얼음의 극히 미세한 요동 때문에 호수 건너편에 서 있는 나무가 거의 몇 미터는 위아래로 움직이는 듯 보였다. 수심을 재려고 얼음에 구멍을 뚫기 시작했을 때, 나는 얼음 위에 수북이 쌓여 있던 눈과 얼음 사이에 높이가 거의 10센티미터는 될 법한 물이 고여 있음을 알게 되었다. 하지만 물은 내가 뚫은 구멍 속으로 즉시 흘러들기 시작했고, 마치 깊은 개울처럼 이틀간이나 계속 흘렀다. 그것이 사방의 얼음을 녹였고, 호수의 표면을 말리는 데도 큰 기여를 했다. 물이 모두 호수로 흘러 들어갔기 때문에, 수위가 높아지면서 얼음의 높이도 올라갔다. 이것은 배에서 물을 내보내려고 바닥에 구멍을 뚫는 것과 같은 이치였다.

이런 구멍들이 다시 얼어붙은 후, 연이어 비가 내려 마침내 호수 표면이 다시 매끄럽게 얼음으로 덮이면, 얼음 속에 거미줄처럼 보이는 검은 무늬가 얼룩덜룩 아름답게 생겨났다. 얼음 속에 피어난 장미꽃과도 같은 그 무늬는 사방에서 호수 중심으로 흘러들어 가는 물이 만들어 놓은 수로에 의해 생겨난다. 가끔 호수의 얼음이 얕은 물웅덩이로 뒤덮일 때면, 나는 이중으로 비치는 내 그림자를 목격하곤 하는데, 그때 하나의 그림자는 다른 그림자의 머리 위에 서 있었다. 첫 번째 그림자는 얼음 위에, 두 번째는 나무 위나 산등성이에 서 있곤 했다.

　아직은 추운 1월이라 눈도 두텁게 싸이고 얼음도 단단히 얼어 있건만, 마을에 사는 꼼꼼한 땅주인은 여름에 마실 물을 시원하게 만들기 위해 얼음을 가져가겠다고 호숫가를 찾아온다. 1월에 7월의 더위와 갈증을 예견하고는 두꺼운 외투에 장갑까지 끼고 찾아오다니! 많은 것이 제공되지 않는 이 겨울철에 말이다. 참으로 인상적이고, 심지어 애처로울 정도로 약지 않은가. 아무리 그래 봐야 다음 생에서 여름에 마실 물을 시원하게 식혀 줄 얼음까지 이번 생에서 챙겨 두지는 못할 텐데 말이다.

　그는 단단한 호수를 자르고 톱질하여 고기들의 지붕을 들어낸 후, 그들 삶의 터전이자 숨 쉬는 공기를 마치 패 놓은 장작처럼 사슬과 말뚝으로 묶어 마차에 실은 다음, 자상한 겨울 공기의 도움을 받아 겨울의 지하실로 운반해 그곳에서 여름을 나게 하려 한다. 거리로 운반되는 얼음의 모습을 멀리서 바라보면, 마치 단단한 하늘을 보는 것 같다. 얼음을 자르는 인부들은 유쾌한 사람들로, 농담도 잘하고 성격도 좋아서 내가 일하는 곳으로 다가가면 '구덩이 방식 톱질'*을 함께 해 보겠느냐고 청하곤 했는데, 그럴 때면 나는 구덩이 속에 들어갔다.

1846~1847년 겨울, 100명의 상춘국 사람들**이 어느 날 아침 월든 호수에 갑자기 들이닥쳤다. 보기 흉한 농기구와 썰매, 쟁기, 파종기, 잔디 베는 칼, 삽, 톱, 갈퀴 등을 여러 대의 수레에 잔뜩 나눠 싣고 있었고, 각각의 인부는 《뉴잉글랜드 농민(New-England Farmer)》이나 《경작인(Cultivator)》 같은 잡지에도 묘사된 적이 없는 끝이 창처럼 뾰족하게 두 개로 갈라진 막대기로 무장을 한 상태였다. 나는 그들이 겨울 호밀을 심으러 온 것인지, 아니면 최근에 아이슬란드에서 들여왔다는 다른 종류의 곡물 씨앗을 뿌리러 온 것인지 알 수 없었다. 거름은 가져오지 않은 듯 보였기에, 나는 그들도 나처럼 땅 표면에서 얇게 경작을 하려나 보다 생각했다. 토양이 깊고 오랫동안 충분히 묵혀 둔

* 땅에 사람이 들어갈 정도의 큰 구덩이를 파고 그 위에 통나무 등을 걸쳐 놓은 후, 두 사람이 통나무 위아래서 함께 톱질을 하는 방식이다.
** 그리스 신화에 등장하는, 북풍 너머에 산다는 종족을 뜻한다. 여기에서는 소로가 거주했던 뉴잉글랜드 지역보다 위쪽에 있는 추운 지역 사람들을 의미한다.

땅에 파종을 하려는지도 몰랐다.

인부들의 말에 따르면, 자신들을 고용한 사람은 내가 이해한 바로 이미 50만 달러나 되는 재산을 축적해 둔 신사 농부인데, 이 사업으로 재산을 두 배쯤 늘리고 싶어 한다는 것이었다. 자신이 가진 모든 달러 한 장 한 장을 또 다시 달러로 덮기 위해, 그는 이 추운 한겨울에 월든 호수의 유일한 외투, 아니, 피부 그 자체를 벗겨 가려 했다.

인부들은 마치 월든 호수를 본보기가 되는 모범 농장으로 만들기라도 하려는지, 감탄스러울 정도로 질서 정연하게, 즉시 일을 진행했다. 쟁기질과 써레질을 하고, 표면을 평평하게 고르고 고랑을 팠다. 그러나 그들이 어떤 종류의 씨앗을 고랑에 뿌릴지 유심히 지켜보고 있을 때, 바로 옆에 서 있던 일단의 인부들이 갑자기 매우 특이한 동작으로, 그 처녀지의 틀 전체를 바닥의 모래까지 남김없이, 아니, 이곳은 물기가 많은 습지니 그 안의 물까지, 좀 더 정확히 말하자면 그곳의 대지 전부를 갈고리에 걸어 들어 올리더니 썰매로 끌고 갔다. 그래서 나는 그들이 습지에서 토탄이라도 캐내려는 줄 알았다. 그렇게 그들은 기차에서 울리는 특이한 비명 소리와 함께, 극지방의 어떤 지점에서부터 매일같이 호수를 오갔다. 내가 보기에 그들은 북극의 흰멧새 무리 같았다.

그러나 가끔 호수는 원주민 여인처럼 복수를 했다. 어느 날

말이 끄는 수레 뒤를 따라가던 인부 하나가 갈라진 구덩이에 빠져 아예 지옥의 바닥으로 떨어질 뻔한 일이 있었다. 그러자 그전까지만 해도 용감하기 이를 데 없던 사람이 갑자기 풀이 팍 죽어 버렸고, 동물적인 열기를 모두 잃어 내 집에 피신할 수 있게 되었을 때는 무척이나 기뻐했다. 그러고서 그는 난로의 장점을 인정하기까지 했다. 그 외에도 가끔은 얼어붙은 땅이 쟁기 끝의 쇳조각을 빼앗아 가기도 하고, 쟁기가 고랑에 박혀 결국에는 부러뜨려 빼낼 수밖에 없는 상황이 벌어지기도 했다.

그때의 상황을 사실 그대로 평이하게 이야기해 보자면, 100명의 아일랜드 사람이 여러 명의 미국인 감독관과 함께 얼음을 잘라 가기 위해 매일 케임브리지에서 찾아왔다. 그들은 설명이 필요 없을 정도로 잘 알려진 방식으로 얼음덩이를 각지게 잘라 썰매에 싣고는 호반으로 날랐다. 그러고는 재빨리 얼음 쌓는 장소로 끌고 가서 말이 잡아당기는 쇠갈고리와 도르래를 이용해 끌어올리고는, 수많은 밀가루 통을 쌓아 올리듯 얼음 더미 위에 또 다른 얼음을 층층이, 옆옆이, 차곡차곡 쌓았다. 그 모습은 마치 구름을 뚫고 올라가도록 설계된 방첨탑의 견고한 토대를 쌓아 올리는 듯 보였다.

인부들이 말하기로, 그들은 일진이 좋은 날이면 하루 1,000톤의 얼음을 거두어 냈는데, 그것은 거의 1에이커의 면적에 해당했다. 썰매가 같은 길을 계속 지나다니는 탓에, 얼음 위에도 '육지'와 같은 깊은 바퀴 자국과 '요람 구멍'*이 생겨났다. 말들은 하나같이 속을 양동이처럼 파낸 얼음 구덩이에 쏟아 놓은 귀리를 먹었다. 그렇게 인부들은 가로세로가 30미터 내지 35미터쯤 되는 사각형 모양으로 높이가 10미터쯤 되도록 얼음을 쌓아 올렸다. 그리고 맨 바깥층의 얼음 사이사이에는 공기를 차단하기 위해 건초를 끼웠다. 아무리 찬바람이라도 얼음 사이사이에 통로를 발견해 빠져나가게 되면, 차츰 얼음을 녹여 커다란 구멍을 만들어 놓기 때문이다. 그렇게 되면 여기저기에 약한 지지대나 기둥만을 남겨 놓게 되고, 결국에는 쌓아 놓은 얼음을 무너뜨려 버린다.

처음에는 쌓아 놓은 얼음 더미가 거대한 푸른 요새나 신화 속에나 등장하는 '발할라 궁전'처럼 보였다. 그러나 인부들이 얼음 더미에 목초지에서 가져온 거친 잡초를 끼운 후 얼음이 서리와 고드름이 뒤덮이자, 그것들은 원래 하늘색 대리석으로 지어졌으나 유구한 세월 탓에 이끼가 낀 하얀색의 숭고한 유적지처럼 보였다. 또한 달력에서 보았던 백발이 성성한, 그 '겨울'이라는 노인이 살아가는 거처처럼 보였고, 그가 우리와 함께 여름잠을 자려고 지은 오두막처럼 보이기도 했다.

인부들은 쌓아 놓은 얼음 중 25퍼센트는 목적지에 도달하지

---

* 도로나 얼음 등이 함몰되며 생기는 구멍이다.

못할 테고, 1~3퍼센트는 열차 안에서 녹아 없어지리라 계산했다. 그러나 예상과 달리 얼음 더미 중에서 그보다 훨씬 많은 양이 처음 의도와는 다른 운명을 맞이했다. 그것은 얼음에 평소보다 많은 공기가 들어가 기대했던 만큼 잘 보관이 되지 않았던가, 아니면 여타의 다른 이유 때문에 시장에 내놓지도 못했기 때문이었다.

1846~1847년의 겨울에 채취한 약 1만 톤가량으로 추정되는 이 얼음 더미는 결국 건초와 판자로 덮이게 되었다. 그해 7월에 지붕을 걷어 내고 일부를 운반해 가기는 했지만, 나머지는 그대로 남아 태양빛에 노출된 채 여름과 그다음 겨울을 지냈고, 1848년 9월이 되어서야 겨우 녹아 사라졌다. 그렇게 해서 호수는 잃었던 대부분의 물을 찾을 수 있었다.

월든의 얼음은 그 물과 마찬가지로 가까이서 보면 녹색을 띠지만, 멀리서 보면 아름다운 푸른색이다. 따라서 강물의 하얀 얼음이나 400미터 정도 떨어져 있는 다른 호수의 단순한 초록색 얼음과는 쉽게 구분이 된다. 때로 얼음 캐는 인부의 썰매에 실려 있던 얼음 하나가 마을 거리로 미끄러져 떨어지기라도 하면, 그것은 거의 한 주 동안이나 마치 커다란 에메랄드처럼 누워서 지나는 모든 행인의 관심거리가 되었다. 나는 월든 호수의 물이 한 지점에서 바라보았을 때, 액체 상태에서는 녹색이지만, 얼면 푸른색으로 보인다는 사실을 알아냈다. 겨울에는 호수 주변에 생긴 물웅덩이가 호수의 물과 마찬가지로 녹색을 띠다가, 다음 날에는 얼어 푸르게 변해 있기도 했다. 어쩌면 물과 얼음의 푸른색은 그 안에 담긴 빛과 공기 때문일지도 모르겠다. 가장 투명한 색이 가장 푸르다는 사실을 생각해 보라.

얼음은 참으로 흥미로운 명상의 대상이다. 주변에서 하는 말을 들어 보면, 후레시 호수 근처의 저장고에는 5년이나 된 얼음이 있는데, 지금까지도 처음 잘라 냈을 때처럼 단단하다 한다. 어떻게 물 한 통을 떠다 놓으면 그 맛이 금세 변하는데, 얼려 놓으면 그 달콤함이 영원히 지속되는 것일까? 흔히들 이것이 바로 애정과 지성의 차이점이라고 사람들은 말한다.

그렇게 16일 동안이나 나는 100명의 인부가 수레와 말과 그 많은 농기구를 이용해 농부처럼 바쁘게 일하는 모습을 창문 밖으로 바라봤다. 그 모습은 우리가 달력 첫 장에서 볼 수 있는 장면과 흡사했다. 창밖을 내다볼 때마다, 나는 종달새와 추수하는 농부에 관한 우화나 씨 뿌리는 사람의 우화 같은 것을 떠올리곤 했다.

이제 그들은 모두 떠나갔다. 앞으로 30일 정도만 더 있으면, 나는 같은 창문을 통해 바다처럼 청명한 녹색의 월든 호수가 구름과 숲을 비추고, 호젓이 하늘로 증발하는 모습을 볼 수 있게 될 것이다. 하지만 그곳에 사람이 서 있었다는 흔적은 전혀 남아 있지 않으리라. 어쩌면 아비 한 마리가 외로이 자맥질하고 깃털을 고르며 웃는 소리를 듣게 될지도 모른다. 혹은 얼마 전까지만 해도 100명의 인부가 안전하게 발을 딛고 일하던 물 위로 낚시꾼 하나가 떠다니는 낙엽처럼 배를 띄우고 잔물결에 비치는 자신의 모습을 응시하는 장면을 보게 될지도 모르겠다.

그리하여 이제 찰스턴과 뉴올리언스, 마드라스와 봄베이와 캘커타에서 무더위에 땀 흘리는 주민들까지도 내 우물에서 길어 낸 물을 마실 듯하다. 아침이면 나는《바가바드기타(Bhagvat Geeta)》의 우주 창조설에 바탕을 둔 거대한 철학에 나의 지성을 목욕시킨다. 이 책이 쓰인 후 신들의 시대는 지나가 버렸으며, 그 책과 비교해 보면 우리의 현대 세계와 문학은 참으로 하찮고 보잘것없다. 그 철학은 우리가 이해하기에는 너무나도 숭고하여, 혹시 존재 이전의 상태를 언급하는 것은 아닐까라는 생각이 들기도 한다.

나는 책을 내려놓고 나만의 우물로 물을 길러 간다. 그리고 자, 보라! 그곳에서 나는 브라흐마와 비슈누와 인드라 신을 모시는 승려 브라민의 하인을 만난다. 브라민은 지금도 갠지스 강변에 있는 자신의 사원에 앉아 베다 경전을 읽고 있거나, 딱딱한 빵 껍질과 물만으로 연명하며 나무뿌리에서 살아가고 있다. 나는 주인을 위해 물을 길러 온 그의 하인과 만났으며, 우리의 양동이도 한 우물 안에서 서로 부딪혔다. 정갈한 월든의 물이 이제 갠지스강의 성스러운 물과 섞여 든다. 그 물은 순풍에 실려 전설의 아틀란티스섬*과 헤스페리데스섬**을 지나 하노***의 주항기에 적힌 경로를 따라 돌 테고, 테르나테섬과 티도레섬,**** 페르시아만 입구 주변을 떠다니다가 인도양의 열대풍에 녹고, 알렉산더 대왕도 오직 그 이름밖에 들어 본 적이 없는 항구에 정박하리라.

---

* 바닷속으로 가라앉아 버렸다고 전해지는 풍요로운 전설 속의 섬이다.

** 신화 속에 등장하는 낙원의 섬이다.

*** 카르타고의 탐험가였던 하노(Hanno)는 기원전 480년에 서아프리카까지 항해했다. 그의 보고서 〈하노의 주 항로(The Periplus of Hanno)〉는 탐험가의 실제 증언 보고서 중 가장 오래된 것으로 간주된다.(원주)

**** "트르나테와 티도레 섬에서 상인들이 가져 온다네 / 그들의 향료를.", 밀턴 《실낙원》 중에서. 트르나테와 티도레섬은 네덜란드령 동인도 제도에서 향료 섬에 속한 두 섬이다.(원주)

봄

얼음 채취 인부들이 남겨 놓은 구멍이 클수록 호수는 빨리 녹았다. 물이 추운 날씨에도 바람에 일렁이며 주변의 얼음을 녹이기 때문이다. 그러나 그해 월든 호수에는 그런 현상이 일어나지 않았다. 두툼한 새 얼음이 금세 예전 얼음이 있던 자리에 얼어붙었기 때문이다. 월든 호수는 수심이 깊을 뿐 아니라, 얼음을 녹이거나 닳아 없어지게 만드는 물살의 흐름도 없는 까닭에 주변의 다른 호수처럼 빨리 녹는 법이 없다. 나는 월든 호수가 얼음을 가르고 그 속살을 내보이는 모습을 겨우내 한 번도 본 적이 없었다. 모든 호수에 험난한 시련을 주었던 1852~1853년의 겨울도 예외가 아니었다.

월든은 보통 4월 1일쯤, 다시 말해 플린트 호수와 페어헤이

507

븐 호수보다 한 주나 열흘가량 늦은 시기에, 가장 먼저 얼기 시작했던 북쪽 기슭과 가장 얕은 지점부터 녹기 시작한다. 기온의 일시적인 변화에는 거의 영향받지 않는 까닭에, 근처의 어느 호수나 강보다 계절의 절대적인 진행 상황을 알려 주는 좋은 지표 역할을 한다. 3월에 매서운 추위가 며칠간 이어지면 다른 호수의 해빙은 상당히 지연되지만, 월든의 온도는 거의 아무런 영향도 받지 않고 계속 올라간다.

1847년 3월 6일 월든 호수 한가운데 온도계를 넣어 보니 빙점에 가까운 화씨 32도에 달해 있었다. 호반 근처는 화씨 33도였다. 같은 날 플린트 호수의 한가운데서 잰 온도는 화씨 32.5도, 물가에서 중심 쪽으로 60미터 정도 떨어진 지점의 30센티미터 두께의 얼음 밑은 화씨 36도였다. 이처럼 플린트 호수는 가장 깊은 곳과 얕은 곳의 온도차가 3.5도나 되고, 월든과 비교해 수심도 대체로 얕기 때문에, 월든 호수보다 빨리 녹을 수밖에 없다.

이 무렵 가장 얕은 지점의 얼음은 한가운데보다 몇 인치 정도 얇았다. 한겨울에는 호수 중심이 얕은 곳과 비교해 수온이 가장 높았기에 그곳의 얼음이 가장 얇았다. 그러나 여름에 호숫가를 걸어 본 사람이라면, 수심이 10센티미터도 채 안 되는 호반 근처의 물이 안쪽의 물보다 훨씬 따뜻하고 수심이 깊은 곳은 바닥 근처의 물보다 표면 쪽의 물이 훨씬 따뜻하다는 사실을 알아차렸을 것이다.

봄이 되면 태양이 공기와 대지의 온도를 높이는 데 그 영향력을 행사할 뿐 아니라, 그 열기가 두께 30센티미터 이상 되는 얼음을 통과해 들어가 얕은 물의 바닥에서부터 빛을 반사해서 물을 데워 얼음을 아래쪽에서 녹이는 역할을 한다. 동시에 위에서는 직사광선이 내리쬐기 때문에 얼음의 표면이 울퉁불퉁해진다. 또한 태양은 얼음에 들어 있는 기포를 위아래로 팽창시키는 역할을 하기에 얼음은 완전히 벌집처럼 변해 마침내는 봄비 한 번만 내려도 다 녹아 사라져 버린다.

얼음에도 나무와 마찬가지로 고유의 결이 있다. 따라서 사각형으로 채취해 놓은 얼음 덩어리가 녹기 시작하거나 '벌집'이 되면, 다시 말해 벌집 모양으로 변해 버리면, 얼음을 뒤집어 놓든 세워 놓든, 기포가 원래 수면이었던 부분과 직각을 이루게 된다. 바닥에 바위가 있거나 통나무가 수면 가까이로 떠올라 있던 곳에서는 얼음의 두께가 훨씬 얇기에 반사열만 받아도 쉽게 녹아 없어진다.

전해 들은 바에 따르면 케임브리지에서는 나무로 만든 얕은 통에 얼음을 얼리는 실험을 했는데 통 아래로 찬 공기가 순환하도록 해서 위아래가 다 찬 온도를 유지하게 했지만, 바닥에서 반사된 태양열이 찬 공기의 영향을 상쇄시키고도 남아 결국 얼음을 얼리지 못했다고 한다. 한겨울에 따뜻한 비가 내리면, 월든 호수의 눈과 얼음이 녹아 호수 한가운데는 색이 짙거나 투명한 얼음이 단단하게 남는다. 그러나 호숫가에는 두껍기는 해도 잘 부서지는 하얀 얼음이 5미터 정도 폭으로 길게 생겨난다. 이것이 바로 반사열 때문에 나타나는 현상이다. 또한 앞서도 언급했듯이, 기포 자체도 아래쪽 얼음을 녹이는 볼록렌즈 역할을 한다.

이러한 한 해의 현상들이 호수에서는 매일 작은 규모로 일어난다. 대체로, 매일 아침 수심이 얕은 곳의 물은 깊은 곳의 물보다 매우 빠른 속도로 온도가 올라간다. 하지만 완전히 따뜻해진 것이 아니기에, 밤이면 다음 날 아침이 될 때까지 다시 빠르게 온도가 내려간다. 하루는 1년의 완벽한 전형이다. 밤은 겨울이고, 아침과 저녁은 봄과 가을이며, 정오는 여름이다. 갈라지고 깨지는 얼음은 온도의 변화를 나타난다.

1850년 2월 24일, 추운 밤이 지나고 상쾌한 아침이 찾아왔을 때, 나는 하루를 보내기 위해 플린트 호수를 찾아갔다. 그리고 도끼머리로 얼음을 쳤을 때, 그 소리가 마치 가죽을 팽팽하게 당겨 놓은 북을 쳤을 때처럼 '둥' 하고 멀리까지 울려 퍼진다는 사실을 알아차리고는 놀라고 말았다. 해가 뜬 지 1시간쯤 지나자, 언덕 위에서부터 비스듬히 내리비치는 태양 광선의 영향으로 호수가 우르르 울리기 시작했다. 막 잠에서 깨어난 사람처럼 기지개를 켜고 하품을 하면서 점차 더 크게 몸을 움직여 갔는데, 그런 상태는 서너 시간 정도 지속됐다. 그러나 정오가 되니 잠시 낮잠에 빠져들었고, 태양이 그 영향력을 거두어들이는 밤을 향해 나아가는 동안 다시 깨어나 울리기 시작했다.

날씨만 좋으면 호수는 매우 규칙적으로 시간을 알리는 저녁 예포를 쏘아 올린다. 그러나 그날 낮에는 얼음이 여기저기 깨어져 금이 갔고, 대기도 탄력을 잃어 호수가 전혀 울리지 않았다. 그러니 아무리 세게 얼음을 내리치더라도 물고기와 사향쥐가 놀라서 멍해지는 일은 없을 듯했다. 낚시꾼들에 따르면 '호수의 천둥소리'가 물고기들을 놀래서 전혀 입질을 하지 못하도록 만든다고 한다.

호수가 매일 저녁 천둥소리를 내는 것은 아니기에 나는 언제 그 소리가 날지 확실히 예측할 수는 없었다. 그러나 날씨에 아무런 변화가 없는데도, 호수가 울리는 일이 있었다. 이처럼 크고 차고 두꺼운 존재가 그처럼 민감하리라고 그 누가 상상이나 하겠는가? 그러나 봄이면 어김없이 새싹이 트듯이 호수에게도 나름의 법칙이 있어서 때가 되면 반드시 천둥소리를 내야 하는 것이다. 대지는 모두 살아 있으며 돌기로 뒤덮여 있다. 이 세상에서 가장 큰 호수도 온도계 속의 수은 방울만큼이나 대기의 변화에 민감하다.

숲에서 살아가는 삶의 한 가지 매력은 봄이 오는 것을 지켜볼 여유와 기회를 누릴 수 있다는 점이었다. 그때가 되면 호수의 얼음은 마침내 벌집 모양이 되기 시작하고, 그러면 나는 얼음에 발뒤꿈치를 대고 걸어갈 수 있게 된다. 안개와 비와 따뜻한 태양 덕분에 눈은 점점 더 빠르게 녹아내린다. 낮이 피부로 느낄 만큼 길어지니, 이제는 큰불을 피우지 않아도 돼서 더는 나무를 해 오지 않아도 겨울을 날 수 있게 되었음을 알 수 있다. 나는 봄의 첫 징조를 기민하게 살핀다. 이제 막 돌아온 새의 노랫소리나, 이때쯤이면 저장해 둔 식량도 다 떨어졌을 줄무늬다람쥐의 소리를 들을 수 있지 않을까 기대해 본다. 우드척도 겨울 보금자리에서 나올 때가 되었다.

3월 13일, 이때는 내가 이미 파랑새와 멧종다리와 개똥지빠귀의 울음소리를 들은 후였는데도, 호수의 얼음은 여전히 한 자 두께를 유지하고 있었다. 날씨는 따뜻해졌지만, 얼음은 눈으로 알아볼 수 있을 만큼 녹거나 강에서처럼 갈라져 둥둥 떠다니지도 않았다. 호수 가장자리의 얼음은 2~3미터 정도 폭으로 완전히 녹아 있었지만 한가운데의 얼음은 벌집 모양으로만 녹아 물이 흠뻑 스며들어 있을 뿐이었다. 그래서 얼음이 15센티미터 두께일 때도 그 위에 발을 딛고 설 수 있었다. 그러나 따뜻한 비가 내린 후 안개가 끼었다면, 다음 날 저녁쯤에는 얼음이 모두 사라져 버릴지도 모른다. 안개와 함께 종적을 감춰 버리는 것이다.

어느 해던가 나는 얼음이 완전히 사라져 버리기 닷새 전에 호수 한가운데를 걸어서 건넌 적이 있었다. 1845년 4월 1일에 월든 호수는 완전히 녹았다. 1846년에는 3월 25일에, 1847년에는 4월 8일에, 1851년에는 3월 28일에, 1852년에는 4월 18일에, 1853년에는 3월 23일, 그리고 1854년에는 4월 7일에 얼음이 완전히 사라져 버렸다.

강과 호수의 얼음이 녹고 날씨가 안정적으로 변하는 것과 관련이 있는 모든 사건은 기후가 양극단을 오가는 지역에 살아가는 우리 같은 사람의 흥미를 특히 끌어당긴다. 날씨가 점점 따뜻해질 때, 강변에 살아가는 사람들은 밤이면 강이 대포 소리만큼이나 큰 소리를 내며 얼음을 가르는 소리를 듣는다. 그것은 얼음으로 만든 족쇄가 끝에서 끝으로 끊어지는 소리다. 그후 며칠 지나지 않아 얼음이 빠르게 사라지기 시작한다. 그러면 대지의 진동과 함께 악어가 진흙 속에서 나타난다.

자연을 매우 가까이서 관찰해 왔기에 자연의 섭리에 관한 한 그 누구보다도 정통했던 한 노인이 있었다. 그는 어린 시절 자연이라는 배가 건조대에 올라가 있을 때, 직접 용골 놓는 것을 도와주기라도 한 듯이 자연과 친숙했다. 그는 므두셀라*의 나이까지 산다 해도, 더는 그 영역에 대해서 얻을 것이 없을 만큼 해박하기도 했다. 그 노인이 내게 자연의 경이로운 작용에 관해

---

* 969세까지 살았다는 창세기 속 인물이다.

이야기하는 것을 들을 때마다, 나는 그 둘 사이에는 아무런 비밀도 없는 것만 같아 놀라지 않을 수가 없었다. 그가 내게 다음과 같은 이야기를 들려주었다.

어느 봄날, 그는 오리 사냥이나 해 볼까 하고 엽총을 챙겨 들고 배를 저어 나갔다. 강가의 목초지에는 아직 얼음이 얼어 있었지만, 강의 얼음은 다 녹고 없어서, 그는 아무런 장애물도 만나지 않고 자신이 사는 서드베리에서 페어헤이븐 호수까지 내려갈 수 있었다. 그런데 놀랍게도 페어헤이븐 호수는 그때까지도 대부분이 단단한 얼음으로 덮여 있었다. 날이 따뜻했음에도, 그토록 거대한 빙판이 남아 있는 것을 목격하고 그는 매우 놀라고 말았다.

하지만 오리 떼는 전혀 보이지 않았다. 그래서 그는 배를 호수의 북쪽, 그러니까 호수 안에 있는 섬의 뒤쪽에 감추고 자신은 남쪽 덤불 사이에 몸을 숨긴 채 앉아서 오리를 기다렸다. 호수 기슭은 얼음이 15미터 내지 20미터 정도 폭으로 녹아 있어서 물이 잔잔하고 따뜻했으며, 오리가 좋아하는 진흙 바닥이었다. 그래서 노인은 머지않아 오리가 나타나리라 믿었다.

한 시간쯤 숨어 있었을까, 그의 귀에 멀리서 낮게 울리는 소리가 들려왔다. 마치 거대한 무리의 새 떼가 날아오는 소리 같기도 해서 그는 총을 꼭 부여잡고는 신이 나서 바쁘게 자리를 털고 일어났다. 그러나 놀랍게도 노인이 누워 있던 동안 호수의 거대한 빙판이 움직이기 시작해 물가 쪽으로 떠내려 오는 중이었다. 그가 들은 소리는 빙판 가장자리가 호반 기슭을 긁어 대는 소리였던 것이다. 얼음 덩어리는 처음에는 조금씩 떨어지고 부서지기 시작했으나 마침내는 섬 위로 상당히 높이까지 밀려 올라와 그 조각들을 섬에 온통 흩뿌려 놓은 채 멈췄다.

마침내 태양의 광선이 직각을 이루고 따뜻한 바람이 안개와 비를 몰아와 눈 덮인 둑을 녹인다. 안개를 흩어 버리는 햇살은 향기와 함께 김을 피어 올리는 적갈색과 흰색이 교차한 풍경을 보며 미소 짓는다. 그리고 그 풍경을 지나는 나그네는 수천의 반짝이는 실개천과 개울이 들려주는 음악 소리에 흥겨워하며 작은 섬에서 섬으로 발길을 옮긴다. 이제 개울과 실개천은 그 혈관 속에 가득 찬 겨울의 피를 흘려보내고 있다.

마을로 가려면 철로 변을 지나야 한다. 그리고 봄이 되면 얼었던 모래와 진흙이 녹으면서 철로 변의 깊숙이 팬 경사면 양쪽으로 흘러내리기 시작하는데, 그 현상을 관찰하는 일보다 내게 더 큰 기쁨을 주는 일은 거의 없다 하겠다. 철도 건설 과정에서 철로 양쪽으로 드러난 둑은 보통 적절한 자재로 마감을 하는데, 비탈을 그대로 노출시킨 경우도 많았다. 하지만 이처럼 대규모의 흘러내림 현상을 목격할 수 있는 곳은 흔치 않았다. 둑을 마감한 재료는 여러 굵기의 다양한 색을 띤 모래에 약간의 진흙을 섞는 것이 일반적이다. 봄에 서리가 내리거나 겨울이라도 얼음이 녹는 날은 모래가 마치 용암처럼 아래로 흘러내려서 때로는 눈을 뚫고 쏟아져 내려, 전에는 모래라고는 찾아볼 수도 없던 곳을 온통 모래 천지가 되도록 만들어 버린다.

무수히 많은 작은 흐름이 서로 겹치고 뒤엉켜 일종의 혼성물을 만들어 낸다. 즉, 절반은 물줄기의 법칙을 따르고, 나머지 반은 식물의 법칙을 따른다. 흘러내리는 동안 그것은 싱싱한 나뭇잎이나 덩굴의 형태를 취하고, 깊이가 한 자나 그 이상 되는 걸쭉한 퇴적물을 형성하기도 한다. 위에서 내려다보면 톱니바퀴 모양의 잎사귀나 지의식물의 비늘 달린 엽상체처럼 보이기도 한다. 산호나 표범의 발톱, 새의 발, 뇌나 폐나 내장, 혹은 각종 배설물을 떠오르게 하기도 하는데, 그것은 실로 기이하기 짝이 없는 식물이다. 우리 눈에 보이는 그 형태나 색은 동판에 복사되어 아칸서스, 치커리, 담쟁이덩굴, 포도나무 등 그 어떤 식물의 잎보다 더 오래전에 건축을 장식하는 데 이용된 전형적인 무늬처럼 보인다. 따라서 어떤 상황에서는 미래의 지질학자들에게 하나의 수수께끼가 될 운명을 타고났는지도 모르겠다.

전체 비탈의 모습은 마치 종유석을 매단 채 햇빛에 고스란히 노출된 동굴 같은 인상을 주었다. 모래의 다양한 색조는 독특하리만치 풍부하고 보기 좋았으며, 갈색, 회색, 누런색, 붉그스름한 색 등 다양한 철의 색을 포함했다. 흘러내리던 모래가 비탈 바닥의 배수로에 도달하면, 그것은 좀 더 평평하게 퍼지면서 몇 가닥으로 나뉜다. 그렇게 나뉜 개별적인 가닥은 반원통형이던 본래의 모습을 잃어버리고, 차츰 더 평평하고 넓어지다가 물기가 많아짐에 따라 함께 흘러가기 시작한다. 그러다가 어느 순간에는 거의 평평한 '모래'의 모습을 되찾는다. 그때까지도 여전히 다양하고 아름다운 색깔이기는 하지만, 이제 그 안에서 식물의 원래 형상은 찾아볼 수가 없다. 마침내 모래가 물속으로 들어가면, 강어귀에 형성되는 것과 같은 둑으로 변신하게 되고, 식물의 형태는 물 바닥에 새겨진 물결무늬 속으로 금세 사라져 버린다.

6미터 내지 12미터 높이의 둑 전체 중에서 한쪽, 또는 양쪽을 따라 400미터 정도 되는 거리가 가끔은 단 하루의 봄날이 만들어 내는 바로 이런 종류의 잎사귀 무늬로 뒤덮인다. 그런데 이 모래 잎사귀 무늬가 놀라운 것은 갑자기 툭 튀어나오듯 불시에 생겨나기 때문이다. 간혹 아무런 변화도 없는 한쪽 둑을 바라보고 있다가, 무심히 반대편 둑을 돌아보면 그곳에는 1시간 전만 하더라도 아무런 자취가 없던 화려한 잎이 무성하게 자라 있다(태양은 원래 한쪽으로 먼저 떠오르지 않는가). 그러면 나는 세상과 나를 창조해 낸 바로 그 위대한 '예술가'의 작업실에 서 있는 듯한 참으로 묘한 기분을 느끼게 된다. 즉, 그 예술가가 여전히 힘이 남아돌아 작업을 하며 그의 새로운 구상을 여기저기 둑 위에 흩뿌려 놓는 듯한 기분이 드는 것이다. 그럴 때면 내가 지구의 생명이 분출하는 곳 가까이 있다는 느낌도 든다. 모래의 흘러내림이 동물의 내장과도 모양이 비슷한 잎사귀 형태의 덩어리이기 때문이다. 따라서 우리는 이러한 모래 속에서조차 식물의 잎이 태어나기를 기대하는 것이다.

대지가 식물의 잎을 통해 그 자신을 외부로 표현한다는 사실은 놀랄 일도 아니다. 이미 내부에서는 그 생각을 품고 진통에 진통을 거듭해 왔기 때문이다. 원자는 이미 이러한 법칙을 배웠고, 그 법칙에 의해 잉태를 한다. 나무에 걸린 잎사귀는 여기 모래에서 바로 원형을 본다. 지구 속이든 동물의 몸속이든 간에 '내적'으로 잎은 물기 많은 두꺼운 '엽(葉, lobe)'이다. 간엽과 폐엽처럼, 특히 간과 폐에 적용할 수 있는 이 '엽'은 지방의 '잎', 다시 말해 지방엽에도 적용된다['엽'의 어원인 그리스어 'λειβω'는 lobe(잎), globe(지구), lap(겹치다), flap(흔들리다) 등의 많은 단어로 파생되었다]. '외적'으로 보자면, 그것은 얇고 마른 '잎(leaf)'이다. 여기서 'f'와 'v'는 심지어 압축되고 마른 'b'가 아닌가. 'lobe'의 어근은 'lb'다. 부드러운 유성음 'b(단엽. 대문자 B는 복엽)'를 뒤에 있는 유음 'l'이 앞으로 밀어낸다. 'globe'의 경우에는 어근이 'glb'이다. 후두음 'g'가 단어의 의미에 목구멍의 성량을 보탠다.

새의 깃털과 날개는 한층 더 건조하고 얇은 잎이다. 위와 같은 방식으로 땅속의 둔한 유충이 가볍게 날개를 퍼덕이는 나비로 변신하는 과정도 훑어갈 수 있다. 지구도 부단히 자기를 초월하여 변신에 변신을 거듭하고, 그 궤도 속에서 날갯짓을 하며 날고 있다. 심지어는 얼음도 섬세한 수정 같은 잎으로 시작한다. 그것은 마치 수초의 갈라진 잎이 물이라는 거울 위에서 눌리며 만들어 낸 주형틀 속으로 흘러 들어가 굳어진 듯한 모양이다. 나무도 그 전체가 하나의 잎에 불과하다. 강도 여전히 커다란 잎이며, 그 이파리 부분은 강 사이에 펼쳐지는 육지이고, 마을과 도시는 잎자루 끝에 붙은 곤충의 알이다.

해가 기울면 모래도 흐르기를 멈추지만, 아침이 되면 그 흐름은 다시 한번 시작되어 가지를 뻗고 또 뻗으면 수많은 줄기로 나뉜다. 혈관이 형성되는 방식도 이와 비슷할 것이다. 좀 더 자세히 관찰해 보면, 녹으면서 부드러워진 모래의 덩어리가 손가락 바닥의 볼록한 살점처럼 물방울 모양을 하고 앞으로 밀려 나와 천천히 맹목적으로 길을 더듬으며 아래로 흘러가는 모습을 볼 수 있다. 그러다 마침내 해가 높이 떠오름에 따라 열기와 습도가 더불어 높아지면, 자연의 법칙에 순응하려는 노력에 따라 가장 유동적인 부분은 가장 움직임이 느린 부분에서 갈라져 나와 홀로 구불구불한 수로나 동맥을 형성한다. 그 수로 안에서는 작은 은빛의 흐름이 마치 번개처럼 번쩍이며 싱싱한 잎이나 가지의 단계에서 다음 단계로 이동하고, 머지않아 영원히 모래 속으로 빨려 들어간다.

흘러가는 모래가 수로의 날카로운 테두리를 형성하고자 모래 속에서 찾을 수 있는 최고의 재료를 이용해 빠르고 완벽하게 자신을 조직해 나가는 모습을 지켜보는 일은 경이롭기까지 하다. 이것이 바로 강의 원천이다. 물속에 침전된 규산 질이 뼈의 조직이라면, 더욱 부드러운 토양과 유기물질은 살덩이와 세포조직일 터다. 인간이 해동되는 진흙 덩어리가 아니라면 무엇이겠는가? 손가락의 볼록한 부분은 덩어리진 물방울에 불과하다. 손가락과 발가락은 해동되는 몸뚱이가 사방으로 흘러 나가며 형성된 것이다. 인간의 몸이 더욱 온화한 하늘 아래서는 얼마나 확장되고 흘러내려 무엇으로 변했을지 그 누가 알겠는가? 손이란 엽과 엽맥이 있는 펼쳐진 종려나무 잎이 아닐까?

상상력을 발휘해 보자면, 귀는 머리 양쪽에서 돋아 나온 엽이나 물방울이 달린 자의식물이라 할 수 있을 것이다. 입술은 동굴 같은 입의 위아래서 닫히거나 열린다. 코는 명백히 엉겨 있는 물방울이나 종유석이다. 턱은 얼굴에서 흘러내려 합류하는 그보다 더 큰 물방울이다. 볼은 눈썹 위에서 얼굴의 계곡으로 흘러내린 산사태가 광대뼈에 부딪히며 퍼져 나간 흔적이다. 식물의 잎에서도 둥그런 열편*은 크든 작든 상관없이 이리저리 서성대는 두툼한 물방울이고, 잎의 손가락이다. 열편이 많을수

* 잎의 갈라진 부분을 뜻한다. 예컨대 포플러나 야자수의 잎은 열편이 여러 개다.

록 잎은 많은 방향으로 흘러가려 하고, 열기나 온화한 기후의 영향을 많이 받을수록 더 멀리 흘러가게 된다.

따라서 이 하나의 비탈진 언덕이 자연의 섭리가 작용하는 원칙을 모두 드러내 보여 주는 것만 같다. 이 지구를 창조한 이는 오직 잎사귀 하나에만 특허를 얻었을 뿐이다. 그러니 이제는 어떤 샹폴리옹*이 나타나 이 상형문자를 해독해서, 우리가 마침내 새로운 시대를 열어 갈 수 있도록 해 줄 것인가?

모래 언덕의 현상은 풍성하게 열매 맺은 비옥한 포도밭보다도 나를 더 기운 나게 한다. 솔직히 어떤 면에서 보자면, 그것은 다소 배설물의 특징을 띠기도 하고, 간과 폐**와 내장 더미가 끝도 없이 쌓여 가는 듯 보이기도 한다. 마치 지구가 뒤집히기라도 한 것 같지 않은가. 그 모습은 자연에도 내장이 있으니, 그네가 인류의 어머니가 틀림없다는 사실을 암시한다. 이 모래 현상은 대기의 결빙이 밀려나면서 생긴다. 즉, 봄이 오는 것이다. 신화가 평범한 시가(詩歌)를 앞서 세상에 태어났듯이, 푸른 잎이 돋고 꽃이 피는 봄이 오려면 이 현상이 먼저 일어나야 한다. 이보다 더 말끔히 겨울의 독기와 소화불량을 해소시키는 것이 있을까?

---

* 로제타석을 해독해 상형문자 연구에 대대적인 관심을 불러일으켰던 장 프랑수아 샹폴리옹(Jean-François Champollion, 1790~1832)을 말한다.
** 소로는 "liver lights"라고 적었다. 여기서 'lights'는 '폐'의 수술 용어다.(원주)

또한 이 현상은 대지가 아직 강보에 싸인 갓난아이임을, 이제 막 그 자그마한 손가락을 사방으로 쭉쭉 뻗고 있음을 내가 확신할 수 있게 해 준다. 그 반질반질한 이마에 곱실거리는 머리칼이 새로 자라나고 있다. 모든 것이 유기적이다. 이러한 잎사귀 모양의 더미가 마치 용광로의 찌꺼기처럼 비탈 아래 죽 쌓여 있다. 자연이 아직 그 안에서 온 힘을 다해 용광로를 가동시키고 있음을 알려 주는 증거 아니겠는가. 대지는 책 속의 종잇장처럼 층층이 쌓여, 지질학자와 고고학자에 의해 연구되는 죽은 역사의 조각이 아니다. 그것은 꽃과 열매보다 앞서는 나뭇잎처럼 살아 있는 시다. 즉 화석이 아닌 살아 있는 대지다.

대지 중심의 위대한 삶과 비교하면 동식물은 그저 기생하는 삶을 살아가는 데 불과하다. 대지는 극심한 진통을 겪으며 우리의 허물을 그 무덤에서 던져 낼 것이다. 우리는 가지고 있는 금속을 녹여 틀에 부은 후 세상에서 가장 아름다운 형상을 만들어 낼 수도 있다. 하지만 녹아내린 대지가 흘러나와 만들어 낸 형상보다 나를 더 가슴 설레게 하는 것은 그 어디에도 없다. 그리고 대지 그 자체뿐 아니라, 그 위에 세워진 제도 역시 옹기장이의 손에 들린 점토처럼 언제라도 그 형태가 바뀔 수 있다.

머지않아 이 비탈뿐 아니라, 모든 언덕과 평원, 그리고 모든 계곡에서, 동면하던 네발 동물이 그 굴에서 빠져나오듯, 냉기가 땅속에서 일어나 노래 부르며 바다를 찾아 가거나 구름이 되어 다른 기후를 찾아 이동하게 된다. 부드러운 설득의 힘을 보이는 해동은 망치를 손에 든 토르보다 훨씬 강력하다. 토르는 모든 것을 산산조각 내지 않는가.

땅 위의 눈이 부분적으로 녹고, 며칠간 계속되는 온화한 날씨가 대지면의 습기를 어느 정도 말려 버리면, 새로운 해가 시작되었음을 알리는 부드러운 첫 징조가 대지를 뚫고 조금씩 올라오기 시작한다. 겨울을 견뎌 내고 이제는 시들어 버린 식물의 당당한 아름다움과 새싹의 싱그러움을 비교하는 일도 즐거웠다. 보릿대국화, 메역취, 핀위드,* 우아한 야생 들풀 등이 마치 지난여름에는 완숙한 아름다움을 보여 주지 못했다는 듯 그때보다 훨씬 선명하게, 그리고 자주 눈에 띄며 흥미도 불러일으킨다. 심지어는 황새풀, 부들, 우단현삼, 물레나물, 조팝나무, 피리풀 같은 강한 줄기의 식물도 눈에 띄었는데, 그들은 일찌감치 찾아온 새들에게 아직 다 고갈되지 않은 자연의 곡식 창고가 되어 주었다. 그 식물들은 미망인이 된 자연이 입고 있는 점잖은 상복**이었다.

특히 나는 위쪽이 둥글게 휘고 다발처럼 생긴 솔방울고랭이에 마음을 빼앗겼다. 그것은 아직 겨울의 추억을 품은 우리에

---

* 가느다란 잎과 작은 꽃이 피는 잡초다.
** 'weed'라는 단어는 일반적으로 '잡초'라는 의미로 해석되지만, '(미망인의) 상복'이라는 의미로도 쓰인다.

게 여름의 기억을 가져다주었다. 예술이 즐겨 모방하는 형상 중 하나이기도 했다. 또한 천문학이 인간의 마음속에 자리 잡은 어떤 유형과 밀접한 관계를 맺고 있다면, 솔방울고랭이와 식물의 왕국이 맺은 관계도 그와 마찬가지였다. 그것은 그리스나 이집트의 문양보다도 더 역사가 깊다. 겨울에 일어나는 많은 현상은 형언할 수 없을 정도의 부드러움과 섬세함을 암시한다. 우리는 마치 무례하고 난폭한 폭군이라도 되는 듯 겨울을 묘사하는 표현에 익숙해 있다. 그러나 그는 연인 같은 다정함으로 여름의 치렁치렁한 머릿결을 치장해 준다.

봄이 다가오면서 붉은 날다람쥐 두 마리가 한꺼번에 내 집 마루 밑에 거처를 정했다. 앉아서 글을 읽거나 쓰고 있자면, 바로 발밑에서 생전 들어본 적도 없는 기묘하기 그지없는 소리로 킬킬대며 웃고 찍찍거리고, 또 목구멍으로 뱅글뱅글 춤이라도 추는지 꼴깍이는 소리를 냈다. 내가 발로 쿵쿵거리면, 오히려 더 큰 소리로 찍찍거렸다. 못된 장난에 흠뻑 빠져 두려움도 존경심도 다 내던진 모양인지, 자신들을 멈추게 하려는 인간에게 반항을 했다. 아니, 그렇게는 안 되지, 요 다람쥐야, 다람쥐야. 녀석들은 내 말을 완전히 묵살하면서 그 말에 담긴 힘을 알아차리지 못했는지, 애교 넘치는 비난을 퍼부어 댔다.

봄의 첫 참새가 왔다! 그 어느 해보다 더 푸른 희망으로 한 해가 시작하고 있다! 파랑새, 멧종다리, 개똥지빠귀의 지저귐이 드문드문 눈이 녹은 축축한 들판 너머로, 겨울의 마지막 눈송이가 날리면서 반짝이듯이, 은빛으로 반짝이며 희미하게 들려오는 것이 아닌가! 이런 순간에 역사와 연대기와 전통과, 또 문자로 기록된 모든 계시가 무슨 의미가 있다는 말인가? 개울물도 봄을 향해 기쁨의 노래를 합창한다. 초지를 낮게 비행하는 개구리매는 이제 막 잠에서 깨어나 기어 나오는 진흙투성이의 생물을 찾아 돌아다닌다. 녹은 눈이 무너져 내리는 소리가 골짜기 여기저기에서 들려오고, 얼음도 호수 속으로 점점 녹아들어간다. 산기슭은 '봄불'이라도 난 듯 초록으로 불타오른다.

et primitus oritur herba imbribus primoribus evocata.[*]

마치 대지가 다시 돌아온 태양을 환영하기 위해 내부의 열기를 내보내기라도 하는 듯했다. 그리하여 그 불꽃은 황금색이 아니라, 초록색인 것이다. 영원한 젊음의 상징인 풀잎은 기다란 녹색의 리본처럼 잔디 위를 흘러 여름 속으로 흘러가다가 서리에 제지당하지만, 곧 다시 전진하며 땅속에서 솟아나는 신선한 생명력으로 지난해 베이고 남은 건초의 잎을 들어 올린다.

---

[*] "그리고 이른 봄비에 불려 나온 풀은 그저 싱싱하게 자라난다.", 마르쿠스 티렌티우스 바로(Marcus Terentius Varro), 《농사론(Rerum Rusticarum)》중에서.(원주)

풀잎은 땅속에서 흘러나오는 실개천만큼이나 꾸준히 자라난다. 풀과 실개천은 거의 같다. 모든 것이 성장하는 6월, 실개천이 마르면, 대신 풀잎이 성장하는 모든 것의 수로가 된다. 해마다 가축은 이 영원한 초록의 물줄기를 마시고, 풀 베는 이는 거기서 일찌감치 겨울의 사료를 퍼 올린다. 인간의 생명도 마찬가지라서, 뿌리까지 죽는다 할지라도 영원을 향해 여전히 그 푸른 잎을 뻗어 나간다.

월든이 빠르게 녹기 시작한다. 호수 북쪽과 서쪽 물가는 폭 10미터 정도의 얼음이 녹아 운하가 생겼고, 동쪽 물가는 녹은 폭이 더욱 넓었다. 얼음의 거대한 들판 하나가 한가운데 몸체에서 떨어져 나갔다. 물가 수풀 속에서 멧종다리의 노랫소리가 들린다. "올릿, 올릿, 올릿, 칩, 칩, 칩, 치, 차, 치 위스, 위스, 위스" 녀석도 얼음 가르는 일을 돕는 중이다.

얼음 가장자리를 완만히 휩쓸어 가는 곡선의 모양새는 참으로 근사하다. 호반의 곡선을 비슷하게는 따르고 있지만, 훨씬 더 규칙적이지 않는가! 얼음은 최근의 일시적인 강추위가 몰아닥친 탓에 일반적인 경우와는 달리 단단하고, 궁전의 바닥처럼 온통 물결무늬로 뒤덮여 있다. 그러나 바람은 그 불투명한 표면을 지나 헛되이 동쪽으로 미끄러져 갈 뿐이다. 그리고 저편의 살아 일렁이는 수면에 도달한다.

띠처럼 녹은, 기쁨과 젊음을 발산하는 호수의 맨 얼굴이 태양 아래 반짝이는 모습을 바라보고 있노라면 한없이 영광스러운 기분이 느껴진다. 호수가 마치 그 안에 사는 물고기나 호반을 덮고 있는 모래의 기쁨에 대해 말하고 있는 듯하다. 황어의 비늘처럼 은빛을 발하는 그 모습은 살아 있는 한 마리의 물고기나 다름없다. 그것이 바로 겨울과 봄의 차이점이다. 죽어 있던 월든 호수가 이제 다시 살아나고 있다. 그러나 이번 봄에는 앞서 이미 언급했듯이 훨씬 느리게 얼음을 가르는 중이다.

눈보라가 치던 겨울이 고요하고 온화한 날씨로, 어둡고 굼뜨게 움직이던 시간이 밝고 탄력 있는 시간으로 바뀌는 과정은 만물이 성명을 발표하는 매우 중대한 순간이다. 변화는 불시에 일어난다. 겨울 구름이 여전히 하늘에 걸려 있고, 처마에서는 진눈깨비를 동반한 빗물이 떨어지며, 이미 해가 기울기 시작한 어느 날 저녁이었다. 갑자기 햇살이 온 집 안을 가득 채웠다. 나는 창밖을 내다보았다. 세상에! 어제까지만 해도 차가운 잿빛 얼음이 놓여 있던 곳에, 투명한 호수가 자리해 있는 것이 아닌가. 여름 저녁처럼 잔잔하고 희망으로 가득 찬 모습이었다. 하늘에는 여름의 흔적이라고는 보이지도 않았지만, 멀리 떨어진 지평선과 교신이라도 하는지 호수는 투명한 가슴에 여름의 저녁 하늘을 그득 담고 있었다.

멀리서 개똥지빠귀의 지저귐이 들려왔다. 예년과 마찬가지로 달콤하고 힘이 넘치는 그 노랫소리는, 마치 수천 년 만에 처음으로 듣는 듯한 기분이 들게 했다. 나는 앞으로 천년이 지난다고 해도 결코 그 소리를 잊을 수 없을 것만 같았다. 아, 뉴잉글랜드의 여름 하루가 끝나 갈 무렵의 개똥지빠귀여! 그가 앉아 있는 작은 가지를 내가 찾아낼 수 있으려나! 내 말은 '그'와 '그가 앉아 있는 작은 가지'를 의미한다. 적어도 내게 그는 여타의 개똥지빠귀가 아니다.

겨우내 가지가 축 늘어져 있던 오두막 주변의 소나무와 떡갈나무 관목도 불쑥 본래의 특성을 되찾아 더 밝아지고 푸르러지고 곧아졌으며 생생해졌다. 마치 실제로 빗물에 씻겨 깨끗해지고 원기도 회복한 듯했다. 나는 이제 더는 비가 내리지 않으리라는 사실을 알았다. 이런 시기에는 숲의 작은 나뭇가지 하나만 보아도, 아니 쌓아 놓은 장작더미만 보아도, 겨울이 지나갔는지 아닌지 알 수 있기 때문이다.

주위가 차츰 어두워져 가는 동안, 나는 숲 위를 낮게 날아가는 기러기의 끼룩거리는 소리에 놀라고 말았다. 그것은 남쪽 호수로부터 날아오느라 늦게야 도착해 피곤한 나그네들이 서로 불평불만을 늘어놓으며 한탄도 하고 위로도 하는 소리 같았다. 문간에 서자, 세차게 날갯짓하는 소리가 들렸다. 그들은 내 오두막 쪽으로 날아오다가 문득 집 안에서 새 나오는 불빛을 보았는지, 아우성을 잠재우고 방향을 돌려 호수에 내려앉았다. 그래서 나는 안으로 들어가 문을 닫고 숲에서의 첫 봄날 밤을 보냈다.

아침에 나는 문간에 서서 안개 너머로 250미터쯤 떨어진 호수 한가운데를 헤엄쳐 다니는 기러기의 모습을 바라봤다. 수도 많고 떠들썩해서 월든 호수가 마치 녀석들을 즐겁게 해 주려고 일부러 만들어 놓은 놀이터라도 된 것 같았다. 그러나 내가 물가로 다가서자, 녀석들은 대장 기러기의 신호에 따라 즉시 날개를 퍼덕이며 하늘로 날아올랐다. 그리고는 전체 스물아홉 마리가 대열을 정비한 후 내 머리 위를 선회하다가, 마침내 대장이 일정한 간격을 두고 끼룩거리는 신호를 따라 캐나다를 향해 곧장 날아가 버렸다. 아침 식사는 월든보다 훨씬 탁한 호수에서 하려는 모양이었다. 동시에 오리 떼도 날아오르더니, 자기들보다 더 시끄럽던 사촌의 흔적을 따라 북쪽으로 방향을 잡았다.

그 후로 일주일 동안 안개 낀 아침이면, 외로운 기러기 한 마리가 짝을 찾아 빙글빙글 돌면서 금속성의 울음을 우는 소리가 들려왔다. 그리고 그 소리는 숲이 감당하기에는 매우 큰 생명의 소리가 되어 온 숲을 채워 놓았다. 4월에는 비둘기가 작은 무리를 지어 빠르게 날아다니는 모습이 보였고, 머지않아 흰털발제비도 내 개간지 위에서 지저귀는 소리가 들려왔다. 마을에는 내 몫으로 나누어 줄 흰털발제비가 그리 많지 않았을 것이 분명했다. 따라서 나는 그들이 백인이 정착하기 전부터 나무 구멍에서 살아가던 독특한 고대의 종이 아닐까 상상해 봤다.

세상의 모든 기후대에서 거북이와 개구리는 봄을 알리는 전조이자 전령이다. 그리고 새들은 노래를 부르고 깃털을 반짝이며 날아다닌다. 식물은 싹을 틔우고 꽃을 피우며, 바람도 불어온다. 이 모두가 지구 양극의 미세한 진동을 바로잡아 자연의 균형을 유지하려는 노력의 일환이 아니겠는가.

　나는 사계절이 그 나름대로 다 최고의 계절이라 생각한다. 따라서 봄이 오는 것은 혼돈에서 우주를 창조하는 것이자, 황금시대의 도래를 알리는 것과도 같다.

Eurus ad Auroram, Nabathacaque regna recessit,

Persidaque, et radiis juga subdita matutinis.

동풍은 여명의 신이 사는 나라와 나바타이아의 왕국으로,

페르시아와 아침의 해가 비치는 산등성로 물러난다.

......

인간이 태어났다. 더 나은 세상의 근원인

만물의 창조자가 성스러운 씨앗으로 만든 것인가,

아니면 천상의 대기에서 이제 갓 갈라져 나온 대지가

아직은 동족인 하늘의 씨앗을 간직한 것인가.*

　보슬비가 한 번만 내려도 그늘에서 자라는 풀은 푸르게 물

든다. 마찬가지로 우리도 더 나은 생각을 받아들이면 앞으로의 전망을 밝힐 수 있다. 만약 우리가 늘 현재에 살아간다면, 그리하여 풀잎이 자신 위로 떨어지는 작은 이슬방울의 영향력까지도 모두 드러내 보여 주듯이 눈앞에서 벌어지는 모든 상황의 이점을 이용한다면, 또한 과거에 주어진 기회를 소홀히 한 것을 속죄하느라 하릴없이 시간을 낭비하면서 그것이 마치 의무를 다하는 행위인 양 여기지만 않는다면, 우리도 얼마든지 행복을 누릴 수 있을 터다.

이미 봄이 왔음에도, 우리는 여전히 겨울 속을 헤맨다. 따스한 봄날 아침에는 모든 인간의 죄가 용서받는다. 그런 날은 악덕과도 휴전한다. 그런 봄날의 태양이 활활 타오르는 동안에는, 가장 극악한 죄인도 돌아올지 모른다.** 나 자신의 순수함을 되찾게 되면, 우리는 이웃의 순수함도 알아볼 수 있다. 어제만 해도 당신은 이웃 사람 하나를 도둑이나 주정꾼, 혹은 호색한이라 오해하고는 단지 동정하거나 경멸하면서 세상을 개탄했을지도 모른다. 그러나 태양이 밝고 따뜻하게 비추어 세상을 새롭게 창조하는 가운데 맞이한 이 첫 봄날 아침, 당신은 차분하

---

* 오비드(Ovid), 《변신 이야기(Metamorphoses)》 중에서.(원주)
** "그리고 등불이 활활 타오르는 동안에는 / 가장 극악한 죄인도 돌아올지 모른다.", 아이작 와트(Isaac Watts), 《찬송가와 성가(Hymns and Spiritual Songs)》 중에서.(원주)

게 일에 몰두하는 그를 만난다. 그리고 방탕으로 지친 그의 혈관이 지금은 기쁨으로 얼마나 크게 부풀어 올랐는지, 또 그가 어린아이의 순수함으로 봄의 영향력을 느끼며 어떻게 새로운 날을 축복하고 있는지 보게 된다. 그 아름다운 순간 당신은 그의 모든 허물을 잊게 된다.

그의 주변에는 선의의 분위만 감도는 것이 아니라, 갓 태어난 어린아이처럼, 맹목적이고 다소 비효율적인 방식일지라도 성스러움의 기미를 드러내려는 노력도 엿보인다. 그리하여 잠시 동안은 남쪽 산기슭도 저속한 농담에는 메아리로 응답하지 않는다. 이제 당신은 그의 옹이 진 외피에서 순수하고 아름다운 새싹이 돋아 나와 어린 나무처럼 여리고 싱싱한 모습으로 새로운 한 해의 삶을 시도하려 함을 볼 수 있다. 심지어 그와 같은 사람도 신의 기쁨에 동참할 수 있게 된 것이다.

어찌하여 간수는 감옥 문을 활짝 열어 놓지 않으며, 왜 판사는 그의 사건을 기각하지 않고, 무엇하자고 설교자는 회중을 해산하지 않는 것인가! 그것은 그들이 신의 가르침에 순종하지 않고, 신이 모든 이에게 베푸는 용서를 기쁘게 받아들이지 않기 때문이다.

매일 아침의 고요하고 은혜로운 기운을 맞이하면, 인간의 마음속에는 덕을 사랑하고 악을 미워하는 그 본연의 심성에 근접하는 기운이 적잖이 일기 마련이다. 그것은 잘라 낸 숲에서 어린 싹이 터 오는 것과도 마찬가지 이치다. 그럼에도 사람이 낮 동안 저지르는 악행은 그러한 덕의 씨앗이 다시 싹트는 것을 막고 청명한 기운이 다시 사라지게 만든다.

이렇듯 덕의 씨앗이 싹트는 것을 막아 버리는 행위를 반복하게 되면, 저녁의 자비로운 기운도 그 씨앗을 보존하지 못한다. 저녁의 기운이 존속하지 못하면, 그 인간은 금수와 다를 바가 없다. 금수와 다를 바 없는 인간을 보고 사람들은 그에게 인간 본유의 선한 자질이 없다고 생각한다. 하지만 그것은 사실이 아니다. 어찌 그의 본래적 정황이 그러할 수 있겠는가?*

처음으로 황금시대가 열렸으니, 이때는 벌주는 이도 없고,
법 없이도 모두 자진하여 신의와 정직을 소중히 여겼다.
징벌도 두려움도 없었으며, 걸어 놓은 동판에도
위협의 말은 적히지 않았고, 탄원하는 군중은
판관의 말을 두려워하지 않았다. 벌주는 이 없이도 안전했고,
아직은 소나무가 산에서 베어져 바닷물 속에 들어가
낯선 세상을 보게 되는 일도 없었다.
그리고 인간은 자신의 해안밖에는 알지 못했다.

---

* 맹자,《언행록(言行錄)》6편 〈옹야〉 중에서.(원주)

......

때는 늘 봄이었고, 따뜻한 바람을 몰고 오는 평온한 서풍은
씨앗도 없이 피어나는 꽃들을 부드럽게 어루만졌다.*

4월 29일, 나는 나인 에이커 코너 다리 근처 강둑에서 낚시를
하고 있었다. 발밑에는 방울새풀과 버드나무 뿌리가 뻗어 있었
고, 사향쥐도 숨어 있었다. 그때 달그락거리는 듯한 묘한 소리
가 들렸다. 아이들이 손가락으로 가지고 노는 막대 장난감 소
리 같기도 했는데, 고개를 들어보니 쏙독새처럼 늘씬하고 우아
하게 생긴 매 한 마리가 파도처럼 하늘로 솟았다가 5미터 내지
10미터 정도 내리 꽂히는 동작을 반복해서 하고 있었다. 내려
오는 동안 훤히 드러난 날개 아래쪽은 햇살 속에서 마치 공단
리본이나 조개껍질 안쪽의 진주 빛깔처럼 반짝였다. 그 모습을
보고 있자니 매사냥이 떠오르면서, 매사냥이야말로 참으로 고
상하고 시적인 활동이라는 생각이 들었다.
　가만 보니 그 매는 쇠황조롱이라는 종인 듯했지만, 사실 이
름이야 어찌 불리든 무슨 상관인가. 지금껏 내가 본 중에 가장
우아한 천상의 날갯짓을 하고 있으니 말이다. 나비처럼 그저
날개를 퍼덕이는 것도 아니고, 커다란 매처럼 웅장히 치솟는

* 오비드, 《변신 이야기》 중에서. (원주)

것도 아니었으나, 자신감 넘치는 모습으로 공기의 들판을 가르고 있었다. 마치 지상에 발이라고는 붙여 본 적도 없다는 듯이, 묘한 웃음소리와 함께 한없이 위로 오르다가, 하늘에 떠 있는 연처럼 뒤집고 뒤집으며 자유롭고 아름답게 하강했다.

하늘에서 홀로 노는 모습을 보니, 우주에 친구라고는 없는 듯했고, 마음껏 날 수 있는 아침과 하늘 외에는 친구가 필요치도 않은 듯했다. 외로운 것 같지도 않았다. 오히려 아래쪽 대지를 외롭게 만들었다. 그런데 그를 부화시킨 어미와 가족과 아버지는 하늘 어디에 있는 것일까? 하늘의 거주자인 그는 언젠가 험준한 바위틈에서 부화한 알의 존재였을 때만 오직 대지와 인연을 맺은 듯했다. 혹은, 그가 태어난 둥지마저도 무지개 조각과 석양이 물든 하늘로 구름의 한쪽 구석에 짜 넣은 것이 아니었을까? 아마도 그 속은 대지에서 잡아 챈 한여름의 부드러운 아지랑이로 폭신히 다져 놓았으리라. 이제 그의 둥지는 벼랑 끝에 걸린 구름이다.

매의 나는 모습을 지켜본 것 외에도, 마치 꿰어 놓은 보석 같은 황금색이나 은색, 또는 밝은 구릿빛의 귀한 물고기들을 잡았다. 아! 수많은 첫 봄날의 아침마다 나는 초지로 나가 작은 둔덕에서 둔덕으로, 버드나무 뿌리에서 뛰어 돌아다녔다. 그런 날 세차게 흘러내리는 강물과 숲은 망자도 깨울 수 있을 만큼 순수하고 찬란한 빛을 받아 반짝였다. 물론 누군가 생각하듯이 만약 그들이 정말 죽은 것이 아니라, 무덤 속에서 잠들어 있는 것이라면 말이다. 인간의 불멸성을 증명하기에 그보다 더 강한 증거는 없으리라. 천지의 모든 것이 바로 그런 빛 속에 살아감이 분명하다. 오, 죽음이여, 그대의 독침은 어디 두었느냐! 오, 무덤이여, 그렇다면 그대의 승리는 어디 있느냐?

마을을 에워싸고 있는 아직 개간되지 않은 숲이나 목초지가 없다면 우리의 삶은 고인 물처럼 정체돼 있으리라. 우리는 야생이라는 강장제가 필요하다. 때로는 알락해오라기나 뜸부기가 숨어 사는 늪지를 걸어 다니고, 도요새의 요란한 울음소리도 들어야 한다. 좀 더 야성적이고 외로운 새만이 둥지를 짓고, 밍크가 바닥에 납작 엎드려 배를 대고 기어 다니는 곳, 그런 곳에 가서 바람에 일렁이며 소곤대는 사초의 향도 맡아야 한다. 우리는 모든 것을 탐구해 배우고자 하는 열망만큼이나, 모든 것이 신비롭고 탐험되지 않은 채 남아 있기를 간절히 바라기도 한다. 더불어 대지와 바다가 야성의 상태로 무한히 남아 있기를, 측량할 수 없기에 탐사되지 않고 헤아리지 못한 채 그대로 남아 있기를 바란다.

인간은 절대로 자연에 질리지 않는다. 그 지치지 않는 활력, 광활함, 거대한 모습, 난파선이 떠밀려 온 해안가, 살아 있는 나무와 썩어 가는 나무가 공존하는 황무지, 천둥을 몰고 오는 구름, 3주나 쏟아지며 홍수를 일으키는 비, 이 모든 것을 바라보는 것만으로도 우리는 새롭게 활기를 찾는다. 인간은 자신의 한계가 무너지는 모습을 목격해야 한다. 인간의 발길이 전혀 닿지 않는 곳에서 자유롭게 풀을 뜯는 생명체의 모습을 볼 수 있어야 한다. 동물의 시체는 우리를 역겹게 하고 낙담하게 하지만, 독수리가 그것을 뜯어 먹고 건강과 힘을 얻을 때 우리도 기운을 얻는다. 언젠가 내 오두막에 이르는 길가 구덩이 속에 말 한 마리가 죽어 쓰러져 있었다. 그것 때문에 나는 가끔씩 일부러 길을 돌아다녔는데, 특히 밤이 되어 대기가 무거워지면 지나다니기가 더욱 힘들었다. 하지만 그것은 내게 자연의 왕성한 식욕과 침해할 수 없는 건강에 대한 확신을 심어 주었고, 그것만으로도 내게는 충분한 보상이 되었다.

나는 일부 생명체가 다른 존재에게 희생되기도 하고, 서로 먹고 먹히며 살아가도 좋을 만큼 자연이 수많은 생명체로 가득 찬 모습을 보고 싶다. 그러면 연약한 유기체가 과육처럼 조용히 짓눌려 죽어 가도 괜찮지 않겠는가. 왜가리가 올챙이를 꿀꺽 삼키고, 거북이와 두꺼비가 길에서 치어 죽더라도, 가끔은 살과 피가 비처럼 내리더라도! 사고야 언제든 날 수 있지만, 그에 대한 해명은 늘 충분치 않음을 우리는 깨달아야 한다. 현명한 사람이라면 이런 때 만물의 보편적인 결백을 깨닫는다. 독이란 것도 결국은 전혀 위험하지 않고, 어떠한 상처도 치명적이지 않다. 연민이 설 자리란 없다. 그것은 임시변통에 지나지 않는다. 연민에 따른 변론이 당연한 것이 되어서는 안 된다.

5월 초순이 되자 떡갈나무, 호두나무, 단풍나무, 그 밖에도 여러 종의 나무가 호수 주변의 소나무 숲 여기저기서 새싹을 틔웠는데, 그 모습은 특히 구름이 낀 날이면 주변 풍경에 태양빛과도 같은 밝음을 나누어 주었다. 마치 태양이 안개를 뚫고 나와 산기슭 이곳저곳에 희미한 빛을 던지는 듯한 느낌이었다. 5월 3, 4일경, 나는 호수에서 아비 한 마리를 보았고, 그 달 첫 번째 주에는 쏙독새, 명금, 북아메리카 개똥지빠귀, 딱새, 되새, 그 외에도 여러 다른 새의 울음소리를 들었다. 숲개똥지빠귀의 울음소리는 이미 한참 전에 들었었다. 피비새(wood-pewee)도 이미 돌아와 문과 창문으로 내 집 안을 들여다보았다. 자신이 들어가 살아도 좋을 만큼 집이 동굴 같은지 확인하는 듯했다. 녀석은 마치 공기를 움켜잡기라도 하듯 발톱을 꽉 쥐고 날개를 퍼덕여 몸을 공중에 띄우고는 내 집 주변을 살피고 다녔다.

머지않아 리기다소나무의 유황 같은 꽃가루가 호수와 호반에 깔린 돌과 그 위에 죽 늘어선 썩은 나무를 누렇게 뒤덮었다. 마음만 먹으면 통으로 하나 가득 쓸어 담을 수도 있을 듯했다. 이것이 바로 흔히들 말하는 '유황 소나기'였다. 심지어는 칼리다사가 쓴 희곡 《샤쿤탈라(Sacontala)》*에도 '연꽃의 황금색 꽃가루로 노랗게 물든 실개천'이라는 구절이 나온다. 내가 점점 더 커져만 가는 수풀 속을 헤매 다니는 동안, 계절은 여름을 향해 구르듯이 흘러갔다.

내가 숲에서 보낸 첫 해의 삶은 이렇게 끝을 맺었다. 그리고 두 번째 해도 이와 많이 다르지 않았다. 나는 1847년 9월 6일 마침내 월든을 떠났다.

---

* 칼리다(Calida), 《샤쿤탈라(Sacontala)》 또는 《운명의 반지(The Fatal Ring)》
(윌리엄 존스 경(Sir William Jones)번역), 5막 '두슈만타의 연설'에서.(원주)

맺는말

의사는 자신의 환자에게 공기와 풍경을 바꿔 보는 것이 어떻겠느냐는 현명한 조언을 하곤 한다. 다행스럽게도, 여기 이곳만이 세상의 전부는 아니지 않는가. 칠엽수는 뉴잉글랜드에서는 자라지 않고, 흉내지빠귀의 울음소리도 이곳에서는 거의 듣지 못한다. 기러기는 인간보다도 더 활발히 세상을 돌아다닌다. 캐나다에서 아침을 먹고 오하이오에서 점심 식사를 하며, 남부의 강가 후미진 곳에서 밤을 지내기 위해 깃털을 고른다. 들소마저도 어느 정도는 계절과 보조를 맞추는데, 그들은 콜로라도 강변의 초원에서 풀을 뜯다가도 옐로스톤 강변의 풀이 좀 더푸르고 달콤해지면, 어느새 그곳으로 옮겨간다.

인간은 농장의 나무 울타리를 허물고 튼튼한 돌담이라도 쌓으면 그때부터 삶에 확실한 경계가 그어져 운명이 결정됐다고 생각해 버린다. 만약 누군가 읍사무소 서기라도 된다면, 그는 이번 여름에 티에라델푸에고제도*에 가기는 힘들 테지만, 지옥 불의 나라에는 가게 될지도 모르겠다. 우주는 우리 눈이 바라보는 것보다 훨씬 광대하다.

그러나 우리는 호기심 많은 선객처럼 타고 있는 배의 난간 너머를 더 자주 바라보아야 한다. 뱃밥이나 만드는 어리석은 선원처럼 항해를 해서는 안 된다. 지구의 반대편은 서신을 주고받는 지인의 고향일 뿐이다. 우리는 단지 대권항해**를 하고 있을 뿐이고, 의사는 피부병 약을 처방해 주는 데 지나지 않는다. 누군가는 기린을 잡아 보겠다고 남아프리카로 서둘러 떠나지만, 그것이 그가 쫓아야 할 사냥감이 아니라는 사실은 분명하다. 그렇게 할 수 있다 한들, 인간이 기린을 얼마나 오래 따라다닐 수 있겠는가? 도요새와 누른도요도 귀한 사냥감이기는 하지만, 내가 보기에는 자기 자신을 조준의 대상으로 삼는 것이 좀 더 고상한 사냥이지 않을까 싶다.

너의 시선을 내면으로 돌려보라, 그리하면 찾으리라.

---

* 남아메리카 대륙 남쪽 끝에 있는 군도이다. 스페인어로 '불의 섬'이란 뜻이다.
** 지구상의 두 점 사이의 최단거리를 오가는 항해를 뜻한다.

마음속에 남아 있는, 아직 발견되지 않은

수천의 지역을. 그곳을 여행하라, 그리하면

마음속 우주학의 대가가 되리니."*

아프리카는, 그리고 서부는 무엇을 상징하는 것일까? 우리의
내면도 해도(海圖) 위에 하얀 공백**으로 남아 있지는 않을까?
물론 발견된 후에는 해안 지방과 마찬가지로 검은색으로 그 존
재를 증명하게 되기야 하겠지만, 그래도 우리가 발견해야 하는
곳이 정말 나일강이나 니제르강, 혹은 미시시피강의 수원이거
나 이 아메리카 대륙의 북서항로라는 말인가? 이런 것이 인류
가 관심을 기울여야 할 가장 중요한 문제인가? 아내가 애타게
찾고 있는, 행방불명된 사람이 정말 프랭클린*** 한 사람뿐일까?
과연 그리넬**** 씨는 현재 자신이 있는 곳을 알고 있을까?

차라리 우리는 마음속의 강과 바다를 찾는 멍고 파크, 루이

---

* 윌리엄 해빙턴(William Habington), 〈나의 명예로운 친구, 기사 Ed. P에게
(To My Honored Friend Sir Ed. P. Knight)〉, 하딩은 소로가 이 시를 알렉산
더 차머스(Alexander Chalmers)의 《초서에서 쿠퍼까지 영국 시인의 작품 모
음(The Works of the English Poets from Chaucer to Cowper)》(6: 468)에서
찾아냈으리라 짐작했다.(원주)
** 당시 해도에는 탐사되지 않은 지역이 흰색으로 표시되었다.
*** 19세기 영국의 탐험가로 북극원에서 행방불명되었다.
**** 프랭클린의 수색 작업에 재정 지원을 했던 사람이다.

스와 클라크 또는 프로비셔*가 되는 것이 나으리라. 그리하여 내면의 더 높은 위도를 탐험하도록 하자. 필요하다면 식량으로 먹을 고기 통조림을 배에 한가득 싣고 가도록 하고, 빈 깡통을 높이 쌓아 올려 표식**을 만들자. 고기 통조림이 단지 고기를 저장하기 위한 용도로만 발명되었을까? 부디, 내면의 신대륙과 신세계를 발견하는 콜럼버스가 되어 무역이 아닌 사상을 실어 나를 수 있는 새로운 항로를 개척하자.

모든 인간은 한 왕국의 군주다. 그의 영토에 비하면 러시아 황제의 지상 제국은 지극히 작은, 얼음 옆에 남겨진 협소한 둔덕에 불과하다. 그러나 스스로를 존중할 줄 모르면서 애국심에 불타거나 사소한 것을 위해 대의를 희생하는 사람도 있다. 그들은 자기의 무덤이 되어 줄 땅은 사랑하나, 진흙으로 빚어진 자신의 육신에 생기를 불어넣는 정신에는 전혀 공감하지 못한다. 이런 이들에게 애국심이란 머리를 파먹는 구더기와 같다.

거창한 행진과 함께 막대한 비용을 쏟아부으며 떠난 저 남태평양 탐험대가 시사하는 바는 무엇이었을까? 그것은 바로 우리의 정신세계에도 대륙과 바다가 있으며, 모든 인간은 그곳에

---

* 앞에서부터 차례대로 18세기 스코틀랜드, 19세기 미국, 16세기 영국의 탐험가이다.

** 프랭클린이 실종된 후 수색 작업에서 그의 겨울 야영지가 발견되었는데, 그곳에 절인 고기를 담았던 빈 깡통 600개가 높이 쌓여 있었다고 한다. 소로는 이를 빗대어 표현했다.

딸린 지협이자 작은 만이지만, 아직 우리 스스로도 그곳을 탐험한 일이 없다는 사실을 인정하는 것이다. 그것은 또한 홀로 내면의 대서양과 태평양을 탐험하는 것보다는 국가에서 제공하는 배를 타고 500명의 선원을 거느린 채 추위와 폭풍우와 식인종에 대항해 싸우며 수천 킬로미터를 항해해 돌아다니는 편이 훨씬 쉽다는 사실을 인정하는 것이기도 하다.

Erret, et extremos alter scrutetur Iberos.
Plus habet hic vitæ, plus habet ille viæ.

그들을 방랑하게 하고, 이국풍의 호주 사람을 관찰하게 하라. 나는 신에 대해 많은 것을 알지만, 그들은 길에 대해 더 많이 알지니.*

아프리카의 잔지바르섬에 고양이가 몇 마리나 사는지 세기 위해 세계 일주를 떠날 필요는 없다. 그러나 더 나은 할 일을 찾을 때까지는 그리해도 좋을 것이다. 그러다 보면 결국에는 지

---

* 하딩은 소로가 자신의 1841년 5월 10일 일기에서 이 부분이 클라우디아누스의 시 〈베로나의 노인(Old Man of Verona)〉의 마지막 부분이라는 사실과, 자신이 시대에 좀 더 맞는 표현을 찾느라 '이베로(스페인 사람)'라는 단어를 '호주 사람'으로 바꾸었다는 사실을 밝혀 놓고 있음을 지적한다.(원주)

구 내부로 통한다는 '시머스의 구멍'을 찾게 될지 누가 알겠는가. 영국과 프랑스, 스페인과 포르투갈, 황금해안과 노예해안은 모두 이 개인의 바닷가에 있다. 그러나 지금껏 어떤 선박도 그곳에서 출발해 육지가 보이지 않는 곳까지 나아간 적이 없었다. 그것만이 인도로 가는 가장 빠른 길이라는 사실은 의심의 여지가 없는데도 말이다.

만약 그대가 세계의 언어를 모두 배우고, 모든 국가의 관습을 익히고, 그 어느 여행가보다 더 멀리 여행하며 모든 기후에 익숙해지고, 스핑크스가 자신의 머리를 돌에 부딪치게끔 만들고 싶다면, 부디 고대 철학자의 교훈에 고개를 조아리며 자신을 탐구하길 바란다. 그러기 위해서는 멀리 보는 눈과 용기가 필요하다. 바로 이 자신과의 싸움에서 패배하고 탈영한 겁쟁이들만이 전쟁에 참여하기 위해 도망쳐서 군대에 들어가는 것이다. 지금 당장 가장 먼 서쪽 항로를 따라 출발하자. 그 길은 미시시피강이나 태평양에서 멈추지도 않고, 지친 중국이나 일본을 향하지도 않는다. 그것은 여름과 겨울로, 낮과 밤으로, 해가 지고 달이 지며 마침내는 지구도 저무는 곳까지 접선을 그리며 곧장 나아가는 직항로이다.

미라보*는 "사회의 가장 신성한 법칙에 공공연히 저항하려면

---

* 프랑스 혁명기에 활약한 정치인이다.(원주)

어느 정도의 굳은 결심이 필요한지 알아보기 위해" 노상강도짓을 벌였다는 이야기가 전해진다. 그는 "자기 진영에서 싸우는 병사에게는 노상강도의 반만큼의 용기도 필요치 않다"라고 단언했다. 또한 "충분히 숙고해서 내린 굳은 결의 속에는 명예나 종교가 끼어들 자리가 없다"라고 말하기도 했다.

흔히 말하듯이, 그의 행동이 용감하기는 했고, 자포자기의 심정에서 그 일을 벌인 것도 아니었지만, 그럼에도 쓸데없는 짓이었다는 사실은 변하지 않는다. 제정신이 박힌 인간이라면, 소위 '사회의 가장 신성한 법칙'이라 간주되는 것에 '공공연히 저항'하는 방법은 그보다 더 신성한 법칙을 따르는 것이며, 그것만으로도 충분하리라는 사실을 알고 있어야 하기 때문이다. 그러니 탈선하지 않고도 자신의 결의쯤은 시험해 볼 수 있는 것이다. 사회에 대해 반항적 태도를 취하도록 자신을 몰아가는 것이 인간의 할 도리는 아니다. 자기 존재의 법칙에 순응하는 과정에서 스스로 취하는 태도, 그것을 유지해 가는 것이 바로 인간이 할 일이다. 그런 태도를 견지하게 되면, 설혹 저항의 기회를 맞는다 할지라도, 그것이 공정한 정부에 대한 반항은 아닐 것이다.

나는 숲에 들어갔을 때만큼이나 중요한 이유를 안고 숲을 떠났다. 마치 내게는 살아가야 할 삶이 몇 개쯤 더 있어서, 숲에서의 삶을 위해 더는 시간을 바칠 수가 없을 듯한 느낌이었다. 놀랍게도 우리는 너무도 쉽게 스스로 알아차리지도 못하는 사이, 어떤 특정한 길을 밟아 그것을 자신만의 길로 만들어 버린다. 숲에서 살기 시작한 지 채 일주일도 되지 않았을 때 나 역시도 오두막 문간에서 호수까지 내 발자국으로 길을 내었다. 그리고 지금은 그 길을 이용하지 않은 지 5~6년이 지났음에도, 여전히 그 흔적이 뚜렷하게 남아 있다. 보나마나 다른 이들도 그 길을 밟아 계속 열려 있도록 돕는 데 한몫을 했으리라.

지표면은 부드럽기 그지없어서 사람의 발길이 닿으면 자국이 남는다. 마음이 지나다니는 길도 그와 마찬가지다. 그렇다면 세상의 고속도로는 얼마나 닳고 먼지가 끼어 있겠는가! 전통과 순응이 남긴 바퀴 자국은 또 얼마나 깊겠는가! 나는 선실 복도를 걷는 것이 아니라, 세상의 돛대 앞과 갑판 위에 서 있기를 바랐다. 그곳에 있어야만 산중에 떠오른 달빛을 가장 잘 볼 수 있을 테니 말이다. 이제 더는 아래로 내려가고 싶지 않다.

나는 실험을 통해 적어도 다음과 같은 사실을 배웠다. 인간이 자신의 꿈을 좇아 자신 있게 앞으로 나아가며, 상상 속에 그려 온 삶을 살아가고자 열심히 애쓴다면, 평소 예기치도 못했던 성공을 이룰 수 있다. 그는 과거를 뒤로하고, 눈에 보이지 않는 경계를 넘어설 것이다. 그리하면 새롭고 보편적이며 자유로운 법칙이 그의 주변과 내면에 확립되기 시작할 터다. 그것이 아니라면 낡은 법칙이 확장되어 좀 더 자유로운 의미에서 그에게 유리한 방향으로 해석될지도 모르는데, 그러면 그는 더욱 높은 질서를 따르는 삶을 허가받을 것이다.

소박한 삶을 살아갈수록, 복잡한 우주의 법칙도 간결해질 테니 고독은 더는 고독이 아니고 가난도 더는 가난이 아니며, 약점도 더는 약점이 아닌 것이 된다. 공중에 누각을 지었더라도, 그것이 반드시 무너져야 할 필요는 없다. 그 아래로 기초를 쌓자. 그러면 누각은 지금 있는 곳에 그대로 있게 될 터다.

영국인과 미국인은 제발 알아들을 수 있게 말을 해 달라는 참으로 어리석은 요구를 한다. 하지만 그런 식으로 대해서는 사람이나 독버섯이나 성장이란 것을 할 수가 없다. 그들은 마치 자신들이 상대방을 이해하는 것이 무척이나 중요한 일이며, 그들만큼 당신을 이해하는 사람은 세상에 존재하지도 않는다는 듯 군다. 게다가 자연에게는 오직 한 가지 이해 방식만이 있을 뿐이라서, 네발짐승과 새를, 또는 날짐승과 기어 다니는 동물을 동시에 거둘 수 없다는 듯이 간주하려 들기도 하며 황소도 알아듣는 '허쉬(hush)'와 '후(who)'*가 마치 영어의 가장 훌륭한 단어라고 믿는 듯하다. 어리석음 속에 안전함이 깃든다고 생각하는 모양이다.

하지만 나는 내 표현이 충분히 '사치'스럽지 않을까 봐, 일

---

* 두 단어 모두 '이랴'처럼 소를 부릴 때 흔히 쓰는 표현이다.

상의 경험이라는 좁은 한계를 넘어 멀리로 헤매 다니지 못할까 봐 걱정을 한다. 그래야만 내가 확신하는 진리를 적절히 표현할 수 있을 테니 말이다. 표현의 사치라! 그것은 우리가 어느만큼이나 갇혀 있는가에 따라 그 정도가 달라진다. 새로운 초원을 찾아 다른 위도로 옮겨 가는 들소는, 젖 짜는 시간에 통을 걷어차 버리고 우리를 뛰어넘어 제 송아지가 있는 곳으로 달려가 버리는 암소보다는 '사치'스러운 표현을 한다고 할 수 없다.

　나는 깨어나는 이에게 말을 거는 깨어 있는 사람처럼, 아무런 경계도 없는 곳에서 이야기를 하고 싶다. 진실한 표현의 기초를 쌓기 위해서라면, 아무리 과장을 해도 충분치 않다는 사실을 확신하기 때문이다. 음악의 선율을 접해 본 사람이라면, 어느 누가 과장의 말을 두려워하겠는가? 미래나 가능성의 관점에서 보자면, 우리는 느슨한 태도로 한계를 정하지 않고 앞을 향해 나아가는 삶을 살아가야 한다. 우리의 그림자가 감지할 수 없을 만큼 미세한 땀을 태양 쪽으로 발산하듯이, 아주 희미하고 막연한 윤곽만을 바라보며 나아가야 한다. 날아가 버리기 쉬운 우리 말속의 휘발성 진리는 남아 있는 진술의 부적절함을 끊임없이 폭로해 낸다. 진리는 즉시 전달되고, 그 문자의 기념비만이 그 자리에 남는다. 우리의 믿음과 경건함을 표현하는 단어들은 명확하지가 않다. 그러나 본성이 뛰어난 사람들에게는 유향처럼 의미심장하고 향기롭게 들린다.

왜 우리는 스스로의 지각력을 가장 무딘 수준으로 떨어뜨리고 그것을 상식이라 찬양하는 것일까? 상식이란 잠들어 있는 인간의 의식이니, 코 고는 소리로밖에는 표현이 안 된다. 때로 우리는 남보다 지능이 한 배 반쯤 높은 사람을 지능이 그 절반 정도밖에 안 되는 사람과 동등하게 취급하는 경향이 있는데, 그것은 우리가 그의 지적 능력을 3분의 1 정도밖에 이해하지 못했음을 의미한다. 사실 어떤 사람은 아침 해가 붉게 떠오른다는 사실까지도 헐뜯으려 할지 모른다. 물론 그들이 그렇게까지 일찍 일어날 수만 있다면 말이다. 나는 "인도의 신비주의자 카비르의 시에는 환상, 영혼, 지성, 그리고 베다 경전의 심원한 교리라는 네 가지 다른 의미가 담겨 있다고 주장하는 사람들이 있다"라는 얘기를 들은 일이 있다. 그러나 세상의 이쪽 편에서는 누군가의 글이 한 가지 이상으로 해석될 경우 그것은 비판의 구실이 될 수도 있다고 이야기한다. 지금 영국에서는 감자 썩는 병*의 치료법을 알아내려고 노력 중이라는데, 그보다 훨씬 널리 퍼져 있고 더욱 치명적이기까지 한, 머리 썩는 병의 치료법을 알아낼 사람은 정말 없는 것일까?

내 글이 모호함의 높은 경지에 이르지는 않았을 것이다. 하지만 어느 누구도 월든 호수에서 치명적인 결함을 찾아낼 수

---

* 감자 마름병은 1845년 영국에, 1846년에는 아일랜드에 만연했다.(원주)

없듯이, 내 글에서도 그만큼만 결함이 발견되지 않는다면, 그것만으로 나는 충분히 자랑스러워할 것이다. 남부의 고객들은 월든 호수의 푸른 얼음을 별로 좋아하지 않는다. 그것이 물이 맑다는 증거임에도, 마치 진흙이라도 낀 듯이 생각하고는, 색은 희지만 수초의 맛이 나는 케임브리지의 얼음을 더 선호하는 것이다. 사람들이 좋아하는 깨끗함이란 지구를 에워싸고 있는 안개와 같을 뿐 그 너머에 있는 푸른 하늘 같은 것은 아니다.

어떤 사람은 고대인이나 엘리자베스 여왕 시대의 사람과 비교했을 때, 우리 미국인과 일반적인 현대인은 지적인 난쟁이에 불과하다고 큰 소리로 떠들어 대곤 한다. 하지만 대체 왜 그러는 것일까? 살아 있는 개가 죽은 사자보다 나은 법이다. 소인으로 태어났으면 그중에서 가장 큰 소인이 되려 노력하면 될 것을, 그런 이유로 가서 목이라도 매라는 말인가? 부디 모두가 제할 일에나 신경 쓰고, 타고난 천성을 갈고 닦으려 최선을 다하도록 하자.

왜 인간은 성공하기 위해 필사적으로 서두르고, 또 위험한 사업에 뛰어들까? 만약 누군가가 동료 인간과 보조를 맞추지 않는다면, 그것은 그가 다른 북소리를 듣고 있기 때문일지 모른다. 그로 하여금 들리는 음악 소리에 맞추어 걸어가게 하자. 그 소리가 어떻게 들리든 얼마나 멀리서 들리든 상관하지 말자. 사과나무나 떡갈나무처럼 빨리 성숙하는 것은 그에게 전혀 중요치 않다. 아직 봄이 채 가지도 않았는데, 여름으로 바꾸라는 말인가? 그를 위한 때가 아직 도래하지 않았는데, 대신 어떤 현실로 그것을 대체할 수 있다는 말인가? 헛된 현실이라는 암초에 배를 난파시켜서는 안 된다. 푸른 유리를 힘들게 머리 위로 들어 올리고는 그것을 하늘이라 해서야 쓰겠는가? 설령, 들어 올린다고 하더라도, 우리는 유리 같은 것은 거기에 없다는 듯이 그 너머 멀리에 있는 진짜 하늘을 바라보고 있지 않을까?

옛날 옛적에 쿠루*라는 도시에 완벽을 갈구하던 한 늙은 장인이 있었다. 어느 날 그는 지팡이를 하나 만들어야겠다는 생각이 들었다. 대충 일을 한다면 시간도 하나의 작업 요소가 되겠지만, 완벽함을 추구할 때는 시간이 아무런 장애가 되지 않는다고 판단한 그는 앞으로 평생 다른 일을 못 하게 되더라도, 모든 면에서 완벽한 지팡이를 만들겠노라고 스스로에게 다짐했다. 그리고는 부적절한 재료를 써서 만들 수는 없다고 생각하고, 즉시 나무를 구하러 숲으로 갔다.

그가 이 나무 저 나무 살펴보며 계속 퇴짜를 놓는 사이, 친구들은 모두 그의 곁을 떠났으며, 각자의 일을 하다 늙어 죽어 갔다. 하지만 그는 조금도 늙지 않았다. 한 가지 목표를 향한 결심과 고양된 경건함이 자신도 모르는 사이에 영원한 젊음을 주었

---

* 인도의 고대 전설에 나오는 가상의 도시다.

기 때문이다. 시간과 전혀 타협하지 않았던 까닭에, 시간이 오히려 그에게 길을 내주고는, 멀리서 한숨을 쉬며 그의 고집을 꺾지 못한 것을 한탄하기까지 했다. 그가 모든 면에서 적당한 나무를 찾아냈을 때는 쿠루도 이미 폐허가 되어 있었다. 그는 그 폐허 더미 속 한 곳에 자리 지팡이를 깎기 시작했다.

지팡이의 모양이 제대로 갖추어지기도 전에 칸다하르 왕조가 종말을 맞이했다. 그는 지팡이 끝으로 마지막 왕의 이름을 모래 위에 쓰고는 다시 일을 시작했다. 마침내 그가 지팡이를 매끄럽게 깎아 광택까지 냈을 때는, 칼파*도 더는 시간의 지표가 아니었다. 그가 지팡이 끝에 쇠를 박고 손잡이에 보석을 장식했을 때는 브라흐마 신마저도 수없이 잠들었다 깨어난 후였다. 그런데 내가 왜 이런 이야기를 하고 있는 것일까?

그가 자신의 작품에 마지막 손질을 가하고 나자, 놀랍게도 지팡이는 브라흐마 신의 창조물 가운데 가장 아름다운 존재로 변모했다. 그가 지팡이를 만드는 새로운 체계를 만들어 낸 것이었다. 그 체계는 충만하고 균형 잡힌 하나의 세상이었다. 그동안 비록 고대의 도시와 왕조가 사라져 갔으나, 그보다 더 이름답고 영광스러운 도시와 왕조들이 그가 만든 세상 안에 자리 잡았다. 그제야 그는 발치에 수북이 쌓인, 깎은 지 얼마 되지 않

---

* 힌두교에서 우주가 창조되어 끝나기까지의 긴 시간을 의미하는 말로, '영겁'이라고도 한다.

은 나무 지저깨비를 보고, 자신과 자기 작품에게 있어서 그때까지의 시간 경과는 단지 하나의 환상에 지나지 않았음을 깨달았다. 브라흐마의 두뇌에서 번득인 한 줄기의 섬광이 인간 두뇌의 부싯깃에 떨어져 불붙는 데 필요한 시간밖에는 지나지 않았던 것이다. 그의 재료와 솜씨는 순수했다. 그러니 어찌 그 결과가 경이롭지 않을 수 있겠는가!

우리가 사물에 부여하는 얼굴 중에 진실만큼 도움이 되는 것도 없다. 진실만이 그 무엇보다도 오래간다. 대체로 우리는 있어야 할 곳이 아닌, 거짓된 입장에 서 있다. 타고난 천성의 허약함 때문인지, 멋대로 상황을 가정하고, 스스로를 그 안에 가두어 버린다. 그러니 늘 두 가지 상황에 동시에 처하게 되어 빠져나오기도 두 배로 힘이 든다. 맑은 정신일 때, 우리는 있는 그대로의 상황을 고려해 본다. 남들이 듣고 싶어 할 말이 아니라, 내가 해야 할 말만 하자. 아무리 사소하더라도 진실이 거짓보다 낫다.

교수대에 서 있는 땜장이 톰 하이드에게 할 말이 있느냐고 묻자, 그는 "재봉사들에게 말해 주시오. 첫 땀을 뜨기 전에, 먼저 실 끝에 매듭부터 지어야 한다는 걸 잊지 말라고요"라고 말했다고 한다. 그의 친구가 했던 기도는 전해지지 않고 있다.

아무리 삶이 고달프더라도, 당당히 맞서 살아야 한다. 삶에서 등을 돌리고 욕이나 퍼부어서야 쓰겠는가. 아무리 고달프다 한들, 삶이 당신 자신만큼 나쁘지는 않을 터다. 삶이란 내가 가장 부유할 때 가장 빈곤해 보인다. 남의 흠만 찾아내는 사람은 천국에서도 흠잡을 일만 찾아내리라. 빈곤한 만큼, 삶을 더 사랑하자. 심지어 구빈원에 살지라도 흥겹고 설레고 영광스러운 시간을 보낼 수 있을 터다. 저녁노을은 부자의 저택뿐 아니라, 양로원의 창도 밝게 물들인다. 초봄이 되면 양로원 문 앞의 눈도 녹아내린다. 햇살도 모든 문간의 눈을 녹인다. 마음이 고요한 사람은 그런 곳에 살아도 궁전에 사는 만큼 만족스럽고 유쾌한 생각을 품을 수 있다.

종종 나는 마을의 가난한 사람들이 가장 독립적인 삶을 살아가고 있을지도 모른다는 생각을 해 본다. 어쩌면 그들은 아무런 의혹 없이 도움을 받아들일 만큼 마음이 너그러워 그럴지도 모르겠다. 대부분의 주민은 자신의 처지가 마을의 지원을 받을 만큼 형편없는 정도는 아니라고 생각한다. 하지만 그중 많은 사람이 부정한 방법으로 삶을 지탱해 가고 있음이 종종 드러나곤 하는데, 내가 보기에는 그것이 훨씬 더 형편없고 수치스러운 일이다.

세이지 같은 텃밭의 약초를 가꾸듯이 가난을 가꾸어 보자. 옷이든 친구든 간에 새것을 얻으려고 너무 애쓰지도 말자. 헌 옷은 뒤집어 입고, 옛 친구에게 돌아가자. 우리 자신 외에 변하는 것이라곤 하나도 없다. 옷은 팔아 버리고 생각은 그대로 간직하자. 군이 교제가 필요치 않도록 신이 돌보아 줄 것이다. 날마다 온종일 거미처럼 다락방 구석에 갇혀 있을지라도, 생각만 잃지 않는다면 내 앞의 세상은 여전히 넓을 테니 말이다. 한 철학자가 말하길, "삼군에게서 장수를 빼앗아 무너뜨릴 수는 있으나, 아무리 비천하다 한들 필부에게서 그 뜻을 빼앗을 수는 없다"*고 하였다. 자신을 개발하고자 조바심을 낸 나머지, 너무 많은 영향력에 스스로를 내맡겨서도 안 된다. 그것 역시 방종에 지나지 않는다. 겸손은 어둠과 마찬가지로 하늘의 빛을 드러낸다. 가난과 비천함의 그림자가 우리 주변으로 모여들 때, "보라! 우주 만물이 우리 눈앞에서 펼쳐진다."

크로이소스 왕의 막대한 부가 우리에게 주어진다 할지라도, 우리의 목적에는 변함이 없을 것이며, 수단도 본질적으로 그대로일 것이다. 만약 가난 때문에 운신의 폭이 제한된다면, 예를 들어 책이나 신문조차 살 수가 없다면, 당신은 가장 의미 있고 중요한 경험만 누리도록 제한되는 것에 지나지 않는다. 가장 많은 당분과 전분을 뽑아낼 수 있는 재료만을 다루도록 강요받은 것이다. 뼈에 붙은 살코기가 가장 맛있듯이 가난한 삶이 더 달콤한 법이다. 그만큼 당신은 빈둥거리지는 삶을 살지 않도록 보호받을 것이다. 높은 차원에서 너그러운 삶을 사는 사람이라

---

* 《논어(論語)》, 9편 25절.(원주)

면 낮은 차원에서 손해 볼 일이란 없다. 남아도는 부는 쓸데없는 사치품을 사는 데만 필요할 뿐이다. 돈으로는 영혼에 필요한 것을 단 한 가지도 살 수 없다.

나는 한쪽 벽이 납 빛깔로 되어 있는 집에 사는데, 그 벽의 성분에는 종을 만드는 금속인 합금이 약간 섞여 있다. 내가 한낮에 휴식을 취할 때면, 종종 바깥에서부터 땡땡거리는 소리가 내 귀에까지 들려온다. 그것은 나와 같은 시대를 살아가는 사람들의 소음이다. 내 이웃들은 유명한 신사 숙녀와 겪었던 모험담을, 또 함께한 저녁 식사 자리에는 어떤 명사들이 참석했는지 등을 내게 자랑스럽게 떠들어 댄다. 하지만 나는 신문에 난 기사 내용만큼이나 그런 이야기에는 관심이 가지 않는다. 그들의 관심과 대화는 주로 의복이나 태도 등에 관한 것이다. 그러나 거위를 아무리 멋들어지게 치장해 봐야 여전히 거위일 뿐이다.

그들은 내게 캘리포니아나 텍사스, 영국과 서인도제도 등에 관해 이야기하고, 조지아주나 매사추세츠주에서 왔다는 어떤 귀한 분에 관해 이야기하지만, 모두 덧없고 부질없는 내용이라서 나는 곧 마멜루크*의 병사처럼 슬슬 이웃의 뜰에서 도망칠

* 1811년 이집트의 무하마드 알리 파샤가 마멜루크족을 몰살하라는 명령을 내렸다. 그들은 요새 안에 갇히게 되었으나, 한 명이 그의 말에 올라타고 성벽을 넘어 도망쳤다는 일화가 전해 온다.(원주)

궁리를 하기 시작한다. 본연의 삶으로 돌아오면 나는 그제야 기운이 난다. 부산하고 긴장되고 어수선하며 시시한 19세기에서 복작거리며 사느니, 차라리 이 시대가 지나가는 동안 서거나 앉아서 사색에 잠겨 있고 싶다. 대체 인간은 무엇을 축하하는가? 모두가 준비 위원회에서 한 자리씩을 차지하고, 매 시간마다 누군가의 연설을 기다린다. 하느님도 그저 사회자에 불과하며 웹스터*가 연사로 나설 뿐이다.

나는 곰곰이 따져 보고 결단을 내린 후, 가장 강하고 정당하게 나를 끌어당기는 쪽으로 중력에 끌리듯 자연스럽게 가고 싶다. 저울대에 매달려 무게가 적게 나가려 애쓰고 싶지도 않다. 어떤 사정을 가정하지 않고 있는 그대로의 상황을 받아들이고 싶다. 내가 갈 수 있는 유일한 길, 어떠한 권력도 나를 막아설 수 없는 길을 가고 싶다. 토대를 단단히 다지기도 전에, 불쑥 아치부터 세우는 일은 내게 아무런 만족도 주지 않는다. 이제 키틀리밴더** 놀이는 그만두도록 하자. 단단한 바닥은 어디에든 있다.

다들 어느 나그네가 한 소년에게 늪 바닥이 단단한지 아닌지 물어보는 우화를 읽어 본 일이 있을 것이다. 소년은 단단하다고 대답했다. 하지만 곧 나그네의 말이 뱃대끈 부근까지 늪에

---

* 당시 유명했던 웅변가다.
** 살얼음판 위에서 얼음이 갈라지기 전에 뛰어다니는 아이들 놀이다.(원주)

잠겨 버리고 말았다. 그러자 그는 소년에게 "이 늪 바닥이 단단하다고 하지 않았느냐!"라고 말했다. 그러자 소년이 대답했다.

"예, 맞아요. 하지만 아저씨는 아직 절반도 가라앉지 않았거든요."

사회의 늪과 유사(流沙)도 이와 마찬가지다. 그 사실을 알게 되기까지 오랜 시간이 걸릴 뿐이다. 생각과 말과 행동은 드문 경우이기는 해도, 우연히 앞뒤 상황과 일치하는 경우에만 그 가치를 얻는다. 나는 윗가지만 엮어 넣고 회반죽을 바른 벽에 못질을 해 대는 어리석은 사람이 되고 싶지는 않다. 그런 짓을 한다면 몇 날 며칠이고 밤잠을 설칠 테니 말이다. 망치를 쥐어 준다면, 나는 벽의 패인 곳을 손으로 더듬어 볼 것이다. 접합제에 의존하지 말아야 한다. 밤에 잠이 깨어 생각하더라도 내가 한 일을 만족스러운 마음으로 돌아볼 수 있도록, 못을 끝까지 박아 넣고 그 끝을 정성스럽게 구부려 두리라. 그러면 뮤즈 신의 가호를 빌어도 부끄럽지 않을 테고, 오직 그런 경우에만 하느님도 나를 도울 것이다. 우리가 박아 넣는 못은 그 하나하나가 우주라는 기계의 대갈못이 되어야 하고, 우리는 그 일을 계속 해 나가야 한다.

사랑도 돈도 명예도 필요 없으니, 내게 진실을 달라. 나는 산해진미와 포도주로 넘쳐 나는 식탁에 앉아 아첨 어린 시중을 받았으나 신의와 진실은 그곳에 없었다. 따라서 나는 굶주린 채 그 불친절한 식탁을 떠났다. 그들의 호의란 고드름처럼 차가울 뿐이었다. 그러니 음식을 차갑게 식힐 얼음조차도 필요 없으리라는 생각이 들 정도였다. 그들은 포도주가 몇 년이나 묵었으며, 그 생산 연도가 얼마나 유명한지에 대해 이야기했다. 그러나 나는 그들이 가지고 있지 않으며, 구할 수도 없는 더 오래되고 새로우며 더 순순한, 그리고 더 영예로운 연도에 생산된 포도주를 생각했다. 그들의 방식, 집과 대지, 그리고 '여흥'은 내게 아무런 감흥을 주지 않았다. 나는 왕을 방문했으나, 그는 나를 자신의 연회장에서 기다리게 하며, 마치 자신이 접대에는 무능한 사람인 듯이 처신했다. 예전에 내 이웃에 속이 빈 나무속에서 살아가는 사람이 있었다. 그의 태도는 참으로 왕다웠다. 차라리 그를 방문하는 게 더 나을 뻔했다.

우리는 대체 언제까지 집 앞 문간에 걸터앉아 게으르게 빈둥대며 곰팡내가 풀풀 풍기는 미덕을 실천하고 있어야 할까? 어떤 일이라도 해 보면 그것이 얼마나 부적절한 짓인지 금방 알게 될 텐데 말이다. 마치 누군가 참을성 있게 하루를 시작해서, 감자밭에 괭이질을 할 일꾼 하나를 고용한 다음, 오후에는 밖에 나가 일부러 보란 듯이 기독교적인 온정과 자선을 베푸는 것과 무엇이 다른가. 인류가 보여 주는 중국과도 같은 오만함과 정체된 자기도취감을 생각해 보자. 우리 세대는 스스로를 뛰어난 혈통의 마지막 자손이라 생각하며 자화자찬하는 경향이 있다. 그리고 보스턴과 런던, 파리와 로마 같은 도시에서는 자신들의 오랜 전통을 떠올리며, 예술과 과학과 문학에서의 발전을 만족스럽게 이야기한다.

철학학회의 기록과 《위대한 인물(Great Men)》에 관한 찬사도 적잖이 찾아볼 수 있다. 이는 선한 아담이 자신의 미덕을 감상하는 것이나 다를 바 없다. "그래, 우리는 대단한 업적을 쌓았고, 성스러운 노래를 불러왔지. 그 사실은 결코 사라지지 않을 거야." 다시 말해 우리가 그것을 기억하는 한, 그것 역시 우리를 잊지 않으리라는 것이다. 고대 아시리아*의 학술학회와 위대한 인물은 다 어디로 갔는가? 우리는 철학자와 실험가라고 하기에는 너무 젊지 않은가! 내 독자 가운데는 인간의 한평생을 온전히 살아 낸 사람이 한 명도 없다. 아직은 인류의 역사에서 봄에 불과한 시기라 그럴 것이다. 몸에 옴이 붙어 7년씩이나 고생하는 사람이 콩코드에 있을지 몰라도, 17년이나 사는 매미를 본 사람은 없다.

우리는 발붙이고 사는 지구의 얇은 표층만 알고 있다. 지면에서 2미터 아래까지 파 보거나 공중으로 2미터 높이까지 뛰어 올라 본 사람도 거의 없다. 대부분은 지금 자신이 어디에 서 있는지조차 모른다. 게다가 삶의 절반이나 되는 기간을 잠만 자

---

* 서아시아에서 번성했던 고대 국가다.

며 보낸다. 그럼에도 스스로를 현명하다고 여기며 자부심을 뽐내고 지구 표면에 하나의 질서를 확립한다. 이 얼마나 심오한 사상가이고, 야심 찬 존재들인가!

나는 지금 숲속에 서 있다. 바닥에는 솔잎이 깔려 있고, 그 사이로 벌레 한 마리가 꿈틀대며 내 시야에서 숨으려 애를 쓴다. 나는 왜 이 벌레가 그처럼 겁을 집어먹고, 어쩌면 그의 은인이 될지도 모르고 벌레의 종족에게 희소식을 가져다줄지도 모를 내게서 도망가려 안간힘을 쓰는지 궁금해진다. 그러면서 동시에 내 위쪽에서 나를 굽어보는 위대한 은인이자 지성의 존재에 대해 떠올려 본다.

세상에는 새로운 일이 끊임없이 일어나고 있음에도, 우리는 놀라울 정도로 따분함을 견뎌 내며 살아간다. 가장 문명화된 나라라는 곳에서 사람들이 어떤 설교를 듣고 사는지만 생각해 봐도 그 따분함의 정도는 충분히 짐작할 수 있다. 세상에는 기쁨과 슬픔이라는 단어가 있지만, 그것은 콧소리로 부르는 찬송가의 후렴구에만 존재할 뿐 우리는 평범하고 천박한 것에만 믿음을 둔다. 그러면서 인간이 바꿀 수 있는 것은 의복밖에는 없다고 생각한다. 흔히들 대영 제국은 매우 위대하고 존중할 만하며, 미국은 일류 강국이라고 말한다. 그러나 모든 인간의 뒤에는 조수가 밀려들고 빠져나가기 때문에, 마음만 먹으면 대영 제국쯤이야 얼마든지 나뭇조각처럼 띄워 보낼 수 있는데, 사람들은 그 사실을 믿으려 하지 않는다. 다음번에는 어떤 종류의 17년 사는 매미가 땅속에서 나올지 그 누가 알겠는가? 내가 사는 세상의 정부는 영국 정부처럼 저녁 만찬 후 와인을 사이에 두고 담소를 나누는 사이에 구성된 그런 것이 아니다.

우리 안의 생명은 강물과도 같다. 올해는 그 강물이 지금껏 인간이 보았던 그 어느 수위보다도 더 높아져 고지대의 메마른 땅까지도 흠뻑 적실지 모른다. 그렇게 되면 우리의 사향쥐가 모두 익사해 버릴지도 모르니, 참으로 다사다난한 한 해가 되겠다. 우리가 사는 곳이 늘 메말라 있지는 않았다. 나는 과학이 홍수를 기록하기도 전, 고대의 물살이 휩쓸어 멀리 내륙으로 밀어낸 강둑을 바라본다. 뉴잉글랜드 주민이라면 누구라도 사람들 사이에 널리 퍼져 있는 다음과 같은 이야기를 들어봤을 것이다.

옛날에 사과나무로 만든 오래된 탁자의 마른 판자에서 강인하고 아름다운 벌레 한 마리가 나왔다. 그 탁자는 처음 코네티컷주에 살다가 후에 매사추세츠 주로 이사를 간 어느 농가의 부엌에 60년 동안이나 놓여 있던 것이다. 그리고 벌레가 나온 자리에서부터 나이테를 세어 보면 알 수 있듯이, 벌레의 알은 그보다도 여러 해 전, 나무가 살아 있던 시절에 슬어 놓은 것이었다. 찻주전자의 열기 덕에 부화가 되었는지, 벌레가 나오기 여러 주일 전부터 판자 갉아먹는 소리가 들렸다고 한다.

이 이야기를 듣고 부활과 불멸에 대한 믿음이 강화되는 듯한 기분이 들지 않는 사람이 어디 있겠는가? 날개 달린 아름다운 생명체 하나가 푸르게 살아 있는 나무속에서 처음 알의 형태로 슬어 있다가, 참으로 오랜 세월이 지나는 동안 죽어 말라비틀어진 듯한 삶 속에 던져진, 무수한 동심원을 그린 목재의 나이테 아래서 묻혀 지낸 것이다. 그동안 나무는 점차 잘 마른 무덤을 닮아 가고 있었으리라. 또한 지난 수년 동안, 즐거이 식탁에 둘러 앉아 있던 가족들은 나무 갉는 소리에 여러 번 깜짝 놀라기도 했을 것이다. 그런데 이런 생명체가 세상에서 가장 변변치 않고 허름한 가구 속에서 어느 날 갑자기 세상 밖으로 나와 마침내 찬란한 여름 생을 즐기게 되리라고 그 누가 생각이나 했겠는가!

나는 영국인이나 미국인이 이 모든 섭리를 다 이해하리라 생각지는 않는다. 하지만 그것이 바로 내일의 특징이다. 시간의 경과만으로는 결코 새벽을 불러올 수 없다. 어떤 빛이 인간의 눈을 감게 한다면 그것은 어둠이나 마찬가지다. 깨어나는 순간이 바로 새벽이 밝아 오는 시간이다. 우리 앞에는 수많은 새벽이 기다리고 있다. 태양은 아침에 뜨는 별에 지나지 않는다.

인류의 가장 고귀한 기록인 고전
지족(知足)과 무소유를 일깨워 준 자연의 삶

어느덧 법정 스님께서 입적하신 지 3년이 지났습니다. 법정 스님은 종교를 초월하여 많은 사람에게 존경을 받으신 분이었습니다. 그 이유에는 여러 가지가 있겠지만, 가장 큰 이유는, 그분이 몸소 보여 준 '무소유' 사상이 물질문명에 찌든 현대인에게 앞으로 나아가야 할 방향을 제시해 주었기 때문이 아닐까 합니다. "불필요한 것은 취하지 말고 욕심을 부리지 말라", 법정 스님의 《무소유》는 오랫동안 스테디셀러로 사랑을 받으며 사람들로 하여금 '무소유'를 실천하게 했습니다.

그런데 법정 스님보다 한참 먼저, 1800년대 미국에서 '무소유'를 실천한 사람이 있었습니다. 그 사람이 바로 《월든》의 저자 헨리 데이비드 소로입니다. 그는 미국 보스턴에 있는 월든 호숫가에 직접 오두막을 짓고 1845년 7월부터 1847년 9월까지 홀로 생활했다고 합니다. 그 경험담을 담은 에세이가 《월든》입니다. 법정 스님께서 《월든》을 머리맡에 두고 수시로 읽으셨다는 일화는 이미 널리 알려진 사실입니다. 법정 스님의 무소유 사상을 심화해 준 책이라는 말을 듣고 저도 《월든》을 읽었습니다(아마 수많은 독자도 마찬가지일 것입니다). 일독 후 왜 법정 스님이 그토록 《월든》을 사랑했는지 알 것 같았습니다.

소로의 조언, 간소하게 살라

헨리 데이비드 소로는 '월든' 호수에 들어간 이유를 다음과 같이 말하고 있습니다.

나는 의도적인 삶을 살아보고자 숲으로 들어갔다. 필수적인 요건만 충족한 채 살아도 삶이 가르쳐 주는 진리를 배울 수 있을지 알고 싶었다. 또한 죽음을 맞이했을 때, 내가 헛되이 살지 않았음을 깨닫고 싶었다. 삶이란 소중한 것이기에, 삶이 아니라면 살고 싶지 않았다. 반드시 필요하지 않다면, 체념한 채 살아가고 싶지도 않았다. 깊이 있게 삶의 정수를 빨아들이고 싶었다. 삶이 아닌 것은 모두 파괴해 버리고 강인하게 스파르타인처럼 살아가길 바랐다.

낫을 크게 휘둘러서 풀을 바싹 베어 내어 삶을 구석으로 몰아가 가장 기본적인 조건으로 압축해 버린 다음, 삶이 천박한 것으로 판명된다면, 그 천박함을 전부 속속들이 알아내어 세상에 알리고 싶었다. 또는 반대로 삶이 숭고한 것이라면 경험을 통해 그것을 알아내어 다음 번 여정에서 그 참모습을 전할 수 있기를 바랐다.

소로는 인생에서 사실만을 배우고, 의도적이고 주체적 삶을 살고자 했습니다. 그렇지만 그것이 곧 단절을 의미하는 것은 아닙니다. 그는 사회를 등지고 구도자의 삶을 택한 것이 아니라, 인간의 가치를 물질에 두는 세태로부터 멀어지려 부단히 노력했습니다. '월든 숲'은 바로 소로의 각오가 상징적으로 집약된 곳입니다.

《월든》에서 말하는 의미 있는 인간으로 살기 위해 필요한 것은 본질이며, 이에 가까워지기 위해서는 법정 스님의 무소유 사상과 일맥상통한 '삶을 간소화하고, 무엇에도 얽매이지 않는 것'으로 보았습니다.

간소하게, 또 간소하게 살라. 하루 세끼 대신 필요할 때만 한 끼를 먹자. 백 가지 요리는 다섯 가지로 줄이고, 다른 것도 그 비율로 줄이자. 우리의 삶은 독일연방과 같다. 독일은 수많은 군소 국가로 이루어진 까닭에 그 국경이 쉼 없이 변해 독일 국민조차도 그 정확한 경계를 알지 못한다. 미국도 소위 말하는 내적 개선을 실행하고 있기는 하지만, 그 실상을 들여다보면 외부적이고 피상적인 개선에 불과했던 까닭에 통제가 불가능할 정도로 거대한 조직체가 되어 버렸다. 그것은 가구가 발 디딜 틈 없이 들어차 있고, 자기 덫에 스스로 걸려 있으며, 정확한 계산도 가치 있는 목표도 없이 사치와 무분별한 지출을 일삼아 황폐해진 조직체다. 그 땅에 살아가는 수많은 가정과 다를 바 없다. 이런 상황을 구제할 수 있는 유일한 방법은 엄격한 절약뿐이다. 스파르타인보다 더 간소하게 살아가며 높은 목적의식을 품어야 한다.

미욱한 소납이지만 소로가 《월든》을 통해서 말하고 싶었던 것이 무엇인지, 법정 스님께서 《월든》을 머리맡에 둔 이유가 무엇인지 알 수 있는 구절입니다.

자연의 구성원이 되라

인류 문명이 발달해 우주선이 우주 공간을 날아다니는 세상이 됐지만 사람들이 해와 달과 별들이 뜨고 지고, 비와 눈이 내리고, 바람이 불고, 꽃이 피고, 새가 우는 자연의 법칙은 어쩌지 못하고 있습니다. 자연은 인류가 난 곳이자 돌아갈 곳입니다. 하지만 인류는 자연을 개발의 대상으로만 생각해 왔습니다. 이는 대자연의 어머니에 대한 예의가 아닌 것입니다.

소로가 인류의 소비 중심의 의식주 문화를 비판하는 이유도 같은 맥락에서 해석이 가능합니다. 먼저 소로가 비판하는 의류 문화부터 살펴보겠습니다.

나는 때로 "당신은 무릎이 헤져 천을 덧대거나 헤진 곳을 박음질한 옷을 입을 수 있겠습니까?"라는 질문을 던져 지인들의 사람됨을 시험해 본다. 대부분은 만약 그런 옷을 입을 정도가 되면 자신의 앞날은 이미 끝장나 버린 것이나 마찬가지라고 믿는 듯했다. 그런 사람은 기운 바지를 입고 다니느니 차라리 부러진 다리로 절뚝거리며 걸어 다니는 게 훨씬 낫다고 여긴다. (……) 무엇이 진실로 존중할 만한가를 따지기보다는, 무엇이 이 세상 사람의 눈에 존중할 만한 것으로 보일까에 더 신경 쓰기 때문이다.

자연의 구성원 중에 옷을 입는 생물은 인간밖에 없습니다. 아마도 최초의 옷은 추위와 더위를 피하기 위한 나뭇잎이었을 것입니다. 흥미로운 점은 구약성서의 《창세기》에서 아담과 하와가 선악과를 먹은 뒤 수치심을 느끼고 나무 이파리로 몸을 가린다는 사실입니다. 이는 불교 사상에 입각해 보면, 분별심(分別心)입니다. 분별하는 마음이 있으므로 옳음과 그름, 아름다움과 추함이 생겨나는 것입니다. 만약 인간이 자연의 구성원이라고 생각했다면, 지금처럼 환경 피해가 심각해지지는 않았을 것입니다.

인간의 욕망은 자연을 파괴할 뿐만 아니라 인류의 삶마저도 파괴합니다. 더 좋은 옷을 입고 싶은 부자의 욕망을 충족시키기 위해 빈자들은 보다 많은 노동을 해야 하기 때문입니다.

인류 문명의 폐해를 막을 길이 무엇일까요? 욕망은 더 많은 욕망은 양산하지만, 지족(知足)은 점차 커지기만 하는 욕망의 불길을 소화(消火)합니다. 그래서 소로는 "우리는 왜 늘 더 많은 것을 얻으려고만 애쓸 뿐, 적은 것에 만족하는 법을 배우려 하지 않을까?"라고 반문하는 것입니다.

판자, 폐 판자, 헌 창문 두 짝과 중교 벽돌 1천 장, 석회 두 통으로 지었다는 소로의 집은 비록 허름했지만, 그 안에 사는 이의 고매한 인품으로 말미암아 그 어느 저택에 비견해도 아름다움에 뒤지지 않았을 것입니다. 게다가 월든이라는 호수까지 배경으로 있으니 소로는 그 누구도 가지지 못한 집에서 살았다고 할 수 있겠습니다.

'월든'에서 자연의 가치를 깨닫다

소로가 월든 호숫가에 오두막을 짓고 살았던 것은 29세부터

31세까지입니다. 수행자임에도 저는 그 나이에 참된 자연의 가치를 알지 못했던 터라 부끄러울 따름입니다.

법정 스님이 월든 호숫가를 두 번 방문하셨다고 하니, 소납도 언젠가 인연이 닿아 보스턴에 가게 된다면 월든 호숫가를 거닐고 싶습니다. 그리고 소로가 말한 '우리의 삶에 비해 더 아름다우며, 우리의 성정보다 더 투명한' 월든 호수에 해가 비치는 모습을 유심히 바라보고 싶습니다.

제가 가지고 있는 《월든》에는 "고전은 인류의 생각을 담은 가장 고귀한 기록이다"라는 구절에 밑줄이 그어져 있습니다. 그 고전들 중에 《월든》이 포함된다는 사실은 굳이 강조하지 않아도 될 듯합니다.

"고전은 자연이나 같다"라는 소로의 말을
가슴에 아로새기면서,
마가 스님*

* 1982년에 입산하여 1985년 도선사 현성 스님을 은사로 수계를 받았다. 1990년 중앙승가대학교 복지학과를 졸업했으며, 1991~2002년에 제방선원과 토굴에서 수행 정진했다. 미얀마에서 위빠사나 명상 수행을 했고, 다양한 상담 관련 프로그램을 경험했다. 미곡사 포교국장을 지낼 때 부부, 가족, 실버 세대, 실업자, 교사, 기업체 등 다양한 이에게 자비명상-맞춤형 템플스테이를 지도하여 연 인원 3,000명이 동참하게 만들었다. 현재 다음 카페인 '나누는 기쁨 공동체' 카페지기이자 천안 만일사 주지로 전국의 인연 있는 곳에서 부처님의 가르침과 자비명상을 전한다. 또한, 중앙대학교 겸임교수로 '내 마음 바로 보기'를 지도 하고 있다. 공저로《내 안에서 찾는 붓다》《내 마음 바로 보기》가 있다.

1817년   7월 12일 미국 매사추세츠 주 콩코드에서 아버지 존 소로
와 어머니 신시아 던바 소로 사이에서 셋째로 태어났다.

1822년   월든 호수로 첫 번째 여행을 떠났다.

1823년   3월, 가족과 함께 다시 콩코드로 돌아와 콩코드 아카데미
에 입학했다.

1833년   콩코드 아카데미를 졸업하고, 하버드 대학교에 입학했다.

1834년   대학 논문으로 〈발견자의 기쁨과 불안(Anxieties and

Delights of a Discoverer)〉, 〈인간의 분류(Mankind Classi-fied)〉를 집필했다.

1837년 하버드 대학교를 졸업한 뒤 콩코드로 돌아와 학교에서 며칠 동안 교사 생활을 하였다. 이해 봄, 에머슨과의 만남은 깊은 우정으로 발전한다.

1839년 형 존과 함께 콩코드에 진보적인 사설학교를 세워 운영하였다. 이 시기에 형과 함께한 보트 여행은 후일《콩코드강과 메리맥 강에서의 일주일(A Week on Concord and Merrimac Rivers)》을 집필하는 계기가 되었다.

1841년 1843년까지 에머슨의 집에 머물다. 이해에 에머슨은 소로의 문학적 자질을 높이 평가했다.

1842년 1월 12일, 소로의 가장 절친한 친구였던 형 존이 파상풍으로 사망하자 심한 우울증에 걸려 한 달가량 병상에 누워 지냈다. 같은 해에《매사추세츠의 자연사(Natural History of Massachusetts)》를 발표했다.

1843년 윌리엄 에머슨의 자녀들을 위한 가정교사로 8개월 동안 스테이튼 섬에 머물렀다. 같은 해에《겨울 산책(A Winter Walk)》이《다이얼(The Dial)》지에 게재되었다.

1844년 1월, 아버지가 운영하시는 연필 공장에서 일을 하면서 연필 제조 기술을 개선시켜 뛰어난 품질의 연필을 만들었다. 같은 해에《바가바드 기타》를 읽은 후 동양 경전이 담고 있는 사상에 매료되었다.

1845년 오래전부터 꿈꾸던 월든 호숫가로 이주하였다. 7월 4일, 미완성 상태인 오두막에 가구 몇 점을 들여놓고 살기 시작하였다. 월든 호숫가에서《콩코드강과 메리맥강에서의 일주일》과《월든(The Walden)》의 초고를 쓰기 시작하였다.

1846년 인두세 납부를 거부했다는 이유로 체포되어 감옥에 수감되나 친척의 대납으로 다음 날 풀려났다. 8월에는 사촌 조지 대처와 메인 숲으로 첫 번째 캠핑 여행을 떠났다.

1847년 2월 10일과 24일, 콩코드 문화회관에서《월든》에 대한 강연을 하고 호의적인 반응을 얻는다. 9월 6일, 월든 호숫가에서의 오두막 생활을 마감하고 콩코드로 돌아와 에머슨의 집에 관리인으로 들어갔다.

1848년　1월 26일, 콩코드 문화회관에서 두 차례에 걸쳐 메인주의
　　　　숲을 여행한 경험과 하루 동안의 감옥 체험에 관해 강연
　　　　을 했으며,《유니온(The Union)》지에《크타든과 메인주의
　　　　숲(The Ktaadn and the MaineWoods)》을 기고했다.

1849년　《콩코드강과 메리맥강에서의 일주일》을 자비로 출판하
　　　　였다.《시민 정부에 대한 저항(The Resistance to Civil
　　　　Government)》을《미학》지에 기고하였다. 이 기고문은 후
　　　　일《시민 불복종》으로 개명되어 널리 알려졌다.

1851년　측량 일과 연설로 바쁘게 지내면서,《월든》의 원고 교정
　　　　작업을 계속하였다.

1853년　8월 9일에《월든》이 출간되었다.

1855년　점차 건강이 나빠지기 시작하였다. 영국인 친구가 동양의
　　　　고전 44권을 선물하였다.

1857년　자신을 이해하지 못하는 청중들에게 강연하는 일에 회의
　　　　를 느끼고, 강연 횟수를 일 년에 두세 번 정도로 줄였다.

1859년 노예해방 운동가 존 브라운을 처음 알게 되었으며, 에드워드 호어와 함께 메인주의 숲으로 마지막 여행을 갔다.

1860년 2월 3일 아버지 존 소로가 사망하자 가업을 맡아 이어 갔다. 한편 노예해방 운동가 존 브라운과 추종자들이 급진적인 운동을 계속하다가 연방정부에 체포되었고, 이에 소로는 콩코드에서 '존 브라운 대위를 위한 탄원'을 연설하고, 탄원서를 보스턴주 의회에 제출하였다. 그러나 소로의 노력에도 존 브라운은 버지니아에서 처형되었다. 11월, 독감에 걸린 후 기관지염으로 병이 악화되었다.

1861년 4월, 기관지염으로 생각했던 병이 폐결핵으로 판명된 후 건강이 더욱 악화되어 갔다. 이 시기에 주로 여동생 소피아의 도움을 받아 원고를 교정했다.

1862년 《애틀란틱 먼슬리》지에 《산책》, 《가을의 빛(The Autumal Tints)》, 《야생 사과》를 기고하였다. 5월 6일 오전 9시, 조용히 눈을 감았으며, 이후 콩코드의 슬리퍼 할로우 공동묘지에 묻혔다.

옮긴이 전행선

연세대학교 영문학과를 졸업하고 2007년 초반까지 영상 번역가로 활동하며 케이블 TV 디스커버리 채널과 디즈니 채널, 그 외 요리 채널 및 여행전문 채널 등에서 240여 편의 영상물을 번역했다. 그 후 바른번역 아카데미를 수료하고, 현재 바른번역 회원으로 활동하는 출판전문 번역가이다. 옮긴 책으로는《5가지만 알면 당신도 스토리텔링 전문가》《와인의 세계》《이웃집 소녀》《템플기사단의 검》《살인을 부르는 수학공식》《무조건 행복할 것》《지하에 부는 서늘한 바람》《3~7세 아이를 위한 사회성 발달 보고서》외 다수가 있다.

큰글씨 월든

초판 1쇄 펴낸 날 2018년 4월 10일

지 은 이   헨리 데이비드 소로
옮 긴 이   전행선
펴 낸 이   장영재
펴 낸 곳   (주)미르북컴퍼니
자 회 사   더클래식
전   화   02)3141-4421
팩   스   02)3141-4428
등   록   2012년 3월 16일(제313-2012-81호)
주   소   서울시 마포구 성미산로32길 12, 2층 (우 03983)
E-mail   sanhonjinju@naver.com
카   페   cafe.naver.com/mirbookcompany